Léxico de Compositores para Jovens

ULRICH RÜHLE

Léxico de Compositores para Jovens

153 retratos — do Renascimento até a atualidade

martins fontes
selo martins

© 2014 Martins Editora Livraria Ltda., São Paulo, para a presente edição.
© 2007 Schott Music, Mainz-Germany.
Esta obra foi originalmente publicada em alemão sob o título
Komponistenlexikon für junge Leute.

Publisher *Evandro Mendonça Martins Fontes*
Coordenação editorial *Vanessa Faleck*
Produção editorial *Susana Leal*
Preparação *Renata Dias Mundt*
Revisão técnica *Leandro Oliveira*
Revisão *Juliana Amato Borges*
Ellen Barros
Luciana Lima

Dados Internacionais de Catalogação na Publicação (CIP)
(Câmara Brasileira do Livro, SP, Brasil)

Rühle, Ulrich
 Léxico de compositores para jovens : 153 retratos : do renascimento até a atualidade / Ulrich Rühle ; tradução Tereza Maria Souza de Castro. – 1. ed. – São Paulo : Martins Fontes – selo Martins, 2014.

 Título original: Komponistenlexikon für junge Leute.
 ISBN 978-85-8063-143-2

 1. Compositores 2. Compositores – Alemanha – Biografia – Literatura infantojuvenil I. Título.

14-04127　　　　　　　　　　　　　　　　　　　　　　　　　　　CDD-028.5

Índices para catálogo sistemático:
 1. Compositores : Literatura infantojuvenil　　　028.5

Todos os direitos desta edição para o Brasil reservados à
Martins Editora Livraria Ltda.
Av. Dr. Arnaldo, 2076
01255-000 São Paulo SP Brasil
Tel. (11) 3116 0000
info@emartinsfontes.com.br
www.martinsfontes-selomartins.com.br

Prefácio

Por que os jovens precisam de um dicionário de compositores? Jovens entusiasmados por música e com sede de aprender (observei isso quando fui professor de música) têm grande interesse pela história de vida de importantes personalidades desse universo. Por isso ofereço aos adolescentes uma obra de consulta que informa, de maneira fácil e compreensível, sobre a vida e obra dos mais importantes compositores da história da música. A princípio, o livro se destina a leitores jovens, mas também pode ser do interesse dos adultos.

O dicionário conta, em 153 retratos, sobre infância, formação, trajetória, composições e estilo de criadores musicais de destaque do Renascimento à atualidade. Os retratos são apresentados de maneira parecida: inicialmente o leitor é informado sobre datas de nascimento e morte, origem, obras significativas e importância do compositor. O texto principal trata de sua biografia. A cada história de vida são acrescentados fatos curiosos que exemplificam o caráter da personalidade musical apresentada.

Este livro deve ser uma obra de consulta informativa e de leitura interessante. Espero que a obra seja útil e divertida.

Ulrich Rühle

Isaac Albéniz

Datas de nascimento e morte:
*29 de maio de 1860, Camprodón (província de Gerona, Espanha)

†18 de maio de 1909, Cambo-les-Bains (França)

Origem: Espanha

Período: Impressionismo

Obras importantes

Obras para piano:
Suíte espanhola n. 1 op. 47 (1886)
Oito peças para piano (1886)
Ibéria, doze peças para piano (1905-1908)

Importância

Isaac Albéniz é considerado o fundador do estilo nacional espanhol e um importante representante da música espanhola moderna para piano. Suas peças combinam, de forma genial, virtuosismo com elementos folclóricos. As composições do catalão influenciaram de forma duradoura a sonoridade dos impressionistas franceses. As impressões coloridas de Albéniz são muito adequadas para o violão, porque o som desse instrumento é o que melhor transmite a atmosfera espanhola.

Isaac Albéniz

O compositor espanhol Isaac Albéniz tocou piano em público pela primeira vez aos quatro anos de idade, como uma criança-prodígio, em Barcelona. Aos nove, começou a estudar música no Conservatório de Madri. Porém, um ano depois, ele fugiu dali e fez uma turnê por conta própria através de Castela. Aos doze anos, Isaac fugiu novamente, desta vez em um navio para a América, como passageiro clandestino. Lá, o jovem ganhava a vida como pianista de concerto.

Após seu retorno à pátria, encontrou mecenas que lhe possibilitaram o estudo da música na Bélgica e Alemanha. Nessa época, em Leipzig, ele conheceu o famoso pianista e compositor Franz Lizst, que ficara tão impressionado com o talento pianístico de Albéniz, que deu aulas ao jovem, então com vinte anos. Lizst, que Albéniz acompanhara durante dois anos em suas viagens para Munique e Roma, o estimulou a compor uma autêntica música espanhola, da mesma forma que ele mesmo, húngaro, fizera com suas *Rapsódias húngaras*.

De volta à Espanha, Albéniz estudou com Felipe Pedrell, compositor, crítico e importante professor espanhol de música, que defendia a ideia de dedicar-se, como compositor, à intensa música popular espanhola e desenvolver um estilo espanhol próprio. Seu aluno aceita a ideia com entusiasmo. Albéniz, catalão, nasceu no norte da Espanha, mas amava a Andaluzia, que fica ao sul, e tinha também o temperamento fogoso dos espanhóis da região. Por isso, o compositor de cabelos pretos sempre dizia que era "mouro", como são chamados os árabes no sul da Espanha. O entusiasmo pela Andaluzia apareceu já em suas primeiras obras. Albéniz conseguiu integrar o flamenco — música popular andaluza ardente, apaixonada e inconfundível — às suas composições para piano. Obteve seu primeiro grande sucesso em 1886, com a *Suíte espanhola* op. 1.

A partir de 1893, Albéniz vivia em Paris, onde aprendeu, com Paul Dukas, o compositor *de O aprendiz de feiticeiro*, os últimos retoques necessários para aperfeiçoar suas composições. Nesse período ele encontrou definitivamente seu próprio estilo, e então passou a combinar elementos folclóricos com grande virtuosismo pianístico. Albéniz conseguia captar com maestria as cores e atmosferas de sua pátria. O compositor francês Claude Debussy afirmou certa vez que "nunca antes a música atingiu impressões tão diversas e coloridas; os olhos se fecham como que ofuscados pela visão de tantas imagens".

Em 1903, Albéniz, gravemente doente, se afastou dos concertos. Comprou uma casa em Nice, na Riviera francesa. Lá surgiu, entre 1905 e 1909, sua obra-prima para piano, a suíte *Ibéria*, de doze movimentos, uma sequência de peças nas quais é evocada toda a magia da Andaluzia: as procissões de Corpus Christi com seus trompetes naturais; El Albaicín, um bairro pitoresco de Granada; e o bairro cigano de Sevilha onde surgiu o *canto flamenco*: composições de grande expressividade e colorido brilhante.

Muitas de suas obras logo foram transcritas para violão por renomados violonistas, pois a atmosfera e o colorido da música espanhola são ainda mais perceptíveis aos ouvidos na versão para violão. A música de Albéniz parece ser sob medida para o violão com seu som especial. O "Liszt espanhol" Isaac Albéniz faleceu aos 48 anos em 18 de maio de 1909, no sul da França.

A orquestra caótica

Fato curioso

Importantes músicos espanhóis, como Sarasate, Granados, Tabayo e Albéniz, se encontravam regularmente em uma prestigiada livraria em San Sebastián, para conversar e tocar. Certo dia, tiveram a ideia original de formar uma orquestra na qual cada um dos músicos presentes deveria tocar um instrumento com o qual não tivesse muita familiaridade. Os ensaios regulares aconteciam no quintal da livraria. Vestindo um traje antiquado de turista das montanhas, Granados, o pianista, tentava tirar música de um pente ou regia; Tabayo, o astro das óperas, arranhava um violino e Albéniz soprava, com as bochechas estufadas e muita veemência, um instrumento qualquer de sopro. A orquestra excêntrica logo se tornou o assunto na cidade. Até o rei espanhol ouviu falar na tropa de músicos malucos e perguntava de tempos em tempos sobre sua evolução. Mas, com o tempo, os ensaios barulhentos começaram a irritar os vizinhos da livraria. Certo dia, quando a banda caótica estava tentando tocar uma sinfonia clássica, as janelas se abriram a um sinal e, de repente, voaram frutas velhas, legumes estragados e ovos podres sobre os músicos. Mesmo assim, a corajosa orquestra não se deixou abalar e continuou tocando incansavelmente, apesar de maldições intensas e chuvas de utensílios de cozinha. Apenas com o sinal do maestro os músicos depuseram seus instrumentos e fizeram uma reverência, sérios e cerimoniosos, agradecendo a todos, completamente indiferentes ao fato de estarem imundos. ∎

Eugène d'Albert

Datas de nascimento e morte:
*10 de abril de 1864, Glasgow

†3 de março de 1932, Riga

Origem: Alemanha

Período: Romantismo tardio

Obras importantes

Obras dramáticas:
Tiefland, ópera (1903)
Die toten Augen, ópera (1916)

Obras orquestrais:
Concerto para piano n. 1 em si menor op. 2 (1884)
Concerto para piano n. 2 em mi maior op. 12 (1893)

Importância

O grande pianista d'Albert, surpreendentemente, escreveu pouco para seu instrumento, o piano. O enfoque de sua obra é a música dramática. Apesar de ter feito grande sucesso com suas óperas em sua época, suas obras caíram no esquecimento. De 21 obras cênicas, apenas a obra-prima dramática *Tiefland* se manteve no repertório dos teatros.

Eugène d'Albert nasceu em 1864 em Glasgow, na Escócia. Embora sua mãe fosse inglesa e seu pai, nascido na Alemanha, tivesse ascendência franco-italiana, d'Albert nunca se sentiu inglês, mas sim alemão. Ele falava mal a língua inglesa e preferia a forma alemã de seu nome: Eugen. O pai, Charles, compositor e também bom pianista, deu as primeiras aulas de piano ao filho.

Eugène, que muito cedo já demonstrava grande talento pianístico, recebeu aos dez anos uma bolsa de estudos da Academia Real de Música em Londres. Clara Schumann e Anton Rubinstein escutaram o jovem pianista e lhe previram uma grande carreira. O jovem d'Albert foi para Viena para continuar seus estudos musicais, e lá conheceu Johannes Brahms e Franz Liszt. Este último ficou profundamente impressionado com as habilidades pianísticas de d'Albert. Como aluno de Liszt em Weimar, ele aperfeiçoou sua técnica pianística. Em seguida, o genial pianista empreendeu inúmeras turnês durante quase dez anos, que o levaram até os Estados Unidos. Em toda parte o brilhante pianista era sempre muito aplaudido: suas interpretações das obras de Bach e Beethoven eram insuperáveis. Entre os especialistas, d'Albert é considerado o melhor pianista de sua época.

D'Albert gostaria de ter restringido sua atividade como concertista e ter fixado residência para se concentrar na composição, mas ele não obteve o cargo de mestre-de-capela da corte de Weimar devido a intrigas. Por isso, viveu uma vida sem descanso que o levou para diversos países. Não conseguiu se estabelecer em lugar algum. Apenas após a eclosão da Primeira Guerra Mundial, d'Albert, que ainda era cidadão inglês, se estabeleceu na Suíça. Então ele passou a se dedicar cada vez mais à composição, e, como compositor, ele foi autodidata. Inicialmente não obteve o reconhecimento que esperava por suas óperas, pois essas obras, fortemente influenciadas pelo estilo de Richard Wagner, muitas vezes pecavam pelos libretos fracos. Apenas o drama musical *Tiefland,* uma história camponesa, lhe trouxe o sucesso internacional. Essa ópera é uma contribuição importante para o verismo italiano, já que não se trata de um tema de tempos passados, mas da realidade de nossos dias.

Obviamente, o músico talentoso, cosmopolita e aberto para tudo o que era novo, amigo de compositores e escritores famosos, como Reger, Humperdinck, Pfitzner e Hesse era assunto em todos os círculos de artistas e não apenas por suas habilidades musicais, mas também por sua particular má reputação. D'Albert foi casado seis vezes, entre outras, com a famosa pianista venezuelana Teresa Carreno, onze anos mais velha, e com a cantora Hermine Finck, para quem ele compôs a maioria de suas inúmeras canções. Infelizmente, ele nunca conseguiu ter uma relação duradoura com uma parceira de talento musical comparável ao seu. Para se divorciar de sua última esposa, d'Albert viajou para Riga, onde morreu de insuficiência cardíaca em 1932.

Jogos de números

Fato curioso

D'Albert sempre foi motivo de fofocas e grandes manchetes, não apenas por suas grandes habilidades como compositor e virtuose pianístico, mas também devido a suas histórias matrimoniais "escandalosas". Logo após seu casamento com Teresa Carreno, foi publicada na imprensa a seguinte notícia: "Primeiro concerto de Eugen d'Albert é tocado no dia dois de março por sua terceira esposa". ∎

Tommaso Albinoni

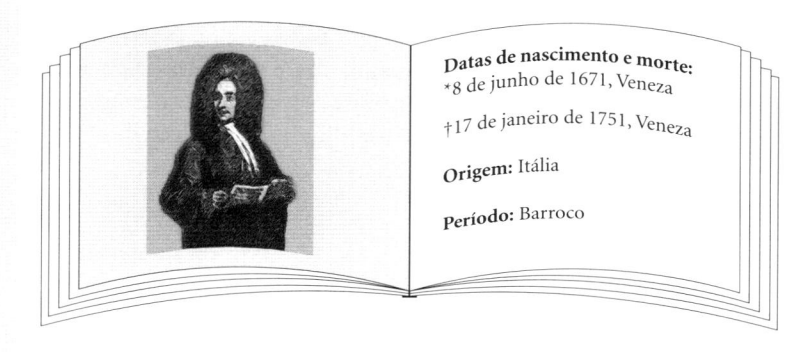

Datas de nascimento e morte:
*8 de junho de 1671, Veneza

†17 de janeiro de 1751, Veneza

Origem: Itália

Período: Barroco

Obras importantes

Obras cênicas:
Cerca de oitenta óperas, entre elas:
Vespetta e Pimpinone, intermezzo (1708)
I veri amici (1722)

Obras instrumentais:
Concertos para cordas op. 2 e op. 5 (1700/1707)
Balletti a tre op. 3 (1702)
Sonate da chiesa, sonatas sacras op. 4 (1708)
Trattenimenti armonici per camera, sonatas de câmara op. 6 (1712)
Concerti a cinque para cordas, oboé e baixo op. 7 (1715)
Balletti e sonate a tre op. 8 (1722)
Concerti a cinque para violino solo, cordas, oboés e baixo contínuo op. 9 (1722)

Importância

O mestre italiano do barroco Tommaso Albinoni foi um dos mais importantes e bem-sucedidos compositores de ópera veneziana. Mais importantes, porém, são suas obras instrumentais. Em seus concertos, Albinoni utilizava a forma de três movimentos rápido-lento-rápido, que se tornou o modelo de concerto para as gerações seguintes.

O compositor barroco italiano Tommaso Albinoni cresceu em uma família veneziana de posses. Seu pai enriqueceu com a produção de papel, e tinha uma propriedade rural magnífica, várias casas e uma fortuna considerável. Por muito tempo, o jovem Albinoni foi sustentado por sua família, e não precisava trabalhar. Por isso, no começo, o compositor se denominava *dilettanto veneto* — um amador, e não músico profissional. Segundo um poeta contemporâneo, era alguém *que compunha para o próprio prazer, mas que atingiu a medida dos mestres mais excelentes*.

Seu irmão, escritor e poeta, estabeleceu contatos entre o jovem compositor, a nobreza e o clero, por ser pajem de honra da esposa de Antonio Ottoboni, o prestigiado sobrinho do papa Alexandre VII. Aos 23 anos, Albinoni dedicou sua primeira grande obra, as *Sonatas trio* op. 1, a seu novo mecenas, o cardeal Pietro Ottoboni, aficionado por música. No mesmo ano, Albinoni encenou no Carnaval sua primeira ópera: *Zenobia, regina di Palmireni*. Rapidamente o veneziano fez nome como compositor, e suas obras cênicas tornaram-se tão requisitadas que, certas vezes, ele precisou compor cinco óperas por ano. Viajou por toda a Itália para encenar ele mesmo suas obras cênicas. A mais famosa de suas oitenta óperas é indubitavelmente *Vespetta e Pimpinone*, que teve dezenove estreias em diversos teatros de ópera na Itália entre 1709 e 1740.

Em 1705, o compositor se casou com a cantora Margherita Raimondi e abriu com ela uma escola de canto em Veneza. Quando faltou o apoio financeiro da família após a morte do pai, Albinoni foi forçado a se tornar *musico di violino*, ou seja, violinista, e, com isso, músico profissional. O ano de 1722 foi o de maior sucesso para Albinoni. Além dos *Balletti e Sonate a tre* op. 8, surgem os *Concerti* op. 9 que ele dedica ao príncipe bávaro Maximilian Emanuel I. Depois disso, ele recebeu da corte bávara a incumbência de compor música festiva para um torneio de cavaleiros e para a festa do casamento do príncipe Karl Albert e da princesa Maria Amália. O musicólogo e compositor alemão Johann Mattheson, convidado do casamento, elogiou as execuções das óperas festivas *I veri amici* (*Os verdadeiros amigos*) e *Il trionfo d'amore* (*O triunfo do amor*), nas quais o próprio Albinoni atuou como violinista e maestro, como um acontecimento inesquecível. Mas o compositor deve às suas composições instrumentais, às dez coletâneas de sonatas de câmara, sonatas sacras, balés e concertos para cordas e oboés o fato de ser comparado a Arcangelo Corelli e Antonio Vivaldi pelos seus contemporâneos. Nos concertos de cordas e oboés, Albinoni utilizava a forma de três movimentos rápido-lento-rápido, também utilizada pelos seus contemporâneos e pelas gerações seguintes. Além disso, com seus *Concerti* op. 7, ele introduz, na Itália, o oboé como instrumento solo.

Em 1740, surge em Paris sua última coletânea: as seis sonatas de câmara op. 10. Depois disso, o compositor, com setenta anos, se retirou da vida musical. Albinoni passou os últimos anos de sua vida em completa reclusão, preso a um leito, e morreu em 1750, no mesmo ano que seu contemporâneo alemão Johann Sebastian Bach, que era grande admirador do italiano e transformou três de seus temas em fugas. Hoje, Albinoni é conhecido pela maioria das pessoas pelo seu famoso *Adagio* em sol menor para cordas e órgão. Em sua forma atual, porém, essa composição é um arranjo de um dos seus temas do trio de sonatas pelo compositor romano Remo Giazotti em 1945. ∎

Carl Philipp Emanuel Bach

Datas de nascimento e morte:
*8 de março de 1714, Weimar

†14 de dezembro de 1788, Hamburgo

Origem: Alemanha

Período: Pré-Classicismo

Obras importantes

Obras corais:
Die Israeliten in der Wüste, oratório (1769)
Die Auferstehung und Himmelfahrt Jesu, oratório (1778)

Obras orquestrais:
Mais de cinquenta concertos para instrumentos de teclado (1738-1756 e após 1767)
Seis sinfonias [Sinfonias de Hamburgo] (1773)

Obras para cravo:
Sei Sonate per Cembalo [Sonatas prussianas] (1742)
Sei Sonate per Cembalo [Sonatas de Württemberg] (1744)

Importância

Carl Philipp Emanuel Bach, também chamado de "Bach berlinense" ou "Bach hamburguês" devido às cidades onde atuou, é considerado um dos mais importantes compositores do Pré-Classicismo. Durante a vida foi mais famoso do que seu pai, Johann Sebastian Bach, pois a nova sociedade se distanciou do estilo rígido barroco. Ela preferia o estilo galante e a intensa expressão de sentimentos do movimento *Sturm und Drang* (tempestade e ímpeto). Carl Philipp Emanuel Bach desfrutou de grande prestígio junto à geração seguinte, a do classicismo vienense. Sua obra é muito vasta e diversa, e suas obras para cravo se destacam. Foi um dos primeiros compositores a utilizar, além do cravo, o piano como instrumento de teclado.

"Ele é o pai, nós somos os meninos", foi o que Wolfgang Amadeus Mozart teria afirmado com admiração sobre o compositor Carl Philipp Emanuel Bach. Este nasceu como segundo filho de Johann Sebastian Bach e de sua prima e esposa, Maria Barbara, em 1714, em Weimar. Carl recebeu o segundo prenome Philipp, pois seu padrinho de batismo foi o compositor Philipp Telemann.

Em 1723, a família Bach se mudou para Leipzig, para onde Johann Sebastian Bach foi chamado para ser diretor do coro da igreja de São Tomás. Aos dez anos, Carl Philipp Emanuel entrou para a escola dessa igreja em que seu pai lecionava. O jovem Bach teve aulas de música com o pai, como todos os seus inúmeros irmãos. "Nunca tive outro mestre de composição senão ele", escreveu posteriormente em sua biografia. O ponto alto da aula de música para Emanuel era quando o pai tocava com ele e seu irmão Friedemann os concertos para três cravos compostos especialmente para eles. Mas as esperanças musicais do pai não estavam voltadas para Carl Philipp, mas sim para Wilhelm Friedemann e Johann Christian, que também se tornaram compositores. O Bach diretor do coro não considerava possível que Carl Philipp pudesse se tornar o Bach mais importante depois dele próprio. Por isso, Carl Philipp Emanuel decidiu cursar Direito, primeiramente em Leipzig, depois em Frankfurt/Oder. Lá ele funda uma associação de canto e ganha boa fama como maestro e professor de música. Como cravista, ele era um dos melhores de sua época. Aos 24 anos, Carl Phillip (importante aqui chamar pelo primeiro nome, pois os Bach são muitos) fez seu exame estatal de conclusão do curso de Direito. Suas extraordinárias habilidades como músico, nesse ínterim, já eram conhecidas na Alemanha.

Ele recebeu um chamado para ser cravista na corte do príncipe Frederico da Prússia em Rheinsberg, justamente quando devia acompanhar o filho do conde Keyserlingk como tutor em uma viagem de estudos ao exterior. Quando o príncipe ascendeu ao trono em 1740, como Frederico II da Prússia, Carl Phillip Bach se tornou cravista de câmara do rei. Dentre suas obrigações estavam: participar, todas as noites, da música de câmara com Quantz e Benda em Berlim e Potsdam, e acompanhar o rei ao cravo, já que era um flautista aficionado. Ele dedicou sua coletânea *Sonatas prussianas* a seu empregador musicista. Paralelamente, Carl Phillip Bach teve de lecionar, entre outros, ao jovem duque Carl Eugen von Württemberg, que se encontrava na corte berlinense e a quem o compositor mais tarde dedicou as seis sonatas para cravo, as *Sonatas de Württemberg*. Durante sua estada em Berlim surgiram quase cem sonatas para seu instrumento preferido, o cravo. No entanto, Carl Philipp Emanuel Bach não ganhou fama apenas como cravista e compositor, mas também como teórico musical. Seu *Ensaio sobre a maneira correta de tocar piano* é um importante livro didático.

Em 1747, Carl Philipp Emanuel Bach propiciou um encontro de seu pai com o rei Frederico II, o Grande, que ficou fortemente impressionado com a música e a arte da improvisação do velho Bach e lhe deu um tema, que o compositor transformou, em Leipzig, em uma obra grandiosa: a *Oferenda musical*. Quando Johann Sebastian Bach morreu, em 1750, Carl Philipp Emanuel se candidatou, sem sucesso, a sucessor de seu pai em Leipzig. Em 1767, Carl Phillip recebeu um convite da cidade de Hamburgo para ser o sucessor de seu padrinho Philipp Telemann como diretor do coral do Ginásio Johanneum e diretor musical das cinco igrejas principais de Hamburgo. Ele aceitou de bom grado, pois, apesar da grande reputação de que desfrutava na corte e nos círculos nobres e burgueses de Berlim, Carl Philipp não estava mais satisfeito a serviço do rei. Durante a Guerra dos Sete Anos, o interesse musical do rei prussiano diminuiu bastante. Além disso, ele adotou uma posição crítica em relação à nova música apaixonada de seu cravista de câmara. Carl Phillip se vingou, introduzindo, conscientemente, erros nas sonatas de Frederico, certamente percebidos pelos músicos, que fizeram chacota da ignorância do rei.

Carl Philipp Emanuel Bach passou os seus últimos 21 anos em Hamburgo. O diretor musical municipal Bach, de cabelos escuros, animado, interessado por tudo e culto, também foi um convidado bem-visto nos conhecidos círculos literários da cidade hanseática cosmopolita. Entre seus amigos estavam os escritores Klopstock e Voss. Em seu cargo de diretor musical das cinco principais igrejas de Hamburgo, Carl Phillip naturalmente compôs bastante música sacra: motetos, oratórios, paixões. Sua atenção principal se voltou, como sempre, à música para cravo. O estilo de composição que Carl Phillip desenvolveu ficou conhecido como "Escola do Norte da Alemanha" ou "Escola de Hamburgo", e combinava a grande força de expressão do espírito de época do movimento *Sturm und Drang* com o estilo gracioso e galante do rococó e sua melódica rica em adornos. Carl Philipp declarou em sua biografia: "Meus estudos tinham o objetivo principal de tocar o piano da forma mais cantante possível. Penso que a música tem de, em primeiro lugar, tocar o coração".

Com suas composições e apresentações, Carl Philipp Emanuel Bach teve participação decisiva na gradual substituição do cravo pelo piano. Em seu concerto duplo para cravo, piano e orquestra (duas flautas, duas trompas e cordas), ele fez dois instrumentos concorrerem entre si. Em suas composições para piano fica bastante nítida a diferença em relação ao pai: a música barroca foi substituída por uma música mais alegre que expressa movimentos do estado de espírito, a qual o pai, com desprezo, desqualificou como "azul berlinense que desbota", mas que era a expressão de uma nova época: o Pré-Classicismo.

Também foi mérito de Carl Philipp, o "Bach hamburguês", ter enriquecido o primeiro movimento das sonatas, o principal, com um segundo tema, o que, mais tarde, Haydn, Mozart e Beethoven retomaram. Carl Philipp Emanuel Bach gozava de grande prestígio junto aos três representantes principais do classicismo vienense. Mozart e Beethoven falaram respeitosamente do "gênio original" e Haydn afirmou: "Quem me conhece profundamente sabe que devo muito ao Emanuel Bach, pois o entendi e estudei com afinco. Apesar de muitos problemas na velhice, suas últimas obras ainda irradiam graça e leveza". Carl Philipp Emanuel Bach morreu em 1788, em Hamburgo, aos 74 anos.

Ainda não se conhecem todas as obras de Carl Philipp Emanuel Bach. No arquivo da Academia Berlinense de Canto, que foi trazido de volta de Kiev somente em 2003, encontram-se inúmeras composições que ainda não foram editadas nem apresentadas. ■

Johann Christian Bach

Datas de nascimento e morte:
*5 de setembro de 1735, Leipzig
†1 de janeiro de 1782, Londres

Origem: Alemanha

Período: Pré-Classicismo

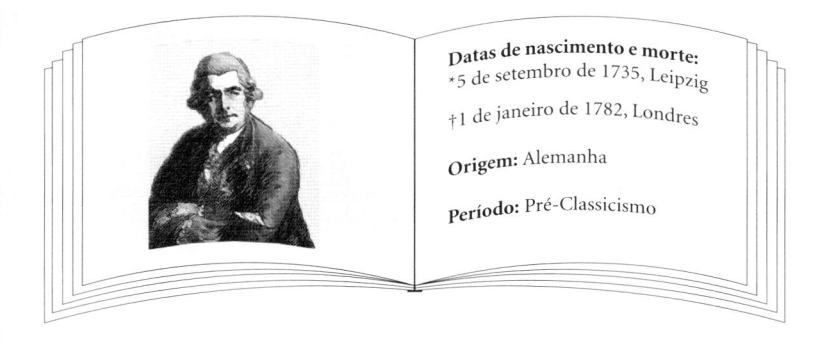

Obras importantes

Obras orquestrais:
Seis concertos para cravo op. 1 (1763)
Seis concertos para cravo ou piano op. 7 (1770)
Concertos para cravo ou piano op. 13 (1770)
Seis sinfonias op. 12 (antes de 1775)

Importância

Johann Christian Bach, filho mais jovem de Johann Sebastian Bach, é também chamado de "Bach milanês" ou "Bach londrino", em virtude dos locais onde atuou. Com sua música galante e sensível, ele é um dos maiores representantes do Pré-Classicismo.

Johann Christian Bach

Johann Christian Bach nasceu em 1735 em Leipzig e foi o último dos onze filhos de Johann Sebastian Bach. Aos nove anos, recebeu as primeiras aulas de cravo do pai. Quando este morreu, em 1750, Johann Christian Bach se tornou aluno de seu irmão Carl Philipp Emanuel, músico a serviço de Frederico II na corte de Potsdam. Sob a orientação dele, Johann Christian tornou-se um dos melhores pianistas de sua época. Aos dezenove anos, o jovem viajou para a Itália para prosseguir seus estudos musicais com Padre Martini, um compositor italiano importante na época. Seis anos mais tarde, recebeu o cargo de organista da catedral de Milão, mas, para tanto, teve de se converter ao catolicismo, o que foi muito malvisto por seus amigos na Alemanha. Nos dois anos de sua atividade como organista da catedral de Milão, compôs inúmeras obras sacras, entre elas um *Réquiem*, um *Te Deum* e duas missas.

Rapidamente, Johann Christian Bach ficou conhecido também como compositor de óperas, logo a corte real inglesa se interessou pelo talentoso compositor alemão na Itália. Chamaram-no para Londres e lhe deram um cargo de direção no King's Theatre. Lá, ele encenou suas óperas dramáticas e recebeu muitos aplausos. Pouco tempo depois, Johann Christian Bach foi nomeado professor de música da rainha. Nessa função, ele teve de dar aulas para os filhos dela. Wolfgang Amadeus Mozart, então com oito anos, também teve aulas com ele durante sua estada em Londres. Naquela oportunidade, o músico alemão apresentou ao "jovem amigo de Salzburgo" a graciosa música cantábile de seu novo estilo galante.

Johann Christian Bach, que já se tornara, sem dúvida, o melhor compositor de Londres, foi um dos primeiros músicos a preferir o piano ao cravo, contribuindo, assim, com a divulgação do instrumento. Juntamente com o compositor Karl Friedrich Abel, Johann Christian organizou os chamados Concertos Bach-Abel na Hanover Square, que logo foram considerados o evento musical mais importante de Londres.

Por muitos anos, Johann Christian Bach, com suas obras agradáveis, foi o compositor mais apreciado de Londres. Mas ele não manteve seu sucesso até a morte, pois logo nasceu o Classicismo, um novo período na história da música. As composições sensíveis e galantes do Pré-Classicismo já não eram mais tão requisitadas. Assim, Johann Christian Bach faleceu aos 46 anos em Londres sem despertar grande interesse por parte da população. Wolfgang Amadeus Mozart, porém, sempre falou com o maior respeito de seu antigo amigo e mestre.

Truque musical com little Mozart

Fato curioso

Johann Christian Bach conheceu Mozart em um concerto na corte real inglesa, quando a criança prodígio de oito anos — mesmo não passando bem — tocou difíceis obras para piano de Johann Sebastian Bach e Georg Friedrich Händel com a partitura, de forma impecável. Imediatamente, o jovem Mozart se interessou por Johann Christian, então com trinta anos. Eles decidiram exibir um truque de mágica musical diante das grandes autoridades: tocar uma sonata juntos, sendo que cada um deles tocaria apenas um compasso, sempre se alternando. Bach colocou o jovem Mozart entre os joelhos e logo eles começaram a tocar com tal precisão que todos acreditaram que apenas uma pessoa estava ao piano. Essas ideias originais davam grande prazer aos dois músicos. ∎

Johann Sebastian Bach

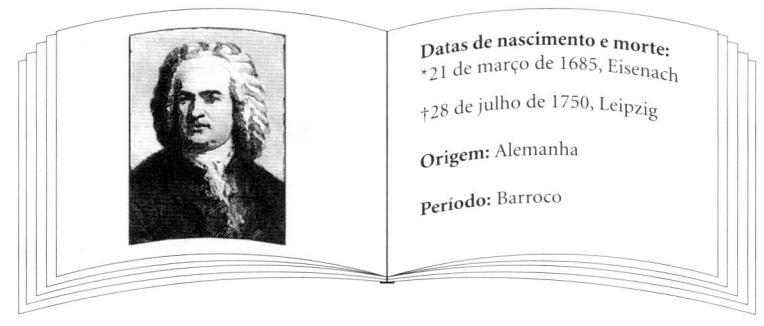

Datas de nascimento e morte:
*21 de março de 1685, Eisenach
†28 de julho de 1750, Leipzig

Origem: Alemanha

Período: Barroco

Obras importantes

Obras corais:
Paixão segundo São João BWV 245 para solista, coro e orquestra (1723)
Missa em si menor BWV 232 para solista, coro e orquestra (1724-1749)
Paixão segundo São Mateus BWV 244, para solista, dois coros e orquestra (provavelmente em 1727)
Oratório de Natal BWV 248, seis cantatas para solista, coro e orquestra (1735)

Obras orquestrais:
Seis Concertos de Brandemburgo BWV 1046-1051 (1723-19)

Música de câmara:
Oferenda musical BWV 1079 (1747)
Arte da fuga em ré menor BWV 1080, sem instrução de formação (1749/50)

Obras para piano:
O cravo bem temperado BWV 846-893 (parte I, 1722; parte II, 1742)
Ária com trinta variações [*variações Goldberg*] BWV 988 (1741)

Importância

Johann Sebastian Bach é uma das maiores personalidades da história da música. Com mais de mil composições, ele criou uma obra gigantesca e atingiu o ápice das formas musicais de seu tempo com suas obras. Bach também foi insuperável como cravista, organista e improvisador. Após sua morte, ficou esquecido por cem anos, mas, por volta de 1830, o grande compositor barroco foi redescoberto.

Johann Sebastian Bach nasceu em Eisenach e era o oitavo filho do sineiro da torre e músico municipal Ambrosius Bach. Todos os filhos tocavam um instrumento. Logo cedo o talento musical de Johann Sebastian se evidenciou. Ele era considerado um cantor excepcional e aprendeu sozinho a tocar violino, viola e cravo. Seu tio, organista profissional, apresentou o órgão ao menino, ávido por aprender. Com nove anos, ficou órfão de mãe e pai, e seu irmão mais velho, Johann Christoph, organista em Ohrdruf, o acolheu. Ele reconheceu o grande talento do irmão mais novo e lhe deu aulas de cravo e órgão.

Quando Johann Christoph não pôde mais mantê-lo consigo por falta de recursos, Bach seguiu 250 quilômetros a pé com seu amigo Georg Erdmann até Lüneburg, onde o internato do mosteiro de São Miguel acolhia crianças talentosas de famílias pobres como bolsistas. O jovem Bach, com quinze anos, tornou-se aluno do internato e continuou a receber aulas de órgão. Pouco depois vai para Celle, perto dali, como músico clandestino da orquestra da corte, para conhecer a música francesa. Aos dezessete, foi a pé até Hamburgo para conhecer o famoso organista Reincken, que ficou profundamente impressionado com o talento musical do jovem organista. Bach, então, teve uma certeza: queria ser músico.

Quando completou dezoito anos, candidatou-se ao cargo de organista da igreja de São Bonifácio em Arnstadt, onde muitos de seus ancestrais já haviam atuado como músicos. Porém, como o trabalho ainda não podia ser iniciado devido à reforma do órgão, Bach aceitou rapidamente um emprego como violinista e violista na capela ducal de Weimar. O duque Ernst, um príncipe culto e apaixonado por música, tocava na orquestra também como violinista. Ainda no mesmo ano, Bach recebeu o convite para testar o órgão de Arnstadt, já reparado. As autoridades religiosas e não religiosas da cidade ficaram impressionadas com a música do jovem Bach e lhe deram o emprego de organista sem hesitação. O desejo antigo de Johann Sebastian se tornou realidade: ele era um organista.

Em outubro de 1750, Bach tirou quatro semanas de férias para ouvir o famoso organista e compositor Dietrich Buxtehude ao órgão, em Lübeck, e esperava aprender algo com ele. O jovem músico ficou tão entusiasmado com a música de Buxtehude que adiou seu retorno por três meses. Naquele momento, o que ele queria aprender ali era mais importante que seus deveres em Arnstadt. Mas seus empregadores não compreenderam suas razões e ele teve de se explicar diante do conselho eclesiástico, que o censurou por fazer ao órgão "variações surpreendentes que confundem completamente os fiéis e os distraem em suas orações". Além disso, ele teria tocado o órgão da igreja para acompanhar uma "senhorita", o que, na época, era completamente proibido. Mulheres não podiam cantar na igreja. Após esse incidente, Bach ficou enervado e quis deixar Arnstadt. Quando o organista da igreja de São Blásio morreu, em Mühlhausen, em dezembro de 1706, Bach assumiu sua vaga em 1707.

Pouco tempo depois, aos 22 anos, Bach se casou com sua prima Maria Barbara Bach, justamente a "senhorita" com a qual havia tocado na igreja de Arnstadt. No entanto, duas semanas antes de Bach assumir seu cargo em Mühlhausen, um incêndio transformou a parte mais bonita da cidade em ruínas e cinzas. A população de Mühlhausen, nessa situação, deixou de ter qualquer interesse em música sacra. Nessas circunstâncias, a nova função de organista não satisfez Bach. Assim, um ano mais tarde, ele aceitou o emprego de organista da corte do duque Wilhelm Ernst de Weimar, em cuja orquestra ele já havia tocado. Pouco depois, o duque o nomeou *spalla* da corte. Porém, alguns anos depois, Bach foi passado para trás na hora de preencher o cargo de mestre-de-capela. O jovem compositor reclamou e pediu demissão. O duque, que não tolerava ser contrariado, mandou prender Bach por quatro semanas.

Quando o príncipe Leopold von Anhalt tomou conhecimento, em Köthen, de que Bach estava procurando uma nova colocação, contratou-o imediatamente. Assim, em 1717, Bach deixou Weimar (após quase uma década). Lá foram compostas muitas de suas melhores obras para órgão, suas primeiras peças para piano e algumas cantatas. Em Köthen, o príncipe Leopold, amante da música, muito viajado e excelente violinista, lhe deu o cargo de mestre-de-capela. Nesta função, Bach tinha a responsabilidade exclusiva pela música profana da corte. Tinha de reger os concertos da corte e tocar com sua orquestra nos bailes. Esperava-se que também compusesse a música de tais ocasiões. Assim, em Köthen foram compostas apenas obras profanas, como música de câmara e obras orquestrais, mas também os famosos *Concertos de Brandemburgo*, encomendados pelo príncipe de Brandemburgo. Como mestre-de-capela, Bach era respeitado em Köthen. Tinha permissão para acompanhar o príncipe Leopold em todas as viagens e logo os dois foram unidos por uma amizade cordial.

Aos 33 anos, quando Bach voltava de suas viagens com o duque, sua mulher havia falecido e sido sepultada. Ela lhe dera sete filhos, e três deles, mais tarde, tornaram-se músicos como o pai. Em 1721, Bach se casou com Anna Magdalena Wülcken, uma moça de talento musical dezesseis anos mais jovem, filha de um trompetista da corte e de campo. A segunda esposa de Bach tinha uma bela voz e tocava piano com paixão. Como presente de casamento atrasado, Bach compôs para ela o *Caderno de piano de Anna Magdalena Bach*. Johann Sebastian encontrou em sua mulher um competente apoio para seu trabalho. Ela o ajudava na tarefa extenuante de copiar partituras, e isso tem de ser feito à noite, à luz de velas, pois de dia a mãe ficava completamente ocupada com os afazeres domésticos e a educação dos dez filhos (seis de seus filhos sobreviveram, e a esses se juntaram quatro do primeiro casamento de Johann Sebastian). A vida familiar na casa dos Bach era exemplar. Como todos os filhos tinham talento musical, tocava-se de manhã à noite.

Bach se sentia bem em Köthen, mas percebia cada vez mais que sua verdadeira vocação era a música sacra. Em 1723, quando o diretor do coral da igreja de São Tomás [Thomaskirche], em Leipzig, morreu, Bach se candidata imediatamente ao cargo. Após longa hesitação, o emprego foi dado a Bach, então com 38 anos. Ele ganhava melhor em Leipzig, mas, em compensação, tinha muito mais obrigações. Como *director musices,* organizava o culto nas igrejas de São Tomás e de São Nicolau e apresentava cada domingo uma cantata inédita. Naquela época, isso não significava apenas compor a obra, mas também copiar da partitura cada voz da orquestra e do coral à mão e ensaiar com os instrumentistas e cantores. Além disso, era necessário dar aula para os 54 alunos do internato do coro da igreja de São Tomás e orientá-los musicalmente, e havia também a tarefa de lecionar latim na escola de São Tomás. Paralelamente, Bach dirigia um *Collegium musicum*, que tocava exclusivamente música profana. É difícil imaginar que ele ainda achava tempo para compor obras (que duravam a noite toda) para grandes festas religiosas, como as *Paixões segundo Marcos, João e Mateus* e o *Oratório de Natal* para a época natalina. Compôs missas e motetos, cerca de 250 obras para órgão, muitas peças para piano — entre elas o famoso *Cravo bem temperado* (contém 48 prelúdios e fugas) — diversas suítes inglesas e francesas para orquestra, concertos instrumentais e música de câmara.

O príncipe-eleitor Frederico Augusto II da Saxônia reconheceu o desempenho de Bach e o nomeou compositor da corte. Mas a maior honra para Bach foi (três anos antes de sua morte) quando recebeu um convite do rei prussiano Frederico, o Grande, para ir a Potsdam. O filho de Bach, Philipp Emanuel, já trabalhava lá como cravista. Ele havia contado ao rei, um excelente flautista, sobre o pai. Logo após sua chegada ao palácio, Bach pai foi chamado para uma audiência. Sem levar em consideração que ele havia acabado de chegar de uma longa viagem, Frederico desejava ouvir imediatamente uma amostra de sua habilidade. O rei solicitou ao mestre-de-capela Bach que executasse um tema sob a forma de fuga. O convocado o fez de forma tão brilhante que caiu nas magnânimas graças de Sua Majestade, de forma que todos os presentes ficaram maravilhados.

De volta a Leipzig, Bach compôs uma grande obra sobre o tema do rei: *A oferenda musical*. De resto, porém, os últimos anos de sua vida em seu cargo foram dificultados. Apenas alguns admiravam seu trabalho e seus extraordinários esforços musicais. De repente, sua música deixou de ser requisitada, pois preferia-se a música galante e agradável do Pré-Classicismo que se iniciava. Assim, Bach se isolou cada vez mais. Pouco antes de sua morte, ele ficou cego, talvez em consequência de escrever as notas à luz de vela. Ele consultou médicos ingleses que o operaram sem sucesso. Nessa época, surgiu sua última grande obra: *A arte da fuga*, na qual ele incluiu as notas musicais correspondentes às letras de seu nome B-A-C-H[1]. Em seu leito de morte, ditou a seu genro o coral *Vor deinen Thron tret ich hiermit*. Em 28 de julho de 1750, morreu Johann Sebastian Bach, um dos compositores mais famosos do período Barroco, que intitulou suas obras como:

S.D.G. — soli deo gloria
Apenas para a glória de Deus

---

1 Notas musicais em alemão que correspondem a: si bemol-lá-dó-si. (N. T.)

Durante cem anos praticamente não se falou de Johann Sebastian Bach. Apenas quando Felix Mendelssohn-Bartholdy apresentou, em 1829, *A paixão segundo São Mateus*, cerca de cem anos depois de sua composição, as pessoas começaram a se interessar novamente pelo músico. Hoje, Johann Sebastian Bach é considerado um dos maiores músicos de todos os tempos. Beethoven disse certa vez: "Ele deveria se chamar mar, e não Bach[2], devido à sua riqueza infinita, inesgotável de combinações sonoras e harmonias".

Vitória sem opositor

Fato curioso

Em 1707, o mais famoso organista e cravista da corte francesa do rei Luís XIV, Jean Louis Marchand, caiu em desgraça. Por isso, ele se dirigiu à corte do príncipe amante das artes Augusto II, em Dresden, onde o modo de vida francês era altamente considerado. Ali, Marchand, com sua música, foi idolatrado pela sociedade cortesã e celebrado como o maior virtuose vivo do órgão.

O spalla *da corte, Baptist Volumier, também francês, irritou-se profundamente com aquilo, pois ele conhecia um músico alemão que era indubitavelmente muito superior a Marchand com sua arte: Johann Sebastian Bach. O que seria mais adequado para convencer também a sociedade cortesã do que uma competição musical entre o alemão e o francês? A competição musical deveria se realizar no salão de concerto do presidente do conselho de ministros, conde Flemming.*

Uma noite antes da grande competição, o curioso Marchand se esgueirou até a igreja para bisbilhotar seu opositor tocando. Sentou-se no último banco. O que ele ouviu de sons poderosos do órgão foi espetacular. Quanto mais ouvia, mais se apavorava com a ideia do que teria de enfrentar. No dia seguinte, na hora marcada, uma plateia brilhante enchia o salão suntuoso iluminado com velas. Exatamente com o repicar do sino, o alemão Johann Sebastian Bach apareceu: um homem opulento, de calças compridas. Só faltava o francês, mas ele não chegava.

---

2 *Bach*, em alemão, significa "córrego, ribeirão". (N. T.)

A plateia ficou inquieta. Finalmente, um mensageiro foi enviado para buscar Marchand. Pouco depois, a notícia: monsieur Marchand deixou Dresden de manhã bem cedo com a carruagem do correio, sem esclarecer o motivo de sua partida. Sabemos o porquê. Ao ouvir Bach na noite anterior, uma coisa ficou clara: esse você nunca vai derrotar. ■

Mili Balakirev

Datas de nascimento e morte:
*2 de janeiro de 1837
(21 de dezembro de 1836), Novgorod

†29 (16) de maio de 1910,
São Petersburgo

Origem: Rússia

Período: Romantismo tardio

Obras importantes

Obras orquestrais:
Concerto para piano n. 1 em fá sustenido menor (1856)
Tamara, poema sinfônico (1867-1882)
Islamey, fantasia oriental para piano (1869)
Sinfonia n. 1 em dó maior (1897)

Importância

Mili Balakirev é considerado fundador e figura expoente do Grupo dos Cinco, um grupo de jovens compositores russos que se propuseram a criar uma música nacional russa. As obras mais notáveis e originais de Balakirev são raramente executadas em salas de concerto atualmente.

Mili Balakirev

O compositor russo Mili Balakirev nasceu em 2 de janeiro de 1837, em Novgorod. Seu pai, um funcionário público do departamento de imposto sobre o sal, era de uma família nobre empobrecida. A mãe, uma mulher inteligente, enérgica e musical, deu as primeiras aulas de piano ao filho, que se destacou pelo ouvido absoluto e por uma memória musical fenomenal. Quando Mili fez dez anos, os pais o mandam estudar em Moscou. Mas a vida lá era muito cara, e por isso os estudos tiveram de ser interrompidos após dez aulas. Assim, a pobreza fez o jovem talento ser dependente de mecenas influentes e abonados, cuja ajuda só poderia ser obtida com talento, esforço, submissão e sucesso. Logo, o talentoso Balakirev chamou a atenção em sua cidade natal. O maestro do teatro, Karl Eisrich, deu aulas de piano para Balakirev de graça, estudou partituras com ele e o levou para ensaios e concertos do teatro.

O jovem Balakirev conheceu o rico musicólogo e proprietário rural Ulybychev, que mantinha uma orquestra doméstica própria e organizava concertos em sua propriedade rural, nos quais Balakirev tocava piano. Aos quinze anos, ele já obtivera os primeiros sucessos como maestro nesses eventos. Um ano depois, Balakirev, autoconfiante e cosmopolita, deixou Novgorod para estudar matemática em Kasan. Ele financiava seus estudos lecionando aulas de piano e tocando nos círculos aristocráticos.

Ulybychev sugeriu ao jovem Balakirev que fosse para São Petersburgo. Lá, as casas dos amantes de arte influentes e nobres se abririam para ele, que era um músico extraordinário. Assim, Balakirev resolveu sair da universidade e decidiu ser músico profissional, o que era um passo ousado, pois o *status* de músico, na época, era pouco seguro: o músico dependia da misericórdia de mecenas nobres. Um ano depois, ele brilhou como pianista e maestro na Universidade de São Petersburgo com seu *Concerto para piano n. 1* em fá sustenido menor, influenciado por Chopin. Após esse brilhante concerto, a nobreza de São Petersburgo ficou a seus pés. Balakirev, com seu grande talento, poderia ter seguido a carreira de pianista, mas ele decidiu se dedicar principalmente à composição.

Como pianista e improvisador de talento abençoado, admirado e festejado por seus contemporâneos, o Balakirev compositor se tornou criador da música para piano nacional russa. Empreendeu quatro viagens à região do Volga e do Cáucaso. O local, as pessoas e a música especial o fascinavam. Ele anotava as canções populares, publicava-as mais tarde em coletâneas e as utilizava em suas obras: no poema sinfônico *Tamara*, por exemplo, ele usou temas de lendas caucasianas e contou sobre a beleza selvagem da paisagem montanhosa do Cáucaso através da música; mas foi principalmente sua fantasia oriental para piano *Islamey* que o fez ser conhecido internacionalmente. A estreia foi um tremendo sucesso. Em 1862, Balakirev fundou a Escola Livre de Música, e, ao contrário do Conservatório de São Petersburgo, aberto um ano antes, ali os interessados de todas as camadas da população poderiam estudar música gratuitamente. Balakirev dirigiu a instituição — com uma pausa de sete anos — com cuidado e iniciativa até o final de sua vida. Paralelamente, ele assumiu a direção da Sociedade Russa de Música.

Balakirev atraía jovens músicos diletantes que logo eram chamados de "Inovadores" e "Grupo dos Cinco". Eles se encontravam regularmente para discutir política, arte e música. Como compositores, tinham um objetivo: assumir o legado de Glinka, que Balakirev conheceu pouco antes de sua morte. Isso significa que queriam criar uma música nacional russa que fosse baseada em canções populares do país. No centro dos encontros sempre estava Balakirev.

"Ele exercia um fascínio como nenhum outro. Era jovem, tinha olhos maravilhosamente vivos, fogosos, uma barba considerável, falava de maneira decidida, estava sempre disposto a improvisações magníficas ao piano, memorizava todos os compassos conhecidos e guardava temporariamente na cabeça qualquer composição que fosse tocada. Sempre transmitia o sentimento de sua própria grandeza, e o outro percebia imediatamente sua superioridade. Sua influência sobre as pessoas ao seu redor era incrivelmente grande e parecia ser quase uma força magnética", relatou Rimski-Korsakov, um dos Inovadores. Mas apesar de sua autoconfiança e superioridade, Balakirev, ranzinza e concentrado apenas na música, caía frequentemente em depressão e duvidava de si mesmo. No final da década de 1860, Balakirev se encontrava em uma situação desesperadora. As apresentações da Escola Livre de Música eram cada vez menos frequentadas, pois a elite da sociedade pouco se interessava pela música nacional russa. A situação financeira de Balakirev ficou catastrófica, pois ele não tinha de prover apenas a si mesmo, mas também as três irmãs mais jovens e um pai desempregado há muito tempo. Além disso, teve de renunciar ao cargo de maestro da Sociedade Musical Russa. A constante penúria, a saída do cargo e o desprezo de sua cidade natal, Novgorod, por sua música revolucionária (em um concerto, conseguiu uma arrecadação de apenas onze rublos) conduziram Balakirev a uma profunda crise emocional. Ele se afastou de seus amigos e abandonou todos os cargos. Até seu interesse pela música diminuiu. Balakirev se exilou voluntariamente perto de Varsóvia, onde trabalhou como funcionário da ferrovia e do correio. Distanciou-se do mundo e aproximou-se da religião.

Apenas no final da década de 1870 as pessoas conseguiram atrair o dissidente de volta, confiando-lhe a edição das partituras de óperas de Glinka. Então, foi reavivada a intensa troca de ideias com Tchaikovsky, que dedicou três obras ao amigo. Com a saída de Balakirev de São Petersburgo, o Grupo dos Cinco havia se dissolvido. Agora, após seu retorno, Balakirev foi acolhido em um novo círculo de músicos e amigos, com outra configuração. Sob a denominação "Encontro de Weimar", interessados em arte, músicos e aficionados por música reuniam-se para troca de ideias. Nesses encontros, Balakirev pôde apresentar suas novas obras e brilhar como pianista, principalmente com interpretações de Chopin. A sua situação financeira mudou sensivelmente quando foi nomeado diretor do grupo de cantores da corte. Ele reformou o sistema escolar e cuidou da formação de crianças talentosas, geralmente de famílias sem recursos.

Aos 57 anos, Balakirev fez sua última apresentação pública como pianista em Varsóvia em homenagem a Frédéric Chopin. O compositor polonês foi o grande amor do pianista nos últimos anos de vida. Uma série de composições para piano de Balakirev foi fortemente influenciada por Chopin, como noturnos, mazurcas, valsas e scherzi. Quatro anos mais tarde, Balakirev fez seu último concerto na Escola Livre de Música e estreou sua *Sinfonia n. 1* em dó maior, finalizada após quase trinta anos. Em 29 de maio de 1910, Mili Balakirev morreu, aos 73 anos, em São Petersburgo. Uma grande multidão acompanhou seu caixão até o cemitério de Tichwin, ao lado do mosteiro Alexander Nevsky, onde já estavam enterrados Borodin e Mussorgsky.

Amor pelos animais

Fato curioso

Mili Balakirev tinha um grande coração também com os animais. "Quando levava seu grande cão de guarda para passear, o qual chamava de 'amiguinho'", recordou seu aluno, o compositor Rimsky-Korsakov, "ele sempre atentava para que seu 'amiguinho' se comportasse direito e não perseguisse belas cadelas. Às vezes, acontecia de ele carregar o colosso no colo até em casa. Além disso, ralhava com os zeladores quando estes ousavam espantar o cão que farejava por toda a parte. Seu amor pelos animais era tal que libertava até mesmo os mais feios insetos, como um percevejo, por exemplo, que vagava pelo seu quarto, cuidadosamente, pela janela, dizendo: 'Vá com Deus, meu pequenino!'" ■

Samuel Barber

Datas de nascimento e morte:
*9 de março de 1910, West Chester
†23 de janeiro de 1981, Nova York

Origem: Estados Unidos

Período: Modernismo

Obras importantes

Obras dramáticas:
Vanessa, ópera (1958)
Antony and Cleopatra, ópera (1966)

Obras orquestrais:
Adagio for strings em si bemol maior op. 11 (1937/38)
Concerto para violoncelo op. 22 (1945)
Concerto para piano op. 38 (1962)

Importância

Barber é considerado um dos compositores modernos mais talentosos e respeitados dos Estados Unidos. Em suas obras, preferia harmonias e formas tradicionais e evitava experimentos. Sua música é, a princípio, melodiosa e emocional, porém, posteriormente, Barber se tornou cada vez mais complexo e dissonante. Sua obra mais conhecida é o *Adagio for strings*, a versão orquestral do segundo movimento de seu quarteto de cordas em si bemol maior op. 11.

Samuel Barber era obcecado por música desde a infância. Aos sete anos, já começou a compor, e, dois anos mais tarde, decidiu ser músico.

Aos catorze anos, o jovem Barber começou a estudar música: composição, regência e canto no Curtis Institute of Music na Filadélfia. Primeiramente, cogitou tornar-se cantor, mas logo vivenciou seus primeiros sucessos como compositor. Prêmios musicais lhe possibilitaram estadias de estudo na Itália em 1935 e 1936, e, em Roma, Barber compôs o *Quarteto de cordas* em si bemol maior op. 11, cujo segundo movimento (arranjado posteriormente para orquestra) alcançou grande popularidade como *Adagio for strings*. O famoso maestro Toscanini, que Barber conheceu em Roma, apresentou essa peça em 1939, em Nova York, com sucesso estrondoso, fazendo Samuel Barber ficar famoso do dia para a noite.

Durante a Segunda Guerra Mundial, Barber foi convocado como piloto pela Força Aérea Americana. Ali ele continuou a compor em cada minuto livre. Surgiram predominantemente marchas para bandas de instrumentos de sopro, entre elas, *Commando March*. Após a guerra, uma bolsa de estudos da Guggenheim lhe possibilitou voltar à Europa. Lá, atuou também como cônsul da Academia Americana, em Roma. Junto com seu companheiro, o compositor italiano de óperas Gian Carlo Menotti, Barber comprou uma casa em Mount Kisco, Nova York. Ali surgiu a maioria de suas obras, entre elas composições importantes como o *Concerto para violoncelo*, que ganhou o prêmio da crítica nova-iorquina em 1947, e a ópera *Vanessa*, segundo um libreto de Menotti, premiada com o prêmio Pulitzer. Esse é o mais importante prêmio cultural norte-americano, comparável ao Nobel, para cientistas, ou ao Oscar, para cineastas. Em 1966, a Metropolitan Opera, maior teatro de óperas do mundo, inaugurou sua nova casa no Lincoln Center de Nova York com *Antony and Cleopatra*, de Barber.

Em 23 de janeiro de 1981, Samuel Barber faleceu, em Nova York, aos setenta anos. A princípio, foi denominado pela crítica como "romântico atrasado", porque se orientava, na forma e harmonia, pela música do século XIX. Barber confessou que não sabia compor senão a partir do sentimento. Mais tarde, ele encontraria sua própria linguagem musical. ■

Béla Bartók

Datas de nascimento e morte:
*25 de março de 1881, Nagyszentmiklós/Hungria (atualmente Sinnicolaul Mare/Romênia)

†26 de setembro de 1945, Nova York

Origem: Hungria

Período: Expressionismo

Obras importantes

Obras dramáticas:
O castelo de Barba Azul op. 11, ópera (1911)
O príncipe de madeira op. 13, balé (1914-1917)
O mandarim maravilhoso, pantomima (1918-1919)

Obras orquestrais:
Suíte de danças para orquestra (1923)
Concerto para piano n. 2 (1930-1931)
Música para cordas, percussão e celesta (1936)
Concerto para violino n. 2 (1937-1938)
Divertimento para orquestra de cordas (1939)
Concerto para orquestra (1943)
Concerto para piano n. 3 (1945)

Importância

O compositor húngaro Béla Bartók figura entre os mais importantes do Expressionismo, um estilo do século XX. Além de sua atividade como pianista e compositor, Bartók se dedicou a recolher e pesquisar a música original popular da Hungria, dos Bálcãs, da Turquia e dos árabes. As quase vinte mil canções populares recolhidas se tornaram, também, fonte para suas próprias obras. Seu *Microcosmo*, um curso de piano em seis volumes, com 153 peças de dificuldade variada, tornou-se um importante livro didático para aulas de piano.

Béla Bartók

Béla Bartók, que mais tarde se tornou um pianista excepcional, recebeu de sua mãe as primeiras aulas de piano ainda bem novo. O menino frágil tinha grande talento musical. Possuía ouvido absoluto e começou, como Mozart, a compor já na infância. Ao completar sete anos, seu pai, músico, faleceu. A mãe teve de criar os filhos sozinha e retomar sua atividade como professora. A família se mudou para Bratislava, onde o jovem Bartók frequentou o ginásio. Ele recordava que essa cidade:

> ...naquela época tinha a vida musical mais agitada de todas as cidades de província da Hungria, de forma que me foi possível [...] desfrutar de aulas de piano e harmonia e, por outro lado, frequentar alguns concertos com orquestra e óperas. Assim, até meu 18º ano de vida, passei a conhecer relativamente bem a literatura musical de Bach a Brahms. Paralelamente, compunha bastante sob a influência de Brahms.

Após o exame final do ginásio, Bartók começou a estudar piano e composição na Academia de Música de Budapeste, a capital húngara. Aos 21 anos, surgiu sua primeira obra notável, o poema sinfônico *Kossuth*, dedicado ao herói da revolução húngara de 1848. Nessa peça, que o tornou conhecido em sua pátria, é possível sentir a influência de Franz Liszt, que compôs suas obras, assim como as *Rapsódias húngaras*, em um estilo que, na época, foi considerado genuinamente húngaro, porém, na realidade, não era autêntico. O tema de sua música programática, *Kossuth*, mostra que Bartók também, como muitos de seus contemporâneos, rejeitava a dominação austríaca e tinha uma consciência nacionalista elevada. Em uma carta, ele reclamou da moda em voga na elite de se interessar exclusivamente pela língua e cultura alemãs.

O que interessava a Bartók era buscar uma identidade nacional húngara. Quando ouvia uma criada cantando uma canção popular, ficava tão emocionado com a música singela da gente simples que decidiu pesquisar e recolher as canções populares autênticas de sua terra natal antes que elas se perdessem para sempre. Bartók conheceu, então, seu colega de faculdade Zoltán Kodály, com quem dividia ideias e objetivos. Os dois compraram um fonógrafo para poder gravar as canções populares e foram a vilarejos distantes em busca de pessoas que ainda sabiam cantar canções populares genuínas. O ímpeto de coletá-las e pesquisá-las os levou para além das fronteiras de sua pátria, para outros países dos Bálcãs. Mais tarde, Bartók confessou: "Foram os dias mais felizes de minha vida aqueles que passei nos vilarejos, entre camponeses". O tesouro de milhares de canções populares recolhidas devia então ser transcrito em notas e cuidadosamente estudado e organizado. Mais tarde, a música folclórica passou a ter grande importância para as composições do próprio Bartók.

Como seu sonho de uma grande carreira como pianista não havia se realizado, aos 25 anos o compositor aceitou o convite para ser professor na Academia de Música de Budapeste. Em 1909, casou-se com Marta Ziegler e, pouco depois, nasceu seu filho, Béla Junior. O compositor compôs seu *Allegro barbaro* para piano, que se tornou a síntese da música expressionista devido ao título provocador, à vitalidade brutal, ao ritmo de batidas e sons dissonantes. A música expressionista quis incorporar o interior do ser humano atormentado e solitário como imagem da mecanização e tecnização do mundo, de um mundo implacável, cheio de barulho, guerra, ódio e violência. No mesmo ano, surgiu a única ópera de Bartók, *O castelo de Barba Azul*, que ele dedicou à esposa. Com essa obra dramática, Bartók encontrou um estilo próprio, que, porém, foi rejeitado pelo grande público. Por isso, ele fundou com seu amigo Kodály a Associação de Música Nova Húngara, que tinha como objetivo conquistar a opinião pública para a música moderna por meio de apresentações. A tentativa fracassou e Bartók, desiludido, se afastou da cena musical. Passou a se dedicar intensamente à atividade de pesquisa, que o levou à Turquia e ao norte da África.

Durante a Primeira Guerra Mundial, teve de interromper suas viagens e se dedicar novamente — e com frequência — à composição. Em 1917, Bartók obteve seu segundo grande sucesso com o balé *O príncipe de madeira*. A partir daí o mundo passou a prestar atenção no compositor húngaro. Em 1923, quando as cidades Buda e Peste foram unidas e originaram Budapeste, Bartók recebeu a incumbência de compor uma peça para o concerto solene. O compositor de 41 anos compôs uma suíte de dança na qual incluía não apenas o folclore húngaro, mas também a música tradicional dos mais diversos países, pois, como disse Bartók, "minha verdadeira ideia é a fraternidade entre os povos, uma fraternidade apesar de todas as guerras". No mesmo ano, Bartók se divorciou e se casou com sua aluna de piano Ditta Pásztory, e, um ano depois, nasceu seu segundo filho, Péter. O pai compôs o *Microcosmo* para a aula de piano da criança.

Após Hitler tomar o poder, em 1933, Bartók rejeitou convites para se apresentar na Alemanha. Ele também temia a tomada de poder pelos nazistas na Hungria. No início, ele ainda foi chamado pela Academia de Ciências para organizar, junto com Kodály, as vinte mil canções populares coletadas. Paralelamente, nasceu uma de suas obras mais conhecidas e extraordinárias, a *Música para cordas, percussão e celesta*, um instrumento com tubos suspensos.

Depois de proibir a transmissão de suas obras por emissoras de rádio alemãs e italianas, Bartók passou a enfrentar cada vez mais dificuldades com as autoridades de extrema direita na Hungria. Por isso, em 1939, decidiu emigrar para a América com sua esposa. Seu filho Péter seguiu os pais dois anos depois, e Béla Junior, ao contrário, permaneceu na Hungria. Mas o compositor não se sentia em casa nos Estados Unidos. As preocupações com o futuro da Hungria e uma forte saudade de casa o lançaram em uma profunda depressão. Apesar de Bartók receber um cargo na Universidade de Columbia, que mais tarde lhe conferiu o título de doutor *honoris causa*, ele era pouco conhecido como compositor nos Estados Unidos e o modo de vida americano lhe era estranho. "Minha carreira de compositor praticamente acabou", escreveu à sua terra natal, desiludido, em 1942, "o boicote das melhores orquestras continua, elas não tocam nem minhas obras antigas, nem as novas". Bartók também se sentia cada vez mais fraco fisicamente. A encomenda do famoso maestro Kussewitzki de uma composição lhe devolveu a vontade de viver, e, com grande entusiasmo, Bartók compôs a obra em apenas 55 dias. A execução do *Concerto para orquestra* foi um sucesso sensacional. Logo após o final da Segunda Guerra, Bartók começou a trabalhar em seu *Concerto para piano n. 3*, mas não conseguiu terminar a obra. Béla Bartók faleceu em 26 de setembro de 1945, aos 64 anos, em um hospital nova-iorquino. Seu grande desejo de rever a Hungria nunca se realizou.

Béla Bartók

Experiências de pesquisa

Fato curioso

Béla Bartók viajava com seu amigo Zoltán Kodály pelos Bálcãs para registrar as canções populares originais da gente simples do campo. Leia o relato de uma dessas viagens:

"Ao nascer do sol, chegamos finalmente ao acampamento de inverno dos tecirli, uma tribo nômade, mas que passa o inverno não em tendas, mas em casas de adobe. Nosso guia nos levou à casa de um conhecido que parecia ter influência sobre as famílias de sua tribo e que nos recebeu com extrema amabilidade. Ele logo quis mandar sacrificar um carneiro para comermos, mas dissemos que uma galinha seria suficiente.

Aos poucos, a casa foi se enchendo com as pessoas da comunidade. Ao que parecia, nosso guia não havia mencionado nada sobre o objetivo de nossa visita, e eu estava impaciente. Finalmente ouvi quando ele disse algo como 'türki, türk halk müsiki' e falou sobre canções populares. E, realmente, um jovem de 15 anos cantou, sem vergonha nem hesitação, a primeira canção. A melodia soou bem húngara. 'E agora o fonógrafo', pensei, mas não foi tão fácil. Meu bom cantor temia perder sua voz se cantasse para a máquina, aparentemente comandada pelo demônio. Ele achava que a máquina não gravaria sua voz, mas a eliminaria totalmente. Demorou um bom tempo até eu conseguir dissipar seus temores. Então trabalhamos ininterruptamente e em paz até cerca de meia-noite. Nesse momento, achei que era hora de lhe fazer uma pergunta delicada: se as mulheres cantavam canções diferentes das dos homens. 'Oh, não, de maneira nenhuma!' Nós gostaríamos muito de ouvir as canções interpretadas pelas mulheres. Um pouco confusos, nos comunicaram que as mulheres nunca cantavam na presença de homens, nem mesmo o marido teria o direito de pedir que a esposa cantasse uma canção. Com tristeza, perdi a esperança [...] É impossível gravar canções de ninar cantadas por vozes masculinas esganiçadas." ∎

Ludwig van Beethoven

Datas de nascimento e morte:
*17 de dezembro de 1770, Bonn

†29 de março de 1827, Viena

Origem: Alemanha

Período: Classicismo

Obras importantes

Obras dramáticas:
Fidelio, ópera (terceira versão, 1814)

Obras corais:
Missa solemnis para solista, coro e orquestra ré maior op. 123 (1824)

Obras orquestrais:
Nove sinfonias
Cinco concertos para piano
Concerto para violino em ré maior op. 61 (1806)

Música de câmara:
Dezesseis quartetos de cordas

Música para piano:
32 sonatas para piano

***Lieder*:**
An die ferne Geliebte, op. 9, ciclo de canções (1816)

Importância

Ludwig van Beethoven figura entre os maiores compositores da história da música. Suas obras ainda hoje definem o repertório internacional de concertos. A melodia da *Ode à alegria, de Schiller* (*Freude schöner Götterfunken*), em sua nona sinfonia, serve como hino da europa unificada.

Ludwig van Beethoven, um dos maiores compositores da história da música, nasceu em 17 de dezembro de 1770, em Bonn. O pai, tenor da orquestra da corte de Bonn do arcebispo e príncipe-eleitor de Colônia, dava ao filho de quatro anos as primeiras aulas de piano. Ludwig tinha de colocar um banquinho diante do piano, pois ainda não alcançava as teclas com seus dedinhos largos. Ludwig, chamado de *espanhol* por seus amigos por causa da pele escura, tinha pouco tempo para brincar, pois seu pai, Johann, esperava que o filho se tornasse um músico competente. Afinal, a música era, há gerações, o ganha-pão da família van Beethoven, originária dos Países Baixos. O pai ficava impaciente e logo se irritava ao ver Ludwig errar uma nota. Johann achava que a escola não valia de nada — para ele, estudar piano era mais importante. Não foi de se espantar que Ludwig, com o tempo, negligenciasse a escola. Durante toda a vida, Beethoven foi fraco em contas e na ortografia. "Prefiro escrever dez mil notas a uma letra", confessou, mais tarde, a um editor.

Logo Ludwig passou também às aulas de violino com o pai, paralelamente às aulas de piano. Johann cuidava para que o filho estudasse diariamente e durante muitas horas, pois ele deveria se tornar um segundo Mozart. Aos sete anos, o tímido Ludwig deu seu primeiro concerto público diante da sociedade da corte. O aplauso benevolente animou o pai a permitir que o filho se apresentasse como criança-prodígio na academia de música.

Mas o triunfo e a recompensa financeira esperados pelo pai não aconteceram. As caretas que o filho fazia ao tocar piano e sua postura curvada prejudicavam o sucesso. A partir de então, Johann ficou ainda mais exigente com o filho. Às vezes, ele colocava Ludwig ao piano tarde da noite, quando voltava para casa depois das apresentações no teatro da corte. Mas aquele treino monótono logo perdeu a graça para Ludwig, e, para se afastar do piano, ele passou a fazer aulas de órgão. Como organista, Ludwig logo se encarregou da missa das seis horas na igreja do mosteiro. Frequentemente os freis ficavam ouvindo as incríveis improvisações daquele garotinho peculiar.

Certo dia, houve uma epidemia de varíola em Bonn e Ludwig não foi poupado. Ao perceber que seu rosto estava coberto de manchas vermelhas e cicatrizes horríveis, reagiu de forma sensível, tornando-se cada vez mais fechado e lacônico. Passou a evitar a sociedade e os contatos com amigos se tornaram cada vez mais raros. Em compensação, ele se ocupava cada vez mais com a música. Um novo professor trouxe novamente a alegria de tocar piano ao jovem Beethoven, ao deixá-lo tocar o que lhe vinha à mente. Improvisar — era disso que Beethoven gostava. O pai, na época, estava tão convencido da capacidade do filho que convidava à sua casa qualquer um que quisesse ouvir sua criança-prodígio tocar piano. Com frequência cada vez maior, ele saía em "turnês" com Ludwig para atender a convites de pessoas que queriam admirar o jovem e brilhante pianista.

Depois que Ludwig concluiu a escola, eles fizeram uma viagem para a Holanda, a terra dos antepassados. Em Roterdã, Beethoven tocou para a mais bem reputada das sociedades e surpreendeu a todos com suas habilidades pianísticas incríveis. De volta a Bonn, o pai encontrou um professor extraordinariamente competente para seu talentoso filho: o organista da corte, Gottlieb Neefe, que imediatamente percebeu a genialidade de seu novo aluno. Com seriedade e zelo, ele se dedicou à formação musical do jovem Beethoven. Pouco depois (Ludwig acabara de completar onze anos), ele manda imprimir as *Nove variações de uma marcha de Dressler*, a primeira composição do garoto. Um pouco mais tarde, foram publicadas as três *Kurfürstensonaten*. Em abril de 1784, o novo príncipe-eleitor Max Franz, filho mais jovem de Maria Teresa, vai a Bonn. Como o novo soberano precisava economizar, o salário de Neefe foi drasticamente reduzido e Beethoven, com treze anos, foi contratado com salário de 150 guldas como segundo organista da corte. Assim, o salário de Ludwig era a metade do salário de seu pai.

Certo dia, aconteceu algo que mudou a vida de Beethoven de um momento para outro. A abastada conselheira da corte, von Breuning, recebeu em sua casa estudiosos, poetas, políticos e músicos. Ela ficou conhecendo uma das sonatas de Beethoven e decidiu que Ludwig deveria dar aulas de piano para seus dois filhos, sendo que o jovem mirrado, humildemente vestido, tímido e não muito atraente não era muito mais velho do que suas duas crianças. A conselheira da corte sabia que Beethoven não recebera uma boa educação formal, que crescera sob condições familiares difíceis, na presença de uma mãe doente e um pai colérico, frequentemente bêbado. Ela queria transformar o jovem gênio, com semblante desamparado, em um cavalheiro. Com o passar das semanas, Beethoven ia se sentindo cada vez melhor na casa dos Breuning. Frequentemente ele passava noites tocando. Em 1787, finalmente o grande desejo de Beethoven se realizou: o príncipe-eleitor levou o jovem de dezesseis anos para Viena, o centro musical da Europa. Lá, o jovem músico de Bonn tocou para seu ídolo Wolfgang Amadeus Mozart, que ficou muito impressionado com o talento do jovem de dezesseis anos e lhe deu algumas aulas. Mas logo depois Beethoven foi chamado de volta a Bonn. Sua mãe, tão boa e querida, adoeceu, falecendo em seguida. Por isso, Ludwig se tornou chefe da família, pois seu pai perdera a tutela dos filhos por alcoolismo. Felizmente, o conde Waldstein passou a ajudar Beethoven financeiramente e o aconselhou também em questões artísticas. O compositor lhe dedicou mais tarde a *Sonata Waldstein*.

Em novembro de 1792, aos 22 anos, Beethoven deixou sua cidade natal, que nunca mais veria, e se estabeleceu em Viena, acolhido de forma hospitaleira pelo príncipe Lichnovsky, um grande admirador de sua arte. Ele também concedeu ao músico um salário anual de 600 guldas, de forma que este não precisaria mais se esforçar para encontrar um emprego fixo. Beethoven recebeu aulas de Joseph Haydn, mas logo ambos perceberam que tinham personalidades muito distintas. Durante um ano, Beethoven seguiu em seus estudos com diversos professores (um deles foi Antonio Salieri), e, no final, encerrou seu tempo de estudos.

Em 29 de março de 1795, Beethoven se apresentou pela primeira vez em público no teatro Burgtheater de Viena. Tocou o seu *Concerto n. 2 para piano* em si maior. Alguns dias depois, fez um concerto solo com improvisações livres. Ambas as apresentações foram um sucesso triunfal para o jovem de 24 anos. Concertos em Berlim e Praga trouxeram sucesso e reconhecimento para o virtuose do piano fora de Viena. Beethoven era muito admirado nos círculos musicais de Viena, principalmente entre os nobres, como pianista, maestro e professor. Choviam homenagens e convites. Quando o irmão de Napoleão, Jérôme, lhe ofereceu o cargo de mestre-de-capela em Kassel, seus mecenas nobres lhe deram um salário anual de quatro mil guldas para mantê-lo em Viena. Isso possibilitou que Beethoven fosse o primeiro artista alemão independente que pôde viver sem emprego fixo. Mas, por volta da virada de século, surgiram os primeiros sinais de um problema auditivo, a pior coisa que pode acontecer a um músico. Inicialmente, ele acreditava poder curar a doença com ajuda médica. Mas logo passou a se queixar de um zumbido constante nos ouvidos. Quando outras pessoas falavam, ele ouvia apenas um zumbido, e gritos lhe doíam de forma insuportável. Isso deixava claro que a carreira de pianista e maestro estava acabada para Beethoven. Mas essa trágica constatação não o desesperou no início. Ele escreveu: "Quero dar um golpe no destino. Ele certamente não vai conseguir me dobrar".

Em 1802, seu médico lhe prescreveu uma estadia em Heiligenstadt, perto de Viena, para que descansasse. Quando não existia mais dúvida de que seu problema auditivo não iria melhorar, Beethoven se desesperou e cogitou seriamente acabar com a própria vida. Como acreditava que não tinha muito tempo pela frente, escreveu seu *Testamento de Heiligenstadt*, no qual fixava sua última vontade e revelava seu estado insuportável. Sua deficiência auditiva o afastou mais da sociedade, mas seu poder de criação não diminuiu. Em 1804, aos 33 anos, compôs a primeira versão de sua única ópera: *Fidelio*. Antes disso, terminou sua *Sinfonia n. 3, a Eroica*, dedicada a Napoleão, a quem admirava enormemente. Mas quando soube que Napoleão havia se autoproclamado imperador, o compositor, enfurecido, pegou a capa da composição, rasgou-a por inteiro e jogou no chão.

Beethoven foi uma pessoa autoconfiante. Escrevia e dizia o que pensava, mesmo diante de príncipes e barões. Nunca se curvou diante de nobres, que considerava estarem muito abaixo dele. Certa vez, disse a seu mecenas, o príncipe Lichnovsky: "Príncipe, o senhor é o que é por nascimento; o que sou, sou por mim mesmo. Príncipes houve e haverá ainda milhares deles; Beethoven, só existe um". Quando seu irmão assinava suas cartas como "Johann van Beethoven, proprietário rural", isso o irritava profundamente, então respondia a carta assinando: "Ludwig van Beethoven, proprietário cerebral".

Beethoven foi se isolando cada vez mais. Durante toda a sua vida, ele desejava um casamento sólido. Apaixonou-se por várias damas da sociedade, mas não estava à altura delas socialmente. Aos poucos, se desentendeu com seus melhores amigos porque reagia com frequência de forma grosseira, ofensiva, impulsiva e inesperada. Sua surdez o tornou mais desconfiado e insuportável no trato social. Beethoven vivia apenas para sua música. No verão de 1808, aos 37 anos, finalizou sua famosa *Quinta sinfonia* em dó menor e *a Sinfonia n. 6, Pastoral,* na qual descrevia a paisagem do entorno de Heiligenstadt com recursos musicais.

Em 1826, conheceu Johann Wolfgang von Goethe em Bad Teplitz. Beethoven, que admirava muito o famoso escritor alemão, o recebeu e tocou para ele. Goethe escreveu, entusiasmado, para a mulher: "Nunca vi um artista tão cheio de iniciativa, tão enérgico, tão cordial. Entendo muito bem por que ele parece tão esquisito para o mundo".

Beethoven vivenciou o ápice de sua fama quando sua sinfonia que encena batalhas, *Vitória de Wellington ou a Batalha de Vittoria,* foi apresentada no magnífico salão Redoutensaal, na presença das imperatrizes da Rússia e da Áustria, do rei da Prússia e de todos os príncipes que participaram do Congresso de Viena. Essa obra, raramente tocada hoje em dia, causou grande alvoroço.

Em 1815, o irmão de Beethoven, Kaspar Karl, faleceu. Junto com sua cunhada Johanna, ele assumiu a tutela de seu sobrinho Karl, e tomou essa tarefa tão a sério que quase parou totalmente de compor.

Em 1816, Beethoven já estava quase surdo. Os visitantes se entendiam com ele apenas através de cadernos de conversação nos quais escreviam suas perguntas e comunicados. Aos 52 anos, em 1823, o compositor que estava compondo a *Nona sinfonia*, sua última, já está completamente surdo. No entanto, Beethoven teimava em reger ele próprio a estreia (o verdadeiro maestro é colocado fora do seu campo visual). Quando, ao final, eclodia o aplauso entusiasmado, uma das cantoras solistas precisava virá-lo discretamente para o público, para que ele percebesse o entusiasmo com o qual "os vienenses recebiam aquela obra grandiosa, de pé, agitando os chapéus".

Em 1826, quando seu sobrinho Karl tentou se suicidar, Beethoven viajou com ele para passar férias em Gneixendorf. Lá, aos 55 anos, o compositor trabalhava com obsessão. No começo de dezembro, Beethoven voltou a Viena, e, durante o trajeto, contraiu uma pneumonia seguida de uma doença hepática. Beethoven teve de suportar diversas operações, porém, mesmo assim, seu estado de saúde só piorava. Schindler, secretário de Beethoven, escreveu: "Há oito dias está deitado, moribundo. Agora as pessoas vêm em multidões para vê-lo". Quatro dias antes de morrer, Beethoven escreveu seu último bilhete: *Plaudite amici, comoedia finita est.* ("Aplaudam, amigos, o espetáculo acabou!") Em 26 de março de 1827, Ludwig van Beethoven morreu após uma luta renhida contra a morte, enquanto um temporal varria Viena. Três dias depois, vinte mil vienenses fizeram um grandioso funeral. As oito maiores personalidades da música de Viena, entre elas Schubert, carregaram o caixão de Beethoven, acompanhadas de 36 carregadores de tochas. Todas as escolas de Viena ficaram fechadas naquele dia.

Engajamento total e suas consequências

Fato curioso

Louis Spohr, grande compositor, violinista e maestro, viveu durante um curto período como mestre-de-capela em Viena, a capital da música na época. O músico eclético fez muitos contatos com personalidades importantes da cidade, inclusive com Beethoven, de quem se tornou amigo. Um dos concertos públicos de seu amigo ficou em sua lembrança.

"Beethoven tocava um novo concerto seu para pianoforte, mas, logo no primeiro tutti, esqueceu que era solista, ficou de pé e começou a reger à sua maneira. No primeiro sforzando, agitou tanto os braços que os dois castiçais que estavam junto ao piano foram para o chão. O público riu e Beethoven ficou tão fora de si com aquela interrupção que mandou a orquestra parar e recomeçar. Devido à preocupação de que o mesmo acidente se repetisse no mesmo lugar, foram colocados dois meninos do coro ao lado de Beethoven segurando os castiçais na mão. Um deles, inocentemente, se aproximou mais para ler a partitura do piano e, quando o fatídico sforzando começou, ele recebeu de Beethoven um bofetão inesperado e, assustado, deixou cair o castiçal no chão. O outro menino, mais cuidadoso, havia acompanhado com olhares temerosos todos os movimentos de Beethoven e, por isso, conseguiu desviar do tapa abaixando-se rapidamente. Se antes o público já havia rido, desta vez ele explodiu em júbilo realmente estrondoso. Beethoven ficou tão furioso que logo nos primeiros acordes do solo arrebentou uma meia dúzia de cordas. Todos os esforços dos verdadeiros amantes da música para recuperar

o silêncio e atenção foram inúteis naquele momento. Por isso, o primeiro allegro do concerto foi perdido pelos espectadores. Depois desse incidente, Beethoven não quis mais dar concertos." ∎

Vincenzo Bellini

Datas de nascimento e morte:
*3 de novembro de 1801, Catânia

†23 de setembro de 1835, Puteaux (perto de Paris)

Origem: Itália

Período: Romantismo

Obras importantes

Obras dramáticas:
Il pirata, ópera (1827)
La straniera, ópera (1829)
I Capuleti e i Montecchi [*Romeu e Julieta*], ópera (1830)
La sonnambula, ópera (1831)
Norma, ópera (1831)
Beatrice di Tenda, ópera (1832)
I puritani, ópera (1835)

Importância

O italiano Vincenzo Bellini figura entre os mais bem-sucedidos compositores de ópera do século XIX. Com o melodrama romântico, sentimental, ele conseguiu um novo tipo de ópera que possibilitou à ópera italiana reinar novamente no mundo por um longo período. Suas obras *Norma, La sonnambula* e *I puritani* ainda hoje fazem parte do repertório fixo de todos os grandes teatros de ópera.

O grande compositor italiano de ópera do Romantismo, Vincenzo Bellini, possuía todas as condições para uma grande carreira musical: grande talento, excelente aparência, uma família amante da música e habilidade diplomática para lidar com dinheiro e as regras do jogo social.

Bellini era filho de um mestre-de-capela da catedral da cidade siciliana de Catânia, aos pés do Etna. O pai incentivava o talento musical do filho e lhe oferecia uma educação humanística. Aos cinco anos, Bellini tocava piano; um ano depois já começara a compor, chamando a atenção da sociedade pouco tempo depois. A duquesa de Sammartino se empenhou para que o jovem de dezoito anos pudesse estudar no conservatório de Nápoles com uma bolsa anual da prefeitura local.

A primeira ópera, *Adelson e Salvini*, composta quando Bellini tinha 24 anos, obteve sucesso mediano. Por isso, o compositor pede em vão a mão de sua aluna de música, a amada Magdalena, pois um presidente do Supremo Tribunal de Justiça não entregaria sua filha a um músico fracassado. Logo depois, o jovem compositor recebeu sua primeira encomenda para compor uma ópera para o teatro San Carlo, de Nápoles. *Bianca e Fernando* não fez um sucesso extraordinário, mas chamou a atenção do famoso teatro Scala de Milão, que contratou o talento promissor. Lá, Bellini encontrou o bem-sucedido libretista genovês Felice Romani, que imediatamente reconheceu a genialidade de Bellini e passou a escrever os libretos de óperas para ele. Afinal, foi também graças ao libreto que a primeira ópera de Bellini no Scala de Milão, *Il pirata*, se tornou um enorme triunfo.

Ao contrário de seus contemporâneos Donizetti e Rossini, que às vezes compunham uma ópera em poucas semanas, Bellini trabalhava lenta e conscienciosamente. Ele trabalhava intensamente as personagens de suas óperas, de forma que lhes dava grande expressão. Bellini se trancava em seu quarto, repetia o texto com insistência em voz alta e compunha até que a ópera satisfizesse sua alta exigência. Cada obra exigia dele um grande esforço, deixando-o exausto. O trabalho diário durante muitas horas e a vida irregular consumiram precocemente sua saúde.

Com sua boa aparência, Bellini se tornou rapidamente o queridinho da sociedade. Era um homem elegante, fino, "que se vestia na última moda e gostava de usar uma gravata preta com um alfinete magnífico". As mulheres adoravam o compositor bem-sucedido de olhos azuis e cabelos loiros.

Aos 27 anos, ele conheceu Giuditta Turina, filha de um abonado comerciante milanês de seda. A bela milanesa era casada com o conde Turina, mas seu casamento já estava abalado. Agora Bellini passava a maior parte do tempo na ampla propriedade dos Turina, às margens do lago de Como. Giuditta, amante das artes, exercia grande influência sobre o músico e o incentivou a compor a ópera *La straniera*, que fez um sucesso espetacular. O público chamou o compositor ao palco trinta vezes. *La sonnambula*, sua ópera seguinte, levou o público milanês ao delírio. Choveram flores e os entusiasmados mandaram até pombos-correio ao palco. Naturalmente o sucesso deveu-se também à nova namorada de Bellini, a cantora Giuditta Pasta, que cantou o papel principal magistralmente.

Às margens do lago de Como, na propriedade dos Pasta, Bellini compôs sua melhor ópera: *Norma*, a trágica história de uma sacerdotisa que é queimada na fogueira com seu amante, um soldado romano, como castigo. A princípio, a ópera foi um fracasso, para a surpresa de Bellini, mas depois a obra atingiu um sucesso após o outro nos palcos europeus. Agora Bellini era o grande astro das óperas, venerado e admirado por todos. Quando visitou sua terra natal, Sicília, "foi levado de Messina para Catânia em uma carruagem com quatro cavalos brancos". Porém, no auge da fama, aconteceu a derrota mais amarga. *Beatrice di Tenda*, encenada em Veneza, foi um fiasco. Por isso, Bellini se separa de seu libretista Romani. Além disso, Giuditta Turina começou a fazer intrigas contra seu ex-amante por ter perdido seu lugar para a cantora Pasta.

Para escapar das muitas fofocas, Bellini fugiu com a namorada para Londres, onde foi venerado como um queridinho absoluto da sociedade aristocrática.

Em meio aos ensaios em Londres, Bellini recebeu, de Paris, o centro cultural da época, uma interessante encomenda de ópera. Logo depois, o compositor de 32 anos chegou à capital francesa sem saber que esta seria a última estação de sua breve vida. Em Paris, Bellini se encontrou com muitos compositores importantes: Donizetti, Rossini, Liszt, Paganini, Meyerbeer, Chopin e Berlioz. Evidentemente ele gostaria também de conquistar os palcos parisienses como compositor de ópera, por isso se manifestou de forma depreciativa sobre seu grande concorrente Donizetti, tentando atrair o influente Rossini para seu lado. Reconciliou-se com seu libretista Romani e compôs *I puritani*, uma ópera que levou o público parisiense ao êxtase. Bellini conseguiu o que queria, "foi um sucesso absoluto em terra estrangeira".

Pelos seus méritos na música, recebeu da mão da rainha francesa a cruz da Legião de Honra, uma das mais importantes condecorações do país. Sua fama era imensa. "Não se passa uma semana em que eu não esteja à mesa com algum ministro", declara Bellini. No início do verão de 1835, ficou profundamente abalado ao receber de Nápoles a notícia da morte de sua primeira amada, Magdalena. Escreveu a um amigo: "Acho que logo terei de seguir a pobre, que não mais existe, até o túmulo". O poeta Heine, que o conhecia bem, relatou: "Ele queria tanto viver. Tinha uma aversão quase apaixonada à morte, não queria ouvir falar de morte, tinha medo dela como uma criança que teme dormir no escuro". Quatro meses depois, Vincenzo Bellini morreu, com apenas 34 anos — como Mozart. Surgiram boatos de que o compositor teria sido eliminado misteriosamente, mas ainda hoje não há certeza sobre a verdadeira causa de sua morte. ∎

Alban Berg

Datas de nascimento e morte:
*9 de fevereiro de 1885, Viena
†24 de dezembro de 1935, Viena

Origem: Áustria

Período: Expressionismo

Obras importantes

Obras dramáticas:
Wozzeck, ópera (1914-1922)
Lulu, ópera (1927-1935, não concluída por Berg)
Obras orquestrais:
Cinco canções para orquestra sobre textos em cartões postais de Peter Altenberg op. 4 (1912)
Três peças op. 6 (1913/1915)
Concerto para violino (dedicado a um anjo) (1935)

Importância

Alban Berg figura entre os principais representantes da chamada "Segunda Escola Vienense", um grupo de compositores encabeçado por Schönberg e seus discípulos, defensores da música atonal e do dodecafonismo que exerceram influência decisiva sobre o desenvolvimento da música moderna. Atualmente, Berg é considerado um clássico entre os expressionistas. Sua obra principal, a ópera *Wozzeck*, está entre as mais importantes composições do século XX. Nela, como em suas outras composições, Berg conseguiu com maestria combinar música atonal e dodecafonismo com a expressividade do romantismo tardio e a beleza sonora. Por isso, ele é frequentemente denominado "romântico da escola vienense".

Alban Berg

Alban Berg cresceu em meio à alta burguesia vienense, amante das artes, na virada do século. O pai possuía uma loja de artigos musicais, livros e obras de arte. Entre seus clientes, estava o compositor Anton Bruckner. Os pais apoiavam os interesses artísticos do filho, que se voltam em primeiro lugar à literatura, e, em segundo, à música: "Antes de compor, queria ser escritor", ele disse, certa vez. Quando o pai faleceu, em 1900, a família passou a enfrentar grandes dificuldades financeiras, e foi com a ajuda de uma tia que Alban conseguiu continuar frequentando o ginásio. Ao não passar no exame de conclusão do ginásio e sofrer uma decepção amorosa, o hipersensível Alban tentou o suicídio. Um ano depois, porém, ele foi aprovado no exame e se tornou funcionário administrativo do serviço público.

Embora o jovem vienense não tivesse recebido uma formação musical especial, ele começou a compor. Quando Arnold Schönberg, na época já conhecido representante da música moderna, oferece um curso de composição em outubro de 1904, o irmão mais velho do músico mostrou a Schönberg 150 canções compostas por Alban, sem o seu conhecimento. Schönberg pôde perceber, nos trabalhos do jovem de dezenove anos, "um sentimento transbordante", e o aceitou como aluno particular, juntamente com Anton Weber, dois anos mais velho.

Arnold Schönberg recordou: "Quando Alban Berg me procurou, em 1904, era um jovem muito alto e extremamente tímido. Imediatamente percebi que tinha um talento genuíno. Por isso o aceitei como aluno, embora ele não tivesse na época condições de pagar meus honorários".

Apenas dois anos mais tarde, quando a mãe de Alban recebeu uma grande herança, Berg pôde, então, se dedicar totalmente à música sem preocupações. As suas primeiras obras são executadas publicamente nos concertos de alunos organizados por Schönberg. Aos 26 anos, ele concluiu seus estudos de composição, e o professor, onze anos mais velho, foi para ele um exemplo e conselheiro paterno durante toda a vida. No mesmo ano, Berg se casou (apesar da resistência colérica do pai da noiva) com Helene Nahovski, fascinada pelo jovem compositor. Alban, de compleição forte e boa aparência, sempre teve grande poder de atração sobre as mulheres. O casal viveu, a princípio, muito feliz: no inverno, em Viena; no verão, nos Alpes austríacos.

Em 1913, a primeira obra de Berg para grande orquestra foi executada sob a regência de Arnold Schönberg no auditório da Associação de Música de Viena: *Cinco canções para orquestra sobre textos em cartões postais de Peter Altenberg*. O concerto foi um completo fiasco, com o público berrando e brigando, de forma que Schönberg precisou interromper a apresentação e a polícia teve de intervir. Esse escândalo trouxe a Berg uma profunda dúvida sobre sua capacidade musical. Dois anos depois, ele foi convocado para o serviço militar, mas após graves crises (o compositor sofreu a vida toda com fortes crises de asma) foi dispensado e transferido para o Ministério da Guerra de Viena. Nessa época, Berg estudou intensamente o drama *Woyzeck*, de Georg Büchner, pois ele conhecia muito bem, devido aos tempos de serviço militar, as humilhações às quais o pobre Wozzeck, torturado e explorado por todo o mundo, é submetido. Mas, por causa da guerra, sua obra-prima, a ópera *Wozzeck*, foi concluída apenas em 1922. A apresentação de partes dessa obra dramática na França foi um sucesso sensacional. Depois de a ópera completa ser recusada por alguns teatros de ópera pela impossibilidade de encenação, ela finalmente chega ao palco em 1925, em Berlim. As opiniões sobre a forma operística inédita de Berg estavam, a princípio, divididas, mas hoje essa obra é considerada uma das composições mais importantes do século XX.

Lentamente Berg passou a ser reconhecido como grande compositor de sua geração. Ele compra a "casa da floresta" na Caríntia, às margens do lago Wörthersee, na qual passa a viver. O amor secreto por Hanna Fuchs-Robbetin, esposa de um industrial de Praga e irmã do escritor Franz Werfel, levou-o a escrever a ópera *Lulu,* que trata do jogo de poder entre o redator-chefe Alwa (=Alban) e sua erótica esposa. Portanto, assim como *Wozzeck, Lulu* também tem elementos autobiográficos. Na aprsentação de trechos de *Lulu,* houve uma grande pancadaria. O público estava entusiasmado, mas os simpatizantes do Partido Nazista, na época poderoso, boicotaram a obra com altos brados. A mídia fez campanhas contra o compositor. Com sua música taxada de degenerada pelos nazistas, as chances de suas obras serem executadas foram mínimas, de forma que a situação financeira de Berg piorou cada vez mais.

Em 1935, Berg interrompeu seu trabalho na ópera *Lulu* para atender a uma encomenda de um concerto de violino. Seria a última obra de Berg e um réquiem, no sentido duplo da palavra. Ele o dedicou "à memória de um anjo". Trata-se de Manon Gropius, a filha de Alma Mahler-Werfel e seu terceiro marido, o arquiteto Gropius. Manon contraiu paralisia infantil aos dezoito anos e morreu. O compositor ficou profundamente abalado, pois, como a mãe escreveu, "Alban Berg amava minha filha desde o seu nascimento, como se fosse sua própria filha". Quando o compositor concluiu a partitura, ele mesmo já estava marcado pela morte. Na noite de Natal de 1935, Alban Berg morreu vítima de septicemia em um hospital vienense. Adorno, importante aluno de Berg, disse: "A morte poderia ter sido evitada, mas, por falta de recursos, o médico foi chamado tarde demais". Assim, o concerto para violino, para cujo adágio Berg utiliza o coro *Basta! Recebe meu espírito, Senhor*, tornou-se seu próprio réquiem.

A incompreensão musical dos contemporâneos

Fato curioso

Em 1934 aconteceu, em Berlim, a estreia memorável de trechos sinfônicos da ópera Lulu, *que terminou com um grande escândalo. Na época, os nazistas já eram bastante poderosos na Alemanha. Qualquer música que eles desqualificassem por sua modernidade era taxada de "arte degenerada". Então, mandavam arruaceiros aos concertos para provocar confusões. O compositor francês Jacques de Menasce, amigo de Berg, estava presente naquela noite e lembrou que, no meio do concerto, houve fortes provocações. Homens com a suástica no braço assobiavam, bradavam e berravam:* "Vida longa a Tchaikovsky". *Berg ficou extremamente chocado com tais arruaças, mas como sempre, em tais situações, reagiu com serenidade.* "Pobres coitados", *murmurou com um sorriso triste,* "se soubessem que os avós deles fizeram a mesma coisa quando a *Quinta Sinfonia* de Tchaikovsky foi executada aqui, há quarenta anos. Só que, na época, eles berravam: 'Vida longa a Schubert'". ■

Luciano Berio

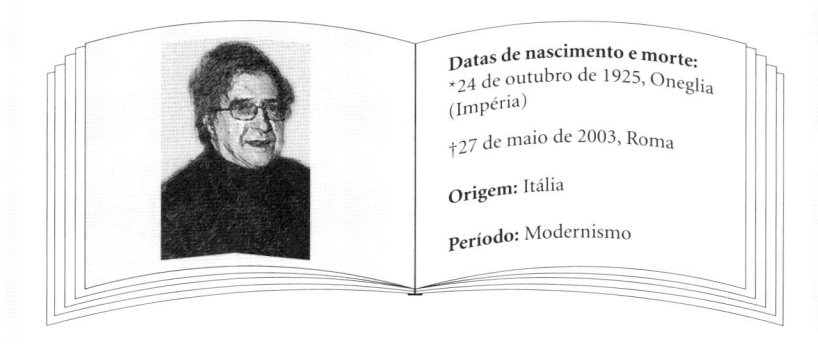

Datas de nascimento e morte:
*24 de outubro de 1925, Oneglia (Impéria)

†27 de maio de 2003, Roma

Origem: Itália

Período: Modernismo

Obras importantes

Obras dramáticas:
Opera, teatro musical (1969/1970)
Un re in ascolto, *azione musicale* (1979/1980)

Obras vocais:
Sinfonia para oito vozes e orquestra (1968)
Opus Number Zoo para voz e quinteto de sopro (1970)
Sequenze I-XIII, peças para instrumento solo ou vozes (1958/1995)

Importância

Luciano Berio figura entre os grandes compositores italianos do século XX. Ele rejeitava os modelos teóricos da música, pois desejava criar experiências sonoras expressivas, que atingissem e tocassem o público.

Luciano Berio

Luciano Berio, um dos mais importantes representantes italianos da música moderna, perguntava-se, ao ouvir música serial, por que o compositor tinha usado notas em sua música *e não ovos, botões de camisa, uma viagem para Veneza, horóscopos ou garrafas de Coca-cola.* Ele acreditava que muitas daquelas composições dodecafônicas eram construídas matematicamente, mas sem alma. Por isso, a técnica serial, objetiva, nunca teve importância para Berio. Sua intenção como compositor era criar experiências expressivas, sonoras, tocar o ouvinte interiormente e estimulá-lo a refletir.

Luciano Berio nasceu em Oneglia, centro da cidade portuária de Impéria, na Ligúria. O pai, organista, ensinou o filho a tocar piano e despertou nele o interesse pela música. Durante a Segunda Guerra Mundial, o jovem Berio foi convocado a lutar, mas logo no primeiro dia machucou a mão com uma arma. Ele conseguiu fugir do hospital militar e se juntou a um grupo da resistência.

Quando a guerra acabou, Berio começou dois cursos em Milão: direito, na universidade, e música, no conservatório. Como a carreira de pianista estava fora de cogitação por causa do ferimento na mão, ele decidiu tornar-se compositor. Para se sustentar, Berio trabalhava como correpetidor no teatro Scala de Milão, o mais famoso teatro de ópera da Itália. Nessa ocasião, conheceu a cantora norte-americana Cathy Berberian, com quem se casou um pouco mais tarde. Ela influenciou extraordinariamente a criação artística de Berio, que compôs para sua esposa uma série de obras, como *Epifanie e Circles*, que ela mesma interpretou com perfeição, graças a seu virtuosismo no canto.

Ao concluir o conservatório, Berio passa para a Escola Superior de Música de Tangelwood, onde prosseguiu seus estudos de composição. Nessa época, ele compôs uma de suas obras mais populares até hoje, o *Opus Number Zoo*, uma peça divertida para jovens. Nessa obra, os músicos também atuam como narradores. Eles contam quatro fábulas de animais e as apresentam musicalmente em seguida.

Após o retorno à terra natal, Berio fundou um departamento de música experimental em uma emissora de rádio italiana, o "Studio di fonologia musicale", o qual dirigiu por quatro anos. Convidou músicos importantes, como John Cage, para trabalhar em seu estúdio experimentalista.

Por influência do escritor Umberto Eco, Berio se voltou para a musicalidade da língua. Ele deveu a esse incentivo o *caráter da linguagem verbal presente em sua música*, que fica evidente pela primeira vez em sua peça *Thema (Omaggio a Joyce)*. Com essa composição, Berio encontrou uma linguagem musical própria. Trabalhando com o escritor Sanguinetti, Berio aprendeu a treinar o ouvido para ruídos cotidianos e sua musicalidade. Em *Cries of London* para seis vozes solo, Berio incluiu vozes de camelôs e vendedores, e tentou combinar música com ruídos.

Nos cursos de férias de Darmstadt sobre música moderna, Berio conheceu os músicos de vanguarda Boulez, Stockhausen e Ligeti, que despertaram seu entusiasmo pela música eletrônica. Ele compôs, entre outras composições eletrônicas, *Mutazioni*. Com sua peça *Differences*, composta um pouco mais tarde, Berio se tornou um dos primeiros compositores a combinar fitas gravadas com música ao vivo. A busca de Berio por novas possibilidades sonoras dos diversos instrumentos e da voz se expressa nas *Sequenze I-XIII*. Na *Sequenza III*, certamente a peça mais popular de Berio, o compositor buscou novas possibilidades de expressão da voz. Além de canto e fala, ele utilizou formas de expressão como risos, gritos, arfadas e zumbidos. A partitura prescreve 44 diferentes instruções para a voz referentes às diferentes sensações humanas, além disso, há um texto que se compõe de nove passagens que podem ser trocadas entre si, como peças de um quebra-cabeças, e montadas em novo formato. Para essa composição, Berio teve de substituir a notação musical tradicional por sinais gráficos. Como a maioria de seus trabalhos, essa obra também não foi concluída. A peça pode ser ampliada à vontade ou colocada em novo contexto.

Aos quarenta anos, Berio foi chamado para ser professor em uma das mais famosas escolas superiores de música dos Estados Unidos, a Juilliard School of Music, em Nova York. Lá, ele compôs uma de suas obras mais importantes, a *Sinfonia* para oito vozes e orquestra dedicada a Leonard Bernstein. Berio comentou a respeito: "Trata-se da música mais experimental que já escrevi". No terceiro movimento, o compositor usa uma colagem, com partes de composição (citações) da segunda sinfonia de Gustav Mahler, a *Sinfonia da Ressurreição*, combinadas com citações musicais de Bach a Boulez.

Em 1972, Berio voltou à Itália e passou a se dedicar cada vez mais ao teatro musical. Em sua obra dramática *Opera*, ele apresenta a morte em três cenas diferentes: em um hospital para pacientes incuráveis, no naufrágio do Titanic e no final com Orfeu, o cantor grego lendário que tenta tirar sua amada do inferno.

Pierre Boulez, o diretor do recém-fundado instituto de pesquisa sobre música nova em Paris, levou o renomado italiano para a cidade e lhe atribuiu a direção do departamento eletroacústico. Pouco depois, Berio fundou um instituto semelhante de pesquisa em Florença: o Centro Tempo Reale, um centro de música eletrônica ao vivo. Nos anos 1990, Berio viveu em Siena, em plena atividade, compondo intensamente grandes obras orquestrais e óperas, e dando aulas na universidade norte-americana de Harvard. Berio faleceu em 2003, em Roma, aos 77 anos.

Hector Berlioz

Datas de nascimento e morte:
*11 de dezembro de 1803,
La Côte-Saint-André (Isére)

†8 de março de 1869, Paris

Origem: França

Período: Romantismo

Obras importantes

Obras dramáticas:
Benvenuto Cellini op. 23, ópera (1834/1838)
La Damnation de Faust op. 24, lenda dramática (1846)
Béatrice et Bénédict op. 27, ópera (1862)
Les Troyens op. 29, ópera (1863)

Obras corais:
Réquiem para tenor, coro e grande orquestra op. 5 (1837)

Obras orquestrais:
Symphonie fantastique op. 14 (1830)
Harold en Italie op. 16 (1834)
Roméo et Juliette op. 17 (1839)

Importância

Berlioz foi um dos principais representantes da música romântica na França. Suas obras, revolucionárias para a época, foram pouco entendidas por seus contemporâneos e tiveram pouca aceitação na França. Apenas décadas depois tomou-se consciência da grande importância de suas composições. Elas foram inovadoras pelo uso consciente das mais diferentes sonoridades dos instrumentos da orquestra e sua importância para a expressão musical. Seu tratado sobre a *Instrumentação e a orquestra moderna* (1844/1856) é, até hoje, uma obra básica da teoria da instrumentação.

"Minha vida é um romance que me interessa muito", disse certa vez o romântico francês Hector Berlioz. Sua vida emocionante lhe interessava tanto que ela se refletiu repetidas vezes em sua obra musical. Inicialmente, Hector se ocupava menos da música do que da literatura francesa e latina, mas sua preferência era a geografia. O jovem de tendência romântica adorava guias de viagem e, ao lê-los, embarcava para terras estrangeiras e mundos distantes. Aos doze anos, descobriu o efeito encantador da música devido ao seu primeiro grande amor, a jovem Estelle Duboeuf, de dezoito anos. Aprendeu a tocar alaúde e flauta para poder sonhar com ela através da música. Seu pai, um médico rural pragmático, culto, gostaria que o filho também se tornasse médico, mas em vez de assistir às aulas de medicina, Berlioz passava o tempo na biblioteca do conservatório para estudar partituras.

Ele desenvolveu uma intensa aversão à profissão de médico e se empolgou cada vez mais com a música, principalmente pela ópera. Aos dezenove anos, tomou a firme decisão de se tornar compositor. Berlioz começou o curso superior de música, apesar da forte resistência de seus genitores. O pai, furioso, negou-lhe qualquer tipo de ajuda financeira, e Berlioz teve de garantir seu sustento como cantor de coro teatral e crítico musical. Ele financiou sozinho a execução de sua primeira composição, uma missa. Um pouco mais tarde, compôs sua primeira ópera: *Estelle et Némorin*, uma obra na qual tenta expressar, através da música, o grande amor de sua juventude.

Berlioz candidatou-se ao Prix de Rome, a bolsa de estudos para jovens compositores mais importante da França. Não chegou a ser finalista, mas foi aceito no conservatório, e lá logo ganhou a fama de "revolucionário", que desrespeitava as regras tradicionais da composição. O diretor do conservatório, Cherubini, não demonstrou nenhuma compreensão para com o jovem "selvagem", por isso Berlioz ficou com uma péssima fama em todo o meio musical. Era conhecido pelo hábito de levantar-se durante uma apresentação para xingar os músicos e maestros quando interpretavam as composições erroneamente em sua opinião. Sua atitude provocadora era considerada escandalosa.

Certa vez, Berlioz assistiu a uma trupe inglesa de teatro que representou *Hamlet* e *Romeu e Julieta,* de Shakespeare. Ficou bastante entusiasmado com

Shakespeare, mas muito mais com a atriz protagonista, Harriet Smithson, por quem se apaixonou perdidamente. No entanto, sua obsessão acabou incomodando a moça e ela perdeu totalmente o interesse pelo compositor, ainda desconhecido. Da desilusão com o amor não correspondido nasceu a obra-prima de Berlioz, a *Sinfonia fantástica*, episódios da vida de um artista. É uma obra autobiográfica e uma das primeiras grandes peças sinfônicas da música programática. Com a *Sinfonia fantástica,* o jovem compositor francês criou uma obra revolucionária, pois utilizou nela cinco movimentos, em vez dos quatro habituais em uma sinfonia, os quais ele ligava por meio de um *leitmotiv* (chamado por Berlioz de "*idée fixe*") que vai se transformando. A obra soou tão incomum que o compositor, por medo de que os músicos pudessem não entendê-la, escreveu instruções adicionais nas partituras: "está certo assim, tocar exatamente assim, por favor, não corrigir".

Finalmente, em 1830, ele conseguiu o Prix de Rome, na quinta tentativa. Por isso, o pai se reconciliou com o filho e passou a apoiá-lo, de forma que Berlioz pôde prosseguir seus estudos em Roma sem preocupações financeiras. Mas a cidade santa e a música italiana pouco diziam a Berlioz, e pouco tempo depois ele resolveu voltar para Paris, também por ficar sabendo que sua noiva, a jovem pianista Marie Monk, casara-se com o fabricante de pianos Pleyel. Desesperado, no meio da viagem de volta a Paris, Berlioz se jogou nas ondas do Mediterrâneo, mas foi salvo. Mais tarde, compôs *Lélio, ou le retour à la vie*, uma continuação da *Sinfonia fantástica*. Ali o personagem principal não morre, e sim readquire o ânimo de viver. Berlioz também readquiriu ânimo de viver e retornou à Itália. A experiência com a cultura italiana e a atmosfera mediterrânea, que ele passou a amar extraordinariamente, se manifesta posteriormente em algumas de suas obras, como *Benvenuto Cellini,* na sinfonia *Harold en Italie*, no *Le Carnaval romain* e na sinfonia dramática *Roméo et Juliette*.

Em 1838, Berlioz deixou Roma e voltou a Paris. Reencontra Harriet Smithson, que deixou de ser uma atriz famosa, e os dois se casam. Não vão bem financeiramente, pois Berlioz esperava conseguir um emprego de professor do conservatório, mas acabou se tornando apenas bibliotecário. Além disso, suas obras eram raramente executadas em Paris, porque o público parisiense pouco compreendia sua "excentricidade". Como o grande sucesso esperado não aconteceu, Berlioz precisou trabalhar mais uma vez e intensamente como crítico para diversos jornais literários e musicais. Suas resenhas perspicazes e seu estilo direto, insolente, lhe trouxeram poucos amigos no meio musical parisiense. Mas, junto ao público, seu prestígio como crítico era grande. Paralelamente, seguia trabalhando em sua nova sinfonia *Harold en Italie*: o herói, um artista solitário, é representado por uma viola solo posicionada separadamente da orquestra. Esse solo foi especialmente concebido para o grande virtuose do violino Paganini, que queria apresentar ao público sua Stradivari. Mas o solo não foi suficientemente espetacular para o virtuose italiano do violino, e ele se recusou a tocar. Mas a composição o entusiasmou. Paganini enviou uma carta efusiva a Berlioz juntamente com vinte mil francos. Assim o músico estava livre das preocupações financeiras mais prementes e poderia se dedicar intensamente à composição. Berlioz mudou-se com a mulher e o filhinho Louis para um apartamento em Montmartre, um bairro de artistas, onde mantinha intenso contato com poetas e compositores.

Berlioz fez longas viagens ao exterior para promover suas obras como maestro. Encontrou Schumann, Mendelssohn e também Liszt, que há muito tempo promovia as obras do compositor na Alemanha, onde as obras do francês foram aclamadas com mais entusiasmo do que em sua terra natal. Em 1852, Liszt organizou em Weimar as "Semanas Berlioz", nas quais foram apresentadas *Benvenuto Cellini* e *La Damnation de Faust*. Dois anos depois, após a morte da esposa, Berlioz visitou Liszt novamente em Weimar. A princesa Sayn-Wittgenstein, na época companheira de Liszt, incentivou o compositor francês a fazer a música para a grandiosa epopeia de Virgílio, a *Eneida*. Berlioz trabalhou por três anos em sua grande ópera, *Les Troyens*.

Nesses anos, Berlioz passou os meses de verão em Baden-Baden, onde era encarregado da temporada de concertos de verão como maestro. Lá também estreou sua ópera *Béatrice et Benedict*, inspirada em *Muito barulho por nada*, de Shakespeare. Berlioz começou a escrever as *Mémoires*, suas memórias, uma leitura interessante que descreve não apenas sua trajetória de vida aventureira de forma divertida e clara, mas também o mundo musical de sua época.

A tentativa infrutífera de apresentar sua grandiosa obra *Les Troyens* na ópera parisiense o deixou amargurado. Com o falecimento de seu amado filho, em 1867, Berlioz entrou em depressão e se afastou cada vez mais da sociedade parisiense. Nem mesmo uma bem-sucedida turnê para São Petersburgo lhe devolveu a alegria de viver. A mãe de sua segunda mulher, a cantora Marie Recio, que já havia falecido em 1862, é quem cuida de Berlioz doente, e o compositor faleceu em 1869, em Paris, aos 65 anos.

Lance inútil

Fato curioso

Berlioz tinha um temperamento colérico e, por vezes, ofendia as pessoas ao seu redor expressando francamente sua opinião e seus sentimentos. Ele compareceu à estreia da ópera Ali Baba*, de seu professor Cherubini.*

"Ao final do primeiro ato, cansado das inúmeras mesmices, não pude deixar de dizer, em alto e bom som, para ser ouvido por meus vizinhos: 'Dou vinte francos por uma ideia (musical) boa!'. Na metade do segundo ato, ainda mais entediado, aumentei minha oferta e digo: 'Dou quarenta francos por uma ideia!'. O último ato começa: 'Dou 80 francos por uma ideia!'. No final do último ato, levantei-me e lancei as últimas palavras: 'Realmente, eu não sou rico o suficiente. Desisto!', e fui embora. Uma ou duas pessoas que estavam sentadas na mesma fileira me olharam indignadas. Eram alunos do conservatório, enviados à ópera para prestar um favor ao diretor. Como fiquei sabendo posteriormente, não perderam a oportunidade de lhe relatar sobre meu comportamento insolente." ■

Leonard Bernstein

Datas de nascimento e morte:
*25 de agosto de 1918, Lawrence, Massachusetts
†14 de outubro de 1990, Nova York

Origem: Estados Unidos

Período: Música moderna

Obras importantes

Obras dramáticas:
On the Town, musical (1944)
Candide, opereta cômica (1956)
West Side Story, musical (1957)
A Quiet Place, ópera (1983)

Obras orquestrais:
The Age of Anxiety, sinfonia n. 2, (1949)
Kaddish, sinfonia n. 3 (1963)

Obras corais:
Chichester Psalms para coro de meninos, coro misto e orquestra (1965)

Importância

Leonard Bernstein foi um dos maiores gênios ecléticos da história da música. Antes dele, nunca havia existido uma personalidade musical que possuísse uma gama tão ampla de talentos. Bernstein sentia-se à vontade com todos os gêneros musicais: o clássico, o jazz e a música de entretenimento; como maestro, pianista e compositor. Além disso, ele transmitiu seus conhecimentos musicais como professor universitário, escreveu livros e obteve os maiores índices de audiência com seus programas televisivos *Alegria com música* e *Música para jovens*. Sua composição mais conhecida é o musical *West Side Story*, que foi um sucesso estrondoso também como filme.

"Todo gênio tem um ponto fraco, Lenny teve um pai". Realmente, o jovem Bernstein (ao contrário da maioria dos outros grandes compositores) enfrentou uma resistência inflexível de seu pai, um judeu emigrado da Rússia, quando manifestou seu desejo de ser músico. Nenhum Bernstein antes havia se ocupado seriamente com a música. Tinham sido rabinos e estudiosos das escrituras. Leonard Bernstein, chamado carinhosamente por todos de Lenny, parecia ser especial já desde os primeiros anos de vida. Na escola, o menino tímido e doente (sofria de asma grave) era sempre o que mais se destacava, e diariamente desenvolvia ideias originais. Com um amigo, fundou um país, com leis e idioma próprios. Ele desenhava teclas no peitoril da janela e ensaiava no teclado mudo. Apenas aos dez anos Bernstein ganhou um piano de verdade.

Ele contou: "De repente, encontrei meu mundo. Fiquei forte internamente, cresci, fiquei até muito grande. Pratiquei esportes, ganhei medalhas e troféus, fui o melhor mergulhador. Isso mudou minha vida. O segredo, a explicação, é que achei um universo no qual estava seguro: a música. Ninguém podia me fazer mal algum quando eu estava no meu mundo da música".

Mas com isso também começaram os conflitos familiares, pois seu pai era completamente contrário à ideia de o filho se ocupar intensamente com a música e se tornar um *klezmer,* um músico pobre. O jovem Bernstein, porém, não se deixou abater — ele era louco por música. Aos doze anos, criou uma banda própria e ganhou seu primeiro dinheiro, com o qual pôde pagar suas aulas de piano e comprar as composições de que gostava. Então "chegava como um tufão, sentava-se ao piano e tocava tudo o que estava ali, lendo a partitura tão rapidamente como se já tocasse aquelas peças há anos".

Mas o interesse de Bernstein não se restringia à música. Ele instalou no sótão um laboratório para fazer experiências científicas. Na escola, Bernstein era um aluno muito ativo, chamava a atenção em toda a parte, seja como solista na orquestra, seja como membro do coro escolar ou como ator em peças de teatro. Seu carisma, uma mescla de charme irresistível e agressividade vigorosa, eletrizava a todos.

Tinha a necessidade constante de ser o centro das atenções, mesmo em casa, quando estudava óperas com sua irmã ou fazia as próprias peças de teatro com amigos. Quando, aos dezesseis anos, assistiu a um concerto com obras de Prokofiev e Stravinsky, sentiu imediatamente a necessidade de tentar compor alguma coisa naquela linguagem musical moderna. Surgiu sua primeira composição: uma sonata para piano. A cada dia ficava mais claro para Lenny que a música era a sua vocação. Em Boston, Bernstein já tinha má-fama como pianista de jazz.

Apesar de suas inúmeras atividades musicais, o jovem de dezessete anos foi aprovado no exame final da Boston Latin School com distinção. Após a conclusão da escola, Bernstein começou seus estudos de letras, filosofia e música na famosa Universidade de Harvard. Aos vinte, com um bom diploma de Harvard no bolso, foi para o Curtis Institute of Music, na Filadélfia, para prosseguir com seus estudos musicais. No ano seguinte, participou de um curso de regência com Koussevitzky, em Tanglewood. Esse foi um evento providencial, pois o famoso maestro ficou profundamente impressionado com o talento de Bernstein na regência e o apoiou durante toda sua vida. No início, ele ainda não pensava em uma carreira musical, mas compôs nessa época sua primeira sinfonia, *Jeremiah*, para solo alto e orquestra. Bernstein estava decidido a se dedicar à composição, além de reger.

Em 1943, o jovem de 25 anos tornou-se assistente do maestro da Filarmônica de Nova York. Em 14 de novembro, ele teve de substituir de última hora o maestro Bruno Walter, que adoeceu. O jovem Bernstein cumpriu a tarefa de forma tão soberana que ganhou fama em todos os Estados Unidos da noite para o dia. "A estreia de um gênio", escreveram os jornais no dia seguinte. Pouco depois, seu balé *Fancy Fee* foi aclamado na estreia pelos críticos como "uma pequena obra-prima de rara qualidade". No período de um ano, ele fez mais de duzentas apresentações nos Estados Unidos, e, apenas oito meses depois, seu primeiro musical na Broadway, *On the Town*, estreou com grande sucesso. A vida agitada de Bernstein começou. Ele compunha, regia, apresentava-se como pianista e dava palestras. Aos 26 anos, recebeu um convite para assumir o cargo de maestro da recém-criada Orquestra Sinfônica de Nova York.

Em 1947, Bernstein visitou a Palestina pela primeira vez e ficou bastante comovido. Repetidas vezes regeu concertos em Israel, país com o qual tinha uma relação especial devido à sua ascendência judaica. Com a morte de seu amigo e incentivador Koussevitzky, em 1951, Bernstein assumiu a direção do curso de regência e orquestra no Berkshire Music Centre, em Tanglewood. Logo depois, aos 33 anos, ele se casou com Felicia Montealegre Cohn, que mais tarde se tornaria atriz de televisão, e com ela teve três filhos. No mesmo ano, Bernstein foi designado professor na Brandeis University. Lá ele regeu, um ano depois, sua primeira ópera, *Trouble in Tahiti*, para a qual também escreveu o libreto. Em 1954, compôs música sinfônica para o filme *Sindicato de ladrões*. Paralelamente, atuava em seu próprio programa de televisão da série *Omnibus*, na qual ele tentava tornar a música compreensível para os telespectadores. Seu talento para o show, suas habilidades musicais ecléticas como compositor, pianista e maestro, e sua capacidade de aproximar a música erudita do público de televisão de forma divertida, contribuíram para que o programa tivesse os maiores índices de audiência. Uma boa parte dos manuscritos é publicada em 1959 no primeiro livro de Bernstein, *The Joy of Music*.

Leonard, então conhecido como maestro, compositor e educador musical de um público televisivo de milhões de pessoas, compôs, aos 39 anos, seu musical sensacional *West Side Story*. Nele, Bernstein transferiu a trágica história de amor de Shakespeare entre Romeu e Julieta para o mundo da moderna Nova York, na qual os *jets*, uma gangue local, e os *sharks* (tubarões), outra gangue, de imigrantes porto-riquenhos, lutam entre si. A *West Side Story* obteve sucesso internacional. Um ano depois, o compositor foi designado maestro-chefe da Orquestra Filarmônica de Nova York.

As turnês de Bernstein e sua orquestra para a América Latina (1958), Oriente Médio e Europa (1959), Japão e Alasca (1961) foram "viagens triunfais". O seu talento para línguas também o ajudou nas viagens. Ele sabia conversar em alemão, francês, italiano, espanhol, iídiche e hebraico. A turnê mais extraordinária, porém, foi em 1959, para a Rússia, a terra de seus pais. Lá, orquestra e seu maestro foram aclamados entusiasticamente.

Em Nova York, Bernstein organizou com sua orquestra os Concertos para a Juventude, transmitidos pelo canal CBS. No ano seguinte, ele se demitiu do cargo de maestro-chefe da Filarmônica de Nova York e passou a trabalhar cada vez mais como regente convidado de orquestras europeias, principalmente a Filarmônica de Viena. Seu jeito apaixonado, bem-humorado e direto de apresentar a música o fez angariar muita simpatia em seus concertos. "Ele não só amava a música, ele *era* música. Seu corpo inteiro era música. Enquanto regia, pulava e cantava, de tanta música que havia dentro dele." Em Viena e Salzburgo, seus concertos eram acontecimentos sociais. Tornou-se regente de honra vitalício da orquestra. Frequentemente trocava o papel de regente-astro pelo de pianista, regendo a partir do piano de cauda. Bernstein se transformou em astro internacional, e passou a ser aclamado em toda parte. Foram concedidos a ele 23 títulos de doutor *honoris causa*, além de dezesseis discos de ouro e platina, treze *Grammy Awards*, dez diferentes prêmios de televisão e mais de cinquenta prêmios artísticos. Em 1976, a Butler University organizou, em Indianapolis, o Festival Bernstein, e o estado de Indiana declarou os dias 17 a 22 de fevereiro como a *Bernstein Week*.

Além da música, Bernstein se engajou também pelos direitos humanos e pela paz mundial. No quadragésimo aniversário do lançamento da primeira bomba atômica, ele fez uma turnê denominada *Journey of Peace* em Hiroshima, Japão. No Natal de 1989, Bernstein regeu um concerto em comemoração à Queda do Muro de Berlim.

Em 1984, o músico criou a fundação humanitária Felicia Montealegre, em memória de sua mulher que havia morrido com apenas 56 anos. Em 14 de outubro de 1990, Leonard Bernstein, uma das mais extraordinárias personalidades da música, morreu aos 72 anos em Nova York.

Um sonho americano

Fato curioso

De manhã cedo, o telefone tocou. Leonard Bernstein, aos 25 anos, pulou da cama assustado e atendeu.

"Alô, Lenny, aqui é Zirato. Você tem de reger hoje à tarde, às três horas. Não dá mais tempo de ensaiar. Bruno Walter está doente. É impossível tentar reunir a orquestra antes do concerto, você tem de se apresentar às quinze para as três no Carnegie Hall e reger hoje à tarde."

Bernstein sentiu-se péssimo. Era assistente do maestro titular, mas nunca tinha regido a filarmônica em um concerto. À noite, o jovem Bernstein estava empolgado nos bastidores. Com as pernas bambas, escuta Bruno Zirato, que subiu ao palco. "Queridos amigos da música, infelizmente tenho de lhes dar a triste notícia de que o maestro Walter adoeceu. Em compensação, vocês verão a estreia de um jovem maestro promissor que nasceu, foi criado e formado em nosso país." Um murmúrio corre pelo público e alguns saem da sala irritados. Então Lenny sobe ao palco. Sem a batuta, dá o sinal de início para a Abertura Manfred, de Schumann. O aplauso era intenso e ia crescendo durante o concerto, como um furacão. Após o último acorde, o Carnegie Hall tremeu em um grande aplauso.

A invasão do camarim era indescritível. Todos querem fotografar o jovem e sensacional maestro, apertar-lhe a mão e ganhar um autógrafo. A imprensa estava entusiasmada. Ela relatou a história de sucesso do sonho americano. O regente mais jovem que já estivera em um concerto da filarmônica e aquele triunfo. Aquele concerto deixou Bernstein famoso em todos os Estados Unidos de um dia para outro. Foi o começo de uma carreira meteórica. ■

Georges Bizet

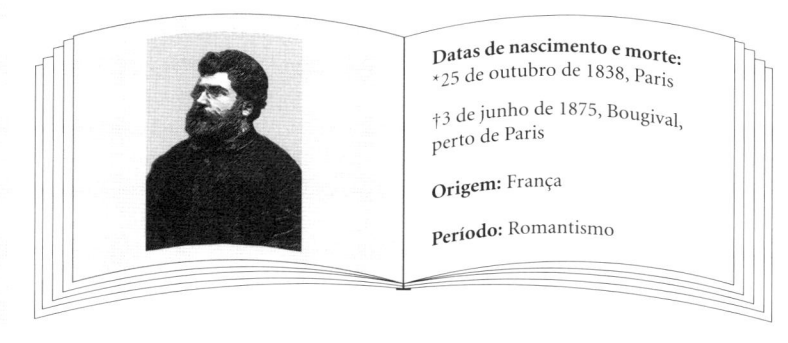

Datas de nascimento e morte:
*25 de outubro de 1838, Paris

†3 de junho de 1875, Bougival, perto de Paris

Origem: França

Período: Romantismo

Obras importantes

Obras dramáticas:
Les Pêcheurs de Perles [Os pescadores de pérolas], ópera (1863)
La Jolie Fille de Perth [A menina de Perth], ópera (1867)
Djamileh, ópera (1872)
Carmen, ópera (1875)

Obras orquestrais:
Sinfonia n. 1 dó maior (1855)
L'Arlésienne — suíte n. 1 e 2 (1872)

Obras para piano:
Jeux d'enfants [Jogos infantis] para piano a quatro mãos (1871)

Importância

O compositor francês alcançou fama mundial com sua ópera *Carmen*. A história, revolucionária para a época, cheia de amor, morte e paixão, as geniais ideias musicais de Bizet e a vitalidade, o colorido e o ritmo contagiante da música exercem uma fascinação incrível. Embora o compositor nunca tivesse estado na Espanha, ele conseguiu representar com precisão a atmosfera da vida cigana e das touradas. *Carmen* é, hoje, a ópera mais encenada de toda a literatura mundial da música dramática.

Georges Bizet

Já na infância, Georges Bizet foi cercado por música, pois seus pais eram músicos. O pai, originalmente cabeleireiro e fabricante de perucas, ganhava seu sustento como professor de canto, e a mãe era pianista. Georges aprendeu as notas musicais juntamente com o alfabeto. Com uma autorização especial, o talentoso garoto de dez anos pôde frequentar o Conservatório de Paris. Teve aulas de composição com Gounod e Halévy. Durante sua formação, Bizet compôs sua primeira obra-prima, a *Sinfonia* em dó maior. Aos dezoito, participou de um concurso de operetas organizado por Jacques Offenbach em seu teatro e ganhou o primeiro prêmio com a peça de um ato *Le Docteur Miracle* (*O doutor milagroso*). Profetiza-se para o jovem compositor uma carreira brilhante.

Pouco depois, Bizet ganhou o cobiçado Prix de Rome. Assim como Hector Berlioz fizera, Bizet também viajou para a Itália e morou, como vencedor do prêmio, na Villa Médici. De lá, escreveu cartas entusiasmadas para a família. O país e as pessoas, cada rua, até a mais suja, o encantara. Conheceu pintores, escultores e músicos, dos quais recebeu uma profusão de novas ideias. Antes de voltar à França, Bizet fez uma grande viagem pela Itália com um amigo, reunindo ideias para sua sinfonia *Roma*. Na Itália, ele pensou seriamente sobre sua carreira. Será que deveria seguir a carreira de pianista, já que Frédéric Chopin o considerava, afinal, um dos melhores pianistas da Europa, ou será que deveria se candidatar, como compositor, a um cargo de professor no conservatório?

De volta a Paris, os sonhos da fase romana rapidamente desapareceram. Para ganhar seu sustento, ele teve de escrever arranjos operísiticos para o piano para uma editora. Aquilo não era exatamente o que imaginara, mas *Il faut vivre*, era preciso viver. Nessa época, o diretor do Théâtre Lyrique de Paris, Carvalho, recebeu do ministro da Cultura francês a quantia de cem mil francos para a encenação de uma nova ópera, sob a condição de que o compositor tivesse ganhado o Prix de Rome. Carvalho recorreu a Bizet e lhe enviou um libreto: *Les Pêcheurs de Perles*. Bizet ficou entusiasmado com o tema, o amor de dois pescadores de pérolas por uma bela sacerdotisa no distante Ceilão.

Em sua ópera, ele conseguiu representar o ambiente exótico de forma impressionante através de uma sofisticada instrumentação. Para sua grande decepção, a estreia não foi muito aplaudida. Apenas Berlioz elogiou *o fogo e o rico colorido* da música.

Quatro anos depois, Bizet assinou um novo contrato de ópera com Carvalho. *La Jolie Fille de Perth* falava do amor de um jovem armeiro pela filha de seu mestre na cidade escocesa de Perth. A obra foi bem recebida pelo público, mas saiu do programa após a 22ª apresentação. Bizet casou-se com Geneviève Halévy, filha de seu antigo professor. Em 1870, a Guerra Franco-Alemã eclodiu, e o músico cogitou seriamente emigrar para a Inglaterra ou Estados Unidos. Mas justamente naquele momento estava trabalhando em duas novas obras dramáticas para a ópera cômica de Paris, as quais, no entanto, deixaram de ser apresentadas no período da guerra por falta de recursos. Em compensação, no ano seguinte, sua ópera *Djamileh* chegou aos palcos. Ao mesmo tempo, Bizet compôs a música para a peça *L'Arlésienne*. Mais tarde, ele resgatou alguns números dessa música e os transformou na *Arlésienne-Suíte* n. 1 e 2.

Certo dia, Du Locle, vice-diretor do teatro de ópera, chamou a atenção de Bizet para um conto do escritor francês Prosper Mérimée: *Carmen*, a história da jovem cigana fogosa, amante da liberdade, que, no final, é esfaqueada por seu amante ciumento, um toureiro. A narrativa conquistou Bizet, e ele se entregou entusiasmado ao trabalho, até chegar a uma das obras mais extraordinárias da história da ópera. Mas a ópera *Carmen* não teve muita sorte no início. Nenhuma cantora queria assumir o papel da jovem sedutora, por acharem-na frívola demais. Era compreensível que imprensa e público, desde o início, fossem hostis à ópera. Na estreia da fogosa ópera espanhola de Georges Bizet, em 1875, amigos e jovens músicos, depois do primeiro ato, correram até o camarote do compositor para expressar seu entusiasmo. O compositor, aflito, disse sorrindo: "Vocês são os primeiros que dizem isso, e acho que também serão os últimos". No entanto, os parisienses queriam mesmo assistir à peça imoral da qual o mundo todo já falava.

Bizet, no entanto, não viveu o verdadeiro triunfo de sua obra-prima cheia de cor e dinamismo. Diz-se que o músico morreu de desgosto devido ao fracasso de sua ópera de mestre. Certamente, a decepção não contribuiu com o frágil estado de saúde do compositor. Três meses após a estreia, Bizet morreu de um ataque cardíaco aos 36 anos, perto de Paris. ∎

Luigi Boccherini

Datas de nascimento e morte:
*19 de fevereiro de 1743, Lucca
†28 de maio de 1805, Madri

Origem: Itália

Período: Classicismo

Obras importantes

Obras orquestrais:
Onze concertos para violoncelo, entre eles:
Concerto para violoncelo em si bemol maior (por volta de 1770)

Música de câmara:
125 quintetos de cordas, entre eles:
Quinteto de cordas em mi bemol maior op. 11, para dois violinos, viola e dois violoncelos

Música coral:
Stabat mater em fá menor op. 61 (1800)

Importância

O extraordinário violoncelista Luigi Boccherini é considerado o maior compositor italiano de música de câmara de sua época. Em seus quintetos de cordas, é o primeiro a utilizar a formação com dois violinos, viola e dois violoncelos, em vez das duas violas e um violoncelo, comuns até então. Sua música graciosa caracteriza-se pela elegância e originalidade.

Luigi Boccherini

"Se Deus quisesse falar com os homens pela música, Ele o faria com as obras de Haydn; mas se Ele mesmo quisesse ouvir música, escolheria Boccherini". É o que se lê em uma escola de violino do século XVIII sobre o compositor e brilhante violoncelista italiano Luigi Boccherini, muito respeitado em sua época.

O italiano cresceu entre cinco irmãos, em condições humildes, na cidadezinha toscana de Lucca. O pai, cantor e contrabaixista da banda municipal, logo percebeu o grande talento do filho e lhe deu as primeiras aulas de violoncelo. Para aperfeiçoar seus conhecimentos musicais, o jovem Boccherini foi a Roma aos treze anos, onde lhe deram o apelido de *giovanni del violoncello* — o jovem do violoncelo. Já no ano seguinte, Boccherini começou sua carreira como violoncelista na orquestra do Teatro da Corte de Viena. Ao voltar à sua cidade natal, ele passou a fazer parte da agitada vida musical dali como violoncelista da orquestra do teatro e da banda municipal. Pouco depois, partiu com seu amigo, o violinista Manfredi, em longas turnês, começando pelo norte da Itália. Depois foi tocar na corte de Viena e em outros principados.

Em 1763, os dois virtuoses chegaram a Paris e imediatamente foram aceitos nos círculos de artistas da metrópole francesa. Lá, Boccherini fez tanto sucesso que os editores brigaram para imprimir suas primeiras composições, para tornar acessíveis seus trios e quartetos aos amantes da música. Quando Boccherini e Manfredi decidiram prosseguir sua turnê de concertos na Inglaterra, conheceram o embaixador espanhol, que sugeriu que Boccherini fosse à corte espanhola em Madri, pois ali poderiam, segundo ele, ganhar fama e riqueza.

Com permissão do rei Carlos III, o infante espanhol Dom Luis contratou o compositor italiano como *compositore e virtuoso di camera* na corte. Como Dom Luis se casou pouco depois com uma pessoa de outra classe social, o infante e seus criados tiveram de se retirar para a casa de campo real, em Las Arenas de San Pedro, onde Boccherini pôde trabalhar em isolamento e silêncio totais. Com a morte do infante, o músico retornou à capital espanhola, onde o rei Carlos IV o nomeou *musico agregado a La Real Capilla*, músico da capela real.

Em 1786, o príncipe herdeiro Frederico Guilherme da Prússia (mais tarde Frederico, o Grande), amante da música, nomeou Boccherini *compositeur de notre chambre*. O compositor pôde ficar em Madri, mas teve de enviar anualmente doze composições para Potsdam. A inesperada morte de Frederico, o Grande, em 1797, deixou Boccherini em dificuldades financeiras, porque os pagamentos mensais de Potsdam foram interrompidos. Ele passou a depender completamente da pensão do rei espanhol. Boccherini, então, conheceu o enviado francês da corte espanhola, Lucien Bonaparte, irmão de Napoleão, que lhe prometeu apoio financeiro. Por gratidão, Boccherini lhe dedica doze quartetos de cordas e sua música sacra mais importante, o *Stabat mater*. Mas apesar da ajuda de mecenas benevolentes e de seus grandes sucessos, Boccherini viveu em condições bastante precárias até sua morte. Em 28 de maio de 1805, Luigi Boccherini, o brilhante violoncelista e genial compositor, morreu aos 62 anos, em Madri, de tuberculose na cavidade abdominal.

Foram as "qualidades modernas" do período Rococó que tornaram as obras de Boccherini tão apreciadas no século XVIII: elegância, simplicidade e sensibilidade. Tais características estão presentes também em seu famoso minueto, o terceiro movimento do *Quinteto de cordas* em mi bemol maior op. 11 para dois violinos, viola e dois violoncelos. Esse minueto cantábile e agradável alcançou popularidade mundial como trilha do filme *Matadores de velhinha*.

Altamente diplomático

Fato curioso

Durante sua estadia em Madri, Boccherini fazia parte, como violoncelista, da capela real de Carlos IV. O rei, que também era músico, não raro chamava o excelente virtuose do violoncelo em seus aposentos para tocarem juntos. Quando o imperador austríaco, também amante da música, ia visitá-lo, geralmente o duo se transformava em trio. Certa vez, o vaidoso imperador perguntou a Boccherini quem tocava melhor, ele ou o rei espanhol. O cavalheiro italiano respondeu, habilidoso: "Sire, Carlos IV toca como um rei, mas Vossa Majestade toca como um imperador!"

Alexander Borodin

Datas de nascimento e morte:
*12 de novembro (31 de outubro) de 1833, São Petersburgo

†27 (15) de fevereiro de 1887, São Petersburgo

Origem: Rússia

Período: Romantismo tardio

Obras importantes

Obras dramáticas:
Príncipe Igor, ópera inacabada, portanto: *Danças Polovtsianas*

Obras orquestrais:
Sinfonia n. 1 em mi bemol maior (1862-1867)
Sinfonia n. 2 em si menor (1869-1876)
Na Ásia central, cena musical, poema sinfônico (1880)

Música de câmara:
Quarteto de cordas n. 1 em lá maior (1874-1879)
Quarteto de cordas n. 2 em ré maior (1881)

Importância

O compositor russo Alexander Borodin figura entre os cinco compositores que entraram para a história da música como Grupo dos Cinco ou "inovadores". Eles reivindicavam uma música nacional russa própria. Mas Borodin, médico e pesquisador, encarava a música apenas como atividade paralela, para não ser perturbado demais em suas tarefas para com a humanidade. Por isso tinha pouco tempo para compor, de forma que muitas de suas obras ficaram inacabadas e foram finalizadas apenas depois de sua morte por Rimsky-Korsakov e Glazunov.

Alexander Borodin

Alexander Porfirievitch Borodin nasceu como filho ilegítimo do príncipe georgiano Luka Stepanovitch Gedianov, em São Petersburgo. O pai mandou registrar a criança como filho de seu criado Porfiri Borodin e Alexander cresceu com a mãe, em São Petersburgo, onde recebeu boa educação. Aos dez anos, ele já conseguia conversar em alemão, inglês, francês e italiano. Parecia também ter talento musical, evidente em suas aulas de flauta, violoncelo e piano. Mas o maior interesse do jovem Borodin eram as ciências naturais. Ele começou seus estudos na Academia de Medicina e Cirurgia de sua cidade natal e ali desenvolveu uma paixão pela química experimental, que durou toda sua vida. Após a conclusão do doutorado em medicina, começou a trabalhar no hospital militar de São Petersburgo.

Borodin viajou várias vezes pela Europa ocidental para fazer especializações científicas, e, aos 28 anos, em uma dessas viagens, em Heidelberg, conheceu a pianista Ekaterina Protopopova. Durante uma viagem a Baden-Baden, eles ficaram noivos e, dois anos depois, se casaram. Os dois tiveram três filhas. Nesse meio tempo, Borodin havia assumido a cátedra de química na Academia de Química e Cirurgia em São Petersburgo. O professor, cientista e pesquisador desenvolveu novos métodos para a medicina, fez descobertas fundamentais no campo da química orgânica e publicou trabalhos científicos sobre novos conhecimentos em química e ciências médicas, tanto que alguns importantes processos químicos receberam seu nome. Como cientista, foi muito requisitado por congressos europeus, mas embora tenha ganhado fama nesta atividade, foi principalmente por suas composições que ficou famoso internacionalmente. A pergunta que se fazia era como ele ainda encontrava tempo para compor apesar de toda sua carga de trabalho, e ele respondia dizendo que a música era seu *passatempo,* um *descanso das ocupações sérias.*

Em 1864, Borodin conheceu o compositor Balakirev, e através dele entra em contato com César Cui, Nikolai Rimsky-Korsakov e Modest Mussorgsky. Esses cinco compositores, chamados de "Inovadores" ou "Grupo dos Cinco", querem se distanciar da música europeia ocidental para criar uma música nacional russa.

Em 1869, a *Sinfonia n. 1* de Borodin foi executada sob a regência de Balakirev. No mesmo ano, Borodin começou a trabalhar em sua obra principal, a ópera *Príncipe Igor*, com as famosas *Danças Polovtsianas*. Devido ao excesso de trabalho como cientista, porém, essa obra ficou como fragmento. Rimsky-Korsakov e Glazunov concluíram a ópera posteriormente. Franz Liszt organizou, em 1880, a execução da *Sinfonia n. 2* de Borodin em Baden-Baden. Ela foi um grande sucesso e fez de Borodin um compositor conhecido fora da Rússia. No final de sua vida, o médico e músico sofreu com as sequelas de uma cólera e de problemas cardíacos. Morreu aos 53 anos de insuficiência cardíaca em um baile de máscaras da Academia de São Petersburgo.

Música celestial

Fato curioso

Para ficar mais próximo de seu local de trabalho, Borodin mudou-se para um apartamento na Academia de Química e Cirurgia. Certo dia, seu genro ouviu no laboratório sons inauditos: um tipo de música completamente novo vinha do apartamento de seu sogro. De repente, o piano emudeceu, e pouco depois Borodin irrompeu no laboratório, com lágrimas nos olhos. "Saschenka", exclamou nervoso, "Saschenka, com certeza já compus algumas coisas boas, mas esse finale... esse finale...". Que perda para a posteridade não ter podido ouvir aquela música, pois, no dia seguinte, Alexander Borodin estava morto. ∎

Pierre Boulez

Data de nascimento:
*26 de março de 1925, Montbrison

Origem: França

Período: Música moderna

Obras importantes

Música instrumental:
Le marteau sans maître para contralto e seis instrumentos (1955)
Poésie pour pouvoir para fita em cinco canais e três orquestras (1958)
Anthèmes versão para violino, computador e seis amplificadores (1991/97)

Música para piano:
Troisième Sonate para piano (1957)
Structures I e II para dois pianos (1952/1961)

Importância

Pierre Boulez é considerado uma das mais importantes personalidades musicais modernas. Alcançou fama mundial como compositor e maestro. Em suas poucas obras, Boulez sempre tentava explorar novos caminhos na composição.

Pierre Boulez

Há uma série de compositores importantes modernos que também foram excelentes matemáticos. Um deles é o francês Pierre Boulez. Filho de um industrial do aço e nascido em uma cidadezinha no Loire, desde cedo mostrou grande talento com números e fórmulas. Boulez até começou o curso de matemática na Universidade de Lyon, mas sua habilidade como pianista e seu grande interesse por teoria musical o levaram (muito contra a vontade dos pais) a desistir do curso para mudar para o Conservatório de Paris. Lá ele estudou composição e frequentou cursos com Olivier Messiaen, cujas obras o influenciaram intensamente. Além disso, o jovem Boulez ficou impressionado principalmente com as composições de Arnold Schönberg e seu aluno Anton Webern. O músico teve aulas com René Leibowitz, um aluno de Webern, para aprender o método das doze notas em série, o chamado dodecafonismo.

Aos vinte anos, Boulez compôs sua primeira obra, as *Douze Notations*, um ciclo de doze peças curtas para piano, com doze unidades de tempo por compasso, em um tipo de técnica dodecafônica. Em 1946, aos 21, foi contratado como diretor musical do Théâtre Marigny, em Paris, e foi ali que ele fincou a pedra fundamental para sua posterior carreira internacional como maestro. Nos anos 1960, Boulez foi chamado aos Estados Unidos para dirigir, primeiramente, a BBC Symphony Orchestra, e, depois, a mais famosa orquestra americana, a Orquestra Filarmônica de Nova York, como sucessor de Leonard Bernstein. Sua estreia como regente em Bayreuth causou furor, quando regeu, em 1976, uma encenação muito polêmica de *O anel dos Nibelungos*, de Wagner.

Foi seu sucesso internacional como regente que fez dele uma das personalidades mais influentes da França. Com habilidade, ele aproveitou o reconhecimento internacional para atingir seus objetivos. Por sua iniciativa, a formidável *Cité de la Musique* (Cidade da Música) foi construída. Como "compositor oficial", ele foi encarregado pelo presidente francês Pompidou de criar o Institut de Recherche et de Coordination Acoustique /Musique (Ircam), no qual engenheiros, cientistas e músicos podem pesquisar novas possibilidades sonoras. Ali Boulez pôde finalmente experimentar e concretizar suas ideias musicais novas, mais ousadas. Desde o começo de sua carreira como compositor, Boulez se esforçou para trilhar novos caminhos na composição. Primeiramente, tentou estruturar o serialismo à perfeição. Em suas *Structures* para dois pianos ele não apenas determinou a sequência das notas, mas também, com exatidão, a duração, a altura, o volume e a maneira de tocar. No entanto, ele logo se afastou da organização total das peças e começou a conceder liberdades ao intérprete, com base em uma ordem rígida, como em uma de suas obras mais famosas, *Le marteau sans maître*.

Em sua *Terceira Sonata para piano* ele incluiu o aleatório (do latim *alea* = dado), o acaso, em suas composições. O intérprete tem diversas possibilidades para configurar a peça livremente. Ele pode escolher livremente a sequência dos movimentos, pode excluir certos trechos e (como em um quebra-cabeça) reorganizá-los de outra forma. Boulez comparou a estrutura dessa sonata a uma cidade: "Pode-se escolher sua própria direção, seu próprio caminho, mas naturalmente é preciso um mapa exato e determinadas regras de trânsito para poder conhecê-la". Em sua composição *Domaines,* de 1948, a liberdade dos músicos ficou ainda maior. Boulez dividiu a orquestra em seis grupos. Em cada um deles, o solista toca um solo, ao qual os músicos têm de reagir espontaneamente.

Desde o final da década de 1950, Boulez trabalhou intensamente com as possibilidades da música eletrônica: primeiro contrapôs sons convencionais e eletrônicos em sua *Poésie pour pouvoir*, para depois ligá-los. Em obras posteriores, criou mundos sonoros puramente eletrônicos. Nas composições dos últimos anos, o computador e a *live electronic*, ou seja, o som eletrônico não gravado, mas produzido no momento do concerto, têm um papel cada vez maior. Em sua peça *Anthèmes* para violino e *live electronic*, Boulez trabalhou com música no espaço, ou seja, com vários amplificadores instalados no ambiente, conferindo à música uma nova dimensão.

O vanguardista Boulez sempre esteve em busca de novas possibilidades musicais em suas composições. Ainda hoje vale para ele aquilo que afirmou em relação à sua composição para piano *Structures*: "Como não consigo considerar um acordo ruim como solução, estou em condições de fugir e ir em frente [...]"

Pierre Boulez

O presidente e o compositor

Fato curioso

Boulez estava passando férias de verão na casa de sua irmã, na Provença. Certo dia, o telefone tocou. "Pierre", chamou a irmã, agitada, "é do palácio Élysée. O presidente Pompidou quer falar com você." *Boulez pensou que a irmã estivesse brincando, mas era verdade, era realmente o presidente da França que queria atrair o famoso compositor para um novo instituto de pesquisa musical.* O presidente Pompidou perguntou a Boulez, que vivera nos anos anteriores principalmente na Alemanha, se voltaria para a França como chefe daquele projeto. Boulez declarou que faria tudo pela direção do Ircam (Institut de Recherche et de Coordination Acoustique/Musique). Pompidou, entusiasmado, explicou sua ideia de um instituto de pesquisa musical no qual engenheiros, cientistas e compositores pudessem pesquisar e experimentar juntos para desenvolver novas possibilidades sonoras e indicar novos caminhos musicais. O presidente francês estava disposto a disponibilizar 90 milhões de francos, e Boulez concordou em fundar e dirigir o instituto. ■

Johannes Brahms

Datas de nascimento e morte:
*7 de maio de 1833, Hamburgo

†3 de abril de 1897, Viena

Origem: Alemanha

Período: Romantismo tardio

Obras importantes

Obras corais:
Ein deutsches Réquiem nach Worten der Heiligen Schrift op. 45 (1869)

Obras vocais:
Vier ernste Gesänge op. 121 para baixo e piano (1896)

Obras orquestrais:
Variationen über ein Thema von Joseph Haydn op. 56a (1873)
Concerto para violino e orquestra em ré maior op. 77 (1879)
Concerto para piano e orquestra n. 2 em si bemol maior op. 83 (1881)
Quatro sinfonias (1876, 1877, 1883, 1885)

Música para piano:
Quatro baladas op. 10 (1854)
Variationen und Fuge über ein Thema von Händel em si bemol maior op. 24 (1861)
Danças húngaras para piano a quatro mãos (1868 e 1880)

Importância

O romântico tardio Johannes Brahms combina em suas obras as rígidas formas do Classicismo com a riqueza melódica e o sentimento profundo do Romantismo. Sua música é marcada pela clareza do norte da Alemanha e pela leveza vienense. É uma música que emociona profundamente os ouvintes. Brahms consegue ser excepcional na refinada elaboração dos motivos, o que transparece de forma impressionante em suas variações.

Johannes Brahms

Johannes Brahms cresceu em condições humildes, mas a mãe, uma mulher corajosa, conseguiu oferecer aos filhos um bom lar. O pai, um sonhador alienado, era contrabaixista e logo percebeu o grande talento musical de seu filho. Aos sete anos, "Hannes" teve as primeiras aulas de piano. Ele fez progressos tão rápidos que, três anos depois, tocou em público pela primeira vez, como criança prodígio. Para ajudar na difícil situação financeira da família, o jovem Brahms tocou piano em bares do porto de Hamburgo, além de frequentar a escola.

Em sua primeira turnê como pianista, Brahms conheceu o violinista húngaro Reményi, a quem acompanhou ao piano, a partir de então, em inúmeras turnês. O jovem húngaro apresentou a Brahms a música de sua terra natal, que posteriormente teria um papel importante nas obras de Brahms — em suas famosas *Danças húngaras*, por exemplo. Certo dia, Reményi o apresentou a um amigo de juventude, o violinista Joseph Joachim, que imediatamente reconheceu a genialidade musical de Brahms. Ele recomendou ao jovem, então com 21 anos, que procurasse o casal de músicos Schumann. Clara e Robert ficaram entusiasmados com a forma de tocar e com as primeiras composições do hamburguês, e Robert Schumann escreveu, na *Nova Revista de Música*, o famoso artigo "Novos caminhos", no qual apresentou Brahms para o mundo musical como o grande compositor do futuro. Quando Schumann, um ano depois, foi internado em uma clínica particular após uma tentativa de suicídio, Brahms e Clara Schumann cuidaram dos sete filhos do casal. Aparentemente, Brahms teria se apaixonado pela pianista altamente talentosa e atraente, no entanto, os dois não tiveram uma relação mais íntima nem mesmo após a morte de Robert Schumann. Mesmo assim, mantiveram relação de amizade durante toda a vida. Quando Brahms, anos depois, pediu a Clara a mão de sua filha Julia, ela recusou o pedido decididamente, pois conhecia seu amigo e sabia que a convivência com o fechado e aparentemente "rabugento" Brahms seria difícil. Assim, Brahms ficou solteiro durante toda a vida. Ele amava crianças (certa vez convidou um grupo de crianças para assistir a um teatro de marionetes e as mimou principescamente com doces), mas (como escreveu mais tarde) "não conseguia suportar a ideia de ter um ser feminino ao seu redor constantemente".

Johannes Brahms

Brahms teve a sorte de conhecer o famoso regente Hans von Bülow, que investiu veementemente no compositor, executando e divulgando muitas de suas obras nos anos seguintes. O maestro ficou tão entusiasmado com as composições de seu amigo que, mais tarde, ele falou dos três Bs da música: Bach, Beethoven e Brahms.

Mas como suas obras a princípio não tiveram sucesso notável e Brahms ainda não conseguia viver como artista independente, ele trabalhava alternadamente em Detmold e Göttingen, onde ficava a serviço do príncipe de Lippe como regente do coral e professor de música. Mais tarde, tornou-se mestre de coro de sua cidade natal, Hamburgo. Como não lhe ofereceram a direção da Academia de Canto, ele se mudou para Viena, um dos grandes centros musicais da Europa. A alegre cidade imperial tornou-se sua pátria por opção, na qual viveu até sua morte. Em 1864, seus pais se separaram e sua mãe cometeu suicídio, o que atingiu Brahms profundamente. Mais tarde, dedicou a ela o seu *Deutsches Réquiem*.

Com um primeiro concerto para piano digno de nota, o brilhante pianista chamou a atenção dos vienenses acostumados à boa música. Aos trinta anos, Brahms recebeu a direção da Academia Vienense de Canto, mas um emprego fixo não era algo para o fechado alemão do norte. O maestro, considerado severo e inflexível, se demitiu um ano depois, ainda mais porque, nesse período, suas obras tiveram tanta procura que ele gozava a independência financeira, podendo se dedicar apenas à composição. Brahms era um trabalhador minucioso, que gastava muito tempo com suas obras. Às vezes, demorava muito até que uma grande obra ficasse pronta. O compositor trabalhou quinze anos em sua *Sinfonia n. 1* em dó menor.

Embora Brahms na verdade não precisasse aceitar nenhum emprego fixo, aos 39 anos ele assumiu o honroso cargo de diretor artístico da Sociedade dos Amigos da Música, na época a associação musical mais importante da Europa. Naquela época, Brahms era uma das grandes personalidades da vida musical vienense, recebendo inúmeras homenagens. O compositor agradeceu o título de doutor *honoris causa* da Universidade de Wroclaw (Breslávia) com uma *Abertura acadêmica festiva*, na qual incluiu canções estudantis.

Quase todos os anos, Brahms fazia longas viagens. Geralmente passava os meses de verão em estâncias climáticas junto ao mar Báltico, na Suíça ou na Caríntia, e ali surgiu uma série de suas obras mais importantes. Na alegre atmosfera de Pörtschach, junto ao lago Wörthersee, Brahms compôs seu virtuosístico *Concerto para violino*, dedicado a seu amigo Joseph Joachim. Embora o compositor seja amado e venerado por seus seguidores, sempre houve conflitos sérios entre o influente crítico musical Eduard Hanslick, que defendia Brahms com veemência, e os adeptos da "Nova Escola Alemã", que tomavam o partido dos admiradores de Wagner, Brucker e Wolf, e que caracterizavam o compositor de Hamburgo como reacionário, com uma música sem imaginação. O porte físico de Brahms dava a impressão de que ele tinha muita vitalidade, e seu jeito irônico, às vezes, repelia as pessoas, mas, no fundo, ele era uma pessoa sensível e vulnerável com um grande coração. Tinha grande prazer em convidar seu pai pobre para viajar ou lhe mandar uma partitura com notas de dinheiro entre as páginas.

Quando Clara Schumann morreu, Brahms, aos 63 anos e já gravemente enfermo, viajou para o funeral em Bonn. Ele nunca mais se recuperaria daquele desgaste físico e emocional, e, um ano depois, morreu, em Viena, de câncer hepático. Sua última morada fica no cemitério central de Viena, ao lado dos túmulos de Beethoven e Schubert.

Lembrança nostálgica

Fato curioso

Brahms adorava ir à noite com amigos a uma das aconchegantes tabernas vienenses. Certa vez, a porta se abriu e entrou uma mulher vestida espalhafatosamente, acompanhada por dois homens. O trio, já bem alcoolizado, não parecia ser dos mais elegantes. Após algum tempo, a jovem gritou para Brahms: "Professorzinho, venha, toque alguma coisa, quero dançar." Aparentemente, ela conhecia o compositor. Brahms não se fez de rogado, levantou-se, caminhou com passos solenes até o velho piano desafinado e começou a tocar. As peças que Brahms tirava como num passe de mágica daquela velha geringonça eram bem antiquadas, mas a mulher começou a dançar e logo outros clientes se juntaram a ela. Brahms tocou ininterruptamente durante uma hora, então voltou para sua mesa, pagou e foi embora da "Tschecherl" com seus amigos. Quando eles, surpresos, lhe perguntaram por que havia tocado para aquelas pessoas suspeitas dançarem, Brahms explicou: "Quando eu era menino, em Hamburgo, eu tinha de tocar todas as noites em bares do porto. Marinheiros bêbados e suas garotas queriam música para dançar. Esta taverna me lembrou aquele tempo de menino e as peças que toquei foram as mesmas que tive de tocar naquela época nos bares de Hamburgo". ■

Benjamin Britten

Datas de nascimento e morte:
*22 de novembro de 1913, Lowestoft

†4 de dezembro de 1976, Aldeburgh

Origem: Inglaterra

Período: Modernismo

Obras importantes

Obras dramáticas:
Peter Grimes op. 33, ópera (1945)
Albert Herring op. 39, ópera (1947)
Billy Budd op. 50, ópera (1951)
The Turn of the Screw op. 54, ópera (1954)
A Midsummer Night's Dream op. 64, ópera (1960)
Death in Venice op. 88, ópera (1973)

Obras corais:
War Réquiem op. 66 (1962)

Obras orquestrais:
Simple Symphony op. 4 (1934)
The Young Person's Guide to the Orchestra op. 34 (1946)

Importância

O inglês Benjamin Britten figura entre os grandes compositores do século XX. O foco de sua obra é o teatro musical. Seu grande mérito foi ter estimulado novamente a tradição da ópera na Inglaterra, que vinha sendo negligenciada há trezentos anos desde Henry Purcell.

O inglês Benjamin Britten é conhecido entre os jovens interessados em música principalmente por ser o compositor da peça *The Young Person's Guide to the Orchestra*. Neste guia de orquestra para jovens, Britten apresenta os diferentes grupos da orquestra e instrumentos através de variações sobre um tema de Henry Purcell de forma didática e clara.

Benjamin Britten cresceu como o mais novo de quatro filhos em uma cidadezinha na costa leste inglesa. A mãe, fã de música, deu as primeiras aulas de piano para o talentoso filho de cinco anos. Logo ela passou a organizar noites musicais para apresentar seu filho pianista e compositor à sociedade como uma criança-prodígio. Aos dez anos, Benjamin ouviu a suíte orquestral *The Sea*, de Frank Bridge, e ficou tão fascinado pela música que seu professor de viola decidiu armar um encontro dele com Bridge. O compositor, que por princípio não aceitava alunos, ficou tão entusiasmado com a musicalidade do jovem Britten que passou a cuidar de sua formação musical.

Após concluir o curso no Royal College of Music, em Londres, Britten criou as primeiras composições que foram levadas a sério. Em sua *Simple Symphony*, o jovem compositor utilizou melodias e temas que já havia composto aos doze anos, combinando-as com novas harmonias e uma técnica aperfeiçoada de construção de frases. A agradável sinfonia do rapaz de vinte anos ganhou reconhecimento do público especializado. Quando, um pouco depois, sua história natalina *A Boy Was Born* foi transmitida pelo rádio, Britten se tornou conhecido também do grande público. Mas ainda não conseguia viver de suas composições, por isso ele aceitou uma série de encomendas. Compôs música para programas de rádio, peças teatrais e 26 documentários. Esse trabalho não o satisfez, mas ele acumulou experiências importantes.

Por meio do escritor inglês Wystan Auden, Britten entrou em contato com a lírica contemporânea. Ficou fascinado pela música para poesia. Nesse meio-tempo, conheceu o companheiro de toda a sua vida, o tenor Peter Pears, para quem compôs uma série de ciclos de canções, e, em 1937, eles pisam no palco juntos pela primeira vez. Depois que Britten assinou um contrato com a editora musical Boosey and Hawkes, o que lhe garantiu pagamentos mensais, ele pôde se dedicar a trabalhos maiores. Já fazia tempo que alimentava a ideia de escrever uma ópera, um gênero que, durante trezentos anos, desde Henry Purcell, havia sido negligenciado na Inglaterra.

Pouco antes da eclosão da Segunda Guerra Mundial, Britten, um pacifista, emigrou com seu companheiro Peter Pears para a América do Norte. Mas o compositor era tão enraizado na cultura europeia que não conseguia se estabelecer nos Estados Unidos. Ele ficou gravemente doente e, em 1942, voltou para a Inglaterra. Os amigos lhe compraram um velho moinho em Aldoueburgh, onde Britten, dispensado do serviço militar, terminou sua primeira grande ópera: *Peter Grimes*, a história de um pescador que, acusado de ter provocado a morte de um aprendiz, é afastado da sociedade e, desesperado, comete o suicídio. Britten via a si mesmo refletido na situação de seu herói, pois, como pacifista e homossexual, não era aceito em todos os lugares. A estreia da ópera foi um sucesso avassalador. O compositor despertara o teatro musical inglês para uma nova vida!

A ópera se transformou no centro da obra de Britten. Ele compôs para o English Opera Group, um pequeno grupo que se propunha a encenar obras dramáticas contemporâneas inglesas, a ópera cômica *Albert Herring*. Aqui também a personagem principal é um anti-herói isolado pela sociedade pequeno-burguesa. Nessa ópera, o músico utilizou uma formação de música de câmara que ele gostava para suas obras dramáticas, pois ele lamentava a opinião do espectador, que esperava de uma orquestra nada mais do que o asqueroso efeito *tutti* (orquestra plena, inteira).

Aos 35 anos, Benjamin Britten criou, junto com Peter Pears, o Festival de Aldeburgh, uma festa musical anual. Com isso, sua cidade se transformou em um centro musical que ficou conhecido além das fronteiras da Inglaterra. Para a solenidade de coroação da rainha Elizabeth II, Britten compôs a ópera *Gloriana*. Com a encantadora *A Midsummer Night's Dream*, baseada na comédia *Sonho de uma noite de verão*, de Shakespeare, o compositor teve uma de suas obras dramáticas mais brilhantes e populares. Para a inauguração solene da nova catedral de Coventry (a antiga tinha sido destruída na Segunda Guerra Mundial), Britten compôs seu *War Réquiem*. Nessa obra emocionante, associou textos da missa de exéquias com palavras do poeta inglês Wilfried Owen, que morrera pouco antes do final da guerra. Durante o trabalho nessa obra, Britten declarou: "O que estou escrevendo será certamente uma das minhas obras mais importantes. A lírica excepcional, cheia de ódio ao desejo de destruição, forma um tipo de comentário sobre o réquiem".

Britten não era apenas compositor, mas também pianista (que acompanhava as canções de seu companheiro Peter Pears, com quem gravava inúmeros ciclos de canções) e também regente das próprias obras. Fez muitas turnês no Japão, na Índia e em Bali. As impressões musicais dessas viagens refletiam-se em suas obras, como a música de gamelão do leste asiático em *The Prince of the Pagodas* ou o teatro Nô japonês em *Curlew River*. No final dos anos 1960, Britten compôs a ópera *Owen Wingrave* para um novo meio de comunicação: a televisão. Mas o resultado não o satisfaz, pois, segundo ele: Temos de convencer o espectador a levar a coisa a sério. Por outro lado, realmente não se pode levar em consideração aqueles que se entediam, que ligam a televisão mais tarde ou se distraem com um telefonema. Não é possível repetir o enredo como no jogo de críquete.

Aos 58 anos, na Itália, o músico começou a estudar *Morte em Veneza*, de Thomas Mann. Reconhece-se no herói da história, o músico Aschenbach, que, em Veneza, pouco antes de morrer, reflete sobre sua vida. Ele também precisou reconsiderar sua vida após uma operação cardíaca séria. *Death in Venice* seria a última ópera de Britten. Cinco meses antes de morrer, o compositor foi o primeiro músico inglês a ser nomeado Lorde pela rainha Elizabeth II, e elevado à nobreza. Em 4 de dezembro de 1976, Benjamin Britten, uma das grandes personalidades musicais do século passado, morreu aos 63 anos, em Aldeburgh, sua terra natal. ■

Max Bruch

Datas de nascimento e morte:
*6 de janeiro de 1838, Colônia
†20 de outubro de 1920, Berlim

Origem: Alemanha

Período: Romantismo

Obras importantes

Obras corais:
Frithjof op. 23, cantata para soprano, barítono, coro e orquestra (1864)

Obras orquestrais:
Concerto para violino e orquestra em sol menor op. 26 (1868)
Kol Nidrei — adágio para violoncelo com orquestra e harpa segundo melodias hebraicas op. 47 (1880/1881)

Importância

Max Bruch viveu no período romântico tardio, mas foi romântico durante toda sua vida, encarando com estranheza todas as ideias e estilos novos. Seu *Concerto para violino em sol menor* op. 26 é um dos grandes concertos românticos para violino.

O nome de Max Bruch é associado essencialmente ao seu *Concerto para violino em sol menor*, composto muito cedo. Isso amargurou muito o compositor, que, mais tarde, queixou-se: "Não consigo mais ouvir esse concerto. Será que compus apenas esse único concerto?".

O compositor nasceu em 1838 em Colônia, filho de um membro do conselho de polícia. Sua mãe, uma cantora, familiarizou o talentoso filho à música, e já aos catorze anos o jovem Bruch ganhou uma bolsa de estudos de quatro anos da Associação Mozartiana de Frankfurt. A genialidade musical do garoto de catorze anos foi comparada à do jovem Mendelssohn, com quem o compositor teve uma forte ligação durante toda a vida. Max Bruch estudou composição e regência em Colônia e Leipzig. Aos 26 anos, obteve seu primeiro sucesso com a cantata *Frithjof*, baseada em uma lenda islandesa. Mas Bruch ganhou popularidade e fama com seu *Concerto para violino n. 1* em sol menor, obra que demorou quatro anos para ficar pronta, sendo que "foi mudada pelo menos meia dúzia de vezes", disse Bruch. Devido ao sucesso contínuo desse concerto genial, ele poderia ter vivido o resto da vida dos direitos autorais, mas o compositor os transferiu para um editor por um honorário único. Nenhuma de suas obras posteriores chegou perto da popularidade desse concerto.

Apesar do sucesso enorme, Bruch não conseguiu se estabelecer definitivamente em nenhum lugar. Teve uma vida sem descanso, parte como artista independente, parte com empregos fixos, como o que o levou até a cidade inglesa de Liverpool, onde dirigiu durante três anos a associação filarmônica. Mas ele ficou pouco tempo em todos os lugares. A tentativa de conseguir um emprego vitalício sempre fracassava devido ao seu temperamento difícil ou ao seu amigo e grande concorrente Johannes Brahms. Seu maior desejo: definir (como diretor musical) a vida musical de sua cidade natal, Colônia, não se realizou. Ferdinand Hiller, seu ex-professor, preferiu Brahms a ele como sucessor.

Sua rejeição decidida a todas as tendências musicais lhe trazia muitas inimizades e com o tempo o levou ao isolamento. Ele se sentia um romântico e levava em consideração exclusivamente a música romântica. Demonstrava grande desprezo por seus contemporâneos românticos tardios Max Reger, Richard Strauss e Hans Pfitzner, e, como todos os românticos, também tinha grande preferência pela canção tradicional popular.

Certa vez, disse: "Geralmente uma boa música tradicional popular vale mais que 200 melodias eruditas. Não teria conseguido nada na vida se não tivesse estudado com seriedade, perseverança e grande interesse a música tradicional popular de todas as nações, pois, no que se refere à intimidade, originalidade e beleza, nada se compara à canção popular". A canção tradicional popular foi para Bruch uma importante fonte de muitas de suas composições. No final de seu *Concerto para violino e orquestra* está a canção irlandesa *The Little Red Lark*; em sua *Sinfonia escocesa*, em duas suítes para orquestra, há melodias populares russas e suecas; mas principalmente seu *Kol Nidrei* em ré menor para violoncelo e orquestra contava com melodias hebraicas. Esta peça foi a principal razão dos boatos, surgidos enquanto ele ainda era vivo, de que Bruch seria judeu e de que seu nome na verdade era Baruch. Mais tarde, os nazistas retomam essa suspeita e proíbem a execução pública de suas obras.

Apenas nos últimos dez anos, até sua aposentadoria, é que Bruch se estabeleceu. Mudou-se para Berlim e assumiu uma *master class* de composição na Academia das Artes. Em 1920, Max Bruch faleceu em Berlim, aos 82 anos. ∎

Anton Bruckner

Datas de nascimento e morte:
*4 de setembro de 1824, Ansfelden, perto de Linz

†11 de outubro de 1896, Viena

Origem: Áustria

Período: Romantismo tardio

Obras importantes

Obras corais:
Missa em ré menor (1864)
Missa em mi menor (1869)
Missa em fá menor (1872)
Te Deum em dó maior (1885)

Obras orquestrais:
Sinfonia n. 3 em ré menor (1872-1873)
Sinfonia n. 4 em mi bemol maior (Romântica) (1874-1889)
Sinfonia n. 7 em mi bemol maior (1881-1883)
Sinfonia n. 8 em dó menor (1887-1890)
Sinfonia n. 9 em ré menor (1891-1895)

Importância

Anton Bruckner é considerado o mais importante compositor austríaco do Romantismo tardio, e o ponto central de sua obra são as nove grandiosas sinfonias. As obras de Bruckner, que eram para o músico profundamente religioso um *serviço a Deus,* sem concessões, não foram em grande parte compreendidas por seus contemporâneos, porque a música não correspondia às expectativas do ouvinte comum da época.

Anton Bruckner

"Ele é um homem santo. É um homem que viu Deus", afirmou o inglês Oscar Wilde sobre o compositor austríaco Anton Bruckner, para quem a própria música sempre esteve também a serviço da religião. Anton nasceu no vilarejo austríaco de Ansfelden, perto de Linz, como primogênito de onze filhos de um professor da escola local. Já aos quatro anos, o menino com grande talento musical tocava violino e, um pouco depois, piano e órgão. Aos dez anos, ele substituía eventualmente o organista. Logo depois, Anton foi levado para a casa do tio, um mestre-escola e músico competente. Porém, um ano depois, Anton volta para casa para cuidar do pai doente, cuja morte provocou um desmaio no menino sensível. A família teve de sair da casa adjacente à escola, e o menino Bruckner tornou-se cantor no educandário de São Floriano, em Linz. Ali recebeu aulas de excelentes professores de órgão, instrumento que ele logo dominou como nenhum outro.

Depois de escolher a profissão de professor, ele foi, inicialmente, assistente escolar. Aos 21 anos, tornou-se professor dos meninos do educandário de São Floriano, mas logo o tímido rapaz, de poucos amigos, percebeu que a vida de professor não era para ele. "Fico abandonado, melancólico, em meu quartinho", escreve Bruckner. Justamente quando decidiu se tornar funcionário judiciário, recebeu um convite para ser organista da catedral de Linz. Isto era muito mais do que o modesto Bruckner havia sonhado para si. Porém, ele continuava se esforçando para ampliar e aprofundar sua habilidade e seu conhecimento. Viajava regularmente para Viena para ter aulas de teoria musical com Simon Sechter. Quando, aos 35 anos, prestou o exame final diante de uma banca examinadora do conservatório, os examinadores disseram, impressionados: "O senhor Bruckner é que deveria ter nos examinado".

Há muito tempo Bruckner estudava a música dramatizada de Wagner. Tinha estudado todas as partituras e estava profundamente impressionado com a música do grande compositor de óperas. A encenação do *Tannhäuser* levou o compositor de 39 anos a se tornar definitivamente um "wagneriano". Por ocasião da estreia de *Tristão e Isolda* em Munique, Bruckner encontrou seu "ídolo" pessoalmente. Embora o super-religioso Bruckner estivesse convicto de sua profissão de músico, ele era constantemente atormentado por fortes dúvidas sobre sua capacidade de compor. Depois de finalizar, aos

42 anos, sua *Sinfonia n. 1 em dó menor*, foi tomado por *uma inquietude atemorizante* e começou a contar as folhas das árvores, as janelas das casas e as estrelas no céu. Bruckner tinha a ideia fixa de ter de esvaziar o rio Danúbio. Embora os médicos lhe proibissem toda e qualquer atividade, ele compôs sua grande *Missa em fá menor*. Trabalhando com o texto bíblico, ele encontrou a força para superar a crise em sua vida.

Aos 44 anos, Bruckner recebeu um convite para ser professor de teoria musical e órgão no Conservatório de Viena. Apesar de seu estilo rígido, tradicional, ele era bastante estimado por seus alunos. Porém, aulas e seminários eram horas de tortura para o introvertido compositor, pois Bruckner era uma pessoa insegura e travada, um esquisitão, que andava por esse mundo como um alienígena. A sociedade vienense, a qual ele evitava, caracterizava o compositor, que parecia ser um pouco desamparado, como caipira e simplório. Com seu aspecto pesado, corpulento, e suas roupas antiquadas, ele não era nada atraente para as mulheres. Bruckner se apaixonou várias vezes, mas sempre foi rejeitado. O compositor, isolado, que tinha tanta dificuldade para se orientar na vida, foi buscar na religião o subistituto para o lar que lhe faltava. O momento em que se sentia melhor era quando estava diante do órgão e podia manter um diálogo com Deus. Apesar de inicialmente encontrar rejeição como compositor, Bruckner era considerado o maior organista e improvisador de sua época. O músico foi convidado para concertos no exterior. Até os importantes compositores franceses, como Gounod, Saint-Saëns e Franck queriam ouvir o improvisador austríaco ao órgão na catedral de Notre-Dame de Paris.

Como compositor, no entanto, Bruckner não tinha nenhum sucesso com suas espetaculares sinfonias. A razão era principalmente sua veneração por Wagner. O influente crítico musical Eduard Hanslick, um categórico adversário de Wagner, combatia sistematicamente os compositores da "nova escola alemã" cujas obras se baseavam na música wagneriana. Hanslick defendia a música tradicional conservadora de seu amigo Brahms, que caracterizava as obras of Bruckner como "serpentes sinfônicas gigantes, como um embuste que logo será esquecido". Repetidas vezes, Bruckner sentiu a rejeição de Hanslick. As execuções de suas obras foram constantemente atacadas e boicotadas, e a estreia de sua *Sinfonia n.*

3 foi um fiasco, em que, após cada movimento, centenas de espectadores iam abandonando a sala. No final, ficaram apenas os amigos que tinham de consolar o compositor em lágrimas. Foi apenas com sua *Sinfonia n. 7,* dedicada ao rei Ludwig II, que o grande público prestou atenção no compositor de sessenta anos. Quando a execução de seu *Te Deum,* um ano mais tarde, se tornou um grande sucesso, Bruckner passou a ser respeitado no país e no exterior. O imperador Francisco José I ficou tão impressionado com essa obra que conferiu a medalha Francisco José ao modesto compositor. Por isso, Bruckner dedicou ao imperador sua *Oitava sinfonia*.

Como o estado de saúde de Bruckner foi piorando, ele frequentemente não conseguia cumprir suas obrigações como professor do conservatório e leitor da universidade. Aos 65 anos ele se aposentou e recebeu o título de doutor *honoris causa*. Finalmente o compositor ficou livre das incômodas obrigações como professor e pôde começar a trabalhar em sua próxima sinfonia, dedicada "ao querido Deus". A *Nona sinfonia* seria sua última. Mas Bruckner conseguiu completar apenas os três primeiros movimentos, pois morreu enquanto ainda trabalhava nessa obra extraordinária, em 11 de outubro de 1896, aos 72 anos, em Viena. Nenhuma grande personalidade vienense acompanhou o féretro do importante compositor, que costumava dizer: "Quando não estiver mais aqui, contem ao mundo o que sofri e como fui perseguido".

Nockerl — um cão "conhecedor de música"

Fato curioso

Anton Bruckner possuía um cão pug gordo que se chamava Nockerl. Se o compositor tinha uma reunião importante no conservatório, deixava Nockerl sob os cuidados de seus estudantes. Entre eles, estava o violinista e compositor Fritz Kreisler, que lembra que, certo dia, os alunos decidiram pregar uma peça que deveria lisonjear seu professor.

"Nós tocávamos, quando o mestre saía, um tema de Wagner. Dávamos uma palmada no cão e corríamos atrás dele. Depois começávamos o Te Deum, de Bruckner, e, logo que a música acabava, dávamos ao pug alguma coisa boa para comer. Ele logo passou a demonstrar uma preferência clara

pelo Te Deum! Depois de treiná-lo suficientemente, de forma que ele fugia automaticamente ao ouvir Wagner e se aproximava balançando o rabo ao som de Bruckner, achamos que era a hora da nossa brincadeira. 'Mestre Bruckner', dissemos certo dia, quando ele voltou da conferência, 'sabemos muito bem que o senhor é apaixonado por Wagner, mas em nossa opinião ele não se compara ao senhor! Realmente, até um cão percebe que o senhor é um compositor maior do que Wagner!'

Nosso professor, sem saber de nada, ficou vermelho. Acreditou na seriedade de nossas palavras. Censurou-nos, elogiou Wagner como o maior contemporâneo, incontestavelmente. Contudo, estava curioso o suficiente para perguntar o que queríamos dizer ao afirmar que até um cão perceberia a diferença. Era o momento que esperávamos. Tocamos o tema de Wagner. Uivando e em pânico selvagem, o pug fugiu da sala. Então iniciamos o Te Deum. Feliz, balançando o rabo, o cão voltou à sala e, confiante, esfregou as patas em nossas mangas. Bruckner ficou emocionado!". ∎

Ferruccio Busoni

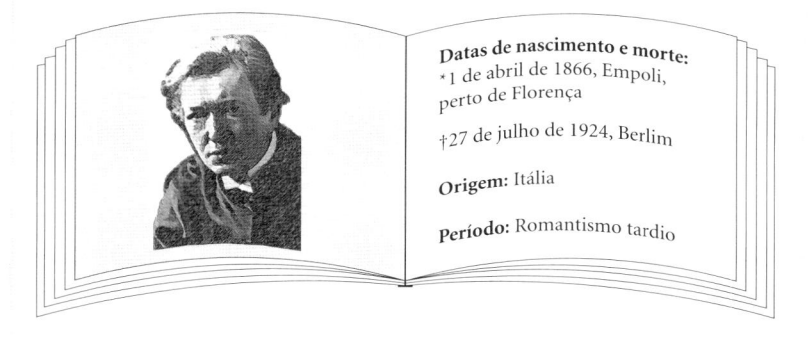

Datas de nascimento e morte:
*1 de abril de 1866, Empoli, perto de Florença

†27 de julho de 1924, Berlim

Origem: Itália

Período: Romantismo tardio

Obras importantes

Obras dramáticas:
Doutor Fausto, ópera (1925)

Obras orquestrais:
Concerto para piano e orquestra op. 39 (1904)

Música para piano:
Fantasia contrappuntistica (1910, versão para dois pianos, 1921)
Bach-Busoni, edição reunida, arranjos, transcrições [...] (1916-1920)

Importância

Ferruccio Busoni foi considerado um dos maiores pianistas de seu tempo. Mas como compositor, ao contrário, foi um *outsider* que tentou trilhar novos caminhos. Defendia um classicismo jovem, o que para ele significou conservar a tradição clássico-romântica enriquecida, porém, com métodos avançados de composição, como a atonalidade. Assim, sua música está no confronto entre a conservação do antigo e o revolucionário. Em seu projeto de uma nova estética da arte tonal, ele formulou profeticamente técnicas modernas de composição, como o trabalho experimental com terças e sextas, novas escalas tonais ou sons produzidos eletronicamente — métodos que foram utilizados pela geração seguinte de compositores.

Ferruccio Busoni

Ferruccio Busoni, italiano nascido perto de Florença, foi uma personalidade artística com excepcional talento eclético não apenas no campo da música, como pianista brilhante, compositor muito respeitado e teórico musical espirituoso; mas também como escritor, desenhista e pintor. Ferruccio cresceu em uma família bastante musical. Seu pai, um virtuose aclamado do piano italiano, e sua mãe alemã, pianista, incentivavam desde cedo as inúmeras habilidades do filho talentosíssimo que cresce bilíngue. Aos oito anos, Ferruccio se apresentou em público pela primeira vez e, dois anos mais tarde, se apresentou em Viena em um concerto muito aplaudido, como pianista, improvisador e intérprete de obras próprias. Foi o começo de uma grande carreira pianística. Nos três anos seguintes, o aplaudido menino prodígio deu cinquenta concertos. Quando o compositor russo Anton Rubinstein ouviu o menino de treze anos tocar, disse, entusiasmado: "O jovem Busoni possui um talento admirável tanto para o piano quanto para a composição". Até então, Ferruccio já havia escrito 145 peças para piano, embora, posteriormente, tenha declarado que todas eram inutilizáveis.

Busoni teve aulas de composição em Graz e, aos quinze anos, tornou-se membro da respeitadíssima Accademia Filarmonica em Bolonha, como Corelli e Mozart anteriormente. Ao concluir seus estudos, começa uma fase sem descanso e cheia de mudanças. Após estadias em Viena e Leipzig, ele se tornou, aos dezenove anos, professor do Conservatório de Helsinque. Lá ficou amigo íntimo do grande compositor finlandês Jean Sibelius. Pouco depois, o requisitado educador musical Busoni ocupou cargos de professor em Moscou e Boston, onde conheceu sua esposa. Nos Estados Unidos, chegou o momento da fama mundial definitiva como virtuose do piano. Sua música fascinou a todos, especialmente sua técnica estonteante e seu jeito novo de usar o pedal.

Em 1894, o cosmopolita Busoni escolheu Berlim como domicílio permanente. De lá, partia para turnês triunfais, dava *master classes* e aulas para uma série de alunos. Após a Primeira Guerra Mundial, durante a qual ele se exilou na Suíça, Berlim se tornou sua terra natal artística definitiva. Assumiu uma *master class* de composição na Academia Prussiana de Artes e formou muitos compositores de renome, entre eles Kurt Weill. Durante o trabalho em sua ópera *Doutor Fausto*, Ferruccio Busoni morreu aos 58 anos.

A música favorita de Busoni foi a de Johann Sebastian Bach, e isso se expressa muitas vezes em suas composições. Compôs muitas de suas obras para piano seguindo a tradição do grande mestre barroco. Busoni publicou as obras completas de suas inúmeras releituras de Bach em sete volumes com o título *Bach-Busoni*. Nelas, Busoni adaptou as obras para cravo de Bach às novas possibilidades sonoras do piano moderno. Em suas óperas, o compositor se posicionava contra o verismo e as óperas wagnerianas e se baseava na antiga *commedia dell'arte* italiana. ∎

Dietrich Buxtehude

Datas de nascimento e morte:
*por volta de 1637, Oldesloe

†9 de maio de 1707, Lübeck

Origem: Alemanha

Período: Barroco

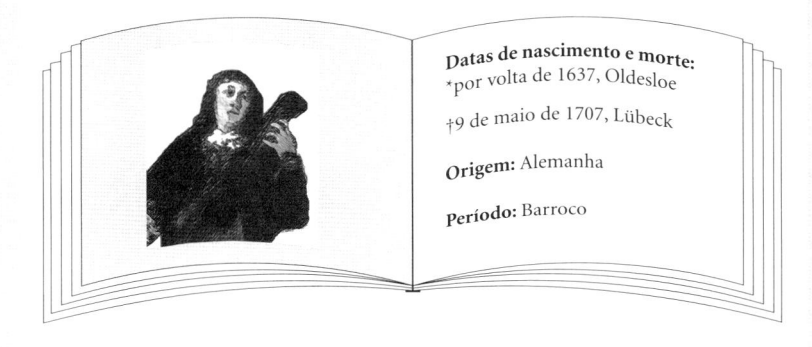

Obras importantes

Obras corais:
Sete músicas noturnas, a maioria delas desaparecida (Bux WV 129-135)

Obras para órgão:
Sete prelúdios corais para órgão (Bux WV 177-224)

Importância

Dietrich Buxtehude é um dos mais importantes representantes da arte do órgão do norte da Alemanha. Sua música de órgão (principalmente a técnica estonteante do pedal) e suas músicas noturnas o tornaram célebre para além das fronteiras de Lübeck. Suas obras (prelúdios, fugas, prelúdios corais e variações corais) exerceram grande influência sobre as composições para órgão de Johann Sebastian Bach. As obras de Buxtehude constam do repertório fixo de todos os grandes organistas.

Dietrich Buxtehude foi um dos mais importantes compositores para órgão do norte da Alemanha no período Barroco. Seu sobrenome vem da cidadezinha homônima às margens do baixo Elba. O pai era mestre-escola e professor de matemática da escola latina e organista voluntário em Oldesloe; pouco depois, organista na cidade sueca de Helsingør, que hoje pertence à Dinamarca. Nada se sabe sobre a infância e juventude de Buxtehude. Provavelmente aprendeu a tocar órgão com o pai.

Aos vinte anos, o jovem Dietrich Buxtehude foi registrado como organista na igreja de Santa Maria na cidade vizinha de Helsingborg. Como na época da Liga Hanseática existiam relações políticas e culturais estreitas na costa do mar Báltico, Dinamarca e Suécia não eram considerados países estrangeiros e o número de músicos alemães era grande. Pouco depois, Buxtehude se tornou organista da igreja alemã em Helsingør, cidade abastada e culturalmente exigente.

Após a morte do famoso organista Tunder, da igreja de Santa Maria, na rica cidade hanseática de Lübeck, Buxtehude se candidatou para sucedê-lo. O cargo de músico da igreja, importante para toda a área do Báltico, era simultaneamente associado ao posto de chefe de administração e finanças públicas. A condição para ser o sucessor, porém, era casar-se com a filha de seu predecessor. Buxtehude ganhou o emprego, o direito de ser cidadão de Lübeck e se casou com a filha de seu predecessor, Anna Margareta. Desse casamento nasceram cinco filhas.

Como organista da Santa Maria, ele deu continuidade às "Noites Musicais" criadas por seu predecessor com grande sucesso e enorme popularidade na cidade hanseática, tornando-se um patrimônio de Lübeck. Esses concertos na igreja haviam surgido devido a uma necessidade das corporações. Os comerciantes de Lübeck organizavam suas assembleias na praça do mercado e, antes delas, os participantes reuniam-se na igreja de Santa Maria, próxima dali, onde o organista, com sua música, tornava o tempo de espera mais breve. Sua música era bem recebida pelos ouvintes e recompensada com doações em dinheiro. Isso possibilitava ao organista enriquecer os concertos com a participação de solistas e instrumentistas, tornando-os mais variados. Daí surgiram as célebres "noites musicais" de Lübeck. Buxtehude transferiu esses concertos dos dias de semana, como era habitual até então, para os últimos cinco domingos antes do Natal.

Transformou-os em *músicas fortes*, para as quais comprou novos instrumentos e mandou ampliar dois novos mezaninos ao lado do órgão. Muitas de suas composições (a maioria de suas 140 cantatas) foram escritas com essa finalidade. Além das noites musicais, Buxtehude tinha de cuidar da música para todas as solenidades públicas e para os casamentos e funerais das famílias abastadas.

Buxtehude permaneceu fiel a Lübeck por quarenta anos, até sua morte. Embora tenha ficado conhecido para além das fronteiras de Lübeck como organista, compositor e organizador das Noites Musicais, ele nunca fez turnês. Para um homem de sua fama, ele levou uma vida incrivelmente sedentária.

Em 1703, o jovem Händel viajou com seu amigo Mattheson de Hamburgo para Lübeck para, segundo Händel, "conseguir um futuro sucessor para o excelente organista Dietrich Buxtehude, mas como a condição seria nos casarmos — e nenhum de nós tinha a mínima vontade de fazê-lo —, partimos depois de recebermos muitas honrarias e nos divertirmos".

Dois anos depois, o jovem Bach, com vinte anos, percorreu 450 quilômetros a pé, de Arnstadt a Lübeck, para ouvir o grande Buxtehude ao órgão. Mas ele também não se decide a "comprar" o cobiçado posto do famoso organista da Santa Maria casando-se com a filha de Buxtehude. Como Bach prolongou as férias de quatro semanas por muito mais tempo, foi repreendido severamente pelo consistório. De volta a Arnstadt, o compositor se dedicou à arte do órgão de Buxtehude com grande entusiasmo. Em muitas de suas variações para órgão encontravam-se, mais tarde, influências do compositor do norte da Alemanha.

Em 1707, Dietrich Buxtehude morreu em Lübeck, aos setenta anos. Foi sepultado na nave norte da igreja de Santa Maria. ∎

John Cage

Datas de nascimento e morte:
*5 de setembro de 1912, Los Angeles

†12 de agosto de 1992, Nova York

Origem: Estados Unidos

Período: Música moderna

Obras importantes

Obras dramáticas:
Europeras 1 & 2 (1987)

Obras orquestrais:
Constructions in Metal para percussão, três partes (1939-1941)
Concerto for Prepared Piano and Chamber Orchestra (1950-1951)
Atlas Eclipticalis para uma até 86 vozes instrumentais (1961)

Obras para piano:
Bacchanale para piano preparado (1938-1940)
4'33" para piano ou quaisquer instrumentos (1952)

Eventos musicais:
Imaginary Landscape n. 4 or March para 24 músicos com doze rádios (1951)
Musicircus para fontes sonoras indefinidas (1967)

Importância

O vanguardista norte-americano John Cage figura entre os importantes inovadores da música do século XX. Sua ideia do princípio do acaso na música representa uma ruptura radical com a tradição musical.

John Cage

Um pianista sobe ao palco, senta-se ao piano de cauda, levanta a tampa e espera. Após 4 minutos e 33 segundos de silêncio absoluto, o pianista fecha o piano, levanta-se e deixa o palco. A peça surpreendente com o título *4'33"* é de autoria do vanguardista norte-americano John Cage. Porém, com essa obra voluntariosa, que deixa o ouvinte desorientado, o compositor tem um propósito.

"Se você quer saber a verdade: a música que eu prefiro à minha própria ou à de outra pessoa é simplesmente aquilo que ouvimos quando estamos em silêncio. Assim voltamos à minha peça silenciosa. Realmente eu a prefiro a todas as outras."

Cage achava que não existia o silêncio absoluto. Sempre ouvimos alguma coisa, mesmo quando pensamos que o silêncio reina. Assim, a peça *4'33"* faz o ouvinte ouvir coisas que ele não ouviria de outra forma.

John Cage, o experimentador e inovador da música moderna, herdou a criatividade, a riqueza de ideias e o desejo de trilhar novos caminhos de seu pai, um inventor. John cresceu em Los Angeles, e, por ser um aluno excelente e curioso, pôde frequentar a faculdade já aos dezesseis anos. O jovem Cage estudou no seminário de padres para ser pregador, mas quando, aos dezoito anos, entrou em contato com a cultura europeia durante uma viagem, decidiu estudar música e arquitetura em Paris. "Naquela época ouvi um concerto moderno do pianista John Kirkpatrick. Ele tocou uma peça de Stravinsky e algumas peças de Scriabin. Aquilo me trouxe a convicção de que eu também poderia fazer o mesmo", disse Cage.

As primeiras composições de Cage surgiram em Maiorca. Após seu retorno aos Estados Unidos, começou a estudar teoria musical, música moderna e oriental. Aos 23 anos, teve aulas de composição com Arnold Schönberg. Casou-se com a estudante de arte Xenia Kashevaroff, de quem se divorcia dois anos depois. Simultaneamente veio a conhecer seu futuro companheiro, o dançarino e coreógrafo Merce Cunningham. Cage começou a se ocupar com um dos elementos básicos da música: o ritmo. Ele fundou uma orquestra de percussão, cujos instrumentos consistiam em objetos da vida cotidiana, como latas, garrafas e vasos de flores. Cage compôs sua primeira peça para percussão, *First Construction in Metal*. Pouco depois, fez uma turnê com a formação de percussão pela América.

De uma situação de emergência surge uma de suas invenções mais conhecidas: o piano preparado. Como, certa vez, o palco era muito pequeno para toda a orquestra de percussão, Cage precisou arrumar uma solução para salvar a noite: ele montou pregos, parafusos e elásticos sobre as cordas de um piano de cauda e transformou o instrumento em um aparelho de percussão que podia substituir os diversos sons de toda uma orquestra percussiva. A incrível variedade de sons o levou a compor várias obras para o piano preparado.

Em consequência de uma crise particular, Cage se ocupou intensamente com religião e filosofia orientais. Frequentou cursos com um zen-budista japonês, pois "praticar zen significa se aproximar realisticamente das coisas e, no final das contas, com humor". Seu novo posicionamento frente à vida e à arte o levou a trilhar novos caminhos artísticos. Inspirado pela leitura do *I Ching*, John Cage começou a compor suas obras com base no princípio do acaso. Jogava moedas, usava cartas celestes e irregularidades no papel que, transferidos como pontos para o sistema de notas, resultavam nos sons da composição. O músico compõe *Imaginary Landscape n. 4* para doze rádios, 24 músicos e um maestro. Os intérpretes tocam segundo indicações determinadas, mas a experiência sonora se altera a cada execução porque os programas de rádio mudam constantemente.

Cage entrou em contato com uma série de músicos que tinham interesses revolucionários semelhantes e se reuniram para formar a comunidade de artistas "The New York School". Quando ele viu as telas brancas do pintor Rauschenberg, nasceu a sensacional peça *4'33"*. O compositor organizou, juntamente com Rauschenberg, Cunningham e o pianista David Tudor, o primeiro *happening* da história da música. Ele se tornou diretor musical da Cunningham Dance Company e docente da New Yorker New School for Social Research. Quando os amigos de Cage organizaram um concerto com obras do compositor, em 1958, executa-se uma peça que demonstrava a criatividade e a liberdade artística do intérprete. O *Concerto for Prepared Piano* consiste de 63 folhas soltas e pode ser tocado em qualquer ordem, com qualquer duração e formação.

Em 1958, Cage frequentou pela primeira vez os cursos de férias de música nova de Darmstadt, um ponto de encontro de compositores contemporâneos. As ideias revolucionárias do norte-americano chocaram os presentes. Seu jeito totalmente novo de lidar com fenômenos acústicos modificou fundamentalmente o pensamento da vanguarda europeia. Cage evitava as grandes salas de concerto e o público exclusivo. Preferia trabalhar com seus amigos. Contudo, a Orquestra Filarmônica de Nova York executou sua grande obra orquestral *Atlas Eclipticalis.* A crítica e o público reagiram, chocados. Apenas três anos depois o músico ousou chegar ao grande público. Em seu *Musicircus* ele apresentou um espetacular *happening* musical para quatro mil espectadores, em que foi apresentado o maior número possível de ações musicais simultaneamente.

Em sua peça *HPSCHD*, abreviação de *harpsichord* (cravo), Cage tomou composições colhidas randomicamente de diferentes compositores desde Mozart e as gravou, sobrepostas, em 51 fitas. No final dos anos 1960, Cage usou, pela primeira vez, o computador em seus trabalhos. O septuagésimo aniversário do compositor foi aclamado em todo o mundo com concertos e exposições de seu trabalho artístico, desenhos e notações gráficas. Em 1987 surgiu a primeira peça de Cage para música dramatizada. Em *Europeras 1 & 2,* trechos de doze diferentes óperas europeias soam em um tipo de colagem em diferentes níveis. Com elas, ele pretendia reproduzir um quadro geral da tradição europeia operística.

A Rádio Alemã Ocidental festejou o 75º aniversário de Cage com um *Dia-e-noite-com-Cage*, um programa de 24 horas sobre o compositor, com participação do próprio. Em 12 de agosto de 1992, John Cage morreu em meio aos preparativos para seu optuagésimo aniversário. Quando ele recebeu o prêmio Karl Scuka de rádio-novela, em 1979, da Rádio do Sudoeste da Alemanha, expressou seu projeto musical no discurso de agradecimento:

"Há muito tempo, cheguei à conclusão de que o sentido da música consiste em acalmar o espírito para torná-lo receptivo às influências divinas. Esse é o motivo tradicional para se fazer música e eu sempre o aceitei desde que o conheci".

Esse raciocínio oriental permitiu ao criativo Cage interpretar todos os fenômenos acústicos como música, tanto o barulho como o silêncio.

John Cage

Velocidade de tartaruga

Fato curioso

Quem hoje anda por Halberstadt ouve um som prolongado e inabalável, como se alguém estivesse adormecido sobre uma buzina. Mas o som não vem de um veículo, sai de uma igreja e faz parte da composição Organ 2/ASLSP, do vanguardista John Cage, uma composição cujas notas foram reunidas por um gerador de acasos. Ela tem o subtítulo "As slow as possible", abreviado como ASLSP — o mais lentamente possível. Uma composição enigmática que já tinha sido usada como trilha sonora da sequência final do clássico 2001: uma odisseia no espaço, *quando o herói corre para a imensidão infinita do universo. A estreia da peça durou trinta minutos. Em 1998, quando músicos, compositores, organistas e construtores de órgãos se reuniram e refletiram sobre as novas possibilidades sonoras da música de órgão, concordaram em realizar essa peça do compositor americano. Mas o que significa "o mais lentamente possível"? Quanto tempo a peça deveria durar: dez dias, 45 meses ou cem anos? Sabia-se que em Halberstadt havia existido um órgão que tinha uma variedade bastante grande de sonoridades. Era do ano de 1361; portanto, no ano 2000, quando a peça deveria começar a ser executada, já teriam se passado 639 anos. Exatamente o mesmo tempo deveria durar a peça de Cage. Ela começa com uma pausa, de forma que o primeiro som foi ouvido apenas em 2003. Quinze meses depois, o som seguinte. O último som só será vivenciado pelos nossos descendentes, pois, com sorte, soará apenas no ano de 2639.* ∎

Marc-Antoine Charpentier

Datas de nascimento e morte:
*por volta de 1643, Paris

+24 de fevereiro de 1704, Paris

Origem: França

Período: Barroco

Obras importantes

Obras corais:
Te Deum para solista, coro e orquestra (por volta de 1692)

Obras dramáticas:
Pastorais, intermezzos (músicas entre atos)

Importância

Marc-Antoine Charpentier figura entre os mais produtivos compositores franceses do período Barroco. Atualmente valoriza-se principalmente sua música sacra. O prelúdio do seu *Te Deum* em ré maior ficou internacionalmente conhecido como a melodia do festival Eurovision.[1]

---

1 O Eurovision Song Contest é um concurso anual de canções em que cada intérprete representa um país europeu. É o maior evento do gênero do mundo e é transmitido pela televisão, para toda a Europa (N. E.)

Marc-Antoine Charpentier

O som que o telespectador ouve hoje como a melodia do Eurovision foi composto há mais de trezentos anos por Marc-Antoine Charpentier, um compositor francês do período Barroco. A data de nascimento dele é desconhecida; supõe-se que tenha nascido em 1643, em Paris. Marc--Antoine descende de uma família de pintores e escultores. Não é de se admirar que o jovem Charpentier tenha se interessado pela pintura. Para se aperfeiçoar nessa arte, ele viajou para a Itália, e em Roma foi logo influenciado pelo compositor local mais importante da época, Giacomo Carissimi, decidindo, assim, tornar-se músico. Após três anos de estudo, o francês voltou para sua terra.

Pouco se sabe a respeito de seus primeiros anos parisienses. Certamente Charpentier teria gostado de trabalhar como músico da corte de Luís XIV, mas o favorito do Rei-Sol era seu compositor de óperas e balés Lully, que havia fundado a Académie Royale de Musique e, naquele momento, tentava eliminar possíveis concorrentes para não perder os lucrativos negócios na corte. Quando Molière, o famoso escritor da *comédie française* se separou, furioso, de seu compositor Lully, logo contratou Charpentier, que passou a compor diversas músicas para as obras do autor, inclusive para o *Doente imaginário*, uma de suas mais famosas comédias.

Com ciúmes do sucesso de Charpentier, Lully conseguiu, junto ao rei, que sua música só pudesse ser tocada com restrições em comédias. Aos poucos, porém, a fama de Charpentier de compositor extraordinário chegou até a corte. O rei conheceu sua música e a apreciou muito. Quando Charpentier, por motivo de doença, deixou de participar de um concurso para um posto na corte, o soberano lhe concedeu um salário de misericórdia. Desfrutando da simpatia do Rei-Sol, o compositor passou a receber encomendas com frequência cada vez maior. Teve de compor músicas para muitas ocasiões solenes.

Além das atividades no teatro, Charpentier trabalhava como mestre--de-capela e cantor para a princesa Maria von Lothringen, Mademoiselle de Guise, que, por ser amante das artes, mantinha em seu hotel Marais, em Paris, um conjunto vocal e instrumental digno de nota. Charpentier compôs pastorais, idílios e divertimentos para as inúmeras recepções da princesa, e, nessas apresentações, participava frequentemente como cantor. Charpentier manteve esse posto lucrativo até a morte da princesa.

Como o músico não conseguiu um emprego na corte, deram-lhe o cargo de mestre-de-capela na igreja Saint-Louis e de professor de música no Collège Louis-le-Grand. Nessa função, ele também dava aulas para os filhos do rei.

    O compositor francês, com um bigodinho e um rosto redondo, infantil, foi um trabalhador extremamente minucioso. Datava todas as cópias de suas obras e mandava encaderná-las. Dessa forma, três quartos de suas composições se conservaram: 23 volumes manuscritos com 550 obras. As mais conhecidas atualmente são suas obras sacras, em primeiro lugar o *Te Deum*, cujo prelúdio é usado como melodia do festival Eurovision. ∎

Luigi Cherubini

Datas de nascimento e morte:
*14 de setembro de 1760, Florença

†15 de março de 1842, Paris

Origem: Itália

Período: Classicismo

Obras importantes

Obras dramáticas:
Catorze óperas italianas, quinze óperas francesas

Música sacra:
Missa em ré menor (1811)
Réquiem em dó menor (1816)
Réquiem em ré menor (1836)

Importância

Cherubini é uma das figuras centrais da vida musical francesa na época da Revolução e da restauração, da reintrodução da casa real após a expulsão de Napoleão. Tenta unir em sua obra os princípios italianos, franceses e alemães de composição. Assim, por ser um compositor cosmopolita, nunca pôde desfrutar de toda a simpatia e entusiasmo de um país.

Luigi Cherubini

Luigi Cherubini nasceu em Florença como o décimo de doze filhos de um professor e *maestro al cymbalo*, um cravista do teatro. Aos cinco anos, perdeu a mãe. O pai ensinou piano ao filho talentoso e interessado em música e providenciou para que tivesse aulas de composição. O jovem de treze anos chamou a atenção da sociedade florentina com uma missa solene a quatro vozes. O grão-duque da Toscana lhe concedeu uma bolsa de estudos para que pudesse estudar com Sarti, como aluno do grande Padre Martini. O esforço e o talento logo fizeram de Cherubini o aluno favorito de seu professor. Ele até deixava o aluno compor as árias dos personagens secundários de suas próprias óperas. Mas Cherubini passou a se afastar cada vez mais de seu professor para executar suas próprias óperas em diversas cidades italianas.

Aos 24 anos, recebeu um convite para ir à Inglaterra, onde seu talento já ficara conhecido. O príncipe de Gales, o futuro rei George III, desejava tê-lo exclusivamente em sua corte, mas Cherubini recebeu um convite de Paris. O músico optou por ficar na capital francesa após ser convencido veementemente por seu compatriota, o violinista Viotti. Após a queda da Bastilha, na Revolução Francesa, muitos músicos franceses foram afastados de seus cargos. Mas Cherubini, fiel ao rei de coração, conseguiu, graças a uma habilidade diplomática, manter-se distante dos acontecimentos diários na França. Os jacobinos, os novos governantes, contrataram o italiano, para que fosse responsável pela organização das festividades revolucionárias. Além disso, foi nomeado diretor do Théâtre Feydeau, com a tarefa de compor óperas dramáticas sobre a revolução — grandes obras com coros de grande formação e orquestras gigantescas que deviam entusiasmar o povo. *Médée,* sua ópera mais famosa, com atmosfera trágica e final sangrento, foi perfeita para esse objetivo.

Certo dia, Cherubini foi obrigado pelos jacobinos a caminhar à frente deles em um desfile nas ruas, tocando violino, e, depois, a ficar sobre um barril durante a refeição, também tocando. Apenas sua noiva, a filha de um músico real de câmara e seu amigo, conseguia demover o compositor indignado da ideia de deixar a França. Pouco depois, um padre perseguido realizou o seu casamento em segredo, em um porão. O casamento com sua esposa, com quem teve três filhos, era muito feliz. Cherubini foi nomeado docente, depois *inspecteur* do conservatório, então republicano, o Institut National de Musique. Mas Napoleão, o novo governante, encarava o compositor italiano com hostilidade, pois os dois tinham uma concepção diferente de música. O imperador e a nova sociedade do império entusiasmavam-se por uma música italiana mais acessível, e a tragédia francesa deixa de ser requisitada. Durante todos os doze anos do domínio napoleônico, Cherubini viveu em "emigração interior". O músico saiu de todos os cargos públicos e se limitou a compor.

Como sua situação financeira deixou de ser das melhores, um convite de Viena chegou bem a calhar. Lá, suas obras eram executadas há muito tempo e com grande sucesso, e, por isso, ele passou a receber novas encomendas de óperas. Em Viena, conheceu Haydn, com quem manteve uma amizade cordial durante toda a vida. O encontro com Beethoven, por outro lado, transcorreu de forma mais reservada, mas os dois compositores tinham grande consideração um pelo outro. Beethoven disse, certa vez: "Prezo as obras de Cherubini acima de todas as teatrais [...]. Fico encantado sempre quando ouço uma obra nova dele e fico mais envolvido do que com minhas próprias obras". Quatro meses depois, quando Napoleão entrou em Viena como vencedor e passou a residir no palácio de Schönbrunn, Cherubini passou a ser incumbido de organizar os concertos da corte.

De volta a Paris, porém, Napoleão o privou de sua benevolência. Cherubini reassumiu como docente no conservatório, mas praticamente deixou de compor. Dedicou-se muito mais à biologia e a pintar aquarelas para cartas de baralho. Apenas quando foi passar férias em Chimay, na Bélgica, é que voltou a ter vontade de compor. A anfitriã, a princesa de Chimay, pediu-lhe que compusesse uma missa para sua igreja. Surge uma missa em ré menor, suas duas missas de coroação e dois réquiens que fazem dele o maior compositor sacro da França. Com sua nova ópera, *Les Abencérages*, Cherubini confirma sua volta à vida musical também no âmbito da ópera.

Quando Napoleão foi expulso em 1814, o novo rei, Luís XVIII, nomeou Cherubini Cavaleiro da Legião de Honra. Confiou a ele a direção-geral de sua orquestra real e o nomeia professor de composição da recém-fundada École Royale de Musique. Durante vinte anos, até pouco antes de morrer, ele dirigiu de forma correta, conscienciosa e com autoridade os rumos desse conservatório, marcando de forma decisiva a formação e a vida musical da França no século XIX. Mas a maioria dos estudantes de música, encabeçados por Berlioz, não estava lá muito entusiasmada com o estilo tirânico de Cherubini. Suas composições eram cada vez menos requisitadas, pois a música dramatizada e sentimental de um Rossini veio substituir a ópera rígida e clássica dele. Apenas pouco antes de morrer é que Cherubini, aos 81 anos, se retirou de seu cargo de diretor do conservatório. Nessa ocasião, foi promovido a *comandant* da Legião de Honra, uma condecoração concedida pela primeira vez a um músico. Em 1842 faleceu Cherubini, uma das grandes personalidades da vida musical francesa. As exéquias parisienses foram realizadas com grande pompa.

Contragolpe hábil

Fato curioso

Cherubini e Napoleão não eram o que se pode chamar de amigos. Quando os dois, certa vez, estavam sentados lado a lado em um camarote por ocasião de uma nova ópera de Cherubini, Napoleão se voltou de repente para seu vizinho e disse:

"Maestro, o senhor é certamente um excelente compositor, mas por que sua música tem de ser tão barulhenta e complicada? Não consigo entendê-la." Cherubini respondeu, com maledicência: "Meu querido general, certamente o senhor é um soldado excelente, mas, no que diz respeito à minha música, não considero necessário adequá-la ao seu entendimento". ■

Frédéric Chopin

Datas de nascimento e morte:
*1º de março de 1810, Zelazowa Wola, perto de Varsóvia

†17 de outubro de 1849, Paris

Origem: Polônia

Período: Romantismo

Obras importantes

Obras orquestrais:
Krakowiak para piano e orquestra em fá maior op. 14 (1828)
Concerto para piano n. 1 em mi menor op. 11 (1830)
Concerto para piano n. 2 em fá menor op. 21 (1830)

Obras para piano:
Cerca de *sessenta mazurcas* (1824-1849)
Dezoito noturnos (1827-1846)
Doze estudos op. 10 (1830-1832)
Dezesseis polonaises (1834-1846)
Doze estudos op. 25 (1835-1837)
Sonata em si bemol menor op. 35 (1836/1837 e 1839)
Vinte e quatro Préludes op. 28 (1836-1839)
Sonatas
Baladas
Scherzos
Impromptus

Importância

O polonês Frédéric Chopin foi um dos mais importantes pianistas e compositores do Romantismo. Compôs quase que exclusivamente para seu instrumento favorito, o piano.

Frédéric Chopin

Frédéric Chopin nasceu em 1º de março de 1810, na mansão do conde de Zelazowa Wola, próximo de Varsóvia. Seu pai, francês da Lorena, trabalhava ali como tutor da família. Logo cedo manifestou-se o talento musical de Frédéric. Sophie, a irmã dois anos mais velha, tinha de explicar as notas ao curioso irmão de cinco anos. Quando, pouco depois, os pais descobriram que seu filho criava suas pequenas mazurcas e polonaises ao piano, providenciaram que recebesse aulas. Nelas, Frédéric podia improvisar, e seu professor anotava as invenções musicais criadas de improviso. Uma das polonaises do menino de sete anos chegou a ser impressa, e a partir de então nada era mais importante para ele do que a música. Ele exercitava e improvisava diariamente, por muitas horas, ao piano.

Em seu oitavo aniversário, o jovem pianista tocou em público pela primeira vez. O concerto foi uma sensação, e Frédéric foi aclamado como criança-prodígio e um segundo Mozart. O grande talento pianístico e a capacidade de improvisação desenvolvida precocemente despertaram especial interesse nos círculos aristocráticos. Apenas a música do jovem artista conseguia acalmar os frequentes ataques de cólera do vice-rei da Polônia. Aos nove anos, Frédéric já era considerado o melhor pianista de Varsóvia. Seu professor não tinha mais nada a lhe ensinar, e Frédéric passou a ter aulas de órgão, contrabaixo e composição. Como o pai fazia questão de uma boa formação geral, Frédéric tinha de frequentar a escola paralelamente. Após concluir o ginásio, Chopin estudou de 1826 a 1829 na Escola Superior de Música de Varsóvia e compôs uma série de peças para piano. Aos dezenove anos, viajou com amigos para Viena e deu seu primeiro concerto no exterior com grande sucesso. Um ano depois, Chopin tocou em Varsóvia seu *Concerto para piano n. 1* em mi menor, homenageado por seus conterrâneos com uma coroa de louros. No entanto, já estava claro para ele que uma grande carreira só era possível no exterior.

Durante uma viagem artística para Itália e França, ele recebeu, em Viena, a notícia do levante de Varsóvia. Chopin, a quem seu pai recomendou que não voltasse para casa, seguiu para Paris. Ficou entusiasmado com a cidade cosmopolita elegante, e imediatamente conheceu uma série de artistas importantes. A elite disputava o refinado artista da Polônia. Chopin tornou-se o favorito, requisitado nos saraus. Fez inúmeros concertos e deu aulas de piano para a alta nobreza por muito dinheiro, e, assim, passou a poder se dar ao luxo de ter um coche com cocheiro e criados. Vestia-se de acordo com a moda e morava em uma casa distinta. Mas logo manifestaram-se os primeiros sintomas de uma doença mortal: a tuberculose. Aos 25 anos ele frequentemente se sentia tão fraco que teve de interromper sua carreira de pianista. No mesmo ano, viajou para Karlovy Vary para rever seus pais, e, na viagem de volta, encontrou, em Dresden, uma família amiga e nobre de Varsóvia, os Wodzinski. Apaixonou-se pela filha de dezesseis anos, Marie, e ficou noivo dela no ano seguinte. Porém, *Mademoiselle Marie* desmanchou o noivado um ano depois para se casar com um conde, o que atinge Chopin de maneira que o fez adoecer cada vez mais. Pouco depois, em Paris, conheceu a escritora George Sand. A princípio ficou chocado com a atitude emancipada daquela mulher, incomum para a época, que ganhava seu sustento escrevendo romances, usava roupa masculina e fumava grossos charutos. Mas, aos poucos, Chopin também sucumbiu, como muitos artistas antes dele, a seu carisma espirituoso. Os dois passaram alguns meses em Maiorca, entre 1838 e 1839, mas mesmo naquele clima agradável seu estado de saúde não melhorou. Como George Sand achava que Chopin deveria descansar por algum tempo, passaram os verões seguintes em sua bonita propriedade rural em Nohant. Ali, o compositor se sentiu extremamente bem. Passeava e compunha: polonaises, valsas, mazurcas, noturnos, prelúdios, scherzos, baladas. Em todas essas obras Chopin associou a graça e elegância da música francesa com o ritmo fogoso, as harmonias coloridas e as melodias melancólicas das antigas danças populares de sua pátria. As obras de Chopin tornaram-se a essência da música romântica. Após desentendimentos, Chopin rompeu com George Sand.

Chopin vivia frequentemente melancólico. Sua última viagem o levou à Inglaterra e à Escócia em 1848. O clima úmido, o cansaço da viagem e os inúmeros compromissos pioraram sua doença. Completamente esgotado, voltou para a França. No outono do ano seguinte, Chopin chamou sua amada irmã Louise a Paris, e ela ficou com ele até sua morte, em 17 de outubro de 1849, aos 39 anos. No testamento, ele pediu que seu coração fosse sepultado em Varsóvia, pois, no fundo, o compositor carregou consigo durante a vida inteira a saudade de sua terra polonesa.

Valsa do cão

Fato curioso

Quando a escritora George Sand abriu a porta, carregava seu lindo cãozinho no colo. Do lado de fora estava seu companheiro Frédéric Chopin, um homem esguio com rosto pálido e nariz proeminente. Ele a olhou de cima a baixo e sorriu. Naquele dia, ela estava usando novamente sua calça masculina justa e botas de cano alto (na época uma coisa muito incomum, já era o ano de 1837) —, e ele dava muito valor às roupas elegantes.

Ele apoiou a bengala de prata na porta e a cumprimentou cordialmente. "George, chère amie, como vai nosso amigo doente hoje?", e afagou o pequeno novelo de lã na cabeça. "Oh, ele está melhor, preste atenção", e upa, ela o colocou no chão. Imediatamente o pequeno irriquieto começou a pular como um louco pela sala e a rolar pelos tapetes persas. De repente, ele começou a rodar em círculos e tentar pegar o próprio rabo. George ria. "Se fosse possível colocar essa brincadeira maluca do cachorrinho em música, Frédéric!" Por um tempo, Chopin observou a agitação do cãozinho, depois sentou-se ao piano e começou a tocar. Rápidas colcheias giravam em torno da nota lá bemol e aos poucos evoluíram, a partir daquele movimento em círculo, para uma valsa leve, graciosa em ré bemol maior. Após a última nota, Chopin olhou interrogativamente para a namorada.

"Fantástico, Frédéric, você transformou a brincadeira do cachorrinho em música de um jeito simplesmente emocionante. Agora nosso queridinho será imortal por sua causa." E assim foi. Pouco depois, a valsa de Chopin foi impressa em ré bemol maior. ∎

Domenico Cimarosa

Datas de nascimento:
*17 de dezembro de 1749, Aversa, reino de Nápoles

†11 de janeiro de 1801, Veneza

Origem: Itália

Período: Classicismo

Obras importantes

Obras dramáticas:
Noventa e seis óperas, dentre elas:
Il matrimonio segreto, ópera cômica (1792)

Importância

O compositor italiano Domenico Cimarosa foi, com 96 obras dramáticas (em sua maioria óperas cômicas), um dos mais produtivos compositores de ópera da história da música. Sua obra-prima, a ópera cômica *Il matrimonio segreto*, ainda hoje faz parte do repertório de todos os grandes teatros de ópera.

O compositor napolitano de ópera Domenico Cimarosa cresceu em uma família humilde: seu pai era pedreiro; a mãe, lavadeira. Mas os pais sempre tiveram interesse em oferecer ao talentoso filho uma boa formação em uma escola de mosteiro em Nápoles. O organista do mosteiro reconheceu a inteligência do jovem Cimarosa e lhe deu aulas de música e literatura. Ele também conseguiu que o menino de doze anos, que ficou órfão de pai e mãe, tivesse acesso livre ao conservatório. Durante onze anos Cimarosa estudou composição, cravo, órgão e canto com músicos importantes. Surgem, então, suas primeiras obras sacras. Em 1772, Cimarosa começou realmente a carreira de compositor, quando apresentou sua primeira ópera *Le stravaganze del conte* no Teatro dei Fiorentini, em Nápoles. Pouco depois, casou-se com a filha de sua mecenas Gaetana Pallante.

O jovem compositor recebeu um convite de Roma para compor uma ópera para a temporada teatral seguinte. A ópera-bufa *L'italiana in Londra* foi um sucesso gigantesco e tornou Cimarosa célebre em toda a Itália. Nos anos seguintes, o esforçado compositor compôs uma série de óperas novas para diversos teatros italianos, inclusive várias em um mesmo ano. Com seus primeiros sucessos no palco, ele já superara os outros compositores de óperas de sua época em popularidade, até mesmo Paisiello, o mais bem-sucedido compositor bufo do período, com seu jeito audacioso e atrevido. Isso provocou discórdia entre eles, além de inveja e rivalidade escancarada, a ponto de os dois compositores irem mascarados ao teatro para vaiar as óperas do rival sem serem reconhecidos. De 1784 a 1787, Cimarosa viveu em Florença e compôs exclusivamente para o teatro da cidade. Teve uma produtividade enorme, fazendo surgir óperas, cantatas e obras sacras.

A convite da czarina russa Catarina II, o compositor de 34 anos assumiu, em São Petersburgo, o lugar de Paisiello sob condições financeiras atraentes. Durante os quatro anos na Rússia, Cimarosa compôs inúmeras óperas e cantatas, entre elas uma encomenda para o príncipe Potemkin, o favorito da czarina. Mas o severo clima russo não fazia bem à constituição fraca de Cimarosa, e, por isso, o compositor aceitou um convite do imperador austríaco Leopoldo II para ser o sucessor de Salieri em Viena. Lá, o novo compositor da corte compôs sua obra-prima: *Il matrimonio segreto*.

A ópera foi encenada com tamanho sucesso que teve de ser repetida na mesma noite, a pedido do imperador. Em seguida, o monarca convidou todos os membros da orquestra para um banquete. Quando Francisco I, o novo imperador, nomeou Salieri novamente como compositor da corte, Cimarosa retornou a Nápoles, onde sua ópera apresentada em Viena com tanto sucesso foi encenada 67 vezes, triunfalmente. As óperas de Cimarosa também tiveram muita popularidade na Alemanha. Goethe apreciou muito o compositor italiano e encenou *L'impresario in angustie*, para ele "uma ópera sempre agradável", em seu teatro em Weimar.

Cimarosa aceitava encomendas de composição dos novos soberanos durante a ocupação de Nápoles pelas tropas napoleônicas, por isso, foi preso e condenado à morte com o retorno dos antigos reis Bourbon. Porém, graças à intervenção de altos dignatários eclesiásticos e profanos, o compositor foi perdoado pelo rei Ferdinando VI e solto após quatro meses de prisão. Cimarosa, expulso do reino de Nápoles, deixou a cidade pouco depois, em direção a São Petersburgo. Mas como sua saúde já estava muito debilitada, ele, com câncer, teve de permanecer em Veneza. Apesar da doença grave, o esforçado compositor trabalhou até o fim em suas obras que, em seus últimos anos de vida, mostravam uma forte tendência para a ópera séria. O grande compositor italiano de óperas Domenico Cimarosa morreu durante seu trabalho na última ópera *Artemisia*, que ficou inacabada, em 1801, aos 51 anos, em Veneza. Os boatos de que tinha sido envenenado nunca se confirmaram.

A maior parte de sua ampla obra é classificada como ópera-bufa, pois nesse tipo de ópera o estilo de composição de Cimarosa se evidencia melhor: ideias melódicas de fácil memorização aliadas a uma graciosidade meridional. A intimidade dos sentimentos, o caráter apaixonado e sonhador de suas obras já remetem ao Romantismo do século seguinte. As óperas de Cimarosa foram colocadas acima das de Mozart no século XIX. ∎

Muzio Clementi

Datas de nascimento e morte:
*23 de janeiro de 1752, Roma

†10 de março de 1832, Evesham/Worchestershire

Origem: Itália

Período: Classicismo

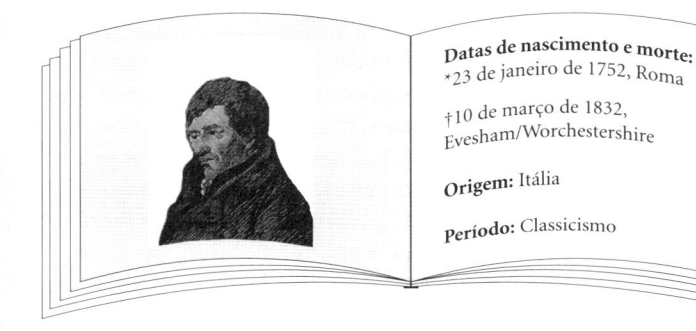

Obras importantes

Obras para piano:
Gradus ad Parnassum or the Art of Playing on the Piano Forte [...] op. 44, cem exercícios para piano (1817-1826)

Importância

Muzio Clementi é considerado um representante proeminente da música italiana para piano no período clássico. É até chamado de "pai da música de pianoforte", o novo piano da época. O italiano figura entre os maiores virtuoses do piano de sua época. Como professor altamente considerado, ele formou pianistas; como compositor, foi responsável pela impressão de muitas grandes obras de importantes compositores. Trechos de seu *Gradus ad Parnassum*, suas sonatinas e sonatas são utilizados ainda hoje com frequência como materiais de exercício e trabalho nas aulas de piano.

Muzio Clementi, filho de um ourives de prata, passou a infância em Roma. Aos nove anos, o talentoso menino já assumira o serviço de órgão em sua cidade natal. Quando Lord Peter Beckford, inglês abastado e culto, ouviu o virtuose de treze anos ao órgão, ficou tão entusiasmado que "comprou" Clementi por sete anos para educá-lo adequadamente em sua propriedade rural inglesa e possibilitar seu desenvolvimento até que se tornasse um grande pianista. Em troca, o pai de Clementi recebeu um pagamento mensal enviado da Inglaterra. No isolamento da magnífica propriedade, em Dorsit, Muzio exercitava por oito horas diárias e logo adquiriu habilidades pianísticas extraordinárias. Sete anos depois, liberado de sua obrigação para com Lord Beckford, Clementi mudou-se para a metrópole cultural Londres.

A princípio ele praticamente não aparecia na vida musical do local. Foi apenas após a publicação de sua coletânea de sonatas op. 2 que as atenções se voltaram para o jovem músico, o que tornou possível encontrá-lo com mais frequência como pianista nos programas dos concertos. Suas habilidades musicais convenceram e ele assumiu a direção da ópera italiana. Logo, o talentoso italiano passou a desempenhar um papel decisivo na vida musical londrina.

Casas reais e toda a nobreza do continente já tinham informações sobre o talento extraordinário de Clementi e queriam ouvir o virtuose italiano do piano. Aos 28 anos, ele começou as turnês, primeiramente, na França, onde foi aclamado com entusiasmo na corte da rainha Maria Antonieta. Em Viena, o imperador Leopoldo II, ele próprio um pianista amador, organizou um concurso musical entre seu compositor da corte Wolfgang Amadeus Mozart e o italiano na noite de Natal de 1781, para o czar russo e sua esposa. Os dois músicos tiveram de mostrar sua arte em três categorias: tocar por partitura, improvisar e apresentar obras próprias. No final, nenhum dos dois venceu a lendária competição, pois ambos os artistas impressionaram os ouvintes sobremaneira. No final, Clementi manifestou-se com palavras elogiosas sobre a graciosa música de seu adversário, e Mozart, ao contrário, manifestou-se extremamente crítico e desdenhoso sobre o concorrente: "Clementi é um charlatão como todos os italianos. Seu gosto e sentimento não valem um tostão, ele é apenas um mecânico". Essa declaração de Mozart, dita certamente com irritação e certa inveja, contribuiu para prejudicar a fama de Clementi como músico, pois mais tarde ele foi frequentemente classificado como "escriba desalmado de estudos e pianista que tocava apenas com talento técnico, sem sentimento". Mas isso não era verdade, pois, além de uma técnica brilhante, Clementi demonstrou um estilo de execução cantábile que ele aprendera ouvindo cantores famosos da época. Em Londres, e em inúmeras viagens ao exterior, Clementi solidificou sua fama como um dos maiores virtuoses de piano da Europa e compositor excepcional.

Aos 34 anos, Clementi tocou em público pela última vez, para depois dedicar-se a outras atividades — ele não era apenas um músico agraciado, mas também um talentoso homem de negócios. O italiano tornou-se o mais requisitado e caro professor de piano de Londres, e muitos dos seus alunos chamaram a atenção, mais tarde, como pianistas e compositores. Para eles, ele compôs inúmeras de suas cerca de cem sonatas, que "extraem do piano sua força e devem mostrar adequadamente o gosto e as habilidades do intérprete". Sua importante obra didática para piano em três volumes, *Gradus ad Parnassum*, ajuda o aluno a adquirir habilidades técnicas através de peças e principalmente de estudos. Ainda hoje essa obra e as sonatinas são utilizadas em aulas de piano.

Paralelamente à sua atividade pedagógica, Clementi trabalhava como comerciante de artigos musicais, editor e fabricante de pianos, e, além disso, conseguia melhorar a mecânica do instrumento. Como um comerciante competente, Clementi empreendeu inúmeras viagens para países europeus com seus pupilos. Apresentou à sociedade elegante e culta seus alunos brilhantes, que, ao mesmo tempo, tinham de fazer propaganda de seus instrumentos musicais. Em uma viagem a Leipzig, conheceu a jovem de dezoito anos, Caroline Lehmann, com quem se casaria pouco depois, aos 52 anos. Como editor, Clementi também aproveitava essas turnês para conhecer muitos dos famosos compositores europeus que depois lhe confiaram a impressão de suas obras. Em Viena, travou relações comerciais com Beethoven, que tinha o músico italiano em alta consideração. Ele até considerava as sonatas de Clementi superiores às de Mozart e, durante vários anos, exigia que seu sobrinho Carl tocasse exclusivamente sonatas de Clementi. Com suas sonatas, o compositor italiano se tornou um dos mais importantes inspiradores de Beethoven, tanto que este transferiu a Clementi os direitos de publicação de suas novas composições.

Apesar de seus negócios, Clementi ainda encontrou tempo para reger suas obras, com as quais obteve grande reconhecimento em toda parte. Sua sinfonia com o tema do hino nacional inglês, *God Save the King*, foi seu último sucesso. Pouco depois, ele se retirou com sua segunda esposa, uma inglesa, para sua magnífica propriedade rural em Evesham/Worcestershire, onde o rico homem de negócios e músico aclamado morreu, na idade avançada de oitenta anos, em 10 de março de 1832. Deixou dois filhos e duas filhas. Fica claro o quão respeitado foi Clementi por seus contemporâneos: ele foi enterrado na abadia de Westminster, assim como o grande compositor inglês Henry Purcell. ∎

Arcangelo Corelli

Datas de nascimento e morte:
*17 de fevereiro de 1653, Fusignano

† 8 de janeiro de 1713, Roma

Origem: Itália

Período: Barroco

Obras importantes

Obras orquestrais:
Concerti grossi [...] op. 6 (1712), entre eles, o famoso *Concerto de Natal*; composto para uma apresentação no palácio do Vaticano, que o cardeal Ottoboni organizou na noite de Natal em honra a seu tio, o papa Alexandre III.

Música de câmara:
Sonate à tre, doze Triosonaten (da chiesa) op. 1 (1681)
Sonate à tre, doze Triosonaten (da camera) op. 2 (1685)
Sonate à tre, doze Triosonaten (da chiesa) op. 3 (1689)
Sonate à tre, doze Triosonaten (da camera) op. 4 (1694)
Seis sonatas sacras e seis sonatas de câmara op. 5 (1700)

Importância

Corelli é considerado o representante mais importante da música instrumental italiana do século XVII. Levou o gênero musical do concerto grosso ao seu ápice. Como o *melhor violinista de sua época*, ele transformou muitos músicos talentosos em grandes violinistas e compositores.

Arcangelo Corelli

Arcangelo Corelli nasceu em 1853 em Fusignano, uma pequena cidade no norte da Itália, perto de Ímola. Seu pai morreu antes de seu nascimento, e, por isso, sua mãe competente criou sozinha o menino e seus quatro irmãos mais velhos. A infância de Corelli foi obscura. Sabe-se apenas que o talentoso menino teve aulas de violino. Aos treze anos, Corelli deixou sua cidade natal para aperfeiçoar-se em violino na famosa Escola de Violino de Bolonha. Com orgulho, ele se denominou, mais tarde, como "Corelli de Fusignano, chamado de bolonhês". Em pouco tempo, dominou o instrumento com tamanha maestria que foi aceito na Accademia Filarmonica, fundada pouco antes — uma alta distinção concedida apenas aos músicos excelentes, mesmo ainda estando longe dos vinte anos, idade mínima exigida. Posteriormente, Wolfgang Amadeus Mozart também foi aceito na Academia, aos catorze anos.

Aos 22 anos, Corelli mudou para Roma para seguir a carreira de músico profissional, pois sabia que na Cidade Eterna residiam os príncipes e cardeais abastados e amantes das artes, a quem pertenciam orquestras importantes e que atuavam como mecenas. Como um dos quatro violinistas da orquestra da igreja San Luigi dei Francesi, Corelli tocou em todas as grandes festas e rapidamente ganhou fama. Logo ele figurava entre os melhores e mais requisitados violinistas da cidade.

Rapidamente, a espirituosa rainha da Suécia levou o jovem Corelli para a orquestra de sua corte. A princesa havia se convertido ao catolicismo após sua renúncia na Suécia e tinha seu domicílio permanente em Roma. No Palazzo Riario, os mais prestigiados artistas, literatos, filósofos e músicos da cidade e convidados proeminentes de todo o mundo se reuniam ao redor da monarca. Lá, ela organizava (de 1680 a 1685 sob a direção do mestre-de-capela e compositor Alessandro Scarlatti) eventos musicais únicos. Para esses concertos grandiosos, Corelli compôs sua primeira obra, as *Doze Triosonatas* op. 1 para dois violinos e baixo contínuo, que ele dedicou à sua empregadora. Nessas sonatas sacras, Corelli foi o primeiro compositor a introduzir a forma de quatro movimentos com a sequência lento-rápido-lento-rápido.

Em 1887, o cardeal Benedetto Pamfili contratou o talentoso músico em sua corte e o nomeou Maestro di Musica. Nesse cargo, Corelli assumiu, sobretudo, a direção das grandes execuções de oratórios na corte do cardeal. Paralelamente, dirigiu uma série de apresentações solenes que praticamente não podiam ser superadas em termos de grandiosidade. São tantos músicos e cantores envolvidos que se falava, com razão, de um "estilo colossal romano". Na Accademia per Musica, por ocasião da subida ao trono de Jacob II da Inglaterra, no Palazzo Riario, Corelli regeu cerca de cem cantores e 150 instrumentistas de cordas — para aquela época um corpo de ressonância incrível.

Quando o cardeal deixou Roma três anos depois, Corelli passou a servir Pietro Ottoboni, o sobrinho do Papa, amante da opulência. Ele reconheceu a genialidade de Corelli e tratou o compositor discreto e modesto, mas autoconfiante, não como um músico empregado, mas como um bom amigo. Nomeou Corelli primeiro violinista e regente de suas lendárias apresentações musicais que se realizavam em atmosfera principesca às segundas-feiras e que ficaram famosas como um ponto de encontro dos nobres romanos, dos amigos das artes, artistas e conhecedores de música. Apaixonado por música, o cardeal tornou-se o mecenas mais importante de Corelli. O compositor lhe dedicou suas *Doze Triosonatas* op. 4, sonatas de câmara que, ao contrário das sacras, consistem de uma sequência de três ou quatro movimentos de dança. Os generosos recursos financeiros que estavam à disposição de Corelli junto com sua posição e seu prestígio lhe permitiam todas as liberdades artísticas. Ele podia, por exemplo, ensaiar suas composições novas imediatamente com a orquestra.

Como nas festas romanas a participação de mais de uma centena de músicos era praticamente a regra, em seus concertos Corelli contrapunha ao peso do grande aparato da orquestra, ao "grosso", um "concertino" mais ágil, composto de poucos e bons músicos. A "competição" que surgia entre toda a orquestra e um pequeno grupo de solistas tornou-se uma das mais importantes características do Barroco, o "concerto grosso". O jogo usado pela primeira vez pelo compositor italiano Stradella entre "concertino" (grupo de solistas) e "ripieno" ou "grosso" (orquestra toda) foi aperfeiçoado por Corelli em seus *concerti grossi*, criando assim a forma definitiva do recém-criado Barroco. Em 1702, Georg Friedrich Händel vai a Roma para ouvir e estudar a nova forma do concerto grosso.

Na época, praticamente ninguém contestaria o fato honroso de Corelli ser o melhor compositor instrumental da Itália. Além disso, o músico era considerado o mais influente professor de violino do século XVII. Ele fundou uma famosa escola e deu aulas para músicos talentosos que mais tarde se tornaram famosos violinistas e compositores, como Geminiani, Locatelli e Gasparini, mas também para inúmeros amantes da música oriundos de círculos burgueses abastados e da nobreza, pois era extremamente recomendável estudar com Corelli.

Por volta de 1710, o compositor de 57 anos se retirou aos poucos da vida pública. O grande artista Arcangelo Corelli — aos olhos de seus contemporâneos o melhor violinista de todos os tempos e o maior mestre da composição — morreu em 5 de janeiro de 1713, pouco antes de completar sessenta anos, em Roma. Deixou uma valiosa coleção de móveis, violinos e quadros. O cardeal Ottoboni organizou um funeral na igreja Santa Maria della Rotonda, o antigo Panteão, onde estão sepultados os grandes pintores, escultores e arquitetos. Para que um músico fosse sepultado ali, era necessária uma autorização papal especial. Mais tarde, a capela foi declarada monumento nacional. ∎

François Couperin

Datas de nascimento e morte:
*10 de novembro de 1668, Paris

†11 de setembro de 1733, Paris

Origem: França

Período: Barroco

Obras importantes

Música de câmara:
Trio sonatas (1692/93)
Concerts royaux (1722)

Música para cravo:
Vinte e sete Ordres em quatro livros (1713, 1716/1717, 1722, 1730)

Importância

François Couperin, *Le Grand*, é considerado o representante francês do período Barroco. Seu grande mérito como compositor é no campo da música de cravo. Como representante da escola francesa de cravo, colocou títulos em muitas de suas peças brilhantes, ricamente adornadas.

François Couperin

Como a família Bach na Alemanha, a dinastia dos Couperin marcou decisivamente a vida musical francesa durante várias gerações. Do final do século XVI até meados do século XIX, os Couperin ocuparam importantes cargos de compositores, cravistas e organistas, inclusive o cargo de organista de Saint-Gervais, em Paris, durante 174 anos. Seu representante mais conhecido é François Couperin, chamado de *Le Grand* (o grande) por seus contemporâneos devido à sua grande importância para a arte francesa do cravo.

François perdeu seu pai, um respeitado organista em Saint-Gervais, quando tinha apenas dez anos. A direção da igreja concordou que François assumisse como sucessor do pai aos dezoito anos se até lá ele tivesse concluído uma formação sólida. Durante esse tempo, a família tinha o direito de morar na casa do organista. Aos dezoito anos, o jovem Couperin assumiu oficialmente o posto de organista que ocuparia durante 45 anos. Por isso, é surpreendente que tenha composto apenas um único volume com música para órgão, as *Pièces d'orgue* (*Peças para órgão*). O ponto central da obra de Couperin é a música para cravo.

Logo o talentoso organista chamou a atenção de Luís XIV, o Rei-Sol. Ele o nomeou um de seus quatro organistas e *maître de clavecin des enfants de France* — professor de piano das crianças da França. Durante doze anos, Couperin deu aulas para o Dauphin, o filho do rei, e para os filhos de altas personalidades parisienses. Com isso, ele ganhou tanto dinheiro que, aos 28 anos, conseguiu comprar o título de nobreza para sua família. Como a corte real e os círculos influentes de Paris daquela época preferiam a música italiana e estavam pouco convencidos da arte do compositor, Couperin publicou suas primeiras obras, *Trio sonatas* (as primeiras do gênero na França), sob um pseudônimo italiano. Nessas agradáveis obras de música de câmara ele se espelhou em seu modelo, o barroco Arcangelo Corelli, que ele admirava. Couperin também tentou, em composições posteriores, combinar as músicas italiana e francesa.

Os sucessos de Couperin como compositor (a esta altura ele já publicava sob seu nome verdadeiro) aumentaram seu prestígio. Luís XIV chamava o importante artista todas as manhãs de domingo para tocar nos pequenos concertos de câmara que tinham o objetivo de alegrar o espírito do monarca envelhecido. Depois da morte do Rei-Sol em 1715, Couperin passou a ter mais tempo para se dedicar à publicação de suas obras. Dois anos antes, ele já havia obtido o privilégio de poder imprimir sozinho suas composições durante vinte anos.

No mesmo ano, quando Couperin estava com 45 anos, foi publicado seu *Premier livre de pièces de clavecin*, seu primeiro livro com peças para cravo — composições que tinham sido compostas em um período de vinte anos, entre elas as famosas suítes, chamadas por Couperin de *Ordres*. São formadas por 23 peças, começam com os quatro movimentos da dança francesa, allemande, courante, sarabanda e giga, seguidos de peças características. Na maioria das vezes, o compositor dava títulos programáticos a esses pequenos movimentos musicais, como *Borboletas, Rouxinóis* e *Abelhas*. Ou ele retratava qualidades em peças como *A trabalhadora, A esquiva, A animada*; e tentava até esboçar retratos musicais de pessoas próximas, como o de sua filha *Couperinette*. Os mestres cravistas franceses barrocos importantes gostavam de representar em suas peças coisas reais da vida. Um compositor tentou até descrever musicalmente uma operação de vesícula. No total, Couperin compôs 27 dessas *Ordres*, reunidas em quatro livros.

A influência de Couperin sobre a música de cravo alemã foi extraordinariamente grande. Sabemos que Johann Sebastian Bach apreciava a elegante música de cravo francesa de seu colega francês, com seus ricos adornos melódicos, e a estudava com afinco. Isso se reflete nas *Suítes francesas* para cravo, de Bach. O tratado de Couperin, *A arte de tocar cravo*, despertou muito interesse na Alemanha. Nele, Couperin foca os adornos e ornamentações das melodias, uma característica importante e típica da escola francesa de cravo. No auge de sua carreira, o estado de saúde de Couperin começou a piorar, tanto que ele colocou Nicolas-Louis Couperin, seu sobrinho, como seu substituto e sucessor em Saint-Gervais. Aos 61 anos, o grande músico renunciou a todos os seus cargos na igreja e na corte. Em 11 de setembro de 1733, François Couperin morreu, aos 64 anos, em Paris.

A gente só precisa saber se virar

Fato curioso

François Couperin tinha composto sua primeira obra, um trio sonata. Naturalmente, ele desejava que a peça fosse impressa e executada. O jovem músico sabia do entusiasmo da elite influente parisiense por todas as novidades da Itália e, assim, seguro de si, ele apelou, resoluto, para uma mentira inofensiva.

"Eu fingi", relata Couperin, "que um parente meu, que na verdade estava na corte da Sardenha, havia me enviado a sonata de um novo compositor italiano. Mudei a ordem das letras de meu nome, formando um nome italiano que usei no lugar do meu. A sonata foi consumida avidamente. Senti-me motivado e compus outras sonatas; meu nome italianado me trouxe um grande sucesso". ■

Carl Czerny

Datas de nascimento e morte:
*21 de fevereiro de 1791, Viena

†15 de julho de 1857, Viena

Origem: Áustria

Período: Romantismo

Obras importantes

Obras para estudo de piano:
Schule der Geläufigkeit op. 299 (1834)
Quarenta estudos diários op. 337 (sem data)
A escola dos virtuoses op. 365 (sem data)
A escola da mão esquerda op. 339 (sem data)
A arte da habilidade com os dedos op. 740 (1844)

Importância

Carl Czerny é considerado um dos mais importantes professores de piano do século XVIII. De suas mais de mil composições, apenas as obras didáticas para piano ainda são significativas. Hoje são frequentemente usadas como material de exercício e estudo no ensino do piano.

Carl Czerny

O compositor, pianista e professor de piano Carl Czerny começou as aulas de piano já aos três anos com o pai, um prestigiado pianista em Viena. Aos sete anos, Carl começou a compor e, dois anos depois, apresentou-se como pianista pela primeira vez em público, com um concerto de Mozart. Pouco depois, Beethoven o ouviu tocar e ficou entusiasmado com a música do jovem Czerny, e se ofereceu para lhe dar aulas durante três anos, várias vezes na semana e de graça. O genial pianista conseguia tocar de cor imediatamente todas as novas obras para piano de seu professor. Mais tarde, ele fez revisões das partituras e organizou trechos de piano de Beethoven. Durante toda a vida, foi um admirador fervoroso de seu professor. Depois prosseguiu seus estudos com Muzio Clementi, Johann Nepomuk Hummel e Antonio Salieri. Tornou-se um pianista brilhante, principalmente sua execução em legato é lendária, mas sua forte ansiedade antes das apresentações impediu uma carreira brilhante. Assim, como professor de piano ele pôde transmitir seus conhecimentos e sua experiência a seus alunos talentosos.

Aos quinze anos, Czerny já era um requisitado professor de piano. Beethoven lhe confiou seu sobrinho como aluno. Mais tarde, ele deu aulas também para o jovem Franz Lizst, que dedicou seus doze *Études d'exécution transcendante* a seu digníssimo professor. Czerny sempre lecionava em pé, marcava os inícios como um maestro e gesticulava com os braços para deixar claros o andamento e o volume. Compunha exercícios de dedilhado para seus alunos, para treinar as habilidades técnicas. Czerny foi o primeiro compositor que usou o termo "estudo" para essas peças. Embora desse muito valor ao exercício técnico, ele ficava irritado quando algum de seus alunos tocava sem sensibilidade ou sentimento.

Como lecionava o dia todo e ainda organizava concertos de alunos, era surpreendente que Czerny ainda encontrasse tempo para compor. O vienense costumava trabalhar de noite para compor as mais de mil obras. Para isso, ele desenvolveu uma técnica especial de trabalho que consistia em trabalhar simultaneamente em quatro obras, colocadas em quatro mesas diferentes. É compreensível que, com tamanho esforço, sua saúde sentisse os efeitos: a visão começou a falhar e a gota paralisou sua força criativa. Carl Czerny morreu em 1857 em sua cidade natal, Viena, aos 66 anos. Como era solteiro e não tinha herdeiros, havia determinado que sua fortuna considerável fosse destinada a finalidades artísticas e beneficentes.

Método particular de trabalho

Fato curioso

Czerny foi um compositor extremamente produtivo. Embora tenha começado a compor aos 28 anos, compôs mais de mil obras. O violinista e maestro inglês John Ella, que visitou o compositor de 54 anos em Viena, quis saber como ele, apesar de seu amplo campo de atuação, ainda encontrava tempo para publicar aquela quantidade de obras. John Ella disse:

"Em cada canto de seu escritório havia uma escrivaninha com um manuscrito de notas inacabado. Na primeira, ele fazia arranjos de canções populares para uma editora inglesa; na segunda, encontrei sinfonias de Beethoven para quatro mãos pela metade; na terceira escrivaninha, ele trabalhava em uma nova edição das fugas de Bach; e na quarta, compunha uma grande sinfonia. Cada vez que terminava uma página de um trabalho, ele ia para a próxima escrivaninha, e, quando finalmente acabava uma página na quarta escrivaninha, recomeçava na primeira. Era assim, mecanicamente, que aquele músico trabalhava. Não é de se admirar que suas composições sejam tão áridas". ■

Claude Debussy

Datas de nascimento e morte:
*22 de agosto de 1862, St.-Germain-en-Laye

†25 de março de 1918, Paris

Origem: França

Período: Impressionismo

Obras importantes

Obras dramáticas:
Pelléas et Mélisande, drama lírico (1902)
Jeux [Jogos], balé (1913)

Obras orquestrais:
Prélude à l'après-midi d'un faune (1894)
La Mer, três esboços sinfônicos (1905)

Música para piano:
Suíte bergamasque com o famoso *Claire de Lune* (1890/1905)
Pour le piano (1894-1901)
Estampes (1903)
Images, dois cadernos (1902-1905 e 1907)
Children's Corner, pequena suíte para piano solo (1908)
Préludes, dois cadernos (1909/1910 e 1911-1913)
Études, dois cadernos (1915)

Importância

Claude Debussy, representante principal do movimento musical impressionista surgido na França, é considerado o renovador da música. O francês libertou suas composições das amarras do sistema maior-menor e se tornou o precursor da modernidade.

Claude Debussy

Claude Debussy cresceu em condições modestas, pequeno-burguesas. Seu pai, um ex-marinheiro, tinha um pequeno comércio de louças. Como os negócios iam mal, a família se mudou para Paris, onde o pai conseguiu um emprego como contador. A mãe ensinou o filho a ler, escrever e fazer contas. Debussy nunca frequentou a escola e sofreu a vida toda com a falta de educação formal. Para esconder sua origem modesta, o orgulhoso Debussy escreveu seu nome durante muito tempo na forma nobre "de Bussy".

Maute du Fleurville, uma aluna de Chopin, percebeu o talento musical do menino e lhe deu as primeiras aulas de piano. Ela conseguiu arrumar uma bolsa de estudos para ele, aos dez anos, no Conservatório de Paris. Mas a desejada carreira de pianista não decolava, porque o calado e fechado Debussy tinha pouco talento para concertos. Ele preferia muito mais a improvisação e o acompanhamento ao piano.

Para ganhar algum dinheiro, lecionava piano para famílias abastadas e acompanhava o canto de senhoras amantes da arte ao piano. Dessa forma, Debussy, com muita vontade de aprender, viajou ainda muito jovem pela Itália e Rússia como pianista particular de seus ricos empregadores, o que ampliou seus horizontes.

Aos dezesseis anos, Debussy começou a estudar composição no conservatório de Paris. Ainda no mesmo ano, tornou-se pianista particular, na Suíça, de Nadezhda von Meck, a patrocinadora de Piotr Tchaikovsky. Por um salário principesco, dava aulas de piano para os filhos dela, tocava a quatro mãos com a dona da casa e a acompanhava em suas longas viagens por toda a Europa. Debussy foi demitido apenas quando se apaixonou por uma de suas filhas. Então, teve de voltar a Paris para retomar seus estudos de composição no conservatório, mas o rapaz solitário não se sentia nada bem naquela instituição. Por causa de suas novas ideias musicais, ele adquiriu a fama de ser um *revolucionário perigoso*. Contudo, o jovem de 22 anos ganha o cobiçado Prix de Rome, o maior prêmio que a França confere a um jovem compositor.

Após concluir o estudo de três anos na Itália, Debussy voltou a Paris, circulou entre os simbolistas e se ocupou com a arte dos impressionistas, dos pintores que tentavam reproduzir, em seus quadros de paisagens, a impressão fugidia de um momento e os fenômenos de luz, cor e sombra em constante mudança. O compositor vivia uma vida boêmia e sempre cheia de dificuldades financeiras. Suas composições ainda não eram apreciadas pelo público e Debussy não produzia muito nem rapidamente. Ele trabalhava muito lentamente, pois não compunha qualquer compasso se não se sentisse pressionado para tanto.

Na exposição mundial de Paris, em 1889, Debussy conheceu o gamelão, um tipo de música da Indonésia, que o fascinou de imediato. A partir daí, surgiram influências orientais em suas obras, como em sua peça para piano *Pagodes*, na qual ele tentou reproduzir musicalmente os vários andares das torres dos templos budistas. Debussy tinha pouco contato com outros músicos, mas apreciava os círculos literários. Nas "noites de terça-feira", ponto de encontro dos principais literatos na casa do poeta Mallarmé, o compositor veio a conhecer e apreciar as obras do anfitrião. O poema de Mallarmé *Prélude à l'après-midi d'un faune* serviu de inspiração para sua primeira obra orquestral importante.

> "A música desse Prélude é uma ilustração bastante livre do lindo poema de Stephane Mallarmé", escreveu Debussy no programa. "São imagens sonoras em sequência através das quais os desejos e sonhos do fauno (segundo a mitologia grega, um ser meio homem, meio animal) se movimentam no calor da tarde."

Os ouvintes ficaram tão fascinados com os sons encantadores que essa obra-prima impressionista teve de ser repetida. *L'après-midi d'un faune* tornou-se a principal obra do Impressionismo na música, um estilo de composição que significa *som e arte da cor* para Debussy. Suas obras tornaram-se pinturas sonoras, espalhando cores nas quais estados de espírito e atmosferas são "pintados" com sons. Nos próprios títulos de suas peças é possível perceber que o que ele tentava representar não era tangível, que surgia e desaparecia, se dissolve em meio a uma iluminação mutante e se dilui: *Nuvens, Reflexos na água, Jardim na chuva, Luar, Jogo das ondas*.

Cinco anos depois, Debussy casou-se com Lily Texier, a quem ele abandonou para poder viver com Emma Moyse-Bardac, mãe de um aluno, uma mulher rica e culta. Com ela, teve sua amada filhinha Chou-chou, a quem mais tarde dedicaria as peças para piano Children's Corner. Seus amigos, a imprensa e a opinião pública ficam indignados com o passo incomum de Debussy de viver com uma mulher sem ser casado.

Nesse meio tempo, a ópera *Pelléas et Mélisande*, na qual ele trabalhou durante oito anos, estreou com grande sucesso. Debussy encontrara seu estilo próprio, inconfundível. Pouco depois, surgiu uma de suas maiores obras-primas: *La mer* (*O mar*). Durante toda sua vida, o compositor teve saudades do mar, e com essa obra ele conseguiu, de forma maravilhosa, descrevê-lo musicalmente, a amplitude infinita, seu atordoante marulhar, o ir e vir das ondas quebrando na praia.

Quando Debussy, o senhor roliço de olhos escuros imperscrutáveis e barba sedosa, finalmente se casa, aos 45 anos, com Emma Moyse-Bardac, esta é deserdada. Com isso, a situação financeira do compositor ficou extremamente precária. Para poder pagar os credores, Debussy teve de empreender turnês pela Europa e reger ele mesmo suas obras. Porém, o compositor introvertido, que preferia viver longe da cena musical e recolher-se em seu interior, não servia para maestro, pois falava muito baixo e não conseguia se impor. Aos poucos, o estado de saúde de Debussy foi piorando — ele sofria de câncer. Em 1917, fez sua última apresentação em público. Após uma operação sem sucesso, ele praticamente não tinha mais forças para compor. "A música me abandonou por completo", escreveu, pouco antes de morrer. Em 1918, Debussy, o grande impressionista, morreu em Paris, aos 55 anos.

Partituras com outra função   Fato curioso

Uma das grandes obras-primas impressionistas de Debussy, La mer, *não foi levada a sério pela orquestra Colonne, que deveria executar a obra. Pierre Monteux, que mais tarde, como maestro, defendeu com veemência as composições de Debussy, era, na época, o primeiro violista e contou que os músicos estavam totalmente irritados com os sons inovadores daquela música. "Um colega piadista fabricou um aviãozinho com as partituras, que foi jogado por cima das cabeças dos membros da orquestra, passou pelos contrabaixos e violoncelos e cruzou o palco. Aquela ideia infantil fez tanto sucesso que pouco depois uma frota considerável de aviõezinhos de papel cruzou o ar."* ∎

Léo Delibes

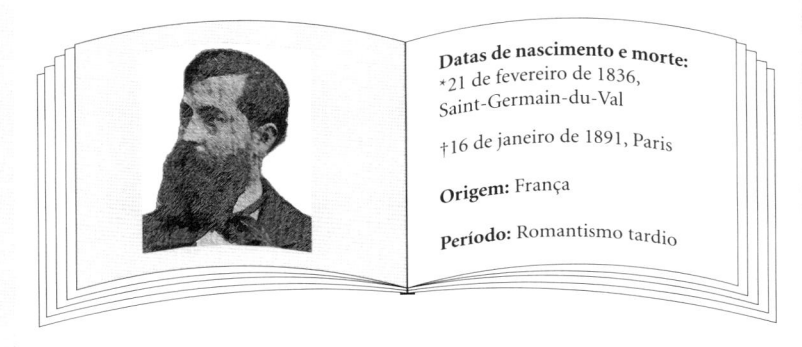

Datas de nascimento e morte:
*21 de fevereiro de 1836, Saint-Germain-du-Val

†16 de janeiro de 1891, Paris

Origem: França

Período: Romantismo tardio

Obras importantes

Obras dramáticas:
Coppélia ou la Fille aux yeux d'émail, balé (1870)
Le Roi l'a dit, ópera (1873)
Sylvia ou La Nymphe de Diane, balé (1876)
Lakmé com a *Ária dos sininhos*, ópera (1883)

Importância

Léo Delibes figura entre os compositores franceses na época do Segundo Império que refletiram o espírito da época com a leveza e ligeireza de suas obras. A graça e o charme de sua música entusiasmavam o público. Os balés *Coppélia* e *Sylvia ou La Nymphe de Diane*, assim como as óperas *Le Roi l'a dit* e *Lakmé*, com a inquebrantável *Ária dos sininhos*, trouxeram a Delibes o sucesso internacional. Ainda hoje elas têm lugar nos palcos de todo o mundo.

Léo Delibes

O compositor francês Léo Delibes cresceu em um ambiente musical e teve suas primeiras aulas de música com a mãe, filha de um cantor lírico, e com seu irmão, um organista. Quando o pai, funcionário do correio, faleceu, a família se transferiu para Paris, pois a mãe desejava que seu talentoso filho se tornasse um competente músico, e a carreira musical só era possível lá, no centro da cultura francesa. Ali estavam as melhores instituições de ensino e também era lá que viviam os músicos mais importantes. Léo, aos sete anos, cantava no coro da igreja Madeleine e da ópera. Aos doze anos, começou a estudar órgão e composição no conservatório de Paris. Para custear seus estudos, ele assumiu um cargo de organista e escreveu críticas musicais sob o pseudônimo Eloi Delbès.

Como a maioria dos franceses na época do Segundo Império, do governo de Napoleão III, ele apreciava o lado bom da vida: o divertimento, a comida, o amor. Logo percebeu que a demanda da sociedade por música leve de entretenimento era grande e começou a compor óperas leves, adequadas ao gosto do público. Sua primeira obra, a opereta *Deux sous de charbon*, foi executada imediatamente no mais importante palco de operetas, as Follies Nouvelles. O sucesso motivou o compositor de vinte anos a compor uma série de outras obras de entretenimento para diversos teatros e teatros de variedades parisienses, inclusive para o popular Théâtre Lyrique, onde já estava contratado como segundo diretor do coro. Por fim, Jacques Offenbach, bem-sucedido compositor de operetas, também estava disposto a executar uma das obras de Delibes em seu teatro, o Bouffes Parisiens. Offenbach ficou tão entusiasmado com a música de seu concorrente que até o aplaudiu no meio da cena.

Aos 29 anos, Delibes assumiu o cargo de segundo dirigente de coro da ópera de Paris. Em sua nova área de atuação, o músico fez fama principalmente como compositor de balés. Ele obteve um triunfo incrível com *Coppélia*, que conta a história de uma boneca, tema também da opereta *Contos de Hoffmann*, de Jacques Offenbach. Como suas obras dramáticas tinham cada vez mais sucesso, ele se demitiu do cargo na ópera de Paris, casou-se e passou a se dedicar exclusivamente à composição. Pouco depois, Delibes entusiasmou o público com a ópera *Le roi l'a dit*, uma obra bem-humorada e espirituosa sobre o período Barroco de Luís XIV.

Quando o compositor russo Tchaikovsky ouviu a música elegante e graciosa de Delibes para o balé *Sylvia,* exclamou, surpreso: "Se eu tivesse conhecido essa música, nunca teria composto O *lago dos cisnes.* Posteriormente, Saint-Saëns utilizou a dança dos elfos, a música mais suave que se pode imaginar, em seu *Carnaval dos animais*, para representar satiricamente seus elefantes.

Com a ópera *Lakmé*, uma trágica história de amor entre um oficial inglês e uma jovem indiana, Delibes mostrou que também sabia compor óperas sérias. A estória comovente em um ambiente exótico impressionou o público parisiense. A Ária dos sininhos, uma peça perfeita para sopranos *coloratura*, goza ainda hoje de popularidade. Por essa obra, o compositor foi nomeado Cavaleiro da Legião de Honra. Com a morte de Delibes, em 1836, aos 54 anos, a França perdeu um compositor charmoso, competente e amado por todos.

Trabalho não é tudo

Fato curioso

Léo Delibes dava aulas para uma série de talentosos alunos de composição, entre eles Fritz Kreisler, o virtuose austríaco do violino e compositor. Posteriormente, ele falou várias vezes, bem-humorado, sobre seu professor parisiense.
"Delibes foi um parceiro divertido! Era bastante leviano e não muito consciencioso. Quando estávamos no meio de uma aula de composição, muitas vezes aparecia uma garota bonita qualquer e afirmava que estava mais do que na hora do Déjeuner (café da manhã) ou de dar um passeio. 'Vamos dançar!' — era outro convite apreciado pelas amigas de Delibes. O músico nunca conseguia resistir a tais tentações. Costumava, então, me passar o começo da composição na qual acabara de trabalhar, exigia que eu me concentrasse no espírito da obra e me encarregava de continuá-la."
Diz-se que foi dessa forma que Kreisler compôs também a conhecida valsa do balé Coppélia, de Delibes.

Anton Diabelli

Datas de nascimento e morte:
*6 de setembro de 1781, Mattsee, perto de Salzburgo

†7 de abril de 1858, Viena

Origem: Áustria

Período: Classicismo

Obras importantes

Música coral:
Drey Landmessen [...] (1817)

Obras para piano:
Sonatinas
Sonatas
Doze exercícios curtos melódicos [...] (1831)
Die goldene Jugendzeit [...] (1831)

Importância

Anton Diabelli foi muito importante para a vida musical vienense como compositor e editor musical em sua época. Ele imprimiu a obra de compositores contemporâneos, como Haydn, Mozart, Beethoven e principalmente Schubert, de quem foi o principal editor. Organizou também a primeira classificação da obra de Schubert. Seus estudos, sonatinas e sonatas são utilizados ainda hoje como material de estudo nas aulas de piano.

Anton Diabelli

Seu nome ficou para a posteridade principalmente pelas *33 Variações Diabelli,* de Beethoven. Durante sua época, porém, Diabelli desempenhou um importante papel na vida musical vienense como compositor e editor musical. O músico passou a infância na cidade austríaca de Mattsee, perto de Salzburgo, onde seu pai trabalhava como coroinha e músico da igreja. Ele mandou o filho, cheio de talento musical, aos sete anos, para ser menino-cantor do coro do educandário beneditino Michaelbeuren, próximo dali. Quando perceberam o talento do jovem Diabelli, enviaram-no para a capelania da catedral de Salzburgo, onde Michael Haydn assumiu sua formação musical. Aos quinze anos, Diabelli entrou no colégio Wilhelmgymnasium, em Munique — uma escola religiosa, pois os pais desejavam que ele fosse padre. Após concluir o ginásio, ele entrou no mosteiro cisterciense de Raitenhaslach. Quando os mosteiros da Baviera foram secularizados, em 1803 — portanto, quando a propriedade eclesiástica passou para os príncipes leigos —, Diabelli teve de deixar Raitenhaslach.

Ele partiu para Viena e recorreu a Joseph Haydn, o irmão de seu professor em Salzburgo. Rapidamente, Diabelli fez sua fama como professor de piano e violão. Conheceu Beethoven, que chamava seu amigo, por brincadeira, de *Diabolus,* em vez de Diabelli. Quando o virtuose do violão Mauro Giuliani vai para Viena, surgiu entre eles um intercâmbio artístico intenso que foi muito importante para a obra posterior do músico. Sob a influência de Giuliani, que logo foi aclamado como o maior violonista vivo, Diabelli compôs obras para violão solo, duos e trios para violão, uma série de música de câmara para violão e piano e outros instrumentos, além de canções para acompanhamento ao violão.

Diabelli não era apenas um compositor talentoso, mas também um excelente homem de negócios. Conheceu o editor Pietro Cappi e os dois decidiram abrir juntos uma editora e uma loja de artigos musicais — um inteligente lance de xadrez de Diabelli, pois tudo era favorável para um empreendimento como aquele. Por um lado, Diabelli sabia tudo sobre música; por outro, dois compositores importantes viviam e trabalhavam em Viena naquela época: Beethoven e Schubert. Além desses dois, Diabelli publicou também as obras de Mozart e Haydn. Como editor, certo dia ele enviou uma valsa simples, composta por ele mesmo, a cinquenta compositores, entre eles Liszt, Hummel, Czerny, Schubert e Beethoven, com o pedido para que compusessem uma série de variações sobre o tema, para uma coleção a ser publicada. A princípio Beethoven recusou, porque achou a valsa sem valor, mas depois mudou de ideia e compôs, aos poucos, 33 variações, as *Variações Diabelli*, suas últimas e, ao mesmo tempo, uma de suas mais espetaculares composições para piano.

Quando Diabelli fundou sua própria editora, tornou-se o editor principal de Schubert. Em 1851, ele publica o primeiro índice das obras do compositor. Paralelamente ao trabalho como editor, Diabelli compôs em profusão; suas missas fizeram muito sucesso na época. "O senhor A. Diabelli enriqueceu novamente a música sacra com uma missa pastoral que merece ser considerada uma das melhores do gênero", escreveu o jornal *Wiener Allgemeine Theaterzeitung*, em 1830. Ainda hoje ouve-se com frequência essa missa pastoral na época natalina. De resto, suas obras de música sacra e suas inúmeras obras dramáticas caíram de forma considerável no esquecimento. Apenas suas sonatinas para piano a duas e quatro mãos ainda são tocadas atualmente. Elas são adequadas como material de estudo para o aprendizado do piano. A dificuldade técnica e musical das peças aumenta gradativamente, dos *Exercícios melódicos em cinco notas*, passando pelas *Alegrias da juventude* e sonatinas, até as sonatas. Sua obra sobre violão, de fácil execução, ainda hoje é muito popular.

Por seus grandes méritos na vida musical de Viena, Diabelli recebeu muitos prêmios. O imperador lhe concedeu o título de Comerciante de Artigos Musicais Real-Imperial, a Associação Musical da Catedral de Salzburgo e a Sociedade de Amigos da Música de Viena o nomearam membro honorário. Anton Diabelli, o compositor, violonista, professor e editor musical faleceu em 7 de abril de 1858 em Viena, aos 76 anos, uma idade avançada para a época. ∎

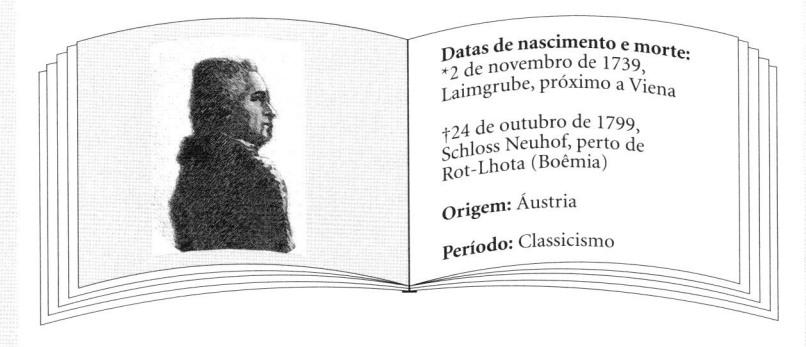

Carl Ditters von Dittersdorf

Datas de nascimento e morte:
*2 de novembro de 1739, Laimgrube, próximo a Viena

†24 de outubro de 1799, Schloss Neuhof, perto de Rot-Lhota (Boêmia)

Origem: Áustria

Período: Classicismo

Obras importantes

Música dramática:
Trinta e duas óperas e *singspiele*, entre outras:
Doutor e farmacêutico, singspiel (1786)

Obras orquestrais:
Cerca de 130 sinfonias, entre elas:
Doze sinfonias baseadas nas Metamorfoses de Ovídio (1783-1786)
Cerca de 35 concertos solo, entre eles:
Concerto para contrabaixo e orquestra n. 2 em mi bemol maior (1775)

Importância

Carl Ditters von Dittersdorf foi um respeitadíssimo virtuose de violino na época do Classicismo vienense e um compositor de muito sucesso de música leve. É considerado um importante representante da primeira escola vienense.

Em 24 de outubro de 1799, Carl Ditters von Dittersdorf morreu, em Schloss Neuhof, um lugarejo na Boêmia. Ele, que poucos anos antes ainda tinha sido considerado um dos mais populares compositores alemães, ao lado de Mozart e Haydn, estava pobre, doente e esquecido.

O compositor nasceu em 1739 como Carl Ditters, filho de um bordador do teatro imperial-real e primeiro-tenente da artilharia. Como logo cedo mostrou grande interesse pela música, o pai providenciou para que ele, aos sete anos, tivesse aulas de violino. O jovem Ditters fez progressos tão rapidamente que seu professor de violino, pouco tempo depois, já não tinha mais o que lhe ensinar. Quando o príncipe Wilhelm von Hildburghausen ouviu falar do violinista, contratou o menino de doze anos como camareiro, ou seja, aprendiz de música do primeiro violino de sua magnífica orquestra doméstica. O grande modelo de violinista para o jovem Ditters era o aluno de Tartini, Domenico Ferrari, que na época se encontrava em Viena. Depois de pouco tempo, Ditters conseguiu imitá-lo de forma tão surpreendente que foi chamado de "macaquinho de Ferrari". Durante dez anos, Ditters tocou naquela orquestra — a mais antiga orquestra particular da nobreza vienense —, onde recebeu uma formação geral e teve aulas de composição.

Certa vez, Ditters contou: "Acabei arrumando companhias devassas e meu cachê não era mais suficiente, pois o jogo de bilhar, de cartas e boliche me deixavam completamente sem dinheiro na metade do mês". Quando suas dívidas de jogo atingiram um nível imensurável, ele fugiu em direção a Praga, onde lhe ofereceram um emprego com remuneração melhor. Mas ele foi pego e forçado a voltar a Viena. Em 1761, o príncipe, que perdoou seu desertor rapidamente, encerrou sua orquestra. Ditters, com 22 anos, conseguiu um emprego na orquestra da ópera da corte de Viena, onde conheceu as obras mais importantes da literatura italiana de ópera. Junto à diretoria, consegui dias livres para ganhar algum dinheiro extra, o que lhe deu a possibilidade de viajar em 1763 para a Itália com o compositor de óperas Gluck, que ele respeitava muito, e nessa viagem Ditters experimentou grandes triunfos como virtuose do violino.

Aos 26 anos, Ditters partiu para a Hungria para suceder Michael Haydn em Grosswardein, no cargo de mestre-de-capela episcopal. Lá ele reforçou a pequena orquestra e introduziu o "método vienense" de tocar sentado. Até então, os membros da orquestra tocavam em pé. Em Grosswardein, Ditters também começou a compor quartetos de cordas delicados, sinfonias agradáveis e as primeiras óperas para o pequeno teatro inaugurado por ele. Mas sete anos depois, a orquestra teve de ser dissolvida porque o bispo recebeu uma admoestação da rígida imperatriz devido a seu comportamento profano durante a Quaresma. O músico vienense conhece o bispo-príncipe de Bratislava, conde Schaffgotsch, que vivia em uma propriedade em Johannisberg. Ele contratou Ditters, músico cosmopolita e culto, como mestre-de-capela de seu pequeno conjunto instrumental. Obcecado por teatro, Ditters fundou ali um pequeno teatro e, nos anos seguintes, compôs onze óperas cômicas — ele compunha muito e com uma rapidez impressionante. Às vezes, o compositor compunha quatro óperas em um ano, sendo que ele mesmo escrevia os libretos.

Os anos seguintes foram emocionantes para o pequeno, alegre e hábil rapaz. Foi nomeado supervisor florestal do principado de Neisse, casou-se com a cantora húngara Mademoiselle Nicolina Trink e recebeu (como Wolfgang Amadeus Mozart anteriormente) a condecoração papal Ordem da Espora de Ouro. Depois de ter comprado o título de nobreza von Dittersdorf, necessário para a condecoração, ele também foi nomeado administrador distrital de Freiwaldau. Nesse ínterim, suas composições também fizeram grande sucesso. As obras leves, com humor intenso, seus temas galantes e ideias brilhantes agradaram ao público. Seu *singspiel* mais conhecido, *Doutor e farmacêutico*, fez até mais sucesso do que o *Fígaro*, de Mozart. Foi encenado, também, em 12 de fevereiro de 1797, aniversário do imperador Francisco I, quando a *Canção do imperador*, de Joseph Haydn (a melodia do atual hino nacional alemão), foi tocada pela primeira vez.

Após a morte do bispo-príncipe, o compositor de 57 anos foi dispensado de seu cargo com uma pensão anual de 353 táleres. Depois disso, o estado de Dittersdorf piorou. Ele adoeceu gravemente e suas obras não faziam mais sucesso. Ele mandou anunciar que se retirara para suas propriedades na Boêmia. Na verdade, porém, o conde Stillfried havia chamado o músico para viver em seu palácio em Neuhof. Dittersdorf morreu dois dias depois de terminar de ditar suas memórias ao filho. ■

Gaetano Donizetti

Datas de nascimento e morte:
*29 de novembro de 1797, Bergamo

†8 de abril de 1848, Bergamo

Origem: Itália

Período: Romantismo

Obras importantes

Música dramática:
L'elisir d'amore, ópera (1832)
Maria Stuarda, ópera (1834)
Lucia di Lammermoor, ópera (1835)
La Fille de régiment, ópera (1840)
Don Pasquale, ópera (1843)

Importância

Donizetti é um dos grandes compositores italianos de ópera da primeira metade do século XIX. Ele é considerado, ao lado de Rossini e Bellini, o mais importante representante do estilo *bel canto*. Deu continuação à tradição italiana de Rossini e é simultaneamente precursor de Giuseppe Verdi, com a descrição dramática e sensível de suas personagens. Um dos mais produtivos compositores de ópera, ele conseguiu compor 74 óperas em trinta anos, entre elas, uma série de obras principais da ópera romântica, como *L'elisir d'amore*, *La Fille de régiment*, *Lucia de Lammermoor* e *Don Pasquale*, que ainda hoje fazem parte do repertório dos teatros de ópera do mundo.

Gaetano Donizetti

Gaetano Donizetti é considerado, ao lado de Bellini, o mais importante compositor italiano de óperas do Romantismo. Ele cresceu em uma família humilde, como quinto filho de um padeiro. O pai desejava que Gaetano fosse funcionário público, mas ele queria ser arquiteto. Apenas quando ingressou na escola de música beneficente recém-fundada em Bergamo pelo austríaco Giovanni Simone Mayr, que também formava alunos sem recursos, foi que ele começou a se entusiasmar com a música. Logo o jovem Donizetti atraiu a atenção de Mayr com suas primeiras obras vocais e instrumentais. Ele reconheceu o grande talento de seu aluno e o enviou para Bolonha, para estudar composição, e ali se revelou a rapidez de Donizetti para compor. Uma sinfonia do jovem de dezenove anos recebeu o título: *Composta em uma hora e quinze minutos*. Depois de concluir os estudos, e de volta a Bergamo, Donizetti compôs música religiosa e suas primeiras óperas. Sua obra *Zoraida di Granata*, apresentada em Roma, tornou-se um grande sucesso. Pouco depois, as óperas de Donizetti foram apresentadas em Nápoles e Milão.

O grande acaso feliz de sua vida foi conhecer o importante libretista Felice Romani, que, em sua longa e produtiva vida, escrevera os libretos de mais de cem óperas dos mais importantes compositores da época, inclusive Bellini. Os primeiros grandes sucessos de Donizetti estão relacionados a Romani. A necessidade premente de ganhar dinheiro, a leveza e agilidade com que ele conseguia compor inclusive textos difíceis de ópera, o grande efeito de sua música sobre o público e a perspectiva de fama que era possível atingir na Itália, principalmente como compositor de óperas, levaram Donizetti a trabalhar apenas para o teatro, não somente como compositor, mas também como mestre de canto, diretor e maestro.

Aos trinta anos, fechou um contrato com o grande diretor teatral napolitano Barbaja, que o obrigou a compor doze óperas em quatro anos. Dois anos depois, o compositor se casou com Virginia Vasselli, filha de um jurista romano. Os anos de seu breve casamento foram de muito sucesso profissional para Donizetti. A comédia musical *L'elisir d'amore* fez um sucesso triunfal e trouxe a Donizetti o cargo de professor no Real Collegio di Musica de Nápoles. As óperas *Maria Stuarda* e *Lucia di Lammermoor* foram muito aplaudidas.

Mas os sucessos musicais foram turvados pela notícia da morte de Bellini em Paris. Donizetti ficou abalado e compôs para o falecido um *Lamento*, um *Réquiem* e uma *Sinfonia* com os temas de Bellini. Além disso, ele sofreu uma série de golpes do destino. Primeiro morreu seu filho, depois, sua filha. Mas parece que, mesmo em tempos de luto, Donizetti foi capaz de compor até óperas cômicas, quando lhe foi exigido. Quando sua esposa morreu pouco depois, Donizetti se mudou para Paris, o centro da vida intelectual europeia da época. Lá o músico conheceu muitos dos mais importantes músicos daquela época. Em Paris o sucesso continuou fiel ao compositor italiano. *La Favorite* e *La Fille de régiment* foram aplaudidíssimas.

Durante os anos em que viveu em Paris, Donizetti fez várias turnês. Quando sua ópera *Linda di Chamounix* foi encenada em Viena, o sucesso foi tão estrondoso que o imperador austríaco o nomeou mestre-de-capela da corte, diretor da música de câmara e compositor da corte, cargo que Mozart ocupara alguns anos antes. Ainda no mesmo ano, Donizetti voltou a Nápoles, onde compôs sua última obra-prima, *Don Pasquale*, em apenas dez dias. Nos anos seguintes, o músico ficou entre Paris e Viena. Aos poucos, os primeiros sintomas de doença mental eram percebidos no compositor de 48 anos. Já um tanto psiquicamente perturbado, Donizetti foi internado em um sanatório em Ivry, perto de Paris. No final de sua vida, pediu que o levassem de volta à sua cidade natal, Bergamo, onde faleceu, em 1848, aos cinquenta anos.

Mais rápido impossível

Fato curioso

Donizetti conseguia compor com uma velocidade incrível. Certa vez, chamou seu colega Rossini de preguiçoso porque este, dizia-se, precisara de seis semanas para compor sua ópera O barbeiro de Sevilha. *De fato, Donizetti conseguia compor suas óperas em cada vez menos tempo. Certo dia, um diretor de teatro, desesperado, o procurou em Milão:*

"Maestro Donizetti, foi o céu que trouxe o senhor aqui. Estou fora de mim. Meu compositor de ópera me deixou na mão de um dia para o outro e a estreia está marcada para daqui a duas semanas. O que é que eu faço?

O senhor não poderia dar uma polida em uma ópera antiga sua e me entregar?" "Signore", *respondeu Donizetti, indignado, "está se divertindo às minhas custas? Não estou acostumado a reaproveitar obras antigas. Daqui a duas semanas o senhor terá uma ópera minha inédita. Vá logo buscar o Felice Romani, ele terá uma semana para escrever o libreto. Que o diabo me carregue se eu não conseguir!"*

Duas semanas depois, abriram-se as cortinas para a estreia da ópera L'elisir d'amore, de Donizetti, uma das obras mais importantes do grande compositor. ■

John Dowland

Datas de nascimento e morte:
*1563, Londres (?)

sepultado em 20 de fevereiro de 1626, Londres

Origem: Inglaterra

Período: Renascimento

Obras importantes

Canções para alaúde:
The First Booke of Songes or Ayres (1597)
The Seconde Booke of Songs or Ayres (1600)
The Third and Last Booke of Songs or Aires (1603)
Lacrimæ (1604)

Importância

John Dowland figura entre os maiores alaudistas e compositores ingleses do Renascimento. Ele é considerado um dos melhores compositores de canções de todos os tempos. Algumas delas ficaram tão conhecidas enquanto ele ainda vivia que se tornaram canções populares.

John Dowland

O inglês John Dowland é considerado um dos mais importantes compositores e virtuoses do alaúde da época da rainha Elizabeth I. Conhecedores de suas composições para alaúde caracterizam-nas como as mais lindas de seu gênero. Suas canções e peças para esse instrumento em forma de meia pera com o braço virado para trás foram difundidas em toda a Europa ainda enquanto ele vivia. Por toda a parte, o inglês era aclamado como o *Orpheus Britannicus* (alusão ao grande músico da mitologia grega).

Logo cedo, o jovem Dowland aprendeu a artística profissão de um músico. Já aos dezessete anos trabalhou a serviço do embaixador inglês do rei francês em Paris. A severa corte protestante inglesa nunca perdoou o fato de ele ter se convertido à religião católica na França. Com o falecimento de um dos quatro alaudistas da corte, em 1594, Dowland não se tornou seu sucessor, embora dois anos antes tenha tido a oportunidade de tocar para a rainha. Por essa razão, desiludido, ele abandonou a Inglaterra e viajou para a Alemanha. Na corte do duque de Braunschweig, que convidara o brilhante alaudista, o músico inglês foi recepcionado festivamente. "Se eu o servisse, ele me daria tanto quanto a qualquer príncipe do mundo", escreveu Dowland. Mas o músico rejeitou aquela oferta e uma outra de Moritz von Hessen-Kassel, amante da música, pois desejava ir para a Itália. Queria conhecer o famoso compositor Luca Marenzio, cujos madrigais admirava.

Em Florença, ele encontrou um grupo de ingleses que emigrou da Inglaterra por causa de sua fé católica e todos eles planejaram uma conspiração para assassinar a rainha protestante. Dowland viajou intempestivamente e revelou em uma carta a Londres todos os detalhes do plano de assassinato. Apesar disso, Dowland não caiu nas graças da corte inglesa.

Foi somente em 1597 que o músico voltou à Inglaterra, por iniciativa do cortesão Henry Noel. No mesmo ano foi publicada, em Londres, a primeira coletânea de suas famosas canções para alaúde *The First Booke of Songes or Ayres*, que podem ser cantadas como canções solo com acompanhamento de alaúde ou como madrigais. O livro de canções alcançou tamanha popularidade que teve quatro reedições. Dois anos depois, Dowland atendeu ao pedido do rei Christian IV da Dinamarca para ser o alaudista de sua corte, e finalmente o extraordinário músico recebeu o reconhecimento que merecia e que havia esperado da corte inglesa. Dowland recebeu honorários anuais de 500 táleres que, na época, correspondiam ao salário de um ministro de Estado.

Animado com o sucesso da primeira coletânea de suas canções para alaúde, Dowland publicou duas outras coletâneas de canções. A mais conhecida, porém, seria sua *Lacrimæ* (lágrimas), publicada em 1604. São peças cheias de melancolia apaixonada. Para expressar sua tristeza, o compositor utilizou a sequência tonal cromaticamente descendente, uma característica de sua obra. Essa coletânea fez tanto sucesso internacional que o compositor passou a assinar com frequência *Jo: dolandi de Lacrimæ*.

Depois de passar seis anos na corte dinamarquesa, Dowland foi demitido, provavelmente porque se ausentara muitas vezes do trabalho devido a viagens para Londres, mas possivelmente também devido à sua conduta escandalosa. Depois disso, lorde Walden, um membro proeminente da corte inglesa, contratou o excelente alaudista. Três anos depois, Dowland finalmente recebeu o tão desejado título de *musician for the lutes*, alaudista real. Quando o compositor recebeu o título de doutor, em 1623, sua música refinada já não era mais requisitada. No período Barroco que se iniciava, o público tinha outro gosto. Dowland ficava cada vez mais amargurado com a crítica crescente à sua obra. Dali em diante, parou de compor e passou a se dedicar apenas ao alaúde. John Dowland, excelente músico e grande compositor renascentista, faleceu aos 63 anos, em 20 de fevereiro de 1626, em Londres. Após sua morte, seu filho Robert Dowland, que recebera do pai a formação de virtuose do alaúde, assumiu seu posto como alaudista real. ∎

Paul Dukas

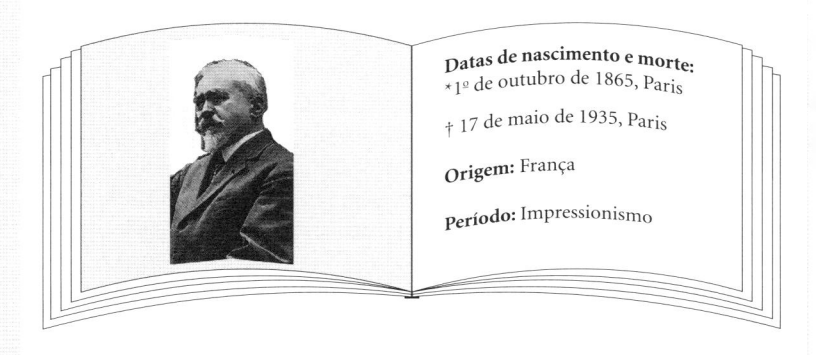

Datas de nascimento e morte:
* 1º de outubro de 1865, Paris

† 17 de maio de 1935, Paris

Origem: França

Período: Impressionismo

Obras importantes

Música dramática:
Ariane et Barbe-Bleue, ópera (1907)
La Péri, balé (1912)

Obras orquestrais:
Sinfonia em dó maior (1896)
L'Apprenti sorcier [O aprendiz de feiticeiro] (1897)

Importância

O compositor francês Paul Dukas figura entre as importantes personalidades musicais na fase de transição do Romantismo tardio para a música moderna do século XX. Poucas de suas inúmeras obras se conservaram, pois o compositor queimou grande parte delas aos 55 anos, por razões incompreensíveis. Dukas ficou internacionalmente conhecido pela música para a balada de Goethe, *O aprendiz de feiticeiro*.

Paul Dukas

O compositor francês Paul Dukas ficou mundialmente conhecido por sua obra-prima curta, mas genial, *L'Apprenti sorcier* (*O aprendiz de feiticeiro*). O poema sinfônico composto para uma balada de Johann Wolfgang von Goethe conta, com recursos musicais, a história de um aprendiz de feiticeiro abelhudo, que, durante a ausência de seu mestre, tenta fazer feitiços por conta própria. Manda uma vassoura buscar água, mas esquece a fórmula mágica para terminar o feitiço. Assim, a vassoura não para de buscar baldes de água. Desesperado, o aprendiz de feiticeiro parte a vassoura em dois pedaços, e, com isso, duas vassouras buscam água sem parar. Apenas quando o mestre feiticeiro volta a situação assustadora chega ao fim. Essa obra-prima de arte orquestral virtuosística alcançou imensa popularidade, principalmente devido ao filme produzido por Walt Disney em 1940, *Fantasia*, no qual Mickey Mouse aparece como o aprendiz de feiticeiro.

Paul Dukas nasceu em uma abastada família de judeus alsacianos. O pai era banqueiro, e a mãe, pianista, morreu quando o filho tinha cinco anos. Paul recebeu uma ampla formação musical. No Conservatório de Paris ele estudou piano, harmonia e composição. Logo desenvolveu-se entre ele e seu colega Claude Debussy uma amizade cordial. Por duas vezes o jovem Dukas concorreu ao Prix de Rome, a premiação musical mais importante para compositores que dá direito a uma estadia de estudos na Itália. Na primeira vez, o talentoso jovem ficou com o segundo lugar. No ano seguinte, quando ele perdeu novamente — e injustamente — o prêmio, desistiu da vida musical acadêmica.

Após as primeiras tentativas frustradas de composição, ele se apresentou pela primeira vez em público com a abertura *Polyeucte*. O sucesso dessa peça o motivou a aperfeiçoar sua capacidade de composição. Nos anos seguintes, surgiram apenas algumas obras que, no entanto, caracterizam-se pela grande originalidade e orquestração magistral. Seu colega compositor Saint-Saëns percebeu isso e pediu a Dukas que fizesse a orquestração da ópera inacabada *Frédégonde*, de seu falecido professor Giraud. Foi assim que Dukas travou um primeiro contato com a música dramatizada.

Aos 31 anos, Dukas compôs sua primeira obra importante, a *Sinfonia* em dó maior, uma das mais importantes sinfonias francesas do final do século XIX. Para sua grande decepção, ela foi recebida friamente pelo público e pela crítica. O novo som incomum da música confundiu a orquestra e ouvintes. Um ano depois, porém, Dukas atingiu o sucesso esperado com *O aprendiz de feiticeiro*. Sob sua direção, a execução da peça genial colheu aplausos estrondosos. Além de compor, o eclético e inteligentíssimo Dukas também trabalhava como crítico musical para diversas revistas de música e arte. Como admirador fervoroso de Wagner, ele falava sobre execuções importantes de óperas do compositor alemão. Dukas também ficou famoso como editor das obras de Rameau, Couperin, Scarlatti e Beethoven.

Durante o trabalho com a ópera *Frédégonde*, Dukas sentiu-se atraído pela música dramatizada. Em busca de um libreto adequado, encontrou o conto de fadas lírico do escritor francês Maurice Maeterlinck sobre o cavaleiro Barba Azul, que castigava a curiosidade feminina com a morte. Mas, como a ópera de alto nível *Ariane et Barbe-Bleue* não foi aclamada suficientemente pelo público, ele compôs apenas algumas poucas outras obras, pois era um compositor extremamente autocrítico que impunha altas exigências à sua música. A cada nova obra, estabelecia parâmetros cada vez mais rígidos e hesitava muito até apresentá-las em público. Apenas cinco anos depois surgiu novamente uma grande obra: o balé *La Péri*, que se tornou um grande sucesso. A atmosfera oriental e o colorido musical exuberante encantaram o público. Por isso era incompreensível que Dukas, justamente nesse momento, queimasse boa parte de suas obras. Ele poupou cerca de uma dúzia das inúmeras composições, entre elas, *O aprendiz de feiticeiro* e a ópera *Ariane et Barbe-Bleue*. Para a surpresa do mundo musical, Dukas deixa de compor depois disso.

Sete anos antes de morrer, Dukas assumiu o cargo de professor de composição no conservatório de Paris. Lecionava com grande entusiasmo e entre seus alunos estava um dos mais importantes compositores modernos da França, Olivier Messiaen. Paul Dukas morreu em 1935, aos 69 anos, em Paris. ∎

Antonín Dvořák

Datas de nascimento e morte:
*8 de setembro de 1841, Nelahozeves (Mühlhausen), às margens do Moldava

†1º de maio de 1904, Praga

Origem: Tchecoslováquia

Período: Romantismo

Obras importantes

Música dramática:
Russalka, conto de fadas lírico, op. 114 (1900)
Obras corais:
Stabat mater op. 58 (1880)
Obras orquestrais:
Concerto para violino e orquestra em lá menor op. 53 (1879-1882)
Sinfonia n. 9 em mi menor op. 95 [*Do Novo Mundo*] (1893)
Concerto para violoncelo e orquestra em si menor op. 104 (1894-1895)

Música de câmara:
Dumky-Trio, trio para piano, op. 90 (1890-91)

Música para piano:
Oito danças eslavas op. 72 para piano a quatro mãos (1886)

Importância

Antonín Dvořák figura entre os grandes compositores do século XIX. Ao lado de Friedrich Smetana e Leoš Janáček, ele é considerado o principal representante da música nacional tcheca. Sua sinfonia *Do Novo Mundo*, composta na América, é uma das obras mais conhecidas da literatura musical europeia.

Antonín Dvořák

Antonín, o mais velho de nove filhos, cresceu como filho de um açougueiro e taberneiro em um vilarejo da Boêmia, às margens do rio Moldava. O professor da escola local deu as primeiras aulas de violino ao talentoso garoto de oito anos. Quando Antonín completou treze anos, seus pais o enviaram para a escola de Zlonice, a cidade maior próxima, para aprender alemão. Isso era indispensável para o desenvolvimento profissional na Boêmia. O introvertido menino encontrou no diretor da escola um amigo paterno que reconheceu as capacidades musicais de seu aluno, incentivando-o e ensinando-o a tocar vários instrumentos.

Após muita resistência, os pais autorizaram que o filho, aos dezesseis anos, se mudasse para Česká Kamenice, para frequentar a escola alemã de órgão. Depois, o jovem Dvořák tentou, em vão, conseguir um emprego de organista. Para garantir seu sustento, tocava como violista na orquestra de entretenimento de Karl Komzák, que se apresentava em cafés e cervejarias para acompanhar a dança. Mais tarde, a orquestra Komzák se apresentou repetidas vezes no recém-inaugurado teatro Interimstheater, de Praga, e foi completamente integrada à orquestra de ópera. Além de sua atividade teatral, Dvořák dava aulas de piano. O professor teve uma paixão infeliz por uma de suas alunas, Josefina Čermáková, de dezesseis anos, irmã de Anna Čermákova, com quem ele se casaria oito anos depois, aos trinta anos.

Em seu tempo livre, o jovem estudava os grandes mestres e aprendia o ofício de compositor. Dvořák figura entre os poucos músicos que nunca tiveram aula de composição. Com tenacidade e esforço, ele aperfeiçoou seus conhecimentos e seu estilo de composição. Em suas primeiras obras, ele se inspirou em Mozart, depois nos românticos Mendelssohn, Schumann, Chopin e Wagner. Dvořák compôs durante onze anos sem apresentar suas obras em público. Mas a execução de seu hino *Os herdeiros da montanha branca* para coro e orquestra foi imediatamente recebida com entusiasmo pelo público. Como na mesma época lhe foi oferecido um emprego de professor em uma escola de música, ele pôde abandonar sua atividade como violista na orquestra do teatro e se casar. Mas o caminho até o reconhecimento internacional ainda seria longo. Sua grande energia, sua ambição e autoconfiança inabalável o aproximaram, passo a passo, de seu objetivo de ser um grande compositor. Dvořák era suficientemente autoconfiante para experimentar coisas novas, mas também para destruir experimentos que não estavam à altura de sua análise crítica. Aos 32 anos, Dvořák recebeu uma bolsa de estudos para artistas e um prêmio do estado austríaco.

Johannes Brahms conheceu as obras de seu jovem colega tcheco, que lhe agradaram por estarem enraizadas na música tradicional popular local, e conseguiu junto ao seu editor, Fritz Simrock, que os *Sons da Morávia*, de Dvořák, fossem publicados. Então o compositor tcheco alcançou fama internacional. Seu primeiro sucesso internacional se deu quando viajou a Londres a convite da Philharmonic Society e regeu seu *Stabat mater* no famoso Royal Albert Hall, diante de doze mil ouvintes entusiasmados. "Não consigo lhe descrever o quanto os ingleses me condecoram e admiram", escreveu, na ocasião, para seu pai.

Ao retornar, Dvořák comprou uma casa no campo, e ali, longe da cidade, o compositor robusto e atarracado, de olhos vivos, teria a calma necessária para trabalhar. No silêncio do campo, poderia aproveitar a natureza e, no tempo livre, se dedicar à sua paixão: a criação de pombos. A cabeça de Dvořák vivia repleta de música. "Ele pensava exclusivamente em notas, outra coisa não existia para ele", relatou seu amigo, o compositor Leoš Janáček. Dvořák compunha diariamente cerca de quarenta compassos e os instrumentava.

Aos cinquenta anos, depois de ter assumido o cargo de professor no Conservatório de Praga, ele recebeu um convite para ser diretor do New Yorker National Conservatory of Music. Essa oferta significou não apenas prestígio, mas um atrativo financeiro, pois seu salário anual nos Estados Unidos deveria ser vinte vezes maior do que em sua pátria. Chegou em Nova York em 1892 com a esposa e dois de seus quatro filhos. Sua atividade no conservatório restringia-se a seis horas de aula de composição por semana. Além disso, ele tinha apenas de reger a orquestra dos estudantes. Portanto, sobrava-lhe tempo suficiente para compor. O convite norte-americano para Dvořák, europeu, foi muito proposital, pois sabia-se que o tcheco valorizava muito a música folclórica de seu país em suas obras. Por trás disso havia a ideia alimentada há muito tempo de se libertar das fortes influências da música europeia e criar uma música norte-americana independente.

Dvořák ficou entusiasmado com a ideia e começou a estudar a música dos índios e a dos negros, *os blues e os spiritual*, que considerava a base para uma música tipicamente norte-americana. Utilizou também o folclore dos índios e negros em suas composições e escreveu uma de suas obras mais famosas, a sinfonia *Do Novo Mundo*. A estreia na maior sala de concertos norte-americana, o Carnegie Hall, tornou-se um acontecimento social.

"O sucesso foi grandioso, os jornais dizem que nunca outro compositor havia tido um triunfo como aquele. As pessoas aplaudiram tanto que tive de sair do camarote como um rei e agradecer", escreveu Dvořák a seu editor.

Dois anos depois, a família voltou à Europa. Dvořák e sua mulher não queriam ficar mais tempo separados dos filhos. O compositor ainda voltou aos Estados Unidos mais uma vez, mas o Dvořák introvertido e lacônico tinha saudades da pátria e se sentia sem raízes no exterior. Nessa época, porém, surgiu uma de suas obras mais monumentais, o *Concerto para violoncelo* em si menor. Um ano antes, Dvořák havia visitado as cataratas do Niágara e ficara extasiado: agora ele elaborava esse grandioso fenômeno da natureza na introdução orquestral de seu novo concerto.

Aos 53 anos, o compositor voltou à Tchecoslováquia e retomou sua atividade no Conservatório de Praga após uma pausa criativa de alguns meses. Em suas novas composições, afastou-se totalmente da música absoluta e se voltou à música programática. Surgiram quatro poemas sinfônicos inspirados em baladas populares tchecas, mas nenhum deles fez sucesso. Já não havia muito movimento em torno de Dvořák. O compositor então passou a ser movido pelo desejo de escrever uma grande obra dramática, sem reconhecer que seu talento estava na área da música instrumental. Com a ópera *Russalka*, ele obteve sucesso considerável em sua pátria, mas no exterior a obra teve pouca ressonância. Dvořák ficou muito desiludido e não compôs nada durante catorze meses. Então começou a trabalhar em sua próxima e última ópera, *Armida*. Mas o fracasso da estreia o faz desistir de compor óperas.

Em seus últimos meses de vida, sua força criativa diminuiu. O compositor parecia cansado. Antonín Dvořák faleceu em 1º de maio de 1904, aos 62 anos, no seio da família, de derrame cerebral.

Antonín Dvořák

Fascinação pela tecnologia

Fato curioso

Assim como o compositor suíço Arthur Honegger, Antonín Dvořák também era fascinado por locomotivas. Até hoje, nos círculos especializados, ele é considerado um especialista em locomotivas. Hoje em dia, três de seus domicílios na Tchecoslováquia são sedes de um museu ferroviário. Para sua tristeza, em Nova York só era permitida a entrada de viajantes no trem, e assim lhe foi negado admirar as locomotivas americanas. Dvořák fez do limão uma limonada e logo achou um novo objeto de desejo: navios a vapor. Seu apartamento nova-iorquino não ficava longe do porto. Ali era permitido entrar no navio no dia da partida. Logo não havia mais navios a vapor que Dvořák não conhecesse por dentro e por fora. Todas as vezes ele conversava com o capitão, que lhe explicava os detalhes e dados essenciais. E, quando os navios levantavam âncora, Dvořák ficava no cais, olhando-os, desejoso de poder partir também, até que desaparecessem no horizonte. ■

Werner Egk

Datas de nascimento e morte:
*17 de maio de 1901, Auchsesheim (perto de Donauwörth)

†10 de julho de 1983, Inning am Ammersee

Origem: Alemanha

Período: Música moderna

Obras importantes

Música dramática:
Columbus, Bericht und Bildnis, ópera radiofônica (1933)
Die Zaubergeige, ópera (1935)
Abraxas, balé (1947)
Der Revisor, ópera (1957)
Die Verlobung in Santo Domingo, ópera (1963)

Trilhas sonoras de filmes:
Der Herr vom anderen Stern, com Heinz Rühmann (1948)

Importância

Werner Egk figurou, em meados do século passado, entre as personalidades centrais da vida musical contemporânea na Alemanha. Devido a seus espetaculares sucessos durante as décadas seguintes às guerras mundiais, foi denominado por muitos críticos de "compositor da reconstrução". Suas obras dramáticas são significativas, para as quais ele também escreveu os textos. O compositor bem-humorado apreciava tudo o que era relativo a teatro, dança, comédia e, às vezes, também paródia.

Werner Egk nasceu em 1901 como Werner Joseph Mayer, na localidade bávara Auchsesheim, perto de Donauwörth. Apenas mais tarde ele usaria o pseudônimo Egk, que se compõe das letras trocadas do monograma de sua mulher, a violinista Elisabeth Karl. Filho de um professor primário e organista, Werner teve aulas de piano e frequentou o ginásio voltado para a área de humanas de Augsburg e o conservatório ao mesmo tempo. Após concluir o ginásio, o jovem Mayer decidiu seguir a carreira musical, contrariando o desejo do pai, que havia previsto para o filho a carreira de funcionário público dos correios. Primeiramente, Mayer teve aulas particulares de piano e canto, e depois foi estudar música em Frankfurt e em Main. Egk declarou certa vez: "Eu estudava onde e quando podia. Do ponto de vista musical, estava sem família e totalmente sozinho em meio a esse mundo mau". Não há dúvidas de que ele aprendeu muito sozinho, mas ele ocultou o fato de que Carl Orff lhe ensinou regência e composição por um tempo.

A ascensão musical de Egk como compositor nos anos 1930 e 1940 está diretamente associada ao triunfo do novo meio de comunicação de massa: o rádio. Seus amigos compositores Igor Stravinsky, Alban Berg, Paul Hindemith e Kurt Weill também reconheceram as novas possibilidades dessa invenção revolucionária para um compositor. Possivelmente, Egk e sua música não teriam ficado tão populares sem o meio de comunicação para o qual ele trabalhou desde o começo. Compunha música para novelas radiofônicas e, posteriormente, para óperas radiofônicas, como o espetáculo *Columbus*, de 1933. Dessa forma, essa ópera atingiu um enorme número de ouvintes, nunca atingido antes por uma obra do gênero.

Mas foi apenas com sua alegre peça popular *Die Zaubergeige*, inspirada em um conto dos Irmãos Grimm, que Egk alcançou grande sucesso internacional. Kaspar, o herói da história, acreditava que poderia ser curado do sofrimento amoroso e da falta de dinheiro se possuísse um violino encantado. Como não cumpria os acordos relacionados à propriedade do instrumento, ele acabou forçosamente em situações perigosas. Então, apenas quando ele abriu mão voluntariamente de riqueza e da fama, conseguiu, afinal, sua amada. A ópera popular fabulosa de Egk arrebatou público e círculos especializados. O compositor utilizou, nela, inúmeros elementos folclóricos, como danças populares bávaras, marchas e valsas, para representar musicalmente a atmosfera popular e também para ironizar o romantismo alpino alemão. O sucesso sem precedentes dessa ópera trouxe ao compositor de 34 anos um convite para ser diretor da ópera estatal Unter den Linden, em Berlim.

Um ano depois, Egk compôs uma parte da música das festividades das Olimpíadas, a música da cerimônia de abertura dos Jogos Olímpicos na capital do Reich, Berlim, em 1936. Joseph Goebbels, o ministro da propaganda de Hitler, entregou ao compositor bávaro um prêmio no dia da música do Reich. Egk colaborou com a câmara nacional-socialista de música do Reich, o que fez com que ele fosse muito criticado após a Segunda Guerra Mundial.

Mas Egk, que após a guerra viveu em Lochham, perto de Munique, como artista independente, continuou arrebatando o público com seu talento artesanal e a beleza sonora de suas obras. Suas composições refletiam o espírito do período pós-guerra. As óperas de Egk dominavam as programações dos teatros de ópera. Seu balé *Abraxas* provocou tumultos de tanta aclamação, em 1948, em Munique. Embora, na estreia, a cortina tenha fechado e aberto 48 vezes, o ministro bávaro da cultura mandou proibir a peça por blasfêmia, idolatria ao culto satânico e por teor imoral. A capital bávara vivenciou um escândalo e a popularidade de Egk cresceu. Naturalmente, o compositor fornecera material suficiente também para a imprensa, pois havia se tornado uma celebridade.

Werner Egk foi nomeado diretor da Escola Superior de Música de Berlim; presidente da Associação Alemã de Compositores, cofundada por ele, presidente do Conselho Fiscal da Sociedade de Direitos de Apresentação Musical (Gema); presidente do Conselho Alemão de Música e da Associação das Associações Internacionais de Compositores. Por fim, o compositor bávaro (agora cidadão honorário da cidade de Munique) viveu como artista independente em Inning am Ammersee, onde faleceu em 10 de julho de 1983, aos 82 anos. ∎

Edward Elgar

Datas de nascimento e morte:
*2 de julho de 1857, Broadheath perto de Worcester

† 23 de fevereiro de 1934, Worcester

Origem: Inglaterra

Período: Romantismo tardio

Obras importantes

Obras corais:
The dream of Gerontius, oratório para solos, coro e orquestra op. 38 (1900)

Música dramática:
The Crown of India op. 66 (1912)

Obras orquestrais:
Variations on an Original Theme op. 36 [Enigma-Variations] (1899)
Pomp and Circumstance Marches op. 39 (1901-1930)
Sinfonia n. 1 em lá bemol maior op. 55 (1908)
Concerto para violoncelo e orquestra em mi menor op. 85 (1919)

Importância

Edward Elgar é considerado o primeiro compositor inglês de categoria internacional depois de Henry Purcell, o compositor barroco. Sua grande popularidade na Inglaterra se deve às cinco marchas patrióticas para orquestra *Pomp and Circumstances*. A primeira peça foi adaptada para o texto *Land of Hope and Glory* (*Terra da esperança e glória*) e se tornou um tipo de segundo hino nacional para os ingleses.

Edward Elgar

"Meus senhores, agora vamos ensaiar a maior sinfonia da modernidade composta pelo maior compositor moderno", disse, em 1908, o maestro Hans Richter aos membros da orquestra no ensaio da *Sinfonia n. 1* do compositor inglês Edward Elgar. Edward teve contato com a música bem cedo, pois seu pai tinha uma loja de artigos musicais no centro de Worcester, Inglaterra. Logo, o jovem Elgar estava trabalhando no negócio paterno. Estudava livros e partituras, aprendeu sozinho o ofício de compositor e também a tocar alguns instrumentos. Mas foi só aos 22 anos que se ocupou seriamente do violino. Pouco depois começou a compor, mas as suas primeiras obras tiveram pouco sucesso. Para se sustentar, ele lecionava violino, tocava órgão na igreja, regia e compunha música utilitária agradável para sociedades de música locais.

Em 1899, aos 42 anos, casou-se com sua aluna de violino Caroline Alice Roberts, filha de um general. A família dela era contra o casamento, pois, a seus olhos, o filho de um comerciante pertence a uma classe social inferior. Mas Alice estava firmemente decidida a se casar e acreditava inabalavelmente na genialidade e sucesso de seu marido como compositor. Isso encorajou Elgar e fez surgir algumas obras que o tornaram conhecido fora de sua cidade natal. Mas foi apenas com as *Variações enigma* que ele alcançou o sucesso. Elgar dedicou a obra "a seus amigos representados", pois em cada uma das variações ele tentou caracterizar musicalmente a personalidade de um conhecido seu: amigos, sua esposa, a si mesmo e o buldogue do organista. O enigma dessa composição está em uma melodia oculta que nunca acaba de soar completamente, mas perpassa toda a obra. Até hoje, porém, ninguém encontrou a solução.

Durante toda a vida, Elgar foi fascinado por enigmas misteriosos. Em cartas e partituras, ele utilizava códigos secretos e jogos de letras. Seu maior enigma, porém, está em uma misteriosa carta de 1896 a Dora Penny, vinte anos mais jovem, filha de um religioso, que acabara de voltar da Melanésia para a Inglaterra. A jovem fascinou Elgar. Ela dividia com ele o entusiasmo por futebol, ciclismo e pipas. Em suas *Variações enigma* ele a descreve no estilo mozartiano, como um ser gracioso, vivo. Ambos trocaram intensa correspondência, e anexo a uma dessas cartas estava um bilhete com uma mensagem codificada, um código secreto possivelmente derivado de caracteres arábicos. O código que atualmente leva o apelido dado por Elgar a Dora Penny, *Código Dorabella*, até hoje não foi decifrado.

Em 1900 aconteceu a estreia de sua maior obra sacra: *The Dream of Gerontius*. O compositor ficou muito decepcionado, porque a obra não fez sucesso na Inglaterra. Na Alemanha, pelo contrário, ela recebeu boas críticas e Richard Strauss elogiou Elgar como o primeiro compositor realmente progressista. Em 1901, Elgar declarou, triunfante: "Tenho uma melodia que baterá todas — de verdade ! [...] Uma melodia como essa ocorre uma vez na vida". Ele se referia ao tema da primeira de suas *Pomp and Circumstances Marches* — e tinha razão com sua previsão. Com o texto *Land of Hope and Glory*, essa melodia se tornou, ao lado do hino nacional *God Save the Queen*, o hino inglês mais popular e importante. Tradicionalmente, ela é tocada anualmente na *Last Night of the Proms*, a última noite da temporada de concertos londrina. Nos jogos da Commonwealth ela é até usada como hino nacional inglês.

Elgar ficou famoso. Em 1904, ocorreram festivais na famosa sala de concertos Covent Garden nos quais foram executadas apenas obras de Elgar, inclusive sua abertura *In the South*, resultado musical de uma viagem a Alassio, na Itália. Pouco depois, Elgar foi nomeado cavaleiro pelo rei Eduardo VII. Ele se chamaria, a partir de então, Sir Edward Elgar. Sua *Sinfonia n. 1*, a primeira sinfonia inglesa, foi aclamada entusiasticamente em 1908. Em menos de um ano, apenas na Inglaterra realizaram-se cem apresentações, e a sinfonia foi executada na Rússia, América e Austrália. Sua *Sinfonia n. 2* foi dedicada à memória do falecido rei Eduardo VII. A obra não é apenas luto pela morte de um monarca amado, mas descreve musicalmente tudo que lhe tinha acontecido entre 1909 e 1911. Quando foi encenada, por ocasião da coroação hindu do sucessor de Eduardo, Georg V e sua mulher Mary, uma mascarada dispendiosa com o título *The Crown of India*, Elgar fora convidado a compor a música de acompanhamento. O músico compôs uma hora inteira de música para as cenas e desfiles artisticamente concebidos da obra.

Quando a Primeira Guerra Mundial eclodiu em 1914, Elgar ficou profundamente deprimido, o que se refletiu também em suas obras. Surgiu seu famoso "*Concerto para violoncelo*, uma obra ímpar, composta por um homem solitário que entende que os valores artísticos de seu mundo se modificaram irrevogavelmente (devido à guerra)". Em 1920, morreu Lady Elgar, sua esposa. Foi uma perda dolorosa para o compositor, pois ela não só organizava toda a casa, cuidava de seu conforto e fazia as tarefas tediosas — inclusive o desenho das linhas no papel de partitura —, mas sempre o encorajara a compor e o inspirara a trabalhar. Ela conversava com ele sobre suas composições e os dois até trabalharam juntos: os poemas de suas *Scenes from the Bavarian Highlands,* compostos nas férias na Alemanha, são dela.

Após a morte da esposa, Elgar passou a viver isolado em sua propriedade rural em Worcester, com seus cães. Faltava-lhe incentivo para compor. Além disso, seu estilo, nos anos 1920, foi considerado antiquado e deixou de ser requisitado. Apenas de vez em quando Elgar saía de seu isolamento para atuar como maestro ou gravar sua música em disco. Produziu para a gravadora inglesa HMV uma série completa de gravações excelentes de suas próprias obras.

Porém, quando foi nomeado *Master of the King's Music,* em 1924, e recebeu o título de nobreza de primeiro *Baronet of Broadheath*, em 1931, sentiu-se novamente motivado. Recomeçou o trabalho em obras maiores, sua *Sinfonia n. 3* e a ópera *The Spanish Lady*. Em 1933, descobriu um tumor maligno, que o impediu de continuar compondo. Por isso, quando ele morreu, em 23 de fevereiro de 1934, aos 76 anos, muitas de suas obras ficaram inacabadas.

Fato curioso

Crítica discreta

Para Edward Elgar sua esposa era a melhor ouvinte e a crítica mais importante. "Ela é simplesmente uma pessoa maravilhosa", disse ele. "Toco para ela frases e melodias, porque ela sempre quer saber que progressos estou fazendo. Ela então acena com a cabeça e não diz nada — ou: 'Oh, Edward!' — mas eu sei o que ela aprova e não aprova, e então sinto sempre o que está faltando. Ela nunca diz que algo lhe desagrada, pois acha que não tem a competência suficiente para poder julgar criações musicais. Certo dia, toquei para ela um pouco do que havia composto durante o dia e ela acenava com a cabeça, em sinal de aprovação, exceto em um trecho: levantou-se, percebi, muito aborrecida. Eu fui então para a cama e deixei tudo como estava. Pela manhã, encontrei tudo como havia deixado na noite anterior, mas com um bilhetinho sobre os compassos com os quais havia discordado na noite anterior, que dizia: 'Tudo está magnífico e perfeitamente correto, exceto o final. Você não acha, Edward, que este final é um pouco [...]?'. Não voltamos a falar no assunto, mas reescrevi o final e, como não ouvi nada a respeito, sei que fui aprovado". ■

Manuel de Falla

Datas de nascimento e morte:
*23 de novembro de 1876, Cádiz

†14 de novembro de 1946, Alta Gracia (Argentina)

Origem: Espanha

Período: Impressionismo

Obras importantes

Música dramática:
La vida breve, ópera (1904-1905)
El sombrero de tres picos, balé (1919)
El amor brujo, balé (1925)

Obras orquestrais:
Noches en los jardines de España para piano e orquestra (1909-1916)
Concerto para cravo, flauta, oboé, clarineta, violino e violoncelo (1923-1926)

Música para piano:
Fantasia baetica (1919)

Importância

O compositor espanhol Manuel de Falla figura entre as maiores personalidades musicais espanholas da primeira metade do século XX. Ao lado de Albéniz e Granados, é considerado o fundador de uma música nacional espanhola independente. Em suas composições, que se baseiam principalmente no *cante jondo* da música tradicional de sua terra natal, a Andaluzia, ele tenta captar musicalmente a atmosfera da Espanha.

O lema do compositor espanhol Manuel de Falla, "nenhuma nota a mais, nem a menos", mostra que o espanhol trabalhou com uma rigidez musical inacreditável em suas composições. Com ambição detalhista, burilava cada nota, cada som, até estar convicto da perfeição do resultado musical. Esse também é o motivo pelo qual de Falla, durante toda a vida, compôs apenas vinte obras, composições que refletem principalmente a atmosfera de sua terra natal.

Manuel de Falla cresceu como filho de um comerciante na cidade portuária de Cádiz, no sul da Espanha. Logo cedo, o garoto talentoso e sério teve contato com a música. A mãe, pianista, ensinou piano ao filho e assistiu com ele às grandes óperas italianas. Mas é *As sete últimas palavras de nosso salvador na cruz*, de Haydn, que o impressionou decisivamente. Essa música tornou-se a experiência da iluminação para Manuel. Durante toda a vida, o andaluz foi uma pessoa profundamente religiosa. "Sem a ajuda poderosa de minha convicção religiosa, nunca teria tido coragem de compor", confessou.

O jovem de Falla tinha interesses artísticos ecléticos. Aos treze anos, já lançou uma revista literária. Durante muito tempo não conseguiu decidir se deveria seguir a carreira literária ou musical, até que, aos 21 anos, começou a estudar piano no conservatório de Madri. Mas, apesar de inúmeros prêmios, de Falla decidiu não seguir a carreira de virtuose, mas de compositor. Assim como seus contemporâneos espanhóis Albéniz e Granados, teve aulas com Felipe Pedrell, que tenta entusiasmar o jovem a compor uma nova música nacional espanhola independente que se baseie no folclore. Mais tarde, de Falla contou: "De minha parte, afirmo que devo meu desenvolvimento artístico às aulas de Felipe Pedrell e às ideias fabulosas que tiro de suas obras".

Com sua primeira obra, a ópera *La vida breve*, de Falla conseguiu uma linguagem musical autônoma ao combinar a música erudita espanhola de anos passados com a música popular de sua terra natal, a Andaluzia: o *cante jondo* andaluz, as influências musicais dos ciganos e a música oriental dos árabes. Com essa obra, de Falla ganhou o primeiro prêmio de um concurso de composição, mas, para sua grande decepção, a ópera não foi executada em público.

Para se aperfeiçoar, de Falla decidiu ir para Paris, um dos centros artísticos mais importantes daquela época. A estadia planejada de algumas semanas, porém, durou sete anos e foi um importante divisor de águas em sua vida. Mais tarde, admitiu: "Sem Paris, teria ficado enterrado em Madri, esquecido e preso a uma vida pobre, sobrevivendo com aulas [...] e a partitura da ópera não executada estaria no armário". Ali, de Falla conheceu grandes personalidades artísticas da época, como Picasso e Stravinsky, que considerou seu colega espanhol um *homme serieux*, um homem sério. "Na verdade", ele contou, "nunca encontrei outra pessoa religiosa sem concessões como ele — alguém que tivesse menos humor". Mas as influências mais significativas para de Falla foram os impressionistas Paul Dukas, Maurice Ravel e Claude Debussy. Ele estudou intensamente as obras desses compositores e integrou as características típicas dessa música em suas composições. Assim, ele conseguiu imagens sonoras impressionistas encantadoras em sua peça *Noches en los jardines de España* para piano e orquestra.

Após a eclosão da Primeira Guerra Mundial, de Falla voltou à Espanha. No mesmo ano, nasceu *El amor brujo*, uma obra dramática para um grupo de dança e catorze instrumentistas. A princípio, a peça fez pouco sucesso, mas sua versão para grande orquestra, porém, trouxe fama mundial a de Falla. O compositor, aos 42 anos, compôs sua peça para piano mais famosa, para o venerado pianista russo Arthur Rubinstein: as *Fantasias andaluzas*, uma homenagem à sua amada pátria Andaluzia.

De Falla foi viver na cidade andaluza de Granada, e ao seu redor reuniam-se artistas, músicos e literatos. Entre eles estava também o escritor García Lorca. Ambos descobriram o interesse comum pelo teatro de marionetes e criaram uma peça: *Espetáculo de bonecos do Mestre Pedro* para três cantores e várias marionetes. Essa é a última obra completa para teatro do compositor.

O empresário do famoso balé russo Diaghilev, que trabalhava principalmente com Stravinsky, aconselhou de Falla a reescrever sua *obra El sombrero de tres picos* (que estreara anos antes como uma pantomima alegre-humorística em Madri, sem sucesso) para o grupo de dança, como balé — que, com cenário e figurino de Pablo Picasso, fez um enorme sucesso em sua estreia, em Londres. Mais tarde, de Falla reuniu as danças mais importantes desse balé em uma suíte para orquestra. A *dança do moleiro* alcançou grande popularidade.

De Falla compôs para a cravista polonesa Wandowska o *Concerto para cravo*, sua única peça no campo da música absoluta, ou seja, de uma música que não é definida por texto ou ideias programáticas. Nessa obra, de Falla foi influenciado pelo estilo neoclássico de Stravinsky. Por isso ele não trabalhou com elementos folclóricos, mas retomou a música espanhola renascentista e barroca, nas quais ainda não se usava o piano, mas o cravo. Como a cravista polonesa se recusava a tocar a obra devido às "ousadias sonoras", de Falla teve de interpretar ele mesmo sua difícil peça.

Depois disso, uma doença que provocava paralisias temporárias obrigou de Falla a fazer uma longa pausa na atividade de compositor. Os acontecimentos políticos na Espanha também lhe dificultaram a vida. A guerra civil espanhola eclodiu. De Falla desejava escapar do *manicômio* da ditadura franquista e aproveitou uma turnê pela Argentina para fugir. O compositor espanhol passou os últimos anos de vida com sua irmã nas sierras de Córdoba, na Argentina. Ali ele retomou o trabalho em *Atlántida*, um oratório para solistas, coro e orquestra. Nessa obra, o espanhol tentou representar musicalmente o surgimento mítico de sua terra natal, a península Ibérica. Porém, infelizmente, a composição ficou inacabada, pois de Falla morreu em 14 de novembro de 1946, aos 69 anos, na localidade argentina de Alta Gracia. ∎

Gabriel Fauré

Datas de nascimento e morte:
*12 de maio de 1845, Pamiers

†4 de novembro de 1924, Paris

Origem: França

Período: Romantismo tardio

Obras importantes

Música dramática:
Prométhée, Tragédie lyrique op. 82 (1900)
Pénélope, Drame lyrique (1907-1912)
Masques et bergamasques, Comédie musicale op. 112 (1919)

Obras corais:
Réquiem para soprano, barítono e orquestra, op. 48 (1888)

Obras orquestrais:
Música incidental para *Pelléas et Mélisande* op. 82 (1898)

Música para piano:
Dolly Suíte op. 56 (1893-1896)
Inúmeras canções para piano

Importância

De forma geral, o compositor francês Gabriel Fauré é reconhecido como mestre da música de câmara. O ponto alto de sua obra são as canções para piano, graciosas, cheias de elegância e espiritualidade.

Gabriel Fauré

O compositor francês Gabriel Fauré, o mestre da graciosidade, é considerado o compositor francês de canções para piano mais importante de seu tempo. Ele foi o último dos seis filhos de um inspetor escolar em um vilarejo do sul da França. A família não tinha muitos recursos e, assim, para o menino Gabriel, interessado em música, a única carreira musical estável seria na igreja. Por isso, aos nove anos ele foi levado pelo pai a Paris e deixado aos cuidados de *monsieur* Niedermeyer, que acabara de fundar a École Niedermeyer, uma escola de música sacra. Ali, o talentoso Fauré recebeu uma extensa formação musical. Após a morte de Niedermeyer, passou a ter aulas do novo diretor artístico do instituto, Camille Saint-Saëns, então com 26 anos. O compositor do *Carnaval dos animais* tornou-se um amigo paternal do jovem aluno. Ele o introduziu na sociedade parisiense, o incentivou a compor e patrocinou sua carreira.

Aos vinte anos, Fauré deixou a escola com um prêmio de composição e se tornou organista em Rennes. Ali, começou a compor seriamente. Surgiram as primeiras canções musicalmente interessantes, compostas principalmente para sua noiva, uma cantora. Na época, Fauré era um jovem despreocupado, sem grande ambição, que não se interessava por nada a sério, apenas por *choses belles* (as coisas belas da vida). Foi com a dissolução de seu noivado que Fauré amadureceu. Ele voltou a Paris e tornou-se membro fundador da Société Nationale de Musique, uma organização em prol da música moderna. Trabalhou como mestre-de-capela, organista e crítico musical. Mas como Fauré não era um virtuose do piano de sucesso junto ao público, sua carreira evoluía lentamente, apesar de seu grande talento. Assumiu o posto de organista da renomada igreja Saint-Madeleine, e pouco depois tornou-se professor de composição no conservatório e, em seguida, diretor.

Ao ocupar duas posições-chave na vida musical parisiense é que Fauré passou a ser, finalmente, notado e reconhecido pelo público como personalidade e compositor. Suas obras, até então taxadas de modernas demais pela inovação, conquistaram as salas de concerto e foram aprovadas pela crítica. Também no exterior, "o jogo de melodias graciosamente fugidias de sua música, é comparável aos gestos de uma bela mulher", e recebido com entusiasmo. Fauré criou o caráter flutuante de suas composições através da mistura de sonoridades sacras com o sistema tonal clássico.

Através de sua posição importante na vida musical parisiense, Fauré rapidamente travou contato com os representantes da nova tendência musical na França, o Impressionismo. Um de seus alunos, Maurice Ravel, um dos principais representantes do movimento, ficou fortemente influenciado pela música de seu professor. Mas os êxitos do compositor e seu grande prestígio na sociedade foram turvados por um mal que se tornava cada vez mais perceptível e o deixava profundamente deprimido. Ele percebeu que sua audição estava diminuindo e que ouvia sons diferentes das notas que lia. Embora Fauré fosse cada vez mais prejudicado pela doença, ele ainda cumpria todos os seus compromissos de concertos no exterior. A despeito de seu estado de saúde estar piorando cada vez mais, o músico continuava compondo. Aos poucos, sua visão também diminuía. Em 24 de novembro de 1924, Gabriel Fauré morreu, aos 79 anos, em Paris.

Fauré foi o mestre das pequenas formas. Suas peças para piano, sua música de câmara e principalmente suas canções são cheias de charme, espírito e sentimento. Em suas canções para piano ele musicou quase todos os poetas renomados da época. Muitas vezes, o compositor reuniu suas canções também em ciclos, uma sequência de canções, algo que ainda não havia sido feito na França. Por outro lado, Fauré tinha dificuldade para compor obras grandes. Por isso começou a compor também mais tarde para o palco. Porém, entre suas obras dramáticas, dez no total, encontram-se também composições muito bem-sucedidas, como a tragédia lírica *Prométhée*, o drama lírico *Pénélope* e a comédia musical *Masques et bergamasques*. E o seu *Réquiem*, composto a partir do luto pela morte dos pais, teve sucesso especial.

Embora Fauré tenha atuado grande parte de sua vida como organista, ele tem apenas uma obra para órgão solo. Todas as outras obras para instrumentos de teclado foram compostas para piano, e a *Dolly-Suíte* para piano a quatro mãos é especialmente apreciada, escrita para a pequenina filha de uma amiga. ∎

César Franck

Datas de nascimento e morte:
*10 de dezembro de 1822, Lüttich

†8 de novembro de 1890, Paris

Origem: Bélgica

Período: Romantismo tardio

Obras importantes

Obras corais:
Les Béatitudes, oratório para solistas, coro e orquestra (1879)

Obras orquestrais:
Sinfonia em ré menor (1889)
Variations symphoniques para piano e orquestra (1885)

Música de câmara:
Quinteto em fá menor (1879)
Sonata para violino e piano em lá maior (1886)
Quarteto de cordas em ré maior (1889)

Obras para instrumentos de teclado:
Prélude chorale et fugue para piano (1884)
Choral n. 3 para órgão (1890)

Importância

César Franck está entre os compositores franceses importantes do século XIX. Incompreendido por seus contemporâneos devido à sua música audaciosa, influenciada por Wagner, Franck tornou-se o modelo da geração seguinte de músicos franceses.

César Franck, filho de um belga e de uma alemã, nasceu em 1822, na cidade belga de Lüttich. Seu pai era banqueiro e tinha uma personalidade tirânica. Todos na família tinham de se submeter às suas ordens sem contrariá-lo. Ele determinou que os filhos deveriam se tornar músicos. César desenvolveu-se rapidamente, tornando-se um pianista admirável que causou muita sensação nos primeiros concertos em público. Isso levou o pai a se mudar com a família para Paris, pois acreditava que seu filho, uma criança-prodígio, tinha pela frente uma grande carreira de pianista. O jovem Franck frequentou o conservatório e recebeu alguns prêmios como organista e compositor. Mas o Prix de Rome, desejado pelo pai, não foi concedido ao filho.

César Franck deixou a casa paterna e passou a se sustentar com aulas de música, mas logo perdeu a maioria de seus alunos, que deixaram Paris por causa da revolução de 1848. Mesmo sem dinheiro, o músico se casou, contra a vontade do pai, com sua aluna Félicité Desmousseaux, filha de uma conhecida atriz. O casamento foi realizado na igreja de Notre-Dame de Lorette, na qual Franck trabalhava como organista. Por causa do casamento, ele rompeu definitivamente com o pai.

Franck se esforçava para formar um novo grupo de alunos e assumiu o cargo, mais bem pago, de organista da recém-construída basílica de Sainte-Clotilde, cujo órgão era considerado uma obra-prima devido a seus efeitos sonoros surpreendentes. O instrumento inspirou o compositor a compor as primeiras grandes obras para órgão, as quais Franz Liszt equipara às composições de Bach. O sucesso de suas obras para órgão e sua capacidade brilhante como organista e improvisador rapidamente o tornaram conhecido em Paris. Franck foi nomeado professor do Conservatório de Paris e teve muito prestígio nesse ofício. Seu grupo de alunos e amigos, que se chamou *Bande à Franck*, tornou-se uma das mais importantes reuniões de músicos na França. Por meio desse círculo de artistas, surgiu o contato com a Société Nationale de Musique, uma sociedade de músicos que tinha como objetivo incentivar a nova música francesa. Foi ela que tarde promove a execução de muitas das obras de Franck.

César Franck foi um compositor tardio. Sua fase produtiva começou apenas aos cinquenta anos. Suas obras mais importantes foram compostas nos últimos quinze anos de sua vida. Nessa fase, o compositor apresentou ao público parisiense suas novas obras em intervalos regulares. Inicialmente, porém, o reconhecimento irrestrito de suas obras se restringia ao seu círculo de alunos e amigos. Para divulgar seu oratório *Les Béatitudes*, no qual trabalhou dez anos, Franck organizou uma apresentação particular com a participação de seus alunos, para a qual ele convidou personalidades influentes da sociedade parisiense. Mas apenas dois dos convidados ouviram até o final. Mesmo quando sua obra mais importante, a *Sinfonia* em ré menor, foi executada, o público e a imprensa não tiveram muita compreensão para aquela música inovadora. Seu colega compositor Saint-Saëns, inclusive, caracterizou a obra como "sino da morte da harmonia clássica".

Apenas no final de sua vida Franck foi valorizado. Suas obras tardias, *Sonata* para violino em lá maior e o *Quarteto de cordas* em ré maior, foram recebidas pelo público com entusiasmo. Franck constatou com alegria: "Agora o público começa a entender minha música". Finalmente suas obras começaram a ser requisitadas. Mas o compositor francês não pôde se alegrar por muito tempo com seus sucessos, pois faleceu aos 67 anos, em Paris, em consequência de uma pleurite. ■

Giovanni Gabrieli

Datas de nascimento e morte:
*entre 1554 e 1557, Veneza

†12 de agosto de 1612, Veneza

Origem: Itália

Período: Renascimento

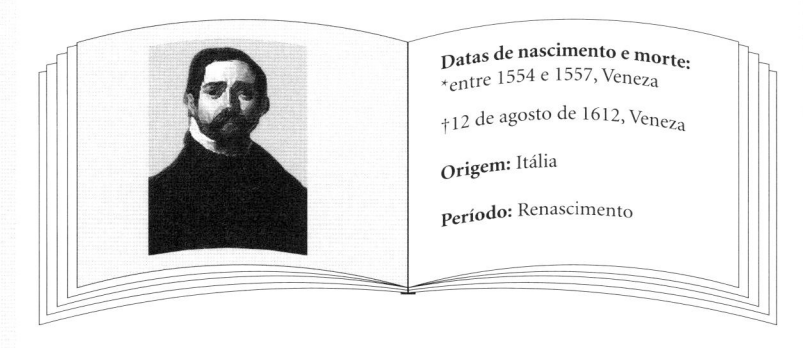

Obras importantes

Obras corais:
Sacrae Symphoniae para seis a dezesseis vozes, volume 1 (1597)
Symphoniae sacrae para sete a dezenove vozes, volume 2 (1615)
Concerti continenti musica di chiesa, madrigali et altro para seis a dezesseis vozes e instrumentos, volume 1 (1587)

Música orquestral:
Canzoni et sonate para três a 22 instrumentos e órgão (1615)

Importância

O italiano Giovanni Gabrieli figura, junto de seu tio Andrea Gabrieli, entre os compositores italianos mais relevantes e influentes do Renascimento. Como representantes principais da escola veneziana, introduzem em suas composições o estilo policoral. Giovanni foi o primeiro compositor a determinar e usar em suas obras o contraste dinâmico de forte e piano, o que chamamos popularmente de alto e baixo.

Giovanni Gabrieli

Sobre a juventude de Giovanni Gabrieli não se sabe muito. Ele cresceu nas proximidades de Veneza, onde também viveu a família de seu tio Andrea, um compositor importante. Andrea Gabrieli, que provavelmente deu as primeiras aulas a Giovanni, exerceu uma grande influência em sua trajetória musical. Assim como Andrea, Giovanni Gabrieli foi para Munique, para a corte do duque bávaro Albrecht V. Ali, tornou-se aluno de composição do famoso holandês Orlando di Lasso, que na época era mestre-de-capela da corte do duque. Após a morte do duque, o músico veneziano voltou para sua cidade natal e assumiu como organista da igreja de São Marcos em 1585, sucedendo seu tio. No mesmo ano, Gabrieli tornou-se organista da Scuola Grande di S. Rocco. Ele ocupou os dois cargos até o final da vida.

Giovanni Gabrieli foi um dos representantes mais influentes da escola veneziana, transferindo as cores e formas opulenas dos quadros dos pintores venezianos Veronese, Tiziano e Tintoretto para a música. A arquitetura da igreja de São Marcos com seus dois mezaninos e órgãos possibilitou que Giovanni distribuísse dois coros e grupos instrumentais no espaço, obtendo assim uma sonoridade maior e efeitos de contraste e eco interessantes — da mesma forma que fez seu tio anteriormente. Principalmente sob o *Doge* Marino Grimani, o músico sacro e compositor Gabrieli teve a possibilidade de passar por um magnífico desenvolvimento musical, em que descobriu o intenso efeito do contraste de forte e suave, e transferiu as observações de dinâmica também para as composições de suas obras instrumentais. A *Sonata pian e forte* foi a primeira composição impressa em que os sinais de dinâmica forte e suave foram utilizados.

A fama de Gabrieli se espalhou rapidamente pela Europa. Isso foi atestado não só pelas inúmeras cópias que existem de suas obras com vários coros, mas também, do ponto de vista estilístico, pelo fato de algumas composições de seus contemporâneos mostrarem paralelos claros com as composições de Gabrieli. O grande prestígio do compositor contribuiu para que muitos músicos importantes de Veneza o procurassem para ter aulas com o mestre. Entre esses músicos esteve também o maior compositor alemão da época, Heinrich Schütz.

Além de sua atividade como professor, compositor e organista, Gabrieli se empenhava na impressão das obras de seu tio. Com a renda obtida com suas inúmeras atividades, porém, Gabrieli tinha de sustentar sua família. Assim, ele e seus irmãos se comprometeram a contribuir para o dote de sua irmã. Giovanni Gabrieli morreu em 1612, na paróquia de San Vidal, em Veneza. ∎

George Gershwin

Datas de nascimento e morte:
*26 de setembro de 1898, Nova York

†11 de julho de 1937, Los Angeles

Origem: Estados Unidos

Período: Música moderna

Obras importantes

Música dramática:
La-la-Lucille! (com Swanee), Scandals-Revue (1919)
Lady, Be Good!, musical (1924)
Porgy and Bess, ópera (1935)

Obras orquestrais:
Rhapsody in Blue para jazz-band e piano (1924)
Concerto em fá para piano e orquestra (1925)
An American in Paris, Tone Poem for Orchestra (1928)
Cuban Overture para orquestra (1932)

Importância

O compositor norte-americano George Gershwin atingiu grande popularidade com as canções vibrantes de seus musicais da Broadway. Mas ficou famoso com sua peça para orquestra com piano, *Rhapsody in Blue*, na qual ele tenta combinar a música clássica com a música dos negros, o jazz.

George Gershwin

George Gershwin, um dos mais famosos compositores dos Estados Unidos, não tinha absolutamente nada de criança-prodígio da música. Pelo contrário, ele chamava todos os amigos que faziam música de *Sissies* — filhinhos de mamãe. George era uma típica criança da cidade grande nova-iorquina. Sua paixão era o esporte, principalmente a patinação. Seu pai, Moritz Gerschowitz, tinha emigrado da Rússia para tentar a sorte nos Estados Unidos. Ele tentou se estabelecer em uma dúzia de profissões, mas sempre ia à falência em pouco tempo, e isso fez que George tivesse de se mudar quinze vezes nos primeiros anos de vida. Por fim, os Gershwins foram parar no Bronx, o bairro pobre de Nova York.

Certo dia, voltando para casa de patins, George se sentiu atraído por uma melodia, como se ela fosse encantada. Ela vinha de um piano elétrico em que as teclas se movimentavam como que por uma mão mágica. Mas foi apenas quando ele ouviu, casualmente, o blues dos negros em um bar que a música o conquistou. Ele mal pôde esperar até que um piano fosse trazido para sua casa e ele tivesse a primeira aula. A partir de então, o jovem passou a se ocupar somente da música, e, para a grande irritação de seus professores, ele logo começou a experimentar, introduzindo notas de jazz nas peças clássicas, pois sonhava com uma música que combinasse a música dos brancos com a dos negros. Sonhava criar, dessa forma, uma música tipicamente americana, totalmente nova.

Logo tentou as primeiras composições nesse estilo, primeiramente um tango, que tocou publicamente em um concerto. O sucesso o motivou a se tornar compositor. Gershwin desejava provar que música leve também poderia ser boa música. Para aprender o ofício, tinha de ir aonde a música de entretenimento americana era produzida, a *Tin Pan Alley*. Ali, nas inúmeras editoras musicais, eram publicadas as mais recentes peças. Simultaneamente tentava-se vender as partituras novas para os interessados por meio dos chamados *plugger*, que ficavam tocando as novas canções ao piano. Aos quinze anos, o jovem Gershwin já tinha sido contratado, tornando-se o mais jovem *plugger*. Porém, para sua decepção, as editoras não publicaram suas composições a princípio, até que, aos dezessete anos, ele faz sucesso. Sua primeira canção foi impressa. Aos poucos, suas canções ficaram conhecidas pelos produtores. A grande editora musical Harms pagava mensalmente 150 dólares ao jovem músico para ele compor canções exclusivas. Um dos compositores mais famosos do *show business*, Irving Berlin, contratou Gershwin como seu secretário.

Em 1918, os Estados Unidos saíram da Primeira Guerra Mundial como vencedores. As pessoas queriam se divertir. Musicais e cabarés eram requisitados, e exigiam uma música vibrante. Era o momento perfeito para George Gershwin. Seu primeiro grande musical *La-la-Lucille!* foi apresentado uma centena de vezes e a canção *Swanee* foi um verdadeiro sucesso, a música do ano. Em poucos meses, milhões de partituras e discos foram vendidos e Gershwin ganhou uma fortuna. George era o assunto em todo lugar. Ele se comprometeu a compor canções durante quatro anos, por um bom honorário, para a revista *Scandals*. Entre as 45 canções que ele compôs no total, algumas se tornaram até músicas populares norte-americanas. George passou a trabalhar junto com seu irmão Ira, que escrevia as letras para suas canções e óperas.

Em 1923, o compositor fez sua primeira viagem à Europa. Paris, principalmente, lhe agradou. A metrópole cosmopolita e agitada o inspirou a compor sua famosa peça orquestral *An American in Paris*, cuja versão reduzida foi filmada pelo diretor de musicais Vicente Minelli. No mesmo ano, Gershwin compôs sua *Rhapsody in Blue*, que lhe trouxe definitivamente dinheiro e fama. Um ano depois, um sonho antigo de George se concretizou: Fred e Adele Astaire, os dois grandes astros da dança, atuaram em seu musical *Lady be good!*, que foi um enorme sucesso. Com esse musical, os Astaire e George ficaram famosos internacionalmente. Gershwin tornou-se o músico norte-americano que ganhava mais dinheiro do que todos os outros compositores do mundo. Como homem rico, ele poderia gastar à vontade, mas esse não era seu estilo. Ele dirigia um carro antigo e vivia modestamente. Sua única distração era o esporte. Ele praticava equitação, nadava, jogava tênis e golfe. Treinava diariamente no saco de boxe, um aparelho de exercícios para boxeadores. Ele estava sempre em forma.

Gershwin comprou uma casinha que ficava sobre o telhado de um arranha-céu nova-iorquino. Ali em cima, George e seu irmão Ira tinham a tranquilidade necessária para trabalhar, morando no coração da metrópole. Como o músico tinha grande interesse pela pintura, logo as paredes estavam cheias de quadros de artistas modernos famosos. De vez em quando, ele também fazia suas incursões na pintura, mostrando que tinha muito talento também nessa área. A rotina diária de Gershwin não era como a das outras pessoas. Ele só começava a compor após a meia-noite. Com roupão elegante, charuto ou cachimbo na boca, procurava temas e melodias ao piano. Na cidade dos filmes, Hollywood, aconteceu algo sensacional: nasceu o cinema com som. Abriu-se, portanto, um novo e interessantíssimo campo de trabalho para um músico como Gershwin.

Em junho de 1932, ele fez uma viagem a Cuba, e voltou fascinado com o ritmo e a peculiaridade da música cubana. Pouco depois aconteceu, no estádio Lewison, de Nova York, um concerto para dezoito mil espectadores no qual só tocaram músicas de Gershwin! A *Cuban Overture* estreou naquela noite. Dois anos depois, o compositor iniciou uma grande turnê. Cruzou os Estados Unidos e regeu, em 28 cidades, exclusivamente obras próprias. No mesmo ano, atuou três vezes por semana no rádio como locutor, maestro e pianista.

Há muito Gershwin procurava um assunto adequado para sua ópera. Então encontrou a história de amor do negro corcunda Porgy e a bela negra Bess. Viajou para o sul dos Estados Unidos para estudar *in loco* a música dos negros. De volta para casa, compôs a ópera *Porgy and Bess*, uma obra dramática na qual protagonistas negros sobem ao palco pela primeira vez e elementos de jazz são integrados à música de ópera. Foi um enorme sucesso.

Nessa época, George fundou a própria editora musical, a Gershwin Publishing Company, que publicava principalmente suas próprias obras. Assim, não causa estranheza que George tenha ficado esgotado. Ele pretendia descansar em uma linda mansão que comprou, mas logo começou a trabalhar ali também. Inspirado pela atmosfera de Hollywood, ele trabalhou intensamente com trilhas sonoras. Fortes dores de cabeça começaram a impedir Gershwin de trabalhar com uma frequência cada vez maior. Trabalhava exaustivamente nos poucos períodos em que não sentia dor, graças a comprimidos. Em 1937, ele fez um concerto para astros de filmes, e, no meio do concerto, perdeu a consciência por um momento. Os médicos ficaram atônitos, e dia a dia suas forças se esvaíam. Durante horas ficava sentado em seu quarto escuro, olhando o vazio. Após uma breve melhora, Gershwin caiu no banheiro em 10 de julho de 1937 e foi internado imediatamente. O compositor passou por uma cirurgia para extrair um tumor na cabeça, à qual não sobreviveu.

Gershwin faleceu aos 38 anos. Os Estados Unidos ficaram de luto. Gershwin incorporou a empolgante época dos anos 1920 e 1930 do país em sua música e disseminou pelo mundo todo o modo de vida americano da época. Foi um compositor e artista que resumiu os diferentes estilos musicais da modernidade em suas composições e criou algo novo a partir deles.

Fato curioso

A voz da música americana

Em meio a uma forte nevasca, milhares de convidados vestidos elegantemente se comprimiam junto à entrada do New Yorker Aeolian Hall, uma das salas de concerto mais famosas do mundo, em 12 de fevereiro de 1924. Todo o mundo da música de Nova York ansiava pelo acontecimento. Qual seria o motivo do grande interesse por parte da população nova-iorquina amante da música? Bem, era a estreia da nova obra orquestral do compositor George Gershwin, de 25 anos. E todos contavam com uma sensação musical.

Enquanto a sala enchia lentamente, o jovem compositor americano andava de um lado para o outro nos bastidores. Em poucos minutos, ele deverá se sentar ao piano de cauda e tocar sua peça mais recente, a Rhapsody in Blue, *com a famosa orquestra de seu amigo, o rei do jazz Paul Whiteman. Este já estava à frente da orquestra e dá o sinal. Era a vez do clarinete rápido, acelerado. Os espectadores estavam eletrizados. De compasso a compasso, crescia a expectativa. E enquanto Paul Whiteman regia, vinham as lágrimas, pois sentia que a* Rhapsody *atingiu o objetivo. Mais tarde, ele não soube mais como conseguiu levar o concerto até o fim. George também tocava como em um sonho. Então vieram os últimos acordes. No final, os aplausos são intermináveis. Nunca antes o Aeolian Hall havia presenciado aquilo. Os espectadores levantaram-se, aplaudiram e gritavam entusiasmados: "Bravo, bravo". Nunca antes o público havia ouvido uma música como aquela.*

Com esse sucesso, George Gershwin ficou mundialmente conhecido. A Rhapsody in Blue *tornou-se a obra orquestral mais popular e mais tocada nos Estados Unidos. Apenas a venda de partituras e discos nos dez anos seguintes trouxe a George Gershwin uma pequena fortuna.* ∎

Carlo Gesualdo

Datas de nascimento e morte:
*8 de março de 1566, Nápoles ou arredores

†8 de setembro de 1613, no castelo Gesualdo

Origem: Itália

Período: Renascimento

Obras importantes

Música vocal:
Seis livros com madrigais a cinco e seis vozes (1594-1596/1611)
Dois livros *Sacrarum cantionum* com 41 motetos (1603)
Responsoria et alia ad officium [...] (Responsórios da liturgia de Sexta-Feira Santa) (1611)

Importância

Carlo Gesualdo é um dos compositores italianos importantes do Renascimento. Sua música é caracterizada por mudanças de tonalidade frequentes e forte cromatismo.

Carlo Gesualdo

Filho do príncipe de Venosa, Don Carlo (este é o nome original do compositor renascentista) descende de uma das dinastias de príncipes mais antigas e nobres do reino de Nápoles. Na corte de seu pai, que valorizava a arte, Don Carlo recebeu uma sólida formação musical. Ele logo se tornou um virtuose do alaúde baixo. A fundação de uma academia própria, uma escola superior de música cujos professores eram compositores importantes, mostra o quanto a música definiu a vida do aristocrata mimado e de índole melancólica.

Após a morte prematura do irmão mais velho, Don Carlo tornou-se herdeiro do título e da fortuna familiar, o que exigiu um casamento em breve. A escolhida pelo pai foi a prima Dona Maria d'Avalos. Após quatro anos de casamento e o nascimento de um filho, aconteceu a terrível tragédia no casamento. Don Carlo descobriu que sua esposa tinha um amante, o duque Fabrizio Carafa e, com isso, recorreu a uma armadilha. Simulou uma longa viagem para caçar acompanhado de seu séquito, quando, na verdade, escondeu-se no palácio, pegou o casal de amantes em flagrante e matou os dois. Em seguida, a filha de um casamento anterior de Dona Maria também foi morta. O poeta Torquato Tasso, amigo do compositor, compôs sonetos e poemas sobre o assassinato. Após o crime, Don Carlo se refugiou em sua propriedade rural, o castelo Gesualdo, para escapar à vingança das famílias das vítimas. Os crimes passionais não foram punidos, mas ele sofreu de forte remorso durante toda a vida. Para aliviar esse sentimento, mandou construir um mosteiro de capuchinhos, deixou, em testamento, dinheiro para instituições da igreja e para realização de missas a fim de salvar sua alma.

Em 1594, Carlo Gesualdo estava na corte de Ferrara, na época um dos mais importantes centros intelectuais da Itália. Lá se reuniam as cabeças dominantes europeias da pintura, literatura, filosofia e música. A atividade musical da corte levou Gesualdo a casar-se com Leonora D'Este, a filha do duque, para poder permanecer em Ferrara. Essa foi a fase mais produtiva de sua vida. Grande parte de suas obras, principalmente os primeiros quatro livros de madrigais, foi composta em decorrência do contato diário com compositores, cantores e instrumentistas importantes. Inicialmente, suas composições ainda apresentavam o pseudônimo Giuseppe Piloni, porque seu *status* de príncipe lhe permitia ter a música como *hobby*, mas não como trabalho.

Dois anos depois, Don Carlo retornou ao castelo Gesualdo com sua mulher. Como o casamento era muito infeliz e seu filhinho faleceu logo depois, a melancolia do compositor aumentou. A autorrecriminação, o remorso e a melancolia patológica obscureceram sua vida. Então o compositor se voltou para obras religiosas. Compôs os responsórios com os textos da liturgia da Sexta-Feira Santa e seu profundo sofrimento. Essas obras são a expressão musical com seu profundo sofrimento pelos assassinatos terríveis que sombreavam sua vida. O cromatismo exagerado e as inesperadas mudanças de tonalidade nas composições expressam seu sofrimento íntimo e seu desequilíbrio interior. O príncipe compositor morreu, em seu castelo Gesualdo, em 1613.

Com o passar dos séculos, Carlo Gesualdo caiu no esquecimento. Apenas no século XX sua obra foi redescoberta. Stravinsky defendeu as composições de Gesualdo, e os compositores modernos Alfred Schnittke e Franz Hummel escreveram óperas sobre o príncipe e sua tragédia. Também o filme de Werner Herzog *Morte para cinco vozes: Carlo Gesualdo, príncipe de Venosa*, mostrou a vida incomum do compositor renascentista italiano. ∎

Alexander Glazunov

Datas de nascimento e morte:
*10 de agosto (29 de julho) de 1865, São Petersburgo

†21 de março de 1936, Paris

Origem: Rússia

Período: Romantismo tardio

Obras importantes

Obras orquestrais:
Sinfonia n. 1 em mi maior op. 5 (1882)
Stenka Razin em si menor op. 13, poema sinfônico (1885)
Raymonda op. 57, balé (1898)
Concerto para violino e orquestra em lá menor op. 82 (1905)

Música de câmara:
Quarteto de cordas n. 1 em ré maior op. 1 (1882)
Quarteto de cordas n. 7 em dó maior op. 107 (1930)
Quarteto para quatro saxofones op. 109 (1932)

Importância

Alexander Glazunov, um dos grandes músicos russos do Romantismo tardio, tentou em suas obras fazer uma combinação entre a música nacional russa do Grupo dos Cinco e uma música de influência ocidental. Como maestro de inúmeros concertos, ele divulgou a música russa no Ocidente. Muitos compositores importantes, como Stravinsky e Shostakovich, foram seus alunos.

"Mas o que é isso? Esse moleque deixou todo mundo no chinelo", exclamou, balançando a cabeça, o crítico musical Stassov após a estreia da *Sinfonia n. 1* de Glazunov. Quando o público, empolgado, chamou o compositor no final do concerto, surgiu, no palco, para sua grande surpresa, um garoto de dezesseis anos.

O astro ascendente da cena musical russa vem de uma importante família de editores russos. Em sua casa tocava-se música regularmente, pois o pai, além de editor, era um violinista apaixonado, e a mãe era pianista. Logo cedo, Alexander demonstrou um talento musical fora do comum. Seu ouvido fenomenal e sua memória incrível surpreendiam a todos. Aos nove anos, o menino teve as primeiras aulas de piano. Logo surgiram as primeiras peças pequenas, Alexander queria ser compositor. A mãe recorreu então a Balakirev, o renomado músico, que reconheceu imediatamente o talento do jovem e se dispôs a lhe dar aulas. Ele chamou a atenção de seu amigo Rimsky-Korsakov, um dos músicos mais prestigiados da cena musical russa, para o garoto-prodígio. Então o compositor passou a se encontrar nos dias sem escola com o menino ávido por aprender para corrigir suas composições. "O desenvolvimento musical de Glazunov não se dá em dias, mas em horas", concluiu seu professor. Após dois anos de aulas com Rimsky-Korsakov, o jovem de dezesseis anos compõe sua *Sinfonia n. 1*, que se torna um sucesso triunfal.

O talento de Glazunov despertou o interesse do rico comerciante de madeira Beljajev, que disponibilizou uma parte de sua fortuna para a divulgação de obras importantes de jovens compositores russos. Ele ficou tão empolgado com a *Sinfonia n. 1* de Glazunov, que firmou com ele um contrato de exclusividade para a publicação de todas as suas obras. Para isso, Beljajev fundou, em Leipzig, uma editora própria. O mecenas rico e apaixonado por música fez uma viagem para Espanha e Marrocos com seu novo amigo. Glazunov conheceu Franz Liszt, então com 73 anos, que se empolgou com as obras do russo.

Apesar da grande diferença de idade, Glazunov fazia parte, como um igual e desde o início, do grupo de compositores de São Petersburgo, o Grupo dos Cinco. Após a morte de Borodin, o jovem compositor finalizou, junto com Rimsky-Korsakov e a pedido do próprio autor, a ópera *Príncipe Igor*. Glazunov escreveu sua abertura apenas com base na lembrança do que Borodin lhe tocou uma vez ao piano. Aos 24 anos, Glazunov viajou para a Exposição Mundial de Paris para apresentar, como maestro em dois concertos, obras russas ao mundo ocidental, entre elas, sua *Sinfonia n. 2* e o poema sinfônico *Stenka Razin*, que, segundo o compositor francês Paul Dukas, foi "uma das melhores criações da música russa. Sem restringir sua atividade como compositor, Glazunov assumiu, aos 43 anos, o cargo de professor de composição e instrumentação no Conservatório de São Petersburgo. Quando Rimsky-Korsakov, na Revolução Russa de outubro de 1905, apoiou seus estudantes grevistas, ele foi demitido de seu cargo de diretor da escola superior, e seu antigo aluno Glazunov foi nomeado como sucessor. Ele exerceu o cargo com grande sacrifício de tempo e forças até 1928. Altruísta, defendia, as reivindicações de seus estudantes e usava o próprio salário para ajudá-los com bolsas de estudos. Fundou uma orquestra de estudantes e instalou um estúdio de óperas. Glazunov, compositor bem-sucedido, maestro, diretor, professor e organizador de concertos e concursos, era, naquele momento, a personalidade musical mais influente da vida musical russa e um homem muito requisitado em toda a Europa. Nos anos seguintes, ele empreendeu inúmeras turnês como maestro.

Em 1928, Glazunov, então artista da União Soviética, participou do júri internacional de um concurso de compositores em Viena realizado por ocasião do centenário de Schubert. O músico não voltou mais da metrópole do Danúbio para a União Soviética, pois sua liberdade artística estava muito restrita ao regime soviético. No mesmo ano, o compositor foi morar em Paris com sua mulher. De lá, ele partiu para inúmeras turnês com sua filha, a pianista Elena Glazunova, na América do Norte, Portugal, Espanha, Polônia e Tchecoslováquia, onde regia suas composições.

Inúmeras homenagens bem merecidas foram feitas para o músico. Glazunov recebeu o Prêmio Glinka dezessete vezes, foi membro da Academia das Artes de Berlim, Budapeste e Paris, diretor musical honorário das universidades inglesas de Cambridge e Oxford e oficial da Legião de Honra. Alexander Glazunov, músico ocupadíssimo e grande compositor, morreu aos setenta anos, em 1936, em Paris.

Alexander Glazunov

Altruísta

Fato curioso

Durante seu mandato como diretor do Conservatório de São Petersburgo, Alexander Glazunov se preocupava altruisticamente com o bem-estar de seus estudantes, entre eles Dmitri Shostakovich. Este se lembra que em 1922 foi organizado um concerto em homenagem a Glazunov.

"Em seguida, o Comissário do Povo para Educação Popular parabenizou Glazunov. Explicou que o governo havia decidido garantir a ele condições de vida que possibilitassem a manutenção de sua capacidade criadora e que correspondessem a seu grande mérito.

O que qualquer outro homenageado teria feito naquele momento? Teria agradecido, feliz e submisso. Afinal, era uma época dura, de fome. Glazunov, que tivera porte volumoso, tinha emagrecido terrivelmente. Seu velho terno o envolvia como um saco vazio. Seu rosto estava lívido e esgotado. Sabíamos que não tinha nem papel para anotar suas ideias. Mas com consciência soberana de sua dignidade e sua honra, Glazunov respondeu simplesmente que não lhe faltava nada e pediu que não lhe fossem oferecidas condições de vida diferentes da de qualquer cidadão normal. Porém, se o governo pretendia voltar sua atenção à vida musical, que a dirigisse aos conservatórios, pois eles estavam acabados. Não tinham mais lenha para aquecimento das salas. Isso foi um pequeno escândalo, mas o conservatório recebeu lenha." ■

Mikhail Glinka

Datas de nascimento e morte:
*1º de junho (20 de maio) de 1804, Novopasskoe (perto de Smolensk)

†15 de fevereiro de 1857, Berlim

Origem: Rússia

Período: Romantismo

Obras importantes

Música dramática:
Uma vida para o czar, ópera (1836)
Ruslan e Lyudmila, ópera (1842)

Importância

O mérito de Glinka consiste não apenas em ter dominado com perfeição toda a música europeia de sua época, mas também em tê-la associado com maestria à música sacra e popular russa. Com Glinka, o pai da música russa, tem início uma nova época: com sua obra dramática *Uma vida para o czar*, ele compôs a primeira ópera russa, a mais bem-sucedida do século XIX e a primeira obra dramática desse país encenada no exterior.

Mikhail Glinka

Mikhail Glinka cresceu como segundo filho de um latifundiário rico em uma província russa. Suas primeiras impressões musicais de infância foram as canções dos servos, os cantos dos camponeses e os corais da igreja. Mas, nos primeiros anos de vida, Glinka não demonstrou interesse especial pela música. Apenas quando ouviu a orquestra particular que seu abastado tio mantinha na propriedade vizinha foi que a música o cativou. Recebeu aulas de piano e violino e, pouco tempo depois, teve permissão para tocar violino na orquestra do tio e regê-la algumas vezes. Quando Glinka fez catorze anos, os pais o mandaram para um internato de nobres em São Petersburgo. O filho de latifundiários mostrou pouco interesse pelas ideias revolucionárias anti-czaristas de seus colegas.

Aos dezoito anos, Glinka tocou piano pela primeira vez em público, mas o pianista talentoso, pouco ambicioso por natureza, não tinha a intenção de fazer carreira como músico profissional. Preferia a composição. Ele começou a compor canções sentimentais e peças para piano, mas logo percebeu que não dominava completamente o ofício e por isso tomou aulas. Para não depender financeiramente dos pais, trabalhava como funcionário público no departamento de transportes. Felizmente, esse cargo lhe dava tempo suficiente para compor, mas, por motivo de saúde, ele logo deixou o emprego. Glinka passou os anos seguintes no exterior, principalmente na Itália, por causa do clima agradável. Lá ele conheceu os compositores de ópera Donizetti e Bellini, cujas obras o empolgavam há muito tempo. Compôs diversas obras sobre temas de suas óperas.

Aos 29 anos, em Berlim, teve aulas de composição novamente para melhorar seu estilo e sua técnica. Mais tarde, escreveu em suas memórias: "A saudade de minha terra me fez pensar cada vez mais em compor em russo". Glinka começou a esboçar algumas obras sobre melodias de seu país, mas em algum momento isso não bastava. Ele queria escrever uma ópera russa em todos os sentidos, não apenas no assunto, mas também na música. Anotou os primeiros motivos que veio a utilizar mais tarde em sua importante ópera *Uma vida para o czar*.

Um ano após voltar à pátria, Glinka se casou com uma bela, porém inconsequente, moça da elite. Como Marya Petrovna não demonstrava o menor interesse por música e ele, um marido desiludido, tinha vários casos extraconjugais, o casamento estava condenado ao fracasso desde o início. Glinka tornou-se membro de um círculo cultural em cujo centro estavam o escritor Puschkin e o crítico Zukovsky, o professor do jovem czar que sugeriu a Glinka um tema interessante de ópera, com o qual o compositor ficou fascinado imediatamente: a história do camponês Sussanin, que se sacrificou pelo czar conduzindo as tropas inimigas para uma cilada e perdeu sua vida. Glinka dedicou a obra, a ópera *Uma vida para o czar*, a primeira ópera russa, ao czar Nicolau I, que estava presente na estreia. O grande sucesso dessa impressionante obra dramática tornou Glinka o primeiro compositor da Rússia. Ele foi nomeado mestre-de-capela da renomada orquestra imperial de cantores da corte. Apenas seis anos depois de sua ópera ao czar, estreou sua nova obra dramática: a ópera *Ruslan e Lyudmila*, uma obra inspirada na *Flauta mágica* de Mozart. Como Glinka já não desfrutava mais das graças ao czar, sua nova obra foi recebida com bastante frieza. Desiludido com o sucesso medíocre de sua segunda ópera, o compositor não quis mais saber da música dramatizada. Viajou novamente ao exterior, não para se aperfeiçoar musicalmente ou se apresentar em concertos, mas para aproveitar a vida. Visitou Paris, conheceu Hector Berlioz e seguiu viagem para a Espanha. Também lá ele queria, em primeiro lugar, se divertir, e se envolveu apenas ocasionalmente com a música tradicional espanhola. Convidou cantores e violonistas para tocarem em sua casa e fez anotações sobre a música que mais tarde utiliza em suas obras como a *Abertura espanhola n. 1 e n. 2*.

Cheio de saudades da Rússia, Glinka voltou para sua propriedade em Novopasskoe e foi ficando cada vez mais hipocondríaco. Mas também não aguentou ficar muito tempo em casa, pois era um romântico atormentado: em sua terra natal, tinha desejo de conhecer terras distantes; no exterior, tinha saudade de casa. O compositor partiu novamente para a Europa Ocidental. Devido aos tumultos revolucionários de 1848, o passaporte lhe foi negado durante a viagem e ele teve de ficar em Varsóvia. Após a morte da mãe, retornou a São Petersburgo, para depois ir a Paris por dois anos. A eclosão da Guerra da Crimeia o obrigou a voltar para a Rússia, onde ele conheceu Balakirev, que, como líder do Grupo dos Cinco, recebeu com entusiasmo as ideias de Glinka sobre uma música russa.

Em 1856, Glinka deixou sua pátria pela última vez para estudar as velhas tonalidades eclesiásticas em Berlim, pois a música tradicional russa se baseava nesses antigos sistemas. O compositor estava presente quando Meyerbeer, o mestre-de-capela da corte em Berlim, executou um terceto da ópera do czar de Glinka. No caminho de volta para casa, com o ar frio da noite, ele contraiu uma doença cujos sintomas eram melancolia e apatia. Pouco tempo depois, em 15 de fevereiro de 1857, faleceu o melancólico e sensível Mikhail Glinka, o compositor com a grande alma russa, aos 52 anos, em Berlim. Poucas pessoas compareceram ao seu funeral. Três meses depois, ele foi sepultado no cemitério do mosteiro Alexander Nevski, em São Petersburgo. Quando Glinka faleceu, havia pouca coisa publicada de sua obra, apenas sua importante ópera *Uma vida para o czar* e algumas canções. Mas, após sua morte, Glinka, o pai da música russa, alcançou o grande prestígio que tem até hoje na Rússia. Tchaikovsky o equiparava a Mozart e Beethoven.

A mulher errada

Fato curioso

Mikhail Glinka passou boa parte de sua vida viajando. Assim contou o compositor russo: "Em casa, nunca fui feliz. Marya Petrovna (sua esposa) era uma daquelas mulheres para as quais a toalete, bailes, bagagens, cavalos, uniformes etc. era o que importava. Para a música, [...] tinha pouca, ou melhor, nenhuma compreensão, e todos os sentimentos mais nobres lhe eram completamente estranhos. Uma prova de sua indiferença com relação à música é o seguinte episódio: em 1835, quando comecei a compor Uma vida para o czar, *ela reclamou para minha tia que eu gastava dinheiro para comprar partituras".* ∎

Christoph Willibald Gluck

Datas de nascimento e morte:
*2 de julho de 1714, Erasbach, Alto-Palatinado

†15 de novembro de 1787, Viena

Origem: Alemanha

Período: Pré-Classicismo

Obras importantes

Música dramática:
Orfeu e Eurídice, primeira ópera da reforma (1762)
Alceste, ópera (1767)
Ifigênia em Aulis, ópera (1774)
Ifigênia em Tauris, ópera (1779)

Importância

O compositor alemão de óperas Willibald Gluck figura entre os mais importantes e produtivos compositores de óperas do século XVIII. Foram preservadas 49 de suas mais de cem obras para a música dramatizada. Com sua reforma revolucionária da ópera, Gluck teve grande importância para a história da música, influenciando significativamente compositores como Weber e Wagner.

Christoph Willibald Gluck

O compositor alemão de óperas Christoph Willibald Gluck nasceu como o primogênito de nove filhos em uma cidadezinha do Alto-Palatinado. Quando Willibald completou três anos, sua família se mudou para a Boêmia. O pai, guarda-florestal a serviço do príncipe Hyazinth von Lobkowitz,

> "havia me escolhido para seu sucessor", relatou Gluck, mais tarde. "Mas na minha terra tudo era música. Apaixonado por essa arte, progredi de forma surpreendentemente rápida, tocando vários instrumentos. Todos os meus sentidos e desejos se concentravam exclusivamente na música e não na vida de guarda-florestal. Um belo dia, com poucas moedas no bolso, deixei a casa de meus pais às escondidas. Pagava meu alojamento e alimentação com o meu canto. Aos domingos e feriados, tocava em igrejas de vilarejos."

A caminhada do jovem Gluck terminou primeiramente em Praga. Lá ele encontrou um mecenas que lhe possibilitou estudar matemática e pensamento lógico na universidade. Após dois anos, Gluck desistiu do curso e se mudou para Viena, a cidade da música. Mas logo partiu para a Itália para se aperfeiçoar musicalmente na terra dos grandes compositores. Em Milão, conseguiu emprego como violoncelista na orquestra de um nobre. Como músico de orquestra, conheceu o mundo do palco, uma experiência que o favoreceria mais tarde ao compor óperas. Paralelamente, Gluck estudou composição com Sammartini, um importante músico italiano. Três anos mais tarde, foi executada a primeira obra de música dramatizada de Gluck. *Artaserse*, a história de um rei persa, fez grande sucesso, surpreendentemente. Nos anos seguintes o alemão compôs, a intervalos regulares, uma série de óperas sérias ao estilo italiano.

Começaram os anos de peregrinação de Gluck pela Europa. Em Londres, ele se juntou a um grupo de teatro ambulante que apresentava obras dramáticas em cidades que não tinham um teatro de ópera. Paralelamente, o esforçado músico compôs obras de música dramatizada para as mais diversas ocasiões: o aniversário da imperatriz austríaca Maria Tereza; o casamento de um nobre de Dresden; a corte real dinamarquesa em Copenhague.

Em 1750, o compositor de 36 anos se casou em St. Ulrich, perto de Viena, com Maria Anna Bergin, uma jovem de dezoito anos, filha de um burguês abastado, que recebeu um dote tão grande que Gluck ficou financeiramente independente e pôde se dedicar exclusivamente à composição. Ele se estabeleceu em Viena. Pelos seus méritos musicais, o papa Benedito XIV o nomeou Cavaleiro da Ordem da Espora de Ouro, uma condecoração conferida pouco depois a Wolfgang Amadeus Mozart, quando ele tinha apenas doze anos. Willibald Gluck passou a ser chamado de Cavaleiro von Gluck.

Nos anos seguintes, o compositor de óperas se distanciou da ópera séria italiana e se concentrou na ópera cômica. O auge das óperas cômicas de Gluck foi sem dúvida a obra dramática *La rencontre imprévue*. Quanto mais óperas ele compunha, tanto mais lhe vinham as dúvidas se a música dramatizada de seu tempo correspondia ao modelo grego, ou seja, à representação de seres humanos de carne e osso com seus sentimentos, paixões e golpes do destino. Naquele momento, os empresários teatrais só queriam fazer sucesso e ganhar dinheiro com as óperas. Por isso, o compositor tinha de satisfazer o gosto e as preferências do público, que queria ser entretido com um espetáculo. Por isso, os palcos eram decorados com efeitos especiais e lantejoulas. As árias são sobrecarregadas com coloraturas artificiais só para que o cantor pudesse se destacar. Não importa mais o que os personagens tinham a dizer. Os personagens não pareciam naturais, mas se assemelhavam a marionetes artificiais.

Gluck, compositor maduro e reconhecido, teve coragem de mudar a forma e o conteúdo, o libreto e a música da ópera. Ele se esforçou para encontrar um enredo simples, compreensível. O público não deveria continuar sendo entretido com falas vazias e gestos teatrais do cantor. Deveria, sim, ser comovido pelos destinos dos personagens, como nos antigos dramas gregos. Gluck também simplificou a música, que deixou de ser o elemento mais importante da ópera, tendo apenas a função de reforçar a situação dramática no palco. O princípio de Gluck é: *prima le parole, poi la musica* — primeiro as palavras, depois a música. As coloraturas extasiantes e a pirotecnia vocal seriam deixadas de lado se não servissem para exprimir sentimentos. O coro não poderia ser apenas decorativo, mas deveria participar do enredo. Com essas ideias revolucionárias, Gluck introduziu a primeira grande reforma da ópera. Com o balé *Don Juan*, o compositor levou ao palco o resultado de sua nova concepção de verdadeira música dramatizada. Mas apenas *Orfeu e Eurídice*, sua obra mais famosa, o tornou oficialmente criador da reforma.

Gluck desejava divulgar suas novas ideias também no exterior. Sua ex-aluna de canto, Maria Antonieta, a futura esposa de Luís XVI, deu as boas vindas ao ex-professor em Paris. Gluck assinou um contrato com a direção da ópera de Paris para compor seis novas obras. A execução de sua primeira ópera *Ifigênia em Aulis* provocou uma onda de indignação. Os franceses, acostumados a óperas italianas dispendiosas e divertidas, não entenderam a seriedade e as "melodias secas" do alemão. Houve uma briga como a história da música nunca tinha presenciado antes. O "partido italiano" se revoltou contra o novo reformador alemão. Eles trouxeram da Itália o compositor italiano de óperas Piccini para que Gluck se calasse. A luta entre gluckistas e piccinistas se arrastou por anos. Mas o compositor alemão não se deixou confundir em sua intenção reformista, pois estava convicto de sua opinião. Por fim, o próprio Piccini se converteu à nova concepção de ópera de Gluck. Porém, para os opositores da reforma, existem sempre oportunidades para atacar o compositor alemão, de forma que Gluck certo dia se despediu de Paris e voltou a Viena. Ali ele foi nomeado compositor da corte imperial real.

Nos anos seguintes, Gluck ficou dividido entre Viena e Paris, onde suas óperas renovadas tinham cada vez mais adeptos. Durante um ensaio, Gluck sofreu um derrame e voltou definitivamente para Viena. O italiano Antonio Salieri, que conhecera Gluck em Viena e o admirava, deu continuidade ao legado do renovador alemão das óperas em Paris.

Nos últimos anos de sua vida, Gluck se retirou totalmente da vida musical e compôs pouco. Em 1787, sofreu outro derrame e faleceu pouco depois, aos 73 anos, em Viena. Em seu funeral, Antonio Salieri regeu o *De profundis*, de Gluck. ■

Charles Gounod

Datas de nascimento e morte:
*17 de junho de 1818, Paris

†18 de outubro de 1893, Saint-Cloud, perto de Paris

Origem: França

Período: Romantismo tardio

Obras importantes

Música dramática:
Fausto (Margarethe), ópera (1859)
Romeu e Julieta, ópera (1867)

Obras corais:
Réquiem (1893)

Importância

Gounod está entre os compositores franceses importantes do século XIX e entre os representantes mais prestigiados da ópera lírica francesa. Sua ópera *Fausto* lhe trouxe fama mundial. A maioria de suas inúmeras obras sacras e profanas não é mais executada atualmente, pois sua música é, muitas vezes, demasiado sentimental. Apenas sua meditação sobre a *Ave Maria* de Bach é conhecida hoje em dia por um público mais amplo.

Charles Gounod

Poucos que já assistiram à série de crime e suspense americana *Hitchcock apresenta* sabem que a melodia da trilha sonora é de um compositor francês do século XIX. É a *Marcha fúnebre de uma marionete*, de Charles Gounod, que nasceu em Paris, em 1818. O menino talentoso cresceu em uma família de artistas: o pai era pintor, e a mãe, pianista, logo cedo familiarizou o filho com o piano. A princípio, Charles tinha apenas aulas particulares de composição, mas, mais tarde, passou a frequentar o conservatório de Paris.

Aos dezenove anos, o jovem Gounod ganhou, com sua cantata *Ferdinand,* o cobiçado Prix de Rome. Na Itália, ele trabalhou intensamente com a música dos antigos mestres italianos, principalmente com Palestrina. Lá, o compositor francês veio a conhecer Fanny Hensel, a irmã de Felix Mendelssohn-Bartholdy, que estava passando dois anos em Roma com o marido, o pintor Hensel. Gounod encontrou na compositora alemã uma grande amiga e entusiasta da música. Encontravam-se com frequência para compor em conjunto.

Após retornar à capital francesa, Gounod ganhou seu sustento primeiramente como organista e mestre-de-capela de igreja. Frequentou um seminário para padres e cogitou tornar-se clérigo e fazer os primeiros votos. Sonhava com a vida em um mosteiro, em isolamento, chegou até a usar uma batina e se autodenominava abade. Por um tempo, viveu no convento carmelita, mas logo percebeu que seu grande amor era a música. O compositor começou a trabalhar em seus primeiros projetos de ópera, mas sua primeira obra dramática *Sapho* não teve muito sucesso. Aos 34 anos, foi nomeado diretor do L'Orphéon de la Ville de Paris, o maior coro masculino da cidade. No mesmo ano, casou-se com Anna Zimmermann, filha de seu ex-professor de piano no conservatório.

Embora Gounod compusesse bastante, apenas aos quarenta anos alcançou o grande sucesso. Sua ópera *Fausto*, apresentada nas temporadas de ópera na Alemanha como *Margarethe,* tornou-se um sucesso estrondoso. Agora Gounod era um homem requisitado na França. Compôs a ópera *Romeu e Julieta* para a Exposição Mundial em Paris. Durante a Guerra Franco-Alemã, em 1870/71, Gounod emigrou por quatro anos para Londres. A artista Georgina Weldon, uma admiradora do compositor francês, abrigou o apátrida em sua casa. A relação intensa entre a mulher casada e Gounod durou cinco anos.

Em sua velhice, o religioso Gounod se voltou cada vez mais para a música religiosa. Suas obras de música sacra, principalmente seus oratórios plenos de sentimentos e devoção, satisfizeram o gosto da época. Uma fortuna considerável, obtida com a renda de suas inúmeras obras sacras e profanas, possibilitou ao compositor francês uma vida confortável em sua bela mansão em Montretout. Pouco antes de sua morte, Gounod finalizou seu *Réquiem*, que se tornou sua própria missa de sétimo dia. O bem-sucedido compositor francês faleceu em 1893, aos 75 anos, em Saint-Cloud, perto de Paris.

Os amigos compositores franceses de Gounod, Camille Saint-Saëns e Paul Dukas, e mais tarde também os impressionistas Claude Debussy e Maurice Ravel, homenagearam-no, pois ele libertou suas obras de influências alemãs e italianas. Suas melodias *cantabile* e imagens líricas românticas lhe trouxeram a admiração e veneração do público francês. Mas suas obras frequentemente sentimentais caíram no esquecimento. Apenas a famosa *Meditação sobre o prelúdio* em dó maior, da primeira parte do *Cravo bem temperado* de Johann Sebastian Bach, que Gounod transcreveu para piano e para o qual escreveu o texto *Ave Maria*, tornou-se um sucesso clássico popular e eterno.

A luta por uma composição

Fato curioso

Charles Gounod tinha a personalidade de artista romântico, com humor variável. Sendo uma pessoa extremamente temperamental e impetuosa, ele se descontrolava muito rápido. Certa vez, o compositor sentiu-se ofendido e humilhado pelo marido de Georgina Weldon, com quem tinha um caso. "Quero morrer, e que tudo acabe junto comigo", bradou furioso e correu como um louco até o armário onde estava guardada cuidadosamente a partitura de Polyeucte, sua mais nova ópera, conta sua amiga. "Ele a tirou do armário e bradou: 'É a vez de Polyeucte. Polyeucte tem de ser queimada!'. Ao menor contratempo tinha o hábito de jogar ao fogo o manuscrito no qual estava trabalhando no momento. Eu me sentia miserável sempre que o via destruir suas obras. Com a força que o desespero me deu, me joguei sobre Gounod. Joguei-o no chão, rolei sobre ele, lutamos furiosamente pelo tesouro. Finalmente consegui arrancar dele a partitura, joguei-a sobre o sofá, levantei--me do chão e berrei: 'Você pode me matar, mas Polyeucte não será queimada'. Gounod, a quem a pancadaria tinha feito bem, tinha se acalmado. Graças a Deus a partitura de Polyeucte estava a salvo." ■

Enrique Granados

Datas de nascimento e morte:
*27 de julho de 1867, Lleida (Catalunha)

†24 de março de 1916, em alto mar, no Canal da Mancha

Origem: Espanha

Período: Romantismo

Obras importantes

Música dramática:
María del Carmen, ópera (1898)

Obras para piano:
Danzas españolas op. 37 (1892-1900)
Goyescas (1909-1911), posteriormente em versão para balé

Importância

Enrique Granados é considerado, ao lado de Isaac Albéniz e Manuel de Falla, um dos representantes principais da nova música nacional espanhola. No entanto, embora o catalão utilizasse em suas obras muitos elementos da música tradicional espanhola, sua música também contém traços claramente românticos tardios. Sua obra-prima musical, o ciclo pianístico *Goyescas*, lhe trouxe fama internacional.

Enrique Granados

Enrique Granados nasceu na localidade catalã de Lleida, como filho de um oficial do exército espanhol. Os pais reconheceram logo cedo o grande talento musical de seu filho e providenciaram para que Enrique tivesse aulas de música com um oficial amigo da família. Quando a família se transferiu para Barcelona, o jovem Granados continuou seu estudo de piano no conservatório. Aos dezoito anos, Enrique começou a estudar composição com Felipe Pedrell, chamado "pai da música espanhola" porque teve importância fundamental no desenvolvimento de uma nova música espanhola. Pedrell, que teve Albéniz e de Falla entre seus alunos, incentivou Granados a retornar às raízes da música espanhola — música sacra e folclórica — e a compor uma música tipicamente espanhola. Para pagar seus estudos, Granados trabalhava como professor de piano e pianista em cafés.

Um mecenas francês financiou uma estadia do talentoso músico espanhol em Paris para aperfeiçoar sua técnica ao piano. Devido à sua saúde frágil, Granados não pôde frequentar regularmente as aulas do conservatório e passou a ter aulas particulares. De volta à Espanha, o músico ganhou fama como excelente pianista e parceiro de músicos importantes como Saint-Saëns. O primeiro grande sucesso do compositor foram suas temperamentais *Danzas españolas*.

Ele se casou com Amparo Gal, que lhe deu seis filhos. O primogênito ficou famoso mais tarde como compositor de *zarzuelas*, um gênero musical espanhol que se assemelha ao *singspiel* alemão. O sucesso estrondoso de sua primeira ópera, *María del Carmen*, fez o compositor de 31 anos ficar conhecido em toda a Espanha. Com suas posteriores *zarzuelas*, porém, Granados não conseguiu repetir o grande sucesso de sua primeira ópera. O músico fundou, em Barcelona, a Academia Granados, um instituto de música que dirigiu até sua morte.

Em 1911, aos 44 anos, o compositor tocou pela primeira vez dois movimentos de sua obra-prima musical, as *Goyescas*, peças para piano altamente virtuosísticas que dedicou a sua mulher. O compositor catalão foi estimulado a compor esse ciclo excepcional para piano pelos quadros do famoso pintor espanhol barroco Francisco de Goya, que mostram a vida do povo espanhol no século XVII. Três anos depois, Granados fez um sucesso estrondoso em Paris em um primeiro concerto com as próprias obras. Por isso foi nomeado Cavaleiro da Legião de Honra, uma das mais importantes condecorações francesas. A ópera de Paris negociou com ele uma versão para balé de suas *Goyescas*, mas a encenação foi impedida pela eclosão da Primeira Guerra Mundial. Então a Metropolitan Opera de Nova York aceitou a ideia. Embora a viagem de navio fosse um horror para o compositor, ele embarcou em 1916 para a América, com sua mulher. O público norte-americano recebeu o balé com empolgação. O *intermezzo*, composto por Granados apenas poucos dias antes para dar ao diretor mais tempo para a mudança de cenário, foi especialmente aplaudido.

Devido a um convite do presidente norte-americano para ir à Casa Branca, a viagem de volta à Europa foi adiada. O compositor teve de viajar em outro navio, que foi torpedeado no Canal da Mancha entre Inglaterra e França por submarinos alemães. O navio naufragou, e Granados e sua esposa morreram afogados. Após sua morte, muitas de suas obras foram transcritas para violão. Hoje elas fazem parte do repertório de qualquer grande violonista clássico.

Uma decisão fatal

Fato curioso

O teatro de ópera mais famoso do mundo, o Metropolitan Opera de Nova York, apresentou o ciclo para piano de Granados, Goyescas, *como balé, no ano de guerra 1916, com sucesso estrondoso. Em seguida, o compositor espanhol foi regiamente remunerado por seu trabalho. Conta-se que Granados, porém, não quis receber seu honorário em notas de dólar, por causa da guerra, mas em ouro, que mandou costurar dentro de seu cinto. Quando o navio em que retornava à Europa foi torpedeado na costa inglesa pelos alemães, o músico foi salvo em primeiro lugar, mas voltou a pular na água para ajudar sua mulher que estava se afogando e o peso do ouro o levou para o fundo do mar.*

Edvard Grieg

Datas de nascimento e morte:
*15 de junho de 1843, Bergen

†4 de setembro de 1907, Bergen

Origem: Noruega

Período: Romantismo

Obras importantes

Obras orquestrais:
Concerto para piano e orquestra em lá menor op. 16 (1869)
Música incidental de *Peer Gynt* op. 23, com a *Suíte n. 1* op. 46 (1888) e *Suíte n. 2*, op. 55 (1891)
Suíte Holberg op. 40 suíte para piano, posteriormente arranjada para orquestra de cordas (1884)
Danças norueguesas op. 35 (1887)

Obras para piano:
Peças líricas (vários volumes) (1864-1901)

Importância

Edvard Grieg foi considerado o maior compositor da Noruega. Ele utilizou em suas obras a música tradicional de seu país e criou assim uma música tipicamente norueguesa. Como muitos outros românticos, ele também preferia a forma musical pequena em suas obras.

Edvard Grieg

Edvard Grieg, o grande compositor norueguês, nasceu em 1843 na respeitável cidade portuária e comercial de Bergen. Lá, seu pai era comerciante e cônsul inglês. Ele era descendente de escoceses, que originalmente se chamavam Greig e emigraram para a Noruega onde acumularam fortuna considerável. A mãe, pianista formada, cuidou da educação musical de seu talentoso filho, a quem deu aulas de piano a partir do sexto ano de vida. Um amigo da família, o violinista Ole Bull, o *Paganini do Norte*, aconselhou o jovem de quinze anos a ir imediatamente estudar música em Leipzig. Lá, o jovem Grieg trabalhou tão arduamente que contraiu uma pleurite crônica que lhe causou uma dispneia durante toda a vida. O estudo de quatro anos não o deixou satisfeito, mas ele aprendeu o ofício da composição e recebeu uma formação musical ampla.

Grieg prosseguiu seus estudos na capital dinamarquesa Copenhague, onde conheceu o compositor Niels Gade que exerceu grande influência sobre sua música, e Rikard Nordraak, o compositor do hino nacional norueguês. Este conseguiu que Grieg se empolgasse com as canções e danças populares norueguesas, o que provocou uma mudança nas obras de Grieg, que passaram a ser mais voltadas para uma música tradicional nacional, ligada à pátria. "Abri os olhos", contou Grieg mais tarde, "através dele pude conhecer a música tradicional nórdica e minha própria natureza. Com entusiasmo, trilhamos o novo caminho". Com Nordraak e o escritor Hans Christian Andersen, ele fundou a sociedade de concertos Euterpe de incentivo à nova música escandinava.

Durante uma estadia em Roma, Grieg encontrou o dramaturgo norueguês Henrik Ibsen, cuja peça teatral *Peer Gynt* o inspiraria mais tarde a compor suas extraordinárias *Suítes Peer Gynt*, que alcançaram incrível popularidade. Ao receber em Roma a notícia da morte de seu amigo Nordraak, com apenas 24 anos, Grieg ficou tão abalado que os médicos temeram por sua vida durante um tempo. O músico voltou para a Noruega e se mudou para Christiana, onde trabalhou como pianista e professor de piano. Lá ele apresentou seu primeiro concerto ao piano com obras próprias. Pouco depois, Grieg se casou com sua prima, a soprano Nina Hagerup, que o inspirou a compor muitas de suas canções. O ano de 1868 foi muito importante para Grieg. Sua filha Alexandra nasceu, porém, morreu um ano depois, e ele compôs seu *Concerto para piano* em lá menor, uma obra que lhe trouxe fama mundial.

Franz Liszt, que participava ativamente do desenvolvimento musical de Grieg, conseguiu para o talentoso compositor uma bolsa de estudos em Roma. Lá, Grieg conheceu pessoalmente o grande pianista que tocava, com partitura, o seu concerto para piano, de grande dificuldade técnica, que o próprio compositor não conseguia tocar sem se exercitar. Aos 31 anos, Grieg já recebia uma aposentadoria vitalícia do governo como reconhecimento pelos seus méritos. Os noruegueses o consideram "o seu compositor". Naquele momento ele pôde se dedicar totalmente à composição, livre de preocupações financeiras. O músico deixou Christiana e vivia os invernos dos anos seguintes em Bergen; no verão, porém, ele mora em uma casinha de madeira modesta no magnífico fiorde Hardanger. Ali, na natureza intocada, encontrou a paz necessária para trabalhar.

No 200º aniversário do poeta barroco dinamarquês Ludwig Holberg, originário de Bergen, Grieg regeu sua *Suíte Holberg* na praça do mercado de Bergen, "vestindo peles, botas de pele e gorro de pele." Nessa "peça de peruca" (apelido cômico para os compositores do século XVII, que usavam peruca), o compositor conseguiu associar as cinco danças barrocas em estilo antigo com a atmosfera nórdica e romântica do século XIX. Em 1885, Grieg finalmente encontrou sua tão sonhada casa de campo em Troldhaugen, ao sul de Bergen, na qual viveu até sua morte. Nessa época, ele empreendeu inúmeras turnês no exterior como pianista e maestro, nas quais se aproximou de compositores importantes como Brahms e Tchaikovsky, que tinham grande consideração pelo norueguês pequeno, amável e com presença de espírito. Por toda parte, o músico modesto e bem-humorado de olhos azuis, farta cabeleira branca e bigode charmoso era aclamado como queridinho do público e um dos grandes compositores de sua época. As universidades de Cambridge e Oxford lhe concederam o título *honoris causa* por seus méritos musicais.

Durante toda a vida, Grieg lutou pela independência de seu país, pois a Noruega estava sob o domínio da Suécia desde 1814. O fim do domínio sueco na Noruega em 1905 significou a realização de um sonho pessoal do músico, pouco antes de sua morte. Dois anos depois, o grande músico norueguês faleceu, aos 64 anos, em Bergen. Quarenta mil pessoas assistiram ao funeral do aclamado herói nacional para lhe dar o último adeus nas ruas de sua cidade natal. As cinzas de Grieg foram sepultadas na falésia perto de sua casa em Troldhaugen.

Edvard Grieg preferiu, em suas obras, a forma musical pequena, como Schumann e Mendelssohn.

"Artistas como Bach e Beethoven", disse certa vez, "ergueram igrejas e templos nas alturas. Eu queria construir moradias para as pessoas nas quais elas se sentissem em casa, felizes. No estilo e na forma, permaneci um romântico alemão da escola de Schumann, mas ao mesmo tempo explorei o rico tesouro das canções tradicionais de meu país [...] e tentei criar uma arte nacional."

Transmissão de pensamento manipulada

Fato curioso

Em um dia quente de verão, Grieg e seu velho amigo Frants Beyer foram fazer uma das coisas de que mais gostavam: pescar. Os dois sentaram-se à margem e cochilaram. De repente, uma ideia musical passou pela cabeça de Grieg. Como de costume, tirou um pedaço de papel do bolso, anotou a melodia e colocou o papel ao lado. Estava tão imerso em pensamentos que não percebeu quando um golpe de vento leve jogou o papel no chão. O amigo pegou o papel e olhou as notas. Logo depois começou a assobiar baixinho a pequena melodia. "O que você está assobiando?", perguntou Grieg, confuso. "É só uma ideia musical que acabei de ter", respondeu seu amigo, astuto. "Diabos, foi exatamente a mesma melodia que acabou de passar pela minha cabeça!"

Georg Friedrich Händel

Datas de nascimento e morte:
*23 de fevereiro de 1685, Halle (Saale)

†14 de abril de 1759, Londres

Origem: Alemanha

Período: Barroco

Obras importantes

Música dramática:
Alcina, ópera (1735)
Xerxes (com o *Largo*) ópera (1738)

Obras corais:
Israel in Egypt [*Israel no Egito*], oratório (1739)
Messiah [*Messias*], oratório (1742)

Obras orquestrais:
Concerti grossi op. 6 (1739)
Water music [Música aquática], três suítes orquestrais (1715, 1717, 1736)
Music for the royal firework [Música para fogos de artifício] (1749)

Importância

Georg Friedrich Händel, nascido no mesmo ano que Johann Sebastian Bach, é considerado, junto com ele, o mais importante compositor barroco alemão. Viveu dos 27 anos até sua morte em Londres e alcançou seus maiores sucessos em toda a Europa com suas óperas (nas quais, pela primeira vez, mulheres cantaram no lugar dos *castrati*), suas obras orquestrais e oratórios. Seu oratório *Messias* figura entre as obras para coral mais extraordinárias da literatura musical.

Georg Friedrich Händel

Logo cedo o jovem Händel manifestou grande interesse pela música, mas seu pai, médico pessoal do príncipe Augusto da Saxônia, a princípio, tentou impedir as atividades musicais do filho. Ele desejava transformá-lo em um jurista competente. Apenas com os pedidos do príncipe, que ouviu o menino de oito anos tocar órgão, o pai permitiu que o filho tivesse aulas com o organista Zachow. Este transmitiu ao seu aluno no decorrer das aulas não apenas a técnica do cravo e órgão, mas uma formação musical ampla. Ele o ensinou a tocar razoavelmente quase todos os instrumentos da orquestra e o ofício da regência e composição. Com uma frequência cada vez maior, o jovem Händel assumiu o posto de organista do professor. Compôs as primeiras peças para órgão. Pouco depois, ele passou a compor intensamente para seu instrumento preferido, o oboé. Como seus dois melhores amigos tocavam oboé, ele conseguiu executar as peças imediatamente.

Nesse ínterim, já se ouvia falar no talento musical extraordinário do jovem Händel além das fronteiras de Halle. O compositor Telemann o visitou durante uma viagem de Hamburgo a Leipzig. O jovem Händel, com dezessete anos, estava começando o curso de Direito em Halle, e quase ao mesmo tempo foi nomeado organista real da catedral e do palácio pelo príncipe de Berlim, mas recusou a honrosa oferta. Ele queria, antes, continuar seus estudos musicais em Hamburgo. Naquele centro operístico alemão mais importante do período barroco, Händel ingressou como violinista na orquestra da ópera do Gänsemarkt. Conheceu o compositor, escritor musical e cantor lírico Matteson, que o apresentou ao famoso compositor e organista Buxtehude, de Lübeck. Este desejou que o jovem organista Händel o sucedesse. Mas quando o jovem ouviu que, para isso, ele teria de se casar com a filha de seu antecessor, a qual não achava muito atraente, recusou a oferta.

Em 1704, Händel começou a compor seriamente. Apesar do sucesso considerável de *Amira*, ele percebeu que ainda não dominava o ofício da composição de óperas. Ele sabe que só poderia aprendê-lo na Itália, onde viviam os compositores e cantores mais famosos. Gian Gastone de Médici, o filho do grão-duque da Toscana, tinha percebido o grande talento musical de Händel e convidou o jovem alemão em 1706 para ir a Florença. De lá, Händel continuou a viagem até Roma. A nobreza romana e a corte

Georg Friedrich Händel

papal disputaram quem iria recebê-lo. Os oratórios e músicas para textos religiosos compostos por Händel em Roma e regidos por Arcangelo Corelli eram o tema dominante na cena musical romana. O príncipe Ruspoli organizou uma competição musical ao cravo com o famoso cravista Domenico Scarlatti.

Ele foi descoberto ao tocar um cravo com uma máscara no rosto em um baile de máscaras. Scarlatti, que estava perto dele, disse que quem tocava ali só poderia ser o famoso saxão ou o diabo em pessoa.

Em seus três anos italianos, de 1707 a 1709, Händel também fez viagens para Nápoles e Veneza, a partir de Roma.

Pediram-lhe que compusesse uma ópera para Veneza, e ele concluiu *Agrippa* em três semanas. Os ouvintes ficaram encantados. Sempre que havia um intervalo, gritavam: *Viva il caro sassone*! (Viva o querido saxão!).

Justamente quando Händel foi aclamado compositor de óperas na Itália, ele decidiu, aos 25 anos, deixar o país. Desejava assumir o cargo de mestre-de-capela da corte em Hannover. No entanto, o jeito pequeno burguês da cidade no norte da Alemanha, sede da corte, pouco agradou ao cosmopolita Händel. Ele foi atraído por Londres, onde a morte de Purcell, o compositor mais famoso da Inglaterra, deixara uma grande lacuna na vida musical. Repentinamente, Händel pediu uma licença, viajou para Londres e ali compôs em poucos dias a ópera *Rinaldo*, recebida com grande aplauso pelo público de lá. Passou a ter encomendas de óperas que o mantiveram durante três anos na capital inglesa, retornando apenas esporadicamente a Hannover. Obviamente as pessoas estavam aborrecidas no local devido à constante ausência de Händel na cidade. Por isso, o compositor de 28 anos se demitiu de seu cargo e mudou-se definitivamente para Londres, onde a rainha Joana lhe concedeu um polpudo salário anual. Mas logo depois a soberana faleceu e justamente o príncipe de Hannover, seu antigo empregador, tornou-se o sucessor do trono inglês, como George I. Inicialmente, ele cortou o salário de Händel, mas logo eles se reconciliaram e passaram a se entender melhor do que nunca.

No ano de 1719, a alta nobreza inglesa fundou a Royal Academy of Music, uma nova empresa operística no Haymarket. Händel, nomeado diretor artístico, pôde contratar importantes compositores, virtuoses do canto e instrumentistas de toda a Europa, graças às verbas generosas. Com ele, Londres se tornou o centro mundial da ópera. O compositor chamado por seus amigos de homem-montanha, por causa de seu porte robusto, tinha uma energia incrível e vontade férrea. Ele impôs, por exemplo, que fossem usadas cantoras em lugar dos *castrati*.

Em dez anos, Händel compôs treze óperas novas para seu teatro de ópera. De repente, porém, cada vez mais ingleses se afastavam da ópera italiana, povoada de deuses e heróis. A culpa foi do *singspiel* satírico, *The Beggar's Opera* — a ópera do mendigo. Nela, Pepusch, de Mannheim, e Gay, seu amigo inglês, colocavam no palco mendigos, vigaristas, ladrões e criminosos, com os quais as pessoas se identificavam mais. A peça fez tanto sucesso, que logo depois o teatro do Haymarket teve de fechar as portas, mas Händel não desistiu e logo depois abriu a nova academia de ópera no Covent Garden. Esse empreendimento também foi um fiasco econômico. Händel sofreu um ataque cardíaco, mas, mesmo assim, no mesmo ano, fez uma terceira tentativa, até que a quantidade de trabalho e as diversas decepções e dificuldades consumiram suas forças. Em 1737, o músico sofreu um derrame do qual se recuperou em Aachen. Durante sete anos, ele conseguiu manter seu novo teatro de ópera, no qual havia investido toda a sua fortuna, mas em 1740 teve de fechá-lo.

Händel se concentrou cada vez mais na composição de peças instrumentais e principalmente de oratórios. Em apenas seis semanas, compôs seu oratório mais famoso, o *Messias*. O compositor de 56 anos aceitou um convite para ir à Irlanda e, em 13 de abril de 1742, aconteceu em Dublin uma estreia em benefício dos presidiários. Para Händel, a assistência social sempre fora um grande objetivo. Mais tarde, ele doou ao hospital de crianças abandonadas de Londres toda a renda das apresentações de seu *Messias* e da *Música para fogos de artifício*, o total de onze mil libras. A estreia do *Messias* fez tanto sucesso que teve de ser repetida. O famoso coro "Aleluia" tornou-se o segundo hino nacional da Inglaterra.

O sucesso de *Messias* reavivou a autoconfiança de Händel. Ele recebeu a encomenda de um concerto ao ar livre como abertura de espetáculo de fogos de artifício, que se realizaria em 1749, em memória da paz de Aachen. Como a música tinha de se sobrepor ao barulho da enorme multidão (já durante o ensaio estavam presentes doze mil pessoas), Händel utilizou para sua *Música para fogos de artifício* uma orquestra especialmente grande para as condições da época.

Em 1750, o compositor de 65 anos foi acometido por uma doença que fez de sua vida um sofrimento cada vez maior e o deixou cego. Mesmo assim, Händel improvisava nos intervalos de seus oratórios. Certo dia, aos 74 anos, durante uma apresentação do *Messias*, o compositor sofreu um colapso. Em 6 de abril, Händel se dirigiu pela última vez para uma apresentação de seu *Messias*. No *Aleluia*, todos os presentes se levantaram — como ainda é costume na Inglaterra. Depois, Händel manifestou seu desejo: "Quero morrer na Sexta-Feira Santa, na esperança de me reunir com meu querido Deus, meu caro Senhor e Salvador, no dia da Ressurreição". Händel morreu no Sábado de Aleluia, em 14 de abril de 1759, aos 75 anos. Seis dias depois, foi sepultado na abadia de Westminster. Três mil londrinos participaram do funeral.

Todos os grandes compositores de sua época veneraram Händel. Ele era conhecido e amigo de todo o mundo musical barroco, mas nunca se encontrou com seu contemporâneo Johann Sebastian Bach. A respeito de Händel, ele disse: "Ele é o único que gostaria de ver antes de morrer e quem eu gostaria de ser se eu não fosse Bach".

A ousada música de um rebelde

Fato curioso

Georg Friedrich Händel estava na popa de um barco a remo estreito que balança, e olhava ansioso para o Tâmisa. Diante dele, nos bancos dos remadores, os músicos da corte estavam afinando seus instrumentos. Na curva do rio, a proa de uma barcaça arrastava-se lentamente. O estandarte real flutuava ao vento. O jovem compositor ajeitava, nervoso, a peruca desalinhada pelo vento. Será que seu projeto daria certo? Encontrava-se em uma situação difícil. Há pouco tempo dera as costas à corte de Hannover para trabalhar em Londres como virtuose e compositor de óperas. Agora, justamente seu ex-patrão, o príncipe George Ludwig, tinha sido coroado rei em Londres, como George I. Como o monarca reagiria?

Seu amigo e admirador, o Barão Kielmannseck, sabia o que fazer. Ele sabia que George I costumava fazer passeios no Tâmisa. Então recebeu a informação de que o rei queria ir a Chelsea porque suas amantes queriam tomar o café da manhã em meio à natureza. O que poderia ser melhor do que compor uma música adequada à situação para se reconciliar com o rei amante da música?

Logo soaram os primeiros acordes de uma música maravilhosamente alegre por sobre a água e chegaram ao navio real. Toda a corte se dirigiu à proa da barca para ver de onde vinha aquela música encantadora. Então descobriram o barco a remo que deslizava lentamente ao seu lado. O compositor e violinista Geminiani, que está ao lado do rei, foi informado sobre o plano. "O que significa isso?", pergunta-lhe George I, surpreso. "É a música aquática de vosso novo mestre-de-capela, Majestade." O rosto do rei fica sombrio, mas como suas amantes pareciam estar extremamente encantadas com aquela música maravilhosa e aplaudiam entusiasticamente, ele ordenou que a música aquática fosse repetida.

Em Chelsea, o rei mandou chamar o jovem compositor. Naturalmente George I, amante da música, sabia exatamente que em toda a Inglaterra não havia outro músico que chegasse aos pés desse jovem e desejou mantê--lo na corte a qualquer preço. Ele o convidou para almoçar e ordenou que a "música aquática" fosse tocada pela terceira vez. ∎

Karl Amadeus Hartmann

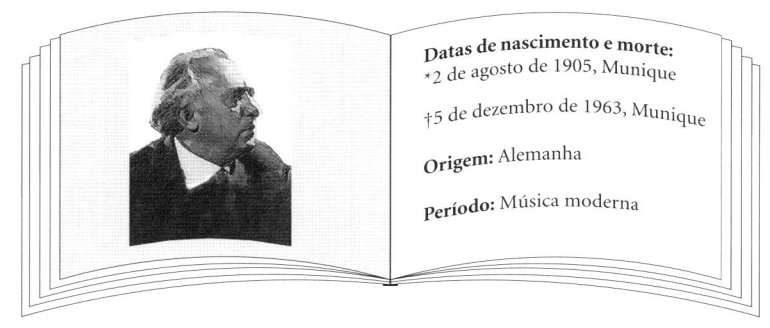

Datas de nascimento e morte:
*2 de agosto de 1905, Munique

†5 de dezembro de 1963, Munique

Origem: Alemanha

Período: Música moderna

Obras importantes

Música dramática:
Gabinete das figuras de cera, cinco óperas camerísticas (1929/1930)
A juventude de Simplicius Simplicissimus [...], ópera (1934/1935)

Obras orquestrais:
Oito sinfonias
Miserae, poema sinfônico (1934)
Sete concertos solo, entre eles o Concerto fúnebre para violino e orquestra de cordas (1939)

Importância

O compositor de Munique Karl Amadeus Hartmann, cujas obras foram proibidas durante o nazismo por serem consideradas como arte degenerada, passou a participar da "emigração interior"[1] e exprimiu intensamente sua oposição contra o ódio, a violência e o caos em suas obras. Na Alemanha pós-guerra, ganhou grande importância como dramaturgo e compositor. Seu feito musical consistiu na renovação da sinfonia, um gênero negligenciado durante décadas pelos compositores. Hartmann inaugurou, após a Segunda Guerra Mundial, a importante série de concertos Música viva, que teve como objetivo a execução e divulgação da nova música na Alemanha.

---

1 Movimento artístico cujos participantes procuravam manter certa autonomia em relação ao Estado, sem apoiá-lo, criticando-o na medida do possível. (N. E.)

O compositor bávaro Karl Amadeus Hartmann foi testemunha ocular de um acontecimento terrível no final da Segunda Guerra Mundial. Ele viu o desfile miserável de vinte mil judeus prisioneiros que os líderes da SS haviam expulsado do campo de extermínio de Dachau para que não pudessem ser libertados pelas tropas americanas, que já estavam na Baviera. "A fila era infinita, a miséria era infinita, o sofrimento era infinito", escreveu o compositor no prefácio de sua sonata para piano *27 de abril de 1945*, na qual tentou elaborar musicalmente essa vivência. Diferentemente de seus contemporâneos Richard Strauss e Hans Pfitzner, que se submeteram ao regime de Hitler, ou de Arnold Schönberg, que deixou o país, Hartmann permaneceu em Munique como inimigo engajado do nazismo, aliando-se ao movimento "emigração interior". Por isso, entre 1933 e 1945, ele só compunha para a "gaveta". Suas obras, classificadas como "arte degenerada", não podiam ser executadas na Alemanha.

Karl Amadeus Hartmann cresceu como o filho mais novo de um professor e pintor em Munique. Logo cedo, o pai ensinou ao filho a tolerância, a humanidade e o desprezo à violência e à arbitrariedade. Hartmann começou a estudar para se tornar professor, mas interrompeu seus estudos após três anos para estudar composição e trombone na Academia Estatal de Música em Munique. Aos 28 anos, publicou as primeiras obras: a ópera de câmara *Vida e morte do diabo sagrado* e *Jazz tocata e fuga*. Mas o compositor destruiu mais tarde quase todas as suas obras do começo de carreira, que eram fortemente influenciadas pelo jazz.

Após a tomada do poder por Hitler em 1933, Hartmann compôs sua obra orquestral *Miserae*, que expressava sua indignação contra o nazismo. Por isso, suas peças não podiam mais ser executadas. Agora o compositor muniquense passou a entender a composição como defesa silenciosa dos oprimidos e humilhados. Em todas as obras dessa época, ele acusou a injustiça de uma época sombria, rebelou-se com paixão contra o ódio e a violência, invocando um mundo humanizado: em seu *Quarteto de cordas n. 1*, no qual usou a melodia de uma canção tradicional judaica, em sua extraordinária peça — provavelmente a mais executada — *Concerto fúnebre* para violino e orquestra, que escreveu nos primeiros dias da guerra, e em sua ópera *Juventude do Simplicius Simplicissimus*. Aqui mostra-se seu luto profundo e seu horror pela guerra e crueldade, em uma música bastante emocionante. A obra dramática, um relato da guerra de trinta anos, é um pressentimento dos acontecimentos futuros na Segunda Guerra Mundial. Em 1941/42, teve aulas de composição novamente. Anton von Webern, seu professor, influenciou bastante sua obra futura.

Os críticos às vezes denominavam Hartmann como compositor do adágio. O muniquense confessou que um movimento lento realmente refletia seu sentimento de melancolia e sua tristeza. Sua *Sinfonia n. 2* consiste simplesmente de um único adágio. Após o fim da Guerra, Hartmann tornou-se figura-chave na vida cultural de Munique — foi nomeado dramaturgo do teatro estatal bávaro. O compositor teve como objetivo despertar o interesse do público pelas composições classificadas pelo Terceiro Reich como "degeneradas". Além disso, Hartmann fundou e dirigiu a nova série musical *Música viva* de Munique, que tinha como objetivo apresentar ao público todo o espectro da música contemporânea.

Com o número de execuções de suas obras, o reconhecimento de Hartmann no país e no exterior cresceu. Ele recebeu uma série de homenagens: o prêmio musical da cidade de Munique, o prêmio da Academia de Belas Artes, o título *honoris causa* do Spokane Conservatory, de Washington. Em 1953, o compositor bávaro foi nomeado presidente da Sociedade Internacional de Música Nova na Alemanha. Apesar de convites interessantes de Colônia e Berlim, Hartmann permaneceu fiel a Munique durante toda a vida.

Em seu último grande trabalho, o ciclo *Crônica judaica*, uma obra em conjunto com outros compositores importantes como Hans Werner Henze, Hartmann compôs o movimento intermediário *Gueto*, no qual criou a música inspirada nos últimos dias do Gueto de Varsóvia. Em 5 de dezembro de 1963, Karl Amadeus Hartmann morreu de câncer em Munique. ■

Joseph Haydn

Datas de nascimento e morte:
*31 de março (?) de 1732, Rohrau (Baixa Áustria)

†31 de maio de 1809, Viena

Origem: Áustria

Período: Classicismo

Obras importantes

Obras corais:
A criação, oratório para solista, coro e orquestra (1796)
Missa in angustiis em ré menor [Neslonmesse] (1798)
Missa em si bemol maior [Theresienmesse] (1799)
As quatro estações, oratório para solista, coro e orquestra (1801)

Obras orquestrais:
Cento e quatro sinfonias, entre elas:
Sinfonia n. 94 em sol maior [*Sinfonia Surpresa*] (1792)
Sinfonia n. 101 em ré maior [*O relógio*] (1794)
Sinfonia n. 103 em mi bemol maior [*Rufar dos tambores*] (1795)
Concerto para trompete e orquestra em mi bemol maior (1796)
As sete últimas palavras de Cristo (1796)

Música de câmara:
Seis quartetos de cordas op. 33 [*Russos*] (1781)
Seis quartetos de cordas op. 50 [*Prussianos*] (1785-1877)

Importância

Joseph Haydn figura, ao lado de Mozart e Beethoven, entre as personalidades mais importantes do Classicismo vienense. Desenvolveu os gêneros clássicos do quarteto de cordas, sonata, sinfonia e concerto, fazendo com que chegassem ao seu primeiro apogeu. Sua melodia para a música de aniversário do imperador Francisco II, *Gott erhalte Franz den Kaiser*, é, atualmente, o hino nacional alemão.

Joseph Haydn, o compositor do hino nacional alemão, nasceu em uma pequena localidade na Baixa Áustria. Seu pai, um fabricante de carruagens, deixou a educação de seu filho de seis anos a cargo de seu primo, professor na cidadezinha vizinha de Hainburg. O tio ensinou canto, violino, espineta e órgão a Haydn. Em virtude de sua voz excepcional, aos oito anos Joseph Haydn se tornou menino de coro da catedral vienense de Santo Estevão. O internato real-imperial era considerado uma escola de elite para as crianças austríacas com talento musical. Apenas alunos com as melhores vozes eram aceitos pelo coro da catedral de Santo Estevão. A formação musical no internato restringia-se, porém, a tocar; Haydn teve de aprender a compor sozinho. Logo o mestre-de-capela da catedral percebeu o talento musical de Haydn, mas, em vez de lhe dar aulas, ele se aproveitou do talento do menino e mandou que ele transcrevesse música de vésperas e elaborasse missas. Mas o músico não chamou a atenção no internato só por suas ideias espirituosas e travessuras engraçadas: seu humor refinado estava em suas obras posteriores também. Quando a voz de Haydn estava mudando, ele teve de deixar o internato.

Durante anos, Joseph Haydn lutou com dificuldades para sobreviver. Ajudava como organista, dava aulas de cravo e compunha de vez em quando pequenas serenatas e minuetos para dança. Os livros tornaram-se seus professores. Apenas o compositor e professor de canto napolitano Porpora, com o qual Haydn trabalhou por certo tempo como acompanhante ao cravo, deu ao jovem compositor algumas informações e conselhos.

Aos 23 anos, Haydn acompanhou Porpora e seus alunos de canto em uma viagem de três meses para uma estância de águas na Baixa Áustria. Lá ele fez contatos com algumas famílias nobres amantes da música. O barão Fürnberg o convidou para ir a seu palácio Weinzierl, onde tocou com ele e amigos. Para essa ocasião, Haydn compôs seus primeiros quartetos de cordas, nos quais ainda buscava o estilo próprio. O quarteto de cordas assumiu logo um grande espaço em sua obra. Fürnberg recomendou o compositor de 27 anos ao seu amigo, o conde Karl Joseph Franz von Morzin. Durante dois anos, Haydn atuou no palácio Lukavec, perto de Pilsen, como diretor musical e compositor de música de câmara. Ele tocava com a pequena orquestra e compunha para ela as primeiras de suas 104 sinfonias. Em Pilsen, Haydn se apaixonou por Josepha Keller, a filha de um cabeleireiro. Mas quando ela entrou para um convento, Haydn, aos 28 anos, decidiu rapidamente se casar com a irmã dela. Anna Maria, porém, não compreendia o trabalho de seu marido e, dessa forma, o casamento sem filhos foi muito infeliz.

Quando o conde Morzin perdeu toda a sua fortuna em 1761, Haydn, com 29 anos, passou a trabalhar como vice-mestre-de-capela do príncipe Paul Anton Esterházy, que passava o verão no palácio Esterházy e o inverno em Viena. De acordo com o contrato, Haydn fazia parte da criadagem do príncipe no palácio Esterházy. A orquestra do príncipe estava à sua disposição e ele deveria providenciar o entretenimento musical, com dezesseis ou dezessete músicos. Todas as noites realizavam-se concertos, às vezes uma ópera, no teatro do príncipe, que, também músico, esperava de Haydn peças de alto nível como entretenimento noturno, cujas estreias fossem exclusivas do palácio de Esterházy. Dessa forma, Haydn compôs, em ritmo acelerado, serenatas, sinfonias e concertos. Além disso, o músico compunha músicas para a igreja da corte e para os saraus de música de câmara, nos quais o príncipe também tocava muitas vezes. Esterházy tocava um instrumento peculiar, o *baryton*, para o qual Haydn compôs quase 170 peças. Como compositor, regente, diretor do teatro, professor de canto e cravista, ele tinha um grande número de tarefas a realizar.

A nobreza das cortes europeias comparecia quase que diariamente ao palácio Esterházy e divulgava rapidamente a notícia sobre o excelente músico Haydn no país e no exterior. Dessa forma, o mestre-de-capela recebeu inúmeras encomendas de composições. Para o grão-príncipe Paul, da Rússia, ele compôs os *Quartetos russos*; para o rei da Prússia, compôs, também, seis quartetos. O nome de Haydn aparecia com frequência cada vez maior nas revistas estrangeiras. Os jornais vienenses o chamavam "queridinho da nação". Em 1766, ele foi nomeado primeiro mestre-de-capela pelo príncipe Esterházy. Mais tarde, Haydn disse, sobre essa época: "Eu era aplaudido, podia fazer experiências como chefe de orquestra, estava isolado do mundo e tinha de ser original".

Frequentemente, Haydn dava nomes às suas obras. Ele gostava muito de nomes do mundo animal, por isso encontramos o quarteto *O pássaro*, o quarteto *A rã* e o quarteto *A cotovia*, o *minueto do boi* e um romance do

Cão, além das sinfonias *O urso* e *A galinha*. E o tema sempre lembra uma peculiaridade do respectivo animal. O compositor era popular e querido na corte, sentia-se responsável pelas reivindicações de seus músicos. Certa vez, o príncipe permaneceu por uma longa temporada em seu palácio de verão Esterházy e os músicos esperaram, em vão, por suas férias. Para dar um sinal claro ao seu patrão, Haydn compôs uma sinfonia com um final incomum, em que, no último movimento, cada instrumento tocava um solo antes de se calar definitivamente. Apenas dois violinos terminam a sinfonia. Durante a execução, os músicos iam apagando as velas que ficavam junto às partituras à medida que terminavam de tocar suas partes e iam deixando o palco, um atrás do outro, exceto os dois últimos violinistas. O príncipe entendeu o que Haydn queria lhe dizer, engoliu sua raiva e concedeu as férias. A peça musical ganhou o nome *A sinfonia do adeus.*

Em 1785, Joseph Haydn conheceu Wolfgang Amadeus Mozart em Viena. Entre eles surgiu uma amizade que durou até a morte de Mozart em 1791. Mozart, 24 anos mais jovem que Haydn, admirava o amigo mais velho, a quem chamava carinhosamente de "papai Haydn". Por gratidão, dedicou-lhe um grande quarteto. Em 1790, o príncipe Esterházy morreu e a orquestra foi dissolvida. Aos 58 anos, Haydn mudou-se para Viena, após 29 anos de serviço à corte, mas conservou o título de mestre-de-capela do príncipe. Ele já estava tão famoso e financeiramente independente que poderia levar uma vida sossegada.

Mas sua fase criativa mais intensa ainda estava por vir. No mesmo ano, Haydn aceitou um convite de Londres. Era a primeira vez que o compositor deixava sua pátria. No caminho, encontrou-se com Beethoven, que mais tarde, em Viena, foi seu aluno por um curto período. Na Inglaterra, Haydn fez grande sucesso com suas *Sinfonias londrinas*. A Universidade de Oxford lhe concedeu o título de *doutor honoris causa*. Como agradecimento, o compositor homenageado compôs a *Sinfonia Oxford*. Em 1794, Haydn faz uma segunda viagem para a Inglaterra. Lá, conheceu a música de Händel, que o incentivou a compor suas obras mais famosas, *A criação* e *As estações.* As execuções desses dois oratórios trouxeram muito dinheiro e fama para Haydn. Ao ouvir o hino nacional inglês, *God Save the King*, ele fez planos de também compor um hino para seu imperador Francisco II, o filho de Maria Teresa. Assim surgiu, em 1797, sua mais famosa melodia sobre o texto *Gott erhalte Franz den Kaiser* (Deus proteja Francisco, o Imperador) para o aniversário do imperador — a obra, hoje em dia, é o hino nacional alemão. Haydn recebeu homenagens no país e no exterior.

Aos poucos, o músico foi perdendo sua força criativa. Em 1805 (como também em 1778), correu o boato de que Haydn já teria morrido. Deve ser uma situação peculiar ler sobre a própria morte no jornal. Em 1809, Haydn morreu de fato, aos 77 anos, em Viena. Ele foi sepultado no cemitério Hundsturm, trasladado alguns anos depois para Eisenstadt, local em que começou sua carreira musical com o príncipe Esterházy. Seu epitáfio diz: *Non moriar, sed vivam et narrabo Opera domini* (Não morrerei, mas viverei e anunciarei as obras do Senhor).

A serenata de aniversário

Fato curioso

Dia 12 de fevereiro de 1797, no teatro da corte de Viena, o Hoftheater, centenas de convidados elegantemente vestidos esperavam ansiosamente seu imperador Francisco II. Por ocasião de seu aniversário deveria ser encenada uma das mais famosas óperas da época: Doutor e Farmacêutico, *de Carl Ditters von Dittersdorf, um compositor que recebera um título de nobreza do papa. Mas antes disso queriam homenagear o aniversariante com uma canção de louvor especial, um hino. A letra e as notas do hino já tinham sido distribuídas em folhetos no teatro. Quando o imperador Francisco entrasse no camarote, todos deveriam se levantar e entoar a música festiva de aniversário:* Deus proteja o imperador. *Emocionado, o monarca ficou com olhos marejados. Ele se levantou e acenou, embaraçado, para o público, que aclamava com entusiasmo seu imperador. Sorrindo, ele fez um aceno de cabeça para um senhor de idade que batia palmas bem alto porque amava e venerava seu imperador acima de tudo. O imperador Francisco II sabia que só podia ter sido ele o compositor do hino festivo em sua homenagem: Joseph Haydn. Rapidamente, o hino do imperador ficou conhecido em todo o país. Todos o cantavam. Mais tarde, esse hino se tornou o hino nacional alemão com os versos "Alemanha, Alemanha sobre tudo", do poeta Hoffmann von Fallersleben. E é, ainda hoje, com a terceira estrofe "Unidade, direito e liberdade". O próprio Haydn amava tanto sua melodia que a usou mais uma vez para um quarteto de cordas denominado* Quarteto do Imperador. *Em seus últimos dias de vida, em 1809, durante a guerra entre Napoleão e seu amado imperador, o compositor pedia que o carregassem todas as manhãs, em seu apartamento, em Viena, da cama até o cravo (já não conseguia mais andar), para tocar o hino do imperador.* ∎

Michael Haydn

Datas de nascimento e morte:
*13 de setembro de 1737, Rohrau

†10 de agosto de 1806, Salzburgo

Origem: Áustria

Período: Classicismo

Obras importantes

Obras vocais:
Trezentas e cinquenta obras de música sacra, entre as quais quarenta missas e dois réquiens
Coros masculinos

Obras orquestrais:
Quarenta e seis sinfonias
Concerto para trompete em dó maior (por volta de 1763)

Importância

Michael Haydn, o irmão cinco anos mais jovem de Joseph Haydn, é chamado também de "Haydn de Salzburgo", devido à sua relação com a cidade, que durou praticamente toda a sua vida. O músico, extremamente produtivo, criou obras importantes principalmente no campo da música vocal. Com suas composições para vozes masculinas *a cappella*, Michael Haydn iniciou uma tradição posteriormente seguida por Schubert e Brahms, mas principalmente por Carl Friedrich Zelter (1758-1832), e que permanece viva até os dias de hoje.

Michael Haydn era o sexto filho de um pobre fabricante de carruagens na localidade Rohrau, na Baixa Áustria. Como seu irmão Joseph, cinco anos mais velho, Hansmichel (como seus pais o chamam carinhosamente) também se tornou menino de coro da catedral de Santo Estevão, por causa de sua voz excepcionalmente bela. Logo Michael chamou a atenção por sua bela voz soprano de menino com uma extensão vocal de três oitavas. Quando o imperador e a imperatriz ouviram, em uma *Salve Regina*, a voz límpida como um sino do menino de onze anos, deram-lhe 24 ducados como agradecimento pelo belo canto. Depois que o jovem Haydn precisou deixar o coro devido à mudança de voz, a princípio ele teve de lutar para sobreviver, e passou por muitas dificuldades. Finalmente, aos vinte anos, conseguiu um emprego como mestre-de-capela do bispo de Grosswardein. Nessa cidadezinha da fronteira húngaro-romena, compunha, além de músicas para fins eclesiásticos, as primeiras sinfonias equiparáveis às primeiras obras instrumentais de seu irmão famoso.

Três anos mais tarde, Michael Haydn conseguiu sair da província para uma das cortes religiosas mais renomadas da época: Salzburgo. Lá ele prestou serviços durante 43 anos, até a sua morte, para o bispo-príncipe Siegismund Schrattenbach e seu sucessor, o conde Hieronymus Colloredo. Seu colega era o prestigiado vice-mestre-de-capela Leopold Mozart. Sempre que este partia em turnês com seu filho-prodígio Wolfgang Amadeus, Michael Haydn tinha de assumir suas tarefas. Em 1768, Michael Haydn se casou com a talentosa cantora da corte Maria Magdalena Lipp, para quem Mozart mais tarde compôs um *Regina Coeli*. A partir disso, a fase criativa mais produtiva na vida de Haydn começou. Compôs *singspiele*, oratórios, concertos, sinfonias e serenatas, composições que podem ser, sem dúvida, comparadas às obras do irmão mais velho ou de Mozart. Quando Wolfgang Amadeus Mozart, aos dezessete anos, foi nomeado organista da corte e da catedral, nasceu uma forte amizade entre ele e Michael Haydn, cuja obra Mozart teve alta consideração durante toda a vida. Certa vez, quando Haydn não pôde entregar uma encomenda que recebeu do arcebispo por motivo de doença, foi Mozart que o substituiu por velha amizade. "Em pouco tempo", contou Mozart, "os duetos estavam prontos na casa de Haydn e foram entregues em nome dele para o arcebispo".

Michael Haydn

Após o desentendimento de Mozart com a corte de Salzburgo, Haydn o sucedeu. Por ser organista da corte e da catedral, organista na igreja da Santíssima Trindade e professor na casa episcopal, a música sacra se tornou o centro de sua obra. Joseph Haydn apreciava muito as obras de música sacra do irmão, apenas lamentava que esse ofício fosse tão mal remunerado, pois com uma gaita de foles se podia ganhar mais do que com ofertórios e missas. Realmente, a situação financeira de Michael Haydn estava muito ruim, mas ele recebia generosa ajuda de seu irmão, de Mozart e de outros amigos.

Ao contrário de Mozart, Salzburgo era, para Michael Haydn, uma cidade com a qual se sentia profundamente ligado. O conde Esterházy lhe ofereceu um emprego lucrativo de vice-mestre-de-capela em sua corte, mas o "Haydn de Salzburgo" recusou a oferta. Em compensação, recebeu uma encomenda para compor uma missa para a imperatriz Maria Teresa. Em sua segunda viagem a Viena, Michael Haydn entregou a *Theresienmesse* pessoalmente à soberana. O músico recebeu inúmeras homenagens que o colocaram no centro das atenções. Dois anos antes de sua morte, ele teve a honra de ser aceito na Academia Sueca Real de Música. Em seus dois últimos anos de vida, Haydn se dedicou quase exclusivamente à música vocal profana e sacra. Compôs para o amigo, padre Rettensteiner, inúmeros quartetos para vozes masculinas, que se tornaram modelos para composições semelhantes de Franz Schubert. Michael Haydn é considerado, hoje, o primeiro compositor a criar para um coro exclusivamente masculino. Haydn, envelhecido e há muito tempo doente, não conseguiu finalizar a última encomenda imperial de um réquiem. Ele pretendia compor a própria missa de sétimo dia. Michael Haydn faleceu aos 68 anos, em Salzburgo, e foi sepultado no cemitério de São Pedro.

Quando Franz Schubert, aos 28 anos, visitou o túmulo de Michael Haydn em Salzburgo, ele anotou em seu relato de viagem:

"Que sopre sobre mim, pensei, teu espírito calmo e claro, meu bom Haydn, e mesmo que eu não possa ser tão calmo e claro, ninguém mais neste mundo te venera tão efusivamente como eu." ∎

Fanny Hensel

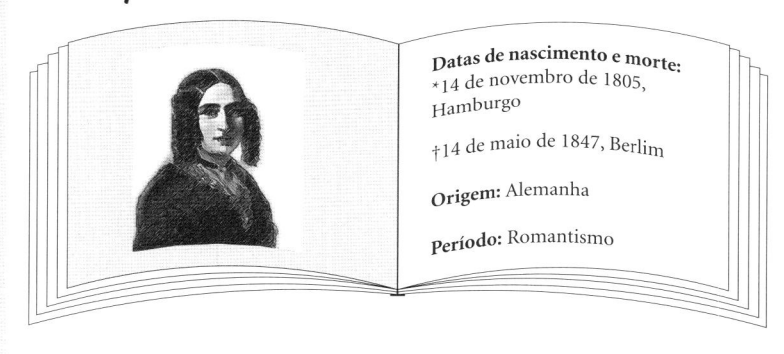

Datas de nascimento e morte:
*14 de novembro de 1805, Hamburgo

†14 de maio de 1847, Berlim

Origem: Alemanha

Período: Romantismo

Obras importantes

Obras corais:
Oratório segundo quadros da Bíblia para solistas, coro e orquestra (1831)

Música de câmara:
Trio para piano em ré menor (1847)

Obras para piano:
O ano. Doze peças para piano forte (1841)

Importância

Fanny Hensel figura entre as importantes musicistas do Romantismo. Apenas após grandes dificuldades ela conseguiu se impor como compositora, contra a vontade dos membros masculinos de sua família.

Fanny Hensel, a irmã quase quatro anos mais velha do compositor Felix Mendelssohn-Bartholdy, nasceu em Hamburgo, e era a primeira filha do banqueiro Abraham Mendelssohn. No verão de 1811, fugindo das tropas de Napoleão, a família foi para Berlim, e, pouco depois, adotou o sobrenome Bartholdy, para se distinguir das outras famílias Mendelssohn. Já desde a época de seu avô, o escritor e filósofo Moses Mendelssohn, dava-se muito valor a uma educação abrangente, que também incluía música. Fanny e Felix aprenderam piano com um amigo de Goethe, Carl Friedrich Zelter. Em 1820, ingressaram na academia de canto dirigida por ele. Os domingos musicais que aconteciam em sua casa se tornaram muito importantes para a inteligente Fanny. Essas *soirées*, que eram a contrapartida musical aos inúmeros salões literários de Berlim, eram também o lugar onde as duas crianças de enorme talento musical podiam se apresentar ao público berlinense como pianistas e compositores. Contudo, para Abraham Mendelssohn, apenas seu filho poderia compor profissionalmente — para as mulheres, a música devia ser "apenas ornamento, jamais o ganha-pão".

Por essa razão, as primeiras composições de Fanny, como o *Quarteto para piano* em lá bemol maior e a *Sonata para piano* em dó menor são, a princípio, destinadas à "gaveta". Felix, a quem ela era muito ligada, também desconsiderava uma carreira musical para a irmã, embora ela fosse sua conselheira em todas as questões musicais. Ele não compunha sem antes pedir a opinião dela. Às vezes, ela até finalizava os trabalhos incompletos do irmão. Algumas das obras de juventude de Felix, publicadas com o nome dele, são de Fanny. Por isso ela também se ressentia pelo fato de não lhe dar o apoio e reconhecimento que tanto desejava para sua atividade como compositora. Em 1829, pela primeira vez, Fanny se impôs contra a vontade da família. Casou-se com o pintor prussiano Wilhelm Hensel — uma das mais importantes e melhores decisões de sua vida, pois a compositora encontrou nele um companheiro de vida que compreendia suas ambições artísticas e a apoiava no que lhe fosse possível.

Depois do falecimento de seu pai, ela não se contentava mais em compor para a "gaveta", queria reconhecimento. Por fim, Fanny também teve coragem para mandar publicar sua primeira canção. O sucesso junto ao público e à crítica a encorajou. Como esposa de um pintor bem-sucedido, ela também tinha os recursos financeiros para contratar solistas, coros e orquestra que executavam suas obras compostas para grande formação, como aberturas, cantatas e oratórios, nos domingos musicais. Mas a oposição declarada de seu irmão, já famoso, contra sua atividade como compositora fez com que ela logo desistisse novamente.

Para sair da crise profissional, ela partiu para uma viagem para a Itália com seu marido e o filho Sebastian por dois anos. Foi um tempo extremamente feliz para Fanny Hensel. Em Roma, ela conheceu o entusiasmado compositor francês Charles Gounod e logo os dois tornaram-se bons amigos. Eles realizaram estudos de composição em conjunto. Nessa atmosfera de produtividade artística e de admiração do amigo ela reencontrou forças para compor. As peças *Serenata, Saltarello romano* e *Despedida de Roma* são expressões dessa época feliz.

De volta à Alemanha, ela passou a sofrer novamente com a estreiteza artística opressora. Ela se afastou completamente da sociedade e resolveu compor. Apenas em 1846, um ano antes de morrer, emancipou-se totalmente e decidiu publicar algumas de suas obras. Foram publicadas *Seis canções op. 1* e, no começo do ano seguinte, outras canções. Isso contrariou seu irmão, mas ele lhe escreveu uma carta benevolente. Porém, sua bênção ao ofício da irmã chegou tarde demais, pois a compositora faleceu aos 41 anos, em maio de 1847, em consequência de uma apoplexia cerebral. Após a morte de Fanny, Felix perdeu toda a força criativa, pois, para ele, a amada irmã era uma espécie de sentido da vida. Ele desmarcou todos os compromissos e ainda no mesmo ano sofreu um derrame.

Infelizmente, poucos de seus contemporâneos souberam apreciar a talentosa artista como seu amigo Charles Gounod. Apenas recentemente tomou-se consciência de sua real importância como compositora, ao examinar-se seu legado. ∎

Hans Werner Henze

Data de nascimento:
*1º de julho de 1926, Gütersloh (Vestfália)

Origem: Alemanha

Período: Música moderna

Obras importantes

Música dramática:
Boulevard Solitude, drama lírico (1952)
Der Prinz von Homburg, ópera (1960)
Elegy for Young Lovers, ópera (1961)
Der junge Lord, ópera (1965)

Música vocal:
Das Floss der "Medusa", oratório (1972)

Obras orquestrais:
Sinfonia n. 8 (1993)
Sinfonia n. 9 (1997)

Música de câmara:
Quartetos de cordas n. 1-5 (1947-1976)

Importância

Hans Werner Henze figura entre as personalidades musicais alemãs de maior destaque da segunda metade do século XX. O compositor extraordinariamente produtivo, que rejeita o método serial de composição de seus contemporâneos, trabalha em suas variadas obras com sonoridade e formas tradicionais. Seu forte engajamento político reflete-se também em muitas de suas composições. Henze fundou inúmeros fóruns musicais na Itália e Alemanha. Por meio de sua atividade pedagógica musical, ele influencia, de forma consistente, a evolução da música moderna.

O compositor alemão Hans Werner Henze entende de forma inédita a posição do compositor atual. Ele acredita que o compositor "virtuose, viajante e personalidade musical aclamada" é uma relíquia do século passado. Hoje, segundo ele, o compositor não deveria ser nada além de um aprendiz e um professor.

Henze nasceu como primogênito de seis filhos de um professor de escola primária na localidade de Gütersloh, na Vestfália. Muito cedo, Hans Werner começou a compor.

"Desde o início", confessa mais tarde, "eu ansiava por uma harmonia plena, selvagem, que encontrei posteriormente em certas obras da música nova. E era isso que eu tinha em mente como música, naquele tempo, em meu pequeno vilarejo isolado de camponeses na Vestfália."

Por causa de suas notas ruins, o jovem Henze teve de sair do ginásio antes de concluí-lo e se matriculou na escola estadual de música de Braunschweig. Aprendeu percussão para poder tocar na orquestra dos alunos. Ali, ele conheceu a música vanguardista do século XX, que o fascinou imediatamente. Sempre que possível, ele sintonizava a rádio inglesa BBC para ouvir as obras dos compositores Igor Stravinsky e Paul Hindemith, classificados como "degenerados" pelos nazistas. O estudante de música passava seu tempo livre no teatro, na ópera ou na sala de concertos e eram principalmente as obras dramáticas que o fascinavam. Para ele, "tudo se movimenta em direção ao teatro e de lá retorna". Esse conhecimento vale para toda a sua obra, pois nela a música dramática ocupa lugar destacado.

Mas Henze inicialmente só pôde se dedicar pouco à música, pois aos dezoito anos, no final da guerra, foi convocado pelo exército. Aprendeu a desprezar a guerra e o fascismo, o que o levou a um conflito com o pai, simpatizante do nazismo. Após a guerra, Henze se tornou pianista-ensaiador no teatro municipal de Bielefeld, mas logo depois começou seu curso superior de composição em Heidelberg. No arquivo musical da emissora de rádio do sudoeste da Alemanha, em Baden-Baden, ele teve a possibilidade de conhecer as obras de compositores modernos. Heinrich Strobel, diretor do departamento de música e incentivador de jovens compositores talentosos, fez as primeiras encomendas de composição para Henze. Assim, ele compôs o *Concertino para piano, orquestra de sopro e percussão* e seu *Concerto para violino n. 1*. O músico participou regularmente dos cursos de férias de Música Nova em Darmstadt, onde teve contato com outros compositores contemporâneos. Lá também foi executado seu *Concerto de câmara para flauta, piano e cordas*, recebido com grande aplauso. Ele passou a ser notado na Alemanha, e a renomada editora Schott fechou contrato com o jovem compositor. A partir de então, Henze fazia parte do grupo bem-sucedido da nova geração alemã de músicos.

A estreia de sua primeira ópera de maior duração, *Boulevard Solitude*, deu a ele um sucesso triunfal e fundamentou a fama de ser um dos compositores operísticos mais importantes da segunda metade do século XX. Durante um encontro do "Grupo 47", o círculo literário fundamental do pós-guerra alemão, o compositor conhece a escritora Ingeborg Bachmann, com quem iniciou uma forte amizade. Surgiram várias obras do trabalho conjunto dos dois artistas. Ela escreveu para ele os libretos de obras notáveis como *Prinz von Homburg*. Na estreia das *Nachtstücke und Arien* sobre poesias de Ingeborg Bachmann houve um escândalo. Havia muito tempo que era nítida a distância entre Henze e os outros compositores da vanguarda. Ele não queria saber do método em voga de composição moderna de seus colegas, o serialismo.

Henze escreveu em sua autobiografia: "Com a música das 'Nachtstücke' eu cheguei à mais extrema contraposição à Escola de Darmstadt. Não é de admirar que, na estreia, três representantes da música moderna, Boulez, Nono e Stockhausen tenham se levantado ostensivamente logo depois dos primeiros compassos e saído do teatro".

De repente, Henze ficou isolado na cena musical, pois o uso das formas tradicionais como ópera, sinfonia e concerto, segundo a vanguarda, já não servia mais. A falta de reconhecimento de seus colegas e sua orientação homossexual, que na Alemanha do pós-guerra ainda não era tolerada, levaram o compositor de 27 anos a se mudar para a Itália, país que se tornou sua pátria por opção. A princípio, o compositor se estabeleceu na ilha de Ischia, mais tarde, em Marino.

Aos 38 anos, Henze assumiu uma *master class* para compositores no Mozarteum de Salzburgo. Depois, tornou-se professor convidado no Dartmouth College, em New Hampshire. Nos Estados Unidos, Henze passou a se ocupar intensamente com política e sociedade em virtude da Guerra do Vietnã. O engajamento político do compositor alemão, que era filiado havia muito tempo ao Partido Comunista, também se reflete em suas obras. Na estreia de seu oratório *Das Floss der "Medusa"* os participantes se recusaram a atuar sob a bandeira cubana e um retrato do líder revolucionário Che Guevara. Um ano depois, quando Henze lecionava em Havana, capital de Cuba, ele compôs sua *Sexta sinfonia,* com a qual queria fazer "uma profissão de fé à revolução".

Enquanto na *Sétima e* na *Oitava sinfonias* o compositor trabalhava com a tradição musical alemã e italiana do século XIX, na *Nona sinfonia* — sua última — para coro misto e orquestra, com versos do romance *Das siebte Kreuz,* de Anna Seghers, Henze voltou aos temas de política e história. Para ele, a mais importante de suas obras "trata da pátria alemã — assim como ela se mostrou a mim quando eu era jovem, durante a guerra e também antes. Ela é o *summa summarum* de minha obra, um acerto de contas com um mundo arbitrário e imprevisível que nos ataca de surpresa".

Como o Henze compositor sempre se considerou aluno e professor, ele se sentiu obrigado a incentivar jovens artistas e leigos talentosos. Em Montepulciano, na Itália, criou o festival de música Cantiere Internationale d'Arte, para divulgar jovens compositores e música moderna. Em Mürzzuschlag, na Áustria, o compositor fundou as oficinas musicais de Mürztal, organizou o festival de música jovem de Deutschlandberg e o festival bienal internacional de nova música dramática em Munique. Para esses eventos, Henze compôs uma série de obras para crianças e jovens. Em novembro de 2004, foi concedido o título de doutor *honoris causa* ao benemérito músico e compositor engajado pela Escola Superior de Música e Teatro de Munique. ∎

Paul Hindemith

Datas de nascimento e morte:
*16 de novembro de 1895, Hanau

†28 de dezembro de 1963, Frankfurt

Origem: Alemanha

Período: Música moderna

Obras importantes

Música dramática:
Cardillac, ópera (1926)
Mathis der Maler, ópera (1938)

Música vocal:
Das Marienleben op. 27, canções para piano (1923)

Obras orquestrais:
Die Harmonie der Welt, sinfonia (1951)

Música para piano:
Ludus tonalis (1942)

Importância

O violista, regente e compositor Paul Hindemith está entre as personalidades musicais mais importantes e controversas do século passado. A princípio taxado de "selvagem" por sua linguagem musical radicalmente avançada e visceralmente antirromântica, e proibido pelos nazistas por ser degenerado, mais tarde, ele retomou uma linguagem musical moderada e foi desprezado pela vanguarda.

Paul Hindemith

Paul Hindemith iniciou sua carreira como "selvagem", provocativo, que chocou o mundo musical com sons atonais e dissonantes. Sua escandalosa peça *Nusch-Nuschi*, composta no início da carreira, não tem outro objetivo senão "dar oportunidade a todos os entendidos de latir sobre a tremenda falta de gosto do autor. Aleluia! A peça tem de ser essencialmente cambaleada por dois eunucos com barrigões imensos", explicou o compositor.

O compositor atrevido e antiburguês nasceu na localidade de Hanau, no estado de Hessen, filho de um pintor de paredes. O pai, um citarista apaixonado por música, providenciou logo cedo a formação musical de seus três filhos. Orgulhoso, apresentou sua talentosa prole como Trio Infantil de Frankfurt em sua cidade natal na Alta-Silésia. Quando Paul tinha dez anos, a família se mudou para Frankfurt. Até o final do ensino fundamental, ele estudou violino com o mestre-de-capela da orquestra de ópera. Depois, o jovem Hindemith estudou no Conservatório Hoch, em Frankfurt, primeiramente violino, depois composição e regência. Para se sustentar, tocava em diversas orquestras que se apresentavam em estâncias climáticas para entreter os hóspedes. Quando o pai morreu na Primeira Guerra Mundial, o estudante passou a cuidar da mãe e dos irmãos mais novos. Dava aulas particulares de música e tocava o segundo violino e viola no quarteto de seu professor.

Aos vinte anos, Hindemith já se tornara *spalla* da orquestra de ópera de Frankfurt e criou suas primeiras composições sérias. Na *Sinfonietta*, dedicada à memória do humorista alemão Christian Morgenstern, já foi possível perceber características típicas de sua obra iniciante. *Das große Lalula* ou *Curiosidades zoológicas* revelaram o Hindemith humorista, parodista e caricaturista. Mas ele ainda não havia encontrado seu estilo próprio. Lemos no prefácio do índice de suas obras: "Nessa época, eu cambaleava por aí e não sabia o que acontecia".

Em 1917, o músico foi convocado para o serviço militar e destacado para o regimento da música. "Aqui sentimos pela primeira vez que música é mais do que estilo, técnica e expressão de sentimentos pessoais. A música aqui ultrapassa fronteiras políticas, ódio nacional e os horrores da guerra", declarou Hindemith. Ele continuava compondo incansavelmente mesmo no front na Alsácia e em Flandres, sob as mais difíceis condições. Depois da guerra, ele se ocupou intensamente com a viola e logo foi considerado um dos melhores instrumentistas de sua geração.

Ficou conhecido aos 23 anos, depois de um concerto com suas próprias obras. Seu *Quarteto para cordas n. 3* fez um sucesso triunfal no festival de música de câmara de Donaueschinig para incentivo de música contemporânea. Hindemith fundou, então, o quarteto Amar, para poder apresentar obras de qualidade e torná-las conhecidas da população. Rapidamente o quarteto passou a ser uma das formações de música de câmara mais importantes do novo mundo da música. O compositor também estava fascinado pela nova música que vinha da América do Norte, o jazz, e as danças da moda. "Vocês também querem foxtrotes, bostons, rags e outras coisas kitsch?", perguntou Hindemith à editora Schott. Logo apareceram elementos de jazz e dança em suas obras, como em sua *Música de câmara n. 1*, na qual ele cita um foxtrote. Ali também há elementos incomuns, como, por exemplo, uma sirene. Suas observações sobre a peça: "Selvagem. A beleza do som é secundária, e considero o piano um tipo de bateria e o trato como tal, e isso demonstra o desejo de criar uma música menos romântica possível, música vital".

Hindemith já passara a ser um dos compositores mais influentes da música nova, o que lhe possibilitou abandonar o emprego na orquestra e dedicar-se apenas à composição. Casou-se com Gertrud Rottenberg, filha do primeiro mestre-de-capela da ópera de Frankfurt. Hindemith estava à procura de um libreto adequado para uma ópera e encontra, em *Cardillac*, uma história que o fascina: um ourives mata todos os seus clientes porque não consegue se separar de suas próprias obras de arte. Essa obra expressiva e dramática do compositor é uma de suas melhores. Em 1927, aos 31 anos, foi nomeado professor de composição na Escola Superior de Música de Berlim. A atividade pedagógica despertou seu interesse pela música popular e por novos talentos musicais. Durante o festival de música de Plön, ponto de encontro para jovens amantes da música, Hindemith compunha na hora a música que seria cantada e tocada em seguida. Compôs para crianças a simples e divertida ópera *Wir bauen eine Stadt*.

Quando Hitler subiu ao poder, Hindemith a princípio não deu muita importância. Mas seu trabalho como professor e compositor ia sendo cada vez mais dificultado pelos novos governantes nazistas. O compositor foi licenciado de sua atividade docente e partiu para a Turquia. O ministro da Propaganda do Reich, Joseph Goebbels, chamou-o de "produtor de barulhos atonais". Em 1936, as obras de Hindemith foram proibidas e ele se demitiu do cargo. O confronto com os nazistas recrudesceu na exposição *Arte degenerada,* em Düsseldorf, em 1938. Hindemith também participou dela, e quando, ali, a ascendência judaica de sua esposa foi mencionada, o casal emigrou para a Suíça. Lá, sua ópera *Mathis der Maler* foi apresentada com estrondoso sucesso. Seguindo o exemplo do grande pintor renascentista Mathias Grünewald, Hindemith se perguntava se um artista deveria tomar uma posição em questões políticas e sociais ou se deveria viver exclusivamente para a sua arte. Nessa ópera, o compositor apresentou sua própria situação. Na Suíça, Hindemith se ocupou intensamente com as leis da música. Sua *Unterweisung im Tonsatz* nasceu como uma obra de referência para todos aqueles que quisessem aprender o ofício de compositor.

Em 1940, o compositor alemão emigrou para os Estados Unidos para lecionar na famosa Universidade de Yale, em New Hampshire. Ali viveu e lecionou durante treze anos. Durante esse tempo, compôs uma série de obras orquestrais espetacularmente instrumentadas, como as *Metamorfoses sinfônicas sobre temas de Carl Maria von Weber*. Nos Estados Unidos, compôs também sua mais importante obra para piano: *Ludus Tonalis*, inspirada nos prelúdios e fugas sobre o *Cravo bem temperado*, de Bach, para Hindemith a mais brilhante arte de condução de vozes. Nos Estados Unidos, Hindemith começou sua carreira como regente. Turnês o levaram para Canadá, México, América do Sul e Europa. Após a Segunda Guerra Mundial, suas obras foram apresentadas novamente na Alemanha, com grande sucesso. Mas a nova vanguarda se opunha com extremo ceticismo à sua música conservadora e anacrônica.

Em 1953, Hindemith voltou para a Europa, onde obteve uma cátedra em Zurique. Cinco anos depois, abandonou a atividade docente e se retirou para sua mansão "La Chance", perto de Vevey, às margens do lago de Genebra. Dedicava-se à composição e à regência, e foi ali que compôs sua última grande ópera, *Die Harmonie der Welt*, uma obra sobre o grande astrônomo Johannes Kepler.

Não faltaram homenagens ao grande músico. Ele recebeu o título de doutor *honoris causa* da Universidade Livre de Berlim, tornou-se membro honorário da Sociedade de Música de Viena e ganhou o prêmio Balzan de música. Paul Hindemith, um dos mais importantes compositores do século XX, morreu em 1963, em Frankfurt, aos 68 anos. ∎

Gustav Holst

Datas de nascimento e morte:
*21 de setembro de 1874, Cheltenham

†25 de maio de 1934, Londres

Origem: Inglaterra

Período: Romantismo tardio

Obras importantes

Obras orquestrais:
The Planets, suíte orquestral (1918)

Importância

Com suas obras, marcadas pelo folclore inglês, o compositor Gustav Holst influenciou fortemente a geração posterior de compositores como Benjamin Britten e Michael Tippett. Como professor de música, reformou a educação musical inglesa com seu método "Learning by Doing". Sua fama se deve à suíte orquestral *The Planets*.

Gustav Holst

O inglês Gustav Holst faz parte do grande grupo de compositores que ficaram famosos com uma única obra. Sua suíte orquestral *The Planets* está no programa de todas as emissoras de rádio e repertórios de concertos clássicos. O compositor era de família muito musical de ascendência escandinava-germânica. Originalmente, a família se chama von Holst, mas, durante a Primeira Guerra Mundial, abandonou o título de nobreza. Gustav, o filho mais velho de um músico, queria ser pianista. Porém, devido à inflamação de um nervo na mão direita, o jovem de dezessete anos teve de mudar seus planos. Foi estudar trombone e composição no Royal College of Music. Seus professores o descreviam como "trabalhador esforçado, mas sem qualquer brilho", contou mais tarde sua filha Imogen, ela mesma compositora e regente. O colega de estudos de Holst, Vaughan Williams, despertou o interesse de seu amigo pela canção tradicional inglesa, a qual, posteriormente, o compositor passou a utilizar como fonte para suas obras. Além da música, Holst, que tinha talento para idiomas, estudou também sânscrito. Depois de acabar o curso, passou a ganhar a vida como trombonista. Tocava em diversas orquestras de teatros, mas também em bandas de música de entretenimento. Holst se casou com Isabel Harrison, e logo deixou de atuar como trombonista, passando a trabalhar como professor de música em diversas escolas.

Em 1913, o compositor começou o trabalho em sua obra com o título *Sieben Stücke für großes Orchester*, que, mais tarde, intitulada *The Planets*, tornou-se a obra mais espetacular do compositor. Há muito Holst se interessava por astrologia, a interpretação dos astros. Após ler o texto *O que é um horóscopo?*, o compositor se aprofundou na relação entre as características dos corpos celestes e as dos seres humanos que nasceram sob o signo daqueles planetas. Quando seu amigo Baxter lhe explicou detalhadamente os efeitos dos planetas sobre a índole humana, ele amadureceu a ideia de representar musicalmente os planetas de caráter tão diverso. Em cada um dos sete movimentos de sua extensa obra, Holst delineou, com surpreendentes cores musicais e efeitos sonoros, uma imagem sonora característica dos sete planetas conhecidos na época: Mercúrio, Vênus, Marte, Júpiter, Saturno, Urano e Netuno. O público ficou entusiasmado com a peça programática sinfônica, e até hoje é a peça mais conhecida de Holst, embora o compositor não a considerasse uma de suas melhores obras. Ele ficou muito decepcionado pelo fato de suas outras composições ficarem sempre à sombra do grande sucesso dos *Planetas*.

Na Primeira Guerra Mundial, o compositor inglês prestou serviço militar no Oriente Médio. Faziam parte de suas tarefas na Grécia e Turquia o ensaio e a execução de obras de compositores ingleses por leigos. Após o final da Guerra, Holst tornou-se docente no Royal College of Music e na Universidade de Reading. Ao cair no palco enquanto regia a orquestra dos estudantes, o compositor de 49 anos sofreu um traumatismo craniano. Ele parecia estar se recuperando e aceitou ser professor convidado na Universidade de Michigan, nos Estados Unidos. No entanto, infelizmente, manifestaram-se repentinamente algumas sequelas da queda. Holst sofria de distúrbios do sono e intensas dores de cabeça, e acabou voltando para a Inglaterra. O músico interrompeu suas atividades docentes e passou a se dedicar, em sua última década de vida, à composição. Trabalhou até o fim em sua obra. Em 1934, Gustav Holst morreu aos 59 anos, em Londres. Ele foi sepultado na catedral de Chichester. ∎

Arthur Honegger

Datas de nascimento e morte:
*10 de março de 1892, Le Havre

✝27 de novembro de 1955, Paris

Origem: Suíça

Período: Música moderna

Obras importantes

Música dramática:
Le Roi David, salmo dramático (1921)
Jeanne D' Arc au bûcher, oratório (1938)

Obras orquestrais:
Pacific 2.3.1, Mouvement Symphonique n. 1 (1923)
Rugby, Mouvement Symphonique n. 2 (1928)
Sinfonia n. 1 (1929-1930)
Sinfonia n. 2 (1940-1941)

Importância

O suíço Arthur Honegger foi um dos grandes compositores da primeira metade do século XX. Ele fez parte do grupo de seis compositores que, sob a denominação "Les Six", rejeitaram os sons refinados do Romantismo tardio e do Impressionismo e exigiram uma nova simplicidade da linguagem musical. Sua peça sobre locomotivas, Pacific 2.3.1, lhe trouxe fama mundial.

Arthur Honegger

Arthur Honegger nasceu em 1892, filho de pais suíços, na localidade francesa de Le Havre. No período feliz de sua infância, passou a maior parte do tempo no porto, onde chegavam navios estrangeiros, ou na estação ferroviária. Lá ele ficava observando os trens e decorava seus nomes e números. Os poderosos colossos de aço que soltavam fumaça o fascinavam. Se alguém chegasse para uma visita e não soubesse dizer em que locomotiva viajou, Arthur ficava mal-humorado. Os pais lhe proporcionaram aulas de violino, porém não era possível afirmar que sua família fosse interessada por música. Aos dezessete anos, o jovem foi para Zurique por dois anos para estudar música no conservatório. De volta a Le Havre, entre 1911 e 1913, o jovem Honegger ia de duas a três vezes por semana a Paris para prosseguir seus estudos musicais. Naturalmente, nunca embarcava sem antes inspecionar detalhadamente a locomotiva a vapor.

Aos dezenove anos, Honegger se mudou para Paris definitivamente. A metrópole francesa tornou-se seu domicílio definitivo. Estudou na Escola Superior de Música e compôs com afinco. Rapidamente fez amizade com muitos artistas importantes: os músicos Milhaud, Poulenc, Auric, Durey e Taiferre, os pintores Picasso e Braque, os poetas Apollinaire e Cendrars. Os amigos se encontravam regularmente, discutiam sobre arte e davam concertos.

Certo dia, Cendrars apresentou seu amigo Eric Satie, a figura mais excêntrica da cena musical parisiense. Pobre, mas vestido como um dândi, o esquisito compositor desprezava, com ironia, os sons refinados de Richard Wagner e Claude Debussy, e exigia o retorno da simplicidade. Era aclamado pelos jovens músicos que rodeavam seu *bon maître*. Honegger se manteve reservado em relação a Satie, mas, por camaradagem, se uniu aos amigos do grupo.

Em um artigo de 26 de janeiro de 1920, surgiu, pela primeira vez, a denominação "Le Six" para o grupo dos seis músicos, que eram: Darius Milhaud, Louis Durey, Georges Auric, Arthur Honegger, Francis Poulenc e Germaine Tailleferre. Pela simplicidade de sua música e pela força vital de seu ritmo, foram chamados de *fauves* (animais selvagens).

Em 1921, Arthur Honegger recebeu sua primeira grande encomenda de composição do poeta René Morax (1873-1963). Honegger desejava e se esforçava para compor uma música que fosse compreensível para a grande massa de ouvintes, mas que não fosse banal, de forma que cativasse também os amantes da música. Com sua música, ele queria atingir todos os tipos de público, os especialistas e a massa. Morax transformou seu celeiro, no vilarejo de Méziérs, nas montanhas, acima do lago de Genebra, em um teatro. Lá estreou o oratório *Le Roi David*. O sucesso foi tão grande que a obra foi encenada repetidas vezes em Paris.

Mas não era apenas à música que Honegger dedicava seu tempo. Jovem moderno, aberto a novidades, ele era fascinado por tecnologia e esportes. Ele mesmo era um esportista aficionado. Nadava, caminhava, fazia ginástica, cavalgava, jogava futebol e praticava rúgbi. Não foi uma surpresa, portanto, sua tentativa posterior de representar musicalmente o jogo duro e rápido com a bola oval em sua composição *Rugby*. Mas o que mais o atraía era a força aliada à velocidade. Divertia-se voando como piloto no *cockpit* de um avião ou dirigindo em alta velocidade pelas ruas da França com seu carro esportivo Bugatti.

O que mais o fascinava era a ferrovia, obra-prima da tecnologia. Certo dia, teve uma ideia que não saiu mais de sua cabeça: colocar em música uma locomotiva a vapor, essa maravilha da engenharia. Alguns compositores antes dele já haviam tentado incluir máquinas em sua música. Como a nova era tecnológica era marcada cada vez mais por rodas trepidantes, motores uivantes e máquinas guinchantes, eles tentaram reproduzir a vida moderna em suas composições utilizando ruídos e barulho como módulos musicais. Incluir o mundo das máquinas na música foi a ideia do movimento dadaísta.

O que Honegger pretendia em sua obra, ao contrário dos *dadaístas* franceses e dos futuristas italianos, era imitar os ruídos da locomotiva com meios musicais e reproduzir uma impressão visível do colosso de aço parado e em movimento. Ele passava muitas horas em estações ferroviárias com suas queridas locomotivas para estudar detalhadamente a estrutura e o comportamento das máquinas gigantescas. Honegger trabalhou (com interrupções apenas de viagens curtas) durante todo o ano de 1923 em sua peça sobre locomotivas que dura sete minutos: *Pacific 2.3.1* é a descrição musical do trem mais rápido daquela época.

A estreia aconteceu em 8 de maio de 1924, sob a direção de Sergei Kussewitzki, regente russo que vivia em Paris. Foi um sucesso estrondoso.

Pacific 2.3.1 trouxe a fama mundial a Arthur Honegger. Praticamente nenhum de seus contemporâneos foi aclamado tão freneticamente pela imprensa e pelo público como ele. Todo mundo queria ouvir a locomotiva do trem rápido na sala de concerto, que cortava a noite a 120 km/h. Em seguida, houve uma intensa série de concertos. Honegger se apresentou no Brasil, Holanda, Roma, Zurique, Viena, Londres, Colônia, Chicago, Boston, Bruxelas, Leningrado, Varsóvia e Atenas. Em todos os lugares onde o compositor de *Pacific 2.3.1* aparecia era recebido com homenagens. Até bailes foram organizados. Os fotógrafos, jornalistas e caçadores de autógrafos o assediavam constantemente.

> "Durante uma estadia mais demorada em Londres, no começo de 1927", conta seu biógrafo Willy Tappelet, "queriam homenagear o autor de *Pacific 2.3.1* de forma especial. A London North Eastern Railway colocou uma locomotiva à sua disposição. Amigos e membros da imprensa foram conduzidos no único vagão de passageiros pelo músico-condutor de locomotiva Honegger em velocidade de trem rápido pelos 60 km, de King Cross até Hitching".

Em dezembro de 1928, Arthur Honegger embarcou em sua cidade natal, Le Havre, com a esposa, no vapor France para uma turnê de 24 concertos na América do Norte. Na época, final dos anos 1920, surgiu uma invenção inovadora: o filme falado substituiu o mudo. Logo ficou impossível para Honegger aceitar todas as ofertas que lhe eram feitas pela indústria cinematográfica. Ainda assim, ele compôs a música de 38 filmes. Para *Os miseráveis,* de Victor Hugo, compôs sessenta minutos de música para 8.400 metros de filme. Honegger sempre exigiu filmes sobre música em vez de música para filmes. Para ele, a composição não deveria ser apenas um acompanhamento das imagens, mas um componente independente, de igual importância. Assim deve ser entendido o curta *Pacific 2.3.1*, filmado em 1953, dois anos antes de sua morte. Em sincronia com a música de Honegger, uma locomotiva a vapor vai de Versailles a Paris. É um documento musical extraordinário e várias vezes premiado, que prova como filme e música podem existir lado a lado com igualdade de direitos. Recentemente, a Suíça homenageou o cidadão Arthur Honegger imprimindo seu retrato na nota de vinte francos.

Arthur Honegger

O chamado das locomotivas

Fato curioso

Honegger, o fã das ferrovias, foi fascinado pela estrutura, função, beleza e velocidade dos gigantescos colossos de aço durante toda a vida. "Eu sempre fui apaixonado pelas locomotivas. Para mim, elas são como seres vivos que venero, da mesma forma que outros veneram mulheres ou cavalos", confessou.

Johann Nepomuk Hummel

Datas de nascimento e morte:
*14 de novembro de 1778, Pressburg

†17 de outubro de 1837, Weimar

Origem: Áustria

Período: Classicismo

Obras importantes

Obras orquestrais:
Concerto para trompete e orquestra em mi maior (1803)
Grande concerto para piano e orquestra em lá menor op. 85 (1821)
Grande concerto para piano e orquestra em si menor op. 89 (1821)

Obras para piano:
Grande sonata em fá sustenido menor op. 81 (1819)

Importância

Hummel foi um dos mais conhecidos pianistas e compositores de sua época. Em sua obra, a música para piano ocupou um lugar de destaque. As primeiras obras ainda se caracterizam por elementos clássicos, os trabalhos posteriores são marcados por uma linguagem virtuosística romântica. Em suas composições é possível encontrar uma mescla de valor artístico e virtuosismo brilhante.

Johann Nepomuk Hummel

Johann Nepomuk Hummel nasceu em 1778 e era filho do diretor da escola imperial militar de música e regente da orquestra do teatro em Pressburg. Desde muito cedo o menino demonstrou talento pianístico. Em 1786, o pai, que lhe deu as primeiras aulas de música, tornou-se diretor musical no Theater an der Wien, na capital austro-húngara. Quando Mozart ouviu o garoto de sete anos tocar, ficou tão impressionado que se dispôs a lhe dar aulas em sua própria casa durante dois anos. Sob a direção de Mozart, o garoto de nove anos se apresentou em público pela primeira vez, em Dresden. O sucesso foi tão grande que o pai decidiu (assim como Leopold Mozart alguns anos antes) mostrar ao mundo seu filho-prodígio. Fizeram turnês na França, Dinamarca, Escócia e Inglaterra. Em todos os lugares, o jovem virtuose do piano foi aclamado freneticamente. Quando Hummel se apresentou em Londres, foi Joseph Haydn, que se encontrava na Inglaterra, que se ocupou dele. Ele organizou concertos para o menino, que já tinha treze anos, e o introduziu na sociedade. De volta a Viena, Hummel continuou seus estudos de música com Joseph Haydn e Antonio Salieri.

Logo Hummel foi considerado um dos melhores pianistas de Viena. Admirava-se principalmente seu talento de improvisação. Joseph Haydn recomendou ao príncipe Esterházy que contratasse o jovem de 26 anos como seu sucessor no cargo de mestre-de-capela. Depois de sete anos, o príncipe demitiu Hummel, que partiu novamente para turnês, inclusive na Rússia. Aos 35 anos, o músico se casou com Elisabeth Röckl, cantora no teatro da corte de Viena. Eles tiveram dois filhos que, mais tarde, seguiram carreira artística.

Após pouco tempo como mestre-de-capela da corte em Stuttgart, Hummel tornou-se mestre-de-capela do grão-duque de Weimar, cargo que ocupou até sua morte. Weimar era, na época, um dos centros culturais da Europa. Muitas personalidades importantes, como Goethe, Herder, Wieland e Schiller viviam e trabalhavam lá. A riquíssima filha do czar, Pavlova, esposa do grão-duque de Weimar, fazia de tudo para enriquecer culturalmente a cidade provinciana, assim, contratou o brilhante pianista Hummel como mestre-de-capela da corte para Weimar. Frequentemente o agradável e roliço Hummel visitava a filha do czar para tocarem juntos. O músico, popular e apreciado por todos, também mantinha boa relação de vizinhança com Goethe, que gostava de convidá-lo para que improvisasse ao piano em salões após o jantar. Hummel também compunha a música para alguns poemas de Goethe e ensinava sua arte de tocar piano a um grande número de alunos. Por ter sido aluno de Mozart, ele também representava a escola vienense. À diferença dos instrumentos ingleses, piano-fortes vienenses eram mais fáceis de tocar e expressavam melhor uma sonoridade graciosa, fluida e viva. Em 1828, Hummel escreveu uma *Detalhada instrução teórica e prática do piano-forte* a respeito desse estilo pianístico.

Em 1837, aos 58 anos, Johann Nepomuk Hummel, um dos compositores mais abastados de todos os tempos, faleceu em Weimar. Diz-se que quando morreu possuía o equivalente a 6.750.000 euros. Hummel deixou uma grande quantidade de composições, principalmente para piano. Nestas últimas, foi descoberta uma evolução da linha clássica de suas primeiras obras, como na sua *Sonata* em mi bemol maior, que dedicou a seu professor Joseph Haydn, até sua famosa *Sonata* em fá sustenido menor, de expressão fortemente romântica. Suas melodias cheias de imaginação, adornos e seu brilhantismo influenciaram fortemente seus contemporâneos. Robert Schumann era da opinião de que só a *Sonata* em fá sustenido menor teria sido suficiente para fazer de Hummel um mestre imortal.

Embora a música para piano ocupasse um lugar destacado na obra de Hummel, ele deixou composições notáveis em outros gêneros. Só não encontramos a sinfonia em sua obra porque ele sentia que nesse gênero não poderia concorrer com Beethoven. Ele visitou o famoso compositor pouco antes de sua morte em Viena, e Beethoven, gravemente enfermo, pediu-lhe que o substituísse em um concerto ao piano, pois apreciava a forma de tocar tecnicamente elaborada, graciosa e enérgica de seu amigo. Quando Beethoven morreu, logo depois, Hummel foi, ao lado de Schubert, uma das oito personalidades destacadas que, durante o funeral, seguraram os laços de fita brancos que caíam da mortalha ricamente bordada. ■

Engelbert Humperdinck

Engelbert Humperdinck
Datas de nascimento e morte:
*1º de setembro de 1854, Siegburg

†27 de setembro de 1921, Neustrelitz

Origem: Alemanha

Período: Romantismo tardio

Obras importantes

Música dramática:
Hänsel und Gretel [*João e Maria*], ópera-conto de fadas (1893)
Die sieben Geislein [*Os sete cabritinhos*], ópera-conto de fadas (1895)
Königskinder [*Filhos de reis*], ópera-conto de fadas (1897)
Dornröschen [*A Bela Adormecida*], ópera-conto de fadas (1902)

Importância

O compositor alemão Engelbert Humperdinck ficou conhecido com sua ópera-conto de fadas *João e Maria*, que atingiu grande popularidade. Essa encantadora obra dramática abriu as portas da música dramatizada para inúmeras crianças. Também devemos a Humperdinck muitas canções conhecidas que se tornaram patrimônio cultural na Alemanha: *Brüderchen, Komm tanz mit mir, Ein Männlein steht im Walde, Suse, liebe Suse* e *Abends will ich schlafen gehen*.

Humperdinck, filho de um diretor de ginásio e da filha de um professor de música, estudou música primeiramente no Conservatório de Colônia e trabalhou, paralelamente, no teatro municipal como mestre-de-capela. Ao se desentender com a direção do teatro, seguiu seu curso de música em Munique. Já nos tempos da universidade, Humperdinck foi muito bem-sucedido. Em 1876, aos 22 anos, ganhou o prêmio Mozart da cidade de Frankfurt. Logo depois lhe foram concedidos o prêmio Mendelssohn, da Fundação Mendelssohn de Berlim, e o prêmio Meyerbeer. Humperdinck visitou Richard Wagner no sul da Itália, onde o compositor que ele tanto venerava passava férias com a família. Wagner gostou do competente jovem da Renânia e o contratou como tutor musical de seus filhos em Bayreuth. Paralelamente, ficou responsável pelas cópias de *Parsifal,* finalizada há pouco. Após a morte de Wagner, Humperdinck fez viagens de estudos para França e Espanha. Trabalhou como professor de música em Colônia e depois, durante três anos, como professor de composição em Barcelona. Elaborou suas impressões da Espanha mais tarde, em sua *Maurische Rhapsodie* [*Rapsódia moura*].

Por pouco tempo, Humperdinck trabalhou como editor na editora de música Schott, em Mainz. Depois recebeu convite para trabalhar como professor de composição no Conservatório Hoch, em Frankfurt, e nesse tempo escrevia sobre ópera para o jornal de Frankfurt. Nessa época, compôs *Hänsel und Gretel*. A princípio, o libreto escrito pela irmã foi apenas para uso familiar, mas depois Humperdinck compôs a música de acompanhamento ao piano para algumas passagens do texto. Seus amigos e sua mulher, uma pessoa vivaz e espirituosa, ficaram tão entusiasmados que incentivaram o compositor a prosseguir e compor uma ópera. Em 1893, o jovem Richard Strauss regeu a estreia em Weimar. O sucesso foi estrondoso. Após o grande *pathos* das obras dramáticas de Wagner e do verismo das óperas italianas, Humperdinck levava ao palco uma obra cheia de tranquilidade e afeto, que encantou e animou os críticos e o público. Em pouquíssimo tempo, essa ópera estava no programa das temporadas de todos os grandes teatros de ópera e trouxe a Humperdinck uma fortuna considerável e, com isso, a independência financeira. O compositor pôde, então, realizar um antigo sonho. Em 1895 comprou uma propriedade imponente na localidade de Boppard, na sua amada Renânia: o palacete

Humperdinck, uma casa de campo com torres em localização privilegiada. Dois anos depois, ele se mudou para a agradável cidadezinha de vinicultores onde poderia trabalhar em paz e se dedicar à família. Anotava em seu *Livro de Anotações de Boppard* tudo o que lhe vinha à cabeça durante seus passeios matinais.

Com muito pesar, ele se separou de Boppard para ser professor na Escola Superior Real de Música e dar *master classes* de composição na Academia de Artes de Berlim. Ali Humperdinck compôs uma série de músicas incidentais para o teatro alemão, principalmente para peças de Shakespeare: *A tempestade, Noite de reis, Conto do inverno, O mercador de Veneza*. Nos meses de verão, que o compositor gostava de passar em Boppard, ele compôs, de 1907 a 1909, a nova forma do conto de fadas dramático *Königskinder* [*Filhos de reis*], sua segunda ópera de grande sucesso. A criança era tema artístico frequente das obras de Humperdinck (que teve vários filhos), assim como de Robert Schumann. Além de *Hänsel und Gretel* e do *Königskinder*, ele compôs outras óperas inspiradas em contos de fadas: *Branca de Neve, Os sete cabritinhos, A Bela Adormecida* e o *Sonho de Natal do menininho*. Elas também contêm várias melodias que se tornaram canções populares.

O compositor, que desfrutou de grande sucesso em vida, morreu em 1921, aos 67 anos.

Mister Pumpernickel

Fato curioso

O ator, autor e empresário inglês do Drury Lane Theatre de Londres, Augustus Harris, viajou para os Estados Unidos para levar aos palcos do Novo Mundo a obra-prima de sucesso de Humperdinck, João e Maria. Mas a ópera-conto de fadas, aplaudida entusiasticamente na Europa, foi recebida com frieza pelos americanos. Uma das razões foi o descuido de Harris em seu discurso para o público no dia da estreia. Ele expressou a esperança de que o público norte-americano também tivesse compreensão musical suficiente para poder apreciar a obra magnífica do grande compositor alemão Engelbert Pumpernickel.[1]

---

1 "Pumpernickel" é um tipo de pão. (N. T.)

Heinrich Isaak

Datas de nascimento e morte:
*por volta de 1450, Flandres

†26 de março de 1517, Florença

Origem: Flandres

Período: Renascimento

Obras importantes

Música coral:
Ciclo de motetos *Choralis Constantinus* (1509)

Música vocal:
Innsbrugk, ich muss dich lassen, canção (por volta de 1514)

Importância

O compositor Heinrich Isaak, de Flandres, mestre da polifonia vocal neerlandesa, é considerado um dos principais músicos renascentistas. O especialista em música Hans Albrecht o denomina "*Grandseigneur* da música de seu tempo, um conhecedor superior e uma pessoa muito acima da média." Sua canção *a cappella*, *Innsbrugk, ich muss dich lassen*, é popular até hoje.

O importante compositor renascentista Heinrich Isaak nasceu em Flandres em 1450. Não se sabe o local de nascimento do compositor flamengo, que nos primeiros documentos era chamado de Henricus de Flandria. Também não há informações sobre sua infância e juventude. Supõe-se que Isaak era menino cantor de coro, teve de abandonar a *Kapelle* quando sua voz mudou, foi para a universidade aos catorze ou quinze anos, formou-se aos dezoito e, em Florença, completou a formação de organista. Lá, no começo da década de 1480, Isaak trabalhou como organista na igreja de S. Giovanni e na catedral local, e cantava na orquestra da corte dos duques de Médici. Lorenzo di Médici, "Il Magnifico", ficou tão entusiasmado com o talento do músico de Flandres que o contratou como professor de música de seus filhos, apoiando e incentivando-o como mecenas, e até lhe intermedeia uma esposa, a filha de um mestre-açougueiro. Quando Lorenzo, amigo das artes e da música, faleceu, seu sucessor foi Piero di Médici. Como o coro da orquestra ducal teve de ser dissolvido pela situação financeira abalada, Isaak passou a servir Piero particularmente. Ao mesmo tempo, o fanático Savonarola, cheio de ódio, incitou o povo contra os Médici. Os duques foram expulsos de Florença e Isaak perdeu seu emprego e seus mecenas.

A corte do imperador teuto-romano Maximilian em Viena tornou-se, nessa época, o centro de cultura e arte europeias do humanismo renascentista. O regente desejava fazer de Viena o centro das atividades musicais de seu império. Ordenou que diversos coros de seu império fossem dissolvidos e levados para Viena, para ali formar um coro que cantasse segundo a mais recente moda da complicada polifonia vocal neerlandesa. Por isso, o imperador Maximilian nomeou o compositor flamengo, que tinha fama como representante da escola neerlandesa, compositor da corte, um cargo que ainda não se conhecia na época, já que os membros do coro eram, eles mesmos, responsáveis por suas composições. Isaak, compositor da corte, não foi obrigado a morar definitivamente na residência imperial. Sua tarefa era apenas entregar as composições e ir à corte quando o imperador ordenasse. Por isso, o compositor flamengo também podia ser encontrado em outras cidades: Innsbruck, Augsburg, Nuremberg e Torgau.

Quanto maior sua fama, tanto maior a frequência com que o flamengo entrava em contato com outras cortes — como a corte saxônica de

Frederico, o Sábio, e a corte dos duques de Ferrara, por exemplo. Mas Isaak preferiu ficar em Florença, onde os duques de Médici voltaram ao poder. Em 1507, Isaak, então um compositor famoso, acompanhou o imperador Maximilian quando este foi para o parlamento em Konstanz, e recebeu das autoridades eclesiásticas a encomenda de compor um ciclo de motetos para as missas solenes de todos os feriados religiosos do ano. O *Choralis Constantinus* foi a obra mais importante de Isaak.

O músico parece ter conquistado uma posição de grande confiança na corte de Maximilian, pois, inteligente e com múltiplos talentos (dominava as línguas europeias mais importantes), teve de cumprir missões diplomáticas para o imperador na corte dos Médici, além de compor. Até sua morte, ele ocupou essa posição. Embora Isaak tenha passado o final de sua vida em Florença, o imperador estava disposto a pagar ao músico o que ele fez por merecer. No outono de 1516, Isaak adoeceu. Em 26 de março de 1517, o grande compositor morreu em Florença.

Isaak, o artista renascentista confiante e independente, trabalhava com todos os gêneros representativos da música na passagem do século XV para o século XVI. A música sacra estava no centro de sua obra (Isaak era considerado um produtivo compositor de missas), mas sua composição de canções também foi significativa. Sua canção mais famosa, até hoje, é *Innsbrugk, ich muss dich lassen,* uma joia da arte alemã das canções, que provavelmente foi composta como presente de despedida de Isaak para a capela da corte imperial de Innsbruck. Nenhuma outra canção *a cappella* atingiu jamais tal popularidade. ∎

Charles Ives

Datas de nascimento e morte:
*20 de outubro de 1874, Danbury

†19 de maio de 1954, Nova York

Origem: Estados Unidos

Período: Música moderna

Obras importantes

Obras orquestrais:
The Unanswered Question (1908/1930-1935)
Central Park in the Dark para pequena orquestra (1906-1909)
Orchestral Set n. 1: Three Places in New England (1912-1917)
Sinfonia n. 3 (*The Camp Meeting*) (1908-1911)
Universe Symphony (1915-1928)

Música de câmara:
Quarteto de cordas n. 2 (1913-1915)

Música para piano:
Sonata para piano n. 2 (1919-1940)

Importância

Charles Ives, o primeiro compositor clássico norte-americano de categoria internacional, é considerado revolucionário da música e precursor da vanguarda. Em suas composições, rompeu com a tradição musical e começou, no início do século XX, a usar modos de composição que se tornam mais tarde de grande importância para toda a música moderna, como a atonalidade, os métodos seriais, a sobreposição de diversos ritmos e melodias, a técnica de colagem, a música aleatória e a notação gráfica.

O compositor americano Charles Ives é o considerado precursor da modernidade. Seus antepassados haviam emigrado da Inglaterra e se estabelecido na Nova Inglaterra: eram banqueiros, pregadores, juristas. O pai de Charles, Edward Ives, grande amante de música, ganhava seu sustento como mestre-de-capela militar. Ele deixou como herança para seu filho o talento para experimentos musicais. Charles recebeu dele uma sólida formação musical em piano e órgão. Mas o pai lhe ensinou, principalmente, a usar os ouvidos e prestar atenção aos acontecimentos sonoros ao seu redor.

Charles começou a compor quando era estudante. A princípio, ele arranjava peças para a orquestra de seu pai, na qual tocava tambor. Aos treze anos, compôs peças próprias que já demonstram uma qualidade extraordinária: um *Holiday Quickstep* e uma *Schoolboy March*. A primeira de suas canções que foi obtida, *Slow March*, era um canto fúnebre para o seu gatinho morto. Todas as composições do começo de sua carreira eram danças e marchas, músicas que caracterizavam a vida cotidiana de uma pequena cidade norte-americana. No mesmo ano, o jovem Ives tornou-se organista em sua cidade natal. Logo depois, organizou seus próprios concertos de órgão. Após concluir o ensino médio, Ives foi para a famosa Universidade de Yale. Frequentava aulas de musicologia e estudava composição. Para a conclusão da faculdade, compôs sua *Primeira sinfonia*. Nessa obra, já se percebe a preferência do compositor norte-americano pela combinação de diversas tonalidades, melodias e ritmos, ou seja, usar a politonalidade e polirritmo.

Apesar de ter concluído o curso superior de música, Ives decidiu começar uma carreira não ligada à música, porque acreditava que seria necessário fazer muitas concessões se quisesse viver da música. Ives tornou-se funcionário de uma companhia norte-americana, mas em suas horas de folga compunha uma obra após a outra. Aos 33 anos fundou, com Julie Myrick, uma companhia própria, a Ives+Myrick, e se tornou um dos corretores de seguros de vida mais bem-sucedidos dos Estados Unidos. Após seu casamento com Harmony Twichel, em 1908, ele continuou mantendo sua "vida dupla". Mudou-se para Nova York para exercer sua profissão mais intensamente, mas aproveitava cada minuto livre para compor. Raramente frequentava eventos públicos, concertos ou peças de teatro. Evitava a sociedade e tinha poucos amigos.

Ives trabalhava e compunha incansavelmente. Paralelamente, ele se preocupava com questões sociais e políticas durante a Primeira Guerra Mundial. O grande estresse (havia dias em que trabalhava por dezoito horas) provocou um profundo esgotamento físico e mental no compositor de 46 anos. Após um infarto, Ives se recuperou lentamente. Logo depois, ficou diabético e, como consequência, mal conseguia compor. Como compositor, ele se concentrou, a partir de então, em rever, revisar e completar as composições existentes. Pela primeira vez apresentou suas obras publicamente. Mandou publicar por conta própria seus textos musicais e composições. As partituras eram distribuídas gratuitamente a qualquer interessado. Mas suas obras, a princípio, não foram compreendidas.

Depois dos 47 anos, Ives não compôs praticamente mais nada. Sua monumental *Universe Symphonie*, na qual ele trabalhou durante vários anos, fica inacabada. Sua última composição, a canção *Sunrise*, data de 1926. A mulher de Ives recordava que seu marido, logo depois de compô-la, desceu com lágrimas nos olhos e disse que não conseguia mais compor, que nada dava certo, que nada mais tinha o som certo. Aos 56 anos, Ives abandonou o trabalho em sua agência de seguros e passou a viver recluso em West Redding e Nova York. Até então, ele ainda era praticamente desconhecido. Aos poucos, porém, o interesse por suas obras crescia. No entanto, o solitário compositor ficava longe das apresentações delas. As premiações, como o prêmio Pulitzer, foram recebidas por sua esposa. Irritado, ele disse ao júri: "Prêmios são para meninos, eu já estou crescido", e doou os 500 dólares que recebeu. Em 1954, Charles Ives, o inovador norte-americano da música, morreu, aos 79 anos, em Nova York.

Ives foi um dos experimentadores musicais mais ousados do século passado. Ele herdou o talento para experimentos musicais de seu pai, que anos antes já havia inventado uma máquina de quartos de tom. Quando Ives ainda era uma criança, seu pai, por ocasião de um festival, fez com que várias orquestras marchassem dos quatro pontos cardeais em direção à cidadezinha de Danbury, e cada uma delas tocava uma marcha diferente em tonalidade e andamento. As invenções e experiências do pai marcaram profundamente a música de Ives. Mais tarde, ele foi um dos primeiros compositores a usar quartos de tom em sua música. Ele fez com que ritmos de marcha fossem tocados simultaneamente em diversas velocidades e às vezes usa treze melodias diferentes as quais também apresenta, em parte, simultaneamente, ou seja, sobrepostas. Uma especialidade do compositor norte-americano é a técnica de colagem. Para isso, ele usa citações da música europeia, da música tipicamente americana como *ragtimes*, marchas e canções patrióticas e sacras tradicionais, assim como material acústico, como som de tambores e música de circo, combinando esses sons com sua própria música.

Enquanto era vivo, suas obras foram ignoradas e, portanto, muitas de suas composições não foram executadas durante muito tempo. Apenas poucos especialistas em música gostam de sua música experimental, cheia de dissonâncias. Mas a falta de popularidade não incomodava o compositor, pois, na opinião de Ives, a pior palavra para descrever uma música era "bonita". Atualmente, seu prestígio está crescendo, pois suas técnicas de composição são contribuições e ideias revolucionárias para a evolução da música. A moderna vanguarda não seria possível sem as ideias desse compositor norte-americano coerente, confiante e não afeito a concessões.

O sonho de um visionário da música

Fato curioso

Ives havia trabalhado durante vários anos em sua Universe Symphonie, *que ele, porém, intencionalmente, não quis terminar. "Qualquer um que quisesse", disse a seu copista, "deveria poder acrescentar algo à composição". E ele sonhava que essa sinfonia universal, como música no espaço, algum dia fosse executada da seguinte forma: mais de uma dúzia de orquestras deveria tocar com formações diferentes sobre as colinas das redondezas, coros gigantescos deveriam cantar nos vales da agradável paisagem e um dos grupos deveria flutuar sobre uma balsa na água, para poder mudar de posição constantemente durante a execução.* ■

Leoš Janáček

Datas de nascimento e morte:
*3 de julho de 1854, Hukvaldy (Norte da Morávia)

†12 de agosto de 1928, Moravská Ostrava

Origem: Tchecoslováquia

Período: Romantismo tardio

Obras importantes

Música dramática:
Jenufa, ópera (1904)
Katya Kabanova, ópera (1921)
A raposinha esperta, ópera (1924)
Da casa dos mortos, ópera (1927)

Música coral:
Missa glagolítica (1917)

Música de câmara:
Quarteto de cordas n. 2 (Cartas íntimas) (1928)

Música para piano:
Num caminho coberto de vegetação, ciclo (1901-1908)

Música vocal:
Diário de um desaparecido, ciclo de canções (1921)

Importância

Leoš Janáček está, ao lado de Dvořák e Smetana, entre os três grandes compositores da música tcheca. No decorrer de sua vida, ele se desvinculou da tradição clássico-romântica e encontrou seu próprio estilo. A base de suas obras musicais é o folclore eslavo. Janáček foi o primeiro compositor a anotar a melodia da fala humana e utilizá-la em suas obras.

O compositor tcheco Leoš Janáček passou a infância em Hukvaldy (na Morávia), perto da fronteira polonesa. Teve as primeiras aulas com seu pai, professor e organista. Leoš também queria ser pedagogo, e frequentava o instituto eslavo de formação de professores, em Brünn. Ali, na capital da Morávia, o jovem Janáček começou, três anos depois, a trabalhar como professor de geografia, história e língua tcheca. Brünn se tornou sua segunda terra natal. Ao contrário de outros compositores, que faziam grandes viagens e turnês, Janáček (com poucas exceções) nunca deixou Brünn.

Aos vinte anos, Janáček começou a estudar composição na escola de órgão. O talentoso aluno completou o curso de três anos em um ano e passou alguns meses em Leipzig e Viena para complementar sua formação de compositor. Mas, depois, ele passou a marcar e fomentar a vida musical de Brünn como diretor da escola de órgão, regente de coro da associação tcheca de canto Beseda e regente da sociedade filarmônica. Janáček conheceu o grande compositor tcheco Dvořák, a quem admirava muito por encontrar o folclore eslavo em sua música. Juntos, eles faziam caminhadas pelo centro e sul da Boêmia.

Aos 26 anos, casou-se com a jovem Zdenka Schulzová, de dezesseis anos e que recebera uma educação alemã. O casamento foi uma catástrofe, pois sua mulher veio da elite alemã (na época, a Morávia fazia parte do Império Austro-Húngaro) e ele era de origem eslava e tinha orgulho disso. Nacionalista fanático, preferia andar meia hora a pé a tomar o bonde, porque os pontos de parada eram anunciados em alemão. Durante muitos anos, Janáček buscou as raízes da verdadeira música. Ao visitar seu tio no leste da Morávia, o compositor, então com trinta anos, teve contato com a música tradicional da região e ficou fascinado. Junto com o colecionador de textos František Bartoš, o curioso compositor fez inúmeras excursões para a Valáquia e pesquisou sobre as canções e danças populares de sua terra natal eslava. Janáček se tornou então o precursor de dois importantes pesquisadores húngaros da canção tradicional, Bartók e Kodály. O compositor reuniu as mais belas melodias em seu ciclo *Músicas e canções populares da Morávia*. Todas as obras do início da carreira de Janáček se baseavam em textos e melodias da música folclórica.

Quando ele descobriu que a música folclórica imitava a melodia da fala humana, ele começou a pesquisar sobre a oscilação da língua. Imitava e anotava a melodia e o ritmo da fala humana e dos sons animais com uma exatidão matemática. Para ele, a língua falada passou a ser o ponto de partida para qualquer melodia. A primeira obra importante em que ele utilizou seu novo método de composição foi sua ópera *Jenufa*, que dedicou à filha Olga, morta precocemente. Janáček já tinha, nessa época, cinquenta anos. Mas o drama expressivo que trata de amor, ciúme e infanticídio teve sucesso medíocre. Só doze anos depois da estreia foi que começou a trajetória de sucesso da ópera que rapidamente se tornou uma das mais encenadas do século XX. *Jenufa* transformou Leoš Janáček no compositor tcheco mais bem-sucedido de sua época.

Aos 59 anos, Janáček conheceu a mulher de um comerciante, 38 anos mais jovem. Seu relacionamento amoroso intenso interferiu muito no casamento do compositor. Kamilla Stösslova, com seu jeito jovial e espontâneo, tornou-se seu grande amor. Só então, na última década de vida, foi que Janáček compôs quase todas suas obras-primas: a ópera *Katya Kabanova*, sua *Sinfonietta*, a *Missa glagolítica*, seus *quartetos para cordas* e a encantadora ópera *A raposinha esperta*, um sonho tcheco de uma noite de verão. Essa obra dramática popular se passava — e isso foi inédito na história da ópera — principalmente na natureza, reunindo os mundos humano e animal ao fazer com que os animais falassem e tivessem sentimentos.

No final de sua vida, Leoš Janáček compôs sua obra-prima de música de câmara, o *Quarteto de cordas n. 2*, em que descreveu musicalmente, de forma comovente, os momentos inesquecíveis com sua amante. Ele confessou:

> "Vai se chamar *Cartas de amor*. Acho que soará encantador. Tivemos vivências mais do que suficientes. Serão como pequenas chamas em minha alma, que a transformarão nas mais lindas melodias. Acho que nunca mais comporei algo mais profundo e mais verdadeiro". E um pouco mais tarde: "Hoje consegui compor a peça na qual a Terra treme".

Esse quarteto de cordas, com sua intensidade, é uma das maiores obras da música de câmara do século XX. Porém, antes da primeira execução dessa obra extraordinária, Leoš Janáček morreu, aos 74 anos, em consequência de uma pneumonia, em Moravská Ostrava.

Leoš Janáček

Um hobby estranho

Fato curioso

Leoš Janáček foi o primeiro compositor que estudou a melodia da fala humana. "A melodia da fala humana e das vozes das criaturas se tornaram para mim a fonte da verdade mais profunda. Os temas da fala são as janelinhas para a alma", confessou o compositor. Pouco a pouco, Janáček reuniu melodias da fala que depois utilizou em suas melodias. Certa vez, encontrou a filha do famoso compositor Friedrich Smetana fazendo compras e anotou tudo o que ela disse em seu caderninho. ■

Aram Khachaturian

Datas de nascimento e morte:
*24 de maio (6 de junho) de 1903, Kodzhori, perto de Tbilissi

†1º de maio de 1978, Moscou

Origem: Geórgia (ex-república da União Soviética)

Período: Modernismo

Obras importantes

Obras dramáticas:
Gayane, balé (1942)

Obras orquestrais:
Concerto para piano em ré bemol maior (1936)
Concerto para violino em ré menor (1940)

Obras para piano:
Tocata em mi bemol menor (1932)

Importância

Aram Khachaturian é considerado o primeiro compositor de origem armênia conhecido internacionalmente. Em sua música fortemente ritmada, fundem-se tradições musicais caucasianas instrumentais e vocais com a música erudita ocidental.

Aram Khachaturian

Aram Khachaturian cresceu como filho de um comerciante armênio em Kodzhori, nos arredores da capital Tblissi. O compositor contou, mais tarde: "Cresci em uma atmosfera de arte popular riquíssima. A vida do povo, suas festas, costumes, alegria e sofrimento, o som esplendidamente colorido das melodias armênias executadas por cantores e músicos populares, essas impressões da minha juventude ficaram profundamente gravadas em minha consciência e determinaram a base de meu pensamento musical".

O jovem Khachaturian tocava trompa, tuba e piano em um conjunto formado por estudantes. Aos dezoito anos, deixou sua amada cidade natal para estudar biologia em Moscou, mas, um ano depois, já ficara claro para ele que a música dominava todo o seu pensamento. O entusiasmado Khachaturian, sempre cheio de ideias, se inscreveu na escola de música Gnessin para estudar piano, violoncelo e composição. Seis anos depois, transferiu-se para o conservatório de Moscou para aperfeiçoar seus estudos de composição.

Khachaturian, que começou a compor relativamente tarde, desenvolveu-se logo. O compositor de 33 anos alcançou seu primeiro grande sucesso com o *Concerto para piano*, que entusiasma por sua rítmica envolvente. O temperamento apaixonado de Khachaturian, sua impulsividade e seu amor por contrastes se mostram nessa primeira composição expressiva. A obra coral *Poema sobre Stalin*, uma homenagem ao ditador soviético, abriu-lhe a porta para a liderança da Associação Soviética de Compositores e lhe trouxe homenagens e condecorações. Posteriormente, compôs obras que agradaram aos mandatários soviéticos, e com o balé *Gayane* ele alcançou fama mundial. Em especial a temperamental *Dança do Sabre*, uma dança curda masculina estilizada, torna-se um sucesso internacional.

Em 1944, Khachaturian compôs o hino nacional armênio. Porém, o comitê central da União Soviética começou a discordar cada vez mais das obras do compositor. A acusação era de que suas obras seriam influenciadas por tendências ocidentais e incompatíveis com a concepção socialista de música. A partir de então, suas composições (como as de seus contemporâneos progressistas Prokofiev e Shostakovitch) não podiam mais ser executadas, o que afetou Khachaturian profundamente, pois ele simpatizava com o estado socialista soviético. Por isso compôs, como compensação, a trilha sonora da biografia de Lênin, o grande líder comunista. No total, Khachaturian compôs a música de mais de vinte filmes.

Nos anos 1950, lecionava composição na escola de música de Gnessin e no conservatório. Fez inúmeras turnês como regente, principalmente de suas próprias obras. Com a morte de Stalin, em 1953, ele foi o primeiro a se manifestar criticamente sobre a tutela de muitos artistas pela Associação Estatal de Compositores, da qual era o primeiro secretário. Aram Khachaturian morreu em 1978, em Moscou, aos 74 anos. Foi sepultado na capital armênia, Yerevan.

Inúmeras obras suas fazem parte do repertório das grandes salas de concerto em todo o mundo. Além de seus balés *Gayane* e *Spartak*, também são apreciados seu apaixonado *Concerto para piano*, as *Rapsódias para piano, violino, violoncelo e orquestra*, seu romântico *Concerto para violino* e uma composição para o famoso clarinetista de jazz da época do swing, Benny Goodman. Os pianistas gostam de tocar em seus concertos a *Tocata* curta e envolvente de Khachaturian como bis. ∎

Zoltán Kodály

Datas de nascimento:
*16 de dezembro de 1882, Kecskemét

†6 de março de 1967, Budapeste

Origem: Hungria

Período: Expressionismo

Obras importantes

Música dramática:
Háry János, singspiel para tenor, coro, coro infantil e orquestra (1926)
O salão giratório, singspiel (1932)

Música vocal:
Psalmus hungaricus op. 13, oratório (1923)

Obras orquestrais:
Danças de Marosszék, versão orquestral (1930)
Danças de Galánta (1933)
Variações pavão, variações sobre uma canção folclórica húngara para orquestra (1937-1939)

Importância

Zoltán Kodály é considerado, ao lado de Béla Bartók, o mais importante compositor húngaro da primeira metade do século XX. Kodály queria criar uma música erudita húngara autônoma que se baseasse no folclore nacional. Para pesquisar a autêntica música folclórica de sua pátria, ele viajava com seu amigo Béla Bartók pelos vilarejos e coletou três mil canções folclóricas.

"Quando me perguntam em que obras o espírito húngaro encontra sua expressão perfeita, só posso responder o seguinte: nas obras de Kodály", manifestou o compositor Béla Bartók sobre o amigo.

Zoltán Kodály nasceu em Kecskemét, um vilarejo húngaro. Os pais amavam a música: o pai tocava violino; a mãe, piano. O pai era funcionário da ferrovia estatal húngara, e por isso a família mudava frequentemente de endereço. "Em Galánta", escreve Kodály, "passei os sete melhores anos de minha vida". Na época, era famosa a orquestra de ciganos de Galánta, sob direção do violinista Mihok. Posteriormente, o compositor homenageou o lugar preferido de sua infância com as *Danças de Galánta*. Zóltan mostrou desde cedo grande interesse pela música. "Eu cantei antes de aprender a falar, e cantava mais do que falava. Com quatro anos, compus pela primeira vez. Muito cedo tomei contato com os instrumentos e as obras-primas da música clássica", contou Kodály, que foi autodidata em violino, viola, violoncelo e piano. Porém, Zoltán preferia compor a tocar. A princípio, compôs obras de música sacra, como uma *Abertura em ré menor*, executada pela orquestra da escola. No ginásio, o jovem Kodály era um dos melhores. Os professores lhe prediziam uma grande carreira científica.

Os pais e conhecidos desaconselharam Zoltán a estudar música, pois "aquilo não era para as melhores pessoas". Por isso, para agradar aos pais, ele se matriculou na Universidade de Budapeste para estudar filologia alemã e húngara. Mas, como não tinha a menor dúvida com relação à vocação para a música, fez curso de composição na academia de música, além da faculdade. Como na época Budapeste fazia parte do Império Austro-Húngaro, "o alemão era, por assim dizer, a língua oficial na música. A maior parte dos músicos profissionais nem sabia húngaro. Não admira, portanto, que naquela grande cidade alemã tenhamos sido acometidos por uma enorme saudade da verdadeira Hungria que não se encontrava em nenhum lugar de Budapeste", escreveu Kodály em suas memórias.

Aos 22 anos, o músico partiu em viagem para ouvir e anotar, *in loco*, as genuínas canções folclóricas de sua pátria das "árvores de canções", como se chamavam na Hungria os camponeses que ainda cantavam as velhas cantigas. Depois de coletar cerca de mil canções, escreveu sua tese de doutorado sobre *a Estrutura em estrofes da canção folclórica húngara*.

Kodály ficou bastante amigo de seu colega Béla Bartók, pois os dois tinham interesses semelhantes. Ambos estavam em busca da autêntica música húngara. Equipados com um fonógrafo, os dois percorreram os vilarejos de seu país para gravar, coletar e estudar as antigas canções folclóricas locais. Kodály conseguiu combinar essas viagens de pesquisa com outras paixões. O amante da natureza e fã de esportes, que gostava de nadar, jogar tênis e esquiar, pôde, dessa forma, explorar o próprio país. Aos 24 anos, Kodály foi nomeado professor de teoria musical na academia de música. Casou-se com Emma Schlesinger, uma compositora.

Por ocasião dos festejos de cinquenta anos da união de Buda e Peste, formando a capital húngara, Kodály recebeu a encomenda de compor uma obra. O *Psalmus hungaricus* para tenor, coro misto, coro infantil e orquestra sobre o Salmo 55 da *Bíblia* é a obra mais famosa do compositor. O oratório lhe trouxe fama internacional. Em 1926, aconteceu no Teatro de Ópera de Budapeste a estreia de sua primeira obra de música dramática, *Háry János*, um *singspiel* com cinco histórias de aventuras de um barão húngaro mentiroso. Pouco depois, a ópera foi transformada em *Suíte Háry János*, na qual Kodály inseriu várias canções populares tradicionais, e começou sua turnê vitoriosa pela Europa.

Logo depois, o músico compôs sua segunda ópera, *O salão giratório*, que trata da vida na Transilvânia. A popularidade do compositor cresceu no país e no exterior com sua obra *O pavão*, dezesseis variações sobre uma conhecida canção folclórica húngara. O ponto central da obra de Kodály é a música para coral. Dedicava grande parte dessas obras às novas gerações, pois a educação musical infantil era, para ele, sempre um grande objetivo. Criou coros infantis, trabalhou como professor de música e compôs, com grande dedicação, música pedagógica. O grande compositor sempre frisava: "Todas as nossas tarefas podem ser resumidas em uma só palavra: educação. Deve ser dada oportunidade à grande massa da população húngara de conhecer e aprender a amar música clássica de qualidade".

Em 1940, Kodály se demitiu do cargo de professor da Academia de Música e foi para a Academia das Ciências para preparar a publicação planejada de sua ampla coleção de música folclórica húngara. Como seu amigo Béla Bartók emigrara para os Estados Unidos por causa da guerra,

Kodály teve de realizar todo o trabalho sozinho. Essa empreitada lhe ocupou muito e lhe deixou pouco tempo para compor. Após a Segunda Guerra Mundial, ele fez inúmeras turnês regendo as próprias obras e contribuiu para a reconstrução da vida musical húngara. Compunha pouco, mas escreveu uma série de textos sobre música pedagógica. Quando sua mulher morreu, em 1958, o compositor, aos 75 anos, casou-se com a estudante Sarolta Peczely, de dezenove anos. Passou a viajar regularmente para os Estados Unidos e Europa Ocidental e, como filólogo aficionado, teve o desejo de aprender outras línguas europeias. Zoltán Kodály morreu em 1967, durante os preparativos para uma viagem mais longa, em Budapeste, aos 84 anos. ∎

Ernst Křenek

Datas de nascimento e morte:
*23 de agosto de 1900, Viena

† 22 de dezembro de 1991, Palm Springs (Estados Unidos)

Origem: Áustria

Período: Música moderna

Obras importantes

Música dramática:
Jonny spielt auf op. 45, ópera (1927)
Karl V op. 73, ópera (1938)

Obras corais:
Lamentario Jeremiae Prophetae op. 93 (1941/1942)

Importância

O compositor austríaco Ernst Křenek é considerado um dos mais ecléticos e versáteis do século XX. Foi uma pessoa musical solitária que não fez parte de um movimento definido, mas que experimentou diversas tendências e em cada uma delas alcançou a maestria. Křenek deixou um amplo catálogo com 242 obras. *Jonny spielt auf* tornou-se a ópera mais popular e mais executada dos anos 1920 do século XX.

O compositor austríaco Ernst Křenek, que, nos Estados Unidos, mudou seu nome para a forma alemã Krenek, nasceu em 1900 em Viena, na época, capital do Império Austro-Húngaro. Seu pai, oficial imperial-real, educou o filho com rigor militar. Com dezesseis anos, o jovem começou a estudar composição na Academia de Música de Viena. Quatro anos depois, seguiu os passos de seu professor, Franz Schreker, indo para Berlim. Lá passou a transitar entre compositores importantes, como Ferruccio Busoni. "Aqueles jovens logo me fizeram perder o preconceito contra a música radicalmente nova", confessou o jovem Křenek. Sob a influência dos compositores berlinenses, ele desistiu do estilo romântico tardio, lírico, de suas primeiras obras. Seu estilo passou a ser o atonalismo, que marcou principalmente suas duas primeiras sinfonias, as quais já revelavam genialidade musical. Obviamente, o jovem ávido por aprender e aberto às coisas novas na Berlim dos anos 1920 também tinha contato com a música de entretenimento da época. Entusiasmado, ele integrou as danças da moda da época, como o charleston, e os ritmos excitantes do jazz em suas composições.

Em Paris, conheceu as obras neoclássicas de Igor Stravinsky e a música simples e elegante do Grupo dos Seis, e decidiu tornar suas composições mais acessíveis ao público. O resultado musical dessa experiência foi a bem-sucedida ópera *Jonny spielt auf*, que estreou em 1927, em Leipzig, tornando-se um grande sucesso de público e fazendo o compositor ficar famoso do dia para a noite. Ela foi traduzida para dezoito idiomas e foi a ópera mais encenada daquela época. Nos três anos seguintes, houve 450 apresentações em mais de cem teatros de ópera europeus e norte-americanos. Em sua ópera de sucesso, Křenek tentou captar musicalmente a atmosfera dos anos 1920, utilizando também as novas conquistas tecnológicas, como o telefone e o automóvel.

Křenek divorciou-se de Anna Mahler, a filha de Gustav Mahler, com quem havia se casado em 1924, e se casou com a famosa atriz Berta Hermann. No final da década de 1920, ele se mudou novamente para sua cidade natal, Viena, e se guiou, em suas obras seguintes, pela música tradicional de seu país, principalmente a de Schubert. Começou a compor no estilo neorromântico, que deu origem a seu ciclo de canções *Livro de viagem aos Alpes austríacos*. Mas logo depois estudou a música de Arnold

Schönberg, cujo dodecafonismo rejeitara até então. O resultado foi a impressionante ópera *Carlos V*. Ao receber da ópera estatal de Viena a encomenda de compor uma ópera sobre o imperador Habsburgo, ele a aceitou com gosto, pois, com esse tema histórico, poderia se distanciar da política cultural dos novos mandatários nazistas e se declarar publicamente católico. Mas a estreia foi impedida em Viena, porque a obra de Křenek, desde 1933, era considerada "degenerada" pelos nazistas, devido à sua "ópera negra" *Jonny spielt auf*, e proibida na Alemanha. Pouco antes da invasão das tropas alemãs na Tchecoslováquia, realizou-se a estreia em Praga.

Após a anexação da Áustria à Alemanha nacional-socialista, Křenek emigrou para os Estados Unidos, em 1938. Lá começou uma intensa atividade docente em várias universidades. Após a Segunda Guerra Mundial, Křenek se tornou cidadão americano e adotou o nome germânico Krenek. Estabeleceu-se em Los Angeles, casou-se, pela terceira vez, com uma compositora, e dava palestras e aulas. Nos anos 1950, Křenek passou a atuar novamente, e com intensidade, na Europa: como pianista e regente das próprias obras, como docente nos cursos de férias de Darmstadt sobre Música Nova e como professor convidado de diversas instituições.

Como Křenek estudou as novas tendências da música durante toda a vida, ele passou se concentrar nos métodos de composição da vanguarda: música eletrônica e música aleatória, a música do acaso. Durante o festival Viena Moderna, sua cidade natal dedicou a seu famoso filho Ernst Křenek, a quem já concedera anteriormente o prêmio estatal austríaco, por ocasião do seu nonagésimo aniversário, uma retrospectiva abrangente. Foi a última vez que o compositor visitou sua terra de origem. Pouco depois, Ernst Křenek faleceu em Palm Springs, seu lar nos últimos anos de vida, aos 91 anos. ∎

Orlando di Lasso

Datas de nascimento e morte:
*por volta de 1532, Mons (Hennegau, atual Bélgica)

†14 de junho de 1594, Munique

Origem: Países Baixos

Período: Renascimento

Obras importantes

Música sacra:
Mil e duzentos motetos, entre eles: *Prophetiae sibyllarum* [doze motetos a quatro vozes sobre textos de profecias das sibilas] (1600)
Cem Magnificats, entre eles: *Iubilus. B. Virginis, hoc est Centrum Magnificat* (1619)

Música profana:
Duzentos madrigais, entre eles: *Lagrime di S. Pietro* [21 madrigais para sete vozes] (1595)
Cento e cinquenta chansons francesas, entre elas: *Thresor de musique d'Orlando di Lasso* (1576/1582)
Noventa e cinco canções alemãs, entre elas: *Der Dritte Theil Schöner, Newer, Teutscher Lieder, mit fünf Stimmen* (1576)

Importância

O neerlandês Orlando di Lasso, cidadão do mundo, culto e viajado, é considerado, ao lado de Palestrina, uma personalidade musical central da segunda metade do século XVI, a Alta Renascença. Foi o músico mais bem pago de sua época. Sua biografia foi publicada enquanto ainda vivia. O ecletismo de suas duas mil obras é impressionante: Lasso compôs nos mais variados estilos e idiomas, música sacra e profana (só de motetos, foram 1.200).

Orlando di Lasso

O compositor neerlandês de Hennegau, região franco-flamenga, parece ser de origem humilde, pois a data de nascimento de Orlandus Lassus, que mais tarde adotou a forma italiana Orlando di Lasso, não é conhecida, e geralmente os membros das camadas sociais mais altas sabiam exatamente suas datas de nascimento.

Da mesma maneira como, hoje em dia, empresários procuram bons jogadores para os times de futebol, antigamente eram os enviados da nobreza que viajavam pela Europa para contratar cantores e músicos competentes para as orquestras das cortes dos príncipes. Como os pais não queriam entregar o talentoso filho, apesar de ofertas financeiramente atraentes, Orlandus foi sequestrado duas vezes por causa de sua voz clara, agradável, mas em ambas as vezes foi levado de volta para casa pelos pais. Porém, na terceira vez, o jovem Lassus foi sequestrado por enviados do vice-rei da Sicília e levado para Palermo. Na época, ainda não existia a polícia internacional e a Sicília ficava longe dos Países Baixos. Como Orlandus não tinha oportunidade de fugir e voltar para casa, foi obrigado a servir o Gonzaga. Quando a voz do talentoso cantor mudou, ele deixou de ter utilidade e foi demitido de repente.

Como o jovem Lasso já tinha certa fama devido às suas primeiras composições, o Marchese delle Terza, de Nápoles, chamou o jovem para sua corte. A seu serviço, Lasso conheceu a vida cortesã opulenta da Renascença, o movimento alegre das pessoas simples nas ruas da animada cidade de Nápoles, com seus teatros *Commedia dell'arte*, seus menestréis e danças tradicionais. A vida plena do sul da Europa encantou o neerlandês e influenciou suas composições profanas de muitas maneiras. Lasso era inteligente e sedento de conhecimento e tentou, em sua juventude, aprender tudo o que pôde. Falava latim fluentemente, além de alemão, italiano e francês, tinha conhecimentos surpreendentes de literatura e aprendeu a tocar alaúde e a atuar. Para as gerações posteriores, Lasso incorporou o ideal humanista do homem de formação abrangente.

Aos vinte anos, o jovem passou meio ano como convidado do cardeal Altoviti em Roma e foi nomeado mestre-de-capela da igreja Lateran, a segunda maior igreja da Cidade Eterna. Na mesma época, Palestrina, outro compositor importante da Alta Renascença, também vivia e trabalhava em Roma. Lasso e Palestrina marcaram, com suas músicas, a segunda metade do século XVI. Mas eles se diferenciavam fundamentalmente em caráter e composições: Palestrina, o rígido músico sacro cuja atuação estava restrita a Roma, e Lasso, o cidadão culto do mundo e músico universal.

Quando o músico recebeu a notícia de que seus pais estavam gravemente enfermos, ele se demitiu do cargo em Roma, que foi assumido por Palestrina. Mas, ao chegar em sua cidade natal, seus pais já haviam morrido. Buscando distração para sua tristeza, Lasso viajou para a Inglaterra com seu amigo napolitano Broncaccio, um alaudista e homem destemido. Mas na corte da Rainha Mary eles acabaram se envolvendo em intrigas e situações difíceis e voltaram para os Países Baixos assim que o amigo foi libertado da prisão. Orlando di Lasso se mudou para Antuérpia, onde viveu como artista independente. Assim, ele foi o primeiro compositor na história da música que não era empregado e se dedicava à composição. Ele podia fazer isso porque cem de suas obras já haviam sido publicadas. Com isso, o compositor neerlandês conheceu rapidamente o mundo todo. O jovem Albrecht V da Baviera, um soberano afeito às artes que queria transformar Munique em uma cidade da arte e da cultura, percebeu o talento de Lasso e o chamou para sua corte. O neerlandês passou, então, a servir o duque bávaro em 1557 ficando até o final da vida na cidade às margens do Isar, embora recebesse muitas propostas atraentes de outras cortes. Lasso se casou com Regina Wäckinger, a camareira da esposa de Albrecht. Eles tiveram cinco filhos que mais tarde ficaram famosos como músicos.

O duque Albrecht nomeou Lasso diretor da orquestra da corte, um cargo que o neerlandês ocupou até morrer. Era um cargo bem remunerado e privilegiado, mas que implicava muito trabalho. O músico transformou a orquestra em uma das melhores da Europa. Para isso, aumentou o número de músicos de 19 para 63, e fez viagens para contratar os melhores músicos e cantores da Europa para sua orquestra, dando preferência aos *castrati*, já que as vozes altas nas obras de Lasso são muito importantes. Até então, as vozes sopranistas eram cantadas por meninos de coro. Lasso ensinava os meninos, deixava que alguns até morassem em sua casa para poder trabalhar mais intensamente com eles. Tinha a obrigação de compor obras para a orquestra e ensaiá-las com os músicos. Entre as tarefas da orquestra, estavam a organização musical das missas diárias, concertos, música às refeições e óperas, assim como apresentações musicais em festas na corte e recepções oficiais.

O acontecimento mais importante para Lasso durante sua estada em Munique foi o casamento real do herdeiro Wilhelm com Renata von Lothringen. O compositor da corte não apenas organizou a música para a missa e o banquete, mas atuou como alaudista, ator e cantor em uma apresentação de *Commedia dell'arte*. Então ele chegou ao auge de sua fama. Em Speyer, recebeu o título de nobreza do imperador Maximilian I, um gesto que demonstrou o respeito pela pessoa e pela obra de Lasso. Durante uma estada em Paris, recebeu do rei francês a regalia de poder publicar todas as suas obras em volumes dedicados apenas a ele, mas rejeitou a oferta do rei para servi-lo.

Por duas vezes, o compositor neerlandês recebeu o primeiro prêmio no concurso de compositores em Evrey, na França, pelo melhor moteto em latim. Quando seu patrão Albrecht V da Baviera morreu, o príncipe-eleitor saxão August lhe ofereceu o cargo de mestre-de-capela da corte em Dresden, mas Lasso recusou. Ele era muito apegado à cidade de Munique, centro de artes, e aos seus habitantes. Em 1591, o músico sofreu um esgotamento, estava cada vez mais deprimido e ainda teve de presenciar sua orquestra ser reduzida de 63 para dezessete músicos. Faltava dinheiro para a construção da igreja de São Miguel. Sua mulher, por sua vez, atribuiu o precário estado de saúde de seu marido ao excesso de exercícios e de trabalho. Lasso morreu em 1594, mesmo ano que Palestrina. Com esses dois músicos de destaque, o período do Renascimento chegou ao fim.

Com Lasso, morria não apenas um mestre de seu ofício, mas também um músico extraordinariamente produtivo. O neerlandês foi considerado o compositor que escreveu, em mais de duas mil obras, mais notas do que qualquer outro músico. Na verdade, ele deveria estar no *Guinness*. Durante séculos, Orlando di Lasso ficou esquecido. Apenas no século XIX o compositor neerlandês foi redescoberto. ∎

Franz Lehár

Datas de nascimento e morte:
*30 de abril de 1870, Komarón (Hungria)

†24 de outubro de 1948, Bad Ischl (Áustria)

Origem: Hungria/Áustria

Período: Romantismo

Obras importantes

Música dramática:
Die lustige Witwe [*A viúva alegre*], opereta (1905)
Der Graf von Luxemburg [*O conde de Luxemburgo*], opereta (1909)
Paganini, opereta (1925)
Der Zarewitsch [*O czarevich*], opereta (1927)
Land des Lächelns [*A terra dos sorrisos*], opereta (1929)
Giuditta, ópera (1934)

Importância

O compositor austríaco de operetas de origem húngara Franz Lehár é considerado, ao lado de Emmerich Kalmán, fundador da chamada "era de prata vienense das operetas", o período entre as duas guerras mundiais. Deixou mais de trinta delas. *Die lustige Witwe* (*A viúva alegre*), a opereta de maior sucesso de todos os tempos, propiciou fama internacional a Franz Lehár.

Como a profissão do pai (mestre-de-capela militar) obrigava a família a inúmeras mudanças, Lehár passou sua infância em quase vinte cidades diferentes com a guarnição militar do Império Austro-Húngaro. A variedade de paisagens e pessoas se reflete em suas obras.

Aos dez anos, Franz entrou no ginásio em Budapeste. Por seu grande talento musical, aos doze anos o jovem Lehár foi admitido no conservatório em Praga onde estudou violino e teoria musical. O importante compositor tcheco Antonín Dvořák incentivou o talentoso aluno a se tornar compositor. Lehár compôs suas primeiras obras: valsas, polcas, sonatas, canções e dois concertos para violino. Aos dezoito anos, ele se tornou *spalla* em Barmen-Elberfeld, mas logo teve que se demitir do cargo porque foi convocado para o serviço militar. Ele prestou o serviço como violinista solista da orquestra do 50º regimento de infantaria "Grão-duque de Baden", sob a direção de seu pai. Geralmente a orquestra militar tocava no salão termal do parque municipal de Viena. Um ano depois, foi nomeado mestre-de-capela militar em Trieste, depois em Budapeste e Pula. Ali, Lehár compôs sua primeira obra dramática encenada, a opereta *Kukuschka*.

Aos 32 anos, Lehár foi contratado como mestre-de-capela no Theater an der Wien, pois, com sua valsa *Gold und Silber* (*Ouro e prata*), composta para uma festa de Carnaval da princesa Pauline Metternich, ele já estava famoso na metrópole imperial, ávida por divertimento e louca por dança. Depois das primeiras operetas, que não fizeram sucesso em Viena, aos 35 anos conseguiu seu grande sucesso com *Die lustige Witwe* (*A viúva alegre*). A opereta, com sua melodia eslava, suas danças folclóricas e seu ritmo contagiante foi um sucesso internacional sensacional e permitiu que Lehár, a partir de então, se dedicasse à composição. Nos anos seguintes, compôs uma série de operetas populares que ainda hoje têm lugar cativo em todos os palcos europeus, entre elas *Der Graf von Luxemburg* (*O conde de Luxemburgo*) e *Zigeunerliebe* (*Amor cigano*). Lehár compôs algumas obras orquestrais, mas acabava logo voltando para o mundo dos palcos.

As mudanças sociais da época e a eclosão da Primeira Guerra Mundial fizeram com que Lehár se confrontasse com sérios problemas que não poderiam ser representados em uma opereta divertida. Por isso, suas obras dramáticas se aproximavam cada vez mais das óperas, que se caracterizavam pelos enredos sérios com música dramatizada. Sua linguagem musical mostrava frequentemente influências do impressionista francês Claude Debussy e do compositor de óperas italiano Giacomo Puccini, de quem Lehár era amigo. O compositor austríaco acabou conhecendo o grande tenor alemão Richard Tauber, para quem compôs nos anos seguintes inúmeras partes em óperas e com quem trabalhou em conjunto.

Depois da Primeira Guerra Mundial, compôs uma série de obras que lembravam mais *singspiele* e ficaram conhecidas como "operetas da renúncia". Essas obras não tinham finais felizes (como é comum em operetas), mas a renúncia de uma das personagens principais, por exemplo, nas operetas *Paganini*, *Der Zarenwitsch* (*O czarevich*) e *Das Land des Lächelns* (*A terra dos sorrisos*), com as canções que ficaram populares *Immer nur lächeln* (*Apenas sorrir sempre*) e *Dein ist mein ganzes Herz* (*Teu coração é meu coração inteiro*).

Com suas operetas de sucesso, Lehár se tornou um homem abastado. Comprou o palacete Schikaneder em Viena e mantinha uma criadagem considerável. Em sua última obra, *Giuditta*, o músico tentou novamente escrever uma grande ópera. A estreia com a Filarmônica de Viena foi transmitida pelo rádio para inúmeros países. Mas seu desejo de poder se firmar no gênero ópera não se concretizou com essa obra.

Durante a época do nazismo, Lehár viveu um grande dilema. Sua mulher era judia e ele sabia que muitos de seus amigos estavam morrendo em campos de concentração; no entanto, *A viúva alegre* era a opereta favorita de Adolf Hitler, e Lehár foi convocado pelos nazistas para seus eventos. Na medida do possível, ele tentou se manter longe da política, mas foi responsável pelos concertos do exército alemão. Por isso — por ter cooperado com os nazistas — foi bastante criticado após a Segunda Guerra Mundial. Lehár se mudou para Zurique, na Suíça. Após a morte de sua mulher, ele voltou, doente, para sua casa em Bad Ischl, onde morreu em 1948, aos 78 anos. ■

Ruggero Leoncavallo

Datas de nascimento e morte:
*23 de abril (ou 8 de março) de 1857, Nápoles

†9 de agosto de 1919, Montecatini

Origem: Itália

Período: Romantismo tardio

Obras importantes

Música dramática:
Pagliacci, ópera (1892)
I Medici, ópera (1893)
Chatterton, ópera (1896)
La Bohème, ópera (1897)
Der Roland von Berlin, ópera (1904)

Importância

Com sua ópera verista *Pagliacci*, o compositor napolitano Ruggero Leoncavallo ficou famoso internacionalmente. Geralmente, a ópera de dois atos, bastante curta, é apresentada junto com a peça de um ato *Cavalleria rusticana*, de Mascagni. Após o *Pagliacci*, as grandes expectativas do mundo musical não são mais satisfeitas nas óperas seguintes de Leoncavallo. No final da vida, ele fez cada vez menos sucesso como compositor de óperas, dedicando-se com intensidade à opereta e perdendo, portanto, parte do que se reconhece como sua individualidade artística.

O napolitano Ruggero Leoncavallo faz parte do grupo de inúmeros compositores de ópera que ganharam fama internacional com uma única obra. Sua ópera verista *I Pagliacci* (*O palhaço*), uma obra-prima, foi um sucesso internacional. Ela foi considerada uma das primeiras óperas importantes do verismo, um estilo da composição operística do final do século XIX que pretendia reproduzir a realidade no enredo. *I Pagliacci* trata do proprietário de um circo itinerante. Ao assistir em seu palco a uma peça sobre adultério e ciúme, ele reconhece nela sua própria realidade e, por fim, mata a mulher e o amante. Justamente essa história foi presenciada pelo próprio Ruggero aos seis anos de idade em um vilarejo da Calábria, quando o proprietário de uma trupe ambulante esfaqueou a esposa por ciúme, em pleno palco.

Leoncavallo, filho de um juiz, estudava no Conservatório de Nápoles, sua cidade natal. Como tinha um enorme talento literário, depois foi estudar literatura em Bolonha. Ele se interessou principalmente pela época do Renascimento. Lá, na antiga cidade universitária, ele encontrou Richard Wagner, cuja tetralogia operística *O anel dos Nibelungos* o deixou admirado. O compositor alemão incentivou o jovem Leoncavallo em seu projeto de compor uma obra operística de igual dimensão sobre a época da Renascença. O napolitano decidiu, seguindo o exemplo de Wagner, escrever ele mesmo os libretos. Um empresário inescrupuloso propôs a Leoncavallo apresentar sua primeira ópera *Chatterton* com o pagamento de uma considerável quantia em dinheiro, mas ele desviou todo o dinheiro economizado com dificuldade por Leoncavallo. Para não ficar totalmente sem recursos, Leoncavallo, um excelente pianista, passou a tocar piano em cafés e acompanhar cantores ambulantes pela Europa. Ele chegou até o Egito, onde foi contratado como músico na corte de Tewfik Mehmud, irmão do vice-rei. Pouco depois, o ministro egípcio da Guerra lhe ofereceu o bem remunerado posto de chefe das orquestras militares egípcias. Nessa função, o napolitano teve de participar da Batalha de Tel-el-Kebir. Disfarçado de árabe, ele conseguiu fugir para Ismaília, cavalgando durante 24 horas.

De volta à Itália, Leoncavallo se encontrou com o editor Giulio Ricordi, que estava disposto a publicar sua ópera *Chatterton*, assim como a primeira parte da trilogia renascentista *I Medici*. Ricordi, aliás, considerava o compositor um libretista muito bom, mas como o editor se manifestou negativamente sobre o talento musical de Leoncavallo, o compositor, para provocá-lo, participou de um concurso de composição de outra casa editorial, Sonzogno, que acabara de publicar a bem-sucedida ópera *Cavalleria rusticana*, de Mascagni. Em cinco meses, Leoncavallo compôs a ópera em dois atos *Pagliacci*. Sonzogno ficou tão entusiasmado com essa obra verista que organizou uma apresentação imediatamente. A obra fez um grande sucesso e Leoncavallo se tornou celebridade da noite para o dia.

Mas o compositor napolitano não conseguiu satisfazer as grandes expectativas de crítica e público nas óperas seguintes; nem *I Medici* nem *La Bohème* (a ópera homônima de Puccini a venceu em popularidade) conseguiram entusiasmar os críticos. No entanto, o imperador alemão Guilherme I gostou tanto de *I Medici* que encomendou a Leoncavallo a ópera *Der Roland von Berlin* (*O Roland de Berlim*), obra que também não estava fadada ao grande sucesso. Com a esperança de obter mais reconhecimento do público com a música de entretenimento, Leoncavallo começou a compor operetas. Fez uma longa turnê por Canadá e Estados Unidos para apresentar sua primeira opereta *La Jeunesse de Figaro* [*A juventude de Fígaro*].

Com essa obra, Leoncavallo recebeu muitos aplausos no Novo Mundo e na Europa, mas, por se dedicar à opereta, perdeu o crédito junto aos críticos musicais, pois ficara nítido que ele, em busca do sucesso, sacrificou sua individualidade artística por um gosto questionável de público.

Leoncavallo foi um dos primeiros compositores a utilizar, com gratidão, uma nova invenção, o disco, pois, com isso, suas composições ficaram acessíveis a um grande público. O ouvinte não precisava mais ir ao concerto para desfrutar da música, poderia ouvi-la quando quisesse. Com seu *Pagliacci*, Leoncavallo regeu a primeira gravação de ópera na Itália. Sua canção *Matinatta* (cantada por seu amigo Enrico Caruso) tornou-se um sucesso de vendas.

Durante quinze anos, o compositor sofreu de nefrite. Frequentemente procurava cura nas termas de Montecatini. Foi ali que Ruggero Leoncavallo morreu, em 1919, aos 62 anos.

Ruggero Leoncavallo

A surpresa

Fato curioso

Leoncavallo, gordo e bonachão, gostava de boa comida, companhia e reuniões sociais. Certa noite, seu Pagliacci *foi apresentado em uma cidadezinha do norte da Itália. Leoncavallo estava sentado ao lado de uma senhora que aplaudia entusiasticamente e se admirou porque ele não aplaudia. "Diga, o senhor não acha o* Pagliacci *simplesmente espetacular?", perguntou, perplexa. "Para ser honesto, acho a ópera inaceitável e pouco original", resmungou Leoncavallo mal-humorado, porém se divertindo interiormente. "É obra de um diletante". "Então o senhor não deve entender muito de música", afirma a mulher. "Pelo contrário, sei do que estou falando." E Leoncavallo lhe explicou quais compassos o compositor havia roubado de outras obras. A mulher o olhou surpresa. Ao deixar o teatro, virou-se mais uma vez para ele e perguntou: "E o senhor mantém o que disse sobre o* Pagliacci*?", "Cada palavra", retrucou Leoncavallo, sorrindo.*

Quando o compositor abriu o jornal mais influente da cidade na manhã seguinte, seu olhar fixou-se em um título: "Leoncavallo fala sobre sua ópera Pagliacci*". O músico italiano jurou nunca mais se manifestar de maneira depreciativa sobre suas composições, nem de brincadeira.* ∎

György Ligeti

Datas de nascimento e morte:
*23 de maio de 1923, Dicsöszentmárton (hoje Târnăveni)

†12 de junho de 2006, Viena

Origem: Hungria

Período: Música moderna

Obras importantes

Música dramática:
Aventures & Nouvelles Aventures (cênico) (1966)
Le Grand Macabre, ópera (1978)

Obras corais:
Lux aeterna para coro misto de dezesseis vozes *a cappella* (1966)

Obras orquestrais:
Apparitions para orquestra (1958/59)
Atmosphères para grande orquestra (1961)
Poème Symphonique para cem metrônomos (1962)
Concerto para piano e orquestra (1985-1988)
Concerto para violino e orquestra (1990/1992)

Obras para piano:
Études pour piano (1985)

Importância

O compositor húngaro György Ligeti figura entre os maiores representantes da vanguarda europeia. Suas impressionantes composições de superfícies sonoras e o modo micropolifônico utilizado por ele (polifonia em espaço melódico minúsculo) o tornaram famoso no mundo todo. Com essas obras, György Ligeti criou a música pós-serial.

György Ligeti

György Ligeti nasceu em 1923, filho de judeus húngaros, em um vilarejo na Transilvânia (atual Romênia). O pai era bancário, a mãe, oftalmologista. As primeiras experiências musicais de György foram melodias de operetas, sons ciganos e canções folclóricas húngaras. Quando ele tinha seis anos, a família se mudou para Klausenburg. O menino, interessado em música, aprendeu piano e conheceu a música clássica e o jazz. Aos catorze anos, György compôs as primeiras peças românticas para piano e, logo depois, os primeiros movimentos sinfônicos. Apesar de seu grande talento musical, o jovem Ligeti queria estudar física. Porém, como não podia ser matriculado no curso por ser judeu, em 1941 ele começou a estudar música no Conservatório de Budapeste. Em 1944, Ligeti foi convocado a prestar serviço para o exército, mas conseguiu fugir e escapou da morte por muito pouco. Seu irmão e pai morreram no campo de concentração; a mãe sobreviveu a Auschwitz. Após concluir o curso, que Ligeti retomou no outono de 1945, o compositor viajou (como Bartók e Kodály anteriormente) pela Hungria e Romênia pesquisando canções folclóricas. Foi Zoltán Kodály que tomou providências para que o talentoso Ligeti fosse nomeado docente de teoria musical no Conservatório de Budapeste aos 27 anos.

Após a fracassada rebelião na Hungria, em 1956, o compositor de 36 anos fugiu de seu país com sua namorada Verena. "Deixei a Hungria", declarou Ligeti mais tarde, "por um lado, devido à minha rejeição fundamental contra o sistema totalitário e, por outro, porque naquele sistema eu não podia me desenvolver". Ele foi para Colônia passando por Viena, pois seu maior desejo era trabalhar no estúdio eletrônico da Rádio da Alemanha Ocidental. Lá ele rapidamente travou contato com os compositores importantes da vanguarda. Stockhausen, Maderna e Boulez apoiaram o compositor húngaro e tiveram influência decisiva sobre seu trabalho. A primeira composição eletrônica de Ligeti, *Artikulation*, na qual ele usa a técnica de estúdio de som que aprendeu, chamou a atenção da imprensa e do público. Era um mundo sonoro completamente novo que fascinou o ouvinte. Mas Ligeti não queria trabalhar apenas com material eletrônico.

"Muito rapidamente", declarou, "cheguei aos limites dessas possibilidades no estúdio eletrônico, e na verdade não gosto do som de alto-falantes. Tenho a inclinação tradicional de preferir os instrumentos acústicos. Por isso decidi combinar minhas experiências no estúdio com o que aprendi ou ensinei. Isso me levou, no final dos anos 1950, começo dos 1960, a peças orquestrais inovadoras, como *Apparitions* e *Athmosphères*".

Em *Apparitions*, executada em um festival de música mundial em Colônia, não havia mais melodias e ritmo. Ligeti compôs superfícies sonoras furta-cor.

"É uma música", explicou, "que dá a impressão de fluir continuamente, como se não tivesse começo nem fim: o que ouvimos é, na verdade, um trecho de algo que já começou desde sempre e vai continuar a soar para sempre".

Apparitions foi um sucesso sensacional e logo tornou o compositor húngaro uma celebridade. Os espectadores ficaram fascinados com o incrível mundo sonoro. O compositor conseguiu isso com uma nova configuração de *clusters*, ou agregados sonoros. Se a voz do som caminha de mi para sol, a contra voz se movimenta de sol para mi, sendo que cada voz isolada tem sua própria dinâmica. Se uma toca um crescendo de pp para ff, uma outra executa simultaneamente um decrescendo de ff para pp. Com isso, o ouvinte tem a ideia de um som estático e, ao mesmo tempo, em movimento. O compositor denominou essa estrutura sonora de *Klangwolken* — nuvens de som. *Atmosphères*, que estreou um ano depois no festival de música de Donaueschding, também foi recebida entusiasticamente pela imprensa e pelo público. Nessa composição, Ligeti criou a ilusão da atmosfera como superfície sonora estática que se movimentava em si mesma. As vozes isoladas do *cluster* se movimentam apenas em passos microscópicos. Esse procedimento micropolifônico — a polifonia em espaço melódico reduzido — foi comparado por Ligeti à imagem de uma floresta. As árvores balançam para lá e para cá, as folhas se movimentam, mas a floresta, como um todo, está parada. Mais tarde, o cineasta Stanley Kubrick usou os sons de *Atmosphères* como trilha sonora de seu filme *2001: uma odisseia no espaço*.

Desde a infância Ligeti perseguiu a ideia de uma música que soasse como um relógio mecânico. Agora, aos 38 anos, ele realizava essa ideia em sua composição *Poème Symphonique*. Ele deixou cem metrônomos baterem simultaneamente com velocidades diferentes, transferindo assim seu procedimento micropolifônico apenas para o ritmo, sem levar em consideração os outros elementos musicais como melodia e harmonia. Na estreia, em 1963, na cidade holandesa de Hilversum, houve um verdadeiro escândalo. O público, que não entendeu a intenção do compositor, destratou Ligeti da pior forma. Nessa época, ele também buscava novos caminhos na composição. Em suas composições vocais *Aventures & Nouvelles Aventures,* transformou o homem como aventura em som. Para representar as diferentes camadas do ser humano, deu corpo à alegria, à tristeza, ao medo ou à excitação através de sílabas sonoras, sons imaginários e manifestações como gritar, rir, gemer, suspirar, cochichar. Dessa forma, Ligeti sondava as possibilidades sonoras da voz humana. Pouco depois, compôs seu *Réquiem* e *Lux aeterna*. Nessa obras religiosas, o compositor transferiu suas técnicas micropolifônicas para o canto coral.

No final dos anos 1960, o estilo compositivo de Ligeti se transformou. Em sua obra orquestral *Lontano*, ele se afastou do estilo micropolifônico e colocou a harmonia no centro de suas obras. Compôs, então, várias camadas musicais que se sobrepunham. Ligeti queria expressar com isso que "atrás da música há uma música, e atrás dessa há outra música, em uma perspectiva infinita, como quando nos vemos em dois espelhos".

Em 1973, Ligeti, aos cinquenta anos, recebeu um convite para ser professor de composição na Escola Superior de Música de Hamburgo. Na cidade hanseática, compôs sua primeira obra dramática de porte: *La Grand Macabre*. É a história de Nekrozar, que quer acabar com o mundo, mas não consegue porque está bêbado demais. A peça grotesca fala "sobre o fim do mundo que não acontece, sobre a morte como heroína, que talvez seja apenas uma pequena charlatã, explica o compositor". *Le Grand Macabre* é nosso mundo atual retratado no nível de uma realidade absurda. É o medo da morte e a superação deste medo por meio do cômico, do humor.

A ópera começa com doze buzinas de automóvel e combina outros ruídos cotidianos com citações musicais de outros compositores no decorrer da peça.

Como Ligeti queria sondar a música em toda a sua envergadura, decidiu, para grande surpresa dos vanguardistas, nos anos 1980, voltar à tradição musical e se orientou, em seu *Trio de trompas*, pelos modelos clássicos românticos. No começo dos anos 1990, quando Ligeti tinha a opinião na qual os mundos sonoros europeus eram explorados demais, começou a estudar intensivamente o folclore africano e do Sudeste Asiático. Os fenômenos rítmicos sofisticados da música não europeia o inspiraram e ganharam importância em suas obras seguintes, como em seu *Concerto para piano*. Ligeti ficou fascinado quando ouviu os *Studies for Player Piano* para piano mecânico do americano Conlon Nancarrow. Eles influenciaram suas composições dos anos 1990, inclusive sua coleção de *Études pour piano*.

O catálogo de obras do compositor húngaro é pequeno. Como cada som foi burilado com exatidão minuciosa, Ligeti trabalhou durante anos também em suas obras com formação pequena. Não há obras de Ligeti para eventos comemorativos oficiais. Em 12 de junho de 2006, Ligeti, que acabara adotando a cidadania austríaca, morreu em Viena. ∎

Franz Liszt

Datas de nascimento e morte:
*22 de outubro de 1811, Raiding (Burgenland)

†31 de julho de 1886, Bayreuth

Origem: Hungria

Período: Romantismo

Obras importantes

Obras corais:
Christus, oratório (1866-1872)

Obras orquestrais:
Totentanz [*Dança dos mortos*], paráfrase sobre *Dies irae* para piano e orquestra (1849)
Les Préludes, poema sinfônico (1848-1855)
Eine Faust-Sinfonie in drei Charakterbildern [*Uma sinfonia de Fausto em três quadros*] (1854-1857)

Música para teclado:
Sonata em si menor (1848-1855)
Années de pèlerinage (1835-1837)
Rapsódias húngaras (1839-1885)

Importância

O húngaro Franz Liszt é indubitavelmente o virtuose de piano de destaque do século XIX. Suas obras virtuosísticas são tão difíceis de tocar que praticamente nenhum dos pianistas de sua época conseguiu executá-las. O artista idolatrado pelas mulheres desistiu da carreira de pianista no meio da vida e se dedicou à composição e regência. É considerado criador do poema sinfônico. De forma altruísta, apoiou outros compositores durante toda a vida. Ele os ajudava financeiramente e divulgava, como regente, as suas obras.

"Meu piano é, para mim, o que a fragata é para o marinheiro, o cavalo para o árabe — mais ainda! Até agora ele foi meu eu, minha língua, minha vida", declarou Franz Liszt, um dos pianistas mais brilhantes de todos os tempos, aos 26 anos. Liszt nasceu em Raiding, uma pequena localidade em Burgenland (um estado federado da Áustria), que fazia parte do Império Austro-Húngaro. O pai trabalhava como administrador da propriedade do príncipe Esterházy, para quem, na mesma época, Joseph Haydn trabalhava como mestre-de-capela da corte. Em casa, a família falava eslovaco, pois os pais faziam parte da minoria eslovaca da Hungria. Apenas em idade adulta Franz Liszt aprendeu algumas palavras em húngaro. Na primeira infância, o menino vivia doente. Seu pai contou, mais tarde, que mandaram fazer um caixão para o filho de três anos, porque pensaram que estivesse morto. O pai, amante da música, introduziu o filho de seis anos na arte do piano. Franz recebeu formação escolar do pároco do lugarejo, em alemão, a língua oficial da época na Hungria. Mas sua formação foi muito deficitária e Liszt sofreu com isso durante toda a vida.

Em compensação, ele fazia rápidos progressos ao piano. Já com nove anos, Franz deu seu primeiro concerto. O público ficou enlevado com a música do pequeno feiticeiro. A imprensa comemorou: "O talento extraordinário do artista, assim como sua rápida visão de conjunto e leitura das peças mais difíceis, de forma que ele toca a partir de qualquer partitura que se lhe coloque à frente, causou enorme admiração e justifica que se tenham as melhores expectativas a seu respeito".

Então o pai assumiu o papel de empresário. Ele se demitiu do serviço público e apresentou seu filho como criança-prodígio ao príncipe Esterházy. As nobrezas húngara e vienense ficaram tão entusiasmadas com a música do pianista virtuoso que lhe financiaram o estudo de música em Viena. Em 1821, a família se mudou para lá e Franz teve aulas de piano com Carl Czerny, um dos melhores pianistas e professores de piano da época. Salieri lecionou composição para o talentoso menino.

Dois anos depois, a família se transferiu para Paris, na época um dos centros culturais mais importantes da Europa. O desejo do jovem Liszt de ser aceito no Conservatório de Paris não se concretizou, pois Cherubini, o diretor, não suportava crianças-prodígio. Apesar disso, Liszt logo fez carreira como pianista. As cartas de recomendação das nobrezas húngara e austríaca abriram rapidamente os elegantes salões da sociedade parisiense ao genial pianista. Logo, Liszt passou a ser a ordem do dia na metrópole do Sena. Para aperfeiçoar sua técnica e conquistar novas possibilidades sonoras para o piano, o jovem de quinze anos compôs seus *Doze estudos*. Mais tarde, ele revisou essas fantasias sonoras e as publicou como *12 Études d'exécution transcendante*, uma das obras-primas da música pianística romântica.

Durante uma turnê pela França e Inglaterra, que tornou seu nome conhecido também fora de Paris, seu pai morreu. Aos dezesseis anos, Liszt dependia só de si mesmo. Mas ele dominou a situação brilhantemente: lecionava piano para se sustentar, lia, em seu tempo livre, todos os livros que podia, para adquirir conhecimento e formação, e fazia contatos com os mais importantes músicos, artistas e escritores parisienses. Apaixonou-se por sua aluna Caroline de Saint-Cricq, mas o pai da jovem foi contra o namoro por causa da diferença de classe social. Profundamente desiludido, Liszt se retirou do convívio social e, durante algum tempo, teve paradeiro ignorado, de forma que o jornal *Étoile* o julgou morto e publicou um obituário.

Saber que um artista não valia tanto quanto um nobre provocou em Liszt uma profunda crise. Ele cogitou abandonar a carreira de pianista, porque naquela momento considerava tocar piano apenas um ofício para diversão da sociedade elegante, e planejou se tornar padre. Mas quando ele ouviu, aos 22 anos, o excêntrico violinista diabólico Niccolò Paganini tocar virtuosisticamente em Paris, ficou eletrizado e se propôs a ser o Paganini do piano, pois estava convicto de que, como pianista, poderia atingir a mesma virtuosidade e, como jovem atraente, teria sucesso semelhante junto às mulheres. O virtuose do piano cortejou, com sucesso, Marie de Flavigny, a encantadora mulher do abastado conde d'Agoult. Ela abandonou o marido e foi viajar com seu amante para a Suíça. Liszt saía em turnês levando consigo um piano mudo para manter a habilidade de seus dedos durante as viagens. Em todos os lugares, o pianista comemorava seus triunfos. Ao ouvir o "mestre feiticeiro" tocando, os ouvintes entravam em transe. Toda a Europa estava aos pés do incrível acrobata do teclado. De Constantinopla a Gibraltar, não havia praticamente ninguém que fosse mais famoso. Liszt estava no auge de sua carreira de pianista. Mas apesar de seus grandes concertos e sucessos, o músico continuava modesto, ajudando, generoso e sempre disponível, as pessoas com necessidades.

Durante seus anos de sucesso como pianista, Liszt também compunha. Surgiram importantes obras para piano, como a primeira parte de sua composição para piano *Années de pèlerinage* [*Anos de peregrinação*] e as *Rapsódias húngaras*, peças nas quais ele transferiu para o piano as melodias dos ciganos nômades e seus instrumentos tradicionais como violino, clarinete, baixo e xilofone.

Com o passar dos anos, a relação com a condessa, que lhe deu três filhos, entre eles, Cosima, a futura esposa de Richard Wagner, se desgastou. O papel de pai de família não combinava com o artista. Liszt viajava frequentemente em turnês, deixando a condessa sozinha com os filhos. Depois que Marie d'Agoult desfez o relacionamento com ele, o pianista teve relações com a atriz Charlotte von Hagen e a dançarina Lola Montez. Mas só depois de conhecer a princesa Caroline von Wittgenstein, que, como a condessa d'Agoult, abandonou o marido por causa de Liszt, ele teve um relacionamento duradouro.

No auge de sua carreira, aos trinta anos, Liszt repentinamente abandonou a carreira de pianista porque "o interminável ruminar das mesmas coisas" não o agradava mais. Tornou-se mestre-de-capela em Weimar para trabalhar apenas como compositor e regente. Liszt pretendia renovar a vida cultural da cidade de Goethe e Schiller, e fundou a chamada "nova escola alemã", um grupo de musicólogos e músicos que consideravam a música dramatizada e a música programática a música avançada do futuro. Entre os principais representantes, além de Liszt, estava Wagner, cujas óperas Liszt apoiava com todos os meios. Rapidamente o Altenburg, sua residência em Weimar, se tornou um centro de músicos, pintores e literatos. Nessa época, Liszt compôs intensamente poemas sinfônicos, um gênero que foi marcado por ele. Um deles, *Les Préludes,* alcançou uma celebridade tardia. Durante a Segunda Guerra Mundial, uma passagem desse poema sinfônico, a chamada "Fanfarra da Rússia", soava em todos os rádios quando se noticiavam os sucessos no campo de batalha.

Como o público conservador de Weimar não conseguia entender as obras do compositor contemporâneo, houve cada vez mais hostilidades e intrigas, o que levou Liszt a deixar Weimar aos 49 anos. Ele viajou com sua companheira, a condessa von Wittgenstein, a Roma, para pedir ao papa que Caroline fosse oficialmente divorciada e pudesse se casar. O plano não deu certo, o casal se separou e o músico se recolheu ao mosteiro Madonna del Rosário. Pouco depois, Liszt fez os primeiros votos como abade e, a partir de então, compunha principalmente música sacra, entre elas, o seu grande oratório *Christus*.

Para Liszt, acabou o período mais empolgante, bem-sucedido e produtivo. Os últimos 22 anos de sua vida decorreram discretamente. O compositor sentia-se solitário, suas obras não tiveram o sucesso esperado e seu esforço para conseguir um título de nobreza fracassou. Ele formou mais de quatrocentos alunos de piano, geralmente sem cobrar, para escapar à "santa indiferença". Quando lhe perguntavam como estava, respondia: "Sempre bem. Não me ocupo com Franz Liszt". O que lhe dava consolo e alegria era frequentar regularmente os festivais de Bayreuth para ouvir suas amadas óperas wagnerianas. Mas quando sua filha Cosima abandonou o marido, o regente Hans von Bülow, para se casar com Richard Wagner, a relação com o compositor de óperas, outrora idolatrado, ficou estremecida. Nos últimos nove anos de sua vida, Liszt viveu na magnífica mansão Villa d'Este em Tivoli, perto de Roma. Durante uma estada em Bayreuth, em 1886, Franz Liszt morreu aos 74 anos.

Acrobata ao piano

Fato curioso

Contavam-se maravilhas sobre Franz Liszt, o acrobata do teclado. O compositor norueguês Edvard Grieg quis verificar se era verdade que o virtuose do piano era capaz de tocar tudo, mesmo as peças mais difíceis, com a partitura, sem tê-la visto antes. Grieg tinha a partitura de seu primeiro concerto para piano, o qual acabara de ser publicado e era de difícil execução, debaixo do braço.

"Eu estava muito curioso", escreve Grieg depois a seu amigo, "se ele realmente tocaria meu concerto com a partitura. Eu achava que seria impossível; mas Liszt não. 'Quer tocar?', perguntou, e eu me apressei em responder: 'não, não consigo'. Então ele pegou o manuscrito, foi até o piano e disse, com

313

seu sorriso característico, para os convidados reunidos: "Bem, agora quero lhes mostrar que eu também não consigo." E começou. Tenho de confessar que ele tocou a primeira parte rápido demais [...], mas depois, quando tive oportunidade de determinar o andamento, tocou como só ele consegue tocar. É notável que a cadência, a parte mais difícil do concerto, foi o que ele tocou melhor. Vale realmente a pena ver como ele se comporta. Ele não se contenta em apenas tocar, faz observações ao mesmo tempo, dirige a palavra a um ou a outro convidado, assente com a cabeça virada significativamente para a direita ou para a esquerda, principalmente quando algo lhe agrada. No adágio e no finale, ele atingiu o seu auge." ∎

Carl Loewe

Datas de nascimento e morte:
*30 de novembro de 1796, Löbejun (perto de Halle/Saale)

†20 de abril de 1869, Kiel

Origem: Alemanha

Período: Romantismo

Obras importantes

Obras vocais:
Quatrocentos baladas, entre elas:
Erlkönig [*Rei dos elfos*] (1824)
Die Uhr [*O relógio*] (1830)
Das Hochzeitslied [*A canção do casamento*] (1832)
Der Zauberlehrling [*O aprendiz de feiticeiro*] (1832)
Die wandelnde Glocke [*O sino mutante*] (1832)
Heinrich der Vogler [*Henrique, o passarinheiro*] (1836)
Die Glocken von Speyer [*Os sinos de Speyer*] (1837)
Tom der Reimer [*Tom das rimas*] (por volta de 1860)

Importância

Carl Loewe é considerado o mais importante compositor alemão de baladas. Ele compôs cerca de quatrocentas obras do gênero, as quais ele mesmo interpretava com sua formação de tenor e pianista, o que é incomum para um compositor.

Carl Loewe

Carl Loewe, décimo segundo filho de um professor de escola do interior e *chantre* em uma pequena localidade da Turíngia, nasceu perto de Köthen. A imaginação do menino foi incentivada desde cedo. Ao anoitecer, a mãe contava contos de fadas românticos e lendas emocionantes acompanhada do violino, e a irmã, à roca de fuso, recitava baladas atemorizantes. O cemitério ao lado da casa e as sombrias e misteriosas florestas ao redor influenciaram a mente infantil de Carl. Em casa também se tocava música. O pai dava aulas ao filho desde pequeno. Mas quando percebeu que Carl vivia no mundo da fantasia e se dedicava exclusivamente à música, fez com que trabalhasse no jardim e em sua oficina de cordoaria para preservá-lo das "artimanhas da música". Logo Carl começou a cantar como descante solo no coro religioso do pai. Quando ele finalmente percebeu o talento musical extraordinário do filho, levou-o, em 1809, para a Franckesche Stiftung e para o coro municipal da cidade vizinha Halle, onde o jovem Loewe recebeu uma excelente formação de tenor.

Quando o rei Jérôme von Westfalen, um irmão de Napoleão, concedeu ao talentoso menino uma bolsa de estudos de cem táleres (um táler equivale a aproximadamente setenta euros), Loewe deixou a escola para se dedicar à música. Como Napoleão foi derrubado pouco depois, Loewe deixou de receber a bolsa de estudos. Voltou para a escola e assumiu paralelamente o posto de organista da igreja Marktkirche e a direção de toda a música sacra da cidade.

Jovem patriótico, Loewe queria lutar contra o domínio de Napoleão durante as guerras de libertação como integrante do corpo de voluntários de Lützow, mas foi rejeitado por sua constituição frágil. Contudo, no fundo, o príncipe-herdeiro prussiano, que agora patrocinava o jovem, queria mantê-lo distante das armas para poupar suas mãos de músico. A partir de então, as relações entre Carl Loewe e a casa real prussiana foram muito boas. Ele começou a estudar teologia, música sacra e composição em Halle. Seu professor, Johann Friedrich Reichardt, compositor de canções, conseguiu despertar o entusiasmo no músico interessado pela balada. Aos 21 anos, Loewe tocou sua primeira balada *Erlkönig* (*Rei dos elfos*) em público. No decorrer de sua vida, ele comporia cerca de outras quatrocentas baladas. Geralmente Loewe escolhia baladas que tinham caráter horripilante e dramático. Romântico, ele conseguia muito bem expressar sentimentos e estados de espírito, e o acompanhamento ao piano tentava reproduzir as circunstâncias com as notas. Em suas composições, Loewe levava a balada, como forma artística especial da música vocal, ao apogeu.

Embora o compositor fosse um homem do povo, seu grande talento musical fez com que ele tivesse rapidamente acesso aos círculos da nobreza e da inteligência burguesa. O talentoso músico era bastante apreciado principalmente como cantor das próprias baladas. Em um desses círculos musicais requintados, ele acabou conhecendo sua primeira mulher, Julie von Jacob. Pouco tempo depois do casamento, a esposa faleceu. Por isso, o filho do casal foi educado por parentes, afastou-se do pai e acabou desaparecendo na América. Loewe casou-se com uma de suas alunas, com quem teve quatro filhas.

Aos 24 anos, ele se candidatou ao posto de organista na igreja de Jacó em Stettin, Mecklemburgo-Pomerânia Ocidental. Friedrich Zelter, compositor e diretor da Academia de Canto de Berlim, submeteu-o a uma difícil prova, na qual ele passou brilhantemente. Ele conseguiu o emprego, mas simultaneamente teve de lecionar no ginásio e no curso de magistério. Pouco depois, foi nomeado diretor musical municipal, um cargo que ocupou por quase meio século. Mecklemburgo-Pomerânia Ocidental ainda era, na época, uma região pouco desenvolvida culturalmente. Loewe tentava mudar isso de todos as formas. Desenvolveu uma intensa atividade musical com concertos clássicos, contemporâneos e das próprias obras, organizou festivais de música pomerânios e apresentou as Paixões de Bach. Como professor, valorizava muito a aula de canto, pois achava que a vida humana tinha de ser perpassada pela música. Dessa forma, sua atividade pedagógica musical foi muito grande.

Para divulgar suas obras junto a um público maior, Loewe fez muitas turnês. Como intérprete, apresentou suas baladas como pianista e cantor, de forma completa, foi aplaudido entusiasticamente em todos os lugares: em Berlim, Viena, Dresden e Londres, até na França e Noruega. Desfrutou de grande prestígio junto à corte berlinense do rei prussiano. Cantava para a família real com frequência, e o príncipe lhe virava as páginas das partituras. Várias vezes foi chamado por uma semana ao palácio de

Potsdam para apresentar suas baladas sinistras, assim como faziam os cantores nas cortes da Idade Média.

Loewe era politicamente engajado e considerado inimigo dos anseios democráticos alemães, afinal de contas, era preferido do rei e ocupava uma posição privilegiada. Quando Richard Wagner tomou parte, em 1830, da luta de barricada dos revolucionários, Loewe reagiu com estranheza, pois era contra a reorganização impetuosa de todas as instituições estatais.

Aos 68 anos, Loewe sofreu um grave derrame. Ficou seis semanas em coma e, depois disso, sua força criativa ficou intensamente prejudicada, de forma que, em seguida, teve que desistir da profissão. Carl Loewe mudou-se para a casa da filha em Kiel, onde morreu em 1869, aos 72 anos. ■

Albert Lortzing

Datas de nascimento e morte:
*23 de outubro de 1801, Berlim

†21 de janeiro de 1851, Berlim

Origem: Alemanha

Período: Romantismo

Obras importantes

Música dramática:
Die beiden Schützen [Os dois atiradores], ópera (1837)
Zar und Zimmermann [Czar e marceneiro], ópera (1837)
Der Wildschütz [O caçador furtivo], ópera (1842)
Undine, ópera (1845)
Der Waffenschmied [O armeiro], ópera (1846)

Importância

Albert Lortzing é considerado o fundador da ópera cômica alemã, com músicas dramáticas cheias de humor e refinada ironia. Os conteúdos são sempre descomplicados e populares, a música é alegre e acessível. O compositor levou a canção operística a seu apogeu artístico.

O compositor alemão de óperas Albert Lortzing teve contato com o mundo dos palcos ainda muito pequeno. O pai, dono de uma loja de artigos de couro, e a mãe cantavam e tocavam em um teatro amador. Quando os pais tiveram de vender a loja por motivos financeiros, a vida errante de Lortzing começou, pois os dois atores amadores passaram a fazer, do *hobby*, sua profissão: o pai como ator e a mãe como cantora lírica. Mais tarde, ela cantaria também nas óperas de seu filho. Nos anos que se seguiram, a família andou de palco em palco por toda a Alemanha. O pequeno Albert pôde ser admirado de vez em quando em papéis infantis. Aos doze anos, ele divertia o público nos intervalos das peças com poesias divertidas sob aplausos animados.

Embora faltasse dinheiro na casa dos Lortzing, os pais propiciaram ao filho uma sólida formação musical, e ele desenvolveu muito amor à música nos primeiros anos. Ele tinha aula de piano, violino e violoncelo, mas em composição era autodidata. Compôs sonatas, danças e marchas. Aos dezenove anos, o jovem Lortzing subiu ao palco como um galã juvenil. Em consequência de sua vida no palco, ele adquiriu grande prática no teatro. Compôs as primeiras músicas dramáticas, que, porém, não foram publicadas na época.

Aos 27 anos, Lortzing casou-se com a atriz Rosina Regine Ahles, com quem teve onze filhos. O jovem casal foi contratado, juntamente com os pais, em Colônia, onde com frequência os quatro subiam ao palco juntos. Pouco depois, Lortzing e sua mulher foram contratados em Detmold. Lá, o talentoso e eclético compositor desenvolveu uma atividade ampla. Trabalhava como ator e cantor, mas também como violoncelista na orquestra de Detmold. Em 1833, o casal Lortzing debutou no Teatro Municipal de Leipzig. Novamente subiram ao palco junto com os pais de Albert. Na metrópole cultural saxônica, Lortzing associou-se aos maçons. Wolfgang Amadeus Mozart também havia pertencido a essa sociedade masculina fechada.

Aos 36 anos, Lortzing compôs *Die beiden Schützen* (*Os dois atiradores*), a primeira ópera cômica alemã. Pouco depois, a ópera mais conhecida de Lortzing, *Zar und Zimmermann* (*Czar e marceneiro*), foi executada com enorme sucesso. Com essa obra, o compositor comentou um fato histórico: o czar russo Pedro I, o Grande, fez uma viagem para a Europa Ocidental, em 1697, para adquirir conhecimentos sobre a construção naval, porque planejava criar uma frota russa. Diz-se que trabalhou anonimamente como marceneiro naval na Inglaterra e Holanda.

Depois desses dois aclamados sucessos de palco, as óperas *Hans Sachs* e *Der Wildschütz* foram recebidas entusiasticamente pela imprensa e pelo público. O humor caloroso, a piada brilhante, o frescor e naturalidade das obras descomplicadas, populares, cujos libretos o próprio compositor escreveu, agradaram ao público. Lortzing recebeu um convite de Viena para apresentar sua nova ópera *Der Waffenschmied* (O armeiro). Essa ópera, porém, não foi muito bem recebida pelos vienenses, pois a acharam "alemã demais".

Em 1848, o compositor amante da liberdade tomou parte nas lutas revolucionárias de rua em Viena. Como os teatros estavam em situação financeira precária por causa das confusões políticas, Lortzing logo ficou desempregado. Agora o compositor lutava pela sobrevivência como ator e regente em palcos de segunda e terceira classes. Só em 1850 conseguiu um emprego fixo como mestre-de-capela no teatro Friedrich Wilhelmstädter, em Berlim. Lortzing, que já estava doente há tempos, mas não podia pagar um médico, morreu pouco depois, vítima de um derrame, aos 49 anos. ∎

Jean-Baptiste Lully

Datas de nascimento e morte:
*28 de novembro de 1632, Florença

†22 de março de 1687, Paris

Origem: Itália

Período: Barroco

Obras importantes

Música dramática:
Le Bourgeois gentilhomme, comédia-balé (1670)
Psyché, tragédia-balé (1671)
Cadmus et Hermione, tragédie en musique (1673)
Alceste ou le triomphe d'Alic, tragédie en musique (1674)
Atys, tragédie en musique (1676)
Phaëton, tragédie en musique (1683)

Música coral:
Te Deum (1677)

Importância

O músico italiano Giovanni Battista Lulli tornou-se, como Jean-Baptiste Lully, um dos grandes músicos do Barroco na França. Com *Cadmus et Hermione*, ele criou a ópera nacional francesa: a *tragédie lyrique*. Desenvolveu a introdução orquestral em três partes (rápido-lento-rápido), que entrou para a história da música como a abertura francesa. Devido ao seu talento musical e diplomático, Lully atingiu uma posição de poder destacada na corte de Luís XIV, o Rei-Sol.

A história da vida de Lully parece um conto de fadas. O italiano Giovanni Battista Lulli, filho de um moleiro, nascido na localidade toscana de Epoli, perto de Florença, tornou-se, em poucos anos, Jean-Baptiste Lully, amigo, compositor, protegido e conselheiro do Rei-Sol francês Luís XIV.

Os pais de Giovanni Battista eram pobres, de modo que um monge dava aulas de música ao talentoso menino sem cobrar nada. Certo dia, um cortesão francês fez uma parada em Florença durante uma viagem. Ele estava procurando um menino bonito, inteligente, que falasse italiano com a sobrinha do rei, a princesa de Montpensier, chamada de *le grande Mademoiselle*. O "olheiro" francês notou o jovem Lully, desembaraçado e engraçado. Como seus pais estavam dispostos a deixar o filho partir por um bom dinheiro, pouco tempo depois Giovanni Battista já estava no palácio parisiense da princesa, perto da corte real.

Como *garçon de chambre*, camareiro, ele tinha, entre outras coisas, de conversar em italiano com a princesa, acompanhá-la ao violão quando ela cantava, cuidar de suas roupas, acender as velas e a lareira. Em contrapartida, o jovem italiano recebeu educação na corte, uma formação de primeira classe, assim como aulas de violão, violino, cravo e composição. Logo o talentoso Giovanni Battista estava tocando na orquestra da princesa. Ele tinha a oportunidade de assistir a apresentações artísticas de alta qualidade e assim treinar seu ouvido e ampliar seus conhecimentos musicais. Compôs suas primeiras peças e danças para ocasiões solenes e bailes na casa da *Grande Mademoiselle*.

Devido a seu jeito refinado e elegante de se movimentar, a princesa ordenou que ele recebesse uma formação de bailarino. Provavelmente ele conheceu o rei Luís XIV, seis anos mais jovem, nas aulas de balé. Através dele, Giovanni Battista entrou em contato com a corte real que encomendou ao jovem músico italiano a composição de algumas danças para a apresentação solene do *Grand Ballet de la Nuit*. Juntamente com o rei, ele se apresentou como bailarino no palco — Luís, pela primeira vez, encenou o papel do sol nascente. Mais tarde, eles dançariam juntos em muitos balés. O rei ficou tão entusiasmado com o talento de seu companheiro de dança que nomeou o jovem de vinte anos como *Compositeur de la musique instrumentale du roi*.

O intrigante músico, que agora se chamava Jean-Baptiste Lully, conseguiu conquistar as graças do rei não apenas por seu talento artístico, mas também por sua ambição insaciável e sede de poder. O italiano fez carreira na corte. Luís XIV gostava tanto do talento de seu protegido ao violino que o nomeou membro dos 24 violinistas, a extraordinária orquestra de cordas real. Com a permissão do rei, Lully criou pouco depois um conjunto de cordas, o Seize Violons, que atingiu a perfeição com sua música precisa e virtuosa, única em toda a Europa. Compôs divertimentos e músicas de balé para as opulentas festas barrocas da corte, com tamanho sucesso que, aos 26 anos, ele já era um homem famoso.

Luís XIV nomeou o italiano também como *surintendant de la musique*. Assim, Lully tinha uma posição de liderança na vida musical real, pois seria responsável pelos diversos conjuntos da música real vocal, de câmara e ao ar livre. Pouco depois, o rei o nomeou *maître de la musique de la famille royale*. O compositor de 29 anos obteve a cidadania francesa e se casou com Mademoiselle Lambert, que lhe deu seis filhos, dos quais os três homens também tinham talento musical.

Quando o ministro das Finanças Fouquet inaugurou seu magnífico palácio, convidou seis mil pessoas. O mais talentoso artista francês, ou seja, Lully, deveria cuidar da organização do evento. O dramaturgo Molière planejou uma comédia, mas faltavam atores. Então Lully teve a ideia genial de introduzir balés entre as diversas cenas, para que os atores tivessem tempo de trocar de roupa. A apresentação foi um sucesso triunfal. Assim, por acaso, surgiu a comédia-balé, um gênero de grande importância na obra de Lully. Devido à brilhante festa, o rei mandou transformar o palácio de caça de seu pai, em Versalhes, em um palácio que deveria superar tudo que já existe.

Nos anos seguintes, Molière e Lully trabalharam intensamente juntos e fizeram uma série de balés-comédias de sucesso. Com os rendimentos de suas apresentações e vários cargos na corte, Lully, que tinha tino para os negócios, conseguiu adquirir uma grande propriedade e construir uma magnífica mansão. Com medo de que outros compositores pudessem contestar seu sucesso como compositor, o esperto Lully conseguiu do rei o privilégio de poder fundar uma *Académie Royale de Musique*. Assim, estava proibido a qualquer compositor apresentar música dramática em

Paris sem a sua autorização. O compositor dedicou-se com empenho a seu novo projeto e compôs sua primeira ópera, *Cadmus et Hermione*. Com essa tragédia lírica, Lully inaugurou a ópera nacional francesa.

O compositor chegara ao auge de sua carreira. Assim como o rei, ele também desfrutou do sol da fama e riqueza. Luís XIV nomeou seu protegido como *conseiller secrétaire du roi*. Nessa posição, o músico tinha de aconselhar o rei e participar de reuniões do conselho, além de obter o título de nobreza. Lully passou a ser um dos homens mais poderosos na corte real. Quando o rei se recuperou de uma grave operação, o compositor de 54 anos executou seu *Te Deum* com a orquestra da corte completa, somando trezentos músicos. Durante a apresentação, o impulsivo Lully bateu com a ponta de sua batuta, ricamente adornada, com a qual marca os compassos no chão, em seu pé, causando um ferimento que inflamou. O tratamento inadequado do ferimento o levou à morte pouco tempo depois. ■

Witold Lutoslawski

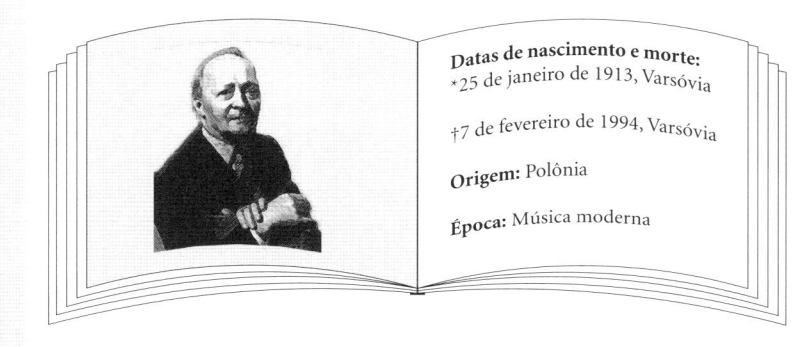

Datas de nascimento e morte:
*25 de janeiro de 1913, Varsóvia

†7 de fevereiro de 1994, Varsóvia

Origem: Polônia

Época: Música moderna

Obras importantes

Obras orquestrais:
Variações sinfônicas (1936/1938)
Primeira sinfonia (1941-1947)
Música fúnebre para orquestra de cordas (1954/1958)
Jogos venezianos para orquestra de câmara (1961)
Livre pour orchestre (1968)
Concerto para violoncelo e orquestra (1969/1970)
Quarta sinfonia (1992)

Obras corais:
Trois poèmes d'Henri Michaux para coro e orquestra (1961/1963)

Importância

Witold Lutoslawski figura entre os mais importantes compositores poloneses do século XX. Ele é um dos precursores da Música Nova na Europa Oriental. O conceito da "música de aleatoriedade limitada", o acaso dirigido, é de grande importância nas obras do vanguardista eclético e independente. Lutoslawski influenciou decisivamente a vida musical polonesa como cofundador e organizador do festival Outono de Varsóvia.

Witold Lutosławski, o pai do modernismo polonês, ouviu, aos 47 anos, o trecho de um concerto para piano do vanguardista americano John Cage. "Aqueles poucos minutos foram motivo para mudar minha vida radicalmente." É assim que o compositor polonês descreveu a virada decisiva em sua criação compositiva, que começou aos nove anos. Witold cresceu com seus dois irmãos mais velhos em uma família culta e interessada por música. Na época, a Polônia ainda era uma província da Rússia czarista. Quando Witold tinha dois anos, seu pai participou da formação de tropas polonesas de libertação. Ele foi aprisionado pelos russos e executado três anos depois, em Moscou. A mãe, médica, cuidava para que o talentoso Witold recebesse uma boa formação musical. Após concluir o ginásio, o jovem Lutoslawski começou a faculdade de matemática, mas depois decidiu mudar para música e foi estudar piano e composição no Conservatório de Varsóvia.

Aos 25 anos, Lutoslawski compôs sua primeira obra importante, as *Variações sinfônicas* sobre um tema folclórico, uma peça que ainda preservava, tardiamente, traços românticos, mas foi considerada pelo compositor sua primeira obra válida. Com a invasão alemã da Polônia no começo da Segunda Guerra Mundial, todas as instituições culturais importantes de Varsóvia foram destruídas. Inicialmente, a carreira musical de Lutoslawski foi interrompida e ele ganhava seu sustento como pianista em cafés. Nessa época, compôs uma de suas obras favoritas: as *Variações sobre um tema de Paganini*. Lutoslawski acabou preso pelos alemães por ser diretor da rádio militar polonesa, mas conseguiu fugir depois de uma semana de detenção.

Durante a guerra, compôs uma série de canções para o movimento da resistência. Paralelamente, trabalhou em sua *Primeira sinfonia,* fortemente influenciada pelas composições neoclássicas de Stravinsky e pelo trabalho de Bartók com música folclórica. Ela estreou em 1947, depois da guerra, em Varsóvia, mas proibida pelo governo porque música moderna não combinava com o conceito artístico da nova Polônia socialista. Lutoslawski teria de sobreviver como compositor para filmes e rádio.

Apenas após a morte de Stalin a Polônia se abriu para o Ocidente e surgiram novas possibilidades para a cena musical moderna. Lutoslawski fazia parte dos cofundadores e organizadores do Outono de Varsóvia, o mais importante festival de Música Nova em todo o bloco socialista. Por meio dos encontros com músicos vanguardistas do Ocidente, os compositores dos países socialistas tiveram contato com ideias musicais totalmente novas. Lutoslawski se afastou das influências folclóricas e neoclássicas e estudou o dodecafonismo intensamente. Mas foi o encontro com a música do americano John Cage que provocou a verdadeira virada em sua obra. Compôs *Jogos venezianos* para pequena orquestra, trabalhando pela primeira vez com uma textura aleatória, com o princípio do acaso. Dessa forma, ele chegou a uma nova linguagem musical pessoal. Na música de "aleatoriedade limitada", como Lutoslawski denominou sua técnica, os músicos podem improvisar, cada um como se estivesse sozinho, mas segundo regras rígidas, pois articulação, timbre, dinâmica e tempo são determinados com precisão pelo compositor. Assim, Lutoslawski queria expressar que o ser humano pensa e age autonomamente, mas sempre depende de certas circunstâncias. Em sua peça mais colorida, *Trois poèmes d'Henri Michaux*, na qual demonstra seu amor pela cultura francesa, Lutoslawski também deixou grande margem de liberdade aos instrumentistas e determinou apenas os limites de tempo. O compositor conseguiu, dessa maneira, campos e módulos sonoros com movimento rítmico, que ele denominou de "esculturas de material fluido".

Para Lutoslawski, a música contemporânea teve duas importantes fontes: a dodecafônica, de Schönberg, e a impressionista, de Debussy. Por isso, na última fase de sua obra aparecem fortes influências do impressionista admirado por Lutoslawski. Suas obras ficaram cada vez mais elegantes e melódicas. Witold Lutoslawski faleceu em 1994, aos 81 anos, em Varsóvia, sua cidade natal. ∎

Gustav Mahler

Datas de nascimento e morte:
*7 de julho de 1860, Kalischt (Boêmia)

†18 de maio de 1911, Viena

Origem: Áustria

Período: Romantismo tardio

Obras importantes

Canções para orquestra:
Canções do *Des Knaben Wunderhorn* [*A cornucópia maravilhosa do menino*] para vozes e orquestra (1892-1895)
Kindertotenlieder [*Canções para crianças mortas*] para vozes e orquestra (1905)

Obras orquestrais:
Sinfonia n. 1 em ré maior [*Titã*] (1885-1888)
Sinfonia n. 2 em dó menor [*da Ressurreição*] (1888-1894)
Sinfonia n. 4 em sol maior (1899-1901)
Sinfonia n. 5 em dó sustenido menor (1901-1902)
Sinfonia n. 8 em mi bemol maior [*Sinfonia dos mil*] (1906)
Das Lied von der Erde [*A canção da Terra*] para tenor, barítono e orquestra (1908/1909)

Importância

Gustav Mahler figura entre os grandes sinfonistas da virada do século XIX para o XX, mas não foi reconhecido como compositor durante muito tempo. Apenas nos anos 1950 surgiu o interesse por suas obras grandiosas. Ele combinou suas sinfonias com programas nos quais quis expressar o que o tocava interiormente — suas ideias sobre natureza, Deus e a existência humana.

Gustav Mahler

"Acredito firme e inabalavelmente que Gustav Mahler foi um dos maiores seres humanos e artistas", disse o compositor Arnold Schönberg sobre o compositor, que nasceu em 1860, como segundo de doze filhos, em um vilarejo na Boêmia. O pai, comerciante e mais tarde estalajadeiro, providenciou para que o talentoso filho tivesse aulas de piano aos seis anos de idade. Gustav fez progressos tão rápidos que, aos dez anos, deu seu primeiro concerto em público. O pai queria incentivar o extraordinário talento do filho e viajou com ele para Viena. Com quinze anos, Gustav foi admitido no conservatório e começou a estudar composição (paralelamente à escola). Lá ele fez amizade com seu colega Hugo Wolf, que mais tarde seria um importante compositor de canções. Três anos depois, o jovem Mahler prestou, ao mesmo tempo, o exame de conclusão universitário e o de conclusão do ginásio. Em seguida, sempre ávido por aprender e obcecado por música, ele frequentou as aulas de música de Anton Bruckner na universidade.

Depois do fracasso de sua primeira composição, *Das klagende Lied* (*A canção do lamento*), Mahler decidiu seguir a carreira de regente. Ainda no mesmo ano foi nomeado mestre-de-capela do teatro em Bad Hall, uma pequena estância climática austríaca. Lá ele teve de reger quase que exclusivamente operetas e música leve de entretenimento. Ele destruiu quase todas as composições que criou nessa época, pois elas não satisfaziam seu alto nível de exigência. Os anos seguintes foram anos de peregrinação e aprendizagem para Mahler, que trabalhava como regente em Kassel, Praga e Leipzig. Em todos os lugares ele exigia muito das orquestras, e durante toda a vida sempre se esforçava, como regente, para executar as obras da forma mais exata e fiel ao texto da composição.

Se como regente ele era bastante reconhecido, como compositor, em compensação, não teve sucesso imediato. A execução de sua primeira sinfonia, *Titã*, em Budapeste, onde atuava como regente no Teatro Teal de Ópera, foi recebida com vaias. A esse fracasso como compositor somaram-se problemas particulares. Após desgastantes brigas familiares, Mahler foi obrigado a assumir o sustento de seus cinco irmãos mais novos. Com isso, seu sonho de viver como artista independente se tornava impossível. Ele foi obrigado a trabalhar como regente durante toda a vida. Essas preocupações abalaram o estado de saúde de Mahler. Como surgiam conflitos de opinião cada vez mais frequentes com o diretor do teatro de Budapeste, o músico se demitiu do cargo.

Graças à interferência de Johannes Brahms, Mahler tornou-se logo depois regente no Teatro Municipal de Hamburgo. Lá, ele se deixou inspirar pela coletânea de poemas *Des Knaben Wunderhorn* (*A cornucópia maravilhosa do menino*) para compor uma de suas mais belas coletâneas de canções. Na cidade hanseática, ele compôs também sua segunda sinfonia, a *Sinfonia da Ressurreição*, e a *Sinfonia n. 3* — com 88 minutos —, a mais longa de todas as sinfonias compostas. Mas o interesse por suas obras continuava pequeno. Para não continuar como o polo Sul, inexplorado, Mahler decidiu pagar a Orquestra Filarmônica de Berlim do próprio bolso para executar sua *Sinfonia n. 2*. Embora a impressão sobre os ouvintes tenha sido impactante, a obra não fez um sucesso triunfal, mas agora Mahler tinha uma fama tão grande como regente que foi nomeado regente substituto da Ópera Real de Viena. Logo depois, o ambicioso Mahler tornou-se diretor do Teatro de Ópera, cargo que ocupou durante dez anos. Sob sua direção, iniciou-se uma nova era no teatro, pois ele exigia de artistas e colaboradores a mesma obsessão fanática por música e esforço extraordinário que ele tinha.

Em 1901, Mahler teve de se submeter a uma grande cirurgia (não tão grande assim. Ele teve uma grande hemorragia, isso é verdade, mas passou por uma cirurgia de hemorroidas, da qual teve de convalescer por alguns meses). Ele passou o verão às margens do lago Wörthersee, onde tinha uma casa, a fim de poder se dedicar em paz ao seu trabalho criativo. Por causa de sua cansativa atividade como diretor da ópera, que lhe tomava muito tempo, ele tinha apenas os meses de verão à disposição para compor. Através de seu contato com o círculo vienense de artistas da *belle époque*, Mahler conheceu a bela, espirituosa e muito cortejada Alma Schindler, enteada do pintor Carl Moll. Os dois se casaram um ano depois, mas o casamento foi extremamente complicado. O ano da crise, para Mahler, seria 1907. Foi constatada uma perigosa doença cardíaca, e sua amada filha Maria Anna morreu aos cinco anos de idade.

Intrigas e conflitos de opinião na ópera real levaram o compositor de 47 anos a solicitar sua demissão, embora o cargo de regente fosse vitalício. Mahler se mudou com a família para os Estados Unidos e assumiu o cargo de regente na Metropolitan Opera de Nova York. Nessa época, compôs sua oitava sinfonia, também chamada de *Sinfonia dos mil*. Para essa obra eram necessários um enorme coro e formação de orquestra: cem músicos, dois coros mistos, um coro infantil, três sopranos, dois contraltos, dois tenores, dois barítonos e um baixo.

Um desentendimento com a direção da ópera e uma grave crise matrimonial causaram uma rápida piora do estado de saúde de Mahler. Em fevereiro de 1911, o compositor de cinquenta anos regeu seu último concerto em Nova York. O músico, com uma doença cardíaca, voltou para Viena, onde logo morreu vítima de um infarto.

Uma vivência de infância e seu efeito na música

Fato curioso

No final da vida, Mahler teve problemas graves, particulares e profissionais. Por isso consultou, em Viena, o importante psicanalista Sigmund Freud. Este revelou, após a morte de Mahler, o que o compositor havia lhe contado. "Ele disse que entendia agora por que sua música nunca poderia atingir a perfeição desejada nos trechos mais nobres, justamente naqueles que eram inspirados pelos sentimentos mais profundos: porque uma melodia vulgar qualquer sempre surgia e estragava tudo. Seu pai, ao que parece um homem brutal, havia tratado a mulher sempre muito mal, e quando Mahler ainda era bem pequeno havia presenciado uma cena bastante desagradável entre os dois. Ela foi tão insuportável para o menino que ele saiu correndo de casa. Mas naquele exato instante escutou, de um realejo, a conhecida canção popular vienense Oh, du lieber Augustin. *Mahler pensava então que, a partir daquele instante, em sua alma, a tragédia profunda e o entretenimento superficial haviam se ligado de forma indissolúvel e que uma despertava a outra, inevitavelmente."* ∎

Pietro Mascagni

Datas de nascimento e morte:
*7 de dezembro de 1863, Livorno
†2 de agosto de 1945, Roma

Origem: Itália

Período: Romantismo tardio

Obras importantes

Música dramática:
Cavalleria rusticana, ópera (1890)
Guglielmo Ratcliff, ópera (1895)
Isabeau, ópera (1911)
Nerone, ópera (1935)

Importância

Com sua ópera em um ato *Cavalleria rusticana*, o italiano Pietro Mascagni compôs uma obra-prima que iniciou o estilo italiano do verismo.

Uma série de compositores conseguiu entrar para a história da música com uma única obra. O compositor italiano de ópera Pietro Mascagni conseguiu, com uma única obra dramática, *Cavalleria rusticana*, não apenas fama internacional, mas também criar, na ópera de um ato, um estilo operístico completamente novo: o verismo italiano.

Pietro cresceu em modestas condições familiares. Seu pai, um padeiro, queria que o filho assumisse o negócio da família, mas felizmente um tio percebeu o extraordinário talento musical do menino e providenciou para que ele estudasse na escola de música de sua cidade natal, Livorno. Depois ele patrocinou também o curso de música do sobrinho no Conservatório de Milão. Mas, após dois anos, o jovem Mascagni foi expulso do conservatório por "falta de entusiasmo". Ele passou a reger um grupo de teatro itinerante pela Itália, deu aulas de piano e finalmente foi nomeado diretor musical da cidadezinha de Cerignola, na Apúlia.

Mascagni começou a trabalhar em sua primeira ópera: *Guglielmo Ratcliff,* composta em 1888 sobre um texto do poeta alemão Heinrich Heine. Apesar do gigantesco sucesso de sua ópera posterior, *Cavalleria rusticana*, Mascagni sempre considerou sua primeira ópera a melhor de todas. Em 1888, aos 26 anos, o compositor quis participar do concurso anual de óperas em um ato da famosa editora musical Sonzogno, de Milão, com *Guglielmo Ratcliff.* No entanto, sem seu conhecimento, sua mulher Lina enviou para o concurso a *Cavalleria rusticana*, que ele acabara de compor. Com a *Cavalleria*, Mascagni ganhou o primeiro prêmio, que incluiu não só uma soma de oito mil liras, mas também uma apresentação em Roma. Apesar de o teatro estar apenas com a metade da lotação na estreia, o sucesso da ópera foi inquestionável. "Como uma tempestade purificadora na atmosfera sufocante das imitações de Wagner, correu a notícia de que, em Roma, a obra de um jovem italiano estreante teve um sucesso brilhante", escreveu um crítico alemão. Tudo naquela obra dramática era novo e incomum. Na história da jovem Sartuzzi, que é traída pelo noivo com uma mulher casada e depois se vinga com a ajuda do marido traído, o palco é povoado não mais por heróis, reis e nobres, mas por gente do povo, cujos sentimentos, medos e sofrimentos são apresentados de forma realista (verista). Com sua música vigorosa, Mascagni soube reproduzir com maestria e com efeito o mundo das pessoas simples, suas ideias e ações. A *Cavalleria rusticana* tornou o compositor famoso e rico da noite para o dia. Todos os palcos europeus brigaram para poder apresentar a ópera. Sua obra inovadora causou entusiasmo especialmente na América.

Motivado pelo sucesso triunfal, Mascagni compôs uma ópera após a outra, mas nenhuma delas repetiu o sucesso insuperável da *Cavalleria rusticana*. Em todos os lugares em que o compositor aparecia ouvia-se: "Signore Mascagni, quando é que o senhor comporá novamente uma "Cavalleria?". Em 1895, ele foi nomeado, aos 32 anos, diretor do Conservatório de Pesaro, e, mais tarde, recebeu a mesma função em Roma.

Em 1929, Mascagni foi convidado a assumir, no teatro Scala, de Milão, a função do importante maestro Toscanini, que emigrara para os Estados Unidos em protesto contra o crescente fascismo. O fato de o compositor dedicar sua última ópera, *Nerone*, ao líder fascista Mussolini custou-lhe muitos fãs e o afastamento de amigos. Depois que os fascistas foram destituídos do poder, Pietro Mascagni morreu, aos 81 anos, em 1945, abandonado e empobrecido, em um hotel sórdido em Roma.

Entusiasmo sul-americano

Fato curioso

A música de Mascagni provocou grande entusiasmo também na América do Sul. Quando o compositor chegou de navio ao porto de Buenos Aires para participar da estreia de sua ópera Isabeau, *ele era aguardado por cinquenta mil fãs entusiasmados que o recepcionaram como a um* superstar. *Em sua homenagem foram organizadas 75 recepções, e Mascagni reclamou, exausto e farto: "Se minha* Isabeau *fizer sucesso, atuarei nela, encenando, no palco, minha morte por indisposição estomacal".* ■

Jules Massenet

Datas de nascimento e morte:
*12 de maio de 1842, Montaud (St. Étienne)

†13 de agosto de 1912, Paris

Origem: França

Período: Romantismo tardio

Obras importantes

Música dramática:
Manon, Ópera cômica (1882-1884)
Werther, drama lírico (1886/1887)
Thaïs (com *Méditation*), ópera (1894)

Importância

Jules Massenet é considerado o mais bem-sucedido compositor da *belle époque*, ou seja, do período entre a Guerra Franco-Alemã em 1870/71 e a Primeira Guerra Mundial, em 1914. De suas trinta óperas, apenas *Manon* e *Werther* constam atualmente nos programas dos palcos internacionais de óperas.

Jules Massenet

O compositor francês Jules Massenet nasceu em 1842 e era o mais novo de doze filhos na cidade industrial francesa de Saint-Étienne, onde o pai dirigia uma fábrica. Quando Jules tinha seis anos, a família se mudou para Paris. A mãe, boa pianista, deu ao filho as primeiras aulas. Aos onze anos, o jovem Massenet prosseguiu seus estudos de canto e piano no Conservatório de Paris. Cinco anos depois, o talentoso pianista concluiu o curso de piano com o primeiro prêmio e começou a dar concertos. Porém, apesar de seu sucesso como pianista, Massenet queria mesmo ser compositor. Ele se inscreveu novamente no conservatório para aprender o ofício da composição. Para pagar seus estudos, Massenet tocava percussão na orquestra, e lá ele conheceu o mundo dos palcos, o que foi uma vantagem na hora de ele compor suas óperas. Na conclusão de seu curso, Massenet recebeu o cobiçado Prix de Rome, a mais importante bolsa de estudos francesa para compositores jovens e promissores estudarem no exterior.

Massenet ficou dois anos em Roma, onde conheceu sua futura esposa, que era sua aluna de piano, e fez amizade com Franz Liszt. Durante sua estada na Itália, compôs uma série de peças orquestrais, apresentadas após seu retorno à capital francesa e aclamadas pela crítica. Mas os primeiros sucessos junto ao público vieram com suas canções, que mostravam uma preferência por sons espanhóis. Contudo, Massenet só atingiu a fama com suas óperas de grande efeito dramático, pois o teatro era o verdadeiro mundo do compositor.

Com a música dramática *Le Roi de Lahore* (*O rei de Lahore*), o compositor de 35 anos vivenciou seu grande triunfo. Depois disso, foi nomeado professor de composição no conservatório. Como compositor e professor de música, ele exerceu grande influência sobre as gerações posteriores de músicos, principalmente sobre Puccini e Debussy, adversário de Wagner que apreciava a simplicidade da música de Massenet. "Massenet entendeu a verdadeira missão da música", declarou. "Nós devemos livrar a música de qualquer gongorismo erudito. A ambição da música deve ser proporcionar alegria com simplicidade." Mas justamente essa capacidade de agradar é que, mais tarde, foi mal compreendida pela crítica, pois a música dramática de Massenet, uma combinação de grandes obras dramáticas, como a de Meyerbeer e a ópera lírica de Gounod, hoje geralmente soa sentimental, empolada e afetada. É uma música agitada por infindáveis estremecimentos, comoções e arrebatamentos de amor. Com sua trivial *Méditation*, da ópera *Thaïs*, uma das mais pedidas em concertos clássicos, Massenet resvala para o *kitsch*, segundo a visão de hoje.

Mas o músico compôs duas óperas, *Manon* e *Werther*, que foram dois ápices do repertório francês de óperas na época. Ainda hoje elas têm lugar no repertório dos teatros de ópera em todo o mundo; no seu centro está a mulher e a paixão. O dramatismo efetivo da grande ópera, as melodias sentimentais, a colorida orquestração e o cenário dispendioso garantiram às duas obras o sucesso por muito tempo. Em 13 de agosto de 1912, Jules Massenet morreu, aos 70 anos, em Paris.

Fino humor francês

Durante toda a apresentação da ópera Manon, de Massenet, o tenor-herói cantou firme, meio tom abaixo do que deveria. Após a apresentação, o compositor se dirigiu, como de costume, aos bastidores para cumprimentar os cantores. Ali encontrou o tenor, recebendo os cumprimentos de seus fãs.

"Ah, maestro", disse o cantor lisonjeador com afetação. "Certamente o senhor ficou satisfeito com a arte do meu canto." "Claro que sim. O senhor estava espetacular", retrucou Massenet. "Mas como é que conseguiu cantar com essa orquestra horrível, que o acompanhou a noite toda meio tom acima?" ∎

Felix Mendelssohn-Bartholdy

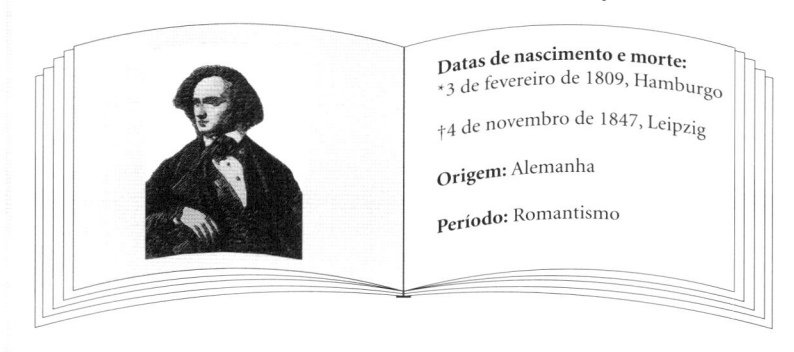

Datas de nascimento e morte:
*3 de fevereiro de 1809, Hamburgo

†4 de novembro de 1847, Leipzig

Origem: Alemanha

Período: Romantismo

Obras importantes

Obras orquestrais:
Ein Sommernachtstraum [*Sonho de uma noite de verão*] op. 21, abertura (1826)
Sinfonia n. 4 em lá maior op. 90 — *Italiana* (1833)
Sinfonia n. 3 em lá menor op. 56 — *Escocesa* (1842)
Concerto para violino e orquestra em mi menor op. 64 (1845)

Obras corais:
Paulus, oratório para solista, coro e orquestra op. 36 (1836)
Elias, oratório para solista, coro e orquestra op. 70 (1846)

Música de câmara:
Quarteto de cordas em mi bemol maior op. 12 (1829)

Música para piano:
Lieder ohne Worte [*Canções sem palavras*] (1829-1845)
Variações Sérias em ré menor op. 54 (1841)

Importância

Felix Mendelssohn-Bartholdy é uma das personalidades musicais alemãs mais importantes do Romantismo. Em sua época, foi considerado o compositor mais famoso da Europa Central. Foi muito mais conhecido do que Robert Schumann. Em sua abertura do *Sonho de uma noite de verão*, o jovem de dezessete anos mostrou sua genialidade.

O importante compositor alemão do Romantismo, Felix (*feliz*) Mendelssohn-Bartholdy foi favorecido pela sorte: como gênio precoce da música, aclamado pelo público e pela imprensa, como maestro, pianista e compositor acompanhado de sucesso; como homem culto e interlocutor brilhante cobiçado pela sociedade; e como filho de banqueiro, livre de preocupações financeiras durante toda a vida. Felix, neto do famoso filósofo do Iluminismo Moses Mendelssohn, tinha origem judaica, mas foi batizado na igreja protestante, pois seu pai se converteu ao protestantismo e se denominou Mendelssohn-Bartholdy a partir de então.

Felix e seus três irmãos viveram uma infância despreocupada. Era apegado principalmente à sua irmã um pouco mais velha, Fanny. Quando a mãe ensinou piano ao filho, percebeu-se que Felix tinha um enorme talento musical. Os pais contrataram um excelente professor de piano que o ajudou no prosseguimento dos estudos. Nos domingos musicais regulares que aconteciam na magnífica mansão da família, Felix logo brilhava como pianista. Zelter, diretor da academia de canto e amigo de Goethe, lecionava composição para o jovem. Ele organizou uma visita do menino de doze anos a Goethe, que previu uma grande carreira para o jovem músico de Berlim.

O ginasiano de dezessete anos compôs para S*onho de uma noite de verão*, de Shakespeare, sua primeira obra-prima. Seu futuro amigo Robert Schumann escreveu, entusiasmado: "O mestre já formado executou seu voo mais alto em um momento feliz". O maior interesse de Mendelssohn era a música, mas ele não negligenciou sua formação geral. Afirma-se que o compositor foi um dos músicos mais cultos de sua época. Após o ginásio, Mendelssohn começou a estudar filosofia na Universidade de Berlim. Paralelamente, estudava línguas antigas e novas, literatura e história. Para ampliar os horizontes, o filho de banqueiro, economicamente independente, fazia inúmeras viagens ao exterior.

Zelter, que já considerava o aluno de quinze anos um colega devido ao seu talento musical, permitiu que o jovem de dezenove anos fosse o regente da *Paixão segundo São Mateus*, de Bach, na Academia de Canto de Berlim, uma obra composta cem anos antes e nunca mais executada. A obra, com três horas de duração e regida por Mendelssohn sem partitura, conforme ele mesmo declarou, foi uma execução lendária, o momento do renascimento da música de Bach. Assim como seu professor Zelter, durante toda a vida Mendelssohn se engajou nas obras do grande *chantre*. Pouco depois, o músico fez a primeira de suas dez viagens para a Inglaterra. A romântica paisagem da ilha britânica fascinou o compositor de forma especial. A Inglaterra se tornou, no decorrer de sua vida, sua segunda pátria. Em Londres ele regeu com sucesso estrondoso a abertura do *Sonho de uma noite de verão*. De lá, viajou para a Escócia e para as Ilhas Hébridas, que o inspiraram a compor a famosa *Abertura Hébridas* (Gruta Fingal). Sua *Sinfonia n. 3* em lá menor, a *Escocesa*, teve origem nas impressões obtidas durante essa viagem à Escócia.

Um ano depois, Mendelssohn iniciou uma viagem à Itália, um país que todas as pessoas cultas da época tinham de conhecer. Passou por Weimar e visitou o velho Goethe pela última vez. Para ele, o músico compôs na Itália a obra para coral *Die erste Walpurgisnacht* (*A primeira noite de Walpurgis*) sobre temas do *Fausto*, de Goethe. Durante dez meses, Mendelssohn, interessado em cultura, viajou pela terra do desejo, admirou os ricos tesouros culturais e conheceu, em Roma, a antiga música italiana. Elaborou as impressões marcantes dessa viagem posteriormente em sua *Quarta sinfonia em lá maior* — a *Italiana*.

Em 1832, seu professor Zelter morreu, e o jovem de 23 anos se candidatou para sucedê-lo como regente da Academia de Canto de Berlim. Mas seu grande sonho de conseguir um cargo fixo na cidade onde estudara não se realizou. Desiludido, deu as costas para Berlim para sempre. Mesmo quando mais tarde o rei prussiano o nomeou diretor-geral de música, Mendelssohn recusou a oferta, dispondo-se apenas a reger como convidado. Após inúmeras viagens pela França e Inglaterra, que aumentaram mais ainda seu prestígio como maestro e compositor na Europa, ele foi convidado em 1833 para ser diretor musical em Düsseldorf. Mendelssohn foi o primeiro regente profissional que não regia a partir de seu instrumento, mas com a batuta, no lugar do maestro.

Dois anos depois, o músico assumiu a direção dos concertos na Gewandhaus de Leipzig. A cidade de Bach era sua nova casa. Lá, viveu com sua esposa Cécile Jeanrenaud e seus cinco filhos até sua morte prematura. O ágil Mendelssohn fez de tudo para que Leipzig se tornasse o novo centro da vida musical alemã e um dos centros musicais mais importantes da Europa. Junto com amigos, entre eles Robert Schumann, fundou o primeiro conservatório alemão, que logo teve uma reputação excelente em toda a Europa como centro de formação de músicos. Contratou músicos excepcionais que enriqueceram a vida musical animada da cidade saxônica. Em reconhecimento por seus méritos, recebeu o título de doutor *honoris causa* da Universidade de Leipzig. Devido aos cansativos compromissos profissionais e às inúmeras turnês, o estado frágil de saúde de Mendelssohn piorou. Além disso, as hostilidades que sofria por sua ascendência judaica também prejudicaram o sensível compositor. Ele ficou mais nervoso e irritado.

Em 1846, um ano antes de sua morte, Mendelssohn viajou pela última vez para a Inglaterra onde seu oratório *Elias* foi longamente aplaudido no festival de música de Birmingham. Durante a viagem de volta, recebeu a notícia de que sua amada irmã Fanny, cujo julgamento artístico ele muito valorizava, morrera repentinamente. O compositor passou a "vagar, como em um sonho". Não tinha mais paz e declarou: "Tenho de aproveitar o tempo que me resta, não sei quanto ele vai durar". Mendelssohn, conhecido por sua cultura geral e seu jeito espirituoso como interlocutor extraordinário, retirou-se completamente da vida social. Para ter sossego, viajou com a família para a Suíça onde compôs um réquiem para sua irmã, o famoso *Quarteto de cordas* em fá menor op. 80. De volta a Leipzig, sofreu uma apoplexia. Pouco depois, Felix Mendelssohn-Bartholdy — para Robert Schumann "o Mozart do século XIX" — morreu, em Leipzig, com apenas 38 anos.

Convidado de Goethe

Fato curioso

Frequentemente o compositor Friedrich Zelter falava a seu amigo Goethe sobre seu genial aluno de piano, Mendelssohn. Era natural que o escritor quisesse conhecer pessoalmente a criança-prodígio. Em 1821, Felix, aos doze anos, chegou a Weimar com seu professor. O jovem artista deveria mostrar seu talento em uma apresentação vespertina. Para essa ocasião, Goethe convidou alguns bons amigos, entre eles o poeta Rellstab, que se lembra do acontecimento:

"Goethe saiu e voltou depois de alguns minutos à sala trazendo várias folhas cheias de notas. 'Fui buscar algumas partituras de minha coleção de manuscritos; agora vamos à prova. Você consegue tocar isso?' Colocou uma folha com notas de escrita clara, mas pequena, à frente de Mendelssohn. Era a caligrafia de Mozart. O jovem artista tocou com a máxima segurança, sem cometer nenhum erro, as notas de leitura não eram muito fáceis. A peça soou como se o pianista a soubesse de cor há anos, tão seguro, tão claro, tão equilibrado na execução."

Goethe ficou profundamente impressionado com o talento excepcional do jovem Mendelssohn e previu um grande futuro para o "menino celestial". ■

Olivier Messiaen

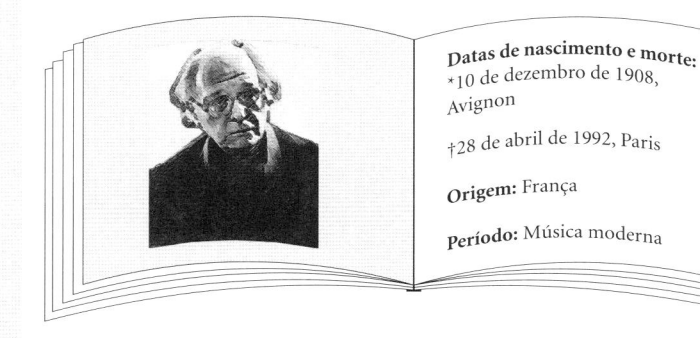

Datas de nascimento e morte:
*10 de dezembro de 1908, Avignon

†28 de abril de 1992, Paris

Origem: França

Período: Música moderna

Obras importantes

Música dramática:
Saint François d'Assise, ópera (1983)

Obras corais:
Trois Petites Liturgies de la Présence Divine (1943/1944)
La Transfiguration de Notre Seigneur Jésus Christ (1965-1969)

Obras orquestrais:
Turangalîla-Sinfonie (1946-1948)
Réveil des oiseaux para piano e orquestra (1953)

Música de câmara:
Quatuor pour la Fin du Temps para clarinete, violino, violoncelo e piano (1940/1941)

Obras para piano:
Mode de valeurs et d'intensités para piano (1949)

Importância

O compositor francês Olivier Messiaen figura entre as grandes personalidades musicais do século XX. Como professor e incentivador de compositores importantes, Messiaen exerceu influência decisiva sobre o desenvolvimento da vanguarda europeia.

Olivier Messiaen

Messiaen nasceu na cidade provençal de Avignon e muito cedo já tinha contato com literatura e arte. Seu pai era especialista em filologia inglesa; a mãe, escritora. Em 1914, quando seu pai foi convocado para a guerra, a família se mudou para a casa dos avós em Grenoble. Lá logo se manifestou o talento artístico extraordinário de Olivier. Encenava peças de Shakespeare com figuras de papel-celofane e vidraças pintadas. Com oito anos, começou a aprender piano sozinho. Quando a mãe percebeu o interesse musical do filho, providenciou para que ele tivesse aulas. A música tomou conta do menino. No Natal, em vez de pedir brinquedos como as outras crianças de sua idade, Olivier queria partituras de óperas de grandes compositores. Logo ele começou a compor.

Quando seu pai voltou da guerra, a família se mudou para Nantes e depois Paris, onde ele conseguiu um emprego como professor de inglês. Olivier, com doze anos, frequentava o Conservatório de Paris e estudava piano, órgão, percussão e composição. Onze anos depois, ao sair do conservatório, Messiaen tinha uma ampla formação musical. Aos 23 anos, tornou-se organista na igreja parisiense Sainte-Trinité, cargo que ocupou durante mais de sessenta anos. No mesmo ano, o compositor apresentou publicamente sua primeira obra importante, *Les Offrandes oubliées*. Aos 24 anos, Messiaen casou-se com a pianista e compositora Claire Delbos, que adoeceu gravemente após o nascimento do filho Pascal e teve de viver até o fim da vida, em 1959, em um sanatório. Em 1936, quando Messiaen tinha 28 anos, fundou com outros compositores franceses o grupo "Jeune France", que tinha como objetivo substituir a música neoclássica objetiva por mundos musicais vivenciados subjetivamente, espiritualizados.

Devido à sua grave deficiência visual, Messiaen prestou serviço como enfermeiro na Segunda Guerra Mundial. Foi capturado pelos alemães e deportado para o campo de prisioneiros de guerra em Görlitz, onde teve permissão para compor. Ali, ele compôs seu *Quatuor pour la Fin du Temps*. Nesse quarteto para piano, clarinete, violino e violoncelo, no qual o compositor invoca visões horríveis do fim dos tempos, ele usou cantos de pássaros pela primeira vez. A apresentação da obra de música de câmara ocorreu diante de cinco mil prisioneiros de guerra. Messiaen ficou profundamente impressionado com o efeito de sua música: "Nunca fui ouvido com tanta atenção e compreensão", contou, mais tarde. Quando Messiaen retornou à Paris ocupada, começou a dar cursos particulares de composição. Nessa época, ele quase não compôs, pois estava concentrado em sua grande obra teórica *Techniques de mon langage musicale,* um livro sobre suas teorias da composição.

Aos 39 anos, Messiaen tornou-se docente de harmonia e, posteriormente, de composição, no Conservatório de Paris. Muitos talentos estão entre seus alunos: Pierre Boulez, Karlheinz Stockhausen e Yvonne Loriod, que mais tarde se casou com Messiaen. A pianista contribuiu muito para a divulgação das peças tecnicamente difíceis de seu marido. Sob encomenda do maestro Koussewitzki, Messiaen compôs sua obra orquestral mais significativa, a suíte *Turangalîla,* uma grande composição de dez movimentos. O título, derivado da língua sânscrita, significa "jogo cósmico, amor, tempo e efemeridade". O compositor manteve seu interesse pela música da Índia e principalmente pelos seus modelos rítmicos, as chamadas "tablas", durante toda a vida. As chamadas "deci-tablas", 120 ritmos hindus de diversas províncias, reunidos em um livro do erudito hindu Cargadeva, tiveram influência especial sobre suas obras. Além disso, sua obra é determinada por três outras características essenciais. "Posso dizer, com certeza, que prefiro uma música de brilho furta-cor, uma música que [...] pareça um pássaro desassossegado, uma música [...] dos ressurretos, dos mistérios divinos e sobrenaturais" descreveu Messiaen sua música.

Com essa afirmação, Messiaen formulou a essência de sua música e a tornou inconfundível: uma religiosidade profunda, a alegria com o canto dos pássaros e a fascinação de cores musicais.

Messiaen é um dos compositores que veem sons como cores. Desenvolveu escalas tonais próprias, os chamados modos, aos quais ele associou certo valor de cor, como "folhagem verde-clara e verde-prado, com manchas azuis, prateadas e laranja-avermelhadas. Predominante é o verde". Seu mundo sonoro deve ser rico em cores, como vitrais de catedrais francesas. Em 1949, deu aulas nos cursos de férias de Música Nova, em Darmstadt. Seu estudo para piano serial apresentado na ocasião, *Mode de valeurs et d'intensités*, foi recebido com grande interesse pelos compositores da vanguarda e influenciou o trabalho deles de forma consistente.

A partir de 1950, Messiaen passava as férias de verão sempre em Grenoble. Fazia excursões para gravar o canto dos pássaros, que utilizava depois em suas obras. Em todos os lugares, contou seu aluno Stockhausen, ele carregava seu caderninho de notas e anotava o que ouvia. Então ia para casa e organizava, transformava, compunha seus "objetos". Em *Un vitrail et des oiseaux*, um concerto para piano, Messiaen incluiu a riqueza melódica de 38 pássaros originários da França (do rouxinol ao pombo-torcaz).

> "Assim como Bartók cruzou a Hungria para coletar canções folclóricas, eu cruzei durante anos as províncias francesas para gravar o canto dos pássaros. É um trabalho enorme e sem fim. Que alegria descobrir um canto novo, um novo estilo, uma paisagem nova! A laverca nos campos de cereais da Champagne, a cotovia-arbórea à noite no Col du grand bois, o melro nos jardins e parques. Durante mais de vinte anos coletei cantos de pássaros. Travei contato com ornitólogos e os acompanhei em excursões. Pássaros — só eles — são grandes artistas", reconheceu Messiaen, amigo da natureza.

Em *Oiseaux exotiques,* o compositor usa vozes de uma dúzia de espécies de pássaros da América e Ásia. Na maioria de suas obras aparecem vozes de pássaros, inclusive no grande sermão dos pássaros de sua única ópera *Saint François d'Assise* — em oito cenas, o compositor, profundamente arraigado na fé cristã, descreveu as estações da vida de São Francisco de Assis. Em 1992, Olivier Messiaen morreu, aos 83 anos, em Paris. ∎

Giacomo Meyerbeer

Datas de nascimento e morte:
*5 de setembro de 1791, Tasdorf, perto de Berlim

†2 de maio de 1864, Paris

Origem: Alemanha

Período: Romantismo

Obras importantes

Música dramática:
Robert le diable, ópera (1831)
Les Huguenots, ópera (1836)
Le Prophète, ópera (1848)
L'Africaine, ópera (1865)

Importância

O compositor alemão de óperas Giacomo Meyerbeer, aclamado e hostilizado por seus contemporâneos, esteve profundamente ligado à grande ópera francesa, a *grand opera*, que explorou todas as possibilidades musicais e de palco. Para esse gênero, ele compôs obras excepcionais, como *Robert le diable*, *Les Huguenots* e *Le Prophète*.

Giacomo Meyerbeer nasceu perto de Berlim, em 1791, como Jakob Liebmann Beer. Aos dezoito anos, ele juntou ao seu o sobrenome do avô, Meyer, resultando Meyerbeer, e passou a usar apenas o segundo prenome Jakob. Mais tarde, passou a assinar a forma italiana Giacomo, porque festejou na Itália seus primeiros grandes sucessos como compositor de óperas. Filho de uma abastada família de banqueiros judeus, ele cresceu com seus dois irmãos em meio à grande burguesia. A casa dos pais era um dos pontos de encontro da vida intelectual de Berlim. Até seu vigésimo ano de vida, o jovem Meyerbeer era acompanhado por seu professor, o erudito e pedagogo judeu Wolfssohn, que exerceu grande influência sobre o jovem. Seu talento pianístico foi incentivado por Lauska, um bem-sucedido professor de piano, que também ensinou o príncipe herdeiro.

Aos onze anos Meyerbeer apresentou-se pela primeira vez em público com um concerto para piano de Mozart. Dois anos depois, ingressou na Academia de Canto de Berlim e passou a ter aulas com Friedrich Zelter. Para se aperfeiçoar em composição, Meyerbeer logo depois passou a ter aulas com o abade Vogler em Darmstadt. Lá teve como colega Carl Maria von Weber. O músico buscou seu último aperfeiçoamento em composição com Antonio Salieri, em Viena. Na metrópole musical austríaca, rapidamente abriram-se as portas da fina sociedade para o brilhante pianista, pois todos ficaram entusiasmados com sua capacidade. Até mesmo o importante pianista Ignaz Moscheles reconheceu: "Sua coragem é fabulosa; sua música, insuperável".

Embora Meyerbeer fosse, então, um pianista aclamado, ele se interessava mais pela composição. Começou com as óperas, que a princípio, porém, tiveram pouca repercussão. Rapidamente percebeu que, para ter sucesso, deveria escrever música dramática com mais efeitos cênicos, como a *grand opera*. Os meios para isso ele só poderia adquirir em Paris, centro da grande ópera francesa, e isso fica claro em uma carta que ele escreveu ao pai: "Você sabe que, para mim, Paris foi minha formação em música dramática, você conhece minha paixão pela ópera francesa e sabe o quanto eu desejei aquilo".

Em Paris, Meyerbeer estudou a música dramática da tradição da grande ópera francesa profundamente. Após um ano, ele achou que já dominava o ofício e partiu para a Itália, porque estava convicto de que "qualquer compositor de ópera tem que ir de tempos em tempos para a Itália, por causa dos cantores, não da composição. Apenas com os grandes cantores pode-se aprender a escrever de forma cantável e agradável para as pessoas". Na Itália, Meyerbeer compôs cinco óperas com sucesso crescente. O grande sucesso veio finalmente com a obra *Il crociato in Egitto*. A ópera tornou o alemão repentinamente famoso em toda a Europa, e com isso ele pôde ousar dar o passo decisivo até a ópera de Paris. Meyerbeer acabou conhecendo Eugène Scribe, o bem-sucedido libretista, e planejou com ele sua ópera seguinte, *Robert le diable*. Muito antes de a ópera estar pronta, ela já era tema de conversa diária em Paris. A primeira ópera do alemão foi recebida com aplauso estrondoso. Em seguida, Rossini, modelo e grande rival de Meyerbeer, retirou-se dos palcos parisienses, o que tornou Meyerbeer o rei não coroado entre os compositores de ópera da sua época. Em seguida, a ópera esteve em 77 palcos de dez países. A fama crescente do compositor ficou patente pelas inúmeras homenagens. Tornou-se Cavaleiro da Legião de Honra, membro da Academia Prussiana de artes e do Institut de France.

A editora Schott de Mainz lhe ofereceu 24 mil francos por sua próxima ópera *Les Huguenots*. A estreia foi uma sensação em toda a Europa. Graças à intervenção do famoso cientista Humboldt, um amigo da família, Meyerbeer foi o primeiro músico judeu nomeado diretor-geral de música pelo rei prussiano, com a obrigação de reger durante quatro meses por ano na ópera de Berlim. Além disso, ele recebeu da corte real uma série de encomendas de composição: para o casamento do rei, compôs *Fackeltänze* (danças realizadas com tochas); para um baile de máscaras, a peça *Das Hoffest von Ferrara* (*A festa da corte de Ferrara*); e a ópera *Ein Feldlager in Schlesien* (*Um acampamento na Silésia*), que logo foi considerada uma ópera nacional prussiana.

O anúncio de sua próxima ópera, *Le Prophète*, chegou a ter até mesmo consequências políticas. Na noite da estreia, a assembleia dos deputados não pôde ser realizada porque um número demasiado grande de deputados foi à apresentação. Pela primeira vez na história da ópera, foi usada luz elétrica no palco. A obra, cujo imenso sucesso foi incomparável, colocou Meyerbeer como senhor irrestrito no campo das óperas. No entanto, o compositor não era apenas celebrado, mas também hostilizado — principalmente na Alemanha, onde foi vítima de campanhas difamatórias por ser judeu. Era invejado por seu sucesso musical e financeiro. Richard Wagner, cujas obras Meyerbeer havia defendido no início de sua carreira, aplaudiu o músico a princípio com euforia, chamando-o de "compositor que escreveu a história do mundo"; mas depois, quando o viu como rival, passou a chamar seu antigo benfeitor de "judeu ávido".

Embora Meyerbeer ainda comemorasse alguns sucessos operísticos, ele percebeu que ultrapassou o zênite de sua fama e que era representante de uma época decadente. Com as apresentações artísticas da música dramatizada de Wagner e Verdi, iniciou-se um novo tempo na história da ópera. *L'Africaine* foi a última ópera de Meyerbeer. Durante os preparativos para a apresentação, o compositor morreu, repentinamente. Após as grandes exéquias oficiais em Paris, o corpo de Meyerber foi trasladado para Berlim, onde foi sepultado com grande participação da corte prussiana e da população. Meyerbeer deixou uma fortuna principesca, distribuída para artistas pobres. Hoje, a "fundação Meyerbeer" financia, a cada dois anos, uma estada de seis meses de estudos na Itália, em Paris, Dresden, Munique ou Viena para jovens e talentosos compositores alemães. ∎

Darius Milhaud

Datas de nascimento e morte:
*4 de setembro de 1892, Marselha

† 22 de junho de 1974, Genebra

Origem: França

Período: Música moderna

Obras importantes

Música dramática:
Le Bœuf sur le toit op. 58a, balé (1920)
La Création du monde op. 81, balé (1923)
Christophe Colomb, ópera (1930)

Canções:
Machines agricoles op. 56, ciclo de canções (1919)
Catalogue de fleurs op. 60, ciclo de canções (1920)

Importância

Darius Milhaud está entre os importantes representantes da música francesa do século XX. Faz parte do grupo literário musical de jovens compositores que entraram para a história sob o nome de Grupo dos Seis. Milhaud deixou uma obra considerável com 450 composições.

Darius Milhaud

"Sou um francês da Provença e judeu pela religião", assim o compositor francês começa sua autobiografia. Milhaud sentiu-se ligado à sua terra francesa, mediterrânea, durante toda a vida. Filho de uma abastada família de comerciantes judeus, passou a infância em Aix-en-Provence, um lugar animado e rico em arte. Para Darius, os ruídos cotidianos dessa cidade agitada — gritos dos camelôs, barulho do mercado e os variados sons dos trabalhadores — eram dados musicais concretos que mais tarde ganharam importância em suas obras como politonalidade e polirritmia (diversas tonalidades e ritmos superpostos).

Aos sete anos, ele teve as primeiras aulas de violino. Dez anos depois, o jovem Milhaud começou a estudar música no Conservatório de Paris — primeiramente violino e depois composição — com Paul Dukas, o compositor do *Aprendiz de feiticeiro*. Começou a compor para peças do importante escritor francês Paul Claudel, e, quando este foi nomeado embaixador no Brasil, Milhaud o acompanhou como secretário. Os ritmos e danças vigorosos da América do Sul fascinaram o compositor. Seu entusiasmo pôde ser percebido na composição *Saudades do Brasil*. O folclore desempenhou um papel importante em suas obras: entre essas manifestações estão, por exemplo, a música popular norte-americana em *Kentuckiana*, ou a francesa na *Suíte provençale*.

Após sua volta em 1918, o compositor de 26 anos entrou para o Grupo dos Seis, um círculo de compositores em torno do escritor Jean Cocteau. Os seis músicos eram fascinados pela música de Eric Satie e defendiam uma nova música da simplicidade que incluísse também fenômenos do cotidiano e da trivialidade. Inspirado pelo espírito do grupo, Milhaud compôs a pantomima *Le Bœuf sur le toit* (*O boi sobre o telhado*), peça que contém elementos do folclore brasileiro e foi seu primeiro grande sucesso. Por ocasião de uma apresentação dessa obra em Londres, Milhaud conheceu o jazz. Essa música original, com suas inúmeras possibilidades rítmicas e instrumentos interessantes, agradou ao compositor. O ritmo em ostinato dessa música lhe parece semelhante ao da música barroca. Ele compôs o balé *La Création du monde* (*A criação do mundo*), no qual combina música barroca e elementos de jazz. A apresentação de sua segunda suíte sinfônica se tornou um verdadeiro escândalo. "Começou um tumulto inacreditável", contou Milhaud, mais tarde. "Não se ouvia mais a orquestra, a confusão aumentou até a polícia aparecer." Mas o compositor ficou orgulhoso com o efeito de sua obra. "Só a indiferença é deprimente, entusiasmo ou protesto veemente significam que uma obra surte efeito", disse Milhaud várias vezes. A maioria das pessoas não entendia sua música ou suas ideias. Os críticos balançavam a cabeça ao ouvir suas *Machines agricoles*, nas quais ele transformou descrições de máquinas agropecuárias em música. Pouco depois, Milhaud compôs *Catalogue de fleurs*, poemas influenciados por catálogos de flores.

Em 1928, Milhaud compôs sua obra mais famosa, a ópera *Christophe Colomb*, sobre a vida do descobridor Cristóvão Colombo. Com ela, o compositor francês se afastou radicalmente da música tradicional. Compôs 27 quadros que exigiam um aparato gigantesco: uma segunda orquestra atrás do palco, um grande coro e 45 cantores solistas. Acompanhando a música aparecem trechos de filmes em um telão. Embora a música seja politonal, polirrítmica e dissonante, a ópera fez grande sucesso.

Viagens para países distantes sempre tiveram um papel importante para Milhaud. Elas o inspiravam frequentemente para obras novas. Ele era um artista que compunha também durante a viagem, processando suas impressões musicalmente. Milhaud estava sempre aberto a novidades: ele compôs as chamadas óperas-minuto — obras que duram apenas alguns minutos —, peças para crianças e elaborou partituras para 25 filmes. Para a exposição mundial de Paris de 1936, ele realizou, junto com seu amigo Paul Claudel, um show espetacular de luz e água, as *Fêtes de la musique*.

Em 1940, as tropas alemãs invadiram a França e a situação se tornou perigosa para o judeu Milhaud, o que o fez emigrar para os Estados Unidos. Lá, começou a lecionar composição no Mills College, em Oakland. Sete anos mais tarde, o francês voltou para Paris e ganhou uma cadeira no Conservatório de Paris. Milhaud lecionou em ambas as universidades até muito além da idade de aposentadoria, embora estivesse preso a uma cadeira de rodas devido a uma doença reumática. Como professor, regente e compositor, ele cumpria uma carga horária enorme. Até o fim da vida, trabalhou incansavelmente. Com 445 obras, Milhaud foi um dos mais produtivos compositores do século XX. Em Genebra, onde passou os últimos anos de sua vida, Darius Milhaud morreu, em 1974, aos 81 anos.

Darius Milhaud

Fato curioso

Um escândalo musical?
Fantástico quando uma obra
surte efeitos!

Embora Milhaud tenha sido um compositor prestigiado e aclamado na França, suas obras não foram compreendidas por alguns. Às vezes, acontecia de as apresentações terminarem com cenas escandalosas. Em sua autobiografia, Milhaud contou:

"Meus pais vieram para o concerto em Paris e sentamos juntos em um camarote. Nunca poderia imaginar que minha música pudesse ser provocadora, mas, antes do término da abertura, o público já estava agitado e expressava seus sentimentos gritando 'Basta, basta!'. Imitavam sons de animais, o que gerava reações com aplausos e gritos de bravo! — nada que ajudasse muito a quem queria ouvir a abertura [...] Eu estava preocupado com a fuga, na qual o uso contínuo de instrumentos de sopro provocaria surpresa. Não me enganei, quando a fuga começou, começou junto um tumulto inacreditável, uma verdadeira batalha na qual [...] o organizador foi esbofeteado. Não se conseguia mais ouvir a orquestra, a confusão aumentou até a polícia aparecer e esvaziar as galerias [...]. Meus pais estavam horrorizados, não que tivessem dúvidas a respeito de minha obra, mas temiam pelo meu futuro. Eu mesmo sentia orgulho. Aquela reação espontânea, intensa e sincera me deu uma autoconfiança imensurável."

Claudio Monteverdi

Datas de nascimento e morte:
batizado em 15 de maio de 1567, Cremona

✝29 de novembro de 1643, Veneza

Origem: Itália

Período: Barroco

Obras importantes

Música dramática:
L'Orfeo, ópera (1607)
L'Arianna, ópera [conservou-se apenas Lamento] (1608)
Combattimento di Tancredi e Clorinda, música dramática (1624)
Il ritorno d'Ulisse in patria, ópera (1641)
L'incoronazione di Poppea, ópera (1642)

Obras corais:
Vespro della Beata Vergine (1607-1610)

Obras orquestrais:
Oito livros de madrigais (entre 1587-1638)

Importância

A música de Monteverdi é exemplar para a mudança de estilo artístico do Renascimento para o Barroco por volta de 1600. Por isso, Monteverdi é considerado um renovador revolucionário da música. Seus livros de madrigais representam a passagem significativa do estilo polifônico renascentista para a monodia barroca, da *prima pratica* para a *seconda pratica*. Sua ópera L'Orfeo foi a primeira obra-prima do novo gênero musical, desenvolvido pouco antes da virada de século, em Florença.

Monteverdi cresceu junto com seus quatro irmãos mais novos na cidade musical Cremona, na Lombardia. O pai, um prestigiado médico, proporcionou aos filhos uma boa educação e formação geral. Como o grande talento musical de Claudio foi percebido logo cedo, ele recebeu formação sólida do mestre-de-capela da catedral de Cremona, Marc Antonio Ingegneri. Aos quinze anos, o jovem Monteverdi publicou sua primeira coletânea de obras, 26 motetos para três vozes com o título *Sacrae cantiunculae*, e, pouco depois, *21 Madrigali spirituali* para quatro vozes e *Canzonette a tre voci.* Mas ele mesmo achava seus primeiros frutos ainda sem gosto, verdes. Um livro com 25 madrigais do compositor aos vinte anos, porém, chamou a atenção da cena musical.

O duque Vincenzo I de Gonzaga chamou o jovem músico ambicioso e talentoso para a sua corte em Mântua, o que foi uma grande honra para Monteverdi, pois a corte da família nobre Gonzaga era considerada, na época, um dos centros culturais mais importantes da Lombardia. Lá, o compositor trabalhou e compôs durante 22 anos. Isso não é de admirar, porque como *cantore* e mestre-de-capela da corte ele teve as condições ideais com os Gonzaga, amantes da música: uma orquestra espetacular e cantores excelentes. O duque apreciava bastante Monteverdi como artista e como pessoa. O compositor teve, inclusive, de acompanhá-lo em uma missão militar na Hungria contra os turcos. Uma segunda viagem teve importância artística para Monteverdi: ele deu concertos com a orquestra em Flandres, onde conheceu as grandes obras dos mestres do estilo franco-flamengo. Aos 32 anos, Monteverdi se casou com Claudia Cattaneo, a cantora da corte, com quem teve dois filhos.

Apesar de seus inúmeros compromissos na corte, Monteverdi compôs outros livros de madrigais. No prefácio do quinto volume dessas obras, ele explicou sua "música moderna", que chamava de *seconda pratica*, em oposição à *prima pratica* do Renascimento. Pois, pouco antes, o crítico musical Giovanni Maria Artusi, em seu texto contestador *Sobre a imperfeição da música moderna*, havia se voltado contra o estilo musical *revolucionário* de Monteverdi e suas inúmeras dissonâncias. Pouco depois, o irmão do compositor, Giulio Cesare, também músico, publicou os *Scherzi musicali*, de Monteverdi. Ali ele defendia o novo método de composição do irmão e explicava as diferenças entre *prima pratica*, a música polifônica da Renascença, e *seconda pratica*, a inovadora monodia, na qual uma clara linha melódica tornou-se importante, enquanto as outras vozes tinham apenas caráter de acompanhamento.

A partir dali, faltava apenas um pequeno passo para o desenvolvimento da ópera. Em 1607, Monteverdi compôs *L'Orfeo*, a primeira obra-prima do novo gênero. A ópera foi uma encomenda do duque por ocasião do Carnaval anual em Mântua. A apresentação foi um sucesso estrondoso. Para abrilhantar o casamento do herdeiro do trono, Francesco Gonzaga, com Marguerita di Savoia, o duque encomendou a Monteverdi a ópera *L'Arianna*. Dessa forma, ele esperou destacar as famosas comemorações em ocasiões similares na corte florentina. O casamento realmente foi uma festa opulenta. Infelizmente, dessa obra de Monteverdi só se conservou *Lamento*, o lamento de Ariadne abandonada por Teseu. Apesar de seus grandes sucessos como músico da corte, a situação financeira de Monteverdi deixava muito a desejar. Por isso, ele procurava outras possibilidades profissionais e esperava poder entrar para o serviço papal. Em 1610, viajou para Roma para entregar ao papa Paulo V sua missa *In illo tempore* e a *Vespro della Beata Vergine*, a obra sacra mais importante de Monteverdi. Mas, infelizmente, o desejo de conseguir um emprego ali não se concretizou.

Após a morte do duque, Monteverdi foi demitido pelo sucessor, que tinha pouco interesse por música. Pouco depois, o mestre-de-capela da catedral de San Marco, em Veneza, morreu, e Monteverdi conseguiu o cargo com unanimidade — um dos mais importantes no campo da música sacra italiana. A partir daí começaram os anos mais belos e produtivos do compositor. Ele tinha, entre outras coisas, de organizar a música para as missas e serviços religiosos diários e para as festas importantes do ano religioso. Mas, além das inúmeras músicas sacras que tinha de compor, Monteverdi compôs três outros livros de madrigais. Certo dia, o compositor alemão Heinrich Schütz viajou para Veneza especialmente para conhecer o estilo habitual dos dias atuais da "música moderna". Ficou encantado com os madrigais de Monteverdi, para ele, o mais agradável dos compositores de música em estilo moderno.

Em 1637, foi inaugurado o primeiro teatro público de ópera em Veneza, e Monteverdi novamente teve vontade de compor música dramática.

Compôs uma série de óperas, entre elas *Il ritorno d'Ulisse in patria* e *L'incoronazione di Poppea*. Pouco antes de sua morte, o compositor idoso viajou mais uma vez aos lugares de sua infância e dos primeiros sucessos, Cremona e Mântua. Monteverdi, o grande inovador da música, morreu em 1643, aos 76 anos, em Veneza. Apesar de ter alcançado grande fama enquanto estava vivo, Monteverdi caiu no esquecimento após sua morte. Apenas quando o compositor italiano Gian Francesco Malipiero (1882-1973) tornou a publicar a obra de Monteverdi em dezesseis volumes renasceu o interesse no mundo musical pelo revolucionário compositor da época de transição entre a Renascença e o Barroco. ■

Leopold Mozart

Datas de nascimento e morte:
*14 de novembro de 1719, Augsburg

† 28 de maio de 1787, Salzburgo

Origem: Alemanha

Período: Pré-Classicismo

Obras importantes

Obras orquestrais:
Die musikalische Schlittenfahrt [*O passeio musical de trenó*] em fá maior, *Divertimento* (antes de 1755)
Die Bauernhochzeit [*O casamento camponês*], divertimento em ré maior (1755)
Concerto para trompete em ré maior (1762)

Importância

Leopold Mozart, personalidade de vasta cultura e muito respeitada, não foi apenas pai, educador, incentivador, conselheiro, acompanhante de viagens e empresário de seu genial filho Wolfgang Amadeus, mas também um apreciado violinista, organista, regente, professor de música e compositor de sua época, o Pré-Classicismo. Seu *Versuch einer gründlichen Violinschule* (*Ensaio sobre uma sólida formação em violino*) foi considerado, até o século XIX, uma obra de referência para todos os violinistas. Também teve grandes méritos como administrador musical de seu filho. Leopold Mozart conservou para a posteridade a maioria dos manuscritos originais dos primeiros vinte anos de Wolfgang, coletando-os, organizando-os e mantendo-os. Em 1768, ele já tinha planejado o primeiro índice de obras de seu filho.

A maioria das pessoas conhece Leopold Mozart hoje em dia apenas como o pai inteligente e educador musical de seu filho genial Wolfgang Amadeus. Sua importância como compositor e cidadão do mundo com interesses ecléticos foi subestimada. Leopold Mozart adquiriu fama em toda a Europa, ainda enquanto vivo, por seus conhecimentos sólidos em música, literatura, filosofia e ciências naturais. Teve contato intenso com importantes intelectuais europeus, entre eles os escritores alemães Wieland e Klopstock.

O fato de Leopold Mozart ter perdido importância como artista deve-se, por um lado, à perda de uma série de obras suas, entre elas, músicas dramáticas, oratórios e serenatas concertantes, e, por outro lado, ao fato de ele, um músico valorizado, ter sacrificado a própria carreira pelo progresso musical de seu filho extremamente talentoso. Ele investiu quase todo o seu tempo para incentivar o filho. O seu objetivo de vida e sua verdadeira obra-prima foram a educação e formação do gênio. Deu aulas a Wolfgang, administrou sua carreira e transcreveu suas composições.

Leopold Mozart nasceu em 1719, filho de um mestre encadernador de livros na atual Casa de Mozart, em Augsburg. Os jesuítas lhe possibilitaram um formação humanista vasta. Rapidamente o jovem Leopold Mozart ganhou fama como violinista e organista. Nas apresentações na escola, ele mostrou muito cedo seu talento como cantor e ator. Após uma briga com a família, o independente jovem de dezoito anos deixou sua cidade natal e foi estudar direito e filosofia (apesar de seu talento musical) em Salzburg, inicialmente na universidade dos beneditinos. Mas logo depois decidiu-se pela música. O ambicioso Leopold Mozart fez carreira rapidamente. Tornou-se camareiro e músico de um clérigo, ingressou como violinista na orquestra do príncipe-arcebispo Schrattenbach e ascendeu mais tarde a vice-mestre-de-capela de Colloredo.

O sério e inteligente Leopold Mozart, delgado e de baixa estatura, amante de roupas finas e de aparência elegante, casou-se com Anna Maria Walburg, sobrenome de solteira Pertl, uma mulher inteligente e carinhosa, com quem teve sete filhos. Como na época a mortalidade infantil era muito alta, apenas dois deles sobreviveram: Maria Anna, apelidada de Nannerl, e o irmão cinco anos mais novo, Wolfgang Amadeus. Naqueles anos, ele compôs uma série de graciosas composições, entre elas o seu divertimento, até hoje popular, *O passeio musical de trenó*, a bonita peça *O casamento camponês*, a alegre *Sinfonia da caça* e o leve *Concerto para trompete* em ré maior. O livro *Versuch einer gründlichen Violinschule* (*Ensaio sobre uma sólida formação em violino*), publicado em 1756, ano de nascimento de seu filho Wolfgang Amadeus, deu a Leopold Mozart enorme fama internacional.

Nos anos seguintes, Leopold colocou sua carreira completamente de lado para se dedicar com grande cuidado à educação musical de seus talentosos filhos Nannerl, que tinha uma bela voz, e, principalmente, à criança-prodígio Wolfgang. Durante anos fez turnês pela Europa Ocidental e Itália para mostrar seu filho genial ao mundo e ajudá-lo a tornar-se um compositor. Com isso, os dois desenvolveram uma forte ligação. Tanto maior foi a dor de Leopold quando Wolfgang, mais tarde, casou-se, contra a vontade do pai, com Constanze Weber. Pai e filho romperam e foram se reconciliar apenas depois da morte da mãe. Infelizmente, a situação profissional de Leopold Mozart nos anos seguintes não estava mais satisfatória. Em 28 de maio de 1787, Leopold Mozart morreu, aos 67 anos, em Salzburg.

Embora obras importantes de Leopold Mozart, que na época ficaram muito famosas, tenham se perdido, ainda restaram músicas suficientes para caracterizá-lo como um compositor excelente e moderno para sua época, com suas músicas sacras, concertos e sinfonias, por exemplo. A popular *Kindersinfonie* [*Sinfonia das crianças*] para orquestra e instrumentos infantis, porém, não é uma composição originalmente sua, mas um arranjo seu de uma obra do padre beneditino tirolês Edmund Angerer.

A música pré-clássica de Leopold Mozart caracteriza-se por sua graciosidade e alegria, pois o compositor visava, em sua música, àquilo que certa vez escreveu ao filho Wolfgang Amadeus: "Aconselho-o a pensar, ao trabalhar, não apenas e exclusivamente no público versado em música, mas também naquele que não entende do assunto (…) Portanto, não se esqueça daquilo que é chamado 'popular' e que também estimula os ouvidos curiosos". ∎

Wolfgang Amadeus Mozart

Datas de nascimento e morte:
*27 de janeiro de 1756, Salzburgo

†5 de dezembro de 1791, Viena

Origem: Áustria

Período: Classicismo

Obras importantes

Música dramática:
Dezenove óperas, entre elas
Le Nozze di Figaro [*As bodas de Fígaro*] KV 492 (1786)
Don Giovanni KV 527 (1787)
Die Zauberflöte [*A flauta mágica*] KV 620 (1791)

Música sacra:
Missa em dó maior KV 317 (*Missa da coroação*) (1779)
Réquiem em ré menor KV 626 (1792)

Obras orquestrais:
Vinte e cinco concertos para piano
Quarenta e uma sinfonias, entre elas: n. 41 *Júpiter* KV 551 em dó maior (1788)

Música para piano:
25 sonatas para piano

Importância

Wolfgang Amadeus Mozart é considerado um dos maiores compositores da história da música. Ao lado de Joseph Haydn e Ludwig van Beethoven, ele figura entre os principais representantes do Classicismo vienense. Mozart compôs obras extraordinárias em todos os gêneros musicais, mas, exceto por poucos contemporâneos, só a posteridade entendeu a gigantesca genialidade desse músico único universal.

Wolfgang Amadeus Mozart

Diariamente, milhares de pessoas de todo o mundo se comprimem na estreita viela denominada Getreidegasse, em Salzburgo, para ver a nobre casa onde nasceu um dos maiores gênios da música de todos os tempos: ali nasceu Wolfgang Amadeus Mozart, em 27 de janeiro de 1756. Muito cedo percebeu-se que o "Wolferl", como era carinhosamente chamado em casa, tinha um talento musical surpreendente. Seu pai Leopold, músico da corte e vice-mestre-de-capela do arcebispo, assumiu a educação musical do filho com muita habilidade e intuição. Aos quatro anos, Wolferl teve as primeiras aulas de violino e piano, aprendeu a ler partituras e teoria musical. Logo o talentoso menino sabia improvisar com uma beleza excepcional. Quando Wolferl tinha seis anos, Leopold anotou as primeiras composições do filho no caderno da irmã cinco anos mais velha, Nannerl: um *andante* para piano KV 1a e um *allegro* para piano KV 1b.

Já em 1762, Leopold começou a sair em turnês em Munique e Viena com seu filho prodígio de seis anos e Nannerl, a irmã igualmente talentosa. Na capital austríaca, ele recebeu permissão para tocar para a imperatriz Maria Teresa e mostrar suas habilidades no instrumento. A corte ficou encantada com o talento incomum e a alegre despreocupação do pequeno artista. O grande sucesso incentivou Leopold a apresentar sua maior maravilha, de quem a Europa e o mundo podiam se orgulhar. Um ano depois, partiu com a família para uma longa turnê pela Europa Ocidental. Durante a viagem, pararam em importantes cidades alemãs que eram residências de príncipes para dar concertos na corte ou em academias públicas. Em Frankfurt, o jovem Goethe, de catorze anos, ouviu o homenzinho com seu penteado e espada e ficou profundamente impressionado. "Parece inacreditável", relatou um contemporâneo, "ouvir o menino tocar de memória durante uma hora". Em Paris, Mozart compôs seu primeiro concerto para violino para a princesinha. Em Londres, conheceu Johann Christian Bach, cujas graciosas obras instrumentais o inspiraram a compor suas primeiras sinfonias. Na viagem de volta, as duas crianças adoeceram tão gravemente de tifo que não era possível saber se sobreviveriam. A família voltou da extenuante viagem para Salzburgo três anos e meio depois. Nesse período, Wolferl aprendeu muitas coisas, principalmente porque o pai lhe dava aulas sobre os conteúdos mais importantes da escola durante a longa e às vezes perigosa viagem de carruagem. Mozart nunca frequentou a escola na vida.

Para Leopold, a viagem pela Europa Ocidental foi um grande sucesso. Todos falavam de seu filho. O príncipe-arcebispo Sigismund, um senhor gentil e generoso, também estava contente com os sucessos do jovem Mozart no exterior e lhe encomendou a composição de uma música dramática. Um ano depois foi apresentada em Salzburg a primeira ópera de Mozart, *Apollo und Hyacinthus*, com grande sucesso, e, logo em seguida, o *singspiel Bastien und Bastienne*. Era admirável a maestria com que o menino de doze anos dominava seu ofício. Um ano depois, Leopold pediu férias a seu patrão novamente para poder viajar à Itália, porque, na época, ir à Itália era importante para um músico. Em 21 de dezembro de 1769, Wolfgang, com treze anos, começou a difícil viagem pelos Alpes com seu pai. Eles passaram por Verona, Milão, Bolonha e Florença e chegaram a Roma. Em todos os lugares onde o jovem Mozart se apresentava, ele causava sensação e despertava admiração. Na Cidade Eterna, ele conseguiu memorizar e anotar o famoso *Miserere Allegris* para nove vozes, tradicionalmente cantado na Capela Sistina e que não podia ser copiado, sob pena de excomunhão. Quando voltam de Nápoles, o papa lhe concedeu a Ordem dos Cavaleiros da Espora Dourada, que deu a Mozart o direito de usar o título de "Cavaliere". Em Bolonha, Padre Martini, o mestre do contraponto, o iniciou nos mais recentes segredos da composição e providenciou para que o jovem "maestro" fosse admitido na Accademia Filarmonica. O jovem Mozart, de catorze anos, foi admitido como membro após uma prova difícil na qual foi aprovado com louvor, apesar de a idade mínima exigida ser vinte anos. Em 28 de março de 1771, Leopold e Wolfgang voltam para Salzburgo. Apesar de não ter conseguido uma colocação, como desejava, Wolfgang conheceu a ópera italiana profundamente e amadureceu, tornando-se uma personalidade artística. Agora o príncipe-arcebispo nomeou o jovem Mozart terceiro *spalla*, mas sem remuneração.

Já em meados de 1771, Mozart partiu com seu pai pela segunda vez para a Itália. Quando voltaram para Salzburgo, um ano depois, o arcebispo Sigismund, que sempre havia autorizado férias generosamente aos Mozart, havia falecido. Seu sucessor era o severo conde Colloredo, que entendia menos de música que seu antecessor. Mozart mantinha seu posto nos concertos da corte, mas as viagens ao exterior foram proibidas. Trabalhou durante quase cinco anos na corte do arcebispo sob condições extremamente ruins. Em junho de 1777, Leopold pediu férias ao arcebispo para uma viagem a Paris. O pedido foi negado. Por isso, o jovem Mozart, autoconfiante, pediu demissão, a qual lhe foi concedida a contragosto. Imediatamente o jovem, então com 21 anos, partiu para Paris com sua mãe para procurar um novo emprego, mais atraente. A estada em Paris foi decepcionante; Mozart recebeu encomendas de composições, mas não encontrou um emprego fixo. Para sua infelicidade, sua mãe adoeceu gravemente e morreu. Deprimido, Mozart voltou para Salzburg, onde voltou a trabalhar como organista da corte para o odioso arcebispo Colloredo.

Pouco depois, em Viena, onde o músico se encontrava sob ordem do arcebispo, ele rompeu definitivamente com Colloredo. Como homem livre, Mozart se mudou, então, em 1781, para a casa da família Weber, em Viena. Como seu amor de juventude Luise "Aloysia" Weber já estava casada com um ator, Mozart começou a namorar a irmã dela, Constanze. Na mesma época, o compositor, com 25 anos, recebeu a encomenda do imperador José II para compor um *singspiel* nacional para o vienense Burgtheater. Naturalmente, ele deu o nome de Constanze à personagem principal. A estreia do *Rapto do serralho* foi um sucesso triunfal. O compositor deu a impressão, para alguns contemporâneos, de ser um tanto infantil e inconsequente, volúvel e leviano. Mas, quando se tratava de música, ele se tornava apaixonado, sério e pensativo.

Como Mozart já ganhava o suficiente, acreditava que poderia se casar com Constanze, para o pesar de seu pai, que preferia uma moça de nível social mais alto para ser esposa de seu filho. Porém, estando em Salzburg, ele não pôde fazer nada para impedir o casamento. Leopold ficou amargurado. Em 1785, três anos depois do casamento, Leopold visitou o filho pela primeira vez em Viena e o encontrou em boa situação: bem-sucedido, com obras publicadas pelas editoras musicais, não lhe faltavam encomendas e dava aulas de piano para uma série de alunos, alguns, inclusive, da corte imperial. Joseph Haydn, agora amigo de Mozart, 24 anos mais jovem do que ele, explicou a Leopold: "Digo-lhe, diante de Deus, seu filho é o maior entre todos os compositores que conheço pessoalmente e de nome". Na corte, o barão von Swieten admirava Mozart e o ajudava em tudo o que podia. O imperador também sabia o valor de Mozart. Em um dos inúmeros banquetes do imperador, alguns cortesãos criticaram o comportamento do compositor e José II exclamou: "Deixem Mozart em paz; posso fazer um general todos os dias, mas um Mozart, jamais".

A primeira decepção de Mozart em Viena foi sua ópera composta em 1785, *Le Nozze di Figaro* (*As bodas de Fígaro*). A nobreza e a corte eram contra a ópera porque nela se criticava a distinta sociedade e sua moral. Não admira, portanto, que depois de algumas apresentações a ópera fosse proibida. Agora o músico não recebia mais apoio da nobreza vienense. Além disso, o mestre-de-capela imperial Salieri quis que suas próprias óperas fossem apresentadas e, assim, adiou as apresentações das óperas de Mozart. Em 1787, aos 31 anos, o compositor viajou com Constanze para Praga. Lá o *Fígaro* fez um sucesso sensacional. Em todos os bailes da alta sociedade dançava-se ao som das melodias de Mozart, suas árias eram verdadeiros sucessos. "Não se fala em outra coisa senão no Fígaro; arranham, tocam ao violino, cantam e assobiam o Fígaro", escreveu Mozart. Por isso, Praga lhe encomendou uma nova ópera.

Nessa época, ele compôs sua obra mais popular: *Eine kleine Nachtmusik* (*Uma pequena serenata noturna*) em fá maior KV 525, um exemplo de música de entretenimento repleta de ideias melódicas.

Quando Mozart voltou para Viena, ofereceram-lhe o posto de músico da corte por um salário de 800 guldas. Ele teria de compor, em primeiro lugar, a música para os bailes da corte. Logo depois Leopold morreu, e a morte do pai o afetou tanto que Mozart, em sua nova ópera *Don Giovanni*, abordou musicalmente a relação problemática dos dois. Era compreensível que na estreia em Praga muitas pessoas não entendessem bem aquela música — uma mistura de beleza e horror. Depois disso, Mozart não recebeu mais encomendas de Praga e, em busca de outra fonte de renda, voltou para Viena. Mas como lá ele também já não recebia mais trabalhos e o número de seus alunos diminuía constantemente, sua situação financeira foi ficando cada vez mais difícil. Mais uma vez, seu patrocinador, José II, encomendou uma nova ópera, mas o imperador morreu logo após a estreia de *Cosi fan tutte*. Com isso, todas as óperas-bufas foram retiradas do programa e as composições de Mozart deixaram de ser executadas.

Os últimos anos de vida do compositor foram marcados por depressões e preocupações financeiras crescentes — ele chegou até mesmo a escrever cartas a seu amigo Puchberg pedindo-lhe dinheiro. Ao morrer, o compositor deixou dívidas no valor de três mil guldas, equivalentes a mais ou menos quatro mil euros. Na esperança de fazer algo para sair de sua situação aflitiva, Mozart viajou no inverno de 1790/91 para Frankfurt para a coroação do imperador Leopold II. Ele empenhou toda a sua prataria para poder pagar a viagem e compôs um *Concerto da coroação* para piano. Mas o concerto, que ele tocou diante da nobreza, não surtiu efeito visível. Ao ver que o sucesso o abandonara, ele encontrou apoio moral em seus irmãos da maçonaria. Mozart recusou um concerto em Londres e um convite de Amsterdã por se sentir doente. Sofria de reumatismo e dores de cabeça, sintomas de uma grave enfermidade renal. Com uma frequência cada vez maior, Mozart ficava em sua sala de música, em casa, trabalhando em sua nova ópera *A flauta mágica*, que seu amigo, o ator e diretor teatral Schikaneder, lhe encomendara. Mas esse trabalho foi interrompido por uma nova encomenda. Leopold II, o novo imperador, queria que Mozart compusesse uma ópera séria para a solenidade de sua coroação como rei da Boêmia, em Praga. Aos 35 anos, Mozart compôs *La clemenza di Tito* em menos de três semanas. Como a ópera não fez sucesso em Praga, Mozart voltou desiludido e esgotado para Viena. Alguns dias depois, *A flauta mágica* foi apresentada, com sucesso extraordinário.

Durante o trabalho na *Flauta mágica,* Mozart vivia alternadamente entre momentos de alegria e alucinações de morte. Quando, certo dia, um desconhecido lhe encomendou um réquiem, uma missa de sétimo dia, Mozart o viu como mensageiro da morte. Apesar disso, aceitou a encomenda, pois precisava urgentemente de dinheiro. Mas não conseguiu terminá-la. Mais tarde, seu aluno Süssmayr completou as partes faltantes de acordo com as instruções de Mozart. Na manhã do dia 5 de dezembro de 1791, Wolfgang Amadeus Mozart morreu, antes mesmo de completar 36 anos, deixando Constanze com dois filhos pequenos. Como não tinha dinheiro, Mozart foi sepultado em uma vala comum. Os poucos amigos que apareceram para o enterro voltaram do meio do caminho para casa por causa do mau tempo, de maneira que, mais tarde, ninguém mais sabia onde foi sepultado um dos maiores compositores de todos os tempos.

Ludwig Ritter von Köchel organizou um índice sistemático da obra completa de Mozart — o índice Köchel (KV).

Wolfgang Amadeus Mozart

O homem da máscara preta

Fato curioso

Bateram à porta. Mozart, que rabiscava notas na partitura apressadamente, assustou-se. O compositor tomou um grande gole da jarra de vinho e abriu a porta. Diante dele estava um homem alto, mascarado. O casaco longo e preto lhe conferia seriedade e distinção.

— Tenho a honra de falar com o famoso mestre-de-capela Mozart?

— Sim, sou eu.

— Uma pessoa de prestígio, a quem sirvo, me enviou aqui com um pedido.

— Quem é, o que ele quer?

— Meu patrão quer ficar anônimo, mas é um amante da música que quer dedicar uma missa à falecida esposa. É um grande admirador de sua arte. O senhor está disposto a compor um réquiem? Pode fazer o preço. — Mozart pensou um pouco. — De acordo, estou disposto a compor por cem ducados. Volte em um mês.

Mozart se dedicou com empenho ao trabalho. Nunca havia composto uma missa para falecidos. Mas seu entusiasmo era turvado por pensamentos tristes. Será que tinha sido a morte em pessoa que lhe encomendara a sua própria missa? À noite, Mozart frequentemente acordava sobressaltado. Ouvia dentro de si os sombrios sons de seu réquiem.

Quatro semanas depois, a figura negra estava à porta novamente.

— Vim buscar o réquiem.

Mozart empalideceu.

— Mas ainda não terminei, gaguejou.

— Mas fizemos um acordo.

— Eu sei, me dê mais quatro semanas, comporei uma obra excepcional.

— Apresse-se, meu patrão não tem mais muita paciência.

Mozart assentiu, mas tinha outras encomendas que não queria adiar. Várias vezes o anônimo vestido de preto voltou e reclamou com insistência. Mozart estava exausto e esgotado pelo duro trabalho na Flauta mágica, *mas o réquiem não podia mais ser adiado. Quando se compõe uma missa para mortos e não se sabe para quem é, conversa-se a sós com a morte. A ideia de que não viveria por muito mais tempo foi se tornando cada vez mais forte para Mozart.*

— Sinto — sussurrou — que a música logo estará pronta. Sinto um frio que não consigo explicar.

Compor era, a cada dia, mais exaustivo para ele. Logo tonturas, membros enrijecidos e inchaços nas mãos e pés o mantiveram na cama. Ele chamou seu aluno Süssmayr para ajudá-lo a transcrever as notas da missa. Süssmayr fica horas e horas junto ao leito de Mozart trabalhando com ele. A cada dia, o doente sentia menos força.

Quando terminou a "confutatis"[1], *os gritos de desespero dos condenados ao fogo eterno, Mozart chamou os amigos para cantar o réquiem. Quando terminaram, Mozart fechou a partitura e explodiu em lágrimas. Na noite seguinte, veio o médico, mas ele não pôde fazer mais nada. Pouco depois, Wolfgang Amadeus Mozart estava morto.* ■

---

[1] *Confutatis maledictis* (Condenai os malditos) é o primeiro verso da 16ª estrofe do hino *Dies Irae,* em latim, do século XIII, usado por Mozart em seu réquiem. (N. T.)

Modest Petrovich Mussorgsky

Datas de nascimento e morte:
*21 (9) de março de 1839, Karevo

†28 (16) de março de 1881, São Petersburgo

Origem: Rússia

Período: Romantismo tardio

Obras importantes

Música dramática:
Boris Godunov, ópera (1868/1869)
A feira de Sorochintsy, ópera cômica (1874-1880)
Khovantchina, drama popular (1886)

Peças orquestrais:
Uma noite no monte Calvo, intermezzo para orquestra (1867)

Música para piano:
Quadros de uma exposição, ciclo para piano (1874)

Canções:
O berçário, ciclo de canções (1868-1872)
Canções e danças da morte (1875-1877)

Importância

O compositor russo Modest Mussorgsky está entre os músicos do Grupo dos Cinco que defendiam uma nova música tradicional russa. Com seu ciclo para piano *Quadros de uma exposição,* o genial russo criou uma obra-prima, pois nunca antes um compositor havia tentado transformar imagens em música. Seu drama czarista *Boris Godunov* é um dos auges da música dramática internacional.

Modest Mussorgsky cresceu como o mais novo de quatro filhos de um abastado latifundiário, na propriedade rural paterna. Durante o dia, Modest brincava com os filhos dos servos; à noite, Nanja, a ama russa, lhe contava contos de fadas antigos, que mais tarde se refletiram em seus ciclos de canções *O berçário*. A mãe, amante das artes, idolatrada pelo filho durante a vida toda, deu-lhe as primeiras aulas de piano quando ele tinha sete anos. O talentoso menino fez rápidos progressos, mas a carreira de músico estava fora de cogitação para o filho de aristocratas. Por isso, ele se mudou com a mãe e o irmão para São Petersburgo, frequentou o Ginásio Alemão Petri, onde aprendeu francês e latim (já falava o alemão) e ingressou na escola de cadetes do regimento da guarda. O jovem Mussorgsky continuou estudando piano, mas nessa época seu interesse maior já não era a música, mas história e filosofia.

Aos dezessete anos, Mussorgsky deixou a escola de cadetes e tornou-se alferes do regimento Preobrazhensky. Um companheiro, o oficial e mais tarde amigo do compositor, Alexander Borodin, assim descreveu o jovem Mussorgsky: "Ele era muito elegante, um uniforme janota, os cabelos cuidadosamente penteados, mãos maravilhosamente cuidadas e modeladas, um *grand seigneur*". O futuro boêmio Mussorgsky mostrou-se, nessa época, como herói dos salões, que improvisava brilhantemente ao piano e encantava o mundo feminino. Nos salões musicais do compositor Alexander Dargomyzski, porém, o mimado alferes foi confrontado com um mundo completamente diferente. Ali não se tratava de divertimento superficial, mas de uma nova e séria arte russa. Nessa ocasião, ele conheceu o compositor Mili Balakirev, que lhe deu o primeiro curso de composição. Mas o novo professor teve de reconhecer que era impossível ensinar qualquer regra ao aluno independente. Mussorgsky desistiu do estudo para desenvolver uma linguagem musical russa própria. Durante toda a vida, Mussorgsky não foi influenciado pela música e pelas tendências musicais ocidentais e encontrou, como autodidata, o caminho para uma linguagem musical russa independente.

Embora os amigos o desaconselhassem a desistir de seu emprego seguro, aos dezenove anos Mussorgsky se despediu do odioso serviço militar para se dedicar apenas à música. Mas logo depois sua esperança de se dedicar apenas à música foi destruída. O czar revogou a servidão e, assim, Mussorgsky teve de passar os dois anos seguintes no campo para ajudar na administração da propriedade familiar, que já estava em seus últimos dias. A perda de sua pequena fortuna o obrigou a aceitar, em 1863, um emprego na administração czarista. Nessa época, ele viveu em uma comuna e teve contato intenso com Mili Balakirev, Alexander Borodin, Nikolai Rimski-Korsakov e César Cui, quatro outros jovens amantes da música que compunham paralelamente às suas profissões. Eles conversavam intensamente sobre arte, filosofia, política e, claro, música. O grupo se denominou Grupo dos Cinco. Inovadores, eles queriam criar uma música tipicamente russa, totalmente nova. "Avante, em direção a novas margens", era o lema de Mussorgsky.

O compositor era popular e reconhecido entre seus amigos. Eles o consideravam uma pessoa extraordinária. Apesar de seu temperamento difícil e sensível, ele era culto, de grande gentileza e humor refinado. Ele suportou seu ganha-pão muito a contragosto. Por isso pediu demissão do serviço público e se mudou novamente para o campo, para viver com o irmão. Lá, compôs principalmente obras orquestrais, inclusive a primeira versão de sua música programática *Uma noite no monte Calvo*, a sinistra visão de uma reunião de bruxas. Algum tempo depois, recebeu a oferta de um emprego bem remunerado no ministério de Propriedade Estatal, passou a viver em situação estável e pôde dedicar-se intensamente à composição.

Certo dia, o compositor de 35 anos descobriu o drama do grande escritor russo Alexander Puschkin, *Boris Godunov*, que se apoderou ilegalmente do trono do czar por meio de um crime. Mussorgsky ficou bastante impressionado com esse capítulo sombrio da velha Rússia em imagens e personagens monumentais. Anos antes, durante uma visita a Moscou, Mussorgsky já havia descoberto seu amor por sua pátria, por sua cultura e história. "Até então eu era cosmopolita", disse, na época, "mas agora está ocorrendo uma mudança em mim, tudo o que é russo me é próximo e familiar [...] acho que estou começando a amar a Rússia". O compositor trabalhou durante seis anos em sua principal obra, o drama musical popular *Boris Godunov*, uma das mais fabulosas óperas da história da música russa. Nessa obra, Mussorgsky deixou bem claro quais eram suas ideias sociais. Durante toda a vida, ele, filho de aristocratas, teve profunda compaixão com os servos e com o sofrimento do povo russo.

O trabalho com *Boris* deu satisfação ao compositor, por isso ele ficou profundamente abalado quando a obra foi recusada pelo teatro imperial em São Petersburgo. Ele teve de revisar a obra, e a estreia aconteceu apenas em 1874. O público ficou impressionado, mas os críticos, nem tanto. No mesmo ano, Mussorgsky visitou a exposição em memória de seu falecido amigo, o pintor Viktor Hartmann. Ele gostou tanto das obras que representou musicalmente dez quadros, desenhos arquitetônicos e objetos. Essa composição, *Quadros de uma exposição*, é uma das mais importantes obras da literatura para piano. Hoje, geralmente toca-se a versão original para piano na versão orquestral de Maurice Ravel. É possível entender por que o compositor francês tenha se interessado por esses quadros musicais, pois os impressionistas aclamavam o compositor, praticamente desconhecido no exterior, como "escoteiro da nova arte".

Aos poucos, a trajetória de Mussorgsky começou a declinar. Após o sucesso triunfal de *Boris Godunov*, o Grupo dos Cinco se dissolveu e os velhos amigos tomaram caminhos diversos. Rimski-Korsakov, com quem Mussorgsky dividiu um quarto por muito tempo, tornou-se professor no Conservatório de São Petersburgo, o que Mussorgsky considerou uma traição desalmada. Agora, noites a fio, ele ficava junto de diversas figuras sinistras e ninguém sabia quando e para onde ele ia. Mussorgsky descobriu o bar Mali Jaslowetz e, aos poucos, se entregou ao álcool. A sociedade na qual o culto e sensível artista transitava agora era completamente mundana, mas, para ele, bastavam os divertidos companheiros de bebedeira. Havia tempos em que ele estava melhor. Seu amigo Vladimir Stasov o incentivou a compor *A feira de Sorochintsy*, uma ópera cômica russa, o oposto do trágico *Boris Godunov*. Mas esta, como muitas das obras de Mussorgsky, também ficou inacabada.

Durante dois anos, ele dividiu moradia com o conde Golenichtchev--Kutusov, um funcionário público modesto e poeta sensível. Quando o amigo se casou e a "república" intelectualmente fértil se desfez, Mussorgsky escreveu, desiludido: "E se eu ficar completamente sozinho? Bem, então o jeito é ficar sozinho! Vou morrer só, de qualquer forma". Mussorgsky estava cada vez mais isolado, suas obras não eram mais executadas, o álcool o dominou. Em 1880, o compositor teve de abandonar o serviço público por embriaguez. O convite da cantora lírica Daria Leonova para que a acompanhasse como pianista em sua turnê pela Ucrânia o encheu de alegria, pela última vez. Sua força criativa e seu humor despertaram, e ele compôs a grotesca canção da *Pulga* durante a viagem. Mas, de volta a São Petersburgo, todas as tentativas de ganhar o pão de cada dia fracassaram. Empobrecido, o compositor não tinha nem onde morar, e precisava dormir na casa de amigos. Na primavera de 1881, Mussorgsky teve um colapso na casa de campo da cantora. A desilusão, a privação e o álcool o destruíram. Ele foi internado no hospital de São Petersburgo, "um velho de 41 anos, com a barba por fazer e profundas olheiras". Modest Mussorgsky, o ousado compositor que inspirou a geração seguinte de compositores, morreu aos 42 anos, pobre e só. Grande parte de suas obras ficou inacabada. Muitas delas foram finalizadas mais tarde por seu amigo de muitos anos Rimski-Korsakov.

Um pintor se tornou imortal pela música

Fato curioso

Em 1874, um amigo de Mussorgsky, o pintor Viktor Hartmann, morreu repentinamente. Em memória do artista, foi organizada uma exposição que mostrou quatrocentas obras de Hartmann. Mussorgsky ficou profundamente impressionado com os quadros, desenhos arquitetônicos e objetos de seu amigo, e decidiu transformar em música dez daquelas obras: o gnomo, um anão aleijado; um velho castelo; crianças brincando nos jardins reais franceses, as Tuileries; Bydlo, um carro de bois polonês; o balé dos pintinhos ainda dentro das cascas de ovo; Goldenberg e Schmyle, o rico e o pobre; mulheres do mercado de Limoges, França; a visita do artista às catacumbas de Paris; Baba Yaga, a bruxa russa que mora em uma choupana apoiada sobre pés de galinha, e o grande portão de Kiev, um desenho arquitetônico. Mussorgsky teve a genial ideia de introduzir entre os quadros musicais a chamada "promenade" (um passeio). Com esses interlúdios, quis representar musicalmente o passeio entre um quadro e outro, observando-os, e quais seus sentimentos e pensamentos.

Mussorgsky pôs mãos à obra e compôs com intensidade inacreditável. Um mês depois, os quadros de uma exposição estavam prontos, uma obra-prima! Mais tarde, o impressionista francês Maurice Ravel "pintou" os quadros musicais de Mussorgsky com ainda mais cores, ao instrumentar a versão para piano do compositor russo e introduzir as sonoridades da orquestra. ■

Otto Nicolai

Datas de nascimento e morte:
*9 de junho de 1810, Königsberg

†11 de maio de 1849, Berlim

Origem: Alemanha

Período: Romantismo

Obras importantes

Música dramática:
Il templario, ópera (1840)
Die lustigen Weiber von Windsor [*As divertidas mulheres de Windsor*], ópera (1849)

Importância

O maestro e compositor alemão Otto Nicolai é um daqueles músicos que alcançaram fama mundial com uma única obra-prima. Sua ópera *Die lustigen Weiber von Windsor* é uma das músicas dramáticas mais belas e bem-sucedidas do Romantismo.

Otto Nicolai teve uma juventude difícil. Seu pai ambicioso, diretor musical em Königsberg e compositor, queria transformar o talentoso filho em criança-prodígio. Como o jovem Nicolai não conseguiu escapar da educação severa do pai, aos dezesseis anos ele fugiu de sua cidade natal. Um mecenas possibilitou a Nicolai o estudo com Carl Zelter, em Berlim. Quando Zelter percebeu o talento de seu aluno, conseguiu para ele uma bolsa de estudos no Instituto Real de Música Sacra. Pouco depois, Nicolai se tornou membro da Academia de Canto dirigida por Zelter e assumiu a parte de Jesus na legendária reapresentação da *Paixão segundo São Mateus*, de Johann Sebastian Bach, sob a regência de Felix Mendelssohn-Bartholdy em 1829.

O embaixador prussiano levou o músico, então com 24 anos, para a orquestra da embaixada em Roma, como organista. Rapidamente o desembaraçado jovem alemão, com seu bigodinho da moda, pianista brilhante, foi aceito na sociedade romana. Nicolai conheceu a ópera italiana com seu belcanto e aprendeu a apreciá-la, decidindo, assim, tornar-se compositor de óperas. Demitiu-se do cargo para se dedicar totalmente aos seus projetos. Ele compunha bem ao estilo italiano operístico da época, mas a estreia de sua primeira ópera em Trieste foi um fracasso. Apenas a segunda ópera, *Il templario*, que Nicolai regeu na condição de mestre-de--capela do Teatro Real de Ópera em Turim, ganhou aplausos estrondosos.

Viena chamou o famoso compositor de óperas para que encenasse ali, como mestre-de-capela da ópera da corte, sua obra mais famosa. Foi o auge daquela temporada de óperas, e, por isso, Nicolai assinou um contrato de três anos com o compromisso de compor uma ópera alemã. O músico organizou um concurso para achar um libreto adequado, mas, como não encontrou nenhum, optou finalmente pela comédia de Shakespeare *As divertidas mulheres de Windsor*, a burlesca história do gorducho Sir Falstaff, louco de amor, que termina como amante enganado. Nicolai, ágil e aberto a ideias, deu muitos novos impulsos à capital cultural austro-húngara. Criou os concertos filarmônicos que se tornaram componente da vida musical vienense. Para isso, ele se serviu dos membros da ópera real que, mais tarde, se denominaram Filarmônica de Viena e hoje estão entre as melhores orquestras do mundo. Nicolai, então, não tinha só fama de compositor talentoso, mas também de maestro. Quando o compositor francês Hector Berlioz o viu regendo, disse: "Nicolai tem, na minha opinião, as três qualidades indispensáveis para um regente perfeito. Ele é um compositor competente e inspirado, tem noção de ritmo e dá os sinais de forma completamente clara e nítida".

O rei prussiano Frederico Guilherme IV, para quem Nicolai havia composto uma missa, convidou o bem-sucedido músico para uma audiência particular em Berlim e lhe pediu que fosse o sucessor de Mendelssohn-Bartholdy como mestre-de-capela da catedral em Berlim. Mas o músico recusou. Quando Viena optou por não encenar sua nova ópera, Nicolai se lembrou da oferta real e foi para Berlim. Dois anos depois, Nicolai, mestre-de-capela da corte e regente do coro da catedral, finalmente levou ao palco sua ópera cômica *As divertidas mulheres de Windsor*. Ela foi um sucesso triunfal, pois o compositor conseguiu reunir o ardor sentimental do romantismo alemão e a elegante leveza e riqueza melódica da ópera-bufa italiana. Mas Nicolai não vivenciou o sucesso de sua aplaudida comédia musical: dois meses depois da aclamada estreia, ele morreu aos 39 anos, de um derrame, em Berlim. No dia de sua morte, foi nomeado membro da Academia de Artes, um sinal de respeito a um brilhante regente e grande compositor. ∎

Luigi Nono

Datas de nascimento e morte:
*29 de janeiro de 1924, Veneza
†8 de maio de 1990, Veneza

Origem: Itália

Período: Música moderna

Obras importantes

Música dramática:
Intolleranza 1960, ação cênica em duas partes (1960)

Obras vocais:
Il canto sospeso para solo, coro misto e orquestra (1955/1956)
La fabbrica illuminata para voz e gravador (1964)

Obras orquestrais:
Variazioni canoniche sulla serie dell'op. 41 di Arnold Schönberg (1949)
Polifonica-Monodia-Ritmica (1950/1951)
No hay caminos, hay que caminar... Andrej Tarkovski (1987)

Música de câmara:
Fragmentos — Silêncio, para Diotima para quarteto de cordas (1979/1980)

Importância

O italiano Luigi Nono é uma das figuras centrais da vanguarda da segunda metade do século XX. Seu grande engajamento político reflete-se em muitas de suas importantes obras.

O vanguardista italiano Luigi Nono era de uma antiga família de patrícios. Ele nasceu em Veneza, filho de um engenheiro e teve aulas de piano, como convém a todo filho de família da alta burguesia interessada em cultura. Mas, a princípio, seu interesse pela música era pequeno. Só quando um amigo da família, o compositor Francesco Maliepiero, lhe apresentou a música veneziana antiga e os compositores da segunda escola vienense, proibidos pelos fascistas, Luigi começou a se interessar seriamente.

A pedido da família, o jovem Nono primeiramente estudou direito em Pádua e fez doutorado. Lá, ele acabou conhecendo o compositor italiano Bruno Maderna, que ficou impressionado com o talento do veneziano e lhe deu aulas de composição sem cobrar nada. O estudo da música franco-flamenga despertou o interesse de Nono pelos métodos de composição polifônicos. Também interessado em política, Maderna conheceu o regente Hermann Scherchen, comunista que havia emigrado para a União Soviética após a ascensão de Hitler em 1933. O regente influenciou significativamente o pensamento e ação do jovem compositor engajado. Nono participou de um curso de regência de Hermann Scherchen e, a seguir, acompanhou-o em uma turnê. "Durante aquelas viagens", contou Nono, "ele me mostrou a tradição alemã e aprendi a amá-la. Fazíamos análises detalhadas de Schönberg e Webern, dois músicos que me influenciaram profundamente".

Em 1950, aos 26 anos, Nono participou pela primeira vez dos cursos de férias sobre Música Nova em Darmstadt, ponto de encontro da vanguarda europeia. Lá, ele conheceu as mais importantes cabeças da música contemporânea: Varèse, Boulez, Henze, Stockhausen. Sob a direção de Scherchen, sua obra orquestral *Variazioni canoniche sulla serie dell'op. 41 di Arnold Schönberg* estreou. A composição provocou sensação nos círculos musicais. Nono passou a frequentar regularmente os cursos de férias, nos quais uma série de obras suas foi apresentada nos anos seguintes. O primeiro sucesso realmente grande veio com *Polifonica-Monodia-Ritmica.*

Na apresentação da ópera *Moses und Aron,* de Arnold Schönberg, em Hamburgo, Nono conheceu Nuria, a filha do compositor, e os dois se casaram um ano depois. Ele dedicou a ela sua *Liebeslied* (*Canção de amor*) para coro misto e instrumentos. Nessa época, o compositor italiano se afastou da chamada Escola de Darmstadt, que trabalhava, segundo ele, muito estritamente a partir das técnicas seriais. O resultado dessa técnica era muito abstrato para ele, que achou sua construção matemática demais. Ele queria compor música expressiva e emocional. Para ele, "o importante está no som [...] e na vivência sonante da música". Em 1956, uma de suas obras mais conhecidas foi apresentada em Colônia: *Il canto sospeso* para soprano, contralto, tenor solo, coro misto e orquestra. Nessa obra impressionante, Nono transformou em música as cartas de despedida de membros da resistência que foram executados — como em todas as suas composições, Nono queria transmitir uma mensagem com sua música.

"Todas as minhas obras", escreveu, "partem de um estímulo humano: um acontecimento ou uma vivência ou um texto toca o meu instinto e minha consciência e exige de mim, como músico, que eu dê meu testemunho como ser humano."

O engajamento político era cada vez mais importante para Nono, que entrou para o Partido Comunista. Viajou pelos países do Leste Europeu até a União Soviética, discutiu com compositores e lhes apresentou os modernos princípios da composição da vanguarda europeia ocidental. Compôs uma série de obras de teor político. Os temas são o antifascismo, a luta da resistência, a Guerra Civil Espanhola, revoltas estudantis, a Guerra do Vietnã. Na apresentação de sua primeira música dramática, *Intolleranza*, um apelo pela liberdade e dignidade humana, houve um escândalo em Veneza. Neofascistas provocaram distúrbios porque discordavam da posição socialista de Nono. O compositor fazia questão de que sua música não fosse ouvida apenas pelo público culto e burguês, mas que fosse levada a todas as classes sociais. Ele apresenta *La fabbrica illuminata*, uma peça sobre as condições miseráveis de trabalho em uma fábrica de laminagem, para mais de cinco mil operários em fábricas, e depois discutiu com os espectadores sua composição eletrônica, que combinou com ruídos de fábrica. Nono viajou para a América Latina. No Peru, o compositor comunista foi preso e expulso do país. Em Cuba, ele conheceu o líder revolucionário Fidel Castro.

Depois de muita reflexão, Nono concluiu que mensagem política e música de vanguarda não são compatíveis, e ficou sem compor durante três anos. "Senti a necessidade", explicou o compositor, "de repensar todo o meu trabalho e toda a minha existência como músico e intelectual nesta sociedade, para descobrir novas possibilidades do conhecimento e da criação". Quando voltou a compor, afastou-se da música dramática, cheia de contrastes e dedicou-se à pesquisa de sons isolados. O título de sua obra *Fragmentos-Silêncio, para Diotima* caracteriza claramente o novo tom da obra de Nono. Para o compositor, o interior do som e suas nuances diversas era o que importava. Ele criou ilhas sonoras silenciosas, cantos silenciosos — de outros ambientes, de outros céus. Cada vez mais Nono se denominava um caminhante. Ele considerava o caminhante como símbolo do compositor, alguém que partia para o incerto em busca de novos caminhos artísticos. O tema do caminhar tornou-se cada vez mais importante para sua música. Caixas de som distribuídas pela sala e instrumentistas que circulam enquanto tocam fazem o som caminhar pelo espaço. Assim, o som nunca era algo pronto, está sempre submetido a uma transformação, assim como a vida.

Um ano antes de morrer, Nono compôs sua última obra, *No hay caminos, hay que caminar* (*Não há caminhos, há que caminhar*). Em 8 de maio de 1990, *il caminante*, o caminhante Luigi Nono morreu aos 66 anos, em Veneza, sua cidade natal. ■

Jacques Offenbach

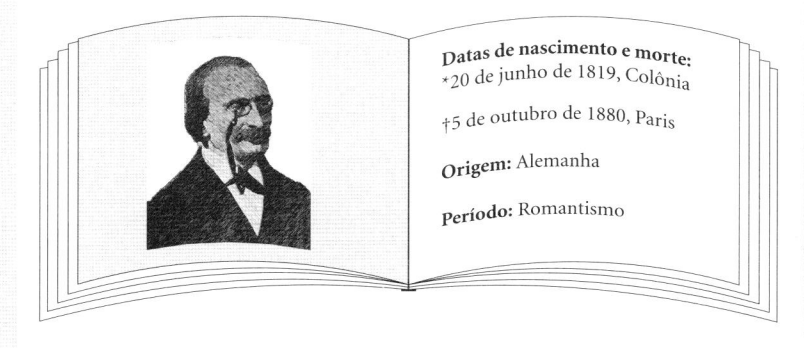

Datas de nascimento e morte:
*20 de junho de 1819, Colônia

†5 de outubro de 1880, Paris

Origem: Alemanha

Período: Romantismo

Obras importantes

Música dramática
Orphèe aux enfers [*Orfeu no inferno*], ópera-bufa (1858)
La Belle Hélène [*A bela Helena*], ópera-bufa (1864)
La Vie parisienne [*Vida parisiense*], ópera-bufa (1866)
Barba-Bleue [*Barba Azul*], ópera-bufa (1866)
Les Contes d'Hoffmann [*Contos de Hoffmann*] (1881)

Importância

O compositor alemão Jacques Offenbach é considerado o criador da moderna opereta. A farsa torna-se o terceiro gênero da música dramática, ao lado da comédia e da tragédia. As operetas de Offenbach, que esbanjam graça e boas ideias musicais, são sátiras sutis e picantes que parodiam a grande ópera francesa e brincam com o Estado e a sociedade.

Jacques Offenbach

Jacques Offenbach, sétimo filho de um cantor de sinagoga e professor de música, foi batizado com o nome de Jakob. O pai chamava-se Isaak Juda Eberst, mas era chamado de *Offenbacher*, por ser de Offenbach. Como Jakob demonstrou bem cedo um talento musical incomum, o pai o ensinou a tocar violino quando ele tinha apenas seis anos. Pouco depois, Jakob surpreendeu a família com pequenas composições próprias. Quando o menino de nove anos descobriu um violoncelo, ele passou a treinar, em segredo, no sótão, mas logo o pai descobriu a paixão do filho pelo instrumento. Diz a lenda que Jakob teria substituído um violoncelista doente em um concerto doméstico e teria tocado sua parte em um quarteto de Haydn lendo a partitura. Por isso o pai, perplexo, providenciou para que ele passasse a ter aulas. Seu professor também ficou atônito com a musicalidade do aluno: "Pois não é que o moleque senta e toca peças que nem eu ousaria tocar?".

Os rápidos progressos de Jakob ao violoncelo levaram o pai a ir com ele e o irmão quatro anos mais velho para Paris, para que estudassem no Conservatório de Paris, uma das melhores escolas de música da época. A princípio, Cherubini, o diretor do conservatório, era contra a admissão dos meninos porque estrangeiros e judeus, fundamentalmente, não eram aceitos — como fora o caso de Franz Liszt um pouco antes. Mas quando Cherubini ouviu o pálido e frágil Jakob tocar, exclamou, entusiasmado: "Jakob, você é aluno do conservatório!". Poucos meses mais tarde, porém, o jovem Offenbach, que passou a ser chamado de Jacques, deixou o conservatório para procurar um emprego de violoncelista em uma orquestra de teatro. Ele se tornou membro da orquestra da Opéra-Comique.

Diariamente, o magérrimo músico, que sofria de falta de dinheiro e saudades de casa, cruzava Paris, caminhando com o violoncelo nos braços, de seu modesto quarto no bairro de artistas Montmartre até o teatro de ópera. Offenbach suportava tudo, porque em seu novo emprego aprendeu todo o repertório da ópera e passou a conhecer o aclamado compositor e libretista Halévy, que deu aula de composição ao violoncelista talentoso e ávido por aprender. Offenbach compôs valsas e romances que agradaram ao público dos bailes e festas de jardim. Simultaneamente ele começou a ganhar fama como violoncelista extravagante e *entertainer* divertido nos elegantes salões parisienses. No salão de Madame D'Alcain, conheceu a filha da anfitriã, a quem dedicou um romance. Depois que o músico judeu se converteu ao catolicismo, casou-se com Herminie, que lhe deu cinco filhos. O jovem casal levava uma vida boêmia, com dificuldades. Offenbach trabalhava no Théâtre Française e compunha pequenas músicas dramáticas e músicas para os intervalos em peças teatrais.

Suas peças musicais de um ato foram apresentadas em Paris, mas com pouco sucesso. Quando o compositor fracassado planejou emigrar para os Estados Unidos, a exposição mundial de Paris de 1855 provocou uma virada em sua vida. Offenbach alugou o teatro de um prestidigitador na Rue Montsigny e abriu o Bouffes-Parisiens. Obteve a licença para se apresentar apenas com três pessoas, mas em compensação usava figurinos dispendiosos e cenários opulentos. A sociedade parisiense da época do segundo império de Napoleão III queria se divertir e gostava da música arrebatadora das peças picantes nas quais Offenbach fazia suas brincadeiras com todos. Mas apesar de as apresentações serem bastante frequentadas e de uma turnê bem-sucedida na Inglaterra, seu teatro acabou passando por problemas financeiros. Para escapar dos credores, Offenbach fugiu para Bélgica e Alemanha, onde começou a compor sua obra *Orfeu no inferno*. Ficou sabendo que já possuía licença total para seu teatro e que podia contratar o número de atores e cantores que precisasse para seus shows. Agora poderia apresentar *Orfeu no inferno*, sua primeira obra de longa duração. Dessa vez, o alvo de seu sarcasmo era o mundo antigo dos deuses. O compositor apresentou os deuses e heróis sublimes como figuras ridículas e tolas, mas na verdade ele falava do presente. Nos tempos de censura na França, o ironizado céu dos deuses era um bom meio para denunciar a inconsequência, o hedonismo e a decadência do segundo império de Napoleão III.

Com essa farsa musical, Offenbach criou um gênero totalmente novo da música dramática: a opereta. A "ópera-bufa" — esse foi o nome dado por Offenbach —, com seu enredo satírico em segundo plano e sua música arrebatadora e de fácil aceitação, tornou-se um sucesso triunfal. As 228 apresentações tiveram lotação esgotada com público entusiasmado. Toda Paris dançava o louco cancã e o galope picante da obra-prima musical. Em pouco tempo, a fama de Offenbach se espalhou pela Europa. O esperto compositor de operetas, com monóculo e suíças, era o astro aclamado em Paris. Ele adquiriu a cidadania francesa e a Cruz da Legião de Honra. Finalmente a situação financeira de Offenbach estava boa e ele podia construir a casa dos seus sonhos: a Villa Orphée. Incentivado pelo reconhecimento, Offenbach compôs nos anos seguintes uma opereta de sucesso após a outra para seu teatro, entre elas *A bela Helena, Barba Azul e Vida parisiense*. O compositor alugou outras casas de teatro e tinha tanto trabalho que compunha até na carruagem que o levava de um teatro a outro.

Quando o Segundo Império se desfez, em 1870, após a derrota da França na Guerra Franco-Alemã, a fama de Offenbach também declinou. Os franceses, que já não estavam mais satisfeitos com operetas divertidas e irônicas, o desprezaram como alemão. Também os libretistas de Offenbach, Halévy e Meilhac, que participaram de mais de cem obras dele, se afastaram. O compositor assumiu um novo teatro e tentou se estabelecer novamente, mas, em 1875, endividado, teve de se retirar da direção do teatro. Viajou para os Estados Unidos porque esperava ter lá sucessos financeiros e artísticos, mas voltou desiludido para a Europa. Restringiu sua atividade como compositor e viveu dos rendimentos de suas obras.

Aos 58 anos, começou uma composição que tinha em mente há muito tempo e que seria diferente de todas as outras: uma ópera fantástica sobre contos do romântico alemão E.T.A. Hoffmann. Mas Offenbach não vivenciou o sucesso de *Os contos de Hoffmann*, porque *le petit Mozart des Champs-Elysées* morreu aos 61 anos, sobre a ópera acabada, mas ainda não instrumentada. ∎

Carl Orff

Datas de nascimento e morte:
*10 de julho de 1895, Munique

†29 de março de 1982, Munique

Origem: Alemanha

Período: Música moderna

Obras importantes

Música dramática:
Carmina Burana. Cantiones profana (1937)
Der Mond. Ein kleines Welttheater [A Lua. Um pequeno teatro mundial] (1939)
Die Kluge. Die Geschichte von dem König und der klugen Frau [A esperta. A história do rei e da mulher esperta] (1943)
Die Bernauerin. Ein bairisches Stück [A mulher de Bernau. Uma peça bávara] (1947)
Antigonae: Ein Trauerspiel [Antígona, uma tragédia] (1949)
Astutuli. Eine bairische Komödie [Astutuli. Uma comédia bávara] (1953)
Oedipus der Tyrann. Ein Trauerspiel [Édipo, o tirano. Uma tragédia] (1959)

Obras pedagógicas:
Orff-Schulwerk. Elementare Musikausübung [Sistema de educação musical Orff. Exercício de música elementar] (1932-1935)
Musik für Kinder [Música para crianças] (1950-1954)

Importância

A importância de Carl Orff deve-se à sua contribuição para a música dramática e à pedagogia musical. Em suas obras dramáticas, ele retomou a música e o texto da Idade Média e Antiguidade. Criou uma nova forma artística tentando unificar meios musicais, linguísticos, dança e imagem. Sua música é marcada por uma linguagem sonora rítmica vital, melódica simples e formas musicais antigas. Sua *Carmina Burana*, com sua força elementar e um efeito sonoro mágico, alcançou sucesso internacional.
Como pedagogo musical, Orff buscava novos caminhos da educação musical. Com ajuda de seu *Orff-Schulwerk*, a música deve ser levada às crianças por meio dos instrumentos sonoros e rítmicos de fácil manejo que fazem parte do instrumentário Orff.

Carl Orff

Carl Orff cresceu em uma família bávara de oficiais e eruditos. Desde a mais tenra infância, ele estava rodeado de música. Seu pai, primeiro-tenente, tocava piano, viola e contrabaixo; a mãe era uma pianista excelente. A família passava o inverno em Munique, e o verão em uma pequena casa às margens do lago Ammersee. Orff foi ligado durante toda a vida à agradável paisagem e ao *seu lago*. Aos cinco anos, teve as primeiras aulas de piano com a mãe. Logo depois, assistiu com os pais ao concerto da "Wilden Gung'l". Essa orquestra diletante tinha sido criada por seu avô, amante da música. Para Carl, foi uma grande experiência ouvir uma orquestra de verdade pela primeira vez.

Além da música, era principalmente o mundo encantador do teatro que atraía Orff de uma maneira mágica, tanto que ele nunca o abandonou. Inicialmente, o teatro de fantoches e marionetes; depois, um teatro de figuras que descobriu no sótão. O menino entusiasmado por teatro treinava partituras inteiras de óperas acompanhado pela mãe ao piano. O avô até encenava óperas para a família, para grande alegria de seu neto. Mas os interesses do jovem Orff iam além do teatro e da música. Ele começou a ler muito e a escrever contos, poemas e até um romance. Com dinheiro poupado a muito custo, o menino ávido por conhecimentos montou a própria biblioteca. Interessavam-lhe principalmente antigas sagas de deuses e heróis e a leitura em latim e grego, com suas melodias linguísticas características. Mais tarde, o próprio compositor iria usar com frequência temas e textos latinos e gregos em suas obras. Aos catorze anos, Carl ouviu sua primeira ópera, *O navio fantasma*, de Richard Wagner, e ficou tão impressionado que praticamente não falou e não comeu durante dias, imerso em sua imaginação e se esbaldando ao piano. Sua fome por música estava cada vez mais intensa, e o garoto gostava principalmente de música dramática.

Certo dia, Carl disse aos pais que a escola e o exame de conclusão de ginásio não tinham importância para ele. Queria ser compositor. Ele deixou a escola no final do ensino médio contra a vontade do pai, e aos dezesseis anos passou a se dedicar exclusivamente à composição. Em pouco tempo, compôs mais de cinquenta canções e várias obras para órgão. Em 1911, a primeira composição do jovem Orff foi publicada: *Eliland — Ein Sang vom Chiemsee* (*Eliland — um canto do lago Chiemsee*) para voz e piano. Depois disso, Carl Orff teve suas primeiras aulas de composição e, um ano depois, ele foi aprovado no exame de admissão da Academia de Música.

Casualmente, Orff descobriu em uma loja de artigos musicais partituras de obras do compositor francês Claude Debussy. Ele as estudou e ficou profundamente impressionado com aquele mundo sonoro fascinante que jamais ouvira. Era exatamente a música com que sonhava: sons do Extremo Oriente. Orff agora frequentava muitas vezes o Museu de Etnologia e estudava os instrumentos exóticos do Extremo Oriente. Ao bater cuidadosamente em um gongo de bronze indonésio, sentiu, em seu inconsciente, que naquele instrumento existia um mundo sonoro que ainda teria uma grande importância para ele.

Embora Carl Orff tivesse concluído seus estudos na Academia oficialmente em 1914, ele continuou estudando após um breve período de descanso. Para aperfeiçoar seus conhecimentos de piano, teve aulas com Hermann Zilcher, que naquele momento estava compondo música dramática para o teatro Schauspielhaus de Munique. Mas Zilcher adoeceu e não pôde reger sua obra na estreia, e Carl Orff o substituiu. O jovem de 21 anos desempenhou sua tarefa tão bem que foi contratado imediatamente como mestre-de-capela.

Em 1917, aos 22 anos, Orff foi convocado para a guerra. Na Rússia, durante um intenso bombardeio da artilharia, ele ficou soterrado em um abrigo subterrâneo, foi retirado inconsciente, levado para um hospital de campanha e mandado para casa, por não ser mais apto para a guerra. No verão de 1918, o compositor superou quase todas as sequelas do soterramento: grave dificuldade para falar, para se movimentar e perda temporária de memória. Ele foi convidado para ser mestre-de--capela no Nationaltheater de Mannheim e, pouco depois, no Teatro da Corte do Grão-Ducado de Darmstadt, mas queria mesmo voltar para casa. Em 1919, estava de volta a Munique, onde compunha e dava aulas de composição. Apesar disso, os anos seguintes foram, para ele, anos de formação. Teve aulas de composição com Heinrich Kaminski e estudou intensamente a música dos velhos mestres.

Em 1923, Carl Orff conheceu a jovem pintora e escritora Dorothee Günther. Juntos, planejaram uma escola na qual música e movimento fossem entendidos e ensinados como unidade. Um ano mais tarde, os dois abriram a escola Günther de ginástica, ritmo e dança artística em um ateliê no fundo de uma casa em Munique, a qual logo ficou famosa. Carl Orff era responsável pela formação musical. Aos 28 anos, ele se afastou totalmente do teatro, trabalhando intensivamente com a educação musical de jovens. Finalmente ele pôde experimentar seus ideais a respeito de um novo modo de educação musical. Ele desejava uma ligação entre a música, a língua, o movimento e o jogo, criando uma orquestra inovadora que enfatizava os elementos rítmicos da música. Em todos os exercícios musicais, Orff partia do ritmo, que representava para ele o elemento fundamental da música, da língua e do movimento. Também por isso ele preferia instrumentos de percussão, um instrumentário que podia ser utilizado por crianças sem grandes conhecimentos prévios. Em 1930, foi publicado o resultado de seu trabalho prático com esse instrumentário-Orff na primeira edição de *Schulwerk* que, porém, posteriormente foi retirada de circulação.

Em 1948, foi transmitido o primeiro programa *Schulwerk*, para crianças, na emissora de rádio de Munique. Esse programa, no qual se tocava música de uma forma nova e simples, teve um sucesso fora do comum. Todos entenderam que "se tratava de uma música exclusivamente para crianças, que podia ser tocada, cantada, dançada e, inclusive, poderia ser inventada por elas no mesmo formato". Dois anos mais tarde, foi publicado o primeiro dos cinco volumes planejados de *Música para crianças*, produto de seu trabalho com crianças, que contém canções para dançar e infantis, apelos, frases e rimas, mas também exercícios de ritmo e melodia, peças que devem estimular que as crianças as embelezem com criatividade e que continuem a tocar e que inventem as suas.

Sua obra musical mais famosa foi composta alguns anos antes. Certo dia, quando ele estava com 38 anos, caíram em suas mãos canções alemãs, latinas e francesas de um manuscrito do século XIII encontrado no mosteiro de Benediktbeuren. Eram canções para beber, de viagens, de amor, compostas por estudantes e andarilhos da Idade Média, cuja plasticidade e ritmo arrebatador fascinaram o compositor. Três anos depois, *Carmina Burana* estava pronta. Carl Orff escreveu à editora Schott: "Podem destruir tudo o que compus até hoje e vocês publicaram. Com minha *Carmina Burana* estou começando minhas obras completas. De fato, Carl Orff retirou de circulação quase tudo o que havia composto até 1935.

Pela primeira vez, surgiu o inconfundível estilo Orff. Em lugar da orquestra habitual com cordas e sopros, o compositor utilizou instrumentário caracterizado pelo piano e a percussão. Assim o ritmo tornou-se a característica essencial de sua linguagem musical.

As músicas dramáticas de Carl Orff estão entre as mais importantes composições do século XX. Orff não se orientava apenas pela música moderna — também recorria à música antiga, da Idade Média ou mesmo da Antiguidade. Ele elaborava contos de fadas, como em *Die Kluge* (*A esperta*) e em *Der Mond* (*A lua*); ou levava personagens antigos ao palco, como em *Antigonae* e *Oedipus*. Paralelamente, Orff trabalhava com peças populares tradicionais. Tudo o que era genuíno e original em língua e música o interessava. Ele escreveu o texto de sua ópera *A mulher de Bernau* em bávaro antigo e encenou sua peça de Natal em dialeto bávaro. Como isso foi impressionante para os espectadores!

Desde o início, as obras de Orff fizeram sucesso na Alemanha, mas ganharam fama internacional apenas após a Segunda Guerra Mundial. O compositor fez inúmeras viagens para dar palestras em diversos países europeus, no Canadá e no Japão, onde apresentou e explicou a sua *Schulwerk*. De resto, ele sempre permaneceu fiel a Munique, vivendo e trabalhando como educador musical, diretor da Associação Bach de Munique, diretor de *master classes* para compositores na Escola Superior de Música (a partir de 1950) e membro da Academia Bávara de Belas Artes.

O compositor passou os últimos anos de vida em Diessen, às margens do lago Ammersee. Carl Orff morreu em 29 de março de 1982, com quase 87 anos, em Munique.

Quissange

Fato curioso

O jovem Carl Orff estava curioso diante de uma caixa grande, bem embalada, que tinha acabado de ser entregue. O que será que havia lá dentro? Rapidamente os barbantes foram desamarrados. E ali estava, diante dele! Ele mal podia crer: um genuíno quissange, um instrumento que ele vinha buscando há tanto tempo. Como se constatou mais tarde, uma conhecida do compositor havia comprado aquele xilofone africano de um marinheiro no porto de Hamburgo que acabara de chegar de navio de Camarões.

O novo quissange naturalmente tinha de ser experimentado imediatamente. Era surpreendente como aquele instrumento primitivo soava pleno e cheio de calor! Há anos ele vinha tentando reunir um instrumentário adequado para poder tocar com as crianças de forma lúdica. Mesmo sem conhecimentos prévios de música, as crianças conseguiam tocar triângulo e tamborim, chocalhos pandeiros, címbalos e pratos, blocos de madeira e castanholas, tambores, glockenspiel. *Com o instrumento africano, ele finalmente reuniu todo o instrumentário que correspondia às suas expectativas e era adequado para tocar em conjunto e improvisar: o instrumentário-Orff.* ∎

Johann Pachelbel

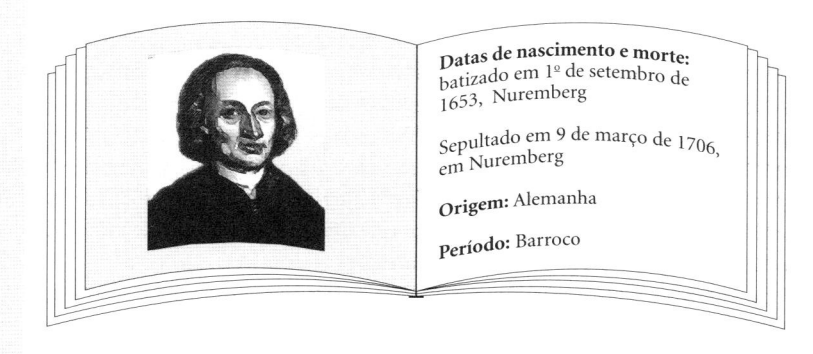

Datas de nascimento e morte: batizado em 1º de setembro de 1653, Nuremberg

Sepultado em 9 de março de 1706, em Nuremberg

Origem: Alemanha

Período: Barroco

Obras importantes

Obras orquestrais:
Kanon und Gigue em ré para três violinos e baixo contínuo

Importância

Johann Pachelbel é considerado hoje um dos compositores, organistas e professores mais importantes de sua época. Entre suas composições, merecem grande respeito principalmente os arranjos corais. Sua composição mais popular, contudo, é *Cânon e Giga* em ré.

Johann Pachelbel

A família Pachelbel é originária dos Sudetos[1], e seu nome significa "Albrecht às margens do córrego". Na casa dos Pachelbel, hoje ainda existente em Eger, foi assassinado Wallenstein, o líder dos suecos. Mais tarde, os descendentes da família receberam um título de nobreza e ainda há descendentes na Baixa Saxônia. O pai de Johann Pachelbel, um comerciante de vinhos, foi para Nuremberg e fundou, em dois casamentos com catorze filhos, um ramo da família nesta localidade alemã. Nesta cidade medieval com grande tradição artística, em 1653 nasceu Johann Pachelbel, filho do segundo casamento. Foi também em Nuremberg que ele morreu, 52 anos mais tarde e muito respeitado. A vida do músico da Francônia foi errante, trabalhando como organista em diversas cidades da Alemanha.

Ainda muito jovem, Johann se interessou por todas as ciências, principalmente pela música. Embora a família vivesse em condições muito pobres, o talentoso menino recebeu aulas de diversos instrumentos. Depois de frequentar a escola fundamental, Pachelbel assistiu a aulas no Auditorium Aegidianum de Nuremberg e na Universidade de Altdorf, onde também assumiu seu primeiro emprego como organista. Por causa de seu talento musical excepcional, e considerando suas qualidades magníficas, extraordinárias e acima da média, ele foi admitido como aluno no *gymnasium poeticum* de Regensburg, onde recebeu uma formação musical excelente. Três anos depois, Pachelbel foi para Viena seguindo o conselho de seus professores para prosseguir seus estudos musicais e aperfeiçoar sua técnica ao órgão. Em Viena, na época uma brilhante cidade musical na qual residia o imperador Leopold I, amante da música, Pachelbel tornou-se organista-assistente na famosa catedral de Santo Estêvão.

Em 1677, o duque Johann von Eisenach chamou o compositor de 24 anos para sua corte. Pachelbel tinha a tarefa de compor músicas para os serviços religiosos e era, ao mesmo tempo, um dos membros da orquestra da corte. Ele fez amizade com o pai de Johann Sebastian Bach, o músico municipal Ambrosius Bach, e com o primo deste, o genial Johann Christoph. Quando Pachelbel, um ano depois, se transferiu para Erfurt, onde se tornou organista da igreja Predigerkirche, atestou-se que ele era um virtuose raro e perfeito.

---

1 Parte da Boêmia entre os montes Karkonosze e a região da Morávia. (N. T.)

Johann Pachelbel

Aos 28 anos, o músico se casou com a filha de um major, mas dois anos depois morreram, um logo após o outro, sua mulher e seu filhinho, em decorrência da peste que varreu a Alemanha na época. A expressão do seu luto são as *Musicalische Sterbens-Gedanken* (*Pensamentos fúnebres musicais*) para cravo. Pouco depois, o compositor se casou com a filha de um caldeireiro de Erfurt. Com ela, teve cinco meninos e duas meninas, quase todos com talento artístico extraordinário. Aos 37 anos, recebeu da autoridade eclesiástica de Erfurt o "atestado de boa conduta" e conseguiu o emprego de "músico e organista da corte" da duquesa Magdalena Sibylla de Württemberg. Pouco depois, fugiu das tropas francesas, retornando à cidade natal. Ali ficou definido por escrito que três anos depois ele sucederia Georg Caspar Wecker, organista da Igreja de São Sebaldo. Assim, ele foi primeiro para Gotha, onde trabalhou como organista municipal. Aos 42 anos, tornou-se realmente o músico sacro mais importante de Nuremberg e a sua fama no exercício da função foi quase mundial (mundo, àquela altura, para fins musicais, era a Europa).

Cantando baixinho sua canção favorita, *Senhor Jesus Cristo, luz de minha vida*, Johann Pachelbel, o agradável senhor, competente compositor e famoso artista do teclado, faleceu aos 52 anos em sua cidade natal. Muitos de seus inúmeros alunos foram importantes organistas. Eles tocaram e divulgaram as obras para piano e órgão de Pachelbel, especialmente aquelas caracterizadas por harmonia agradável e temas cantáveis, pois a regra fundamental de Pachelbel era compor de forma cantável. Por ter trabalhado no sul e no centro da Alemanha, ele conseguiu combinar em sua música a graciosidade do sul e a rigidez do centro de forma genial. Johann Pachelbel compôs principalmente para instrumentos de teclado: corais, suítes, tocatas, chaconas, fugas. Mas importantes foram seus arranjos corais, que inspiraram Johann Sebastian Bach, fortemente influenciado por Pachelbel, a compor obras desse gênero. A obra mais popular é seu *Cânone* para cordas em ré, que se baseia em um baixo ostinato em dois compassos com a sequência de acordes ré-lá-si-fá sustenido-sol-ré--sol-lá, repetida 28 vezes. Sobre as notas mais graves corre uma série de variações, sendo que os valores de cada nota são abreviados. A sequência harmônica da chacona de Pachelbel é usada com frequência na música pop atual. ■

Niccolò Paganini

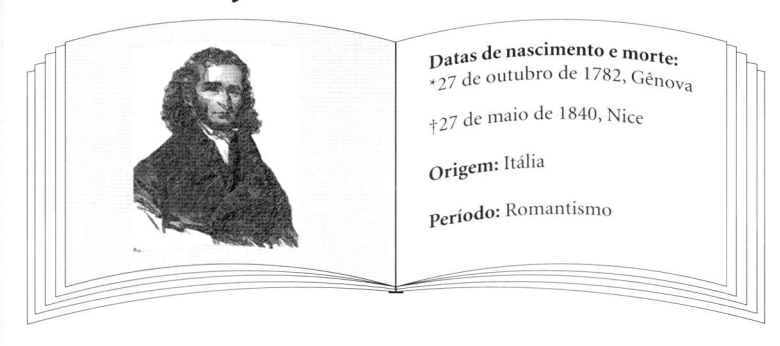

Datas de nascimento e morte:
*27 de outubro de 1782, Gênova

†27 de maio de 1840, Nice

Origem: Itália

Período: Romantismo

Obras importantes

Obras orquestrais:
seis concertos para violino, entre eles:
Concerto para violino e orquestra n. 1 em mi bemol maior op. 6 (1816)
Concerto para violino e orquestra n. 2 em si menor op. 7 (*La Campanella*, assim chamado devido a seu último movimento dançante, o *Glöckchenrondo*, com suas empolgantes figuras de tabuleiro) (1826)

Obras para violino:
Vinte e quatro caprichos op. 1 (antes de 1818)

Importância

O violinista italiano prodígio Niccolò Paganini, um dos melhores virtuoses do instrumento da história da música, foi uma lenda já enquanto vivia. Para seus contemporâneos, o extravagante italiano era considerado o violinista do diabo devido à sua aparência incomum e à brilhante técnica.

Niccolò Paganini

Niccolò Paganini, o violinista do diabo, foi certamente o melhor virtuose do violino de sua época. O violinista italiano idolatrado pelo público é considerado o primeiro astro na história da música. Paganini nasceu na rica cidade portuária italiana de Gênova e foi educado por seu pai com mão de ferro. Ele lhe deu as primeiras aulas em um pequeno bandolim, depois em uma viola da gamba, e o obrigava a estudar várias horas por dia. Quando Niccolò não estudava o suficiente, o pai lhe tirava a comida e às vezes até o espancava. A partir do nono ano de vida, o violinista-prodígio se apresentava em público regularmente. Ele continuou com as aulas de violino e composição, mas a maior parte de seu conhecimento adquiriu como autodidata.

Aos dezenove anos, ele convenceu o pai a deixá-lo viajar sozinho para Lucca para participar de um festival de música e não voltou mais pra casa. Paganini passou a se sustentar como virtuose itinerante do violino, dando concertos no norte da Itália. O artista admirado por todos levava uma vida desregrada, porém seus inúmeros casos amorosos deixavam o violinista ainda mais atraente para o público. Embora ganhasse muito dinheiro, geralmente estava endividado, pois era viciado em jogo. Certa vez, penhorou até mesmo seu amado violino, tendo de pedir emprestado o instrumento de um amigo para tocar em público. Quando o amigo o ouviu tocar, ficou tão entusiasmado que lhe deu o violino de presente — um valiosíssimo Guaneri del Gesù, o violino preferido de Paganini, que o chama de "le canonne". Depois desse episódio, Paganini parou de jogar e, em vez disso, ajudou artistas pobres. Certa vez, quando conheceu o compositor francês Hector Berlioz, em Paris, deu vinte mil francos ao músico, que estava passando dificuldades.

Em 1805, o compositor de 23 anos aceitou o emprego de violinista solista da princesa Elisa Baciocchi de Lucca, a irmã de Napoleão. Este foi o único emprego fixo de sua vida. A história de amor entre Paganini e a princesa virou tema da opereta *Paganini*, de Franz Lehár. Após 1831, Paganini viajou como virtuose por toda a Itália e enfeitiçou seu público com sua inacreditável arte ao violino. Sua aparência — aspecto delgado, cabelos longos, negros como piche, seu rosto anguloso com o grande nariz, os olhos escuros penetrantes — e sua técnica brilhante lhe renderam o apelido de "violinista do diabo". Apesar de as entradas para seus concertos custarem mais do que a média, o público brigava para comprá-las.

Paganini estava sempre envolvido em aventuras amorosas. Contava-se de um caso com a genovesa Angelina Cavanna, de vinte anos, a quem ele sequestrou, levou-o para a cadeia por um curto tempo. Depois foi a agitada história de amor com uma inglesa que se tornou o assunto dos salões nobres. Aos 41 anos, Paganini conheceu, em Palermo, a bela Antonia Bianchi, que lhe deu um filho dois anos depois: Achilles. Após um bom tempo de relacionamento, Paganini se separou dela, levando o filho idolatrado consigo e cuidando amorosamente dele.

A carreira internacional de Paganini começou relativamente tarde. Só aos 45 anos o violinista deixou seu país pela primeira vez para dar seu primeiro concerto no exterior, em Viena. Todos queriam ver o feiticeiro ao violino. As lojas faturaram habilmente com a febre Paganini. De repente, absolutamente tudo é "à Paganini": come-se filé "à Paganini", existe "goulash Paganini", "assado Paganini" e "torrada Paganini". Em todas as vitrines encontravam-se retratos e cartões-postais de Paganini, sobre bombonières, latas de tabaco, latas de talco, gravatas, guardanapos, estojos, cachimbos e tacos de bilhar podia-se ver o violinista do diabo. Um ano depois, ele fez uma turnê pela Polônia, Boêmia e Alemanha, de modo que, em dois anos, houve mais de cem concertos em quarenta cidades. Depois fez uma turnê pela Inglaterra e Escócia. Várias vezes, ele tocou nas metrópoles musicais Londres, Paris e Viena, e em todos os lugares foi aclamado freneticamente. Todo o mundo vibrava com o artista extraordinário, o primeiro *superstar* da história da música. Em todos os concertos, Paganini, que colocava o violino diretamente sobre a clavícula para aumentar sua sonoridade, tentava superar as barreiras do possível. O que o ajudava era a extraordinária flexibilidade de sua mão esquerda, causada por uma anomalia, que a deixou grande e mais flexível que o normal. Além disso, Paganini dispunha de uma audição aguçadíssima e uma enorme musicalidade, como atestaram Robert Schumann, Frédéric Chopin e Hector Berlioz.

Durante toda a vida, Paganini foi atormentado por diversas doenças. Seu aspecto delgado e misterioso era possivelmente sintoma de uma doença. Ele morreu aos 57 anos durante umas férias na cidade de Nice, no sul da França. As autoridades eclesiásticas não permitiram que Paganini fosse sepultado em solo sagrado, já que ele foi considerado um aliado do demônio durante toda a vida. Apenas muitos anos depois foi que seu filho Achilles conseguiu sepultar o pai em Parma. Em contrapartida, a Igreja exigiu toda a fortuna advinda da arte encantada de Paganini, uma quantia hoje equivalente a cerca de um milhão de dólares que o virtuose do violino deixou para o filho.

As obras de Paganini eram compostas exclusivamente para violino e por muito tempo foram consideradas impossíveis de serem tocadas. Cinquenta anos após sua morte, um violinista conseguiu tocá-las de acordo com a composição original. Atualmente, as peças de Paganini são consideradas de alto nível na arte do violino e estão presentes no programa de qualquer grande violinista. Robert Schumann, Franz Liszt e Johannes Brahms usaram temas de Paganini para variações ao piano.

A operação do violino

Fato curioso

Luis Vidal, um contemporâneo de Paganini, relatou que o virtuose do violino certo dia foi à oficina de um luthier *com a caixa de seu violino debaixo do braço para que seu instrumento fosse analisado:*

"O luthier *[...] aconselhou uma intervenção. O violino deveria ser aberto. Paganini ficou chocado. Após longa reflexão, decidiu permitir que Vuillaume, o* luthier, *fizesse o conserto — sob a condição de que o fizesse sob o olhar do dono. Paganini sentou-se no fundo da oficina [...] e acompanhou a operação com grande preocupação. O formão foi introduzido entre as partes laterais do violino e o tampo — ouviu-se um ruído baixo, como um estalo, e Paganini levantou de um salto de sua cadeira. A cada novo movimento da ferramenta, aumentavam as gotas de suor nas sobrancelhas do homem que estava sofrendo, pois amava seu violino mais do que qualquer outra coisa inerte no mundo. Ele disse que tinha sido como se o formão estivesse penetrando sua própria carne".* ∎

Giovanni Pierluigi da Palestrina

Datas de nascimento e morte:
*provavelmente em 1525, Palestrina

†2 de fevereiro de 1594, Roma

Origem: Itália

Período: Renascença

Obras importantes

Obras sacras:
Missa papae Marcelli para seis vozes (1567)
Hoheliedmotteten para cinco vozes (1583/1584)
Delli Madrigali spirituali (1594)

Importância

Giovanni Pierluigi da Palestrina é um dos músicos mais importantes da Renascença. A missa, gênero preferido na época, atingiu seu auge com as 93 composições de Palestrina para várias vozes. O estilo que leva o nome de Palestrina é caracterizado pela polifonia vocal baseada no uso de imitação, contraponto e no uso sofisticado das dissonâncias. Além disso, Palestrina conseguiu obter inteligibilidade do texto mesmo com um andamento de grande qualidade, e assim satisfez a exigência do Concílio de Trento, que queria reformar radicalmente a música sacra. O *salvador da música sacra católica* foi considerado por muitos compositores das gerações seguintes como modelo.

Giovanni Pierluigi da Palestrina

Nos montes Sabinos, perto de Roma, fica Palestrina. Nessa bela cidadezinha, nasceu Giovanni Pierluigi, um dos músicos mais importantes da Renascença. Mais tarde, o famoso compositor acrescentou ao seu sobrenome o lugar onde nasceu: Giovanni Pierluigi da Palestrina. Seu pai era um abastado proprietário rural e cidadão respeitado. Ao que tudo indica, quando criança, Giovanni foi menino do coro na catedral de sua cidade natal. Provavelmente foi o bispo de Palestrina que levou o talentoso cantor junto quando foi chamado para a igreja San Maria Maggiore, em Roma, pois no mesmo ano Giovanni apareceu por lá como menino cantor no coro da igreja. Por seus serviços à igreja como menino de coro, ele recebia alojamento, alimentação, roupas e aulas de música, inclusive de introdução à composição e ao órgão.

Aos dezenove anos, o jovem Pierluigi voltou para Palestrina e foi empregado na catedral de San Agapito. Sua tarefa consistia em ensinar canto a padres e alunos do coro, tocar órgão e reger o coro diariamente nas missas. Pierluigi teve sorte porque o novo bispo de Palestrina foi coroado papa, adotando o nome de Júlio III. Ele levou o jovem músico talentoso para ser mestre-de-capela da Cappella Giulia da catedral de São Pedro. Este foi o começo de uma grande carreira musical, pois, nos anos seguintes, Pierluigi da Palestrina seria a personalidade musical mais importante de Roma.

Quando Palestrina tinha 29 anos, foi publicado seu primeiro missal, o qual dedicou a seu mecenas, o "santo maior". Este foi o primeiro missal impresso da história da música que levou o nome de um único compositor italiano. Por ordem expressa do papa, Palestrina foi admitido como cantor na Capela Sistina, o coro da corte papal, embora na verdade apenas padres fossem admitidos no coro. Mas seu tempo como cantor do coro papal foi curto, pois, um ano depois, Julio III morreu. Seu sucessor Paulo IV queria introduzir uma disciplina mais rígida dentro da Igreja, e por isso Palestrina foi dispensado do coro — ele era casado e não era padre. No mesmo ano, foi publicada a segunda obra do compositor, seu primeiro livro com madrigais para quatro vozes. Depois de ter trabalhado como mestre-de-capela na segunda e terceira igrejas principais de Roma, Lateran e San Maria Maggiore, ele se tornou professor de música no recém-fundado seminário romano, principalmente porque assim seus dois filhos seriam admitidos como alunos gratuitamente.

O abastado cardeal e governador de Tivoli, Ippolito d'Este, amante das artes, mandou construir a espetacular Villa d'Este diante dos portões de Roma. Ele queria cultivar as artes em sua corte, por isso, mandou chamar o melhor músico de Roma, Palestrina, para ser seu *maestro di concerti*. Mas um ano depois, quando o bem-remunerado e prestigiado cargo de *modulator pontifex*, compositor do coro papal, ficou vago, Palestrina o aceitou.

Em 1567, quando o compositor estava com 42 anos, foi publicado o segundo livro de suas missas, entre elas sua obra mais famosa, a *Missa Papae Marcelli*. Muitos escritores dos séculos XVII e XVIII relataram que o severo papa Marcelo teria ameaçado proibir a música sacra polifônica e restringir a missa apenas à liturgia. Ele era da opinião que o texto da música polifônica não era compreensível e que ela tinha caráter muito profano, de forma que a atenção dos fiéis era desviada do essencial. Por isso, Palestrina compôs sua extraordinária *Missa Papae Marcelli*, cuja grandeza sublime mudou a opinião do papa. Isso parece ser uma lenda, no entanto, está comprovado que o Concílio de Trento, uma assembleia de altas autoridades eclesiásticas para a reforma da Igreja Católica, era contrário à música sacra polifônica pela falta de inteligibilidade do texto e pelas suas influências profanas. Porém, depois que uma comissão analisou três missas de Palestrina, entre elas a solene *Missa Papae Marcelli*, o concílio optou pela não proibição, provavelmente também devido à opinião do papa. Apenas a música indigna deveria ser afastada do serviço religioso. Depois disso, Palestrina foi aclamado o "salvador da música sacra católica".

Após a morte de sua esposa, Palestrina pôde fazer seus primeiros votos e se tornar padre. Ele tinha o direito de assumir o cargo de mestre-de--capela do coro papal, o qual ocupou até o fim da vida. Certa vez, Palestrina negociou com o duque Gonzaga o emprego de mestre-de-capela na corte de Mântua. O enviado do duque relata de Roma ao seu patrão que Palestrina era "o maior de todos os músicos do mundo", por isso o duque mostrou grande interesse em contratá-lo, mas as negociações fracassaram devido ao alto salário exigido por Palestrina. Anteriormente, uma contratação em Viena também não dera certo porque o compositor havia pedido um salário extremamente alto.

No fim da vida, Palestrina trabalhava intensamente pela publicação de suas obras. Quando morreu, nem todas elas haviam sido publicadas. Iginio, o único dos filhos que sobreviveu ao pai, finalizou a publicação mais tarde. Palestrina gostaria de voltar à terra natal e passar seus últimos anos lá. O compositor famoso era um homem abastado e havia aumentado a fortuna da família por meio de aquisições, mas depois que o contrato de emprego com as autoridades da catedral finalmente foi acertado, ele faleceu, em 1594, aos 69 anos. Palestrina já tinha prestígio quando vivo, não só junto à população, mas também junto aos colegas músicos. Depois de sua morte, catorze compositores italianos lhe dedicaram uma coletânea de música sobre salmos. Palestrina foi respeitado para além das fronteiras da Itália, o que foi demonstrado pela rápida divulgação de suas obras impressas. Em 1917, o alemão Hans Pfitzner compôs a ópera *Palestrina, uma lenda musical* sobre o compositor renascentista italiano, "o salvador da música sacra católica". ∎

Krzysztof Penderecki

Data de nascimento:
*23 de novembro de 1933, Debica

Origem: Polônia

Período: Música moderna

Obras importantes

Música dramática:
Paradise lost [*O paraíso perdido*], apresentação sagrada em dois atos (1976/1978)
A máscara negra, ópera (1984/1986)
Ubu Rex [*Ubu-rei*], ópera-bufa (1990/1991)

Obras sacras:
Te Deum para quatro solistas, dois coros mistos e orquestra (1980)
Réquiem polonês para solo, dois coros e orquestra (1984)
Credo para cinco solistas, coro misto, coro infantil e orquestra (1998)

Obras orquestrais:
Anaklasis para 42 cordas e seis grupos e percussão (1960)
Threnos, para as vítimas de Hiroshima para 52 cordas (1960)
Concerto n. 2 para violino e orquestra (1995)
Concerto n. 2 para violoncelo e orquestra (1982)

Importância

O polonês Krzysztof Penderecki é um dos mais interessantes e discutidos compositores da música contemporânea. Sua sensacional obra *Anaklasis* o tornou internacionalmente conhecido. Na segunda fase de sua obra, Penderecki se voltou para uma expressiva música romântica tardia.

Krzysztof Penderecki

Krzysztof Penderecki cresceu na cidadezinha polonesa de Debica. Seu pai era advogado. Como Krzysztof demonstrou talento e interesse por música, teve aulas de piano e violino. Aos catorze anos, ele tocou em público pela primeira vez, em um evento escolar, um concerto para violino de Vivaldi. No ginásio, Penderecki já mostrava seu engajamento político expressando perigosas opiniões políticas contra a ditadura stalinista. Mais tarde, os temas sociopolíticos teriam grande importância em suas obras vocais.

Apesar de seu grande talento musical, o jovem Penderecki estudou primeiramente teoria musical e filosofia na universidade. Só aos 22 anos ele optou pela carreira de músico e começou a estudar no Conservatório de Cracóvia. Ainda antes de seu exame de conclusão de curso, Penderecki compôs sua primeira grande obra, o réquiem *Epitaphium Artur Malawski in memoriam,* uma missa dedicada ao seu recém-falecido professor de composição. Aos 25 anos, ele foi aprovado no exame de conclusão de curso com resultado excepcional e imediatamente admitido como docente de composição no conservatório. Logo depois, aos 26, chamou a atenção ao ganhar os três primeiros prêmios em um concurso polonês de compositores. Como respeitado artista, ele tinha direitos especiais na Polônia comunista, podendo viajar para a Itália, onde teve contato com o vanguardista Luigi Nono. Após a morte de Stalin, a liberdade artística na Polônia cresceu. Penderecki aproveitou e incluiu em suas obras as inovações em termos de composição da vanguarda ocidental.

Em 1960, o compositor de 27 anos vivenciou o grande sucesso. No festival de música de Donaueschingen, *Anaklasis* para cordas e grupos de percussão, uma encomenda da emissora de rádio da Alemanha Ocidental Baden-Baden, se tornou um sucesso absoluto. A obra espetacular deixou Penderecki conhecido internacionalmente. Em *Anaklasis,* o compositor conseguiu criar superfícies sonoras pulsantes, seja por *clusters* de cordas, compostas de semínimas e tocadas por *vibrati* de intensidade variada, seja pela percussão, à qual Penderecki conferiu um papel dominante. O compositor utilizou as cordas para percussão, por meio de técnicas especiais com o arco e de ruídos de estalos de dedos. Assim surgiram superfícies sonoras contrastantes. *Anaklasis* significa "refração da luz". Como os raios de luz que incidem sobre o prisma são refratados, aqui os sons também deveriam ser assim, ou seja, apresentados como em contrastes. A notação gráfica em *Anaklasis* também é inovadora.

Um ano mais tarde, no Outono de Varsóvia, o festival de música mais importante de Música Nova, foi apresentada *Threnos*, uma obra que lembra, de forma impressionante, o efeito devastador do lançamento da primeira bomba atômica em 6 de agosto de 1945. Por essa obra, na qual foi incluída uma sofisticada técnica de uso dos *clusters* (agregados sonoros), Penderecki recebeu o prêmio da Unesco. Aos 33 anos, ele foi chamado para ser docente na Escola Folkwang, em Essen. Nessa época, as grandes formas vocais do oratório e ópera se tornaram centro de seu interesse. Em sua *Paixão segundo São Lucas,* o compositor, católico fervoroso, descreveu a Paixão de Cristo em uma analogia com as inúmeras pessoas que suportaram inocentemente e sem defesa os sofrimentos da Segunda Guerra Mundial. No mesmo ano, ele compôs também sua primeira ópera, *Os demônios de Loudun*. A ópera mostra como o incômodo padre Urbain Grandier foi eliminado, em 1634, na localidade francesa de Loudon. Ele foi queimado na fogueira sob a alegação de que ele era aliado do demônio.

Nos anos 1970, começou uma nova fase na obra de Penderecki. Seu *Concerto para violino* provocou discussões. Nele, Penderecki se afastou totalmente de seus métodos anteriores de composição e compôs música anacronicamente romântica, expressiva, pois achava que "tudo o que existe em termos de possibilidades musicais está esgotado e que se pode começar a fazer novamente música em vez de descobrir novos efeitos sonoros". Apesar de o retorno de Penderecki a antigas tradições musicais ser típico da técnica geral de composição dos últimos vinte anos do século XX, muitos de seus fãs ficaram chocados com a mudança de estilo. O compositor se defendeu:

"Na minha opinião, já se experimentou muito neste século: com meios atonais, com técnica aleatória, com eletrônica. Já passei por tudo isso, não me interessa mais. Música deve simplesmente ter expressão, e não vagar por direções experimentais quaisquer, ignorando o público".

Também sua segunda ópera *Paradise Lost* (*O paraíso perdido*) e seu *Te Deum*, o qual dedicou ao papa polonês João Paulo II, que conhece pessoalmente por terem trabalhado juntos no mesmo teatro no passado, têm elementos românticos tardios. No mesmo ano, ele recebeu do líder sindical polonês Lech Walesa a encomenda de uma obra para a inauguração do monumento da revolta dos trabalhadores em Gdanski. Penderecki utilizou essa *Lacrimosa* mais tarde para seu *Réquiem polonês*. Após suas bem-sucedidas óperas, *A máscara negra* e *Ubu Rex* (*Ubu-rei*), Penderecki se voltou novamente, no final dos anos 1990, com intensidade para a música sacra. Ele disse o seguinte sobre seu *Credo*, composto em 1997/98: "Sou cristão e componho como cristão, e assim escrevo mais uma grande obra como muitos outros anteriormente fizeram, esta é minha vocação". O compositor vivo mais importante da Polônia tem grande prestígio como representante da música contemporânea e regente das próprias obras. ∎

Giovanni Battista Pergolesi

Datas de nascimento e morte:
*4 de janeiro de 1710, em Jesi, perto de Ancona

Sepultado em 17 de março de 1736 em Pozzouli, perto de Nápoles

Origem: Itália

Período: Pré-Classicismo

Obras importantes

Música dramática:
Lo frate 'nnamorato, ópera-bufa em dialeto napolitano (1732)
La serva padrona [*A serva patroa*], intermezzo (1733)

Obras corais:
Stabat mater (1736)

Importância

O italiano Giovanni Battista Pergolesi deve sua fama à ópera-bufa *La serva padrona*, que é considerada o "intermezzo" mais famoso. Ela desencadeou a *Querelle des Bouffons*, que provocou a ascensão da opéra cômica francesa.

Giovanni Battista Pergolesi

Giovanni Battista Pergolesi, o importante compositor italiano do começo do século XVIII, chamava-se originalmente Giovanni Battista Draghi. Ele adotou o nome artístico Pergolesi porque sua família era de Pergola. No entanto, passou a maior parte de sua breve vida em Pozzuoli, perto de Nápoles. Já na infância, Giovanni Battista era frágil. Contemporâneos relataram que Pergolesi mancava devido a uma doença na perna. O menino com grande talento musical começou cedo a estudar composição, canto e violino no Conservatório de Nápoles e logo causava sensação com suas geniais improvisações ao violino. Aos 21 anos, conclui seu curso com o drama religioso *San Guglielmo duca d'Aquitania* (*São Guilherme, duque da Aquitânia*).

Pergolesi conquistou inúmeros patrocinadores instantaneamente, todos amantes da música. O príncipe Fernando Colonna Stigliano o contratou em sua corte como mestre-de-capela. Pouco depois, o jovem compositor teve sucesso estrondoso de público com sua primeira *commedia musicale, Lo frate 'nnamorato* (*O frade apaixonado*), em dialeto napolitano. Em um ano, Pergolesi se tornou o compositor mais cobiçado de Nápoles, recebendo inúmeras encomendas de composições. Quando, no mesmo ano, um terremoto abalou Nápoles, o jovem italiano compôs sua primeira grande missa para os serviços religiosos de súplica e penitência. Um ano mais tarde, para o aniversário da imperatriz, compôs sua obra mais famosa, *La serva padrona* (*A serva patroa*), uma ópera-bufa em dois atos. Pergolesi compôs essa comédia para divertir o público como intermezzo — ou seja, durante a mudança de palco entre os atos de uma ópera séria. Dois cantores e uma pequena orquestra de cordas tocavam no canto do palco a antiquíssima história da empregada esperta que obriga seu patrão, um solteirão, a desposá-la. *La serva padrona* se tornou um sucesso estrondoso. Trupes itinerantes italianas divulgaram a peça em pouco tempo pela Itália toda, e depois no exterior. Então foi a vez de a Europa se entusiasmar com Pergolesi, que passou a ser o compositor da moda.

Aos 24 anos, tornou-se mestre-de-capela na corte do duque Maddalani. Mas, um ano mais tarde, Pergolesi se retirou para o mosteiro dos capuchinhos de Pozzuoli por motivo de saúde. Poucos dias antes de morrer, o compositor finalizou ali o *Stabat mater*, uma das obras mais populares do século XVIII. Johann Sebastian Bach utilizou a obra mais tarde para o seu moteto *Tilge, Höchster, meine Sünden (Apaga, Senhor, meus pecados)*.

Em 1736, o talentoso compositor italiano morreu, aos 26 anos, de tuberculose, em Pozzuoli. Ele foi sepultado no cemitério dos pobres de Nápoles. Sua morte prematura o transformou em figura lendária.

Em 1752, dezesseis anos depois da morte de Pergolesi, a ópera *La serva padrona* chamou a atenção novamente. Após uma apresentação em Paris, houve conflitos intensos entre os adeptos da ópera-bufa, os Bouffons, e seus adversários, que defendiam a tragédia francesa séria. A chamada "Querelle des Bouffons" foi o ensejo para o desenvolvimento da ópera cômica na França. Mais recentemente, o compositor russo Igor Stravinsky utilizou temas de Pergolesi para seu balé *Pulcinella*. ■

Hans Pfitzner

Datas de nascimento e morte:
*5 de maio (23 de abril) de 1869, Moscou

† 22 de maio de 1949, Salzburgo

Origem: Alemanha

Período: Romantismo tardio

Obras importantes

Música dramática:
Der arme Heinrich [*O pobre Henrique*], ópera (1895)
Palestrina, lenda musical (1917)
Das Herz [*O coração*], ópera (1931)

Música coral:
Das dunkle Reich [*O reino sombrio*], fantasia coral (1930)

Obras orquestrais:
Concerto para piano e orquestra em mi bemol maior op. 31 (1922)
Concerto para violino e orquestra em si menor op. 34 (1923)

Música de câmara:
Quarteto de cordas em dó sustenido menor op. 36 (1925)

Importância

O compositor romântico tardio Hans Pfitzner é até hoje uma personalidade controversa na música. Ele foi um compositor e regente altamente qualificado, mas críticos e público interpretaram mal sua simpatia pelos nacional-socialistas e sua posição conservadora face às novas tendências na música. Pfitzner considerou-se um defensor das tradições, e se posicionou decididamente contra todos os estilos e ideias modernas na arte.

Hans Pfitzner nasceu em Moscou, onde seu pai trabalhava como violinista de orquestra. Pouco depois, a família se mudou para Frankfurt. Os pais incentivavam o interesse do filho pela música. Aos onze anos, o jovem Pfitzner compôs as primeiras obras; aos dezessete, começou o curso de piano e composição no Conservatório Hoch de Frankfurt. Aos 23 anos, o compositor tornou-se professor do Conservatório de Koblenz. Para aprender o ofício de regente, trabalhava paralelamente, sem remuneração, como mestre-de-capela voluntário no Teatro Municipal de Mainz. Mais tarde, Pfitzner seria um regente brilhante, reconhecido internacionalmente. Durante toda a vida, o músico é mais bem-sucedido como mestre-de-capela do que como compositor. Pfitzner tornou-se professor de piano e composição no Conservatório Stern em Berlim e mestre-de-capela no Theater des Westens. Sua primeira ópera, *O pobre Henrique,* inicialmente não fez muito sucesso junto à crítica e ao público. Sua segunda ópera, *Die Rose vom Liebesgarten* (*A rosa do jardim do amor*), apresentada por Gustav Mahler, em Munique, também não foi muito bem-sucedida.

Em 1908, Pfitzner mudou-se com a mulher, filha de seu ex-professor no conservatório, e seus três filhos para Estrasburgo, na Alsácia. Embora tenha de lidar com um rico campo de trabalho como diretor do conservatório, regente e diretor da ópera municipal, os dez anos na Alsácia foram o tempo mais produtivo de Pfitzner. Ali ele compôs sua obra-prima de música dramática, a ópera *Palestrina*. Sob a regência de Bruno Walter, a estreia da ópera artística sobre o importante compositor renascentista italiano foi um sucesso triunfal. *Palestrina* reflete a própria situação de Pfitzner: ambos os compositores querem preservar a tradição musical e se posicionam categoricamente contra as novas tendências da música.

Em 1918, após a derrota na Primeira Guerra Mundial, a Alsácia-Lorena passou para o domínio da França, e Pfitzner tem de deixar Estrasburgo, assumindo, então, a *master class* de composição na Academia Prussiana das Artes em Berlim. Ali teve como colega seu arqui-inimigo Busoni, cujo projeto de uma nova estética da música, com ideias revolucionárias sobre composição, Pfitzner já havia atacado intensamente em seu texto contestador *Futuristengefahr* (*Perigo futurista*). Um ano depois, Pfitzner compôs sua cantata romântica *Von deutscher Seele* (*Da alma alemã*), uma profissão de fé do compositor ao germanismo e à interioridade alemã. Essa obra fortaleceu sua fama como compositor germânico. Pouco depois, compôs suas obras instrumentais mais importantes, o *Concerto para piano e orquestra* em mi bemol maior, o *Concerto para violino e orquestra* em si menor e sua composição camerística mais importante, *Quarteto de cordas* em dó sustenido menor.

A morte da esposa o lançou em uma profunda crise criativa. Em sua fantasia coral *Das dunkle Reich*, o compositor trabalhou com o tema da morte e tentou elaborar seu luto através da música. Pfitzner se mudou para Munique e lecionou na Academia da Música, onde compôs sua última ópera *Das Herz*. Aos setenta anos, Pfitzner casou-se pela segunda vez com Mali Stoll.

Durante a Segunda Guerra Mundial, Pfitzner escapou por um triz da morte, quando um vagão-leito em que estava com sua mulher foi bombardeado. Depois que sua mansão em Munique foi destruída durante um bombardeio, o compositor foi morar em Viena. Hans Pfitzner, que depois da guerra viveu em uma casa de repouso para idosos, morreu devido a um derrame, aos oitenta anos, em Salzburgo, durante uma viagem.

Astúcia feminina

Fato curioso

A primeira ópera de Pfitzner, O pobre Henrique, *havia feito pouco sucesso, e por isso ninguém demonstrava interesse em apresentar sua segunda ópera,* A rosa do jardim do amor. *Alma, a esposa de Gustav Mahler, era uma "ardente admiradora e amiga pessoal" de Pfitzner, conta o regente Bruno Walter.*

"Todas as manhãs, ela colocava o trecho da 'Rosa' aberto sobre o piano. Mahler, que não percebeu a tenacidade daquele 'acaso', a princípio folheou distraidamente e com surpresa as partituras; mas aconteceu o que se esperava: surgiu nele um interesse crescente pela obra, a qual estudou seriamente. Além disso, ele ouvia diariamente, quando voltava da ópera para casa ao meio-dia, a música da 'Rosa', em cujos prazeres melódicos Alma costumava se deleitar naquela hora ao piano, e, assim, finalmente a obra foi aceita."

Sergei Prokofiev

Datas de nascimento e morte:
*23(11) de abril de 1891, Sontsovka (Ucrânia)

†5 de março de 1953, Moscou

Origem: Rússia

Período: Música moderna

Obras importantes

Música dramática:
O amor das três laranjas op. 33, ópera (1921)
Romeu e Julieta op. 64, balé (1938)

Obras orquestrais:
Skythische Suíte em ré maior op. 20 (1914)
Sinfonia n. 1 [*Clássica*] op. 25 (1916/17)
Concerto para violino n. 1 em ré maior op. 19 (1916/1917)
Concerto para piano n. 3 em dó maior op. 26 (1921)
Pedro e o lobo, conto de fadas musical op. 67 (1936)

Importância

Sergei Prokofiev é um dos grandes compositores russos do século XX. Na primeira fase de sua obra, ele provocou a crítica e o público com suas ousadas composições acentuadamente rítmicas. Quando volta da emigração para a União Soviética, compôs visando a uma "nova simplicidade". O estilo moderadamente moderno foi compreendido pelo público e transforma Prokofiev em um dos músicos mais famosos de sua época. Com seu conto de fadas musical *Pedro e o lobo*, o compositor russo ficou conhecido também entre os jovens.

Sergei Prokofiev

O compositor russo Sergei Prokofiev cresceu no campo, filho de um administrador de propriedade. Sua mãe, pianista, começou a lhe dar aulas de piano aos quatro anos. Aos oito, Prokofiev compôs sua primeira ópera. Durante uma viagem com sua mãe a Moscou, o menino de onze anos foi apresentado ao compositor Tanejev. Esse intermediou a ida de seu aluno Glière como tutor e professor de música para Sontsovka. Sob sua orientação, Prokofiev compôs sua primeira sinfonia. Com quatro óperas, uma sinfonia, duas sonatas e várias peças para piano na bagagem, o menino de treze anos se candidatou à admissão no Conservatório de Moscou, cujo diretor, Rimsky-Korsakov, se entusiasmou com o jovem gênio.

Durante dez anos, Sergei Prokofiev estudou composição, piano e regência em São Petersburgo e Moscou. Aos dezessete, ele tocou em público pela primeira vez sete de suas peças para piano. Três anos mais tarde, suas primeiras obras foram publicadas: uma sonata e quatro pequenas peças para piano, todas composições fortemente rítmicas, extremamente originais. Ele recebe apenas cem rublos por elas, mas ter as obras publicadas era mais importante do que o dinheiro. Em 1914, Prokofiev concluiu seus estudos no conservatório. Ele recebeu uma nota baixa justamente em composição, pois praticamente ninguém entendia sua linguagem musical moderna. Para ele, a nota que recebeu no curso de piano era muito mais importante, pois o melhor pianista receberia o prêmio Rubinstein: um piano de cauda novo em folha. Prokofiev tocou seu primeiro concerto para piano e ganhou o prêmio. Como recompensa por seu excelente exame de conclusão de curso, a mãe lhe pagou uma viagem a Londres. Lá, ele se encontrou com Diaghilev, o diretor do famoso balé russo que a princípio não entendeu a música de Prokofiev, como todos os outros. Somente mais tarde os dois trabalharam juntos.

Um ano mais tarde (1915, quando a Primeira Guerra Mundial já eclodiu), Prokofiev tocou em público, em Roma, pela primeira vez. De volta para casa, apresentou sua *Skythische Suíte*. Nem os músicos da orquestra entendiam aquela música estranha. A apresentação foi um escândalo. Poucos entenderam realmente sua música: para a maioria das pessoas ela era muito barulhenta, muito marcada pelo ritmo, muito dissonante. Mas Prokofiev também sabia compor de outra maneira. Em 1917, compôs a

Sinfonia "clássica", uma paródia de uma sinfonia de Haydn. Porém, o que torna a obra tão original e bem-humorada são as pequenas alusões do compositor à música moderna — uma nota errada ou um compasso a mais ou a menos —, que não combinam com uma peça musical ao estilo do século XVIII.

No mesmo ano, a revolução eclodiu na Rússia. O czar foi deposto e Prokofiev desejou emigrar para os Estados Unidos. Mas essa era uma empreitada difícil durante os tumultos revolucionários. Durante dezoito dias ele viajou de trem pela Sibéria para alcançar a cidade portuária russa de Vladivostok, junto ao mar do Japão. Viajou de navio para Tóquio e, em setembro de 1918, finalmente chegou a Nova York. Em vão ele tentou se estabelecer nos Estados Unidos, porque lá também sua música não era compreendida. Em 1919, Prokofiev adoeceu gravemente de escarlatina e difteria. Ficou tão deprimido que quis retornar à Rússia, mas antes regeu, em 1921, em Londres, seu balé *Chout*. Diaghilev tinha escolhido essa composição para a abertura de sua temporada na Inglaterra. Embora os críticos não concordassem com a música, ela agradava ao público. Um ano mais tarde, o músico passou algum tempo na Alta Baviera, onde finalmente encontrou isolamento e paz para trabalhar. Partindo de Ettal, ele fez várias turnês em capitais europeias, entre elas Paris, onde passou a morar de 1923 a 1927. Como pianista, ele fazia muito sucesso, inclusive com os próprios concertos para piano.

Em 1927, após nove anos, Prokofiev voltou à Rússia pela primeira vez. Em Moscou, ganhou uma recepção triunfal. Ele deu diversos concertos. Músicos, público e crítica ficaram entusiasmados com sua música — principalmente a sua ópera *O amor das três laranjas*, composta em 1919, teve o efeito de uma taça de champanhe para o público. Mas a situação política não permitiu que ficasse na Rússia, e durante os oito anos seguintes ele levou uma vida nômade. Só em 1934 Prokofiev voltou definitivamente à Rússia. Como todos os russos, ele se sentia muito ligado à pátria, e admitiu que o artista "não deve vagar longe das fontes da pátria". Pouco tempo depois, em 1936, compôs *Pedro e o lobo*. Com esse conto de fadas musical, o compositor quis dar às crianças uma visão geral sobre os instrumentos e apresentar-lhes as sonoridades dos instrumentos mais comuns da orquestra. Durante a Segunda Guerra Mundial, o compositor viveu com a família na Rússia Central, onde ele trabalhava intensamente com a música tradicional russa e compunha trilhas sonoras para o famoso cineasta Sergei M. Eisenstein. Em 1943, Prokofiev se mudou com a família para Moscou. Por duas vezes, o compositor foi repreendido pelo governo soviético. Na opinião dos governantes, a música de Prokofiev não era suficientemente popular. Por isso, em 1949, ele prometeu: "Usarei uma linguagem musical clara que seja compreensível e agradável para meu povo".

Suas últimas obras soam melodiosas e são de fácil compreensão. Até a morte, o compositor trabalhou em sua vasta obra que abrange 178 composições. Em 5 de março, Prokofiev trabalhou durante todo o dia. À noite, como de costume, ele fez seu passeio, mas não se sentiu bem e voltou para casa antes do habitual. Pouco depois, sofreu um derrame e morreu. Em todo o mundo, lamentou-se a morte do importante músico russo. O compositor inglês Benjamin Britten declarou: "Um compositor com tanta vitalidade, tanta ousadia e tanta alegria! É uma perda para o mundo".

Consequências de um acorde persistente

Fato curioso

Quando Sergei Prokofiev morava em Paris, recebia frequentemente a visita de seu amigo Serge Moreau.
"Durante semanas, vi Prokofiev sentado em seu escritório, cujo mobiliário consistia apenas de um piano, uma mesa e algumas cadeiras", recordou o escritor francês. "Diariamente ele compunha durante catorze horas e quase nunca ia comer — o que fazia apenas com sossego absoluto. Na época, ele deixava o escritório apenas para entregar a seu secretário as folhas de partituras que havia preenchido completamente com tinta, com sua letra tão bonita, ou para pegar, por nervosismo repentino, o aparelho verde que usava para desenhar as linhas das notas, ou para ir ao quarto ao lado, onde seus filhos faziam muito barulho. Depois de restabelecer a justiça e a paz com uns tapas nos traseiros, ele voltava ao piano e à escrivaninha, onde conseguia compor com os dedos no teclado e no espírito (nesse último caso, ouvia a música com cem por cento de exatidão dentro de si, mas sem conseguir cantar nem duas notas). Para ser exato, ele

praticamente não compunha ao piano, que servia apenas para confirmar certas combinações harmônicas, pois com frequência ele fora expulso de casa por fazer barulho demais. Mesmo aquela pura função de confirmação não era sem perigo para a paz doméstica e da vizinhança. Certo dia, estava trabalhando quando chegou um oficial de justiça (de novo!) com a rescisão do contrato de locação. 'O senhor tocou o mesmo acorde selvagem, bárbaro, 218 vezes seguidas!', explicou o oficial. 'Não negue! Eu estava no apartamento abaixo do seu e contei. Exijo que o senhor deixe este apartamento.'" ∎

Giacomo Puccini

Datas de nascimento e morte:
*22 de dezembro de 1858, Lucca

†29 de novembro de 1924, Bruxelas

Origem: Itália

Período: Romantismo tardio

Obras importantes

Música dramática:
Manon Lescaut, ópera (1893)
La Bohème, ópera (1896)
Tosca, ópera (1900)
Madame Butterfly, ópera (1904)
Turandot, ópera (1926)

Importância

O italiano Giacomo Puccini está entre os maiores compositores de óperas de todos os tempos. Ele é considerado um dos representantes principais do verismo italiano, um estilo que tenta levar ao palco a vida verdadeira. Suas óperas *La Bohème*, *Tosca*, *Madame Butterfly* e *Turandot* exercem até hoje a mesma fascinação e popularidade da época.

Giacomo Puccini

"Deus me tocou com o dedinho e disse: 'Componha para teatro; preste atenção: só para teatro' — e eu segui o conselho d'Ele", escreveu Giacomo Puccini, aos 62 anos, a seu libretista e amigo Adami. E, de fato, o italiano compôs quase que exclusivamente óperas. Exceto por alguns poucos trabalhos de ocasião, ele nunca se aventurou por outros gêneros musicais, pois conhecia seu talento como compositor, mas também seus limites. Puccini deixou uma dúzia de óperas, o que é relativamente pouco, mas sua obra completa é a expressão de seus rigorosos padrões artísticos. Ele odiava a mediocridade, por isso fez inúmeras pausas involuntárias por não encontrar um libreto adequado. Seu pai, Michele, organista da catedral e diretor da orquestra municipal de Lucca, também compunha óperas, mas ele desejava que seu talentoso filho Giacomo, o quinto de sete, se tornasse músico sacro. Sob a orientação dele, tocava a contragosto. Apenas com a morte do pai a mãe passou a incentivar o talento do filho, e o menino começou a se interessar por música. Giacomo fez progressos tão rápidos que aos catorze anos já estava contratado como organista em Lucca e em igrejas da região.

Aos dezoito anos, Puccini percorreu a pé os 40 quilômetros de Lucca a Pisa para ouvir a ópera *Aida*, de Verdi. Ficou tão impressionado com a música que decidiu se tornar compositor. Seu tio-avô, médico em Lucca, financiou sua formação. Ele recebeu da rainha Margherita uma pequena ajuda financeira mensal, concedida a filhos talentosos de famílias de músicos pobres. Com 22 anos, Puccini era estudante da Escola Superior de Música de Milão. Como tinha de sustentar, com sua pequena bolsa de estudos, um irmão e um primo pobre, a princípio ele levava uma vida miserável. Com frequência o estudante ficava à noite em frente ao Scala de Milão admirando o mundo elegante, sonhando em compor obras imortais e em ter fama e riqueza.

Tudo isso Puccini alcançou com mais rapidez do que outros compositores. Dois anos mais tarde, sua primeira ópera *Le Villi*, que aconteceu na Floresta Negra, fez um sucesso enorme no Teatro dal Verme, em Milão. "Um grande compositor se anuncia", escreveram os críticos entusiasmados. Seu editor Ricordi encomendou-lhe imediatamente outra ópera, mas *Edgar* não fez muito sucesso por causa do libreto ruim. Só com a ópera seguinte, *Manon Lescaut*, foi que Puccini teve sucesso internacional, aos

35 anos. Nela (como em todas as suas outras obras importantes), a mulher que se sacrifica está no centro da ação. Durante toda sua vida, o elemento feminino foi extremamente importante para o compositor, sem o qual ele não conseguiria viver nem compor. Puccini era o queridinho das mulheres, um homem famoso, atraente, simpático e caloroso. Mas Elvira Bonturi, filha de um comerciante atacadista, com quem Puccini viveu e teve um filho, tolerava e perdoava seus inúmeros casos amorosos. Ela o acompanhava por todos os altos e baixos da vida de artista, mas só em 1904 pôde se casar com o compositor, quando o seu marido, que ela havia deixado por Puccini, faleceu.

Como a sua inquietude interior o conduziu sempre para as tentações mundanas, o compositor se retirou para o sossego do vilarejo Torre del Lago junto ao lago Orta, onde possuía uma casinha modesta, para poder trabalhar em paz. Só ali, no silêncio, ele pôde compor suas maravilhosas melodias.

> "Quando Puccini compunha", conta um amigo, "ele parecia hipnotizado, desenhava no ar com o lápis grandes partituras, falava alto sozinho, não respondia perguntas, quase não comia, bebia litros de café e fumava diariamente várias dúzias de cigarros. Em seu rosto, havia tristeza. Nas pausas, caminhava, caçava e navegava no lago. Ele trabalhava melhor à noite, mas muito lentamente".

Embora Puccini fosse tocado pela beleza do mundo, ele também sabia como ninguém apresentar na música, de forma fascinante, as forças sombrias e a crueldade deste mesmo mundo. Quando o compositor (como Mozart anteriormente) entrou para a maçonaria e assumiu um alto cargo, o pároco do vilarejo passou a considerá-lo o satanás em pessoa que foi ao vilarejo para confundir os pobres camponeses e se deixar idolatrar.

Mas Puccini tinha muitos inimigos também por causa de sua extravagante vida privada. Por ocasião de uma apresentação da *Tosca* em Roma, houve ameaça de atentado a bomba. Sua ópera *Madame Butterfly*, da qual ele esperava um sucesso extraordinário, foi boicotada publicamente na estreia do Scala de Milão. Logo após o começo da ópera, o público começou a vaiar e assobiar, e a noite terminou com um espetáculo infernal. Mas o compositor não se deixou desmotivar pelos críticos de música que queriam silenciá-lo com críticas devastadoras. Ele telegrafou para Lucca: "Butterfly foi um fracasso, mas minha consciência de artista está em paz". Puccini modificou o libreto, ampliou a ópera de dois para três atos e pouco depois a obra fez sucesso mundial. O compositor viajou com a esposa por Itália, França, Egito e América do Sul, e foi aclamado efusivamente em todos os lugares. Todas as estações de rádio transmitiram as famosas melodias de suas grandes óperas.

Puccini começou a envelhecer visivelmente e desejava compor, ainda antes de morrer, algo que superasse tudo o que já havia composto. Nos quatro anos seguintes, até sua morte em 1924, o compositor trabalhou apenas em sua última ópera, a história da princesa chinesa Turandot. Para tanto, o Museu Britânico de Londres colocou à sua disposição o único exemplar existente de ritmos e composições chineses antigos. Puccini não parou de exigir que seus libretistas trabalhassem. Ele compunha com uma rapidez inacreditável, pois temia não conseguir finalizar a ópera. Não conseguia mais dormir sem comprimidos, durante o dia exigia demais de si e assim foi emagrecendo. O compositor estava cada vez mais nervoso, não suportava ficar mais de duas semanas em um mesmo lugar. Quando a sirene de uma fábrica o incomodou em Torre del Lago, ele se mudou para o mundano balneário de Viareggio, para uma casa tipo bangalô, em meio a pinheiros.

"Tudo o que já foi bom um dia passa, até minha amada Torre del Lago! Tudo, tudo acaba", reclamou Puccini. "Minha garganta dói e meu estado de espírito está inconsolável, minha fé me abandonou, a vida me cansa — nada mais me dá alegria neste mundo. Parece que perdi toda a minha autoconfiança." Com frequência Puccini era atormentado por dúvidas e medo de que a obra pudesse ser um fracasso. Há momentos em que amaldiçoa tudo o que escreveu, então considera *Turandot* sua melhor obra. No começo do ano de sua morte, 1924, escreveu: "Penso a cada hora, a cada minuto em *Turandot*, toda a música que fiz até agora não me agrada mais". Ao mesmo tempo, temia: "Não finalizarei a obra".

Puccini estava certo em sua premonição. Na primavera, sentiu uma dor intensa na garganta, tossia continuamente e estava emagrecendo. Em outubro, foi nomeado senador e acreditou em uma mudança para melhor, mas logo depois soube o terrível diagnóstico de sua doença: câncer na laringe. Após uma operação na garganta, sofreu uma crise cardíaca e um colapso circulatório e morreu em uma clínica de Bruxelas, com quase 66 anos. *Turandot* ficou inacabada. Os teatros de ópera cancelaram espontaneamente suas apresentações e o mundo todo lamentou a perda do grande compositor italiano de óperas.

Um compositor em seu mundo

Fato curioso

No outono de 1895, Giacomo Puccini trabalhava intensamente durante o dia em sua casa, junto ao lago Orta, em sua nova ópera, La Bohème. *Mas todas as noites recebia seus amigos para descansar do cansativo trabalho diário. Uma noite de novembro, porém, foi completamente diferente das outras, pois, dessa vez, enquanto os amigos jogavam cartas, Puccini ficou sentado ao piano, completamente imerso, tocando alguns acordes. Si bemol, ré bemol, fá, si bemol menor — sim, era assim que devia soar. "Rei de copas! Bati!", exclamou um jogador. Ouviu-se o compositor cantarolar ao piano: "O que disse o médico?" — "Ele virá". "Copas de novo, eu passo.", diziam na mesa de jogo ao lado. "Silêncio, amigos", exclamou Puccini de repente, triunfante. "Venham aqui, acabei."*

Os jogadores largaram suas cartas na mesa e rodearam o piano. O compositor tocou alguns acordes menores e começou a cantar o final de sua nova ópera "La Bohème", a morte de Mimi, sua protagonista. Quando a melancólica música terminava lentamente, todos tinham lágrimas nos olhos. Os amigos abraçaram seu "mestre" e foram unânimes: "Giacomo, excepcional, esta música o imortalizará". E eles tinham razão, hoje La Bohème *figura entre as obras mais impressionantes e populares da literatura operística.* ■

Henry Purcell

Datas de nascimento e morte:
*1659 provavelmente em Westminster (Londres)

† 21 de novembro de 1695 em Westminster (Londres)

Origem: Inglaterra

Período: Barroco

Obras importantes

Música dramática:
Dido and Aeneas, ópera (1689)
King Arthur, semiópera (1691)
The Fairy Queen, semiópera (1692)
The Indian Queen, semiópera (1695)

Obras corais:
Anthems
Ode a Santa Cecília para solo, coro e orquestra (1692)

Música instrumental:
Quinze fantasias para cordas (viola da gamba)

Importância

Henry Purcell era chamado ainda em vida de *Orpheus britannicus*, em alusão a Orfeu, o grande músico da mitologia grega. Ficou famoso principalmente por sua música dramática, mas também a música sacra e as obras instrumentais são importantes na obra dele. O tema em oito compassos de sua tragédia *Abdelazar* alcançou grande popularidade, e o compositor inglês Benjamin Britten o utilizou em *Variações e fuga sobre um tema de Henry Purcell*, conhecido como *The Young Person's Guide to the Orchestra*.

Henry Purcell

Henry Purcell, o mais importante compositor inglês do Barroco, nasceu em 1659 na Inglaterra, em uma época de mudança política. O domínio do ditador rigidamente puritano Oliver Cromwell, que impôs o fechamento dos teatros e proibiu a música na igreja, foi substituído pelo novo poder da Igreja e da monarquia. A nova era da Restauração (restabelecimento de antigas relações de poder) teve um efeito renovador na música e no teatro.

O pai de Purcell tornou-se *gentleman* da orquestra real, mestre-cantor na abadia de Westminster e alaudista e cantor a serviço do rei. Quando Henry estava com cinco anos, o pai morreu e o tio, Thomas Purcell, levou o menino para sua casa. Ele também foi um músico competente e homem influente, que tinha a responsabilidade de supervisionar vários cargos musicais na corte. Morava em Westminster, perto de Londres, onde Henry passou sua juventude. Ao que tudo indica, ele nunca deixou essa cidade, exceto quando foi obrigado, como servidor da corte, a acompanhar o rei em viagens para outras cidades inglesas. Thomas Purcell percebeu rapidamente o grande talento musical de Henry e o incentivou, pois a ideia de que a profissão de músico continuasse com o sobrinho lhe agradava, o que na época era um costume entre os músicos, assim como entre os artesãos.

O jovem Purcell tornou-se menino do coro real, o coro religioso mais antigo, melhor e mais famoso da Inglaterra. Aos onze anos, teve permissão para compor a homenagem do coro de meninos para o aniversário do rei. Quando Henry fez catorze anos e sua voz mudou, ele deixou o coro e tornou-se ajudante do administrador real de instrumentos. Paralelamente, foi contratado como afinador de órgão e copista de notas na abadia de Westminster. Mas essas atividades ainda lhe deixavam tempo suficiente para ter aulas de composição com o mestre do coro real, o conhecido compositor John Blow. O rei Carlos II nomeou o jovem de 21 anos compositor de sua orquestra de cordas, uma grande honra para o jovem Purcell, pois o soberano inglês chamava apenas os melhores quando se tratava de divertimento. Mas o monarca pareceu não perceber o talento excepcional de seu compositor, pois Purcell, no papel de músico real, teve de compor apenas música de entretenimento, peças para aniversários, solenidades de coroação, bailes e outras festas. Carlos II amava a música leve, principalmente as modernas danças de compasso ¾. E Purcell tinha de levar isso em consideração em suas composições, de forma que, lá, ele não podia apresentar obras de real valor. Um ano mais tarde, o genial músico sucedeu seu professor de composição Blow como organista na abadia de Westminster. Ele se casou com Francise Peters, com quem tem seis filhos.

Aos 23 anos, Purcell, destacado pelas suas composições e seu vasto saber musical, era um dos três organistas do coro real. Estes também tinham de cantar no coro, vestindo talar preto e camisa branca. Pelo que se sabe, Purcell era um dos famosos baixos cuja extensão vocal o permitia alcançar notas mais agudas. Logo depois, o músico foi nomeado fiscal, construtor, melhorador, reparador e afinador dos órgãos, cravos, de todos os tipos de flautas e de todos os outros instrumentos de sopro de sua majestade. Após a morte de Carlos II, o sucessor, Jacob II, delegou ao ocupadíssimo músico mais um cargo: o de cravista real.

Em 1689, Purcell compôs sua obra-prima *Dido and Aeneas*, sua única ópera e a primeira ópera inglesa. Infelizmente, ela passou despercebida por seus contemporâneos, pois foi composta para uma escola de meninas em Chelsea, ou seja, para diletantes. Em compensação, pouco depois Purcell ficou no centro das atenções por causa de outra obra, uma curta peça para teclado com uma letra política, utilizada como canção de luta contra o rei Jacob II, que pouco depois teve de fugir do país. Seu sucessor, Guilherme III, era um militar capaz e bom diplomata, mas nada sociável nem musical. Purcell, membro da orquestra particular do rei, agora bastante reduzida, recebeu poucas encomendas de composição. Dessa forma, ele pôde se dedicar intensamente à música dramática. Graças à amizade e parceria com o poeta John Dryden, que defendia muito Purcell, o grande gênio, ele compôs extraordinárias óperas como *Indian Queen* e *King Arthur*.

Agora os teatros mais prestigiados brigavam pelos competentes compositores de ópera. Em 1692, Purcell compôs oito músicas dramáticas. No decorrer de sua breve vida, o músico compôs mais de quarenta músicas para teatro, entre elas *The Fairy Queen* sobre *Sonho de uma noite de verão*, de Shakespeare. Se pensarmos que, além de compor, ele ainda tinha de cuidar de inúmeros cargos, concertos e alunos, entre os quais muitos aristocratas, podemos supor que a intensa atividade e as tarefas consumiam suas forças.

Henry Purcell

Em 1695, Purcell trabalhava febrilmente, pois talvez tivesse percebido, aos 35 anos, que não viveria muito mais tempo. No final do ano, adoeceu e ficou de cama, e sua aparência mudou consideravelmente. Apesar da doença, ele continuou trabalhando intensamente. Em 21 de novembro de 1695, Henry Purcell, o mais destacado músico inglês de sua época, morreu em casa, aos 36 anos. Ele foi sepultado na nave norte da abadia de Westminster, sob o órgão. E tocou-se a música fúnebre que ele havia composto pouco antes por ocasião da morte do rei. ∎

Johann Joachim Quantz

Datas de nascimento e morte:
*6 de fevereiro de 1697, Oberscheden (principado de Hannover)

†12 de julho de 1773, Potsdam

Origem: Alemanha

Período: Barroco

Obras importantes

Obras orquestrais:
Trezentos concertos para flauta

Obras para flauta:
Duzentas peças para flauta

Importância

Quantz, o "flautista do rei", foi compositor e o primeiro flautista na corte de Potsdam e de Berlim, de Frederico, o Grande. Fabricava as flautas do rei, ensinava-o a tocar o instrumento e era considerado seu confidente.

Johann Joachim Quantz

Johann Joachim Quantz nasceu em 1697, em Oberscheden, filho de um ferrador. Deveria aprender o ofício do pai, mas Johann Joachim queria a música. Logo o jovem Quantz estava tocando contrabaixo para que as pessoas dançassem na taberna do vilarejo. Quando o pai morreu, o tio, músico municipal de Merseburg, assumiu a educação do sobrinho de dez anos. O menino aprendeu a tocar uma série de instrumentos: violino, oboé, flauta, fagote, trompa, violoncelo, viola da gamba e piano. Aos catorze anos, o jovem Quantz conseguiu seu primeiro emprego como músico municipal de Radeberg e Pirna, e, dois anos mais tarde, na Orquestra Municipal de Dresden. Em 1718, tornou-se oboísta na orquestra polonesa da corte de Augusto, o Forte, rei da Saxônia e Polônia, em Dresden. Quando Quantz percebeu que, como oboísta, não conseguia nenhum cargo de liderança, ele se voltou para a flauta transversal. Teve aulas durante quatro meses com Buffardin, um dos melhores flautistas de sua época. Paralelamente, Quantz estudou composição.

Em 1724, o jovem de 27 anos acompanhava o enviado saxão a Roma para ampliar seu horizonte musical. A seguir, viajou durante três anos como flautista pela Itália, França e Inglaterra, encontrando os mais famosos músicos de seu tempo e aprendendo com eles. Em 1727, voltou para Dresden e voltou a tocar na orquestra polonesa, assumindo adicionalmente a posição de primeiro flautista da orquestra real. Um ano mais tarde, durante uma visita do rei prussiano Frederico I à corte saxônica, Quantz acabou conhecendo o príncipe herdeiro da Prússia, amante da música, o futuro Frederico, o Grande. Quando Augusto, o Forte, retribuiu a visita em Berlim, Quantz tocou para a família real. A rainha ficou tão impressionada com o flautista que quis mantê-lo na corte prussiana, mas a corte saxônica não quis liberá-lo. Ela permitiu que Quantz apenas desse aulas, às vezes, para o príncipe herdeiro.

Em 1741, morreu Frederico I, e o príncipe herdeiro (agora rei Frederico II) chamou o "melhor de todos os flautistas" para sua corte. Por um salário anual excepcionalmente alto, de dois mil táleres, Quantz teria, durante toda a vida, de dar aulas diárias ao rei, entregar composições e reger os concertos domésticos noturnos, nos quais o filho de Johann Sebastian Bach, Philipp Emanuel, também atuava. Além disso, ele tinha a tarefa de produzir as flautas do rei. Aliás, com o passar do tempo, Quantz havia desenvolvido grandes melhorias técnicas ao produzir seus instrumentos: um dispositivo para afinar as flautas e uma segunda chave. O músico eclético e talentoso permaneceu o resto de sua vida na corte de Potsdam e Berlim, recusando turnês e convites em outras cortes. Nessa época, compôs trezentos concertos para flauta e duzentas peças para flauta. Provavelmente Quantz também participou das composições do rei. Seu *Ensaio de instrução para tocar a flauta transversal* tornou-se um importante livro técnico. O músico, confidente do rei, era o único de quem o rei Frederico, o Grande, aceitava receber críticas. O músico tinha de acompanhar seu rei até em campos de batalha. Em 1773, Johann Joachim Quantz, o flautista genial e compositor bem-sucedido, morreu aos 76 anos, em Potsdam. ∎

Sergei Rachmaninov

Datas de nascimento e morte:
*1º de abril (20 de março) de 1873, Semionovo, perto de Novgorod

†28 de março de 1943, Beverly Hills

Origem: Rússia

Período: Romantismo tardio

Obras importantes

Obras orquestrais:
Concerto n. 1 para piano e orquestra em fá sustenido menor op. 1 (1890/1892)
Concerto n. 2 para piano e orquestra em dó menor op. 18 (1901)
Concerto n. 3 para piano e orquestra em ré menor op. 30 (1909)
A ilha dos mortos, poema sinfônico op. 29 (1909)

Obras para piano:
13 *Préludes* op. 32 (1910)
Rapsódia sobre um tema de Paganini (Variações Paganini) op. 43 (1934)

Importância

O russo Sergei Rachmaninov é considerado um dos mais fascinantes pianistas e o último romântico. Sofreu muito com a crítica por compor de forma antiquada, atrasada e para os salões da sociedade. Mas muitos apreciam suas obras instrumentais, principalmente seus quatro concertos virtuoses para piano. Seu *Prélude* em dó sustenido menor é, desde sua composição, uma das peças para piano mais tocadas da música clássica.

Poucas opiniões sobre um compositor são tão divergentes quanto as sobre as obras de Sergei Rachmaninov. Enquanto muitos críticos musicais desqualificam sua música como convencional e *kitsch*, outros apreciam muito suas composições instrumentais, principalmente seus quatro brilhantes concertos para piano.

Muito cedo manifestou-se o extraordinário talento musical do compositor e pianista russo. "Seu talento musical", declarou um de seus colegas, "só pode ser qualificado de fenomenal". Seu ouvido e sua memória eram realmente fabulosos. A musicalidade foi herdada provavelmente de seu pai, um homem descomplicado e sociável, sempre disposto a dar o melhor de si ao piano quando lhe pediam que tocasse suas peças favoritas nas festas. Em compensação, não era muito hábil para gerir sua vida. Em dez anos, ele levou à ruína todas as cinco propriedades rurais que sua mulher havia trazido como dote. Sergei teve suas primeiras aulas de piano aos quatro anos. Passou por uma infância intranquila, marcada por dificuldades financeiras crescentes e pela separação definitiva dos pais.

O jovem Rachmaninov frequentou o Conservatório de São Petersburgo, porém logo teve de sair por causa de suas notas ruins nas disciplinas de formação geral. Como Sergei se interessava apenas por piano, a mãe o enviou ao Conservatório de Moscou. Lá, o severo Nicolai Zverev deveria formá-lo pianista. O professor de música costumava manter a casa aberta para os músicos mais importantes da cena musical de Moscou todas as tardes e noites. Falava-se de música e seus alunos tinham permissão para se apresentar ao piano. Foi lá que Rachmaninov conheceu Tchaikovsky, que seria muito importante para suas composições. Assim, o jovem músico começou a levar a sério a disciplina de composição.

Todo ano, Rachmaninov passava os meses de verão na propriedade rural isolada de parentes para compor em paz. Ali o jovem compositor compôs todas as obras dos anos seguintes. Ele fez um sucesso gigantesco com seu *Concerto para piano n. 1*, que tocou, aos 24 anos, em uma apresentação do conservatório. Sua ópera de um ato *Aleko*, que ele apresentou como trabalho de conclusão de curso, ganhou a Grande Medalha de Ouro. A apresentação dessa ópera no Teatro Bolshoi provocou críticas exaltadas, e o compositor passou a atrair também a atenção internacional.

O sucesso repentino seduz Rachmaninov a viver dispendiosamente. Embora todas as suas novas composições fossem publicadas, ele tinha dificuldades financeiras. Suas tentativas de ganhar dinheiro fracassaram: ele não tinha paciência suficiente para ser professor de piano e interrompia turnês porque não gostava de viajar. Quando, além de tudo, sua *Sinfonia n. 1* em ré menor recebeu críticas devastadoras, Rachmaninov, que frequentemente aparentava melancolia, entrou em profunda crise criativa. Seguindo o conselho de amigos, procurou tratamento psicoterapêutico, no qual lhe foi dito sob hipnose: "Você comporá um concerto [...]. O concerto será de excelente qualidade". A terapia ajuda e, no verão de 1901, Rachmaninov começou a compor seu *Concerto para piano n. 2* em dó menor, que até hoje é considerado um dos concertos para piano mais populares da música clássica. Inúmeros filmes usaram esse concerto como trilha sonora.

Aos 32 anos, o músico se casou com sua prima, a pianista Natalia Alexandrova Satina, que lhe deu três filhas. Pouco depois, o compositor encarou um novo desafio: tornou-se regente no Teatro Bolshoi, com sucesso extraordinário, pois "pode-se dizer que sob a direção de Rachmaninov paira um novo espírito no Teatro Bolshoi", escrevem os jornais.

Em 1909, o compositor começou, aos 36 anos, uma turnê pelos Estados Unidos, para a qual ele compôs o *Concerto para piano n. 3*, que hoje é tão famoso quanto o segundo concerto. Nos Estados Unidos, o compositor comemorou um sucesso extraordinário. O público o idolatrou, mas muitos críticos discordaram de seu estilo de composição agradável demais que, na opinião deles, "satisfez o gosto burguês médio". Quando a Primeira Guerra Mundial eclodiu, a princípio Rachmaninov não teve possibilidade de viajar para o exterior. Ele fazia concertos apenas na Rússia. A Revolução Russa de outubro de 1917 colocou a família Rachmaninov em grande aflição: não podiam ir para sua casa no campo "Ivanovka", pois ouviram sobre atos de violência contra proprietários de terras. Assim, ficaram em Moscou, completamente desalentados e isolados. Por isso, quando Rachmaninov recebeu um convite para ir a Estocolmo, ele aceitou imediatamente. Com sua família, ele deixou a Rússia, para onde nunca mais voltaria.

Como pianista independente, Rachmaninov se tornou um dos mais populares virtuosos de sua época. Ele emigrou para os Estados Unidos, onde era considerado um astro. Ali, ele pôde ter uma vida luxuosa, e todos os empregados domésticos eram russos. A família vivia muito isolada, pois o inglês de Rachmaninov era terrível. O músico russo também tinha saudade de sua casa de campo e do estilo de vida europeu, mas como não podia mais voltar para sua pátria, a então União Soviética socialista, adquiriu, em 1930, um terreno na Suíça às margens do lago Vierwaldstätter e deu à nova casa o nome de "Senar" (Sergei+Natalia Rachmaninov). Ali o compositor encontrou o sossego absoluto, de forma que começou a compor novamente. Mas a eclosão da Segunda Guerra Mundial também fez com que ele deixasse sua nova pátria por opção e adquirisse um terreno em Beverly Hills, na Califórnia. No entanto, as inúmeras preocupações da vida, o cansaço das turnês e seu exagerado consumo de café e cigarros deixaram marcas. Um ano mais tarde, em 1943, Sergei Rachmaninov faleceu, aos 69 anos, vítima de câncer.

Hoje existem, infelizmente, poucas gravações do grande pianista, porque Rachmaninov durante toda a sua vida se opôs com ceticismo ao rádio e às gravações de discos: "Quando a gravação definitiva vai começar e tomo consciência de que aquele resultado deve contentar e vai durar, fico nervoso e minhas mãos começam a se contrair".

Resposta pronta

Fato curioso

Sergei Rachmaninov e o famoso virtuose do violino Fritz Kreisler davam um concerto em Nova York, quando, de repente, Kreisler perdeu o fio da meada. Inclinou-se levemente para seu parceiro ao piano e sussurrou desesperado: "Onde estamos?", "No Carnegie Hall", murmurou Rachmaninov, e continuou a tocar, imperturbável. ∎

Jean-Philippe Rameau

Datas de nascimento e morte:
Batizado em 25 de setembro de 1683, em Dijon

†12 de setembro de 1764, Paris

Origem: França

Período: Barroco

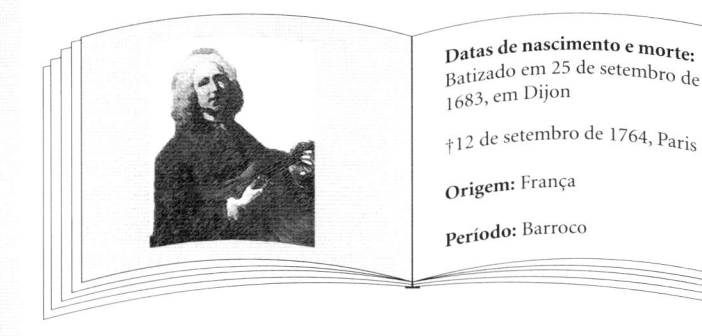

Obras importantes

Música dramática:
Hippolyte et Aricie, tragédie lyrique (1733)
Dardanus, tragédie lyrique (1739)

Música instrumental:
Premier livre de pièces de clavecin, primeiro livro com peças para cravo (1706)
Cinco pièces de clavecin en concerts [...] (1741)

Importância

Ao lado de Couperin e Lully, Jean-Philippe Rameau está entre os importantes compositores franceses do período Barroco. Suas óperas se caracterizam por grandes cenas corais, dança e árias pomposas. No final da vida, suas óperas dispendiosas foram substituídas pela ópera cômica simples, de influência italiana. Suas peças para cravo têm frequentemente títulos programáticos. A peça mais conhecida é *La Poule*, a galinha. Com seu texto notável sobre a harmonia, Rameau também ficou famoso como teórico musical.

Jean-Philippe Rameau

Jean-Philippe Rameau, um dos principais representantes da música barroca francesa, nasceu dois anos antes de Johann Sebastian Bach e de Friedrich Händel, em 1683, como sétimo de onze filhos na localidade de Dijon, na Borgonha. O pai, um respeitado organista, ensinou órgão ao filho, mas não queria que ele seguisse a carreira de músico. Este, porém, não abdicou do desejo de seguir a carreira do pai.

Aos 18 anos, o jovem Rameau se apaixonou, sem ser correspondido, pela bela viúva Marguerite Rondelt. Para evitar complicações desagradáveis, ele partiu para a Itália, pois acreditava que naquele país houvessem as melhores possibilidades de formação musical. Lá ele se juntou a uma trupe de teatro itinerante, mas poucos meses depois voltou à França. Começaram assim os anos de peregrinação de Rameau: durante vinte anos, ele ganhou seu sustento como organista nas mais variadas cidades francesas. Nesse tempo, compôs a maioria de suas obras corais sacras e profanas e sua primeira obra importante para cravo, *Premier livre de pièces de clavecin*.

Foi apenas aos 39 anos que Rameau se estabeleceu. Mudou-se para Paris, onde ficou até morrer. Ali, logo foi publicada sua obra de teoria musical que marcou época, *Traité de l'harmonie*, uma obra que o tornou famoso em pouco tempo para além das fronteiras da França. Como o músico vivia na época do Iluminismo, em que se tentava explicar todos os fenômenos complexos, Rameau se esforçou para demonstrar, em seu livro, que as complicadas regras da composição poderiam ser inteligível para todos. "A música", escreveu, "é uma ciência que necessita de regras definidas". Ele deixou claro que existem três funções básicas da harmonia que devem formar a estrutura harmônica de uma peça: tônica (nível I), subdominante (nível IV) e dominante (nível V), um princípio de composição que teve validade para várias gerações de músicos. Com essa teoria musical, Rameau causou grande sensação. Mais tarde, ele surgiu como compositor de obras importantes.

Aos 42 anos, casou-se com a jovem Marie-Louise Mangot, de dezenove anos, uma mulher com talento musical e bela voz. Rameau agora era um homem requisitado em Paris — muitos amantes da música, da fina sociedade, tinham aulas com ele. Entre seus alunos estava Madame de la Poupelinière, a esposa do arrecadador geral de impostos. Ela era uma fã ardorosa do músico e fazia de sua casa um ponto de encontro dos seguidores de Rameau, os chamados ramistas. O marido dela, um abastado amante das artes, podia se dar ao luxo de ter um teatro próprio e organizava concertos com os artistas mais importantes, assim, ele se tornou o mecenas de Rameau, confiando-lhe a direção de sua orquestra particular e colocando à disposição de Rameau uma moradia dentro de sua ampla propriedade. Lá, o compositor, que não tinha temperamento muito sociável, encontrou muitas personalidades importantes que nunca teria conhecido em outras circunstâncias, como o filósofo Voltaire e alguns de seus futuros libretistas.

Rameau, aos cinquenta anos, tinha o desejo de ficar famoso também como compositor e sabia que isso só seria possível quando escrevesse música dramática. Naquela época, na França, a ópera era realmente o gênero musical mais importante, e apenas com óperas podia-se alcançar fama e honra em Paris. Mas sua primeira grande ópera, *Hippolyte et Aricie*, não fez sucesso. Os ramistas acharam a música genial, mas os adeptos do outro grande compositor de óperas, Jean-Baptiste Lully, que havia morrido alguns anos antes, mas continuava a ser uma figura influente, achavam a ópera moderna demais. Lentamente, porém, sua música começou a se impor e não se falava mais de Rameau apenas como teórico musical, mas também como grande compositor. Ele compôs cinco outras óperas de longa duração, que aumentaram seu prestígio como renovador bem-sucedido da ópera nacional. O rei francês Luis XV o nomeou seu *compositeur du cabinet* e lhe concedeu o título de nobreza.

Além de suas óperas, Rameau compôs músicas encantadoras para balé, recebidas com entusiasmo pelo público parisiense, principalmente *Les Indes galantes* e *Les Talents lyriques*. Devido à *Querelle des Bouffons*, conflito entre os adeptos da ópera pomposa francesa e os da nova ópera italiana alegre, o sucesso de Rameau foi interrompido. O filósofo Rousseau, cujo lema "de volta à natureza" era entusiasticamente encampado pela sociedade, exigiu o afastamento da ópera francesa barroca dispendiosa e artificial, demandando em seu lugar uma nova naturalidade e simplicidade na música. O mecenas de Rameau, de la Poupelinière, tornou-se adepto de Rousseau e abandonou o músico. Voltaire escreveu a seu amigo Rameau: "Sua música é admirável, mas lhe traz também inimigos cruéis".

Apesar disso, o compositor, que manteve a criatividade e inspiração até idade avançada, continuou a trabalhar e travar debates. Em 1764, morreu, em Paris, Jean-Philippe Rameau, a cabeça mais eclética, mais produtiva e mais inteligente entre os músicos de franceses de sua época, aos 81 anos, uma idade avançada para as condições da época.

Mal-educado

Fato curioso

Contemporâneos relataram que não era nada fácil lidar com Rameau, pois o compositor era severo, teimoso, antissocial, irritadiço e mal-educado. Em um ensaio de sua ópera Les Paladins*, Rameau pediu à soprano que cantasse sua ária bem mais rápido. "Mas* maître"*, retrucou a cantora, "se eu cantar tão rápido, os ouvintes não entenderão a letra". "Isso não importa, só quero que ouçam minha música", foi a seca resposta.* ■

Maurice Ravel

Datas de nascimento e morte:
*7 de março de 1875, Ciboure

†28 de dezembro de 1937, Paris

Origem: França

Período: Impressionismo

Obras importantes

Música dramática:
L'heure espagnole, ópera (1907/1909)
Daphnis et Chloé, balé (1909-1912)
L'enfant et les sortilèges, ópera (1919-1925)

Obras orquestrais:
Rapsodie espagnole (1907)
La Valse (1919/1920)
Bolero (1928)

Obras para piano:
Jeux d'eau (1901)
Miroirs (1904/1905)
Gaspard de la nuit (1908)
Ma mère l'oye para piano a quatro mãos (1908/1910)

Importância

Ravel é considerado, ao lado de Debussy, o representante principal do Impressionismo francês. Seu *Bolero* é uma das obras orquestrais mais populares do século XX.

Maurice Ravel

Em 7 de março de 1875 nasceu Maurice Ravel em Ciboure, uma pequena localidade francesa perto da fronteira espanhola. Quando Maurice tinha três anos de idade, a família se mudou para Paris. Sua mãe, espanhola, cantava para o filho as canções de sua terra, portanto é compreensível que se encontrem sons espanhóis em sua obra. Aos sete anos, o menino teve aulas de piano. Maurice fez progressos rápidos, pois a música era muito mais divertida que a escola, onde os professores o caracterizaram como aluno preguiçoso.

Aos doze anos, o jovem Ravel já tentava compor, e dois anos mais tarde, ele foi admitido no Conservatório de Paris, junto com seu amigo espanhol Ricardo Viñes. Ambos logo se interessaram pela então chamada música exótica, que não estava no currículo da academia de música. Após dezesseis anos de estudo, Maurice recebeu o último aperfeiçoamento musical do compositor francês Gabriel Fauré. Rapidamente o jovem Ravel fez contato com os círculos de artistas parisienses, pois o compositor, de apenas um metro e meio de altura, sempre elegantemente vestido, era um homem interessado e culto. Ali, ele acabou conhecendo escritores, pintores e compositores importantes. Quem mais o impressionou foi Claude Debussy, que, como ele, ambicionava trilhar novos caminhos musicais. Ambos tentaram, em suas composições impressionistas, transmitir "impressões fugidias" ao ouvinte.

Da Primeira Guerra Mundial, Ravel, para sua grande tristeza, "só" pôde participar como motorista de caminhão atrás do *front*, devido à baixa estatura. Em 1917, ele adoeceu com disenteria e foi dispensado do exército. Pouco depois, sua mãe morreu, o que lhe causou uma profunda melancolia. Em 1928, o compositor fez uma turnê nos Estados Unidos, onde conheceu o jazz. No mesmo ano, o *Bolero*, sua obra-prima, fez um sucesso enorme. Apesar de Ravel ter ficado famoso e rico, ele se afastava cada vez mais do convívio social. Às vezes, convidava bons amigos para uma magnífica refeição *gourmet*, e fora isso vivia sozinho em sua pequena e elegante Villa Belvedere, rodeado de relógios, caixinhas de música e brinquedos mecânicos. Mas o que ele mais gostava era ficar sentado em seu exótico jardim com seus queridos gatos siameses. No entanto, todo o luxo de estar cercado não poderia livrá-lo do sentimento torturante de solidão.

Maurice Ravel

Após um acidente de automóvel, no qual o compositor de 57 anos ficou gravemente ferido na cabeça, ele passou a sofrer com distúrbios de fala e movimentos descontrolados. Uma operação no cérebro, que deveria curá-lo, fracassou. Maurice Ravel morreu em 1937, aos 62 anos.

Obra-prima musical sem música

Fato curioso

Naquela noite de novembro de 1928, reinou um silêncio breve e completo na Opéra Comique de Paris, mas logo começou um aplauso estrondoso. O compositor olhou orgulhosamente de seu camarote para a multidão em júbilo, que se levantara e o aplaudia em pé. Sorridente, Ravel se voltou para seu irmão Eduard: "Como eu esperava. Eu sabia que meu *Bolero* os arrancaria das cadeiras". *Lá embaixo o público começou a se mexer ao som da música. De repente, o compositor notou no meio do tumulto uma senhora que se agarrava à cadeira e gritava:* "Socorro, um doido. Quem compõe uma música dessa só pode ser louco". *Ravel assentiu com a cabeça e murmurou:* "Aquela mulher é a única que entende minha peça, pois o *Bolero* é uma obra-prima, mas não contém música".

Na verdade, com seu Bolero *o compositor só queria mostrar que também se pode pintar um quadro por meio da música. Ravel escolheu para sua peça duas canções populares espanholas e fez com que se repetissem sobre um ritmo de bolero na mesma tonalidade durante dezessete minutos. Mas ao fazer com que outros instrumentos tocassem os mesmos motivos, o timbre muda constantemente. Ravel encantou o público com um jogo de cores musicais fascinante.*

Essa peça entusiástica desencadeou literalmente a moda do bolero. Usavam-se "roupas-bolero" e se comia em "restaurantes Bolero". Em todas as esquinas podia-se ouvir o ritmo penetrante — ele vinha de gramofones, rádios e music boxes. *Centenas de milhares de exemplares foram publicados. O mundo todo cantava e tocava a obra-prima de Ravel: coros masculinos, orquestras de jazz, conjuntos de sopro e pianistas de bar. O* Bolero *começou sua marcha de vitória ininterrupta pelo mundo.* ■

Max Reger

Datas de nascimento e morte:
*19 de março de 1873, Brand (Alto-Palatinado)

†11 de maio de 1916, Leipzig

Origem: Alemanha

Período: Romantismo tardio

Obras importantes

Obras vocais:
Der 100. Psalm [*O centésimo salmo*] (1908)

Obras orquestrais:
Variation und Fuge über ein Thema von Hiller [*Variação e fuga sobre um tema de Hiller*] op. 100 (1907)
Concerto para violino em lá maior op. 101 (1907/1908)
Concerto para piano em fá menor op. 114 (1910)
Variation und Fuge über ein Thema von W. A. Mozart [*Variação e fuga sobre um tema de W. A. Mozart*] op. 132 (1914)

Obras para órgão:
Phantasie und Fuge über B-A-C-H op. 46 (1900)
Setenta prelúdios corais: fantasias corais

Importância

Max Reger, compositor alemão romântico tardio, ficou famoso principalmente por suas obras para órgão.

Max Reger

"Quando o bom Deus distribuiu o humor, eu gritei duas vezes: Aqui!", disse Reger certa vez. O bem-humorado compositor, cujo sobrenome pode ser lido igualmente da frente para trás e de trás para a frente, nasceu em 1873, em Brand, pequena localidade no maciço de Fichtel, filho de um professor de música. A mãe deu ao filho Max, de cinco anos, as primeiras aulas de piano. O pai construiu para o garoto, obcecado por música, um pequeno órgão doméstico. Aos onze anos, o menino teve aulas de órgão e, três anos depois, se apresentou pela primeira vez em público.

Na cidade próxima de Bayreuth, Reger assistiu a *Parsifal*, de Wagner. Ficou tão impressionado que chorou durante duas semanas e, por isso, decidiu, então, se tornar músico, começando logo a compor. Aos dezessete anos teve aulas de composição e descobriu os dois compositores que mais o influenciariam: Bach e Brahms. No mesmo ano, seu professor Hugo Riemann recebeu um convite do Conservatório de Wiesbaden e seu aluno o seguiu. Em 1896, Reger comandou seu primeiro concerto com obras próprias, mas a música inovadora não se impôs junto ao público.

Aos 25 anos, mudou-se para Munique e se casou com uma ex-aluna de piano. Como eles não tinham filhos, adotaram duas pequenas órfãs para quem o compositor compôs suas delicadas canções infantis. Reger levava uma vida inconstante, atuando como músico de câmara e acompanhando canções ao piano. Paralelamente, compunha intensamente. Ficava à escrivaninha até as três da manhã, compondo obras para seu instrumento preferido, o órgão. Reger foi um dos mais importantes compositores para o instrumento após Bach. Ele queria dar ao "rei dos instrumentos" o colorido da orquestra moderna.

O jovem compositor alemão chamou a atenção em outros países. Como pianista e regente de suas próprias obras, Reger fez inúmeros concertos na Rússia, Holanda, Espanha e Suécia. O seu sucesso era grande, as pessoas eram *loucas por Reger*. As universidades de Jena e Berlim lhe deram o título de doutor *honoris causa*, e a de Heidelberg o de livre-docente.

Em 1911, o duque de Meiningen o nomeou conselheiro e diretor-geral de música de sua famosa orquestra da corte. O contato diário com a orquestra apurou o ouvido de Reger para uma instrumentação colorida. Lá ele compôs suas obras orquestrais, entre elas, *Variações e fuga sobre um tema de Mozart*. Quando o duque morreu, Reger abandonou sua atividade de regente e se mudou para Jena, onde compôs uma série de canções, músicas corais, obras para piano e órgão.

Reger trabalhava com rapidez e facilidade inacreditáveis. Ele conseguia escrever partituras difíceis e ao mesmo tempo conversar descontraidamente. Como Mozart, passava tudo imediatamente a limpo. Além de compor, fazia concertos incansavelmente, mais de cem ao ano. No ano de sua morte, 1916, o famoso compositor recebeu um convite para ser diretor de universidade e docente real-saxônico em Leipzig. É compreensível que a vida desgastante consumisse suas forças. Reger fez seu último concerto para a Cruz Vermelha e, na viagem de volta para casa, sofreu um infarto.

Reger deixou 150 obras. Ele era frequentemente chamado de o "segundo Bach", porque assumia formas barrocas que iam ao encontro de seu desejo de clareza e ordem. Ele ligava as formas com sofisticadas sonoridades e harmonias complexas. A combinação de formas clássicas e barrocas com expressão romântica de sentimentos e instrumentação colorida é característica do romantismo tardio. Como professor, Reger influenciou profundamente a geração seguinte de músicos.

Língua afiada

Fato curioso

Em um concerto de câmara em Hamburgo, Max Reger tocou a parte do piano do Quinteto da Truta, de Schubert. Após o concerto, no hotel, entregaram uma carta ao pianista, escrita com letra delicada. "Fascinada por sua maravilhosa interpretação do Quinteto da Truta, ela tomara a liberdade", escreveu a senhora, "de lhe mandar cinco trutas vivas de três quartos de libra[1]". Max Reger sorriu e agradeceu educadamente: "Prezada senhora, agradeço-lhe por seu presente oportuno. Gostaria de informar-lhe que em meu próximo concerto apresentarei o Minueto do Boi, de Haydn".

---

[1] Equivale aproximadamente a 350 gramas. (N. T.)

Ottorino Respighi

Datas de nascimento e morte:
*9 de julho de 1879, Bolonha

†18 de abril de 1936, Roma

Origem: Itália

Período: Romantismo tardio

Obras importantes

Obras orquestrais:
Trilogia romana: Fontane di Roma, Pini di Roma, Feste romane, três poemas sinfônicos para orquestra (1916-1928)
Antiche danze ed arie per liuto, três suítes para orquestra (1917)
Concerto gregoriano, concerto para violino (1921)
Concerto in modo misolidio, concerto para piano (1925)
Gli uccelli, suíte orquestral em cinco movimentos (1928)

Importância

Ottorino Respighi é considerado o compositor italiano de maior sucesso de sua época. Seus poemas sinfônicos programáticos como *Fontane di Roma*, *Pini di Roma* e *Feste romane*, de sua *Trilogia romana*, que ainda hoje fazem parte do programa fixo de concertos internacionais, tiveram grande importância. Especialmente para o público jovem, ele compôs a ópera infantil *La bella addormentata nel bosco* (*A Bela Adormecida no bosque*).

Ottorino Respighi

Ottorino Respighi, hoje em dia pouco considerado como compositor, foi, em sua época, na Itália, um músico popular. Seu pai, o conhecido pianista Giuseppe Respighi, lhe deu as primeiras aulas de piano e violino. Aos doze anos, o jovem Respighi ingressou no *Liceo musicale* de sua cidade natal, Bolonha, onde estudou violino e, mais tarde, composição. Aos 21 anos, Respighi, então um excelente violinista, tornou-se membro da orquestra da *opera italiana* no Teatro Imperial de São Petersburgo. Paralelamente, prosseguiu seus estudos de composição com o compositor russo Nikolai Rimski-Korsakov, que ensinou ao jovem italiano a instrumentação, principalmente. De volta a Bolonha, nos anos seguintes Respighi fez inúmeras turnês como membro do Quartetto Mugellini.

Com sua *Fantasia para piano e orquestra* e sua ópera *Re Enzo*, o compositor de Bolonha teve seus primeiros sucessos de público. O Conservatório de Santa Cecília, em Roma, o contratou como professor de composição. Ali ele compôs a *Fontane di Roma*, a primeira parte de sua obra mais famosa, a *Trilogia romana* — uma declaração de amor à cidade eterna. Nos poemas sinfônicos *Fontane di Roma* (*Fontes romanas*), *Pini di Roma* (*Pinheiros romanos*) e *Feste romane* (*Festas romanas*), Respighi descreve, com sua música, imagens coloridas de estados de espírito (de forma semelhante aos impressionistas franceses).

Em 1923, o compositor foi nomeado diretor do conservatório, e criou um curso livre de composição do qual leigos interessados e amantes da música também poderiam participar. Uma dessas pessoas foi Elsa Olivieri Sangiacomo, que mais tarde se tornou esposa de Respighi. Em muitas de suas obras fica nítido que ele se interessou muito cedo por música antiga. Em suas *Antiche arie e danze per liuto*, ele utilizou composições para alaúde do Barroco; em *Gli uccelli*, combina canto de pássaros com composições barrocas. Com sua esposa, ele estudou a música medieval gregoriana, o que mais tarde influenciou intensamente toda a sua obra, principalmente o concerto para violino *Concerto gregoriano* e o *Concerto in modo misolidio* (um concerto em uma tonalidade sacra). O compositor bolonhês Ottorino Respighi faleceu aos 56 anos, em Roma. ∎

Wolfgang Rihm

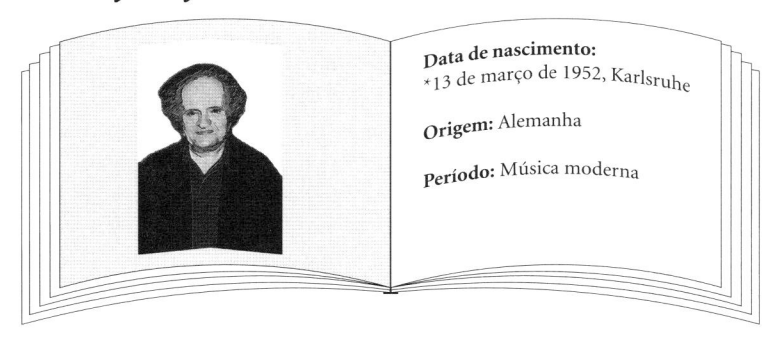

Data de nascimento:
*13 de março de 1952, Karlsruhe

Origem: Alemanha

Período: Música moderna

Obras importantes

Música dramática:
Faust und Yorick, ópera camerística (1976)
Jakob Lenz, ópera camerística n. 2 (1977/1978)
Tutuguri, poème danse (1980/1982)
Die Hamletmaschine [*A máquina Hamlet*], música dramática em cinco partes (1983/1986)
Die Eroberung von Mexico [*A conquista do México*], música dramática (1987-1991)

Obras orquestrais:
Morphonie, Sektor IV para orquestra com quarteto de cordas (1972/1973)
Dis-Kontur para grande orquestra (1974)
Sub-Kontur para orquestra (1974/1975)
Concerto para viola e orquestra (1979/1983)
Klangbeschreibung I (*Descrição sonora I*) para três grupos de orquestra (1982/1987)
Klangbeschreibung III (*Descrição sonora III*) para grande orquestra (1984-1987)

Importância

Wolfgang Rihm está entre os mais importantes compositores da atualidade. Ele não pertence a nenhum estilo definido, pois seu mandamento mais importante como compositor é a absoluta liberdade artística. Isso significa que modos de composição tradicionais e modernos fluem igualmente em sua música, dependendo do que lhe parece adequado para a peça em questão.

Wolfgang Rihm nasceu em 1952 na cidade de Karlsruhe. Logo cedo manifestou talento artístico: pintava, escrevia poemas e tocava piano. Aprendeu sozinho a tocar órgão, e sua primeira experiência musical marcante foi a peça programática arrepiante de Mussorgsky, *Uma noite no monte Calvo*. Aos onze anos, fez seus primeiros ensaios de composição. Durante o tempo de ginásio, o jovem Rihm estudou composição e teoria musical na Escola Superior de Música de Karlsruhe. Nessa época, ele já frequentava regularmente os cursos de férias de Música Nova em Darmstadt, um ponto de encontro de importantes compositores modernos. Aos vinte anos, ele prestou o exame de conclusão do ensino médio e, ao mesmo tempo, o exame final oficial de conclusão de ensino superior. Depois prosseguiu seus estudos de composição com Karlheinz Stockhausen, em Colônia, e com Klaus Huber, em Freiburg.

No festival de Música Nova de Donaueschingen, internacionalmente famoso, Wolfgang Rihm se apresentou ao público especializado com suas obras orquestrais *Morphonie-Sektor IV, Dis-Kontur e Sub-Kontur*, que provocaram intensas discussões nos círculos musicais, pois o jovem compositor, com suas grandiosas peças instrumentais, se colocava conscientemente contra a Música Nova ao se desvincular do complexo e rígido dodecafonismo de suas primeiras obras e se voltar para a música tradicional, encontrando, assim, uma "nova simplicidade". Ele se reportava à música romântica tardia e expressionista, na qual encontrava a expressão daquilo que perseguia em suas composições: representar sentimentos e despertar emoções. "Quero comover e ser comovido", explicou o compositor. Com essas peças, começa a ascensão de Rihm até a posição de um dos mais respeitados compositores alemães da atualidade. Ele considera suas obras uma viagem ao interior humano, mas também ao interior da música, ao som dos instrumentos.

Em suas obras dramáticas, Rihm busca não somente o acontecimento externo, o enredo, mas também os processos interiores de suas personagens. Em sua ópera camerística *Jakob Lenz*, ele tenta representar o poeta Lenz por meio da música: altamente sensível, incompreendido pelo mundo e enlouquecido. Em seu *Wölfli-Liederbuch* (*Livro de canções de Wölfli*), música para textos do poeta esquizofrênico, ele também utiliza seu estilo expressivo de composição. Suas agressivas explosões sonoras levam o ouvinte a sentir a música quase fisicamente. Rihm trabalha também com pessoas, línguas e costumes de culturas não europeias, como em *Tutuguri*, obra na qual apresenta os ritos sombrios e misteriosos dos indígenas tarahumara, ou em *A conquista do México*, onde ele combina poemas do mexicano Octavio Paz com o enredo: o encontro do soberano asteca com o comandante do exército espanhol Cortez, na época dos conquistadores espanhóis.

Rihm é denominado frequentemente como compositor *pós-moderno*, ou seja, um compositor moderno que retoma novamente métodos de composição tradicionais antigos. Mas isso é para ele a liberdade artística que sempre exigiu. Dos princípios de composição de épocas passadas, ele escolhe aquele que se adequa à obra em questão. O compositor não quer pertencer conscientemente a esse ou àquele estilo determinado; pelo contrário, ele exige a absoluta liberdade artística, e isso inclui também a inclusão da tradição, pois, segundo ele, "se há uma tradição à qual me sinto ligado, é a seguinte: entender a arte da liberdade".

Rihm, porém, não é um compositor que se dedica exclusivamente à sua obra, mas também transmite seus conhecimentos e habilidades como docente dos cursos de férias de Música Nova em Darmstadt, como membro da presidência da Associação Alemã de Compositores, como co-organizador da revista musical *Melos,* como consultor musical da Ópera Alemã de Berlim e como titular das Escolas Superiores de Música de Karlsruhe e Munique. O compositor de Karlsruhe recebeu uma série de prêmios e honrarias, entre elas, a Cruz do Mérito Alemã e o título de doutor *honoris causa* da Universidade Livre de Berlim. Rihm é também um dos compositores alemães que receberam o Prix de Rome, bolsa de estudos para a academia alemã Villa Massimo em Roma, uma importante honraria para jovens compositores. O compositor extremamente criativo e infatigável vive atualmente entre Karlsruhe e Berlim. ∎

Nikolai Rimsky-Korsakov

Datas de nascimento e morte:
*18 (6) de março de 1844, Tikhvin (Novgorod)

†21 (8) de junho de 1908, na propriedade rural Liubensk, perto de Luga

Origem: Rússia

Período: Romantismo tardio

Obras importantes

Música dramática:
Sadko, ópera (1898)
Mozart e Salieri, ópera (1898)
O czar Saltan [com o *Voo do Besouro*] (1900)
O galo de ouro, ópera (1906/07)

Obras orquestrais:
Sinfonia n. 1 em mi bemol menor op. 1 (1865)
Sinfonia n. 2 [*Antar*] op. 9 (1868/1875/1897)
Capricho espanhol op. 34 (1887)
Sheherazade op. 35, suíte sinfônica (1888)

Importância

O compositor russo Nikolai Rimsky-Korsakov, membro do Grupo dos Cinco, é considerado um dos mais importantes compositores russos de óperas e também um mestre da instrumentação. Sua peça orquestral virtuosística *O voo do besouro*, da ópera *O czar Saltan*, é uma das mais populares da música russa. Também teve grande mérito como professor de compositores russos como Glazunov, Prokofiev e Stravinsky.

A breve peça orquestral virtuosística *O voo do besouro*, da ópera *O czar Saltan,* tornou o compositor Nikolai Rimsky-Korsakov conhecido também para o público jovem. O compositor, regente e professor de música nasceu em 18 de março de 1844, na provinciana Tikhvin, no norte da Rússia, filho de um governador aposentado. Como na maioria das famílias russas da alta burguesia, em sua casa se tocava muita música. Nikolai, como todas as crianças de seu nível social, teve aulas de piano; no entanto, apesar de seu ouvido incrivelmente bom, ele não nutria grande paixão pela música. Como muitos dos compositores russos daquela época, ele chegou à música — ou a música chegou a ele — por outros caminhos.

Aos doze anos, Nikolai foi enviado para o corpo de cadetes da Marinha em São Petersburgo (seguindo a tradição familiar). Na capital russa, o jovem Rimsky-Korsakov teve pela primeira vez a oportunidade de assistir a uma ópera, e dali em diante se tornou fã do compositor Mikhail Glinka, responsável pela primeira ópera russa. Bom pianista, o cadete da Marinha era bem-vindo nos salões de São Petersburgo, onde acabou conhecendo seu ídolo, o compositor Balakirev, que exerceu grande influência sobre sua evolução artística. Nikolai foi mandado como parte da tripulação para o veleiro Alma, que deveria destruir linhas marítimas inglesas durante a viagem para a América, caso eclodisse a guerra. Rimsky-Korsakov ficou quase três anos viajando pelo mundo e, certa vez, caiu da enxárcia — felizmente dentro d'água.

Durante a viagem, seus sonhos de artista quase se dissiparam, mas eles despertaram novamente com o contato com Balakirev, em São Petersburgo, o que reforçou o amor de Nikolai pela música. Certo dia, Nikolai ouviu Richard Wagner e ficou entusiasmado com sua música, assim como com o fato de Wagner (e isso era uma inovação sensacional) reger de costas para a plateia. Sob a influência de Balakirev, Rimsky-Korsakov finalizou sua *Sinfonia n. 1* em mi bemol menor, que havia começado em alto-mar. A crítica e o público ficaram profundamente impressionados com a obra. Inesperadamente, o compositor de 27 anos foi nomeado professor de composição no Conservatório de São Petersburgo, onde rapidamente tomou consciência de tudo o que ainda não sabia. "Eu era um diletante que não sabia nada", confessou, em sua autobiografia. Sua mulher, Nadezhda, tinha mais conhecimentos musicais básicos do que o marido. Por isso, no conservatório, Rimsky-Korsakov combinou o ensinar com o aprender. Estudava intensamente o ofício da composição e instrumentação, os instrumentos de sopro e aprendeu harmonia sozinho. Sua primeira ópera, *A donzela de Pskov*, mostra o quanto ele ampliou seus conhecimentos autodidatas em tão pouco tempo. O grande sucesso lhe permitiu abandonar a Marinha. Ficou apenas com o cargo de inspetor civil de todas as orquestras da Marinha russa. A partir de então, ele poderia se dedicar totalmente à música e a seus estudantes, entre os quais, no decorrer dos longos anos de atividade, se encontravam uma série de importantes compositores: Glazunov, Respighi, Prokofiev e Stravinsky. Seus alunos veneravam aquele homem magro de barba espessa e os óculos de aço à frente dos olhos frios. Admiravam a sobriedade de suas ideias e a imparcialidade objetiva de seu caráter, qualidades que são mais consideradas como não russas.

Rimsky-Korsakov pertenceu ao grupo fundado por Balakirev, o Grupo dos Cinco, junto com Cui, Borodin e Mussorgsky, na defesa de uma música russa nacional autônoma. Uma coletânea de canções folclóricas russas despertou o interesse de Rimsky-Korsakov pelo folclore russo e pelas melodias simples de sua terra. Muitas de suas obras são, por isso, fortemente influenciadas pela música folclórica russa. Esse também foi o motivo pelo qual suas óperas não tiveram um enorme sucesso no mundo ocidental. O músico, que já estava famoso, acumulara uma série de cargos no decorrer dos anos: sucessor de Balakirev como diretor da Escola Livre de Música, na qual filhos de pais sem recursos tinham aulas gratuitas, diretor substituto do coro de cantores da corte e regente dos concertos sinfônicos russos.

Além de compor, lecionar e reger, o infatigável Rimsky-Korsakov, um homem ativo e altruísta, começou a finalizar e a instrumentar as obras inacabadas de seus amigos falecidos: as óperas *Boris Godunov*, de Mussorgsky, e *Príncipe Igor*, de Borodin. Na década de 1880, compôs algumas de suas obras mais importantes: *Capricho espanhol* e *Sheherazade*, uma peça sobre contos retirados das *Mil e uma noites*.

No levante contra o czar, em 1905, Rimsky-Korsakov demonstrou claramente sua simpatia pelos revolucionários. Ele se opôs à ordem para tomar medidas contra os estudantes revoltosos e foi demitido de seu cargo de diretor do conservatório. Em seu lugar, foi nomeado seu aluno Glazunov. Rimsky-Korsakov se retirou para sua casa no campo e escreveu sua autobiografia. Pouco depois, foi recolocado no cargo, assim como todos os professores que haviam sido demitidos ou que haviam se demitido, mas o governo o vigiava constantemente. Sua última ópera, *O galo de ouro*, uma sátira da situação política na Rússia czarista, foi proibida pelo governador de Moscou.

Os anos de preocupações e trabalho pesaram sobre o fraco coração do compositor. Apesar de fortes crises de asma, Rimsky-Korsakov trabalhava incansavelmente em seus últimos dias de vida em uma importante teoria da instrumentação. Em 8 de junho de 1908, aos 64 anos, morreu o grande compositor, regente e professor, em sua casa de campo em Liubensk.

Comuna de compositores

Fato curioso

Quando o oficial da marinha Rimsky-Korsakov chegou a São Petersburgo, depois de ter passado 968 dias em viagem ao redor do mundo, ele recomeçou a trabalhar com música. Compôs e teve muitas ideias boas, mas pouco dinheiro. Certo dia, combinou com seu amigo Modest Mussorgsky de montar uma casa, de alugar um apartamento, ou melhor, um quarto mobiliado, contou Rimsky-Korsakov.

"Morar com Modest foi provavelmente uma experiência única. Como é que dois compositores conseguem não se perturbar mutuamente? Simples: de manhã até o meio-dia, Mussorgsky usava o piano de cauda, enquanto eu copiava ou instrumentava alguma coisa já completamente estruturada em minha cabeça. Ao meio-dia, ele ia para o ministério e eu me sentava ao piano. À noite, negociávamos até chegar a um acordo." ∎

Joaquín Rodrigo

Datas de nascimento e morte:
*22 de novembro de 1901, em Sagunto, perto de Valência

†6 de julho de 1999, Madri

Origem: Espanha

Período: Música moderna

Obras importantes

Obras orquestrais:
Concierto de Aranjuez para violão e orquestra (1939)

Importância

Joaquín Rodrigo é um dos grandes compositores espanhóis de sua geração. Seu *Concierto de Aranjuez*, para violão, é uma das composições mais populares do século XX.

Joaquín Rodrigo

O compositor espanhol Joaquín Rodrigo perdeu a visão aos três anos de idade devido a uma difteria, mas, em compensação, sua audição ficou especialmente aguçada. Muito cedo, a música se tornou a grande paixão do menino. Ele aprendeu piano e logo começou a compor.

Rodrigo estudou composição no Conservatório de Valência e, como seus conterrâneos Albéniz e Granados, foi para Paris para se aperfeiçoar como pianista e compositor. Na École Normale de Musique, o talentoso músico espanhol tornou-se o aluno predileto de seu professor Paul Dukas, o compositor de *Aprendiz de feiticeiro*. Em Paris, Rodrigo acabou conhecendo seu colega espanhol Manuel de Falla, de quem foi amigo durante toda a vida. Por influência dele, Rodrigo encontrou seu próprio estilo de composição, a combinação entre música neoclássica e folclore espanhol. Lá ele conheceu também a pianista turca Victoria Jaminik, com quem se casou, em Valência, aos 32 anos. Ganhou a bolsa de estudos Conde de Cartagena, que lhe possibilitou voltar a Paris por um ano para estudar história da música.

Durante a Guerra Civil Espanhola, de 1936 a 1939, o compositor deixou sua terra. Viveu em Paris e Freiburg, onde lecionava música e espanhol. Em 1939, aos 38 anos, estabeleceu-se na capital espanhola Madri, onde compôs sua obra mais famosa, o *Concierto de Aranjuez*. O concerto para violão provocou um encanto irresistível nos ouvintes. Naquele momento ele chamava a atenção além das fronteiras espanholas. O sucesso desse brilhante concerto foi tão grande que Rodrigo só compôs outro concerto para violão depois de quinze anos.

Aos 47 anos, ele se tornou professor de história da música no Conservatório de Madri, atuando paralelamente como crítico musical e diretor do departamento de música no rádio. Em 1999, o compositor espanhol popular e respeitado morreu com a avançada idade de 97 anos em Madri. Rodrigo recebeu inúmeras honrarias, entre elas sete títulos de doutor *honoris causa*. Por seus méritos em favor da música espanhola, ele recebeu até um título de nobreza. ∎

Gioacchino Rossini

Datas de nascimento e morte:
*29 de fevereiro de 1792, Pesaro

†13 de novembro de 1868, em Passy, perto de Paris

Origem: Itália

Período: Romantismo

Obras importantes

Música dramática:
Quarenta óperas, entre elas:
La cambiale di matrimonio (1810)
La pietra del paragone (1812)
Tancredi (1813)
L'italiana in Algeri (1813)
Il barbiere di Seviglia (1816)
Otello ossia Il moro di Venezia (1816)
La Cenerentola (1817)
La gazza ladra (1817)
Mosè in Egitto (1818)
Guillaume Tell (1829)

Obras corais:
Stabat mater (1832)

Importância

O italiano Gioacchino Rossini está entre os principais compositores de óperas do século XIX. Seu *Barbeiro de Sevilha* é uma das mais populares óperas cômicas. Com sua música contagiante, empolgante e rápida, Rossini queria atingir não apenas a elite culta, mas também o povo simples.

Gioacchino Rossini

"Componho música divina", foi o que escreveu o compositor de ópera italiano Gioacchino Rossini, autoconfiante, em uma carta à mãe. *O cisne de Pesaro*, assim chamado pelo seu local de nascimento, nasceu em ano bissexto, em 29 de fevereiro de 1792, filho de um trompetista municipal e de uma cantora. O menino de seis anos tocava triângulo na orquestra militar do pai, mas quando este foi preso por motivos políticos a mãe se mudou com seu filho para Bolonha para ganhar o sustento como cantora. Rossini aprendeu a tocar vários instrumentos e, além disso, tinha uma bela voz. Por isso, seu tio sugeriu que o jovem fosse treinado para ser *castrato*, e, apesar de eles serem bastante requisitados na época, a mãe rejeitou a sugestão. Quando o pai foi libertado, ele trabalhou junto com a mãe em apresentações de óperas em diversos teatros do norte da Itália.

Gioacchino Rossini começou sua formação musical aos catorze anos no Conservatório de Bolonha. Nessa época, ele já havia composto uma cantata, duas sinfonias e uma ópera. Aos dezoito anos, interrompeu seus estudos porque acreditava que já aprendera o necessário para a carreira de compositor de ópera, e o sucesso parecia lhe dar razão. A estreia de sua segunda ópera *La cambiale di matrimonio*, em Veneza, chamou a atenção do público pela originalidade, humor e animação. O compositor de vinte anos recebeu, então, cinco encomendas de óperas, entre elas, a notável *La pietra del paragone*. Mas foi apenas sua ópera *Tancredi*, em 1813, que o tornou famoso em toda a Itália. "Todos se divertem com a minha música", escreveu Rossini, feliz após seus primeiros sucessos. O empresário de teatro Barbaja, dono de vários teatros, deu a Rossini a direção de dois teatros de ópera em Nápoles e o obrigou a compor anualmente duas óperas, por doze mil liras. Dessa forma, ele compôs nos oito anos seguintes vinte novas óperas, entre elas *La Cenerentola, La gazza ladra, Otello* e *Mosè in Egitto. O barbeiro de Sevilha*, composta em 1816 em apenas três semanas, foi sua ópera de maior sucesso. Essa obra é considerada o auge da ópera-bufa italiana. As melodias empolgantes dessa brilhante composição tornaram Rossini rapidamente famoso em toda a Europa.

O forte de Rossini era a ópera cômica, o que levou Beethoven a lhe dar um conselho: "Não tente fazer outra coisa que não a ópera-bufa". Rossini havia visitado o grande compositor em Viena, onde festejava grandes sucessos acompanhado de sua esposa Isabella Colbran, uma cantora lírica com quem havia se casado recentemente. No final do outono de 1823, Rossini viajou a Londres, trabalhou por cinco meses no King's Theatre e recebeu a remuneração principesca de sete mil libras. Em Paris, pouco depois, seus fãs lhe prepararam uma recepção fora do comum. Em 1824, Rossini assumiu ali a direção da ópera italiana e logo depois tornou-se compositor e diretor-geral da ópera da corte francesa. Na França, Rossini preferia cada vez mais a grande ópera dramática. Em 1829, o compositor de 37 anos, no auge da carreira, compôs *Guilherme Tell,* a última de suas óperas.

A revolução de julho obrigou o rei francês a abdicar em 1830. Rossini perdeu todos os cargos, mas conseguiu uma pensão vitalícia. Na metade da vida, o compositor sofria uma profunda crise criativa. Aos quarenta anos, começou a se ocupar com temas religiosos. Compôs seu famoso *Stabat mater,* que apresentou em 1842, em Baden-Baden, cidade que visitava com frequência. Na época, Rossini atuava como diretor da escola de música de Bolonha. No mesmo ano, divorciou-se e se casou apenas dez anos depois com a francesa Olympe Pélissier. Não teve filhos em nenhum dos casamentos.

Em 1847, o compositor italiano adoeceu psiquicamente. Sofria de ilusões auditivas, insônia e depressões, que quase o levaram ao suicídio. Apenas oito anos depois ele foi curado por médicos parisienses e por várias estadias em estâncias climáticas. Sua alegria de viver havia voltado, e ele recomeçou a compor. O humor readquirido se manifestava nos títulos de seus "pecados musicais" da velhice. Nessa coleção de pequenas composições, há títulos como: *Estudo asmático*, *Valsa torturante* e *Prato giratório cromático* ou *Aborto de uma polca-mazurca*.

Aos 53 anos, decidiu passar o final de vida em Paris. Sua casa se tornou centro de debates culturais bastante ricos. Literatos, pintores e músicos se deleitam, durante opulentas orgias gastronômicas, com as opiniões inteligentes, as observações espirituosas, o humor apurado e a originalidade cativante do *gourmet* corpulento Rossini, pois ele não ama apenas a boa música, mas também a comida sofisticada. "Não conheço nenhuma ocupação mais maravilhosa do que comer, comer de verdade. O apetite é para o estômago o mesmo que o amor para o coração. Comer, amar, cantar e digerir são realmente os quatro atos da ópera cômica", confessou Rossini certa vez. Ainda hoje encontra-se no cardápio de bons restaurantes o *tournedo Rossini*, um filé com *foie gras*.

Rossini, o respeitadíssimo compositor, Cavaleiro da Legião de Honra da França, morreu em Paris aos 76 anos das sequelas de uma operação no intestino. Profundamente comovido pela morte de Rossini, o grande Giuseppe Verdi pediu aos doze maiores compositores da Itália que participassem da composição de uma missa em memória do músico. O próprio Verdi compôs o *Libera me* final, que mais tarde se tornou parte do seu próprio réquiem. A *Missa per Rossini* foi finalizada em 1869, mas não foi executada. Apenas em 1988 houve sua apresentação.

Atrevimento sutil

Fato curioso

O barão James Rothschild, em cujas propriedades era produzido um excelente vinho, enviou a Rossini, como sinal de sua admiração, algumas uvas especialmente grandes, bem desenvolvidas. Em sua carta de agradecimento, o compositor escreveu: "Por melhor que sejam suas uvas, não gosto de tomar meu vinho em forma de comprimidos". *O barão entendeu muito bem a mensagem, e mandou que entregassem ao apreciador várias garrafas de seu melhor Château-Lafitte.* ■

Camille Saint-Saëns

Datas de nascimento e morte:
*9 de outubro de 1835, Paris

†16 de dezembro de 1921, Argel

Origem: França

Período: Romantismo tardio

Obras importantes

Música dramática:
Sansão e Dalila op. 47, ópera (1877)

Obras orquestrais:
Concerto para violino e orquestra n. 2 em dó maior op. 58 (1858)
Concerto para violoncelo e orquestra n. 1 em lá menor op. 33 (1872)
Danse macabre para orquestra op. 40 [*Dança dos mortos*] (1875)
Concerto para piano e orquestra n. 4 em dó menor op. 44 (1875)
Concerto para violino e orquestra n. 3 em si menor op. 61 (1880)
O Carnaval dos animais (1886)
Sinfonia n. 3 em dó menor op. 78 [sinfonia do órgão] (1886)

Obras corais:
Missa para solo, coro e orquestra op. 4 (1856)
Oratório de Natal para solo, coro e orquestra op. 12 (1858)

Importância

Camille Saint-Saëns é considerado, ao lado de Hector Berlioz, o mais importante compositor francês do século XIX. Ao mesmo tempo, porém, o músico foi um *homme de lettres*, um homem inteligentíssimo e culto. Seu amplo catálogo de obras abrange todos os gêneros da música. Sua obra mais popular é o *Carnaval dos animais,* uma obra cheia de humor e ironia.

Camille Saint-Saëns

Quem não conhece *O Carnaval dos animais*, aquela obra divertida do espirituoso compositor francês Camille Saint-Saëns? A *Grande Fantaisie Zoologique* — assim é o subtítulo —, composta para um concerto de Carnaval parisiense, encanta ainda hoje crianças e adultos. Os antepassados do grande músico eram da pequena localidade francesa de Saint-Saëns, no norte da França. Camille já causava grande sensação quando pequeno pela sua musicalidade fenomenal e inteligência. Mas seu pai, um funcionário público, e além disso poeta, dramaturgo e compositor de canções, não teve a oportunidade de ensinar seus gostos ao filho, pois morreu quando Camille tinha três meses de vida.

Aos três anos, Camille já compunha suas primeiras peças para piano. Aos cinco, tocava sonatas de Beethoven, e um ano mais tarde, ao entrar na escola, começou a aprender latim e grego e a estudar matemática e astronomia. Aos onze anos, Camille se apresentou em público pela primeira vez. No salão Pleyel de Paris, ele interpretou concertos de Mozart e Beethoven e, em seguida, foi aclamado pela sociedade parisiense como criança-prodígio da música. Aos treze anos, ingressou no curso de órgão do conservatório e apenas três anos mais tarde ganhou o primeiro prêmio de órgão. Tudo o que o jovem Saint-Saëns começava, ele aprendia muito depressa. Começou a estudar composição com Halévy e, dois anos depois, ganhou o prêmio de composição do Concours Saint-Cécile. Candidatou-se duas vezes ao cobiçado Prix de Rome, sem sucesso, no entanto.

Aos dezoito anos, Saint-Saëns tornou-se organista de Saint-Merry, em Paris. Mais tarde, conseguiu o cobiçado emprego de músico da renomada igreja de Madeleine. O órgão tornou-se sua paixão — ele percebeu que tocar e improvisar em seu instrumento preferido era a maior alegria de sua vida. Além de seu cansativo serviço como organista, Camille Saint-Saëns assumiu o curso de piano na importante École Niedermeyer, sucedendo Niedermeyer. Um de seus alunos era Gabriel Fauré, com o qual desenvolveu uma amizade cordial e vitalícia. Além disso, Saint-Saëns dominou o ofício da composição com maestria, compondo "como a árvore produz maçãs". Suas composições são sempre espirituosas, elegantes, ricas em cores protoimpressionistas. Aos poucos, Saint-Saëns ficou famoso também no exterior. Muitos compositores, como Liszt, Wagner e Sarasate, que ele recebia quando iam a Paris, o admiravam.

Após a Guerra Franco-Alemã de 1870-1871, Saint-Saëns fundou, junto com outros compositores franceses como Gabriel Fauré e César Franck, a Société Nationale de Musique, uma associação que pretendia incentivar e executar principalmente música francesa contemporânea visando a uma nova assertividade e ao sucesso internacional. Para essa associação, Saint-Saëns compôs mais tarde quatro grandes poemas sinfônicos, entre eles a famosa *Dança macabra*, a dança dos mortos. Aos 39 anos, ele se casou com Marie-Laure Truffot, com quem teve dois filhos. O casal se separou depois de seis anos.

Saint-Saëns estava desenvolvendo cada vez mais a ambição de compor uma ópera importante, pois sabia que um compositor em Paris só conseguia chegar à verdadeira fama com uma grande ópera. Assim, ele compôs sua ópera mais importante, *Sansão e Dalila*, mas os teatros parisienses não estavam dispostos a apresentar ao público uma ópera bíblica, por isso, Franz Liszt foi quem a apresentou, em Weimar. Apenas quinze anos depois a ópera foi encenada para os franceses. O sucesso foi fenomenal.

Quando seus dois filhos morreram, Saint-Saëns entrou em depressão profunda. Depois de superá-la, começaram os anos mais produtivos de sua vida. Compôs importantes obras como os *Concertos para violino n. 2 e 3, a Sinfonia do órgão e o Carnaval dos animais*. O músico estava no auge da fama, admirado pelos colegas compositores, aclamado pelo público e cumulado de homenagens. Recebeu o título de doutor *honoris causa* da Universidade de Paris, a Ordem do Mérito, e foi nomeado Cavaleiro da Legião de Honra. Além da música, Saint-Saëns se ocupava de muitos outros temas: filosofia, arqueologia e ciências naturais. Autor espirituoso, ele escreveu pequenas comédias, poemas e muitos artigos para diversas revistas, mas sua maior paixão era mesmo a astronomia. O compositor possuía um telescópio fabricado especialmente para ele, com o qual viajou até a Espanha apenas para poder observar o eclipse total do Sol.

Aos 42 anos, Saint-Saëns deixou seu emprego de organista para viver apenas como pianista independente, organista, regente e compositor e, finalmente, poder viajar mais. Em inúmeras turnês, ele viajou pela Europa, mas também foi às Américas do Sul e do Norte, ao oceano Índico e ao Extremo Oriente. Aos oitenta anos, Saint-Saëns ainda embarcou em um navio para a América, no começo da Primeira Guerra Mundial, para organizar concertos beneficentes para sua pátria em dificuldades. Camille Saint-Saëns morreu em 1921, três anos após o final da guerra, aos 86 anos, em Argel, no norte da África. "Com ele, morreu um músico francês que representa algo extraordinário na música francesa. Ele tinha realmente algumas das qualidades francesas mais excelentes, mas principalmente uma: a perfeita clareza", afirmou o escritor francês Romain Rolland sobre seu conterrâneo.

Balé dos compositores

Fato curioso

Em 1875, Saint-Saëns, então com quarenta anos, foi a Moscou para reger algumas de suas obras. Lá acabou conhecendo seu colega músico, o grande Peter Tchaikovsky. Imediatamente, o compositor russo sentiu simpatia pelo pequeno e animado francês, cuja língua afiada e ideias originais o fascinaram.

Certo dia, os dois amigos constataram que ambos eram fascinados por balé e que já haviam tentado, na juventude, aprender a dançar. Combinaram de se apresentar juntos como dançarinos no balé improvisado Pigmaleão e Galatea. *Houve, então, no palco do conservatório, uma apresentação inesquecível. Tchaikovsky, de 35 anos, representou Pigmaleão, o rei cipriota da mitologia grega que se apaixona pela estátua de marfim de uma mulher que ele mesmo havia produzido. Afrodite, a deusa grega do amor, da beleza e fertilidade, desperta a estátua para a vida: esta é Galatea, papel que, segundo consta, Saint-Saëns dançou de forma cativante e com grande dedicação. Pena que não exista uma gravação desse espetáculo de dança.* ∎

Antonio Salieri

Datas de nascimento e morte:
*18 de agosto de 1750, Legnano, Vêneto

†7 de maio de 1825, Viena

Origem: Itália

Período: Classicismo

Obras importantes

Música dramática:
Armida, ópera (1771)
Der Rauchfangkehrer [*O limpador de chaminés*], *singspiel* (1781)
Les Danaïdes, ópera (1784)
Prima la musica e poi le parole, ópera (1786)
Tarare, ópera (1787)
Die Neger [*Os negros*], ópera (1804)

Importância

A falsa afirmação de que Salieri teria matado Mozart (tematizada no filme *Amadeus*) prejudicou muito a reputação do talentoso compositor italiano e impediu a apreciação de suas obras. Durante sua estadia como músico na corte austríaca, ele foi considerado a personalidade musical mais importante de Viena. Foi muito respeitado tanto como compositor quanto como professor. Salieri foi um compositor altamente produtivo, que dominou todos os gêneros e estilos de música e entendia dos mais variados estilos de ópera, tanto o *singspiel* como a opéra trágica dos franceses. Deu aulas para muitos compositores importantes como Beethoven, Schubert, Czerny e Liszt.

Antonio Salieri

Alguns anos após sua morte, Antonio Salieri tornou-se personagem principal de uma ópera do compositor russo Rimsky-Korsakov. *Mozart e Salieri* trata do compositor italiano da corte do imperador José II, Antonio Salieri, que, por inveja, misturou veneno ao vinho de Wolfgang Amadeus Mozart, seu rival musical, durante um jantar. É provável que o italiano tenha feito intrigas contra seu genial concorrente na corte, mas a afirmação de que Salieri teria assassinado Mozart é falsa. A acusação, feita enquanto Salieri ainda vivia, foi intensamente contestada pelo compositor.

Antonio Salieri nasceu como quinto filho de um comerciante em uma localidade perto de Florença. Francesco, seu irmão mais velho e aluno do famoso compositor e violinista Tartini, ensinou Antonio a tocar violino e cravo. A família nobre Mocenigo enviou o jovem de quinze anos, ávido por aprender e órfão de pai e mãe, para estudar música em Veneza. Lá, ele conheceu o compositor e mestre-de-capela do teatro da corte imperial em Viena, Gassmann, que imediatamente se afeiçoou ao esperto e talentoso Antonio e o levou consigo para Viena. Gassmann, que até morrer tratou o jovem Salieri como se fosse seu filho, lhe ensinou composição e lhe ofereceu ampla formação musical e literária. Salieri conheceu o compositor de óperas Gluck, que se tornou seu modelo e foi um amigo paternal durante toda a vida. Quando o músico estava com dezenove anos, já podia reger os ensaios de óperas do teatro da corte de Viena. Apenas um ano mais tarde, em 1770, Salieri debutou no Carnaval com sua primeira ópera, a comédia musical *Le donne letterate*. Mas o compositor teria seu grande sucesso apenas um ano depois, com a ópera séria *Armida*.

Após a morte de seu professor Gassmann, Salieri, aos 24 anos, tornou-se seu sucessor como compositor do teatro da corte de Viena, uma carreira inacreditável, pois o jovem músico já ocupava uma das posições mais importantes na vida musical europeia. Um ano depois, casou-se com Theresia Helferstorfer, com quem teve oito filhos. Após a morte do mestre-de-capela da corte, conde Bonno, o imperador José II nomeou Salieri como seu sucessor. O italiano passou a ser o músico mais respeitado da sociedade vienense, e, como o papa da música, ele podia mexer os pauzinhos nos bastidores da vida musical vienense. No mesmo ano, o imperador lhe concedeu dois anos de férias para compor e apresentar as óperas a ele encomendadas por Milão, Veneza e Roma para a abertura de temporada de seus teatros. Em agradecimento, Salieri compôs *O limpador de chaminés* para o teatro nacional do *singspiel* recém-reaberto por José II.

Sob a influência de Gluck, Salieri compôs suas novas óperas principalmente em estilo francês. Suas duas óperas *Les Danaïdes* e *Tarare* foram apresentadas com enorme sucesso em Paris. O músico estava no auge de sua carreira. O homenzinho delgado, de aspecto delicado e olhos fogosamente brilhantes desfrutava de grande simpatia junto aos contemporâneos, não apenas por seu jeito amável, benevolente e alegre, mas principalmente por sua posição social. Em 1788, Salieri foi eleito presidente da Associação Vienense de Músicos, uma associação beneficente que protege os músicos. Nessa função, ele lutou com dedicação pelos anseios dos músicos e conseguiu para eles segurança social em caso de doença e velhice.

Em 1790, faleceu o imperador José II, o grande amante da música e protetor de Salieri. Seu sucessor, Leopoldo II, mostrava pouco interesse por música. O músico, desiludido, pediu demissão de todos os cargos nobres; queria continuar apenas como regente do coro da corte. O novo imperador atende a seu pedido sob a condição de que Salieri compusesse uma ópera por ano para o teatro imperial. Depois de escrever, aos 54 anos, sua última ópera, *Os negros*, Salieri se afastou completamente da cena musical, porque a nova música do estilo *Biedermeier*[1], em ascensão na época, lhe parecia pouco majestosa e extravagante demais.

Em seus últimos anos de vida, Salieri adoecia com frequência, sofrendo temporariamente de alienação mental. Antonio Salieri morreu em 7 de maio de 1825, aos 74 anos, na cidade que escolheu, Viena. Nas suas exéquias na igreja Minoritenkirche, a igreja nacional italiana, foi tocado seu *Réquiem*. ■

---

1 Denominação aplicada à vida e arte burguesas na Alemanha e em outros países do norte europeu entre 1815 e 1848, aproximadamente. (N. T.)

Pablo de Sarasate

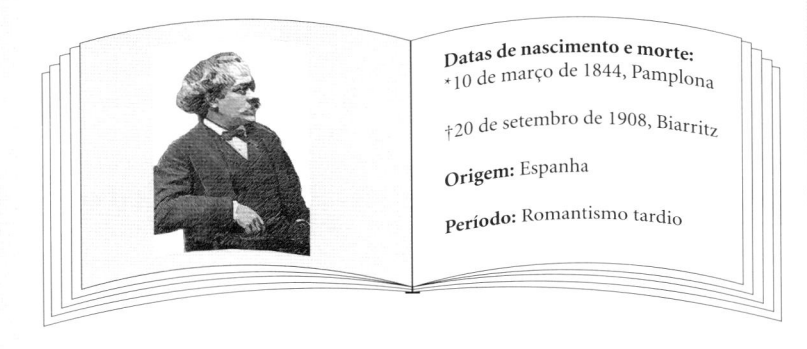

Datas de nascimento e morte:
*10 de março de 1844, Pamplona

†20 de setembro de 1908, Biarritz

Origem: Espanha

Período: Romantismo tardio

Obras importantes

Obras orquestrais:
Zigeunerweisen [*Canções ciganas*] op. 20 para violino (1878)
Spanische Tänze [*Danças espanholas*] op. 21 para violino e piano (1877)
Carmen-Fantasie op. 25 para violino e orquestra (1881)

Importância

Pablo de Sarasate figura entre os grandes violinistas do século XIX. Suas inacreditáveis habilidades ao violino possibilitaram aos compositores contemporâneos colocar exigências técnicas ainda maiores aos solistas.

Pablo de Sarasate, compositor espanhol e o maior violinista depois de Paganini, nasceu em 10 de março de 1844 na cidade de Pamplona, norte da Espanha. Filho de um mestre-de-capela militar, passou seus primeiros anos de vida em diversas cidades com guarnição militar. Aos cinco anos, começou a tocar violino. Com enorme talento ao instrumento, sua infância foi dedicada quase exclusivamente a ele. Após um primeiro concerto, com sucesso triunfal, o menino prodígio de oito anos ganhou uma bolsa de estudos particular para estudar em Madri, onde, aos dez anos, apresentou-se na corte e encantou a todos. O jovem Sarasate ganhou de presente um dos violinos mais caros do mundo, um Guarneri. A rainha Isabella lhe garantiu apoio financeiro e estudos em Paris.

Já no Conservatório de Paris, o músico desenvolveu seu estilo bem pessoal ao violino, caracterizado por um som puro, equilibrado e caloroso. Devido às suas inacreditáveis habilidades técnicas, mesmo os trechos mais difíceis, quando tocados por ele, soavam facílimos, de forma que o gênio ganhou todos os concursos. Quando, aos dezessete anos, ele ganhou com facilidade o Premier Prix, o prêmio artístico mais importante do conservatório, inaugurou-se a fase vitoriosa do virtuose do violino, que fez concertos aplaudidos em Londres, Constantinopla e nos países do Danúbio. Depois de uma turnê de quatro anos pela América do Norte e do Sul, em 1872, Sarasate chegou ao auge como virtuose viajante. A Alemanha era um de seus destinos preferidos. Ele era idolatrado e, apesar de receber milhares de cartas de amor, o elegante *gentleman* de bigode continuava solteiro.

Era surpreendente que o violinista ocupadíssimo ainda encontrasse tempo para compor. A maioria de suas 54 obras de alto nível de exigência foi composta por Sarasate e para ele mesmo. A mais famosa é a impressionante obra *Canções ciganas*, que ainda hoje faz parte do repertório de qualquer virtuose do violino. Mas também suas apaixonantes *Danças espanholas*, nas quais usa canções folclóricas de sua pátria de forma original e elegante, e suas fantasias sobre temas de óperas famosas, como a *Carmen-Fantasie*, podem ser frequentemente ouvidas nas salas de concerto do mundo todo.

Inúmeras obras importantes da literatura de concerto foram dedicadas ao brilhante violinista, como o *Concerto para violino n. 3*, de Saint-Saëns, a *Symphonie espagnole* de Lalo, o *Concerto para violino n. 2*, de Henrik Wieniawski, assim como um *Concerto para violino e orquestra* de Max Bruch. Sarasate morreu em 20 de setembro de 1908, na cidade francesa de Biarritz, perto da fronteira espanhola, aos 64 anos, de bronquite crônica.

Língua afiada

Fato curioso

Sarasate, o gentleman charmoso, às vezes reagia com bastante irritação quando, como convidado, senhoras importunas lhe pediam repetidamente que mostrasse um pouco de seu talento para entretê-las. Certo dia, o virtuose do violino foi convidado para jantar por uma elegante dama: "Maestro, aguardo-o juntamente com seu violino". "Madame", *respondeu Sarasate galantemente,* "irei com prazer, mas meu violino nunca come nada". ∎

Eric Satie

Datas de nascimento e morte:
*17 de maio de 1866, Honfleur

†1º de julho de 1925, Paris

Origem: França

Período: Impressionismo

Obras importantes

Música dramática:
Parade, balé realista (1917)

Obras corais:
Messe des pauvres [*Missa dos pobres*] (1893-1895)

Obras orquestrais:
Musique d'ameublement [*Música da mobília*] (1917)

Obras para piano:
Trois Gymnopédies (1888)
Trois Gnossiennes (1890)
Vinte e um Sports et divertissements [*21 Esportes e outros divertimentos*] (1914)
Sonatine bureaucratique (1917)

Importância

Eric Satie é considerado um dos mais independentes compositores da cena musical francesa; um estranho, como que caído do céu. As ideias bizarras e excêntricas do sério palhaço da música surpreenderam e deixaram crítica e público inseguros. O excêntrico homem desprezou ironicamente os sons sofisticados de Wagner e Debussy e exigiu um retorno à simplicidade.

Um senhor de idade, frágil, estava há semanas, de manhã até a noite, de chapéu e casaco, em um quarto do Grand Hotel de Paris. Com o guarda-chuva na mão, ele ficava sentado em uma grande cadeira de braço diante de um enorme espelho e se observava. Ele era o compositor francês Eric Satie, que recebia seus amigos abrindo-lhes a porta por meio de um complexo dispositivo de corda e roldana fabricado por ele mesmo, sem que precisasse se levantar da cadeira. O homem doente de 58 anos perdera sua alegria e vitalidade, mas seu humor e suas ideias originais não desapareceram.

Parece que o humor era congênito para Satie, pois ele nasceu em 1866 em Honfleur, na costa da Normandia, e diz-se que os normandos são alegres, festivos e engraçados. Pouco depois do nascimento de Eric, seu pai encerrou as atividades como corretor de navios e se mudou com a família para Paris. Como Alfred Satie não tinha muita compreensão sobre a pedagogia moderna, Eric não precisou ir à escola. Ele tinha um professor particular e logo recebeu suas primeiras aulas de piano. Aos treze anos, frequentou o Conservatório de Paris. Eric acreditava que ser pianista, dar aulas e concertos era a mais desejável das formas de vida. Mas as áridas aulas de piano não lhe davam prazer e, três anos depois, o jovem Satie teve de sair do conservatório, "a penitenciária sem nenhum prazer", por causa de notas insuficientes. Mais tarde, ele expressou o exercício escolar em sua composição *Vexations* (*Torturas*). A peça deveria ser repetida 840 vezes, duraria vinte horas se tocada corretamente e precisaria, por isso, de dez pianistas.

Por causa de uma briga com os pais motivada por um caso amoroso com a empregada, o jovem de 21 anos saiu de casa. Finalmente estava livre e independente. Satie foi morar no bairro de artistas Montmartre e frequentou o famoso cabaré Chat Noir, pelo qual se sentia magicamente atraído, porque ali se encontravam compositores, pintores, literatos e os mais famosos *chansonniers*. O mundo boêmio e artístico transformou radicalmente a vida e o pensamento de Satie. "Ele se entusiasma com a vida livre, ousada, desenfreada, que não liga para regras", contou um de seus amigos. Certo dia, Satie pegou suas roupas, borrifou nelas um líquido até que se transformassem em trapos, estraçalhou os sapatos, parou de fazer a barba e deixou os cabelos crescerem. O jovem selvagem tornou-se o segundo pianista do Chat Noir e, assim, passou a trabalhar intensamente com a música de entretenimento. Compôs marchas, valsas e *chansons*. Nessa época, compôs suas primeiras famosas peças para piano, a *Trois Gymnopédies*, que teve esse nome inventado pelo compositor a servir de paródia para as danças da antiga Esparta, na Grécia. Essas graciosas miniaturas para piano chamaram a atenção também de críticos musicais e músicos sérios. Logo depois, Satie passou a ser pianista de um bar próximo, o Auberge du Clou, onde compôs as *Trois Gnossiennes*. Aos 25 anos conheceu o famoso compositor impressionista Claude Debussy, quatro anos mais velho, que ficou amigo do "músico suave, medieval, que está por engano neste século".

Talvez a vida de músico tivesse sido séria se Satie não tivesse herdado uma fortuna de sete mil francos com a morte do pai. Finalmente o seu antigo sonho de ser um homem e músico livre se realizou. Suas atitudes eram extravagantes, exageradas, às vezes até absurdas. Mandou um alfaiate confeccionar uma dúzia de ternos cinza de veludo, todos iguais, morava em um quarto com sofisticado sistema de barras transversais e fechaduras para ficar protegido de olhares alheios, e fundou uma igreja própria, a Église Métropolitaine d'Art de Jésus Conducteur. Nomeou-se o líder da igreja e transformou seu quarto na sede da ordem em "abadia". Certo dia, a abadia de Satie se tornou palco de um relacionamento breve, mas intenso. A modelo de pintores Suzanne Valadon, chamada de Bique, mais tarde uma conhecida artista, tornou-se o grande amor dele. Porém, depois de uma grande briga, ela pulou a janela e sumiu para sempre. Esse foi o único relacionamento amoroso na vida do compositor, pois ele era um homem tímido, que tinha apenas a aparência de pândego extravagante. Após a ruptura com Suzanne, Satie começou a compor a *Messe des pauvres*, a missa dos pobres, que nunca ficaria pronta.

Satie caiu em crise profunda. Sua esperança de ser reconhecido pelo público frustrou-se, ele compunha cada vez mais raramente e sua herança se dissipou. Saiu de Montmartre e foi morar na periferia de Paris, em Arcueil, onde viveu durante doze anos, pobre e completamente isolado. Embora um amigo, um *chansonnier*, tivesse contratado Satie como tocador de piano por uns trocados, o dinheiro mal dava para viver. Nessa época ele compôs, além de canções encantadoras, algumas peças sérias como a opereta para marionetes *Jack in the Box*. Como Satie continuava cheio de dúvidas sobre seu talento como compositor, decidiu, aos 39 anos, inscrever-se novamente na Schola Cantorum, no curso de composição o qual, três anos depois, concluiu com a nota "ótimo". Nos três anos seguintes, Satie não compôs nada. Ele estava com cabelos curtos e um cavanhaque grisalho, e os olhos faiscantes atrás do monóculo lhe conferiam um aspecto esperto, brincalhão. Com o elegante terno, usava um colarinho alto branco e um chapéu-coco preto. Nessa época, dedicava-se à vida local de Arcueil, organizava concertos, escrevia para o jornal local e dava aulas de piano para os pobres.

Em 1911, o quase esquecido Satie ressurgiu repentina e inesperadamente. Debussy executou as três *Gymnopédies* do *monsieur pauvre* (era assim que chamavam Satie na época) com grande sucesso. Os críticos musicais ficaram entusiasmados, os editores farejaram uma nova moda e queriam sua música. Então Satie sentiu vontade de compor novamente. Compôs cinquenta encantadoras miniaturas para piano, que às vezes tinham duração de apenas vinte segundos. Nos títulos das peças, manifestavam-se a originalidade e humor do músico: *Prelúdios para um cão, Melodia para fugir* ou *Peças frias.* Além disso, o compositor independente inventou instruções novas ou completamente incomuns. Em vez de forte ou piano, ele exigia que se tocasse de forma a "enterrar o som" ou "como um rouxinol com dor de dente".

Em 1914, compôs suas pequenas peças para piano *21 Sports et divertissements* (*21 esportes e outros divertimentos*). Satie escreveu pequenas histórias sobre vinte belos desenhos, os quais tentou desenhar com música, minuciosamente. Um ano mais tarde, o compositor veio a conhecer o pintor e escritor Jean Cocteau. Os dois decidiram fazer juntos um balé, uma história de artistas circenses. Cocteau deveria escrever a história, Satie cuidaria da música e os cenários ficariam a cargo de Picasso. Durante um ano ele trabalhou na composição em que introduziu elementos da nova música americana, o jazz. Mas, como absoluta novidade, o excêntrico compositor utilizou ruídos cotidianos, como campainha, tiros de revólver, roda de loteria, ruídos de dínamo e batidas de máquina de escrever, para retratar o cotidiano realisticamente. Os novos "instrumentos" não só tornaram a peça famosa, mas também provocaram um escândalo. A música de *Parade* foi a essência de uma nova música francesa para uma série de jovens músicos. Logo depois eles se juntaram formando o Grupo dos Seis, e Cocteau recomendou Satie como modelo aos jovens compositores, pois "ele ensina à nossa época a maior ousadia: ser simples".

Satie estava convicto do sucesso de sua ideia da música mobiliária.

"O futuro provou", escreveu Milhaud, "que Satie tinha razão. Hoje, donas de casa e crianças preenchem seus espaços com música que não se nota, pois leem e trabalham com os sons constantes do rádio. Em supermercados e restaurantes, os clientes e frequentadores são atordoados constantemente com música".

Foi uma pena que Eric Satie, morto em 1º de julho de 1925, aos 59 anos, em Paris, não pôde vivenciar o sucesso de sua *Musique d'ameublement*. Após sua morte foram encontrados em seu pequeno apartamento miserável quatro mil pedacinhos de papel dentro de maços de cigarros nos quais ele havia escrito milhares de frases, pensamentos e ideias que utilizava para seus textos e artigos de jornal. Além de trabalhos originais e bem-humorados, Satie publicou principalmente textos sarcásticos, como na dedicatória de uma de suas composições: "Compus um primeiro coral de acordo com as regras, para os encarquilhados e imbecilizados. Nele, coloquei tudo aquilo que conheço de tedioso. Dedico este coral àqueles que não gostam de mim. Despeço-me. Eric Satie".

Dia incomum

Fato curioso

Eric Satie não era conhecido em Paris apenas como "compositeur de musique", mas também como escritor. Muitos de seus textos bizarros, como O dia de um músico *são verdadeiras obras-primas literárias.*

"O artista tem de planejar sua vida exatamente", escreve Satie. "Eis o planejamento exato de minhas atividades diárias: levantar: 7h18; inspirado: das 10h23 às 11h47. Almoço às 12h11 e me levanto da mesa às 12h14. Salutar passeio a cavalo nas profundezas de meu parque: das 13h19 às 14h53. Nova inspiração: das 15h12 às 16h17. Diversas atividades: esgrima,

meditação, imobilidade, visitas, observações, exercícios de habilidade, natação etc. das 16h21 às 18h47. O jantar é servido às 19h16 e termina às 19h20. Segue leitura sinfônica em voz alta: das 20h09 às 21h59. Vou dormir regularmente às 22h37. Uma vez por semana, acordar sobressaltado às 3h19 (terça-feira)." ■

Domenico Scarlatti

Datas de nascimento e morte:
*26 de outubro de 1685, Nápoles

†23 de julho de 1757, Madri

Origem: Itália

Período: Barroco

Obras importantes

Obras corais:
Stabat mater para coro de dez vozes (por volta de 1715-1719)

Obras para cravo:
555 sonatas

Importância

Domenico Scarlatti, filho do importante compositor de óperas Alessandro Scarlatti, foi considerado um dos melhores cravistas de sua época. O italiano compôs também música sacra e música dramática, mas só as suas 555 sonatas para cravo já justificam sua fama. Elas influenciaram decisivamente o desenvolvimento da música de cravo na península Ibérica, onde o músico italiano passou a metade da vida, primeiramente na corte real portuguesa e depois na espanhola.

Domenico Scarlatti

O italiano Domenico Scarlatti nasceu em Nápoles em 1685, no mesmo ano que os dois importantes compositores barrocos alemães, Johann Sebastian Bach e Georg Friedrich Händel. Seu pai Alessandro, compositor de óperas muito respeitado, trabalhava ali como mestre-de-capela. *Mimo*, como Domenico era chamado por parentes e amigos, cresceu entre familiares que cantavam, tocavam violino e compunham, e para os quais a música era fonte de renda. O jovem Scarlatti aprendeu com o pai tudo o que precisava saber para ser músico profissional. Quando Domenico, aos vinte anos, ainda vivia no seio da família, seu pai lhe disse: "Meu filho é uma águia cujas asas cresceram e não posso mais impedir seu voo". Seguindo um conselho do pai, Domenico foi para Veneza, na época uma das mais brilhantes cidades culturais da Europa e uma metrópole com 140 mil habitantes.

Scarlatti já era um extraordinário cravista. O organista inglês Roseingrave, que o ouviu em Veneza, contou:

> Em seguida, um jovem todo vestido de preto, com peruca preta, foi convidado a se sentar ao cravo. Quando ele começou a tocar, foi como se dez vezes cem demônios estivessem ao cravo, eu nunca tinha ouvido uma música tão envolvente. Ele superou tanto a minha música que eu tive vontade de cortar meus dedos.

Durante o Carnaval veneziano, Scarlatti se encontrou com Händel pela primeira vez.

Em um baile de máscaras, Händel foi descoberto tocando cravo com uma máscara no rosto. Scarlatti por acaso se encontrava ao seu lado e disse aos presentes que se aquele músico não fosse o famoso saxão, seria o próprio demônio.

Scarlatti ficou tão fascinado com a música de Händel que o seguiu por toda a Itália e estava sempre feliz em sua companhia. Em Roma, o cardeal Ottoboni, amante da música, sugeriu que os dois importantes cravistas se enfrentassem. Muitos dos presentes foram da opinião que Scarlatti superou Händel ao cravo e que o alemão, por outro lado, seria melhor organista. Em Roma, Scarlatti foi contratado como mestre-de-capela na Igreja de São Pedro e do embaixador português. Assim ele conheceu o rei de Portugal, João V, que tinha a ambição de levar para Lisboa o melhor músico sacro, que para ele era Domenico Scarlatti. Assim, aos 34 anos o músico foi para Lisboa, uma decisão que deu um rumo completamente novo à sua vida. Decidiu deixar sua pátria para sempre e abandonar seus amigos para encarar um desafio completamente novo. João V tinha a volúpia suntuosa de um sultão oriental e usava de toda a pompa, de forma que era provável que sua orquestra, formada quase que só por italianos, fosse de excelente qualidade.

Até aquele momento, Scarlatti era admirado como cravista, mas ainda não era famoso como compositor. Depois, além de reger a orquestra, ele tinha de compor. No entanto, o músico logo se afastou cada vez mais dessas obrigações e começou a ensinar cravo com dedicação ao irmão mais jovem do rei e à princesa de talento incomum, Maria Barbara. Provavelmente ele compôs a maioria de suas famosas sonatas como exercícios para seus dois alunos. Pouco se sabe sobre essa fase de sua vida, pois o terremoto de Lisboa em 1755 destruiu a maioria dos arquivos. Mas sabe-se que Scarlatti se casou em Roma, em 1728, com a jovem Maria Caterina Gentili, de dezesseis anos, que lhe deu cinco filhos. Essa foi a sua última estadia na Itália.

No mesmo ano, a princesa Maria Barbara, de dezessete anos, ficou noiva do príncipe herdeiro Fernando da Espanha, de catorze anos, e um ano depois acompanhou-o como esposa a Madri levando consigo Scarlatti, seu fiel mestre da música. Na corte espanhola, o italiano, além de ser professor de cravo, tinha de acompanhar ao cravo o *castrato* mais famoso da Europa e protegido do rei, Farinelli. O rei português, seu ex-patrão e pai de sua aluna, concedeu ao compositor de 53 anos o título de nobreza por seus méritos. Domenico Scarlatti pode ser chamado, então, *Cavaliere*, assim como seu pai. Pouco depois da morte de sua esposa, o italiano se casou com a espanhola do sul Anastasia Ximenes, e o casal teve quatro filhos. Estranhamente, nenhum de seus nove filhos exerceu a profissão de músico.

Scarlatti era muito popular na corte espanhola, admirado como o maior cravista de seu tempo e apreciado como um interlocutor eloquente e espirituoso. O músico venerado por todos, porém, era também viciado em jogo, e assim desperdiçou nos jogos de azar os frutos de sua habilidade musical e os presentes da generosidade real. Sempre que Scarlatti estava à beira da ruína, sua protetora real, Maria Barbara, tinha de ajudá-lo.

Domenico Scarlatti

Domenico Scarlatti tocou e compôs até idade avançada. O compositor barroco italiano morreu em 23 de julho de 1757, aos 71 anos, em Madri. Apenas uma pequena parte de suas 555 importantes sonatas para cravo foram publicadas em vida. ∎

Alfred Schnittke

Datas de nascimento e morte:
*24 de novembro de 1934, Engels (Rússia)

†3 de agosto de 1998, Hamburgo

Origem: Rússia

Período: Música contemporânea

Obras importantes

Música dramática:
Leben mit einem Idioten [*Vida com um idiota*], ópera (1992)
Gesualdo, ópera (1995)
História de D. Johann Fausten, ópera (1995)

Obras orquestrais:
Oito sinfonias, entre elas:
Sinfonia n. 1 (obra principal de seu método de composição polistilista) (1972)
Concerto n. 1 para violoncelo e orquestra (1986)

Importância

Alfred Schnittke está entre os mais interessantes compositores da segunda metade do século passado. Chamou a atenção sua ideia de uma música polistilista, da atuação conjunta de diversas citações (motivos e trechos de outros compositores) e de músicas próprias.

Alfred Schnittke

"Há trinta anos o mesmo sonho se repete: chego em Viena — finalmente, finalmente, é uma felicidade indescritível, um retorno à infância, uma realização". Quando Alfred Schnittke relatou isso, ele estava vivendo na União Soviética. Em sonho, ele retornava ao mundo perfeito de sua infância em Viena, pois sua família de origem alemã do Volga fora viver ali após a Segunda Guerra Mundial. Seu pai, um judeu de Frankfurt, trabalhava como correspondente de um jornal de língua alemã e a mãe era professora de alemão. Na capital austríaca, Alfred teve suas primeiras aulas de piano.

Quando a família voltou à União Soviética em 1948, o jovem Schnittke frequentou inicialmente a escola da Revolução de Outubro, uma escola técnica profissional em Moscou. Depois passou a estudar no Conservatório de Moscou. O talentoso músico compôs suas primeiras obras, mas elas ainda soavam bastante tradicionais, porque, para os cidadãos soviéticos, não existia a possibilidade de conhecer a música moderna ocidental. Em 1961, aos 27 anos, ele ingressou na associação soviética de compositores, o único caminho para ter sucesso e ser publicado no país socialista. Pouco depois, foi nomeado professor de composição e instrumentação no conservatório de Moscou.

Nos anos 1960, a União Soviética se abriu para o Ocidente, e quando o compositor italiano Luigi Nono, simpatizante do comunismo, visitou a União Soviética, em 1963, apresentou a Schnittke os métodos ocidentais de composição e tentou melhorar os trabalhos de seu colega compositor com sua crítica construtiva. Por meio de Nono, Schnittke conheceu compositores ocidentais que lhe enviavam partituras, discos e fitas. Logo o músico começou a usar em suas obras técnicas novas e modernas de composição. Porém, as autoridades comunistas da cultura viam as tentativas progressistas de Schnittke com muitas críticas. Eles consideravam suas obras sem valor e as rejeitavam, já que não atendiam aos padrões socialistas. Suas composições não eram impressas nem executadas. Em um país sem liberdade cultural, Schnittke, de quem desconfiavam, estava exposto a pesadas dificuldades e humilhações. Por isso, como não podia viver de suas obras, o compositor era obrigado a aceitar trabalhos eventuais, compondo música para mais de setenta filmes. "Por causa desse trabalho com filmes, eu tinha contato constante com orquestras e cineastas que não ditavam regras e me davam, assim, a oportunidade de me desenvolver", admitiu o compositor.

Em 1968 aconteceu a grande virada na obra de Schnittke. Ele concretizou, em sua *Sinfonia n. 1*, a ideia de uma música polistilista, isto é, uma música em que o compositor funde diversos motivos musicais de épocas completamente diferentes em ideias musicais próprias. A *Primeira sinfonia* foi, por isso, o verdadeiro começo de sua carreira como compositor de importância. Nessa obra, ele combinou temas de Beethoven, Richard Strauss, Grieg, Haydn e Tchaikovsky com material musical próprio e com partes de sua música para filmes. A estreia em Gorki foi um acontecimento político-musical. Durante meses a imprensa discutiu se a obra era apenas barulho ou um ataque destruidor ao gênero sinfonia. Também em suas sinfonias seguintes (que são o centro de sua obra), Schnittke usou sua técnica de composição polistilista.

Depois de uma turnê no "exterior capitalista" com o violinista russo Gidon Kremer em 1977, Schnittke passou a viver e a trabalhar mais no Ocidente e recebeu a oferta para ser professor convidado em Viena. Após um grave derrame em 1985, ele continuou a compor infatigavelmente, mas sua atividade ficou bastante restrita.

No começo dos anos 1990, Schnittke teve permissão para viajar definitivamente para a Alemanha. Em Hamburgo, ele assumiu a cadeira de composição e começou a trabalhar com música dramática. Em 1992, fez um enorme sucesso com sua primeira ópera, *Vida com um idiota*. Os críticos diziam até que este seria o acontecimento operístico mais importante das últimas décadas. A ópera trata de Wowa, um idiota que teve alta de um manicômio e assumiu o trabalho doméstico na casa de um escritor. Ele trazia consigo o caos e a destruição e levou o escritor à loucura. Três anos depois, estreou a sua ópera dramática *Gesualdo*, sobre o compositor italiano do Renascimento que esfaqueou a mulher por ciúmes. O compositor não conseguiu assistir à estreia de sua ópera *Fausto*. Em 1998, Alfred Schnittke faleceu, aos 63 anos, após longa enfermidade. ■

Arnold Schönberg

Datas de nascimento e morte:
*13 de setembro de 1874, Viena

†13 de julho de 1951, Los Angeles

Origem: Áustria

Período: Expressionismo

Obras importantes

Música dramática:
Die glückliche Hand [*A mão feliz*] op. 18, drama com música (1910-1913)
Von heute auf morgen [*De hoje para amanhã*] op. 32, ópera (1928/1929)
Moses und Aron, ópera (1930-1932)

Música coral:
Gurre-Lieder para solistas, narrador, coro e orquestra (1913)
A Survivor from Warsaw [*Um sobrevivente de Varsóvia*] para narrador, coro masculino e orquestra op. 46 (1948)

Obras orquestrais:
Variationen für Orchester op. 31 (1926-1928)

Música de câmara:
Verklärte Nacht [*Noite transfigurada*] op. 4 para sexteto de cordas (1899)

Obras para piano:
Drei Klavierstücke [*Três peças para piano*] op. 11 (1909)

Importância

O expressionista Arnold Schönberg é considerado, ao lado de seus alunos Alban Berg e Anton von Webern, o principal representante da segunda escola vienense. Com o uso da atonalidade e o desenvolvimento do dodecafonismo, o compositor austríaco criou inovações revolucionárias que foram decisivas para toda a música do século XX.

Arnold Schönberg

Arnold Schönberg é uma das personalidades musicais mais fascinantes e controversas do século XX. Em suas obras, ele não se orientava pelo gosto em voga do público. Para ele, "compor é obedecer a um impulso interior", declarou. "A música não deve enfeitar, ela deve ser verdadeira". Ele não se deixou demover de sua concepção artística por nada nem ninguém e seguiu seu caminho infatigavelmente.

Arnold cresceu como filho de pais judeus sem posses, mas muito musicais, em Viena. Aos sete anos, começou a estudar violino sozinho e logo depois ocupou-se intensamente com o violoncelo. Aos dezessete anos, tornou-se funcionário de um banco privado, mas, um ano depois, o banco abriu falência e o jovem Schönberg passou a se dedicar apenas à composição. Teve aulas com Alexander Zemlinsky, mas obteve a maior parte de seus conhecimentos estudando sozinho as partituras de grandes obras. Para se sustentar, tornou-se diretor de coro da associação de metalúrgicos cantores e dava aulas particulares de composição. Compôs suas primeiras obras ainda calcadas na tradição romântica.

Em 1901, casou-se com Mathilde von Zemlinsky, irmã de seu amigo e professor, e foi viver com ela em Berlim. Na cidade às margens do Spree, Schönberg trabalhava como arranjador do cabaré Überbrettl. Recomendado por Richard Strauss, o vienense foi contratado como professor de composição no Conservatório Stern. Dois anos depois, Schönberg voltou para Viena, onde lecionava teoria musical, harmonia e contraponto e dava aulas para uma série de talentosos alunos particulares, como Anton von Webern e Alban Berg, que mais tarde também foram importantes compositores. Quando Schönberg estava convicto (como no caso de Alban Berg) do talento de um aluno, ele dava aulas até gratuitamente se o aluno estivesse em dificuldades financeiras.

Com seu *Quarteto de cordas n. 2*, composto em 1908, Schönberg se afastou do sistema maior e menor e começou a compor na atonalidade. A apresentação da obra naufragou em cenas de tumulto. Essa inovação revolucionária na música foi um tema intensamente discutido na cena musical. Schönberg teve a possibilidade de lecionar composição na Academia Vienense de Música e Arte. No outono de 1911, mudou-se novamente para Berlim, pois em sua cidade natal não ganhava o suficiente e era fortemente atacado por causa de sua música moderna. Até mesmo

Richard Strauss, que havia recomendado Schönberg ao Conservatório Stern, escreveu em carta à esposa de Gustav Mahler: "Só o médico de loucos pode ajudar o pobre Schönberg. Acho que ele faria melhor em varrer a neve do que rabiscar suas partituras". O compositor francês Maurice Ravel concordou: "Isso não é música, isso é um laboratório". Mas Schönberg continuou o caminho que iniciou. Em 1913, aos 39 anos, o compositor fez seu primeiro sucesso com suas *Gurre-Lieder*. Logo depois eclodiu a Primeira Guerra Mundial, e o músico foi convocado como soldado, sendo dispensado em 1917 por razões de saúde. Como muitas das apresentações de suas obras e das obras de seus alunos terminavam em verdadeiros escândalos, o compositor fundou uma associação para apresentações musicais particulares. Apenas membros da associação tinham acesso e não eram permitidos aplausos ou manifestações de desagrado.

Em 1923, Schönberg fez "uma descoberta pela qual a supremacia da música alemã para os anos seguintes está assegurada": o método de composição com doze tons. O dodecafonismo desenvolvido e publicado por ele foi uma das mais influentes revoluções da história da música. O sistema dodecafônico se baseia no experimento que assume todos os doze semitons da escala tonal cromática com igual valor; grosso modo, para funcionar, a técnica prevê que cada tom apareça apenas quando os outros onze tons soaram.

O método de composição tornou Schönberg famoso e requisitado. Ele recebeu oferta da Academia Prussiana de Artes de Berlim para assumir a *master class* de composição, sucedendo Ferrucio Busoni. Aos poucos, suas obras controversas também receberam o devido reconhecimento. Ele fez inúmeras turnês que divulgaram suas composições também no exterior. Em 1931, Schönberg teve de buscar um clima mais quente por causa de sua saúde fragilizada. Primeiro foi para a Suíça e depois para Barcelona, onde finalizou o segundo ato de sua ópera *Moses und Aron*. Como muitas de suas composições, essa ópera também permaneceu inacabada, porque lhe sobrava pouco tempo para compor devido à sua doença e a compromissos profissionais.

Com a ascensão dos nazistas ao poder, em 1933, surgiu a crítica de que a influência judaica nas universidades alemãs estava crescendo demais. Schönberg era duplamente odiado pelos nazistas, pois, além de ser judeu, compunha música "degenerada". O compositor deixou a Alemanha com a família e emigrou inicialmente para a França, viajando pouco depois para os Estados Unidos. Foram-lhe oferecidas cadeiras de composição em Nova York e Boston. Como o clima da costa leste não favorecia sua asma, um ano mais tarde ele foi viver na Califórnia, mais quente. Após se aposentar, Schönberg dava aulas particulares de composição para inúmeros alunos talentosos em sua bela casa nos arredores de Los Angeles.

Em 1947, Schönberg recebeu o relato de um homem que sobreviveu ao massacre dos judeus no gueto de Varsóvia. O compositor, cujos amigos e parentes também estavam entre as vítimas, ficou tão abalado com tudo aquilo que decidiu fazer uma homenagem à memória dos judeus assassinados em Varsóvia, criando uma música para o relato. Embora estivesse com baixa acuidade visual e com dificuldades para escrever, ele compôs a obra *Um sobrevivente de Varsóvia* em uma semana. O estado de saúde de Schönberg piorava. Gravemente enfermo e quase cego, ele compôs os *Salmos modernos*, com textos próprios. O compositor, então com 76 anos, teve de interromper esse trabalho. Morreu em 13 de julho de 1951, em Los Angeles.

Charada matemática

Fato curioso

A música complexa de Schönberg é extremamente difícil de ser executada. Por isso, na estreia de sua ópera de um ato De hoje para amanhã, *a orquestra tocou uma série de notas a mais. Após o concerto, Schönberg, irritado, dirigiu-se aos músicos e disse: "Meus senhores, se subtrairmos o que eu compus daquilo que os senhores tocaram, poderíamos compor outra ópera com o restante".* ∎

Franz Schubert

Datas de nascimento e morte:
*31 de janeiro de 1797, Himmelpfortgrund, perto de Viena

†19 de novembro de 1828, Himmelpfortgrund, perto de Viena

Origem: Áustria

Período: Romantismo

Obras importantes

Obras corais:
Missa lá bemol maior 678 (1819)

Obras orquestrais:
Nove sinfonias

Música de câmara:
Quinteto para piano em lá maior D 667 [*Quinteto da truta*]
Quarteto de cordas em ré menor D 810 [*A morte e a donzela*] (1824)

Música para piano:
Fantasia em dó maior D760 [*Fantasia do andarilho*] (1822)
Six Moments musicaux D780 (1828)

***Lieder*:**
Mais de seiscentos, entre elas:
Erlkönig [*Rei dos elfos*], balada D328 (1815)

Importância

Embora Franz Schubert tenha vivido apenas 31 anos, ele figura entre os grandes compositores da história da música. O talento do músico vienense é extraordinário, principalmente no âmbito da composição de canções.

Franz Schubert nasceu em 1797 como o décimo-segundo de catorze filhos, em um subúrbio que hoje faz parte da cidade de Viena. Na casa dos Schubert tocava-se música diariamente, pois o pai, professor, fazia questão que cada um dos filhos aprendesse pelo menos um instrumento. Franz tinha aulas de piano com seu irmão mais velho, Ignaz, e aula de canto com o regente do coro da igreja, Michael Holzer. Pouco depois, este também assumiu as aulas de piano de Franz, mas logo percebeu que não tinha mais nada a ensinar ao menino, "pois quando queria lhe ensinar alguma coisa", confessou Holzer mais tarde, "ele já sabia".

Por sua voz extraordinariamente bela, Schubert foi admitido como menino do coro imperial em Viena aos onze anos. Assim, ele conseguiu um lugar gratuito durante cinco anos no internato, onde recebeu uma sólida formação geral e musical. Muitos colegas buscavam a amizade do modesto Schubert, pois sentiam que o jovem músico tinha algo de especial. Durante toda a vida, Schubert, nada belo e apelidado pelos amigos de *Schwammerl* (algo como "cogumelinho"), tinha um grande carisma. Assim, formou-se no internato um verdadeiro círculo de amigos, e entre eles estava Johann Nepomuk Nestroy, que mais tarde seria um famoso escritor de peças teatrais. "Todos são meninos espertos e talentosos, mas o Franz", disse Joseph von Spaun, "superará a nós todos em genialidade". Schubert tocava violino na orquestra da escola e, dessa forma, conheceu as sinfonias dos clássicos. Para suas despesas pessoais, ele recebia tão pouco dinheiro que, em suas primeiras tentativas de composição, ele mesmo teve de produzir suas partituras. Frequentemente seus amigos levavam papel pautado ao jovem compositor e se encontravam logo depois na sala de música para tocar com ele as obras recém-escritas — quase sem ler as partituras.

Quando o organista da corte Ruzicka percebeu o grande talento de Schubert, passou a lhe dar aulas de composição. Mas ele também logo constatou: "Não tenho nada a ensinar-lhe, ele aprendeu com o bom Deus". Devido à sua genialidade, o músico recebeu da direção a permissão para ter aulas particulares com Antonio Salieri, o famoso compositor da corte. O músico italiano já havia ensinado Beethoven e se esforçava para despertar em Schubert a sensibilidade para a bela melodia. Por entusiasmo pela música, Schubert negligenciava as outras disciplinas escolares, o que o levou a brigar com o pai, que desejava para o filho uma vida burguesa, segura. Para dar uma lição no filho, ele o proibiu de ir para casa. Schubert sofreu muito com a separação e só se reconciliou com o pai dois anos depois, com o falecimento de sua amada mãe.

Em 26 de julho de 1812, Franz Schubert cantou pela última vez. Apesar da mudança de voz, ele pôde (ao contrário de Joseph Haydn, anteriormente) permanecer no internato, pois precisavam dele como primeiro violino. Além disso, Ruzicka confiava cada vez mais a regência da orquestra ao jovem de quinze anos. Schubert não estudava nada além da música, de forma que tirou uma nota ruim em matemática e teve de fazer uma prova de recuperação, o que o levou a abandonar o internato. Para escapar ao serviço militar de longos anos, Schubert decidiu seguir a carreira de professor. Porém, três anos mais tarde, ele desistiu daquela profissão inadequada, pois sempre que ele criava sons durante a aula — era assim que Schubert denominava a composição —, aquele bando de alunos o irritava tanto que geralmente o fazia perder o controle. Apesar de trabalhar como professor, Schubert criou naqueles três anos uma enorme quantidade de obras: quase trezentos *lieder*, quatro missas, quatro sinfonias, cinco músicas dramáticas, quatro quartetos de cordas e uma série de obras para piano. Em 1817, o músico abandonou o emprego de professor, novamente contra a vontade do pai, pois para ele criar significava viver. Ele estava convicto: "Vim a este mundo apenas para compor".

Schubert podia, então, dedicar-se apenas à composição, mas vivendo do quê? Ninguém queria apresentar suas obras ou publicar suas composições. Por sorte, Schubert tinha bons amigos que o ajudavam em sua dificuldade financeira. Quase todos eram artistas, eles mesmos sem muitos recursos, mas dividiam o pouco que tinham com ele. Durante toda a vida, Franz passou de amigo a amigo. Eles cuidavam dele e o ajudavam, pois Schubert tinha dificuldade em resolver os problemas da vida, vivendo a maior parte do dia em outro mundo.

O compositor trabalhava com inacreditável concentração e rapidez. Precisou de apenas algumas horas para compor a extraordinária balada *Erlkönig*, sobre o poema de Goethe. Schubert compunha geralmente várias *lieder* no mesmo dia — ele era tão produtivo que não se lembrava de canções que havia escrito pouco antes. Ele obedecia a um planejamento diário definido. Sentava-se às seis da manhã à escrivaninha e compunha sem parar até a uma da tarde. A tarde era livre. Schubert amava a natureza e, por isso, fazia longos passeios diários. Em seguida, bebia um cafezinho preto em um dos cafés vienenses, fumava um cachimbo lendo os jornais e depois passava as noites com os amigos.

Seu círculo de amigos substituía a família, pois, como Beethoven, ele permaneceu solteiro. O conde Johann Karl Esterházy contratou Schubert duas vezes (1818 e 1824) como professor particular em seu palácio Zelesz, na Hungria, e esse foi um período despreocupado para o músico. Ele dava aulas para as duas filhas e tocava com a família do conde.

Em 1817, Franz von Schober apresentou Schubert ao cantor lírico da corte Johann Michael Vogl, que passou a divulgar suas canções e apresentá-las para a sociedade elegante. A importância e a inovação das canções de Schubert estão no fato de que o piano deixou de ser utilizado apenas como acompanhamento do canto, mas assumiu uma parte de igual valor ao canto, que explora o teor da canção de forma ainda mais variada. Para divulgar as *lieder* de Schubert também fora de Viena, o músico viajou com Vogl nos anos de 1819 e 1825 para Steyr, Gmunden, Bad Gastein e Linz para fazer concertos particulares. Em todos os lugares, o compositor encontrou apreciadores de sua arte. No entanto, Goethe não reconheceu a genialidade musical de Schubert. Ele não se manifestou nem quando Joseph von Spaun lhe enviou as músicas do compositor para seus poemas. Isso foi uma grande decepção para Schubert.

Para entender um pouco como funcionava o mercado editorial da época, basta conhecer a história de Anton Diabelli, que, editor de Beethoven e também compositor, adquiriu os direitos dos doze primeiros cadernos de canções por 800 guldas e ganhou depois, só com a canção *Der Wanderer* (*O caminhante*), 2.700 guldas.

Mesmo com a publicação de algumas de suas obras, os seus rendimentos pessoais eram tão modestos que Schubert continuou procurando um emprego fixo, o qual nunca conseguiu. Em 1827 (um ano antes de sua morte), Schubert estava hospedado em Graz, na casa de um advogado, Dr. Pachler. A senhora Pachler era amiga de Beethoven e mostrou as canções de Schubert ao grande compositor. Embora Beethoven vivesse em Viena,

Schubert nunca ousou falar com seu grande modelo. Este último ficou entusiasmado com as canções de Schubert e as analisou durante dias, mas não pôde fazer mais nada pelo jovem compositor, que já estava gravemente enfermo e faleceu logo depois.

Em 1828, Schubert assistiu ao primeiro e único concerto público de suas obras. O sucesso foi grande, mas não houve outras apresentações porque o compositor ficou gravemente doente. Além das costumeiras dores de cabeça, ele tinha vertigens. O médico lhe recomendou que se mudasse para a casa de seu irmão Ferdinand, perto de Viena, para ter auxílio quando a doença se agravasse. Duas semanas antes de morrer, o enfermo sentiu necessidade de se aperfeiçoar na música. Ele combinou com Simon Sechter, um teórico musical vienense, para ter aulas sobre a fuga. Em 19 de novembro, Sechter esperou em vão pelo aluno Schubert, que já estava morto. Seu legado musical, composto em uma vida tão breve, abrange quase mil composições: seiscentas *lieder*, oito sinfonias, obras orquestrais, música para piano, música de câmara, óperas, obras corais profanas e música sacra. Poucas composições foram publicadas durante sua vida. Em 21 de novembro de 1828, Franz Schubert foi sepultado, perto de Beethoven, no cemitério Währinger, em Viena, com acompanhamento relativamente grande. Os amigos sabiam o que perderam com a sua morte:

> "Schubert morre e com ele a maior alegria
> E maior beleza que tínhamos
> A alma mais honesta, o amigo mais fiel"

Música demais na cabeça

Fato curioso

Schubert compunha com inacreditável rapidez. Às vezes, ele compunha várias canções em uma manhã. Certo dia, levou a seu amigo e melhor intérprete, Johann Michael Vogl, algumas canções novas. Pouco depois, Vogl estudou as canções e escolheu a que mais o agradava. Como era um pouco alta demais para sua voz, pediu a um copista que a reescrevesse para voz mais baixa. Duas semanas depois, os dois amigos ensaiavam algumas canções, entre elas aquela de Schubert, com a letra do copista. Quando Schubert ouviu a canção, exclamou surpreso: "Escute, esta canção não é ruim, de quem é?". Ele nem se lembrava de suas próprias composições depois de poucos dias, de tanta música que tinha na cabeça. ∎

Heinrich Schütz

Datas de nascimento e morte:
*8 de outubro de 1585, Köstritz perto de Gera

†6 de novembro de 1672, Dresden

Origem: Alemanha

Período: Barroco

Obras importantes

Música dramática:
Dafne, ópera (1627), a partitura se perdeu

Obras corais:
Exéquias musicais, SWV 279-281 (1636)
Música coral sacra, 29 motetos para 5-7 vozes e instrumentos, SWV 369-418 (1650)
Symphonae sacrae, 21 concertos sacros para 5-8 vozes com instrumentos, SWV 398-418 (1650)
Historia der Freuden — und Gnadenreichen Geburth Gottes und Marien Sohne Jesu Christi [*História do feliz e misericordioso nascimento do filho de Deus e Maria Jesus Cristo*] para solo, coro, instrumentos e baixo contínuo SWV 435 (1660)

Importância

Heinrich Schütz foi o primeiro músico alemão que se tornou conhecido para além das fronteiras da Alemanha. Durante muito tempo, o importante compositor do início do Barroco ficou esquecido e somente no século passado foi novamente respeitado. *Dafne* foi uma das primeiras óperas alemãs.

Heinrich Schütz (que usava o nome artístico Henricus Sagittarius) é considerado o melhor compositor alemão da primeira metade do século XVII. Seus contemporâneos o chamavam de "pai de nossa música moderna".

O landgrave Moritz de Hessen, também músico, conheceu e ajudou o talentoso jovem Schütz, de treze anos. Admitiu-o como menino cantor no coro da corte, providenciando para que frequentasse o colégio de música, que estudasse direito em Wetzlar e, por fim, para que se aperfeiçoasse com Giovanni Gabrieli em Veneza. Lá, Schütz conheceu o estilo veneziano de múltiplos coros e a técnica de monodia, desenvolvida por Claudio Monteverdi. Naquela época, na Alemanha, utilizava-se apenas a polifonia. Como agradecimento e para demonstrar o quão bem-sucedidos foram seus estudos, Schütz enviou a seu mecenas um livro com madrigais a cinco vozes, a única música profana conservada do compositor alemão.

Aos 28 anos, Schütz tornou-se organista da corte de seu patrão, mas logo o príncipe Georg I da Saxônia demonstrou forte interesse pelo músico. Como mestre-de-capela em Dresden, Schütz transformou a orquestra da corte em pouco tempo na melhor orquestra da Alemanha. Sua tarefa era compor a música para as festividades. Assim ele compôs, para o casamento da filha mais velha do príncipe, a *Tragicomoedia von der Dafne*, uma das primeiras óperas alemãs. *Dafne,* como outras músicas utilitárias de Schütz, infelizmente se perdeu. A música sacra protestante constitui a maior e mais importante parte de sua obra e o que trouxe a fama como grande compositor: eram salmos, concertos religiosos e oratórios. Estes também eram frequentemente compostos para determinadas ocasiões. Pela morte de sua esposa, Schütz compôs os *Salmos Becker*. Com as *Exéquias religiosas*, ele fez uma homenagem mortuária ao seu descobridor e mecenas de Hesse.

Em 1618, a Guerra dos Trinta Anos eclodiu com suas consequências avassaladoras. Um terço da população alemã morreu e toda a vida cultural desapareceu. Para escapar dessa situação e ganhar novos impulsos musicais, em 1628 Schütz viajou pela segunda vez para a Itália, onde finalmente encontrou seu ídolo, o importante compositor italiano renascentista Monteverdi. Ao voltar, o trabalho artístico em Dresden parecia impossível devido à guerra, além da peste que se propagou na Saxônia, de forma que Schütz viajou novamente, desta vez para Copenhague, onde foi nomeado mestre-de-capela real. Nos anos seguintes, o compositor, que gostava muito de estar sempre em locais diferentes, podia ser encontrado nas várias cortes alemãs. Em todo lugar, o importante músico era muito respeitado como autoridade artística. Quando Schütz voltou a Dresden, no fim da Guerra dos Trinta Anos, a orquestra real estava em estado lamentável. O compositor, então com sessenta anos, pediu sua aposentadoria, mas não foi atendido, assim como sua reclamação sobre as péssimas condições na orquestra real.

O novo soberano Georg II concedeu ao compositor, então com 66 anos, a merecida aposentadoria. Schütz passou a velhice em sua casa de Weissenfels. O compositor faleceu em Dresden, em 1672, vítima de apoplexia, com a idade avançada, inacreditável para a época, de 87 anos. Schütz descreveu sua vida, apesar de seus sucessos e sua fama, como uma existência atormentada, pois, além da guerra, das epidemias, das difíceis condições de trabalho e da péssima situação da cultura em sua época, ele sofreu muitos golpes do destino em sua vida particular. Em pouco tempo, Schütz perdeu os pais, a mulher, seu único irmão e sua cunhada. Suas duas filhas também morreram antes dele.

O mérito de Heinrich Schütz foi ter combinado em suas obras a polifonia comum na Alemanha da época com a monodia italiana. Dessa forma, o compositor criou uma música inovadora. ∎

Clara Schumann

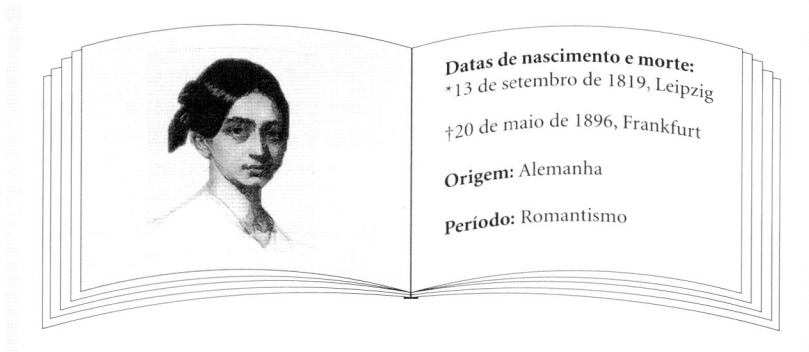

Datas de nascimento e morte:
*13 de setembro de 1819, Leipzig

†20 de maio de 1896, Frankfurt

Origem: Alemanha

Período: Romantismo

Obras importantes

Música de câmara:
Trio para piano em sol menor op. 17 (1846)
Três Romances para violino e piano op. 22 (1853)

Lieder:
12 Lieder aus F. Rückert's Liebsfrühling [Doze canções da primavera de amor de F. Rückert] op. 12 (1841)

Importância

Clara Schumann, a mulher do compositor Robert Schumann, foi uma aclamada virtuose do piano em sua época. Junto com Fanny Hensel, a irmã de Felix Mendelssohn-Bartholdy, ela é considerada a mais importante compositora do Romantismo.

A pianista e compositora Clara Schumann nasceu em 13 de setembro de 1819, em Leipzig. Logo aos cinco anos aprendeu piano com seu pai, o respeitado comerciante de artigos musicais e professor de piano Friedrich Wieck. Ele percebeu o extraordinário talento musical de sua filha e acreditou no ambicioso plano de torná-la a melhor pianista da Europa. Com rigidez implacável, exigia que a pequena Clara estudasse por duas horas diariamente, seguidas de longos passeios para fortalecer a saúde da delicada menina. Mesmo com o passar dos anos, Clara tinha de ir dormir pontualmente às dez da noite.

Quando Clara estava com dez anos, deu seus primeiros e muito aplaudidos concertos. Os nobres da corte de Dresden mal podiam acreditar que aquela menina era capaz de tocar sem ler partituras e de improvisar. "Quando ela criou sobre um tema predeterminado", escreveu o orgulhoso pai para casa, "todos ficaram fora de si. Nem consigo descrever tamanha admiração". Em companhia do pai, a jovem pianista fez, nos anos seguintes, longas turnês para Berlim, Paris e Londres. Por toda parte o sucesso era grande. Johann Wolfgang von Goethe também ficou impressionado com a garota prodígio. Um dia, Clara conheceu o jovem aluno de piano de seu pai, Robert Schumann. A amizade juvenil logo evoluiu para um amor profundo, mas Friedrich Wieck foi contra o namoro, pois temia pela carreira de solista da filha. Mesmo assim, Clara não se deixou convencer e se casou com o compositor contra a vontade do pai.

É surpreendente que nos anos seguintes Clara, mesmo com seus sete filhos, ainda encontrasse força e tempo para estudar, compor e dar concertos. Onde quer que aquela mulher bonita e incomum se apresentasse, ela era o centro das atenções, pois Clara não era apenas muito talentosa, mas também bastante atraente. Críticos e amantes da música aclamavam Clara Schumann não apenas como virtuose brilhante do piano, mas também como talentosa compositora, embora ela própria não estivesse convicta de seu talento. Para ela, tratava-se apenas do prazer de compor algo. Naquela época, não era comum que mulheres se ocupassem com composição. Até Robert, seu marido, também compositor, achava: "Ter filhos e um marido que vive no mundo da lua e ainda compor não dá certo". Clara Schumann compôs a maioria de suas 21 composições publicadas e dotadas de números de *opus* para seus próprios concertos. São pequenas peças românticas, uma criação suave e cheia de musicalidade. Suas canções op. 12 são tão belas que até foram integradas a uma coletânea de canções de Robert.

Após a morte do marido, em 1856, começaram os anos difíceis para a compositora de 37 anos, pois ela tinha de sustentar sozinha a grande família. Nesses anos difíceis, recebeu ajuda e conselho do compositor catorze anos mais jovem Johannes Brahms, com o qual desenvolveu uma forte amizade. Clara Schumann se mudou com os filhos de Düsseldorf para Berlim e depois para Baden-Baden. A partir de 1878, a compositora de 59 anos começou a dar um curso de piano no Conservatório de Frankfurt am Main. Em idade avançada, a senhora ainda se apresentava em concertos, até que começou a sofrer de uma doença na cabeça, que provocava dores e aos poucos a levou à surdez. Clara Schumann morreu em 1896, quarenta anos depois do marido, em Frankfurt am Main, aos 76 anos, e o mundo da música se enlutou pela grande artista.

Uma lição

Fato curioso

Em muitas de suas turnês triunfais na Alemanha e no exterior, a pianista de fama internacional Clara Schumann era acompanhada por seu marido, Robert. Não era raro que ele fosse reconhecido apenas como esposo da virtuose, e não como um dos compositores mais importantes de sua época. Isso o aborrecia enormemente.

Em 1852, o casal de artistas iniciou uma turnê pela Holanda. Robert regia as próprias obras e Clara tocava quase que exclusivamente composições para piano de seu marido. Em todos os lugares foram aplaudidos entusiasticamente. Apenas a corte real foi uma exceção vergonhosa. Clara havia sido convidada para dar um concerto ao piano no palácio do príncipe Friedrich von Hohenzollern. Já na chegada, o casal de artistas não foi tratado muito bem pelo mordomo-mor e pelos lacaios. Mas, quando os convidados conversaram alto durante a apresentação de Clara, Robert ficou extremamente enervado.

No intervalo do concerto, o casal foi apresentado ao anfitrião real. "Que aparição celestial", *exclamou o príncipe, inclinando a cabeça para beijar a mão de Clara.* "A senhora nos presenteou com música do mais alto nível, posso afirmar com modéstia que entendo alguma coisa da suprema arte da música." *Clara inclinou-se levemente e olhou de soslaio para Robert, a quem o príncipe tinha ignorado completamente. Só então ele pareceu notar Robert Schumann e voltou-se para ele (certamente para agradar à respeitada pianista) em tom arrogante:* "E o senhor, meu amigo, também é músico?" *Robert enrubesceu. Clara se assustou porque sabia muito bem que seu marido devia estar profundamente ofendido com aquela falta de tato, mas Robert apenas sorriu com sarcasmo. Será que ele deveria se aborrecer com um idiota arrogante daqueles? Enquanto o lacônico Schumann murmurou um breve* "sim" *e o príncipe continuou a perguntar:* "E que instrumento toca?", *Clara se dirigiu ao palco para continuar seu concerto. As luzes no salão da coroação se apagaram lentamente e o murmúrio dos convidados silenciou quando Clara sentou-se ao piano e se dirigiu ao público:* "Meus senhores e minhas senhoras, começo a segunda parte de meu recital de piano com uma de minhas composições favoritas, os *Papillons*, borboletas musicais incomparavelmente delicadas de um dos mais extraordinários e maiores compositores de nosso tempo: Robert Schumann". *Robert olhou satisfeito para o príncipe, petrificado em sua poltrona. Ninguém mais poderia ter dado uma lição melhor para o presunçoso nobre.* ■

Robert Schumann

Datas de nascimento e morte:
*8 de junho de 1810, Zwickau

†29 de julho de 1856, Endenich, perto de Bonn

Origem: Alemanha

Período: Romantismo

Obras importantes:

Música dramática:
Genoveva, ópera (1847/1848)

Obras orquestrais:
Concerto para piano e orquestra em lá menor op. 54 (1845)
Sinfonia n. 1 em si bemol maior op. 38 [*Sinfonia primavera*] (1841)
Sinfonia n. 3 em mi bemol maior op. 97 [*Renana*] (1850)

Obras para piano:
Carnaval op. 9 (1837/38)
Kinderszenen [*Cenas infantis*] op. 15 (1838)
Kreisleriana op. 16 (1838)

***Lieder*:**
Dichterliebe [*Amor de poeta*] op. 48, ciclo de canções (1840)

Importância

Robert Schumann figura entre os músicos mais destacados do Romantismo. Compôs principalmente para seu instrumento preferido, o piano, e deu às suas obras geralmente títulos poéticos, o que é característico do Romantismo. Suas peças para piano são quase que exclusivamente reunidas em ciclos como os *Papillons* (borboletas) ou o *Carnaval*. Robert Schumann também adquiriu fama como crítico e escritor musical.

Robert Schumann

"Sonhei que tinha me afogado no Reno", anotou Robert Schumann, aos dezenove anos, em seu diário. Naquele momento, ele não podia saber que, mais de vinte anos depois, realizaria o intento. Desde muito cedo Schumann escrevia muito, além do diário: escrevia poemas, fragmentos de romances e artigos. Ele era considerado um grande talento linguístico e seu grande amor, além da música, era a literatura. Herdou-o do pai, um livreiro e editor que escreveu e traduziu autores ingleses. Sua grande biblioteca particular proporcionou a Robert Schumann uma ampla formação literária. August Schumann apoiava as ambições musicais do filho, de forma que Robert começou a ter aulas de piano. No ginásio, ele fundou sua orquestra escolar e uma associação literária. A pedido da mãe (o pai morreu aos 53 anos), Schumann foi para Leipzig aos dezoito anos para estudar direito. Porém, em vez de assistir às aulas, ele passava o tempo lendo, escrevendo e se ocupando com música.

Friedrich Wieck, que já havia transformado sua filha Clara em criança prodígio, prometeu transformar o talentoso Schumann em um grande pianista em três anos. Aos vinte anos, Robert desistiu do direito e se decidiu pela música. Como Schumann queria se tornar o maior pianista de seu tempo, ele não só estudava com obstinação, mas também desenvolveu um dispositivo especial que deveria servir para fortalecer os seus fracos quarto e quinto dedos. Ele dobrava um dedo para trás, prendendo-o com um laço, para fortalecer o outro dedo. Com isso, ele provocou paralisias na mão direita que acabaram com sua carreira pianística. Começou a estudar composição, e inicialmente compôs apenas para piano: as *Variações Abegg*, com a sequência de notas A-B-E-G-G [lá-si-bemol-mi-sol-sol]. Em sua segunda composição, os *Papillons*, miniaturas para piano que remetem a borboletas, ele já demonstrou que gostava de dar às peças títulos que expressassem determinados estados de espírito e sentimentos: uma característica da música romântica.

Em 1833, o jovem de 23 anos teve um encontro na taberna Cafeeiro Arábico, em Leipzig, com jovens artistas revoltados contra o provincianismo retrógrado. Eles se autodenominam "aliados de David" e deram a si mesmos (como na tradição das organizações secretas) um nome fantasia. O nome de seu grupo apareceu várias vezes nas composições de Schumann, nas *Danças dos aliados de David* e no *Carnaval*. Nesse ciclo para piano, ele homenagou Ernestine von Fricken, de quem ficou noivo em 1834. Ela era de Asch, na Boêmia, e esta sequência de sons, As-C-H, ou A-ES-C-H [lá-mi bemol-dó-si], foi transformada por Schumann em uma composição.

Em 1834, aos 24 anos, o compositor fundou, junto com seu professor Wieck e alguns amigos, a *Nova Revista de Música*. Schumann, geralmente de poucas palavras, escrevia ali com grande eloquência artigos e críticas musicais, que, com seu tom poético, representavam uma nova forma de texto. Em sua revista, assim como em suas composições, ele fez uso cada vez mais de três personagens que representam traços de seu caráter: Florestan, o apaixonado, fogoso e espontâneo; Eusebius, o sentimental, introvertido e melancólico; e Raro, o intelectual e conselheiro equilibrado. Um ano mais tarde, Schumann se aproximou da filha de Wieck, nove anos mais jovem, bela e talentosa. Ele desfez seu noivado para poder se casar com Clara, de modo que, depois de ter conseguido uma autorização de casamento via decisão judicial (pois Wieck, pai de Clara, era contra o casamento), eles puderam se casar, em 1840.

Robert Schumann sentiu que o casamento com Clara tinha lhe dado asas. Uma fase feliz e criativa se iniciou para ele, que, em pouquíssimo tempo, compôs uma série de espetaculares composições: a *Sinfonia primavera,* 140 *lieder* e obras para piano. Ele as compôs exclusivamente para a esposa, que já era uma pianista famosa. Ele frequentemente a acompanhava em suas turnês pela Europa, e sempre se sentia humilhado quando Clara era aplaudida, em todos os lugares, e ele era considerado apenas seu marido, e não um artista importante. Muitos compositores, como, por exemplo, Chopin, venerado por Schumann, e Liszt, tinham atitude reservada com relação às composições de Schumann, o que o magoava. Mas em círculos musicais distantes ele era reconhecido. A Universidade de Jena até lhe conferiu o título de doutor *honoris causa*.

Em 1841, nasceu o primeiro de oito filhos do casal. Ele compôs muitas de suas obras para eles, para as aulas de piano com a mãe, Clara. Em 1843, Schumann tornou-se diretor do Conservatório de Leipzig, mas esse emprego não rendeu dinheiro suficiente para sustentar a família, que ia aumentando. Por isso, Clara continuava a fazer turnês. Apenas os concertos na Rússia lhe renderam seis mil táleres. Em 1847, Schumann se mudou com a família para Dresden, onde recebeu uma oferta para ocupar o cargo de diretor do coro da sociedade de coro masculino Liedertafel. No entanto, devido a seu caráter discreto, ele teve pouco sucesso como professor e regente. Sentia-se também frequentemente indisposto, reclamando de vertigens, cansaço e ansiedade. Foi com grande esforço que conseguiu terminar a sua *Sinfonia n. 2*.

Em 1850, o compositor de quarenta anos finalmente conseguiu um emprego que prometia segurança financeira e prestígio social: tornou-se diretor municipal de música em Düsseldorf. Para sua recepção, o coro e a orquestra ensaiaram algumas obras suas e foram organizados um jantar e um baile. Schumann, de repente, era outra pessoa. Deixou-se contagiar pela alegria e pelo entusiasmo dos renanos, compôs com obsessão e esboçou em três meses sua *Sinfonia n. 3*, a *Renana*, na qual exteriorizou através da música suas impressões da região onde vivia. Mas logo veio a desilusão. O comportamento relaxado da orquestra não lhe agradava nada, aconteciam desentendimentos desagradáveis e Schumann sofria com humilhações e intrigas. Em 1853, houve até exigências para que se demitisse. No mesmo ano, chegou uma visita de Hamburgo: o jovem compositor Johannes Brahms, que rapidamente se tornou amigo e confidente da família. Em inúmeros artigos, Schumann defendia a música de Brahms com entusiasmo.

Pouco depois, Schumann começou a sofrer com problemas auditivos. Sons, acordes e melodias atordoavam sua mente e não o deixavam mais dormir. Na chuvosa segunda-feira de Carnaval do ano de 1854, os habitantes de Düsseldorf estavam festejando, e ninguém notou o indivíduo forte, de roupão, que se jogou no Reno. Corajosamente, marinheiros salvaram o compositor psiquicamente doente, cansado de viver. Ele foi internado na clínica de doenças nervosas de Endenich, perto de Bonn. Durante sua internação, Schumann ainda teve muitos momentos de lucidez. Compunha, tocava piano e estudava partituras. Mas ele tinha alucinações cada vez mais frequentes e ficou agressivo com os vigilantes. Apenas uma vez (pouco antes de sua morte) recebeu a visita de Clara. Aos 46 anos, Robert Schumann, um dos maiores compositores românticos, faleceu.

Robert Schumann

Um intenso desejo desperta a criatividade

Fato curioso

Muito cedo, a música se tornou a grande paixão de Schumann, ao lado da literatura. A pedido da mãe, ele foi estudar Direito em Leipzig, mas sentia falta da música. Naquela época, ainda não havia rádio, nem discos, nem CDs. Quem quisesse ouvir música tinha de ir a um concerto ou tocar sozinho. Schumann também não tinha dinheiro para comprar um instrumento.

Quando certo dia o desejo de ouvir música se tornou insuportável, ele teve uma ideia. Seguro de si, foi até a loja mais elegante de artigos musicais de Leipzig e se fez passar por mordomo de um conde inglês. Rapidamente surgiu o dono da loja: "O que posso fazer pelo senhor, Mylord?". O jovem Schumann analisou, com olhos de especialista, alguns pianos de cauda e disse casualmente: "O senhor conde deseja comprar um instrumento e eu devo escolher o mais adequado para ele". O dono da loja sorriu lisonjeado e disse, inclinando-se ligeiramente: "Os pianos estão à sua disposição, Mylord!".

Dessa forma, Schumann pôde tocar e improvisar durante três horas em seu querido instrumento, aplaudido pelos presentes que o olhavam embasbacados. Depois ele se despediu, assegurando que recomendaria ao senhor conde o piano adequado. Depois daquela travessura, naturalmente, Schumann nunca mais apareceu na loja.

Alexander Scriabin

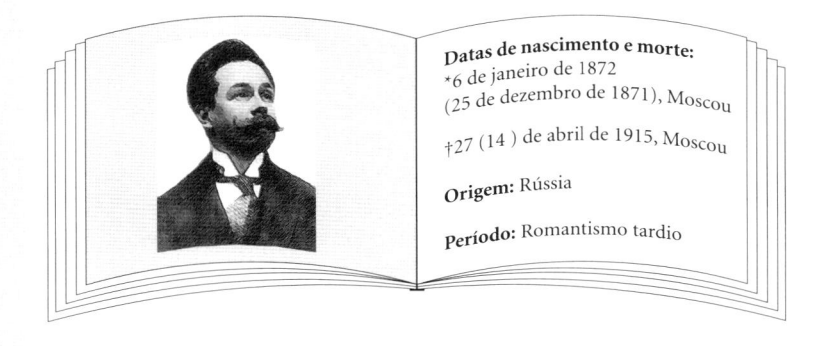

Datas de nascimento e morte:
*6 de janeiro de 1872
(25 de dezembro de 1871), Moscou

†27 (14) de abril de 1915, Moscou

Origem: Rússia

Período: Romantismo tardio

Obras importantes

Obras orquestrais:
Poème de l'extase op. 54, poema orquestral (1905-1907)
Prométhée ou Le Poème du feu op. 60 (1908-1910)

Obras para piano:
Sonata n. 4 em fá sustenido maior op. 30 (1901-1903)
Sonata n. 5 op. 53 (1907)
Sonata n. 9 op. 68 [*Missa negra*] (1913)

Importância

O excêntrico compositor russo Alexander Scriabin é considerado um dos mais importantes representantes do Simbolismo, um estilo que tenta penetrar na essência sobrenatural das coisas. Ele sonhava com uma obra de arte sinestésica, uma peça com a qual todos os sentidos humanos fossem estimulados ao mesmo tempo. Para obter isso, o esotérico compositor desenvolveu a ideia de um piano de cores que, a cada som, produzia determinada cor, e um órgão aromático cujo registro era ligado a aromas. Com a intensificação dos sentidos, o ouvinte deveria chegar ao êxtase, um estado no qual o corpo é desmaterializado e se une ao divino.

Alexander Scriabin

"Era uma visão de luas cantantes, cadentes. Astros musicais. Erupções do sol. Uma revelação de outro planeta. Um brilho cantante do ar, no qual aquele deslumbrante filho dos deuses se movia", escreveu um contemporâneo após a morte do compositor russo Alexander Scriabin, que parecia ter vindo de outro planeta.

O pai de Alexander, que fazia parte da antiga nobreza militar russa, era diplomata. A mãe, uma pianista concertista, morreu um ano depois do nascimento do filho. Aos dez anos, Alexander ingressou na escola de cadetes para seguir mais tarde a carreira militar. Paralelamente, o jovem Scriabin, que possuía um ouvido aguçado e grande musicalidade, teve suas primeiras aulas de piano e teoria musical, e já nessa época compôs suas primeiras obras. Sabemos exatamente a quantidade e a data de composição dessas obras porque o jovem músico elaborou um índice de suas peças. Aos dezessete anos, Scriabin deixou a escola de cadetes e começou a estudar música no Conservatório de Moscou. Três anos mais tarde, concluiu seu curso de música e conquistou a Pequena Medalha de Ouro por seu exame de piano. Seu colega Sergei Rachmaninov conquistou a Grande Medalha.

Aos 21 anos, Scriabin deu seu primeiro recital de piano, quando tocou também obras próprias. O rico comerciante de madeiras e mecenas Belaieff, amigo e incentivador de Glazunov e do Grupo dos Cinco, ficou entusiasmado com o talento de Scriabin. Ele publicou suas composições e fez com ele uma turnê de concertos pela Europa Ocidental, na qual o músico apresentou quase que exclusivamente obras suas, composições ainda fortemente influenciadas por Chopin, seu compositor favorito, o que se manifesta logo nos títulos *Impromptus, Nocturnes, Préludes* e *Mazurcas*. Depois de suas apresentações, ele ficou conhecido não apenas como virtuose do piano, mas também como compositor competente. Infelizmente, um problema de saúde na mão direita, devido ao excesso de esforço, o obrigou a exercitar apenas com a mão esquerda. Um *Prélude*, um *Nocturne* e a *Marcha fúnebre* de sua primeira sonata são compostos apenas para a mão esquerda. Quando sua mão direita ficou bem novamente, o compositor saiu em nova turnê pelos centros culturais europeus ocidentais para solidificar sua fama como pianista e compositor.

Aos 27 anos, casou-se com a pianista Vera Ivanovna Issakovich, que trabalhava muito pelas obras do marido. Com ela, Scriabin teve quatro filhos. Um ano mais tarde, o compositor foi nomeado docente de piano no Conservatório de Moscou. Mas, cinco anos depois, ele deixou o cargo, pois Belaieff lhe garantiu um salário anual que possibilitava sua dedicação exclusiva à composição. Em 1904, aos 32 anos, deixou Moscou e foi viver na Suíça, onde compôs a *Sinfonia n. 3*, o *Poème divin* e o *Poema ekstasa*. O texto reporta a uma de suas mais famosas composições, o *Poème de l'extase*, um poema orquestral no qual os temas se repetem com intensidade cada vez maior para concluir em um êxtase final.

Scriabin se separou de sua mulher e se casou com a belga Tatjana de Schloezer. Após uma bem-sucedida turnê de concertos pelos Estados Unidos, o compositor russo se estabeleceu em Bruxelas, cidade natal de sua esposa. Lá, entrou em contato com grupos que estudavam teosofia, uma escola religiosa que desejava entrar em contato com Deus por meio da meditação, esperando compreender o sentido dos acontecimentos mundiais. Scriabin começou a compor *Prométhée*, e nessa obra ele queria concretizar sua ideia da "sinestesia", a inclusão de todos os sentidos. O compositor, que associava as diversas tonalidades a determinadas cores, acrescentou ao enorme aparato da orquestra uma *tastiera per luce*, um piano de cores com o qual, a cada tecla tocada, a sala de concerto ficava imersa em luz colorida variada. Para isso, Scriabin desenvolveu um aparelho especial de projeção que, no entanto, não funcionava muito bem. Simultaneamente, ele trabalhou em sua *Sonata para piano n. 5*, a primeira de suas sonatas de um movimento, às quais ele muitas vezes anexava poemas. Em sua *Sonata n. 7*, denominada *Missa Branca*, ele observa: "A sonata contém aromas e nuvens. Essa música se aproxima do misticismo. Ouçam essa tranquila alegria [...] O tema faiscante ou a fonte de fogo conduz à última dança, à dissolução pela intervenção dos trompetes dos arcanjos. É realmente um delírio — a última dança, antes do momento da desmaterialização. É um alto voo até o êxtase, a união com o sobrenatural".

O lado contrário — o confronto com o demoníaco, satânico — ele tentou exprimir em sua *Nona* e última *Sonata para piano*, que seus amigos denominaram de *Missa negra*. Isso fica nítido em seu programa: "O começo das sonatas — são forças sinistras; o meio — um pesadelo; o final — novamente forças sinistras".

Em seus últimos anos de vida, Scriabin desenvolveu a visão de um "Mistério", de uma obra completa de dimensão nunca imaginada. Em um templo hindu em forma de semiesfera, dois mil participantes deveriam executar uma obra composta de música, poema, teatro e dança associados a cores e aromas, de forma que todos os sentidos do ouvinte eram estimulados. Ela teria de ser executada tantas vezes quanto necessário para que toda a humanidade absorvesse o mistério em si e fosse levada a um êxtase comunitário, até que atingisse um nível de consciência mais alto. Ele próprio ficaria como salvador, no centro. Scriabin trabalhava febrilmente nesse espetáculo musical universal, mas dele só se conservaram esboços, pois o excêntrico compositor russo morreu sobre seus planos visionários, aos 43 anos, de septicemia. ■

Dmitri Shostakovich

Datas de nascimento e morte:
*25 (12) de setembro de 1906, São Petersburgo

†9 de agosto de 1975, Moscou

Origem: Rússia

Período: Música moderna

Obras importantes

Música dramática:
O nariz op. 15, ópera (1930)
Lady Macbeth do distrito de Mtsensk op. 29, ópera (1934)

Obras orquestrais:
Quinze sinfonias
Concerto para piano, trompete e orquestra de cordas em dó menor op. 35 (1933)
Concerto para violoncelo e orquestra n. 2 em sol maior op. 126 (1966)

Música para piano:
Vinte e quatro prelúdios e fugas op. 87 (1950/1951)

Importância

Dmitri Shostakovich está entre os mais ecléticos e influentes compositores russos do século XX. Ele foi caracterizado como o último grande compositor sinfônico. Muitas de suas obras refletiram a situação social e política na União Soviética comunista. Professor engajado, Dmitri Shostakovich marcou o trabalho e o pensamento de toda uma geração de músicos soviéticos.

Dmitri Shostakovich

O dia 12 de abril de 1961 foi um dos mais memoráveis da história das viagens espaciais. O cosmonauta russo Yuri Gagarin foi o primeiro homem a voar ao espaço. Lá de cima, ele cantava para a estação de controle: "Minha pátria ouve, minha pátria sabe para onde seu filho flutua no céu". A canção, a primeira música que soou no espaço, era de Dmitri Shostakovich, o grande compositor soviético.

Dmitri, filho de um engenheiro, nasceu em ambiente burguês. Sua mãe, uma excelente pianista, ensinou piano a ele e às duas irmãs.

"Constatou-se", contou Shostakovich mais tarde, "que eu tinha ouvido absoluto e uma boa memória. Aprendia as notas muito depressa, memorizava-as rapidamente e as decorava sem esforço. Era bom na leitura das notas. Então logo comecei as primeiras tentativas de composição".

Na Rússia, era uma época tumultuada. A Primeira Guerra Mundial eclodiu, o império czarista se desfez e a Revolução de Outubro já se anunciava. Sob essas impressões de guerra e tumultos, Dmitri, aos nove anos, compôs sua primeira obra maior, *O soldado*, uma peça programática ilustrativa com texto explicativo.

Aos dez anos, Dmitri frequentou um conservatório particular de sua cidade natal para se aperfeiçoar na música. O respeitado compositor e diretor do Conservatório de São Petersburgo, Glazunov, percebeu o talento do jovem e permitiu que Dmitri fosse admitido ali com doze anos. Glazunov incentivou o talentoso Dmitri e o ajudava também financeiramente, pois com a Revolução de Outubro a família Shostakovich havia perdido todos os bens. Além disso, quando o pai morreu, a família ficou completamente sem recursos. Só com a bolsa de estudos, obtida por intermédio de Glazunov, Shostakovich pôde prosseguir seus estudos. Ele se tornou rapidamente um pianista brilhante, ganhando o segundo prêmio e um diploma de honra no primeiro concurso internacional Chopin, em 1927. Um ano antes, quando tinha dezenove anos, sua *Sinfonia n. 1* já havia sido apresentada, sua primeira obra-prima que ainda demonstrava influências de Tchaikovsky e Rimsky-Korsakov. A imprensa e o público ficaram entusiasmados. O jovem músico russo despertou a atenção também do exterior. Muitos regentes importantes incluíram a primeira sinfonia de Shostakovich em seus repertórios, e já estava claro que sua carreira de compositor seria cheia de sucesso

A revolução de 1917 foi vitoriosa. Os anos de transição do império czarista para a União Soviética foram cheios de privações e dificuldades. Se, no início, o Partido Comunista ainda mantivera uma postura relativamente liberal com relação aos artistas, a situação mudou rapidamente após a ascensão de Stalin ao poder. Os artistas eram controlados e forçados exclusivamente ao realismo comunista, uma arte que deveria ser de fácil entendimento pelo povo e servir aos objetivos do Estado. Não existia mais liberdade artística, e os artistas se viram obrigados a deixar a pátria ou ir para um "exílio interior", ou seja, ceder exteriormente às exigências dos governantes socialistas, mas permanecer secretamente fiéis às próprias convicções. Shostakovich escolheu a emigração interior, mas sofreu imensamente com o dilema. Como muitos de seus contemporâneos, ele estava disposto, exteriormente, a colocar seu trabalho à disposição da pátria socialista. Por isso, ele incluiu dedicatórias políticas em suas obras, como em sua *Segunda sinfonia*, dedicada ao décimo aniversário da revolução.

Em 1927/28, Shostakovich compôs sua primeira ópera, a grotesca *O nariz*, baseada em Gogol, o popular autor russo. Sua música é permeada de harmonias modernas e ritmos jazzísticos. Embora Shostakovich tenha composto, em seguida, uma música inteligível para a maioria, ele se tornou suspeito para o estado soviético. Sua segunda ópera, *Lady Macbeth do distrito de Mtsensk*, foi aclamada pelo público, mas o crítico do *Pravda*, o grande jornal soviético, escreveu: "Isso não é música, é caos". A ópera não pôde ser exibida na União Soviética durante trinta anos. Shostakovich, naquela época com trinta anos e casado com Nina Wagner, com quem teve dois filhos, afastou-se completamente da cena musical durante dois anos para escapar às hostilidades públicas dos críticos socialistas, que o classificavam depreciativamente como moderno e o repreendiam por seu "ocidentalismo".

Naturalmente o Partido Comunista tentou conquistar o compositor apreciado pelo público para seus propósitos, pois Shostakovich tinha fama no exterior e suas obras eram gravadas com entusiasmo na Europa Ocidental e no ultramar. Eles o obrigaram a se autocriticar e admitir que teria cometido erros. Por isso, Shostakovich denominou sua *Quinta sinfonia* como "uma resposta criativa concreta de um cidadão soviético a uma crítica justificada". Quando ele anunciou, dessa forma, sua fidelidade ao Estado soviético, passou a ser regularmente homenageado com altos postos e condecorações. Recebeu o Prêmio Lenin e foi nomeado docente do Conservatório de Leningrado. Quando as tropas alemãs invadiram Leningrado em 1941, na Segunda Guerra Mundial, Shostakovich compôs, sob a impressão dos terríveis acontecimentos, sua *Sinfonia n. 7*, chamada de *Sinfonia de Leningrado*. O compositor, para quem "música sem programa e sem ideias não pode ser valiosa, viva e tampouco bela", descreveu nessa sinfonia, através da música, o cerco e a libertação de sua cidade natal. Ela foi transmitida pelo rádio no exterior como símbolo musical da resistência internacional, como propaganda contra os alemães. A *Sinfonia n. 9* foi composta por Shostakovich para comemorar a paz restabelecida.

Em 1947, recebeu a presidência da Associação de Compositores. Como deputado, Shostakovich ingressou no soviete supremo. Um ano mais tarde, o Partido Comunista elaborou diretrizes contra formas e harmonias complexas na música. Mais uma vez, o compositor foi atacado publicamente por sua linguagem musical moderna e destituído de todos os seus cargos. Como resposta, compôs novamente obras que satisfaziam o realismo socialista, como a *Canção das florestas*. Agora tinha permissão para fazer viagens ao exterior como embaixador cultural de seu país e para assistir às apresentações de suas obras. Em 1953, o ditador soviético Stalin morreu, e Shostakovich compôs sua *Sinfonia n. 10*, que hoje assumimos como um acerto pessoal de contas com o governante desumano e o regime brutal. Mas, embora o músico chamasse sua composição de

Sinfonia para a paz mundial, ela foi rejeitada pela crítica e pela Associação de Compositores.

Nas suas grandes obras seguintes, Shostakovich mostrou uma aparente fidelidade ao regime, usando canções revolucionárias de 1905 em sua *Sinfonia n. 11*, com o título *O ano de 1905*, e dedicou sua *Sinfonia n. 12* a Lenin. Por isso foi recolocado como deputado no soviete supremo da União das Repúblicas Socialistas Soviéticas e nomeado secretário da Associação de Compositores. Em 1962, aos 56 anos, o compositor encontrou poemas do poeta russo Yevgeni Yevtuchenko, que lembravam o massacre dos judeus de Kiev na ravina de Babi Yar por soldados alemães. Shostakovich compôs a música para esses terríveis acontecimentos em sua *Sinfonia n. 13* e a dedicou à memória dos judeus assassinados pelos nazistas. O compositor reconheceu: "A maioria de minhas sinfonias são monumentos funerários. Muitos de nossos conterrâneos morreram em lugares ignorados, ninguém sabe onde ficaram sepultados, nem mesmo seus parentes o sabem [...] Gostaria de compor uma peça para cada um dos mortos, mas isso é impossível. Por isso dedico a todos toda a minha música".

Em 1967, por ocasião do quinquagésimo aniversário da Revolução de Outubro, foi apresentada sua *Sinfonia n. 14*. Nessa época, Shostakovich já sofria de uma incurável medulite, sendo que sua mão direita ficara paralisada. Quatro anos depois de sua *Sinfonia n. 15*, em 1971, o grande compositor soviético morreu aos 68 anos, em Moscou, vítima de um infarto.

Silêncio como limpeza interior

Fato curioso

Durante toda a vida, Shostakovich viveu um tenso dilema. Aparentemente, ele incorporava o artista soviético que se entendia com o governo, mas interiormente sofria com a humilhação e a ditadura musical dos governantes comunistas. Com frequência se afastava da vida pública, ficava calado e lacônico.

"Às vezes", conta um de seus melhores amigos, o importante violoncelista Mstilav Rostropovitch, "era impossível, para Shostakovich, falar. Mas ele gostava quando uma pessoa querida ficava junto dele sem dizer uma palavra. Antes de morarmos no mesmo prédio, ele morava um pouco longe de mim. Na época, me telefonava eventualmente e dizia: 'Venha rápido, apresse-se!'. Eu ia até seu apartamento e ele me recebia: 'Sente-se e agora podemos ficar em silêncio juntos'. Eu ficava ali, meia hora sentado, sem dizer uma palavra. Era muito relaxante apenas sentar assim. Então Shostakovich se levantava e dizia: 'Obrigado, até logo, Slava'". ■

Jean Sibelius

Datas de nascimento e morte:
*8 de dezembro de 1865, Hämeenlinna

†20 de setembro de 1957, Tuusula perto de Järvenoää

Origem: Finlândia

Período: Romantismo tardio

Obras importantes

Obras orquestrais:
Finlândia op. 26, poema sinfônico (1900)
Kullervo op. 7, poema sinfônico (1891/1892)
Karelia-Suíte op. 11 (1893)
Lemminkäinen-Suíte op. 22, poema sinfônico, contendo o *Cisne de Tuonela* (1900/1939)
Valse triste op. 44 (1904/1906)
Concerto para violino e orquestra em ré menor op. 47 (1903/1905)
Sinfonia n. 4 em lá menor op. 63 (1911)
Sinfonia n. 6 em ré menor por 104 (1923)

Importância

Sibelius é o mais importante compositor finlandês. Ele é considerado o criador da música clássica nacional. Seu poema sinfônico *Finlândia*, símbolo do movimento pela independência daquele país, tornou-o internacionalmente famoso.

O compositor finlandês Jean Sibelius nasceu em uma família que pertencia a uma minoria de língua sueca, e só aprendeu finlandês no ginásio. Apenas aos quinze anos Jean começou a estudar violino seriamente. Ele queria ser violinista, mas logo teve de reconhecer que começou muito tarde para seguir essa carreira. Por isso, o jovem Sibelius foi estudar direito em Helsinque. Um ano mais tarde, porém, ele se decidiu definitivamente pela música. Em Helsinque, Berlim e Viena, aprendeu o ofício da composição. A partir de 1892, aos 27 anos, passou a lecionar no Conservatório de Helsinque.

Por influência da família de sua esposa, Aino Järnefelt, com quem se casou em 1892, sua consciência patriótica finlandesa foi despertada. Em 1809, a Finlândia havia sido dominada pelo império czarista após a Guerra Sueco-Russa. Por volta do final do século XIX, havia cada vez mais medidas de opressão por parte das autoridades russas e, consequentemente, o povo finlandês tomou consciência de sua dignidade como nação. O épico nacional *Kalevala*, com seus mitos e sagas finlandeses, desencadeou um movimento patriótico de libertação. A aflitiva situação política do país despertou também em Sibelius um sentimento de patriotismo. Junto com inúmeras manifestações pacíficas pelos direitos do povo finlandês em 1899, organizavam-se em Helsinque apresentações teatrais. Seu auge foi uma apresentação solene cujo número principal consistia de uma série de quadros do passado. Foram representadas artisticamente cenas da mitologia e histórias finlandesas, para as quais Sibelius compôs as músicas. No final da obra soava — em vez do habitual hino nacional — um poema sinfônico que mais tarde seria chamado de *Finlândia,* o qual se torna símbolo de liberdade para os finlandeses. Sibelius passou a ser considerado o compositor mais importante da nação e porta-voz do movimento de libertação. Mais tarde, *Finlândia*, com a letra *Land of the rising sun*, tornou-se o hino nacional do país africano Biafra.

Quando foi constatado o efeito imenso dessa obra sobre o povo finlandês, a peça rapidamente foi proibida. Porém, no exterior, ela logo foi divulgada e chamou a atenção do mundo para a luta pela libertação dos finlandeses. Por seus méritos a favor de seu país, Sibelius recebeu em 1897 uma pensão estatal vitalícia que lhe possibilitou compor sem preocupações financeiras. Mais tarde, foi concedido a ele o título de doutor *honoris causa* da Universidade de Helsinque.

O épico nacional finlandês *Kalevala* foi a fonte de muitas de suas obras, principalmente dos poemas sinfônicos que o tornaram famoso também na Alemanha: *Kullervo, Lemminkäinen-Suíte*, com o *Cisne de Tuonela* e *Tapiola*. São expressivas imagens musicais que descreviam e enalteciam, por meio da música, a terra dos milhares de lagos. Mas, ao lado de sons melancólicos, encontram-se na obra do finlandês belas imagens românticas com canções populares e danças simples, como em sua *Karelia-Suíte*. Ele tomou conhecimento dessas melodias tradicionais dos antigos compositores populares durante sua viagem de lua de mel pela Carélia.

Em 1904, Sibelius construiu sua casa Ainola em Järvenpää, ao norte de Helsinque, na qual viveu até morrer. Fora de seu país, o compositor fez muito sucesso principalmente na Inglaterra e nos Estados Unidos. Oxford lhe concedeu o título de livre-docent; a universidade americana de Yale, o título de doutor *honoris causa*. A última composição de Sibelius foi uma música ritual para a loja maçônica de Helsinque à qual pertencia desde 1922. Surpreendentemente, o compositor finlandês não publicou nada nos trinta últimos anos de vida. Em 1957, Sibelius morreu com a idade avançada de 91 anos, em Helsinque.

Sobrenatural

Fato curioso

Sibelius trabalhava e vivia intensamente com todos os cinco sentidos, mas tinha mais um sexto, pois sempre sentia quando, em algum lugar do mundo, uma de suas composições estava sendo transmitida pelo rádio, garantia sua mulher.

"Ele lá está sentado, calmo, lendo um livro ou folheando o jornal. De repente, fica inquieto, vai até o rádio, vira os botões, e então chega pelas ondas uma de suas sinfonias ou poemas sinfônicos." ∎

Bedřich (Friedrich) Smetana

Datas de nascimento e morte:
*2 de março de 1824 em Litomsyl

† 12 de maio de 1884 em Praga

Origem: Boêmia (atualmente República Tcheca)

Período: Romantismo

Obras importantes

Música dramática:
A noiva vendida, ópera (1866)
Libussa, ópera (1881)

Obras orquestrais:
Má vlast [*Minha pátria*], seis poemas sinfônicos — entre eles, *O Moldávia* (1872-1879)

Música de câmara:
Quarteto de cordas n. 1 em mi menor [*Da minha vida*] (1876)

Importância

Friedrich Smetana é considerado, ao lado de Dvořák e Janáček, importante representante da música tcheca. Em suas obras, ele se esforçou para criar uma música nacional tcheca. *O Moldávia*, do ciclo *Minha Pátria*, é uma das peças mais populares da literatura musical.

Bedřich (Friedrich) Smetana

Há uma série de compositores que descreveram em uma autobiografia como sua vida transcorreu, mas há poucos músicos que tentaram representar acontecimentos importantes de sua vida por meio da música. Em seu quarteto de cordas *Da minha vida*, o compositor da Boêmia, Smetana, descreveu com sons acontecimentos decisivos que marcaram e mudaram sua vida. Logo no primeiro movimento, o ouvinte pressente uma desgraça que se aproxima, que no final se torna uma certeza: Smetana tem um problema de audição e fica — como Beethoven — surdo, um terrível golpe do destino para músicos. Após essa catástrofe, sobram apenas lembranças de tempos felizes, de uma infância despreocupada que Friedrich passa com dezessete irmãos em uma pequena localidade da Boêmia. O pai, um mestre cervejeiro, era conhecido na cidade como habilidoso dançarino. Bedřich — chamado pela família de Friedrich, porque em casa se falava alemão — era uma criança com alto grau de miopia, sensível e introvertida, e herdou a musicalidade do pai. O menino começou a tocar violino e piano e, aos seis anos, já se apresentou em público. Como aluno, Friedrich não foi muito bem-sucedido, mudava de escola frequentemente e, às vezes, cabulava a aula para ficar tocando. "Não fazia nada", ele confessou mais tarde, "era um vagabundo".

Sob a vigilância de um tio, ele finalmente foi aprovado no exame de conclusão do ginásio, em Pilsen. Lá ele viveu com os Kolarov, família da jovem Katherina, com quem ele se casou mais tarde. O pai gostaria que o filho seguisse a carreira de funcionário público, mas ninguém conseguiu demover o jovem Smetana da decisão de ser músico. Com 20 guldas no bolso, o jovem de vinte anos partiu para Praga em 1844. Lá, teve aulas de piano e lutou para sobreviver. Finalmente o conde Thun contratou o talentoso pianista como professor de seus filhos. Quando seu primeiro concerto em Eger terminou em fracasso, Smetana recorreu a Franz Liszt com uma carta desesperada e ameaçando suicidar-se, pois sua situação financeira estava bastante crítica. O mestre-de-capela da corte de Weimar, sempre generoso e solícito, fez um empréstimo ao músico da Boêmia e se esforçou para que suas *Seis peças programáticas* para piano (dedicadas a Franz Liszt) fossem publicadas. Smetana, um dos mais esforçados discípulos de Franz Liszt, teve uma ligação de amizade durante muitos anos com seu incentivador. Com o empréstimo, Smetana fundou uma escola de música, de forma que passou a ter uma base de subsistência segura e pôde finalmente se casar com Katerina Kolařová, que lhe deu quatro filhas.

Smetana viveu em uma época em que as diferentes nacionalidades tomavam consciência de sua peculiaridade. A Revolução Francesa escreveu em suas bandeiras "liberdade, igualdade e fraternidade", e o Romantismo exigia dos diversos Estados que se voltassem para seus passados culturais. A Boêmia oriental, pátria de Smetana — hoje parte da República Tcheca —, fazia parte do império austríaco, que congregava os mais variados países como a República Tcheca, a Eslováquia, a Hungria, a Eslovênia, a Croácia e partes da Itália. O império tinha sua sede em Viena, e a língua das autoridades e pessoas cultas era o alemão.

"Desde a juventude", escreveu Smetana, "fui educado em alemão tanto na escola como na sociedade, negligenciei, enquanto era estudante, o estudo de outra língua [...] de forma que agora tenho de confessar com vergonha que não consigo me expressar nem escrever corretamente em tcheco."

Os tchecos exigiram a independência da Áustria, a igualdade de direitos de sua língua, a autogestão e a possibilidade de seu próprio desenvolvimento. Smetana também foi tomado por uma nova consciência nacional e se entusiasmou com a independência nacional. Agora ele se denominava Bedřich e participava do ano revolucionário de 1848 como membro da guarda nacional do levante contra os governantes austríacos.

O fracasso da revolução atingiu Smetana severamente. Seu desejo tornou-se exprimir seu amor à pátria por meios artísticos, conservando e vivificando a música tcheca. No âmbito operístico, queria compor obras não apenas na língua do país, mas que se originassem na história, na lenda ou na vida do povo simples tcheco. No entanto, em sua pátria, que Smetana amava mais do que tudo, ele era pouco respeitado como artista e músico. Foi preterido na escolha do regente da ópera de Praga, e ficou desiludido, aceitando repentinamente um emprego na cidade sueca de Göteborg. Lá, o músico da Boêmia foi muito bem-sucedido, mas sua mulher contraiu tuberculose e eles tiveram de retornar a Praga. Infelizmente, Katerina morreu durante a viagem de volta. Smetana se casou pouco depois com Betty Fernandi, dezesseis anos mais jovem. O compositor foi viver em Praga novamente e esperou pelo grande sucesso. Há algum tempo já havia percebido que seus planos ambiciosos de antigamente — "com a ajuda de

Deus serei um Mozart da composição" — não se concretizaram. Para sustentar a família, saiu em turnês de concertos, dava aulas de piano e abriu, mais uma vez, uma escola de música.

Finalmente, com sua ópera popular *A noiva vendida,* o compositor de 42 anos experimentou seu grande sucesso. O enredo reflete a alegria do povo tcheco, e graças a esse sucesso lhe foi oferecido o emprego de mestre-de-capela na ópera de Praga, mas esse cargo deu início à grande *via crucis* de Smetana. A estreia de sua ópera *Dalibor*, por ocasião do lançamento da pedra fundamental do teatro nacional tcheco, foi um fracasso. Além disso, sua posição como regente estava cada vez mais insustentável, pois ele era criticado por compor poucas óperas e raramente trabalhar com a orquestra. Smetana treinava intensamente ao piano, pois cogitava abandonar a carreira de maestro e sair em turnê como pianista. Porém, certo dia, constatou: "Às vezes, tenho zumbido nos ouvidos e ao mesmo tempo minha cabeça gira, como se tivesse vertigem. Escuto belos e peculiares sons de flauta e depois começa um zumbido como se eu estivesse perto de uma cachoeira". A audição de Smetana piorou rapidamente e logo ele concluiu: "Não ouço nada, nem com o ouvido direito nem com o esquerdo". Para tentar amenizar o pior mal que pode atingir um músico, Smetana investiu — como Beethoven — grandes quantias de dinheiro em médicos e terapias em vão. Mesmo assim ele continua a compor, pois, apesar de todos os adversários e resistências no próprio país e de sua crescente surdez, ele acreditava firmemente no sucesso de sua música. Compôs seu *Quarteto de cordas n. 1* em mi menor *Da minha vida*, no qual descreve musicalmente seu terrível destino. Como Smetana tem ouvido absoluto, ele escrevia suas partituras diretamente, sem rascunho ou correção. Mesmo quando estava surdo, ele continuava a se apresentar como pianista e regente, pois ouvia a música interiormente. Para se distrair de sua tragédia, ele passeava com frequência, jogava xadrez, fumava charutos e fazia o que mais gostava: ler jornais.

Em 1881, finalmente o antigo desejo de Smetana e de muitos tchecos se realizou: o teatro nacional tcheco foi inaugurado. Na abertura, Smetana, surdo, regeu sua última ópera, *Libussa*. Dois anos antes de sua morte, todo o ciclo *Má vlast (Minha pátria)* foi apresentado. Nessa obra, o fervoroso patriota Smetana descreveu em seis poemas sinfônicos acontecimentos históricos, cidades e belezas naturais de seu país. A peça mais famosa é *O Moldávia*.

Logo o estado de saúde de Smetana piorou rapidamente. Ele tinha dificuldade para andar, sofria de alucinações e ficava geralmente inclinado à janela, acenando para pessoas imaginárias. Na primavera de 1884, Smetana teve um ataque de fúria e foi internado em uma instituição em Praga, onde faleceu em 12 de maio de 1884, aos 60 anos. Leoš Janáček, que admirava muito seu amigo, observou, mais tarde: "Minha lembrança de Bedřich Smetana é igual à ideia que crianças têm do bom Deus: elas o veem nas nuvens". ∎

Louis (Ludwig) Spohr

Datas de nascimento e morte:
*5 de abril de 1784, Braunschweig
† 22 de outubro de 1859, Kassel

Origem: Alemanha

Período: Romantismo

Obras importantes

Música dramática:
Fausto, ópera romântica (1816)

Obras orquestrais:
Concerto para violino e orquestra n. 7 em mi menor op. 38 (1814)
Concerto para violino e orquestra n. 8 em lá menor op. 47 (1816)
Sinfonia n. 4 em fá maior op. 86 [*A consagração dos sons*] (1832)

Música de câmara:
Noneto em fá maior op. 31 (1813)
Octeto em mi maior op. 32 (1814)

Importância

Louis Spohr foi considerado ainda em vida um dos compositores mais importantes. Críticos o comparavam a Beethoven. Spohr reporta-se, em sua música, ao Classicismo vienense, especialmente Mozart, mas já antecipava muitos elementos da música romântica. Como violinista, ele era mencionado juntamente com o virtuose do violino Paganini. Como regente, foi muito respeitado e, como professor e organizador de festivais de música, Spohr também teve grande mérito.

Louis (Ludwig) Spohr

Louis Spohr, um dos grandes músicos alemães do período entre o Classicismo e o Romantismo, passou a infância na cidadezinha sossegada de Seesen, na região do Harz, onde seu pai trabalhava como médico. Os pais incentivavam o talento musical do filho, que logo ficou conhecido fora de Seesen por seu talento ao violino. O duque de Braunschweig, Karl Wilhelm Ferdinand von Braunschweig, que estava sempre à procura de novos talentos promissores para sua orquestra ducal, levou o jovem de quinze anos para sua corte. O jovem Spohr teve a sorte de logo depois poder acompanhar seu professor Franz Eck a um concerto em São Petersburgo, para ampliar seu horizonte. Spohr aproveitou a viagem para fazer suas primeiras composições, e logo fez a própria turnê de concertos como virtuose do violino e compositor pela Alemanha Central. A corte de Gotha ficou entusiasmada com o músico genial e o contratou como diretor e *spalla* da orquestra da corte. Ele se casou com a harpista Dorette Scheidler, para quem compôs uma série de peças para piano e harpa. Críticas eufóricas sobre suas composições logo tornam Spohr famoso fora da Alemanha.

Ele viajou com a esposa para Viena, a capital do mundo musical, pois sabia que lá cada desempenho artístico era medido pelo parâmetro mais alto, e que agradar significava se impor como músico. O sucesso inacreditável de dois concertos com casa lotada garantiu a Spohr uma oferta para ser diretor de orquestra do Theater an der Wien. Ele aceitou, pois a atmosfera alegre da cidade o atraiu e fascinou. Teve contato com muitas personalidades artísticas da cidade, inclusive com Beethoven, de quem se tornou amigo. Em Viena, Spohr compôs algumas de suas obras mais importantes: o *Noneto* em fá maior op. 31, o *Concerto para violino n. 7* em mi menor, o *Octeto* em mi maior op. 32 e sua ópera *Fausto*. Logo o serviço de diretor de orquestra se tornou monótono para Spohr e ele resolveu deixar Viena. Viajou com a família para a Suíça e Itália para ter novas ideias artísticas e fazer concertos. No famoso teatro La Scala de Milão, Spohr tocou seu *Concerto para violino n. 8* em lá menor, composto especialmente para a Itália, certamente o mais famoso de todos os seus concertos. Na plateia estava aquele que era considerado por todos os seus conterrâneos o melhor violinista do mundo: Paganini. Apesar disso, pôde-se ler após o concerto que o primeiro lugar entre os violinistas deveria caber a Spohr.

Após aplaudidas apresentações em Londres e Paris, o músico finalmente encontrou o emprego vitalício desejado há tanto tempo. O príncipe Wilhelm II von Hessen conhecia o músico da corte de sua irmã em Gotha. Por um salário anual de dez mil táleres — para a época uma quantia considerável — ele contratou Spohr como mestre-de-capela da orquestra da corte. O príncipe ambicioso e apreciador de música quer fazer de seu teatro algo especial, por isso contratou os melhores atores, cantores e instrumentistas. Com o talento organizatório e artístico de Spohr, a orquestra da corte de Kassel logo se tornou uma das melhores da Europa. O compositor executava todo o repertório operístico contemporâneo, organizava concertos por assinatura e regia impressionantes apresentações de oratórios. Como em Gotha, Spohr também atuou em Kassel como precursor de grandes festivais de música. Seu prestígio como uma das personalidades musicais da época continuava a crescer. Como compositor, Spohr se voltou nessa época às grandes formas: sinfonia, ópera e oratório, com as quais conquistou sucesso internacional.

Em seus últimos anos de vida, o músico sofreu golpes na vida profissional e particular. Sua mulher Dorette faleceu e a relação com o príncipe herdeiro Wilhelm ficou cada vez mais tensa, pois Spohr defendia ideais republicanos. Se agora a corte de Kassel lhe negava o grande reconhecimento, o músico o encontrou em seus inúmeros concertos. Um segundo casamento e grandes êxitos no exterior melhoraram seu ânimo. Quando Spohr entrou na sala de concertos de Gent, a multidão de mil pessoas se levantou para ovacioná-lo euforicamente: *"Vive, Spohr, le grand Spohr"*. Choveram flores.

Quando o soberano lhe negou as férias de verão e o compositor partiu, mesmo sem permissão, o caso terminou em processo: Spohr contra o soberano. O músico perdeu e foi destituído, aos 73 anos, de seu cargo na corte. Dois anos depois, Louis Spohr, o grande regente, violinista e compositor, faleceu em Kassel, aos 75 anos. Suas memórias, publicadas após sua morte como *Autobiografia*, ficaram inacabadas.

Louis (Ludwig) Spohr

Simplesmente genial!

Fato curioso

Quando Louis Spohr viveu em Gotha, cidade próxima de Erfurt, realizou-se em 1808 o famoso congresso de príncipes. O músico e alguns alunos partiram a pé para admirar as celebridades da época, assim como as grandes personalidades do famoso Théâtre français, que deveriam se apresentar por ocasião do congresso.

"Infelizmente fiquei sabendo", relata Spohr, "que as apresentações seriam apenas para os príncipes e seus séquitos, e que todas as outras pessoas estariam excluídas. Finalmente me ocorreu uma saída: eu e meus três alunos tocaríamos os entreatos no lugar de músicos e assim assistiríamos às apresentações. Eles subornaram os músicos para tocar no lugar deles, mas, como apenas três deles poderiam tocar violinos, tive a ideia de estudar trompa até a noite e assumir a parte do segundo trompista. Imediatamente pedi ao trompista que eu iria substituir que me desse o instrumento e comecei a estudar. No início, os sons foram terríveis, mas depois de uma hora consegui produzir os sons naturais da trompa. Depois do almoço, enquanto meus alunos passeavam, repeti na casa do músico municipal os meus exercícios e, embora meus lábios já estivessem doendo muito, não descansei até conseguir produzir impecavelmente a parte da trompa da abertura, fácil, aliás, e a dos entreatos que deveriam ser tocados à noite. Assim preparado, me juntei, com meus alunos, aos demais músicos antes do concerto solene.

Depois que o imperador apareceu com seus convidados, a abertura começou. A orquestra formava, de costas para o público, uma longa fileira e era estritamente proibido a qualquer músico se virar e observar os príncipes com curiosidade. Como eu tinha sido avisado disso antecipadamente, tinha levado comigo um espelhinho com o qual, logo que a música acabava, eu observava, discretamente mas em detalhe, os dirigentes da história europeia, um por um. Em cada um dos entreatos seguintes, as dores nos meus lábios foram aumentando e, no final da apresentação, eles estavam tão inchados e feridos que eu praticamente não pude jantar". ■

Carl Stamitz

Datas de nascimento e morte: batizado em 8 de maio de 1745, Mannheim

†9 de novembro de 1801, Jena

Origem: Alemanha

Período: Pré-Classicismo

Obras importantes

Obras orquestrais:
Pelo menos 51 sinfonias
Trinta e oito sinfonias concertantes (destas foram conservadas 27)
Mais de sessenta concertos

Importância

Carl Stamitz, com aproximadamente 140 obras orquestrais, foi um dos mais produtivos compositores da chamada Segunda Escola de Mannheim. O compositor tinha uma preferência especial pelo gênero da sinfonia concertante, sendo que, segundo o princípio barroco do concerto grosso, existia uma interação entre *orquestra tutti* e vários instrumentos. Sua geração o respeitou não apenas como importante compositor de obras orquestrais de entretenimento, mas também como virtuose do violino e da viola.

Carl Stamitz, o importante compositor alemão pré-clássico, nasceu em uma conhecida família de músicos. Seu pai, Johann Wenzel Anton, era considerado fundador da chamada Escola de Mannheim, um grupo de compositores que trabalhava e compunha na orquestra da corte de Mannheim, do príncipe-eleitor do Palatinado, Karl Theodor.

Naturalmente, o talentoso Carl recebeu as primeiras aulas de música de seu pai. Após a morte deste, outros compositores assumiram o prosseguimento da formação do menino de doze anos. Já aos dezessete anos, o jovem Stamitz conseguiu o emprego de segundo violinista na orquestra da corte de Mannheim. Com tenacidade e esforço, o ambicioso músico aprendeu uma técnica instrumental sofisticada que logo fez dele um dos melhores violinistas e violistas. Aos 26 anos, Stamitz passou a servir, como compositor e regente, o duque francês Louis de Noailles. Dois anos mais tarde, teve início a vida desassossegada de um requisitado virtuose viajante. Ele passou vários anos em Londres, onde se apresentou com Johann Christian Bach, o mestre alemão de música da rainha inglesa. Mais tarde, o músico de Mannheim trabalhou como violista solista em concertos na corte neerlandesa de Wilhelm V. von Oranien. Em 1783, tocou com o jovem Beethoven ao piano.

Stamitz se apresentou em Hamburgo, Lübeck e Magdeburg, Leipzig e Berlim, Paris, Londres e São Petersburgo. Em toda parte, o público ficou entusiasmado "com a extraordinária arte e habilidade com que ele toca viola, com os doces sons celestiais com os quais encanta os ouvidos em sua viola *d'amore* e com o ardor com que maneja o violino. Em toda parte, ele recebe aplausos intermináveis e ganha fama por sua música realmente magistral", afirmou um crítico musical da época. A saúde frágil de sua mulher e o nascimento de um filho impossibilitaram que Stamitz continuasse a se apresentar como virtuose da viola pela Europa. No entanto, apenas os rendimentos de suas composições não bastavam para seu sustento, por isso ele foi buscar um emprego fixo. Contudo, apesar de sua grande popularidade como compositor e virtuose da viola, Stamitz não conseguiu encontrar uma colocação. Para se sustentar, o competente músico organizou concertos das próprias obras, um no teatro da corte dirigido por Goethe, em Weimar, um segundo na cidade da música, Leipzig. Mas a esperança de conseguir, assim, um emprego fixo, se desfez rapidamente.

Finalmente, aos 49 anos, Stamitz conseguiu o emprego de mestre-de--capela da universidade e professor de música em Jena. Mas o salário era muito baixo para pagar todas as dívidas acumuladas até então, e assim o grande músico viveu com sua família em condições miseráveis. Alguns meses após a morte de sua mulher (seus quatro filhos haviam morrido quando pequenos), o brilhante virtuose do instrumento e respeitado compositor de graciosas obras orquestrais morreu, pobre, aos 56 anos, em Jena. Para pagar suas dívidas, todo o seu legado musical foi leiloado, mas não se encontrou nenhum comprador para o vasto acervo. Desde então, todo o legado do compositor está desaparecido. ■

Karlheinz Stockhausen

Datas de nascimento e morte:
*22 de agosto de 1928, Mödrath, perto de Colônia

†5 de dezembro de 2007, Kürten

Origem: Alemanha

Período: Música contemporânea

Obras importantes

Música dramática:
Licht — Die sieben Tage der Woche [*Luz – Os sete dias da semana*] (1977-2005)

Obras orquestrais:
Kreuzspiel [*Jogo cruzado*] para oboé, clarinete baixo, piano e três percussões (1951)

Música eletrônica:
Gesang der Jünglinge [*Canto dos jovens*] (1955/1956)

Música de câmara:
Harlekin/Der kleine Harlekin [*Arlequim/O pequeno arlequim*] para clarinete (1976)

Música para piano:
Mantra para dois pianos modulados (1970)

Importância

O excêntrico e criativo compositor Karlheinz Stockhausen está entre os grandes experimentadores e inovadores da música da segunda metade do século XX. Sua obra intenciona explorar novos mundos sonoros e incluir o ouvinte na música. O compositor inovador trabalhou de 1977 a 2005 em sua principal obra *Luz – Os sete dias da semana*.

Karlheinz Stockhausen

O grande criador de novos mundos sonoros, inovador e experimentador da Música Nova, nasceu em 1928, em uma pequena localidade perto de Colônia. Perdeu os pais na Segunda Guerra Mundial e, aos treze anos, foi para um internato. Nos últimos dias da guerra, o jovem Stockhausen ainda trabalhava em um hospital de campanha. Após concluir o ensino médio, o jovem de dezenove anos começou em Colônia o curso de licenciatura em música e piano na Escola Superior de Música e Filosofia, Filologia Germânica e Musicologia da universidade. Durante o curso, o talentoso Stockhausen compôs coros para os quais também escrevia os textos.

Aos 23 anos, casou-se com Doris Andreae. No mesmo ano, sua primeira grande obra *Kreuzspiel* estreou nos cursos de férias sobre Música Nova em Darmstadt, ponto de encontro dos compositores vanguardistas europeus. Essa composição sensacional transformou Stockhausen imediatamente em um dos principais representantes da música contemporânea na Alemanha. No mesmo evento, ele ouviu a composição *Mode de valeurs et d'intensités* do francês Messiaen. Stockhausen ficou profundamente impressionado com essa obra serial e decidiu ir a Paris para estudar com Messiaen. Durante toda a vida, o compositor ficou ligado ao serialismo. Na capital francesa, conheceu o compositor Pierre Schaeffer e sua *musique concrète*, uma música que trabalha com ruídos. Para poder trabalhar com ruídos e sons eletroacústicos em suas composições, ele foi trabalhar no estúdio de música eletrônica da emissora de rádio WDR. Lá, compôs suas primeiras obras importantes com música eletrônica, *Studien I und II*.

Stockhausen começou a estudar as possibilidades da "música no espaço". Com sua composição *Gesang der Jünglinge*, ele concretizou pela primeira vez seu projeto de "composição espacial". Para tanto, Stockhausen trabalhou com cinco caixas de som, distribuídas no ambiente. Nos anos 1960, o criativo e investigativo músico desenvolveu a ideia da "música intuitiva", que, segundo ele, deve ser "submersão e ligação com o universo, com o divino, com a origem mística de tudo". Sua peça *Stimmung* (*Estado de espírito*) era, para ele, uma "música meditativa".

> "O tempo está suspenso. Ouvimos atentos o âmago do som [...], o âmago de uma vogal. O âmago. Vibrações finíssimas, praticamente nenhum arrebatamento — todos os sentidos estão despertos e calmos. Na beleza do sensorial, brilha a beleza do eterno."

Sua peça *Aus den sieben Tagen* (*Dos sete dias*) consiste apenas de textos que devem preparar o intérprete para sua música intuitiva livremente improvisada. "Não pense nada", exigia o compositor dos intérpretes. "Espere até tudo dentro de você ficar completamente silencioso. Quando atingir isso, comece a tocar. Se começar a pensar, pare e tente restabelecer o estado do não pensar. Então continue a tocar". Os ouvintes, que com a ajuda da música meditativa deveriam se concentrar nas vibrações interiores, ficariam deitados no chão e escutariam com olhos fechados os sons das improvisações instrumentais que saíam de caixas de som gigantescas. Tudo estava escuro, apenas os intérpretes ficavam sob a luz brilhante dos holofotes.

Stockhausen se via como espírito universal. Sua música deveria ter algo de universal. Em *Telemusik,* o compositor inovador tentou se aproximar de um sonho antigo que se repetia. "Não quero compor minha música, mas uma música de toda a Terra, de todos os países e raças", afirmou, explicando sua composição. Nessa peça que dedica ao povo japonês, ele mesclou eletronicamente músicas de todo o mundo, formando uma nova unidade: *gagaku*, sons da corte imperial japonesa e cantos de monges budistas, música de Bali e do Saara, da Espanha e do Amazonas, da China, Hungria e Vietnã. Por ocasião da exposição mundial em Osaka, na qual mais de um milhão de espectadores ouvira a música de Stockhausen no pavilhão esférico alemão, o vanguardista estava no auge de sua carreira de compositor. Aos 43 anos, tornou-se titular de composição na Escola Superior de Música de Colônia. Stockhausen estudava, então, cada vez mais questões cósmicas e espirituais, e desenvolveu um tipo de religião particular. Compôs a peça *Sirius* e declarou ter se hospedado nessa estrela.

"Recebi minha formação em Sirius e quero voltar para lá, embora por enquanto ainda more em Kürten, perto de Colônia. Sirius é muito espiritual. O que aqui se conhece como público, acompanhantes passivos, não existe lá, onde todos são criativos."

Aos 49 anos, Stockhausen abandonou o cargo de professor para se dedicar totalmente à sua nova obra principal, *Licht – Die sieben Tage der Woche* (*Luz – os sete dias da semana*). O músico esotérico relatou: "Desde 1977 venho compondo uma obra musical dramática em sete partes. Cada parte tem o nome de um dia da semana, e cada dia da semana tem seu nome derivado de corpos celestes — sol, lua, planetas. *Licht* (luz) tenta dar um novo sentido aos dias da semana".

São sete óperas de longa duração que pretendem representar, além de um dia da semana, também certo aspecto de caráter e uma certa cor. Desde então, Stockhausen passou a se vestir com a cor determinada do dia, ou seja, verde às segundas-feiras, vermelho às terças-feiras, amarelo às quartas-feiras etc. As personagens principais dessas óperas são o arcanjo Miguel, o demônio Lúcifer e Eva, personagens que representam, respectivamente, o divino, o mal e a fertilidade, e que são apresentadas por um cantor, um instrumentista e um dançarino. Entre 1977 e 2005, Stockhausen trabalhou exclusivamente nessa obra monumental. Agora, os diversos *Licht-Tage* existem na forma de mais de trezentos composições que podem ser executadas individualmente, entre elas *Michaels Reise um die Erde* (*Viagem de Miguel ao redor da Terra*), *Weltparlament* (*Parlamento mundial*) e *Helikopter-Streichquartett* (*Quarteto de cordas do helicóptero*).

Stockhausen criou uma fundação na cidade de Kürten, perto de Colônia. Ele sonhava construir sete edifícios para a apresentação de seus *Sete dias*. Neles deveriam ser apresentadas, a cada dois meses, partes do ciclo respectivo, e a cada sete anos deveriam ser apresentadas todas as sete partes. Muitos de seus amigos e companheiros de vida não concordavam mais com o caminho trilhado pelo excêntrico compositor. A maioria dos teatros de ópera se recusou a apresentar partes de sua "obra do século", mas Stockhausen estava convicto de sua missão, pois se considerava um meio de comunicação de um mundo divino: "Já disse e escrevi inúmeras vezes que não sou a fonte de minha música, mas sou grato a Deus quando a música me vem à cabeça e chega ao mundo por meu intermédio." ∎

Alessandro Stradella

Datas de nascimento e morte:
*3 de abril de 1639, Nepi (perto de Viterbo)

†25 de fevereiro de 1682, Gênova

Origem: Itália

Período: Barroco

Obras importantes

Música dramática:
Óperas
La forza dell'amor paterno, ópera (1678)
Le gare dell'amor eroico, ópera (1679)

Obras corais:
Cantatas
Oratórios, entre eles:
San Giovanni Battista (1675)

Importância

Alessandro Stradella é um dos importantes compositores italianos do Barroco. Utilizava a forma do concerto grosso, que posteriormente ganhou importância para toda a música barroca como gênero musical, principalmente para Arcangelo Corelli. Stradella tornou-se uma lenda ainda em vida, devido às suas escandalosas aventuras amorosas.

Alessandro Stradella

Alessandro Stradella, o mais novo de quatro filhos, veio de uma família nobre romana. O pai, Cavaliere Marc Antonio Stradella, proporcionou aos filhos uma educação à altura de sua posição social. O jovem Stradella treinava equitação, esgrima e música, como menino de coro e estudante de composição. Aos dezenove anos, compôs suas primeiras grandes obras para a rainha Christina da Suécia, amante das artes, que após sua abdicação residia em Roma e teve papel decisivo na vida musical romana como mecenas. Aos 21 anos, o talentoso Stradella passou a trabalhar como compositor para a poderosa família Colonna, para quem compôs uma série de óperas. Paralelamente, compôs cantatas, algumas dedicadas à mulher com quem Stradella teve o primeiro de seus inúmeros casos amorosos. Com seus escândalos, o ousado conquistador fez muitos inimigos. Seus êxitos como amante de damas nobres e como compositor de óperas extraordinárias fizeram dele rapidamente o tema das conversas em Roma.

O maior êxito de Stradella não lhe chegou através das suas óperas, mas com o oratório *San Giovanni Battista* (*São João Batista*), apresentado em 1675 e considerado sua peça mais importante. Nessa obra, o compositor dividiu o conjunto das cordas em *concerto e tutti*, antecipando, assim, a forma do concerto grosso que mais tarde foi ampliada por Arcangelo Corelli (um dos intérpretes) como novo gênero musical barroco.

Dois anos mais tarde, Stradella deixou Roma porque o papa ordenou que a atividade teatral fosse limitada. Em busca de uma nova colocação, o compositor de óperas partiu para Turim para trabalhar na corte da princesa Giovanna Battisti e no recém-inaugurado teatro dirigido por seu amigo romano d'Alibert. Na viagem para lá, Stradella sequestrou a bela Ortensia Grimani, uma dama da nobreza veneziana, o que não podia ficar impune na Itália. Criados dos parentes enfurecidos da moça perseguiram os fugitivos, atacaram-nos e feriram Stradella gravemente em um duelo de espadas. Recuperado, o músico se dirigiu a Gênova para assistir à apresentação de sua ópera *La forza dell'amor paterno*. Lá, na cidade portuária da região da Ligúria, o compositor tinha muitos amigos e patrocinadores. Stradella compôs para o casamento de Paola Brignole, a filha de seu maior mecenas, a alegre serenata *Il Barcheggio*. Seria uma de suas últimas obras, pois uma aventura amorosa com uma de suas alunas, filha da distinta família genovesa Lomellino, acabou sendo a desgraça para o compositor de 42 anos: os irmãos da jovem quiseram se vingar do professor de música e pagaram para um assassino matá-lo na noite de 25 de fevereiro de 1682, em plena rua. Muitos contemporâneos se enlutaram pelo grande compositor, que tinha sido para eles o *Apollo in musica*. Devido às suas aventuras amorosas, Stradella se tornou uma figura lendária e herói de inúmeras narrativas. Duzentos anos depois de sua morte, Friedrich von Flotow compôs a ópera *Alessandro Stradella*. ∎

Johann Strauss (filho)

Datas de nascimento e morte:
*25 de outubro de 1825, St. Ulrich, perto de Viena

†3 de junho de 1899, Viena

Origem: Áustria

Período: Romantismo

Obras importantes

Música dramática:
Dezoito operetas, entre elas:
Die Fledermaus [*O morcego*] (1874)
Eine Nacht in Venedig [*Uma noite em Veneza*] (1883)
Der Zigeunerbaron [*O barão cigano*] (1885)
Wiener Blut [*Sangue vienense*] (1899)

Obras orquestrais:
Cento e quarenta e cinco valsas, entre elas:
An der schönen, blauen Donau [*O Danúbio azul*] op. 314 (1867)
Geschichten aus dem Wienerwald [*Histórias do bosque de Viena*] op. 325 (1868)
Kaiser-Walzer [*Valsa do imperador*] op. 437 (1889)

Importância

Johann Strauss (pai e filho) estão intimamente ligados à música vienense, principalmente à valsa. Johann Strauss Junior, o rei da valsa, foi considerado um dos astros da cena musical vienense na metade do século XIX. Sua valsa *O Danúbio azul* tornou-se o hino nacional oficioso para os austríacos. *O morcego* foi a primeira das grandes operetas vienenses e uma das mais extraordinárias obras desse gênero de todos os tempos. Strauss é considerado o iniciador da "era de ouro" da opereta vienense.

Johann Strauss (filho), o rei da valsa e compositor do "hino nacional oficioso austríaco", a valsa do Danúbio, nasceu em 25 de outubro de 1825, em St. Ulrich, uma pequena localidade perto de Viena. No mesmo ano, Joseph Lanner fundou uma orquestra para dança na qual Johann Strauss, pai do recém-nascido, tocava violino. Porém, dois anos depois, o brilhante violinista Johann Strauss se separou de Lanner e criou a própria orquestra para tocar música de dança em cafés e estabelecimentos de entretenimento em Viena. Logo, sua orquestra era uma das melhores de Viena, e Johann Strauss, um homem bem-sucedido, pois, no século XIX, a cidade era literalmente *viciada* em bailes. A população dançava em enormes salões e se divertia com os sons de valsa em parques como o Augarten, o Prater ou o Volksgarten. Logo, os salões de baile da cidade não eram mais suficientes e por isso abriam-se mais salões nos subúrbios de Viena. Com essa enorme concorrência, os donos de salões de baile tinham de oferecer sempre novas atrações e conseguir as orquestras mais famosas, que tocavam à luz de velas para as pessoas dançarem. Orquestra e regente eram aplaudidos como as bandas hoje em dia.

Os cidadãos vienenses pareciam sempre alegres e despreocupados, independentemente de quão triste e séria fosse a situação política. E Johann Strauss (pai) compunha e tocava o que o povo queria ouvir e dançar: marchas, polcas, quadrilhas, mas principalmente valsas. Assim, ele compôs no total 152 obras, sendo a *Marcha Radetzky* a mais famosa delas. Aos 31 anos, era uma das personalidades mais importantes da vida musical vienense, dando início à inacreditável história de sucesso da dinastia Strauss e à era de ouro da valsa vienense.

Johann Strauss (filho) e seus dois irmãos mais novos, Joseph e Eduard, ficaram entusiasmados com a música e o êxito do pai e quiseram imitá-lo. O pai se orgulhava do talento musical dos filhos, mas proibiu terminantemente que seguissem a carreira de músicos. Johann Strauss filho, porém, compôs sua primeira valsa aos seis anos e, em segredo, tinha aulas de violino. Sempre que o pai flagrava o filho imitando a elegante pose de violinista diante do espelho, havia briga. Johann Strauss filho deveria ser funcionário público bancário, segundo a vontade do pai, mas o estudante se destacou negativamente no Instituto Politécnico porque compunha e cantava durante as aulas. Quando o pai deixou a família por causa de outra mulher, seu filho interrompeu o curso e passou a se dedicar apenas à música.

Aos dezenove anos, Johann Strauss filho fundou sua própria orquestra para música de dança. Pouco depois, apresentou-se em público no Casino Dommayer, com enorme sucesso. Strauss tocou muitas vezes nesse elegante salão de baile, pois cada orquestra normalmente tinha seu estabelecimento fixo. O elegante violinista ficou famoso rapidamente depois do bem-sucedido debute, e logo as duas orquestras Strauss eram literalmente concorrentes. O público vienense se dividia em dois partidos: um pelo Strauss pai, outro pelo Strauss filho. Após a morte precoce do pai, seu filho assumiu também a sua orquestra. Johann Strauss filho, o charmoso violinista com o bigode preto elegante, passou a ser o queridinho da sociedade vienense e idolatrado pelas mulheres.

Logo, Johann Strauss fez com seus músicos longas e aclamadas turnês de concertos na Rússia e nos Estados Unidos. Um público de dez mil pessoas em um concerto de Strauss não era nenhuma raridade. Os russos, principalmente as mulheres, eram loucos por ele e por sua música. Por isso, o compositor de 31 anos se comprometeu a fazer concertos diários, de maio a outubro, em Pavlovsk, perto de São Petersburgo. A cada concerto, 3.500 espectadores escutavam suas valsas envolventes. Centenas de milhares de retratos de Strauss eram praticamente arrancados das mãos dos vendedores. Após um infeliz caso amoroso em Pavlovsk, Johann Strauss se casou em Viena com Henriette Treffz, chamada de Jetty, que aconselhava seu marido, como empresária, em todos os assuntos importantes. Com a habilidade diplomática da mulher, o compositor conseguiu o cargo de diretor musical dos bailes da corte real-imperial. Strauss tinha de reger todos os bailes da corte, mas sete anos depois ele desistiu do cargo por motivo de saúde, e seu irmão, Eduard, assumiu.

Na exposição mundial de Paris, em 1867, Johann Strauss tocou, em um evento público, sua mais recente peça, a valsa do *Danúbio azul*. A apresentação fez um sucesso fenomenal, e ali começou o sucesso mundial da valsa mais famosa de todos os tempos. As partituras eram arrancadas das mãos dos vendedores e os editores não conseguiam atender à demanda. Hoje, a *Valsa do Danúbio* é o auge do concerto de ano-novo vienense. No verão de 1872, Johann Strauss foi convidado pelos americanos para o World Peace

Jubilee (Festa da Paz Mundial) em Boston, Estados Unidos. O rei da valsa regeu vinte mil músicos, que tocaram sua famosa valsa para centenas de milhares de espectadores. Naquele momento, sua popularidade era *imensurável,* atestou o conhecido crítico vienense Eduard Hanslick.

Na fase de seus maiores êxitos como violinista e regente, Strauss passava a direção de sua orquestra cada vez mais a seus irmãos Joseph e Eduard, para poder se dedicar mais intensamente à composição de operetas, de acordo com o incentivo do famoso compositor de operetas Jacques Offenbach, um ano antes. Em 1874, realizou-se no Theater an der Wien a estreia de sua opereta mais conhecida e bem-sucedida: *O morcego,* uma obra-prima, entre as favoritas nos palcos do mundo. Nos anos seguintes, Johann Strauss compôs uma série de outras operetas importantes, como *Das Spitzentuch der Königin* (*O lenço rendado da rainha*), com a valsa *Rosen aus dem Süden* (*Rosas do sul*), *Eine Nacht in Venedig* (*Uma noite em Veneza*) e *Der Zigeunerbaron* (*O barão cigano*). O então abastado compositor havia mandado construir uma magnífica mansão, o chamado palácio Strauss, onde se refugiava cada vez mais da vida social. Nos últimos anos de vida, dizem que Strauss havia perdido o charme e a grandeza que o caracterizavam como rei da valsa. Não assistiu à sua última opereta *Sangue vienense*, pois morreu em 3 de junho de 1899, aos 73 anos, em Viena.

Johann Strauss foi casado três vezes. Sua primeira mulher, Henriette, morreu em 1878; a segunda, uma atriz, o deixou. Para casar-se com sua terceira mulher, Strauss, que era católico, tinha de se divorciar legalmente de sua segunda mulher, o que não era possível pela lei do casamento católico na Áustria. Ele abdicou de sua nacionalidade austríaca, tornou-se luterano e cidadão do ducado da Saxônia-Coburg, de onde vinha sua terceira esposa. Só então o duque Leopoldo da Saxônia-Coburg pôde dissolver oficialmente o segundo casamento de Strauss e possibilitar o terceiro casamento do compositor, pelas leis em vigor no local.

Johann Strauss (filho)

Mais gigantesco impossível

Fato curioso

Em 1872, Johann Strauss foi convidado pelos americanos para o World Peace Jubilee (Festa da Paz), em Boston, Estados Unidos. Ali, cem anos antes, havia começado a luta pela independência contra os colonizadores ingleses. Aquele dia deveria ser comemorado solenemente e, na opinião geral, só uma pessoa poderia dar à festa o brilho verdadeiro: Johann Strauss, o rei da valsa. A recepção em Boston foi triunfal. Por toda parte havia cartazes gigantescos que mostravam o rei da valsa regendo sobre o globo terrestre. Para o evento solene foi construído um pavilhão imenso de madeira com capacidade para cem mil pessoas. O palco reunia vinte mil cantores e músicos.

Após retornar dos Estados Unidos, Johann Strauss contou a um amigo sobre aquele concerto extraordinário, um dos maiores já realizados: "No palco estavam milhares de cantores e membros da orquestra, e eu tinha de reger todos! Para dar conta daquela multidão, me deram cem maestros auxiliares, e eu só conseguia enxergar os mais próximos. Agora coloque-se no meu lugar, diante de um público de cem mil americanos! De repente, explode um tiro de canhão, um sinal delicado para nós, os vinte mil, de que o concerto devia começar. No programa está o Danúbio Azul. Dou o sinal, meus cem maestros auxiliares fazem o mesmo, e então inicia-se um megaespectáculo que nunca esquecerei na vida. Como havíamos começado ao mesmo tempo, minha grande preocupação era terminarmos ao mesmo tempo. Graças a Deus, consegui. A multidão de cem mil pessoas gritava, aplaudindo, e eu respirei aliviado quando me encontrei de novo ao ar livre e senti o chão firme sob meus pés". ■

Richard Strauss

Datas de nascimento e morte:
*11 de junho de 1864, Munique

†8 de setembro de 1949, Garmisch-Partenkirchen

Origem: Alemanha

Período: Romantismo tardio

Obras importantes

Música dramática:
Salome op. 54, drama musical (1905)
Elektra op. 58, tragédia (1909)
Der Rosenkavalier [O cavaleiro da rosa] op. 59, comédia (1911)
Die Frau ohne Schatten [A mulher sem sombra] op. 65, ópera (1919)
Arabella op. 79, comédia lírica (1933)
Capriccio op. 85, ópera (1942)

Obras orquestrais:
Don Juan op. 20, poema sonoro (1889)
Till Eulenspiegels lustige Streiche [Travessuras divertidas de Till Eulenspiegel] op. 28, poema sonoro (1895)
Also sprach Zarathustra [Assim falou Zaratustra] op. 30, poema sonoro (1896)
Eine Alpensinfonie [Uma sinfonia alpina] op. 64, poema sonoro (1915)

***Lieder*:**
Vier letzte Lieder [Quatro últimas canções] para soprano e orquestra (1948)

Importância

Richard Strauss está entre os destacados compositores do Romantismo tardio. Na passagem para o século XX, ele é inclusive aclamado como o maior músico de sua época. Strauss é considerado o consumador da tradição clássico-romântica. Como regente ele também obteve grandes êxitos. Hoje, suas óperas e poemas sonoros, quase todos sucessos internacionais, fazem parte do repertório fixo dos teatros de concerto e ópera internacionais.

Richard Strauss nasceu na cidade cosmopolita da arte Munique, em uma família na qual a burguesia e o amor pela arte se encontraram. Seu pai, primeiro trompista da orquestra do teatro da corte de Munique, era considerado um dos melhores de seu tempo. A mãe veio da família de cervejeiros Pschorr, estabelecida há muito na cidade, abastada e amante das artes. Ela deu as primeiras aulas de piano ao filho, de quatro anos, que dois anos mais tarde compôs suas primeiras polcas.

O jovem e talentoso Strauss frequentou — como Carl Orff mais tarde — o ginásio real Ludwig. Aos onze anos, ajudava o pai, diretor da orquestra amadora Wilder Gungl nos ensaios e conheceu assim a música europeia. Com o mestre-de-capela da corte, Meyer, Richard começou a aprender o ofício da composição e a arte de utilizar os instrumentos certos para cada peça. Seu professor lhe ensinou, nos quatro anos seguintes, todas as habilidades de que necessitava para a profissão de compositor. As grandes festas familiares e os concertos domésticos dominicais da família Pschorr eram, para Richard, sempre uma ocasião para compor e apresentar novas peças: danças e marchas para piano, assim como suas primeiras peças para pequena formação, como a *Serenata para sopro*.

Em 1878, o pai apresentou, pela primeira vez, com sua Wilder Gungl, uma peça de seu filho publicamente: uma gavota do menino de então quatorze anos. Em seus últimos anos de ginásio, as obras do estudante Richard Strauss eram apresentadas com cada vez mais frequência na sala de concertos. A atenção e o interesse do público de Munique foram despertados principalmente pela sinfonia em ré menor do jovem de dezesseis anos, em um concerto da academia de música. Richard Strauss ficou conhecido em sua cidade natal.

Em 1882, Strauss começou o curso de filosofia e história da arte em Munique. No inverno de 1883/1884, passou uma temporada em Berlim, onde frequentou apresentações de ópera e fez muitos amigos. Mas o encontro mais importante para o jovem músico foi com o pianista e regente Hans von Bülow. Este ficou tão entusiasmado com a *Suíte para treze instrumentos de sopro* que considerou o jovem Strauss, de vinte anos, um talento incomum — de longe a pessoa mais interessante desde Johannes Brahms. Bülow encomendou uma peça ao jovem compositor, pedindo-lhe que ele mesmo fosse o regente em Munique. Mesmo sem ensaio, a primeira apresentação de Strauss como regente teve um sucesso notável. Depois disso, von Bülow o nomeou seu assistente em Meiningen. Poucas semanas depois, Strauss tornou-se o primeiro-regente da orquestra da corte, porque von Bülow deixou o cargo. Mas quando, pouco depois, a orquestra foi rapidamente reduzida por medidas de economia, Strauss decidiu aceitar o cargo de terceiro mestre-de-capela da famosa ópera da corte de Munique. Nessa época, fez turnês de concerto, como regente convidado, para Hamburgo, Colônia e Frankfurt. Em Leipzig, conheceu o famoso compositor Gustav Mahler, e os dois se tornaram amigos por muitos anos.

Em 1887, Strauss conheceu Pauline de Ahna e reconheceu imediatamente o talento musical excepcional da cantora. Strauss se apaixonou por ela e a levou para Weimar, onde assumiu o cargo de segundo mestre-de--capela. Para se curar de uma grave doença pulmonar, ele passou um ano na Grécia e no Egito, e, nesse tempo, começou a compor sua primeira ópera, *Guntram*. Aos trinta anos, Strauss tornou-se mestre-de-capela real em Munique e se casou com Pauline. Compôs seus poemas sinfônicos *Till Eulenspiegel*, *Assim falou Zaratustra* e *Dom Quixote* e passou a ser requisitado como compositor e regente no país e no exterior.

"Ontem fiz um enorme sucesso", escreveu de Barcelona para os pais, "tanto aplauso é novidade para mim — as pessoas estão acostumadas a outro ritmo, por causa das touradas. Depois de *Don Juan* começou uma gritaria tamanha que, depois do quinto pedido, tive de tocar a peça novamente".

O compositor de 34 anos recebeu a oferta para ocupar o cargo de primeiro mestre-de-capela da ópera da corte real de Berlim e, ao mesmo tempo, para ser regente titular em Nova York. Embora o cachê americano fosse o dobro, Strauss escolheu Berlim pela aposentadoria generosa e as longas férias. Ele queria ter tempo para compor. Sua primeira composição na capital alemã, *Ein Heldenleben* (*Vida de herói*), tem muitos traços autobiográficos, o que lhe deu a fama de presunçoso.

Em 1904, Strauss fez uma cansativa turnê pela América do Norte. Nos Estados Unidos, aconteceu a estreia de sua obra mais recente, a *Sinfonia doméstica*. Strauss descreveu a peça como um quadro musical do seu casamento, que representa um dia de sua família.

Strauss se estabeleceu em Berlim e passou a se dedicar novamente à ópera. Em *Salomé*, finalizada em 1905, surgiram os primeiros problemas já nos ensaios. Todos os cantores, revoltados com as dificuldades musicais e técnicas, devolveram as partituras ao surpreso compositor, mas a apresentação foi um grande sucesso. Em Nova York, pelo contrário, a ópera desencadeou um protesto tão grande que teve de ser retirada do programa. Justamente por isso Strauss ficou conhecido. *Elektra,* sua ópera seguinte, também foi um sucesso mundial. Seu maior triunfo, no entanto, foi comemorado quando o compositor tinha 47 anos, em 1911, com o *Cavaleiro da rosa*, em Dresden. Como em *Elektra*, para essa ópera o libreto também tinha sido escrito pelo importante escritor Hugo von Hofmannsthal.

Strauss chegara ao auge de sua carreira e, após uma grande briga com o diretor do teatro de Berlim, ele aceitou, em 1918, a oferta de Viena para ser diretor da ópera. Mas logo surgiram tensões, e quando a imprensa se colocou contra ele, o compositor se demitiu do cargo, cinco anos depois. A partir daí, ele praticamente não compôs mais. Em 1929, morreu Hofmannsthal, seu libretista. O escritor Stefan Zweig escreveu o libreto para *Schweigsame Frau* [*Mulher calada*], mas o escritor era judeu, e como no mesmo ano Hitler ascendeu ao poder na Alemanha, a maioria dos artistas judeus emigrou, inclusive Zweig. Strauss ficou na Alemanha, pois sua opinião era de que política nada tinha a ver com seu trabalho. No entanto, também queria proteger Alice, a mulher judia de seu filho Franz Alexander.

O compositor foi duramente criticado pela opinião pública porque tolerava em silêncio o regime nazista e se dispôs a ser presidente da câmara de música do Reich. Logo foi proibida a apresentação de obras de autores judeus em todos os teatros alemães. Quando o governo nacional-socialista tomou conhecimento de que Strauss trabalhava com Zweig, houve um escândalo. Exigiram que deixasse a presidência. Contudo, o compositor de 72 anos recebeu a encomenda de compor o hino olímpico para a abertura dos XI Jogos Olímpicos de 1936, em Berlim.

Pouco antes de sua morte, foram feitas gravações com o compositor de 85 anos para um filme sobre ele, e logo em seguida o grande compositor e regente levantou a batuta pela última vez. Ele regeu o

Mondscheinzwischenspiel [*Interlúdio do luar*] de sua última ópera *Capriccio*. Em 8 de setembro de 1949, Richard Strauss morreu em Garmisch-Partenkirchen com as palavras: "Que estranho, Alice, morrer é exatamente como compus em *Morte e transfiguração*".

Final surpreendente de um confronto

Fato curioso

Durante um ensaio de ópera, a soprano Pauline de Ahna parecia não estar de acordo com as ordens do regente Richard Strauss. Furiosa, ela jogou as partituras aos pés do maestro e saiu. Strauss deixou a batuta, seguiu-a e entrou, sem bater, em seu camarim. Do lado de fora, ouviram-se gritos furiosos e troca colérica de palavras. De repente, silêncio. Os músicos da orquestra entreolharam-se perplexos. O que significaria aquilo? Pouco depois, Strauss saiu pela porta, pálido, mas exultante. O diretor da orquestra gaguejou: "Maestro, todos os músicos estão profundamente abalados com o comportamento absurdo da senhorita de Ahna. Consideramos nossa obrigação perante o senhor mestre-de-capela nunca mais tocarmos em uma apresentação na qual a senhorita de Ahna tenha um papel". Strauss sorriu significativamente, e disse: "Isso me dói muito, pois acabei de ficar noivo da senhorita de Ahna". ■

Igor Stravinsky

Datas de nascimento e morte:
*17 (5) de junho de 1882, Oranienburg

✝6 de abril de 1971, Nova York

Origem: Rússia

Período: Modernismo

Obras importantes

Música dramática:
L'Oiseau de Feu [Pássaro de fogo], balé (1910)
Petrushka, balé (1911)
Le Sacre du printemps [A sagração da primavera], balé (1913)
Histoire du soldat [História do soldado], ópera (1918)
Pulcinella, balé (1920)
Oedipus Rex, oratório ópera (1927)
The Rake's Progress, ópera (1951)

Obras vocais:
Symphonie de psaumes [Sinfonia dos salmos] (1930)

Importância

Stravinsky é um dos maiores compositores do século XX. Na música do cidadão russo cosmopolita encontram-se diversos estilos: da música nacional russa até o jazz, passando pelo Expressionismo, o Neoclassicismo e a técnica dodecafônica. Stravinsky também ficou famoso como pianista e regente.

Igor Stravinsky nasceu em 17 de junho de 1882, em Oranienburg, perto de São Petersburgo. Desde a infância estava cercado de música, pois seu pai era um aclamado cantor lírico, e a mãe, pianista. Porém, quando criança, Igor mostrou pouco interesse por música. Ele era um péssimo aluno e tinha dificuldades para fazer amizades. Apenas aos dezenove anos foi que aprendeu piano. Igor descobriu que podia enfrentar sua solidão com a música, e passava horas ao piano, improvisando. Ele se inscreveu na Universidade de São Petersburgo para cursar direito, e lá ficou amigo de Vladimir Rimsky-Korsakov, o filho mais novo do famoso compositor russo, que logo deu a Igor as primeiras aulas de composição.

Em 1905, Stravinsky terminou seu curso e decidiu se tornar compositor. Um ano mais tarde, se casou com sua prima Catherine, de família abastada. Isso o deixou na feliz situação de poder continuar compondo sem preocupações financeiras. O jovem compositor chamou a atenção de Dhiagilev, o diretor do Balé Russo, internacionalmente famoso. Ele encomendou a Stravinsky uma composição para balé: a história do *Pássaro de fogo*. Ela foi recebida com euforia pelo público parisiense em 1909 e tornou Stravinsky um compositor popular na Europa. Ele se estabeleceu em Paris. Um ano mais tarde, *Petrushka*, o arlequim russo, uma marionete que ganha vida, fez enorme sucesso. O balé *Le Sacre du printemps* (*Sagração da primavera*), ao contrário, foi um escândalo no mundo da música.

Com a eclosão da Primeira Guerra Mundial, Stravinsky se mudou para a Suíça, onde compôs *Histoire du Soldat* (*História do soldado*). Quatro anos mais tarde, Stravinsky voltou para Paris. Turnês de concertos o levavam por toda a Europa. Em todos os lugares, ele era aclamado euforicamente. Os norte-americanos lhe prepararam uma recepção descomunal. O compositor recebeu convite para dar aulas de música na famosa universidade americana de Harvard e, como nesse ínterim a Segunda Guerra Mundial eclodiu, ele decidiu ficar nos Estados Unidos. Stravinsky foi morar perto de Hollywood, e compunha diariamente, do começo da manhã até o almoço, às 14 horas, em seu escritório, à prova de som com seus quatro instrumentos de teclado. Em seguida, passou a se dedicar a seu jogo preferido, o xadrez chinês, e a seus pássaros exóticos, abrigados em um enorme viveiro. Após a morte de Catherine, Stravinsky se casou em 1940 com sua amiga e confidente de muitos anos, Vera de Bosset. Dois anos mais tarde, ele compôs um balé para os elefantes do Circo Barum, a *Circus Polka*. Apenas em 1962, após 48 anos de ausência, o compositor visitou sua pátria novamente, aclamado como um herói. Em 1971, Stravinsky morreu em Nova York. *O homem dos 1001 estilos* jaz na ilha de San Michele, às portas de Veneza, ao lado de seu amigo Dhiagilev.

O maior escândalo da história da música

Fato curioso

Igor Stravinsky estava compondo em São Petersburgo a última página de seu Pássaro de fogo, *o conto de fadas do feiticeiro voraz Katschei. De repente, vieram-lhe à mente imagens mágicas da antiga Rússia pagã. Viu sacerdotes sábios com trajes longos e claros sentados em círculo, observando fascinados a dança da morte de uma jovem que devia ser sacrificada ao deus da primavera para ganhar uma vida nova em flor. Essa ideia tomou conta dele de tal forma que o compositor imediatamente entrou em contato com seu amigo Roerich, um conhecedor dos antigos costumes russos e fórmulas de invocação de espíritos. Stravinsky sabia que daria muito trabalho e custaria tempo para transportar aquela história complexa para a música.*

Por isso demorou três anos até que o balé Le sacre du printemps, aguardado ansiosamente pelo mundo musical, pudesse ser estreado em Paris. Diante do Théâtre du Champs-Élysées formaram-se longas filas, todos queriam assistir à nova composição do jovem russo. O público era formado principalmente pela classe alta abastada, que já havia assistido Pássaro de fogo *e* Petrushka. *O público estava lá para desfrutar de uma noite de entretenimento com um balé semelhante aos anteriores. Mas foi tudo diferente, mal a orquestra tinha começado a tocar, podia-se ouvir na plateia sussurros e murmúrios de protesto: "Isso é um desaforo, inacreditável, primitivo, parem!". Mas a orquestra continuou tocando, imperturbável. Os sons estridentes e ritmos como marteladas provocaram mais inquietação entre os espectadores. Alguns começaram a rir alto, outros ironizavam, assobiavam e vaiavam. Quando, pouco depois, a cortina subiu e jovens bailarinas com longas tranças começaram a saltar loucamente para todos os lados, acompanhando o ritmo batido da orquestra, começou o 'umulto. Muitos espectadores faziam ameaças com punhos cerrados. Mas lá em cima, dos balcões, os estudantes amantes da música aplaudiam a nova peça e ofendiam e xingavam os revoltados adversários de Stravinsky.*

Pouco depois, reinava uma verdadeira pancadaria. Roupas foram rasgadas, senhoras desmaiavam. Os dois compositores franceses Debussy e Ravel tentavam acalmar o público enfurecido, em vão. O tumulto estava fora de controle. Mal se podia ouvir a música. Os bailarinos, porém, continuaram a dançar no palco, imperturbáveis. Stravinsky levantou-se de seu lugar e deixou, gesticulando, seu camarote. Nos bastidores, encontrou seu diretor de balé Nijinsky de pé sobre uma cadeira, batendo o ritmo com o pé direito e gritando as instruções de movimento para os bailarinos, pois naquela balbúrdia não se ouvia mais a música. Por fim, Stravinsky agarrou o alucinado Nijinsky pela mão, porque ele estava a ponto de se jogar no palco.

A estreia devastadora foi tema de conversa dos parisienses no dia seguinte. Nunca o público havia presenciado uma música tão brutal, selvagem e agressiva. Ela havia atingido os espectadores como uma força descontrolada da natureza. A partir daquela noite, dois partidos formaram-se em Paris. Os opositores consideravam Le Sacre du printemps *um "Massacre du printemps" e assassinato da música. Para os partidários de Stravinsky, porém, a obra revolucionária era precursora de uma nova era musical. Concretizou-se aquilo que um crítico escreveu na manhã seguinte: "O tempo fará sua parte". Hoje,* A sagração da primavera*, de Stravinsky, é uma das mais importantes obras do século XX.* ■

Giuseppe Tartini

Datas de nascimento e morte:
*8 de abril de 1692, Pirano

†26 de fevereiro de 1770, Pádua

Origem: Itália

Período: Pré-Classicismo

Obras importantes

Obras orquestrais:
Cerca de duzentos concertos para violino

Música de câmara:
Cerca de 200 sonatas para violino (apenas quarenta autênticas), entre elas:
Sonata em sol menor para violino e piano [*Il trillo del diavolo*]

Importância

Giuseppe Tartini, um dos mais prestigiados violinistas e compositores italianos de seu tempo, é considerado representante do concerto pré-clássico de violino. O italiano ganhou fama como fundador da Scuola delle nazioni, a escola de violino de Pádua.

Giuseppe Tartini

Giuseppe Tartini, um músico do violino aclamado em toda a Europa de sua época, nasceu em 1692, filho de um comerciante florentino, em uma propriedade rural perto de Pirano, na Ístria. Como o jovem Tartini demonstrava espírito vivo e muita capacidade de compreensão, os pais o enviaram para a escola do mosteiro, onde recebeu suas primeiras aulas de violino. Para o sofrimento do pai, Giuseppe se negou a ingressar na ordem franciscana dos minoritas e preferiu ir para Pádua cursar direito. Como o jovem Tartini era pouco exigido na universidade, ele se dedicava ao violino, e mais intensamente à esgrima. O jovem facilmente irritável e apaixonado sabia usar a espada nas frequentes pancadarias com outros estudantes. Ele adquiriu rapidamente tal habilidade na esgrima que ninguém mais podia competir com ele, nem seu professor.

Justamente quando Tartini tinha resolvido ir para Paris como mestre da esgrima, ele se apaixonou por sua aluna dois anos mais velha, a sobrinha do cardeal, e se casou com ela. Durante três anos, eles conseguiram manter o casamento em segredo, mas então tudo foi descoberto e houve um escândalo. Como o enfurecido cardeal mandou persegui-lo, o jovem deixou a esposa em Pádua e fugiu disfarçado de peregrino. Tartini se refugiou no mosteiro minorita de Assis, e, já que não ousava sair do mosteiro, começou a estudar música seriamente. Ele teve a sorte de ter como competente professor de composição um monge da Boêmia. Três anos mais tarde, por estranho acaso, descobriram seu paradeiro.

Certa vez, conta-se, ele estava tocando violino no coro da igreja durante uma festa quando um golpe de vento levantou a cortina que ocultava a orquestra e a manteve por um tempo no ar, de forma que ele pôde ser visto pelas pessoas que estavam na igreja. Um morador de Pádua que estava ali o reconheceu e revelou o paradeiro de Tartini logo que chegou em casa. A novidade chegou imediatamente aos ouvidos de sua esposa e também do cardeal. A fúria deste último havia se acalmado; e Tartini foi, a partir de então, o mais humilde, modesto e piedoso dos homens.

Tartini se mudou com a mulher para Veneza, dominada pelo "padre ruivo" Vivaldi. O compositor tocou na orquestra particular de uma família patrícia e conheceu o famoso violinista Veraccini. Ele ficou tão fascinado por sua música que se recolheu por dois anos em Ascona, em um exílio voluntário, para aperfeiçoar sua técnica ao violino. Logo todos sabiam que o músico Tartini tinha um grande desempenho ao violino. Por isso, aos 24 anos, ele conseguiu o emprego de primeiro violinista e *spalla* na catedral de Pádua. Esse cargo era muito honroso, mas não oferecia remuneração suficiente. Assim, o virtuose do violino aceitou um convite do conde Kinsky para participar como violinista da solenidade de coroação do imperador Carlos VI, em Praga. Embora do ponto de vista financeiro Praga não fosse vantajosa para Tartini, ele acabou ficando três anos a serviço do conde. Depois, voltou para Pádua e reassumiu seu emprego de *spalla* da orquestra da catedral, que foi seu emprego vitalício.

Sua fama como virtuose se espalhou rapidamente pela Europa. Ele era admirado não só por suas várias formas de tocar, mas também pela beleza do som e pelo calor apaixonado de sua música. Quando um aluno que possuía uma grande habilidade nos dedos tocava para Tartini ouvir, ele dizia: "É belo, é difícil, mas não me tocou aqui (pondo a mão no coração)". O virtuose do violino, conhecido para além das fronteiras da Itália, recebia inúmeras propostas atraentes do exterior, que recusava. Um emprego em Londres, por exemplo, oferecido por um lorde inglês, com salário altíssimo: "Tenho uma esposa que pensa como eu. Estamos muito satisfeitos com nossa situação; e, se temos algum desejo, não é o de ter mais do que já temos". O fato de Tartini dar aulas de graça para muitos alunos mostra quão pouco o dinheiro lhe significava. Ele ajudava viúvas e órfãos e custeava a escola de crianças de famílias sem recursos. Aos 36 anos, Tartini fundou sua famosa escola de violino La scuola della nazioni, que atraiu músicos de toda a Europa. Ali, o violinista formou, no decorrer do tempo, mais de setenta violinistas dos mais variados países, razão pela qual era chamado também de "*Il maestro delle nazioni*" (o mestre das nações). Com seu aluno predileto, Nardini, que mais tarde foi um *spalla* e compositor aclamado em Stuttgart, ele teve uma relação de amizade durante toda a vida. Até mesmo amantes da música ricos e nobres queriam ter aula com Tartini. Muitas vezes, os alunos levavam consigo, para todos os países da Europa, obras ainda não publicadas do mestre.

Depois que um ferimento no braço o impossibilitou de tocar violino, nos últimos anos de vida Tartini escreveu textos sobre teoria musical, entre eles uma obra sobre a arte da ornamentação que serviu mais tarde a Leopold Mozart como material em sua escola de violino. Seu *Trattato di musica*, um manual sobre os fundamentos acústicos da harmonia, foi publicado em 1754 e provocou debates na imprensa, o que deixou o compositor profundamente ofendido, de forma que ele se afastou cada vez mais da vida social. Em 1770, Tartini faleceu em Pádua, com a idade avançada de 77 anos. O fato de suas obras terem sido reimpressas em toda a Europa enquanto ele ainda estava vivo mostra quão grande era seu prestígio.

O diabo e sua sonata

Fato curioso

Enquanto Tartini se mantinha escondido no mosteiro minorita, ele compôs sua obra mais famosa, Il trillo del diavolo *(O trinado do diabo). Seu aluno favorito, Nardini, ouvia sempre, fascinado, quando seu professor contava como a peça havia sido composta:*

"Uma noite, sonhei que tinha feito um pacto com o diabo em troca de minha alma. Tudo funcionava sob meu comando, meu novo criado sabia de antemão todos os meus desejos. Então tive a ideia de lhe entregar meu violino e ver o que ele faria com aquilo. Qual não foi minha surpresa quando eu o ouvi tocar, com perfeita habilidade, uma sonata de tal beleza que superava minhas expectativas mais ousadas. Eu estava encantado, envolvido e enfeitiçado; fiquei sem fôlego e acordei. Então peguei o meu violino e tentei repetir os sons, em vão. A peça que compus depois disso pode ser a melhor de todas que já compus, mas fica muito aquém da que ouvi em meu sonho".

Os trinados do diabo são o trinado duplo e o trinado de duração que Tartini não usou em nenhuma outra obra sua. O finale dramático consiste do contraste entre o grave lento, o sonho de Tartini, e o allegro rápido, o jogo diabólico de Lúcifer. ∎

Georg Philipp Telemann

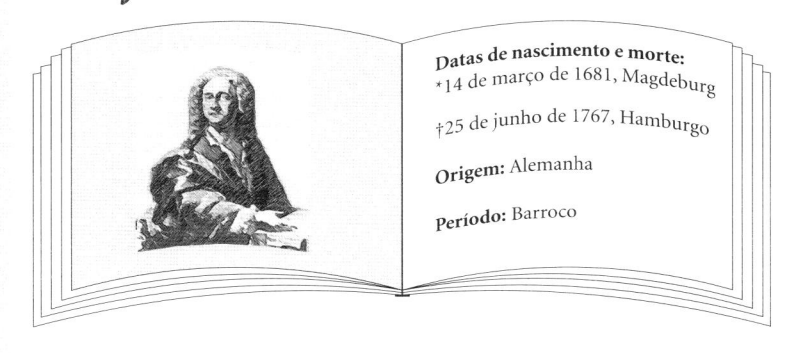

Datas de nascimento e morte:
*14 de março de 1681, Magdeburg
†25 de junho de 1767, Hamburgo

Origem: Alemanha

Período: Barroco

Obras importantes

Música dramática:
Pimpinone oder die Ungleiche Heirat [*Pimpinone ou o casamento desigual*], intermezzo (1725)

Obras corais:
Die Tageszeiten [*As horas do dia*], quatro cantatas para quatro vozes solo, coro e orquestra (1757)

Obras orquestrais:
Cento e trinta e quatro aberturas-suítes, entre elas:
Wasser-Ouvertüre [*Abertura água*] em dó maior, *Hamburger Ebb und Fluth* [*Maré baixa e alta de Hamburgo*] (1723)
Concerto para viola, cordas e baixo contínuo em sol maior (entre 1712 e 1721)

Música de câmara:
Tafelmusik (1733)

Importância

Georg Philipp Telemann figura entre os mais produtivos compositores da história da música. Enquanto em 1754 Telemann ainda era chamado de "pai da música sacra", nos anos seguintes ele foi desqualificado como apenas um "escrivão produtivo". Só no início do século XX se redescobriu a grande importância do eclético e culto compositor.

Georg Philipp Telemann

Georg Philipp nasceu em Magdeburgo como segundo filho de um pastor. Quando o menino estava com quatro anos, seu pai morreu e a mãe assumiu a responsabilidade por sua educação. Isso não foi uma tarefa fácil, pois Philipp era impulsivo e teimoso, mas também tinha enorme talento musical e interesse por todas as ciências. Ele tentou aprender intensamente tudo o que podia sobre música e começou a compor, mesmo sem saber nada sobre regras e leis da composição. Aos doze anos, compôs sua primeira ópera e o sucesso foi tão grande que a mãe temia que seu filho se tornasse músico profissional — o que para ela equivalia a charlatão, menestrel ou adestrador de esquilos. "Depois disso, ela tirou minhas partituras, instrumentos e, com eles, a metade de minha vida", escreveu Telemann em sua autobiografia. Agora Philipp só podia compor à noite, escondido no sótão.

Para transformar seu filho em um cidadão respeitado, a mãe o enviou para Zellerfeld, na região do Harz, sob a responsabilidade do pastor Calvör, que devia lhe ensinar geometria e agrimensura. Mas o pastor percebeu imediatamente o extraordinário talento de seu aluno e lhe ensinou teoria musical. Telemann deve a seu professor em Zellerfeld o grande conhecimento musical e sua educação eclética. O diretor do ginásio levou o talentoso músico para Hildesheim porque esperava que Telemann, como aluno do ginásio, pudesse compor a música para as peças de teatro da escola. Nessa época, Telemann teve o primeiro contato com a "música moderna" de seu tempo. Ele frequentava apresentações das orquestras de Braunschweig e Hannover, o que o familiarizou com a ópera francesa e a italiana.

Aos vinte anos, Telemann saiu de Hildesheim e voltou para sua cidade natal. Ele teve de jurar à mãe que desistiria da música no futuro e se dedicaria a outras atividades. Partiu para cursar direito em Leipzig. No caminho, passou por Halle e foi visitar Georg Friedrich Händel, que já era um famoso organista. Os dois foram amigos por toda a vida. Em Leipzig, dividiu um apartamento com um jovem colega de faculdade, de quem escondia seu amor pela música. Esse amigo descobriu no armário uma composição de Telemann e, apesar de ter prometido manter sigilo, encaminhou-a à igreja Thomaskirche, que apresentou a obra no domingo seguinte. Depois disso, Telemann recebeu a encomenda de compor para a

Thomaskirche a cada duas semanas. Agora até sua mãe estava de acordo com os planos do filho. Telemann começou a compor, além das obras sacras, música dramática para a ópera de Leipzig. O chantre da igreja, Johann Kuhnau, viu Telemann, contratado pela diretoria musical da nova igreja da universidade, como concorrente e fez com que o conselho o proibisse de compor outras óperas para Leipzig. Para ter outras atividades musicais, Telemann fundou o Collegium musicum, um conjunto de estudantes e amantes da música com o qual ele se apresentava em público.

Em 1704, o compositor, então com 23 anos, recebeu um convite para ir à corte de Sorau. A atividade nessa corte opulenta, com tendência ao estilo de vida francês, prometia ser exigente e eclética. Telemann se dedicava com paixão à tarefa de estudar a música francesa e compor ao seu estilo. Assim, em dois anos, compôs cerca de duzentas aberturas-suítes em estilo francês. Embora na corte de Sorau se fizesse todo o possível para agradá-lo, Telemann decidiu aceitar o chamado do duque da Saxônia para trabalhar em Eisenach, porque os soldados suecos ameaçavam a cidade de Sorau. Em seu novo local de trabalho, Telemann era *spalla* da orquestra da corte, e, mais tarde, mestre-de-capela. Ele passou a época mais feliz de sua vida em Eisenach, desfrutando de grande prestígio na corte e se tornando até secretário do duque. Nessa época, já ganhava o suficiente para poder se casar com Louise Juliane Eberlin. Como na mesma época Johann Sebastian Bach ocupou o cargo de organista na cidade vizinha de Weimar, logo os dois músicos se tornaram bons amigos. Bach até deu o nome do amigo ao filho Philipp Emanuel, e pediu a Telemann que fosse o padrinho da criança.

A morte de sua esposa levou Telemann a deixar Eisenach e aceitar o emprego de mestre-de-capela em Frankfurt. Lá, conheceu Maria Katharina Textor, a filha do contador oficial dos produtores de grãos, com quem se casou. Porém, o casamento, que lhe deu sete filhos e uma filha, não foi muito feliz. Em 1721, morreu o *chantre* do Johanneum de Hamburgo. Telemann, que na época já estava famoso, foi convidado para sucedê-lo. Como *chantre* da escola Johannisschule e diretor de música sacra, o músico tinha que fornecer composições para cinco igrejas da cidade, controlar a atividade musical sacra e dar aulas na escola. Apesar de ser muito bem-sucedido em Hamburgo, ali ele também tinha muitos inimigos que o consideravam um intruso e se opunham aos concertos recém-organizados no Collegium. Eles entraram com uma ação porque *o chantre* estaria organizando concertos abertos ao público em uma taberna, mediante pagamento, e apresentando óperas, comédias e espetáculos semelhantes visando à luxúria, e fora do horário da feira. Quando o conselho de Leipzig o convidou para ser *chantre* da igreja Thomaskirche, Telemann negociou, habilmente, com os hamburgueses e conseguiu um aumento de salário e liberdade para suas atividades musicais. Agora ele ocupava uma posição incontestável, era protegido e respeitado pelo conselho. Durante 46 anos, o *director musices* definiu a rica vida musical da cidade hanseática. Além de seus inúmeros compromissos na igreja, ele dirigiu a ópera do Gänsemarkt e criou, com seu Collegium musicum, uma agenda de concertos acessível aos cidadãos. Ele compôs obras para todos os campos. Somente para os banquetes anuais da guarda municipal de Hamburgo o esforçado músico entregou 36 trabalhosas *Músicas de capitão*.

Em 1728, Telemann fundou, com o poeta Görner, a primeira revista alemã de música, *Der getreue Musikmeister* (*O fiel mestre da música*), na qual publicou obras contemporâneas e seus próprios trabalhos. Apesar de muitas dificuldades particulares e de saúde (ele adoecia com frequência desde que sua mulher o abandonara), Telemann não perdia o bom humor. No outono de 1737, o grande sonho de sua vida se realizou. Ele viajou para Paris para ouvir sua amada música francesa onde ela nasceu. Foi uma viagem de êxito inigualável, pois suas obras instrumentais ali apresentadas foram muito aplaudidas pelos parisienses.

Quando Georg Philipp Telemann morreu, na inacreditável idade avançada de 86 anos, de uma doença no tórax, os hamburgueses lamentaram: "Com a morte do famoso Telemann, nossa cidade sofreu uma verdadeira perda". ∎

Michael Tippett

Datas de nascimento e morte:
*2 de janeiro de 1905, Londres

†8 de janeiro de 1998, Londres

Origem: Inglaterra

Período: Música moderna

Obras importantes

Música dramática
The Midsummer Marriage, ópera (1955)
King Priam, ópera (1962)

Obras corais:
A Child of Our Time [*Uma criança de nosso tempo*], oratório (1939-1941)
The Mask of Time, música para vozes e instrumentos (1980-1982)

Importância

Michael Tippett compôs obras de todos os estilos musicais, que hoje em dia fazem parte do repertório dos concertos em todo o mundo. Mas o ponto central de sua obra é a música dramática. *The Midsummer Marriage,* uma peça que se assemelha à *Flauta mágica*, de Mozart, e o oratório *A Child of Our Time* têm uma importância especial.

Michael Tippett

Michael Tippett é considerado, ao lado de Benjamin Britten, o compositor britânico mais popular da modernidade. Sir Tippett, falecido em 1998, em Londres, vivenciou quase todo o século XX. Nascido em 1905 na mesma cidade, filho de um advogado e uma escritora, o jovem Tippett passou a infância em uma cidade de província da Inglaterra, na Itália e no sul da França, onde seu pai possuía um hotel. Embora a música não tivesse papel destacado na vida da sua família, que intelectualmente tinha a mente aberta, o jovem de dezoito anos decidiu ser compositor após ter ficado profundamente impressionado com um concerto. Tippett iniciou sua formação musical na Academia Real de Londres. Após o curso, trabalhou pouco tempo como professor, mas logo desistiu da profissão para se dedicar à composição. Em 1930, o jovem de 25 anos apresentou todas as suas obras em Oxford, mas como o sucesso não foi muito grande, ele tirou todas as obras de circulação e voltou a estudar composição. Para ganhar dinheiro, regia uma orquestra de músicos desempregados e coros de leigos do partido Labour, o partido de esquerda, pois Tippett era social e politicamente engajado. Por um curto período, ele foi inclusive membro do Partido Comunista.

Em meados da década de 1930, ele compôs o *Quarteto de cordas n. 1* e a *Sonata para piano n. 1*, suas primeiras obras importantes. Tippett foi nomeado diretor musical do Morley College, uma instituição de ensino para adultos. Como o músico era pacifista, durante a Segunda Guerra Mundial passou três meses na cadeia por se recusar a servir o exército. Foi com o oratório *A Child of Our Time* que o compositor inglês conseguiu o grande sucesso. A obra se baseia em um relato autêntico de um acontecimento da época: o judeu polonês Herschel Grünspan, de dezessete anos, assassinou a tiros o secretário do embaixador alemão em Paris, por fúria e desespero depois dos maus tratos e da prisão de seus pais pelos nazistas. O oratório estreado em 1944 fez enorme sucesso e Tippett, de repente, era um homem no centro do interesse público. Nem o fracasso de sua primeira ópera *Midsummer marriage*, taxada de pior ópera nos 350 anos do gênero, pôde impedir que o reconhecimento de Tippett como compositor continuasse crescendo. Em 1951, ele deixou seu cargo no Morley College para se dedicar exclusivamente à composição. Foi viver no campo, perto de Bath, para poder trabalhar em paz. O compositor não se contentou com o que aprendeu e se esforçava em cada fase de sua obra para encontrar novas formas de expressão musical. Nos Estados Unidos, ao se confrontar com os conflitos sociais entre brancos e negros, pobres e ricos, estudou seriamente a cultura norte-americana e incluiu elementos do jazz e da música pop e rock, como guitarras elétricas, em sua música.

Em 1966, Tippett recebeu da casa real o título de nobreza Commander of the Order of the British Empire por seus méritos na música. Três universidades concederam ao compositor, que também dominava vários idiomas, o título de doutor *honoris causa*. Em 1982 foi apresentado em Boston *The Mask of Time*, *música para vozes e instrumentos*, um relato sobre a situação do mundo contemporâneo e um resumo de toda a sua obra musical. Ele usou uma mistura dos mais diversos textos de todas as áreas do conhecimento. Tippet compôs até idade avançada, viajava, participava ativamente da vida cultural e política por meio de palestras, textos e aparições no rádio e na TV. E sempre explicava em palestras e entrevistas sua ideia sobre a importância da música, que, para ele, devia trazer consolo e confiança em tempos de opressão, guerra e violência. O objetivo da música é criar "imagens a partir da imaginação profunda. Imagens da reconciliação para mundos divididos. E, em uma época de mediocridade (...), imagens de beleza exuberante, pródiga, transbordante". Em 1998, Sir Michael Tippett morreu, em Londres, poucos dias depois de completar 93 anos. ∎

Piotr Tchaikovsky

Datas de nascimento e morte:
*7 de maio (25 de abril) de 1840, Kamsko-Votkinsk

†6 de novembro (25 de outubro) de 1893, São Petersburgo

Origem: Rússia

Período: Romantismo

Obras importantes

Música dramática:
O lago dos cisnes op. 20, balé (1877)
Eugen Onegin op. 24, ópera (1879)
A Bela Adormecida op. 66, balé (1890)
Pique Dame op. 68, ópera (1890)
O quebra-nozes op. 71 (1892)

Obras orquestrais:
Concerto para piano e orquestra n. 1 em si bemol menor op. 23 (1875)
Sinfonia n. 4 em fá menor op. 36 (1878)
Concerto para violino e orquestra em ré maior op. 35 (1878)
Sinfonia n. 5 em mi menor op. 64 (1888)
Sinfonia n. 6 em si menor op. 74 [*Patética*] (1893)

Importância

Tchaikovsky está entre os mais populares compositores russos. Seu *Concerto para piano e orquestra n. 1* em si bemol menor e seus balés *O lago dos cisnes* e *A Bela Adormecida* alcançaram enorme popularidade. O estado anímico de Tchaikovsky se reflete em suas obras como quase nenhum outro compositor.

Piotr Tchaikovsky

Piotr Tchaikovsky é um dos poucos compositores russos de sua época que não tinha origem nobre. Seu pai, inspetor de minas, era um homem respeitado e culto que transitava pelos círculos elegantes da cidade e em cuja casa reinava uma animada vida social. Ele tinha recursos suficientes para proporcionar aos seus cinco filhos uma infância despreocupada e uma boa educação, o que incluía aulas de piano, como era costume na elite russa.

Quando Peter estava com dez anos, a família se mudou para São Petersburgo. Lá, o pai ingressou no ministério da Justiça como funcionário de alto escalão. O jovem Tchaikovsky chamava a atenção pela musicalidade, mas também era nervoso e extremamente sensível. O mundo desabou para o menino de doze anos quando sua mãe morreu inesperadamente durante uma epidemia de cólera. Só a música pôde consolá-lo, de forma que ela foi ficando cada vez mais importante para ele. Aos dezoito anos, Tchaikovsky começou a estudar na Escola de Direito de São Petersburgo, mas paralelamente continuou a estudar música. O jurista começou a trabalhar no ministério da Justiça, mas ainda não tinha certeza se deveria se dedicar apenas à música.

Em 1862, quando o Conservatório de São Petersburgo foi criado, o jovem de 23 anos começou a estudar composição. Três anos mais tarde, foi nomeado professor do Conservatório de Moscou e pediu demissão de seu emprego. Ele morava na casa de Nicolai Rubinstein, diretor do instituto, uma das pessoas mais importantes em sua vida. Surgiram as primeiras composições, quase todas destruídas por Tchaikovsky, por não atenderem às suas exigências. Mas sua primeira ópera *Voievoda* fez um enorme sucesso. Durante uma estada em São Petersburgo, o compositor de 26 anos entrou em contato com o Grupo dos Cinco, de compositores que defendiam uma nova música russa. Mas Tchaikovsky não simpatizava com os desejos de inovação do grupo. Para ele, a música era uma forma artística para a qual não existiam fronteiras e que não podia ser cerceada. Em suas composições, ele continuava tendendo para o Ocidente, inclusive em suas obras seguintes, que o tornaram famoso em seu país, o arrebatador *Concerto para piano e orquestra n. 1* em si bemol e o gracioso balé *O lago dos cisnes*, com sua melodia envolvente.

Um dia, um aluno de Tchaikovsky que participava do círculo de amizades de Nadejda von Meck, uma nobre abastada e amante das artes, chamou a atenção dela para o compositor de *O lago dos cisnes*. Ela pediu que tocassem algumas obras de Tchaikovsky e ficou fascinada com a música. Ela pôs à disposição do compositor a quantia anual de seis mil rublos, de forma que ele pôde largar o emprego e se dedicar à composição, como artista independente. Este foi o começo de uma amizade que durou treze anos. Mas os dois, embora morassem na mesma cidade, nunca se encontravam pessoalmente. Em compensação, foram conservadas 1.200 cartas que contam sobre a vida e o desenvolvimento de Tchaikovsky e trazem uma ideia de sua vida psíquica. O primeiro resultado musical da amizade com a senhora von Meck é a *Sinfonia n. 4*, dedicada à mecenas e admiradora.

Para evitar que sua orientação homossexual se tornasse pública, Tchaikovsky decidiu se casar com Antonia Ivanovna, mas o casamento foi uma catástrofe. Desesperado, ele fugiu para a casa da irmã e pensou repetidas vezes em suicídio. Pouco depois, sofreu um esgotamento nervoso. Os médicos recomendaram que mudasse sua vida radicalmente. Tchaikovsky seguiu o conselho e partiu em viagem pela Europa com seu irmão Anatol. Na Itália, ele finalizou sua importante ópera *Eugen Onegin*, apresentada em Moscou em 1879 com estrondoso sucesso. Mas o tímido e frequentemente melancólico Tchaikovsky geralmente tentava fugir do convívio social e se recolher à propriedade de campo de sua irmã ou à sua casa alugada fora da cidade. Lá, ele compôs nos anos seguintes obras extraordinárias como os *Concertos n. 2 e 3* para piano, seu *Concerto para violino* e sua ópera mais bem-sucedida *Pique Dame*. Tchaikovsky estava cada vez mais autoconfiante e começava a participar da vida musical pública russa. Como sua fama agora ia muito além das fronteiras de seu país, o compositor começou sua primeira turnê no exterior aos 48 anos, como regente de suas próprias obras.

Em 1890, inesperadamente, a mecenas Nadejda von Meck pôs fim à amizade e também aos pagamentos. Mas agora Tchaikovsky estava tão bem financeiramente que podia muito bem viver sem ajuda. O fim da relação lhe doeu muito, mas ele podia se consolar com seu imenso sucesso na Europa e nos Estados Unidos. Neste país, ele recebeu muitos aplausos como regente e compositor em concertos em Baltimore, Filadélfia e em

Nova York, por ocasião da inauguração da mais famosa sala de concertos norte-americana, o Carnegie Hall.

Em 1893, aos 53 anos, Tchaikovsky começou a compor sua última obra, a *Sinfonia n. 6*, a *Patética*. Ele desenvolveu, segundo escreveu ao sobrinho: "Um pensamento básico como programa, que permanecerá um enigma para todos. O programa tem de estar tão bem escondido que nunca ninguém descobrirá, mesmo que quebre a cabeça. Esse programa é o reflexo encoberto dos meus sentimentos mais profundos. Enquanto estava desenvolvendo essa obra em pensamento, fui tomado mais de uma vez por desespero e me desfiz em lágrimas".

Ele mesmo regeu sua obra em 28 de outubro de 1893, em São Petersburgo. Esta foi sua última aparição pública. Alguns dias mais tarde, o compositor foi a um restaurante com amigos e bebeu um copo de água do rio Neva, não fervida. Tchaikovsky contraiu cólera, como sua mãe, e morreu em 6 de novembro de 1893.

Hoje em dia, alguns pesquisadores acreditam que ele tenha sido aconselhado a pôr fim à própria vida para impedir que seu caso amoroso com o filho de um nobre se tornasse público. O pai do jovem, duque Stenbok-Fermor, havia escrito uma carta de reclamação ao czar. Se a homossexualidade de Tchaikovsky se tornasse pública, ele perderia todos os direitos e seria degredado para a Sibéria. A tese é improvável, mas hoje já faz parte de parte da narrativa mítica do compositor.

Foi organizado um funeral pomposo e o grande compositor foi sepultado no cemitério do mosteiro Alexander Nevski, onde também jazem Modest Mussorgsky Petrovich, Alexander Borodin e Mikhail Glinka.

Uma surpresa bem-sucedida

Fato curioso

Anna Brodsky, a mulher do violinista Adolf Brodsky, que havia tocado o solo na estreia do concerto para violino de seu amigo Tchaikovsky, contou que o compositor muitas vezes mandava subitamente um telegrama, quando estava no exterior: "'Chegarei de visita. Favor manter sigilo'. Sabíamos exatamente o que aquilo significava: que estava cansado, tinha saudade de casa e procurava a proximidade de amigos. Certa vez, Tchaikovsky chegou, depois de um telegrama daqueles, na hora do jantar. A princípio estávamos só nós, mas depois do jantar, quando ele estava na sala de música com a cabeça apoiada nas mãos, como sempre fazia, os membros do Quarteto Brodsky entraram na sala furtivamente. Eles traziam seus instrumentos, como tinha sido combinado. Sem dizer uma palavra, eles se sentaram e tocaram o terceiro Quarteto de cordas de Tchaikovsky, que tinham acabado de ensaiar para um concerto. Como ele ficou alegre! Eu vi as lágrimas rolarem por seu rosto. Depois ele foi de músico em músico agradecer o belo momento que eles lhe proporcionaram. Disse, então, com seu jeito ingênuo: 'Não sabia que havia composto um quarteto tão lindo. Eu não gostava do final, mas agora percebo que ele é bom de verdade'". ■

Edgar Varèse

Datas de nascimento e morte:
*22 de dezembro de 1883, Paris

†6 de novembro de 1965, Nova York

Origem: França

Período: Música moderna

Obras importantes

Obras orquestrais:
Amériques para grande orquestra (1918-1921/1927)
Ionisation para conjunto de percussão (1931)
Density 21.5 para flauta solo (1936)

Importância

Edgar Varèse, compositor e regente, era uma pessoa interessada por ciências naturais e fascinada pela tecnologia de sua época. Como os futuristas, estava convicto de que na música do futuro deveriam fluir sons, ritmos e ruídos do cotidiano e das máquinas. O americano de ascendência franco-italiana foi o primeiro compositor que tentou representar a era tecnológica por meio de um novo material acústico, e foi um dos primeiros músicos a fazer uso de produção eletrônica de sons. Para tanto, ele utilizou uma nova escrita musical, a notação gráfica.

Edgar Varèse

Nenhum outro compositor expressou as transformações tecnológicas e sociais do começo do século XX tão radicalmente como o compositor americano de ascendência franco-italiana Edgar Varèse. O filho de um engenheiro italiano e uma francesa passou a maior parte de sua infância em Paris. Às vezes também morava com seus avós na Borgonha, uma paisagem que Varèse amava acima de tudo e que homenageou mais tarde em sua obra orquestral *Bourgogne*. Quando Edgar tinha nove anos, a família se mudou para Turim. O pai desejava que seu filho seguisse a mesma carreira que ele e que estudasse matemática e engenharia mecânica. Mas o jovem Varèse se interessava muito mais — para desgosto do pai — por música. Paralelamente ao curso superior, ele secretamente estudava música e frequentava aulas de piano e composição no Conservatório de Turim. Quando sua mãe morreu, ele rompeu com o pai. Para se sustentar, tornou-se percussionista de uma orquestra de ópera e fez suas tentativas como regente. Aos 22 anos, foi viver em Paris para estudar composição na Schola Cantorum. Varèse fundou um coro e começou a compor obras orquestrais. Estudava intensamente as obras impressionistas de Debussy, que o impressionavam há muito tempo.

Em 1907, casou-se com a atriz Suzanne Bing e se mudou com ela para Berlim. Ali se tornou aluno de Ferruccio Busoni, cujo *Esboço de uma nova estética da música*, um texto sobre novas possibilidades sonoras, o influenciou significativamente. Ele conheceu Richard Strauss, cuja intermediação possibilitou a apresentação pública de *Bourgogne*. A estreia terminou em grande tumulto e a crítica definiu a música como "confusão sonora caótica". Varèse se divorciou e voltou para Paris. Pouco depois soube que todas as suas obras compostas em Berlim foram destruídas em um incêndio.

Quando a Primeira Guerra Mundial eclodiu, Varèse emigrou, como muitos de seus contemporâneos, para os Estados Unidos. Lá ele fundou a International Composers Guild, a primeira associação de compositores da América que tinha como objetivo incentivar e apresentar música contemporânea. Durante quatro anos, ele trabalhou em sua primeira grande obra orquestral que considera válida, *Amériques.* Nessa composição, ele concretizou pela primeira vez as ideias dos futuristas italianos, que eram fascinados pela nova tecnologia e acreditavam que, na música do futuro, os ruídos, ritmos e sons do cotidiano teriam de desempenhar um papel, dando uma alma musical aos tanques, aos automóveis, às aeronaves. A ideia de incluir ruídos do mundo das máquinas na música também era a ideia dos dadaístas franceses. Varèse constatou que, na era moderna, em vez de "martelos, são usadas furadeiras; em vez de pirâmides, são construídas represas. Mas, na música, o compositor ainda tem que se contentar com instrumentos que — como as cordas — já tinham sido elaborados há duzentos anos. Continuamos a soprar em mecanismos de tubos ultrapassados e complexos, enquanto, ao mesmo tempo, um sistema de notas insuficiente não nos permite nem mesmo anotar todos os sons que tais instrumentos podem produzir".

Varèse introduziu em sua composição *Amériques* ruídos e sons que ouvia de seu apartamento nova-iorquino: ruídos do porto, código Morse e sirenes, ou seja, "música" da nova era. Na estreia dessa obra também houve tumulto.

Varèse passou a compor regularmente obras em que desenvolvia uma linguagem sonora completamente nova. Interessado em ciências naturais, ele dava às obras títulos científicos, para indicar os novos fenômenos sonoros caracterizados por rigor técnico: *Offrandes, Hyperprism, Octandre*. Quando sua composição *Ionisation* para 41 percussionistas e duas sirenes, executada por treze músicos, foi apresentada pela primeira vez, um crítico falou em uma "obra horrível e maravilhosa". É compreensível, pois ruídos de chicotes, correntes, bigorna e sirenes eram novidade para o ouvinte. Essa composição extraordinária foi considerada a primeira composição puramente para percussão da história da música. Seu plano de criar um laboratório no qual músicos, técnicos e cientistas em conjunto pudessem pesquisar novas possibilidades sonoras não se concretizou, para sua grande decepção, o que provocou nele uma profunda crise criativa. Após a peça para flauta *Density 21.5* — assim chamada por causa da densidade da platina, da qual é feita a flauta transversal — Varèse não compôs nada até começo dos anos 1950. Nesse período, deu aulas na Universidade de Santa Fé e fundou um coro que se dedicava exclusivamente à interpretação de música antiga. Varèse, o experimentador musical, chamou novamente a atenção dos críticos e jovens compositores quando foi convidado a dar uma palestra nos cursos de férias sobre Música Nova, em Darmstadt. Suas obras, então, voltaram a ser executadas com mais frequência.

Em 1953, Varèse ganhou um gravador de presente de um mecenas anônimo. Finalmente um antigo sonho se realizou: ele gravou ruídos que desejava acrescentar à nova obra *Déserts*. O músico francês Pierre Schaeffer colocou à sua disposição seu estúdio de gravação em Paris. Os ruídos de fábrica e sons de percussão que ele gravou e elaborou em estúdio eram seu material básico. Mas essa apresentação, transmitida ao vivo pelo rádio, também terminou em escândalo. O interesse de toda a vida de Varèse e sua pesquisa intensiva da música eletrônica tiveram seu auge de expressão em sua última obra concluída, o *Poème électronique*. A obra para três gravadores e 450 caixas de som surge nos laboratórios eletrônicos da firma Philips. Ela foi executada na exposição mundial de 1958 em Bruxelas para dois milhões de ouvintes. Edgar Varèse morreu aos 81 anos, vítima de uma trombose, em Nova York. Na época, ele estava trabalhando em sua obra *Nocturnal*. ∎

Giuseppe Verdi

Datas de nascimento e morte:
*9 ou 10 de outubro de 1813, Roncole, perto de Busseto

† 27 de janeiro de 1901, Milão

Origem: Itália

Período: Romantismo

Obras importantes

Música dramática:
Nabucco, ópera (1842)
Macbeth, ópera (1847)
Rigoletto, ópera (1851)
Il trovatore, ópera (1853)
La traviata, ópera (1853)
Un ballo in maschera, ópera (1859)
La forza del destino, ópera (1862)
Aida, ópera (1871)
Otello, ópera (1887)
Falstaff, ópera (1890)

Obras corais:
Messa da Réquiem (1874)

Importância

Giuseppe Verdi, nascido no mesmo ano em que Richard Wagner, figura entre os mais importantes compositores de ópera da história da música. Dez de suas 26 óperas ainda hoje fazem parte do repertório fixo de todos os grandes teatros de ópera.

Giuseppe Verdi

O italiano Giuseppe Verdi deve o fato de ter se tornado um grande compositor não apenas ao seu enorme talento, mas também à sua tenacidade e seu esforço, pois as condições familiares para uma grande carreira musical não eram das mais propícias. Os pais de Verdi possuíam uma pequena taberna na localidade de Roncole, na Itália, e viviam modestamente. Cedo, o pai percebeu que seu filho sério, introvertido, ficava profundamente impressionado com música. Ele gostava principalmente dos músicos itinerantes que passavam pelo seu vilarejo. Quando Giuseppe tinha sete anos, o pai lhe comprou uma espineta antiga, e o vendedor do instrumento, que o consertou, escreveu sob os martelinhos: "Consertei o instrumento de graça, porque percebi a disposição que o jovem Giuseppe Verdi demonstrou para estudar música, o que me satisfaz plenamente".

O organista local deu a Verdi as primeiras aulas. Baretti, comerciante na cidade vizinha de Busseto e amante da música, percebeu o talento do jovem Verdi e lhe financiou a formação escolar no ginásio e as aulas de piano e composição na escola de música. Em 1831, Baretti levou o jovem Verdi para sua casa. Mesmo quando o jovem compositor não foi aprovado na prova de admissão do Conservatório de Milão, o organista não duvidou do talento de seu filho adotivo. Verdi recebeu um professor particular que continuou a estimulá-lo. Aos 23 anos, ele conseguiu o emprego de diretor musical em Busseto e se casou com a filha de seu mecenas. Três anos depois, Verdi se mudou para Milão, pois queria fazer carreira no La Scala, o teatro de ópera mais famoso do mundo. Lá, conheceu a cantora Strepponi, amante do empresário teatral, que conseguiu que a primeira ópera de Verdi, *Oberto*, fosse apresentada no local. Apesar do sucesso, foram momentos sombrios na vida do compositor, pois sua amada filha e seu filhinho morreram logo em seguida um do outro. Meio ano depois, morreu também sua esposa. Esses tristes acontecimentos sombrearam-lhe toda a vida. Para superar o luto, Verdi voltou para Roncole e compôs uma ópera cômica que foi um fracasso, de forma que o compositor não quis compor mais nada. O acaso o ajudou através das mãos de um amigo, que lhe entregou um libreto. Verdi ficou fascinado com a história que recomeçou a compor. A estreia da ópera *Nabucco* com Giuseppina Strepponi (os dois se casaram em 1859) no papel principal foi o grande sucesso do compositor de 28 anos. Ninguém podia ignorar a riqueza de suas ideias musicais e seu ritmo arrebatador. "Com essa ópera, minha carreira artística começou", escreveu Verdi posteriormente.

O compositor denominou os anos seguintes de seus *anni de galera* — *anos de masmorra*. Ele trabalhava desde manhã, bem cedo, até tarde da noite, geralmente apenas com uma xícara de café no estômago. Em sete anos, foram compostas nove óperas. Ele escreveu em pouquíssimo tempo a música que já estava pronta em seu íntimo. Assim, sua famosa ópera *Rigoletto* ficou pronta em apenas quarenta dias. Verdi ia de sucesso em sucesso e lhe eram pagos os honorários que pedisse, sem discussão. Com a renda da ópera *Luisa Miller*, Verdi pôde realizar um antigo sonho: comprar uma grande propriedade no campo em San Agata, perto de Busseto. A residência aconchegante, cercada por um maravilhoso parque, era o grande orgulho de Verdi. Ele tornou a propriedade um modelo de administração, segundo os métodos da época. "Sou um camponês de Roncole e sempre serei", frisava Verdi. Ele cavalgava pelos campos, trabalhava na terra e vendia gado. As três óperas seguintes, que Verdi compôs entre 1851 e 1853, figuraram entre as mais espetaculares da história da ópera. O compositor de música dramática ficou fascinado pelas fortes personagens desses enredos, o bobo corcunda *Rigoletto*, os trovadores medievais (*Il trovatore*) e Violetta, a moça leviana em *La traviata*. Para se recuperar de seu cansativo trabalho, o compositor ia caçar e pescar com amigos, jogava bilhar e passeava com seus cães.

Por mais que Verdi amasse a vida no campo, ele também precisava dos estímulos artísticos da cidade. Durante a exposição mundial de Paris, em 1855, sua ópera *Les vêpres siciliennes* (*As vésperas sicilianas*) estreou. Era uma obra que usava os cenários e interlúdios de balé da grande ópera francesa. Também na Rússia as óperas de Verdi tiveram grande público. Em 1862, ele regeu, em São Petersburgo, *La forza del destino*, uma encomenda do teatro de ópera local. Verdi, o senhor esbelto com barba escura, olhos acinzentados e um marcante nariz aquilino, chegou ao auge de seu êxito. Suas óperas agora tinham lugar cativo em todos os teatros de ópera do mundo. Na Itália, o internacionalmente famoso Verdi tornou-se um símbolo político. O coro da liberdade de *Nabucco* já havia fortalecido e animado o desejo de unificação dos italianos, mas a Itália ainda não estava unificada, estava, sim, esfacelada em vários pequenos principados. O teor de suas óperas passou a ter um viés político. Verdi havia composto, para Nápoles, a ópera *Un ballo in maschera*, na qual um conde é assassinado. A censura a proibiu, pois acabara de acontecer um atentado a Napoleão III, que reinava em Nápoles. Mas Roma apresentou a nova ópera de Verdi com imenso sucesso. A partir de então, gritava-se nas ruas: "Viva V-E-R-D-I", com a intenção de dizer aquilo que era proibido em todos os diversos estados italianos: "Viva Vittorio Emanuele Re D'Italia" (Viva Vitório Emanuel, Rei da Itália). Verdi desfrutava de grande prestígio em toda a Itália, e, como ele sabia fascinar as massas, não era nenhuma surpresa que fosse eleito deputado.

Depois que o teatro de ópera do Cairo foi inaugurado com uma apresentação de *Rigoletto*, Verdi recebeu do vice-rei egípcio Ismail Pascha a encomenda de uma ópera para aquele teatro e 150 mil francos de honorário. A narrativa de um egiptólogo despertou seu interesse, a história de um general que trai sua pátria por Aida, sua amante, e acaba condenado à morte. O libreto foi um desafio para o compositor, pois ele tinha de representar musicalmente a atmosfera oriental.

Quando o editor de Verdi, Ricordi, publicou a observação de Rossini de que Verdi nunca poderia compor uma ópera cômica, o compositor, já com idade avançada, procurou um tema adequado. Um dia, seu libretista Boito lhe apresentou a comédia de Shakespeare *Falstaff*, a partir da qual ele havia escrito um divertido libreto. Verdi aceitou. "Componho para me distrair, sem planos", disse o compositor. No final da partitura, ele anotou: "Tudo terminado! [...] Vá [....] Vá [...] parta [...] Adeus". Aos oitenta anos, taciturno, o introvertido compositor se retirou em San Agata e compôs apenas algumas músicas sacras. Verdi passou seus últimos anos entre um *palazzo* em Gênova, nos meses de inverno, e as termas de Montecatini. Em 1897 morreu sua esposa, e o ancião respeitável de San Agata se isolou ainda mais. Ele gostava de ficar sentado em seu parque, ler a *Bíblia*, beber sua taça diária de vinho e fumar charutos. O grande compositor italiano de ópera, Giuseppe Verdi, morreu em 27 de janeiro de 1901. Conforme sua vontade, ele foi sepultado muito modestamente e ao nascer do dia. Um mês mais tarde, seu caixão foi trasladado para o cemitério da Casa da Paz, em Milão. Essa propriedade tinha sido doada por Verdi para ser casa de repouso de músicos. Centenas de milhares de pessoas lhe prestaram as últimas homenagens e novecentos cantores entoaram seu famoso coro de *Nabucco*, que iniciou sua fama: "Voa, pensamento, com asas douradas".

O povo, o melhor amigo de Verdi

Fato curioso

"Sempre, desde o início, o povo foi meu melhor amigo", *confessou Verdi.* "Alguns carpinteiros foram os primeiros que me fizeram confiar em meu trabalho e ter perspectiva de sucesso." *Depois do grande fracasso de sua segunda ópera, quando a nova obra* Nabucco *estava sendo ensaiada no La Scala de Milão, os cantores estavam muito ruins e a orquestra se esforçava para tocar mais alto que o barulho dos operários que estavam fazendo as reformas. Verdi contou:* "Finalmente, o coro começou — entediado como sempre — a cantar Va, pensiero. Logo após alguns compassos, o teatro ficou silencioso como uma igreja. Um operário após o outro foi deixando o trabalho de lado, sentando-se na escada ou no andaime, e pararam para escutar. Quando a apresentação terminou, explodiu o aplauso mais barulhento e estrondoso que já ouvi na vida. 'Bravo, bravo, viva il maestro!', gritavam, batendo as ferramentas nas vigas. Então eu soube o que o futuro me traria."

Antonio Vivaldi

Datas de nascimento e morte:
*4 de março de 1678, Veneza

†28 de julho de 1741, Viena

Origem: Itália

Período: Barroco

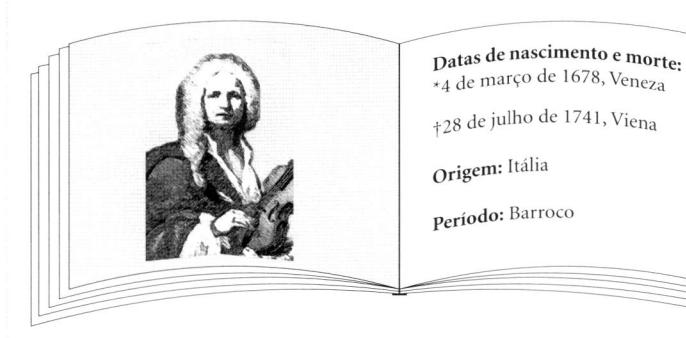

Obras importantes

Obras orquestrais:
Cerca de quinhentos concertos, sendo 221 concertos para violino, entre eles:
La stravaganza op. 4 (1712)
Il cimento dell'armonia e dell'invenzione op. 8 com *Le quattro stagioni* [As quatro estações] (1725)

Importância

Antonio Vivaldi está entre os mais famosos compositores italianos do período Barroco e os melhores violinistas de seu tempo. Sua música influenciou inúmeros compositores contemporâneos em toda a Europa. *As quatro estações* está entre as obras mais populares da história da música.

Antonio Vivaldi

Antonio Vivaldi é considerado um compositor muito produtivo do período Barroco. Mais de quinhentos concertos foram atribuídos a ele, sendo 221 para violino. Vivaldi nasceu durante um terremoto em Veneza, primogênito de nove filhos de um violinista. Desde cedo, Antonio demonstrou talento musical e teve aulas de violino, violoncelo e cravo com o pai. Como a família não tinha muitos recursos, o jovem Vivaldi deveria seguir uma carreira que garantisse uma posição estável e certa prosperidade. Além disso, um cargo eclesiástico era a melhor opção para um músico fazer carreira. Nos teatros da cidade, um padre tinha muito mais facilidade para conseguir um cargo destacado do que um *sonador*, um instrumentista.

Assim, o jovem Antonio, aos quinze anos, recebeu a tonsura e a primeira consagração. Dez anos mais tarde, foi ordenado padre. Os venezianos chamavam Vivaldi de *prete rosso* (padre ruivo). Mas, no fundo, ele ambicionava a carreira de violinista e compositor. Conseguiu um cargo de *maestro di violino*, professor de violino no Ospedale della Pietà, um orfanato para meninas. Lá, as garotas que tinham sido abandonadas pelos pais, por não poderem contribuir para as despesas por serem meninas, eram criadas e recebiam educação musical das freiras. Sob a direção de Vivaldi, a orquestra das meninas logo ganhou fama lendária em toda a Europa, por sua virtuosidade e precisão. Os serviços religiosos acompanhados de música se igualavam a concertos públicos e passaram a fazer parte das atrações da cena musical veneziana, que atraía muitos turistas amantes da música para a cidade das lagunas. Vivaldi compôs grande parte de seus inúmeros concertos para a orquestra das meninas do Ospedale.

Em 1705, foram publicadas as primeiras composições de Vivaldi: *Doze sonatas trio n. 1*, e ele começou a chamar a atenção como compositor na Itália. O ciclo de concertos *La stravaganza* (*A extravagância*), composto nove anos depois e publicado em Amsterdã, tornou-o famoso em toda a Europa. O Ospedale não era mais o único local de trabalho de Vivaldi. Como personalidade conhecida da vida musical pública, ele tinha fácil acesso aos salões mundanos. O músico, diplomático, sabia conseguir com habilidade as graças e a amizade de influentes mecenas. Assim, o padre ruivo, virtuose do violino e favorito dos venezianos, era um convidado bem-vindo nos *palazzi* da rica e elegante sociedade. Logo o compositor de talento eclético começou a compor óperas. Após seu primeiro sucesso na música dramática, Vivaldi levava uma vida dupla: de um lado o compositor, virtuose do violino e maestro no Ospedale, respeitável sacerdote e protegido de grandes personalidades venezianas; de outro, o homem de teatro que se sentia em casa no *demi-monde* artístico boêmio e tinha contato com pessoas de reputação duvidosa. Assim, ele pediu ao aventureiro e estelionatário napolitano Sebastiano Biancardi que escrevesse o libreto de sua primeira ópera *Ottone in villa*. Como empresário do teatro Sant'Angelo, um dos oito teatros da cidade, Vivaldi tinha um vasto campo de trabalho: tinha de escolher obras e atores, firmar contratos, arranjar verbas e se responsabilizar pela perfeita apresentação das obras.

A fama internacional fez do compositor uma das personalidades mais requisitadas na Itália. O landgrave soberano em Mântua chamou Vivaldi com a atraente oferta para ser o *maestro di capella* em sua corte, o que significava um enorme ganho de prestígio para o músico. Mas dois anos depois ele se demitiu do cargo e, nos dez anos seguintes, levou uma vida de artista, incomum para a época. O Ospedale o dispensou nesse período, mas exigiu que compusesse dois concertos por mês para a orquestra das meninas. Para provar que aquilo também era possível para o requisitado músico, ele teve de compor um concerto completo em uma sala fechada, em um dia. Vivaldi entregou o concerto para violoncelo pronto depois de oito horas.

Então o compositor tinha tempo suficiente para cuidar de suas óperas em outros centros musicais da Itália. Foi diversas vezes para Roma e tocou duas vezes para o papa. O músico genial e com tino comercial fazia viagens para outros países europeus para empreender contatos importantes com nobres, mecenas e editoras. Sua fama internacional não parava de crescer, o que foi demonstrado por seus doze concertos com o título *Il cimento dell'armonia e dell'inventione* (*Tentativa ousada cheia de harmonia e inventividade*). A obra de alto nível de exigência, de 1725, foi dedicada ao conde Morzin, amante da música, da Boêmia, e publicada em Amsterdã. Nos quatro primeiros concertos para violino dessa coletânea, Vivaldi descreveu *As quatro estações* por meio da música.

Antonio Vivaldi

Aos 48 anos, Vivaldi voltou para sua cidade natal. Ele estava no auge de sua fama como virtuose do violino e compositor, tornando-se uma lenda viva. Muitos músicos iam a Veneza para apreciar sua música sensacional e as novas técnicas instrumentais. Todas as suas obras tiveram aceitação eufórica por parte do público e eram imitadas por outros mestres. Sua influência musical abrangia toda a Europa. Johann Sebastian Bach tinha Vivaldi em alta conta. Estudou suas obras e adaptou alguns de seus concertos para violino para órgão e cravo.

Vivaldi ganhava muito dinheiro, e gastava rapidamente. Em setembro de 1728 aconteceu, em Trieste, o encontro entre Vivaldi e o imperador romano-alemão Carlos VI, que deu muito dinheiro ao gênio da música e o nomeou cavaleiro. Nessa época, o músico conheceu a cantora Anna Giro, de dezesseis anos. Ela se tornou sua aluna predileta e a intérprete favorita de suas óperas, e ficou intimamente ligada a ele durante toda a vida. A consequência disso foram os milhares de boatos correndo em Veneza a respeito da coabitação dos dois.

Nos anos seguintes, Veneza, a gloriosa república, sofreu uma crise profunda. Houve fome e revoltas. O gosto musical se modificou, deixando o Barroco e se aproximando do Rococó. A música de Vivaldi tornava-se cada vez menos atraente para o público, que, naqueles tempos difíceis, preferia peças leves e elegantes. Sua fama ia caindo, e sua única esperança passou a ser o imperador Carlos VI. Aos 63 anos, Vivaldi deixou Veneza e viajou para Viena, esperançoso por novos trabalhos e um emprego na corte. Mas a inesperada morte do imperador destruiu todas as suas esperanças. Vivaldi caiu em profundo desespero e seu estado de saúde piorou. O aclamado e reverenciado Antonio Vivaldi morreu apenas um mês depois de chegar a Viena, pobre e esquecido. Ele foi sepultado no mesmo dia, com um enterro de pobres, no cemitério do hospital.

Durante séculos, Vivaldi ficou esquecido. Apenas em 1926 foram encontrados casualmente catorze volumes de suas composições. Nos anos 1930 e 1940, pesquisadores musicais compraram pilhas de manuscritos do compositor redescoberto, que ficaram armazenados durante duzentos anos em depósitos de mosteiros e palácios. Hoje em dia, a elegante sociedade veneziana homenageia seu maior compositor anualmente, à meia-noite depois do Carnaval, com um concerto Vivaldi.

Antonio Vivaldi

Um sacerdote desviado do bom caminho

Fato curioso

Conta-se que Vivaldi — o "padre ruivo" —, certa vez, para a surpresa dos fiéis, interrompeu uma missa e deixou o altar, imerso em pensamentos, caminhando em direção à sacristia, para lá anotar um tema musical que lhe ocorrera enquanto rezava a missa. Depois de alguns minutos, ele reapareceu e terminou de celebrar a missa. Por essa falta, ele foi repreendido pela Inquisição, que depois disso o proibiu de celebrar missas. Vivaldi, por seu lado, afirmava que tinha sido liberado da celebração de missas porque tinha interrompido a celebração três vezes devido a uma doença pulmonar. ■

Richard Wagner

Datas de nascimento e morte:
*22 de maio de 1813, Leipzig

† 13 de fevereiro de 1883, Veneza

Origem: Alemanha

Período: Romantismo

Obras importantes

Música dramática:
Der fliegende Holländer [*O navio fantasma*], ópera romântica (1843)
Tannhäuser und der Sängerkrieg auf Wartburg [*Tannhäuser e a guerra dos cantores em Wartburg*], grande ópera romântica (1845)
Lohengrin, ópera romântica (1850)
Tristão e Isolda, ópera (1865)
Die Meistersinger von Nürnberg [*Os mestres-cantores de Nuremberg*], ópera (1868)
Der Ring des Nibelungen [*O anel do Nibelungo*], drama em forma de festival para três dias e uma noite (1851-1874) — *Das Rheingold, Die Walküre, Siegfried, Götterdämmerung* [*O ouro do Reno, A Valquíria, Siegfried, Crepúsculo dos Deuses*]
Parsifal, drama sacro em forma de festival (1882)

Importância

Richard Wagner é um dos mais importantes compositores de ópera da história da música. Em suas obras, ele concretizou seu conceito de música dramática como *Gesamtkunstwerk* (obra de arte total), a integração entre poesia e música. O compositor é simultaneamente libretista, diretor de teatro e regente. Em suas óperas, Wagner se afastaou radicalmente da antiga ópera "de números", e trabalhou com a melodia infinita e a técnica do *leitmotiv*.

Richard Wagner

Richard Wagner, para muitos o mais importante compositor de óperas do mundo, nasceu em 22 de maio de 1813, em Leipzig, e era o mais novo de nove filhos. O pai, delegado de polícia, morreu meio ano depois, e a mãe se casou novamente com um amigo da família, o pintor, poeta e ator Ludwig Geyer. A família se mudou para Dresden, pois lá o padrasto conseguiu um emprego como ator da corte. Sua casa era ponto de encontro de artistas, atores e músicos, entre eles Carl Maria von Weber, que impressionava Richard profundamente. Lia-se poesia, fazia-se música e encenavam-se peças teatrais. O jovem Wagner começou a se interessar pelo teatro. Os figurinos, os bastidores e cenários estimulavam a imaginação do jovem, que esboçava as próprias peças para o teatro de bonecos. Na escola Kreuzschule, em Dresden, ele se destacava nas matérias que estimulavam sua imaginação. Seus poemas recebiam muitos aplausos. Desde cedo ele buscava o sucesso, investia todo o esforço para poder ficar no centro das atenções.

Na infância, Wagner não se interessava muito por música. Ela o fascinava apenas quando era combinada ao teatro. Dessa forma, ele ficou impressionadíssimo com o *Freischütz* (*Franco-atirador*), de Carl Maria von Weber. Apenas aos doze anos Richard teve as primeiras aulas de piano. Pouco depois, a família voltou para a querida cidade universitária de Leipzig. Ele negligenciou totalmente a escola, que, para o menino de espírito livre, não passava de uma prisão. Em compensação, a convivência com seu tio Adolph teve influência significativa sobre ele, pois ele ensinava filosofia e literatura ao sobrinho ávido por aprender. Quando Wagner ouviu *Egmont*, de Beethoven, decidiu ser músico. Em segredo, teve aulas de composição, pois fazer música, para ele, era compor, e o artista deveria ser ambos: o escritor e o compositor. Duas impressões musicais decisivas para o jovem Wagner foram também a ópera de Beethoven, *Fidelio*, e sua *Nona sinfonia*. Trabalhando noites a fio, ele fez uma cópia da partitura da sinfonia e um trecho de piano.

O jovem participava cada vez mais da vida universitária. Em 1830, ele tomou parte nas revoltas dos universitários de Leipzig e fundou uma associação de estudantes secundários inspirada na dos universitários. Por isso, teve de sair da escola Thomasschule. Aos dezoito anos (sem ter concluído a escola), ele conseguiu se matricular na universidade como *studiosus musicae*. Começou uma "fase desregrada", na qual sucumbiu à paixão do jogo. Mas logo ele voltou a se dedicar intensamente à música. Compôs seus primeiros ensaios de óperas: *Die Hochzeit* [*O casamento*] e *Die Feen* [*As fadas*]. Aos vinte anos, Wagner foi contratado como ensaiador no Teatro Municipal de Würzburg. Depois trabalhou como mestre-de-capela em Magdeburg e Königsberg, onde, aos 23 anos, casou-se, pela primeira vez, com a atriz Minna Planer. Como os dois tinham personalidades completamente diferentes, eles brigavam com frequência e intensamente. Minna Planer chamava seu casamento com Wagner de *Guerra dos Trinta Anos*. A primeira ópera encenada de Wagner, *Das Liebesverbot* (*A proibição do amor*) foi praticamente ignorada. Depois da estreia, ela foi retirada do programa.

Como Wagner tinha um estilo de vida luxuoso, ele ficou completamente endividado. Para escapar de seus credores, fugiu de Riga com sua mulher e, em uma viagem arriscada de navio pelo mar Báltico, chegou a Londres, de onde foi para Paris. Ali, Wagner viveu na miséria. Ele terminou sua segunda ópera, *Rienzi,* que estreou em 1842, em Dresden. O sucesso dessa ópera garantiu ao compositor de 29 anos o emprego de mestre-de-capela da corte e, pouco depois, de diretor do teatro da corte. Além dessas grandes tarefas, ele encontrou tempo para compor. Para sua grande decepção, o sucesso de *Rienzi* não se repetiu, a princípio, para *Navio fantasma* e *Tannhäuser*.

Na revolução de maio de 1848, Wagner se colocou do lado dos revolucionários, juntando-se a eles na trincheira. Com o fracasso da revolução, Wagner estava sendo procurado pela polícia como agitador e teve de fugir de Dresden na calada da noite. Por outro lado, Franz Liszt, que Wagner conheceu aos trinta anos, em Berlim, apreciou muito as óperas do jovem músico. Ele prometeu se empenhar pelas obras do compositor ainda desconhecido e regeu em 1850 a estreia de *Lohengrin* em Weimar.

Finalmente ele se refugiou na casa do abastado comerciante Wesendonk, em Zurique. Wagner, que vivia em dificuldades financeiras apesar da generosa ajuda de seu mecenas, planejou, em 1850, um projeto monumental: o drama em forma de festival em quatro partes *O anel do Nibelungo*, no qual trabalharia por muitos anos. Nessa época, Richard Wagner se apaixonou pela jovem esposa de seu mecenas, Mathilde Wesendonck. Quando o caso amoroso foi a público, houve um escândalo na sociedade de Zurique e ele teve de deixar a cidade. Viajou para Veneza e lá compôs *Tristão e Isolda*. Como a ópera foi recusada por ser muito difícil para os cantores devido à melódica e harmonia inovadoras, ele começou a compor outra ópera em Wiesbaden e Viena: *Os mestres-cantores de Nuremberg*. Logo, Wagner estava tão endividado novamente que teve de fugir de seus credores.

O compositor passou a considerar sua vida e obra um fracasso. Então recebeu, em Stuttgart, aos 51 anos, o convite do jovem rei bávaro Ludwig II, admirador de suas óperas, para ir a Munique. O rei pagou a montanha de dívidas de Wagner e possibilitou a apresentação de *Tristão e Isolda* no teatro da corte real. O músico acreditava finalmente poder realizar todos os seus planos artísticos em Munique, mas logo a corte atacou o rei entusiasta devido ao incentivo perdulário ao seu protegido. Wagner, criticado por influenciar Ludwig II, teve de fugir de Munique. Foi nessa época que acabou conhecendo a filha de Franz Liszt, Cosima. Ela era esposa de seu amigo, o pianista e compositor Hans von Bülow, que lutou a vida toda pela divulgação das obras de Wagner. Cosima abandonou o marido e se mudou com Wagner para Triebschen, perto de Lucerna. Eles se casaram em 1870. Quatro anos mais tarde, o compositor finalizou sua gigantesca obra *O anel do Nibelungo*.

Há muito tempo, Wagner tinha a ideia de construir seu próprio teatro, adequado para apresentar as suas óperas. Ele procurou patrocinadores e amigos que pudessem ajudar a conseguir os elevados recursos financeiros para um teatro para dramas em forma de festivais. Em pouco tempo, graças ao seu enorme poder de persuasão e a um empréstimo de Ludwig II, reuniu tanto dinheiro que, em 1872, conseguiu se mudar com a mulher Cosima e os filhos Siegfried e Isolde para Bayreuth, onde foi lançada a pedra fundamental para o seu teatro. Após quatro anos de construção, o teatro foi inaugurado com a primeira apresentação completa de *O anel do*

Nibelungo — Ouro do Reno, Valquíria, Siegfried e Crespúsculo dos deuses — de 13 a 17 de agosto de 1876. Estavam presentes o imperador alemão e o rei Ludwig II e, além deles, os colegas compositores Bruckner, Grieg, Saint-Saëns e Tchaikovsky.

A vida extenuante de Wagner acabou com sua saúde, então ele viajou à Itália para se recuperar. Lá, finalizou sua última ópera, *Parsifal*. Em novembro de 1882, Richard Wagner viajou para Veneza com sua família, e em 13 de fevereiro de 1883 faleceu, no Palazzo Vendramin, vítima de um ataque cardíaco. Gôndolas enlutadas acompanharam o barco com o sarcófago em sua última viagem. Em um trem especialmente preparado, seu ataúde foi trasladado para Bayreuth. Wagner foi sepultado no jardim de sua mansão Wahnfried. A notícia de sua morte abalou o mundo.

A morte diante dos olhos

Fato curioso

O jovem Richard Wagner, envolto em um casaco preto, estava na tolda de um velho cargueiro e caminhava na direção da ventania furiosa para se livrar do medo da morte. Ao seu lado, estava sentado seu fiel cão Robber, que gemia baixinho. Há horas a ventania evoluíra para um furacão. O velho navio mercante balançava para lá e para cá pela força primitiva. Massas de água quebravam nas laterais e arremessavam gigantescas fontes de água por sobre a balaustrada. Os mastros se quebraram e caíram com um estalo sobre o convés. O navio flutuava sem destino. Além da ventania, começou uma violenta tempestade. Minna, sua mulher, se agarrava desesperada a ele. Os sinistros marinheiros, com semblantes petrificados e olhar mau, olhavam fixamente para os dois, pois, para a tripulação, eles eram a causa do naufrágio iminente. O velho capitão também os amaldiçoou, arrependido de tê-los aceito a bordo.

Eles estavam fugindo e o capitão os aceitara porque estavam em situação de desespero. Tinham fugido de Riga porque não podiam pagar as dívidas. E não possuíam passaportes para poder entrar em outro país. Uma forte pancada que abala todo o navio tira o jovem Wagner de seus pensamentos.

"Um recife!", *grita o capitão da ponte de comando. É o inferno! Isso é o que deve ter acontecido com o "navio fantasma", o Holandês Voador. Agora Wagner sente as forças primitivas da natureza no próprio corpo. Sabe que transformaria aquela experiência terrível no navio em música em sua próxima ópera, se sobrevivesse.*

Três anos mais tarde, o público de Dresden presente à estreia do "Navio Fantasma" pôde reviver a arriscada viagem de Wagner de Riga para a Inglaterra e as fortes borrascas diante da costa norueguesa. ∎

Andrew Lloyd Webber

Data de nascimento:
*22 de março de 1948, Londres

Origem: Inglaterra

Período: Música moderna

Obras importantes

Música dramática:
Jesus Christ Superstar, ópera rock (1970)
Evita, musical (1976)
Cats, musical (1981)
Starlight Express, musical (1984)
Phantom of the Opera, musical (1986)
Sunset Boulevard, musical (1993)

Obras corais:
Réquiem (1985)

Importância

O inglês Andrew Lloyd Webber é considerado o compositor de musicais mais bem-sucedido e popular das últimas décadas. Sua ópera rock *Jesus Christ Superstar* e seus musicais *Evita*, *Cats*, *Starlight Express* e *Phantom of the Opera* lhe deram fama e riqueza.

Andrew Lloyd Webber

Já na infância Andrew Lloyd Webber vivia cercado de música. Seu pai era professor de composição e teoria musical no Royal College of Music de Londres, e a mãe era professora de música. Constantemente recebiam visita de amigos amantes da música e a casa se transformava em uma "casa de loucos" musical, pois os Webber possuíam, além de muitos rádios e vitrolas, quatro pianos e um órgão elétrico. Andrew era uma criança complicada e hiperativa. O pai lhe deu o apelido de "para-choque", porque ele corria agitado para lá e para cá e se batia constantemente. Só se acalmava com música.

"Ele era um grande fã de Edmundo Ros (um músico de rumba)", contaram seus pais, "e, quando não conseguia dormir, colocávamos os discos de Ros para tocar. Ele pulava um pouco com as melodias e então adormecia".

Quando Andrew tinha três anos, ganhou de presente um pequeno violino e depois uma trompa. Mas seu irmão, que mais tarde seria um conhecido violoncelista, tinha muito mais talento para a trompa. Andrew preferia o piano. Divertia-se ao exercitar principalmente as escalas tonais. Mas o que mais gostava era inventar pequenas melodias, para o que parecia ter grande talento. Sempre surpreendia seu professor de piano com peças próprias. A princípio, queria ser arquiteto, mas sua tia Vi, uma atriz temperamental, desviou o interesse de Andrew. Ela conseguiu entusiasmar o menino para o teatro, principalmente o musical. Ele a acompanhava em apresentações e logo teve vontade de compor uma peça de música dramática. Aos nove anos, Andrew compôs sua primeira obra: *Toy theater*. Pouco depois, ele construiu seu próprio teatro de brinquedo. Aos catorze anos, Andrew compôs, sobre o texto de um colega na prestigiada escola particular inglesa Westminster, o conto de Natal *Cinderella up Beanstalk and Most Everywhere Else*, que foi apresentado com grande sucesso no Natal de 1962, o que o encorajou a produzir duas outras peças. O jovem compositor chamou a atenção da agência teatral Noel Gay, que assinou um contrato de curta duração com Andrew.

Após concluir a escola, o talentoso Webber ganhou uma bolsa para estudar história da arte em Oxford, porém interrompeu o curso depois de um semestre e voltou para casa, pensando apenas em compor. Certo dia, recebeu uma carta de Tim Rice, um estudante de direito que se ofereceu como escritor de textos. Os dois simpatizaram um com o outro de imediato e ficaram amigos, mas ninguém queria produzir seu primeiro musical, *The Likes of Us*. Suas canções tampouco empolgaram o público. Um dia, Alan Doggett, um amigo da família, telefonou e encomendou uma peça com tema religioso para um concerto de encerramento de semestre. Um crítico de jazz assistiu ao concerto e ficou entusiasmado. O sucesso motivou os dois a produzirem, em seguida, mais uma peça de conteúdo religioso: *Jesus Christ Superstar*, os últimos dias de Jesus de Nazaré. Público e imprensa ficaram fascinados pela ópera rock. As apresentações se estenderam por meses e com teatro lotado. Mais tarde, o espetáculo virou filme.

Aos 23 anos, ele se casou com seu primeiro grande amor, a jovem Sarah Jane Tudor, de dezoito anos, com quem teve dois filhos. Um dia, Webber e Rice encontraram a sensacional história de vida de Evita Perón, a bela mulher do ditador argentino. De origem pobre, ela era venerada pelo povo como uma deusa e faleceu com apenas 32 anos, após uma grave doença. Era um tema ideal para um novo musical. *Evita*, estreado em 1978, foi um sucesso fenomenal. Andrew recebeu o Oscar pela canção *You Must Love Me*. Logo após o grande sucesso de *Evita*, o compositor se separou de seu escritor, e, mesmo sem ele, Webber conseguiu um novo sucesso dois anos depois: quando criança Andrew Lloyd era constantemente cercado por três gatos com nomes de compositores. Então ele encontrou o texto do poeta inglês Eliot: gatos com as mais diversas personalidades encontram-se sobre um monte de lixo podre para contar sobre suas existências e sonhos fracassados. O maior objetivo deles é serem escolhidos por Old Deuteronomy para o promissor céu dos gatos, para começar uma segunda vida, melhor. O tema fascinou o compositor e *Cats* foi o mais bem-sucedido musical de todos os tempos, assim como a canção *Memory*. Em 1983, o casal Webber se divorciou. Sarah Brightman seria a segunda mulher de Webber, um ano depois.

Em 1984 estreou seu musical *Starlight Express*, a história de um menino que vivencia em sonho uma competição entre trens. No palco, a corrida é representada por patinadores. A morte do pai motivou Webber a compor um réquiem. Fica claro que o bem-sucedido compositor de musicais também sabe compor música séria. Quando Webber encontrou o livro *Fantasma da Ópera*, do francês Gaston Leroux, percebeu mais um excelente texto para um musical. É a história de um artista e arquiteto que, após um acidente, usa uma máscara e vive no subsolo de um teatro de ópera. Esse musical tem marcantes traços operísticos, a começar pelo local da ação. O show, caríssimo, que mais tarde se transformou em filme, ganhou sete prêmios Tony e foi premiado como o melhor musical.

Após o sucesso de *Les Miserables*, Webber comprou a própria produtora, e logo depois o músico fanático por teatro realizou o antigo sonho: comprou, por 1,3 milhão de libras o Palace Theater, em Cambridge Circus, onde poderia apresentar seus musicais. Pouco depois, comprou outros dois teatros. Em 1990, Webber se divorciou de sua segunda mulher e, no mesmo dia, ficou noivo de Madeleine Gurdon, uma campeã de equitação. Com ela também tem dois filhos.

Por seus grandes méritos, Andrew recebeu título de nobreza da rainha Elizabeth II. No mesmo ano, Lord Webber ganhou uma estrela na calçada da fama, no famoso Sunset Boulevard, em Hollywood. Um ano antes, o compositor havia homenageado essa rua com um musical de mesmo nome. Para os Jogos Olímpicos de Barcelona em 1992, Webber compôs a canção olímpica *Amigos para sempre*. Depois disso, o compositor não conseguiu repetir, com suas novas obras, os sucessos anteriores. Mas seus grandes musicais, sem dúvida os mais importantes das últimas décadas, deram fama e uma considerável fortuna ao "*King*" do teatro musical popular. Em 1998, Andrew Lloyd Webber possuía um capital de 550 milhões de libras (hoje, cerca de 700 milhões de libras). ∎

Carl Maria von Weber

Datas de nascimento e morte:
*18 de novembro de 1786, Eutin

†5 de junho de 1826, Londres

Origem: Alemanha

Período: Romantismo

Obras importantes

Música dramática:
Peter Schmoll und seine Nachbarn [Peter Schmoll e seus vizinhos], ópera (1803)
Der Freischütz [O franco-atirador], ópera (1821)
Euryanthe, ópera (1823)
Oberon, ópera (1826)

Obras orquestrais:
Concerto para clarinete n. 1 em fá menor op. 73 (1811)
Konzertstück para piano e orquestra em fá menor op. 79 (1821)

Música de câmara:
Quinteto para clarinete em si bemol maior op. 34 (1815)

Música para piano:
Aufforderung zum Tanz [à dança] op. 65 (1819)

Importância

Carl Maria von Weber figura entre os grandes compositores alemães do Romantismo. Ele é considerado o fundador da ópera alemã. Seu *Franco-atirador*, com a famosa cena da ravina dos lobos, é a primeira ópera romântica a ocupar um papel importante na história da música. Ela é considerada a essência da ópera romântica alemã.

Carl Maria von Weber

"Nasci em 18 de novembro de 1786, em Eutin, na região de Holstein. Usufruí de uma primorosa educação com predileção especial pelas belas artes, já que meu pai tocava violino excelentemente [...] uma peculiaridade de meu pai obrigava-o às vezes a mudar de endereço [...]", escreve Weber mais tarde no romance sobre sua infância.

O pai, bravateador, que se intitulava barão, major ou camareiro e acrescentou ao nome o título de nobreza "von" sem ser nobre, levava, sem dúvida, uma vida agitada. Seu estilo sofisticado o ajudava a conseguir os mais variados cargos para os quais não estava preparado. Mas ele fracassava em todos os empregos devido à sua falta de compromisso e dificuldades com as autoridades. Logo depois que sua mulher morreu (com quem teve oito filhos), ele se casou, aos cinquenta anos, com a cantora 21 anos mais nova Genovefa Brenner, a mãe de Carl Maria. Cheio de dívidas, Weber conseguiu uma colocação como músico municipal em Eutin. Quando percebeu que não conseguiria ficar famoso com a profissão, ele fundou a "companhia teatral Weber". Começou, então, a peregrinação de muitos anos dos Weber pela Alemanha — na carruagem, ia o recém-nascido Carl Maria. Devido a uma tuberculose óssea na coxa direita, ele começou a andar apenas aos quatro anos e mancava um pouco. Carl Maria gostava do colorido mundo do teatro itinerante e muito cedo aprendeu as regras e dificuldades de um teatro. Seu professor de piano em Hildburghausen, Heuschkel, notou o talento musical do jovem Weber e começou a incentivá-lo. Carl Maria foi apresentado ao mestre-de-capela da catedral de Salzburgo, Michael Haydn, que lhe dava aulas gratuitamente.

Pouco depois, morreu sua querida mãe, a força de trabalho mais valiosa da trupe. O "grupo teatral Weber" era cada vez menos requisitado, e o pai teve a ideia de chamar a atenção com as composições do filho de doze anos para conseguir dinheiro. Como o pai havia se desentendido com todo o grupo, ele poderia se dedicar exclusivamente à carreira do filho. Ele mandou publicar seis fuguetas em cânone, mas estava convicto de que um compositor só poderia ter prestígio e riqueza, naturalmente, se compusesse óperas e achava que encontraria em Munique o mais competente dos professores para isso. Assim, foi lá que Carl Maria, aos doze anos, começou a ter aulas de composição. Compôs uma grande quantidade de obras: sonatas para piano, canções, trios de violino, uma grande missa e a ópera *Die Macht der Liebe und des Weines* (*A força do amor e do vinho*). Para poderem publicar por si mesmos as obras do filho, os Weber se mudaram para Freiberg. Como Major von Weber, o pai abriu uma nova oficina de litografia, técnica ainda pouco conhecida. Paralelamente, fez uma grande propaganda da nova ópera do filho de treze anos. Mas o público e os críticos, que esperavam a obra de um gênio, ficaram decepcionados com a ópera *Das stumme Waldmädchen* (*A menina calada da floresta*). O sonho de riqueza e fama não foi realizado em Freiberg.

Em Salzburgo, o jovem Weber retomou as aulas com Michael Haydn, que ajudou o aluno em seu projeto de compor uma nova ópera. *Peter Schmoll* é um *singspiel* alegre e animado, mas sua estreia foi um fracasso. Pouco depois, o pai, viajante e inquieto, partiu novamente em uma longa viagem com o filho, mas depois dos concertos em Eutin e Hamburgo o jovem Weber percebeu: ele precisava de um lugar onde tivesse paz para terminar seus estudos de composição. Para o jovem de dezessete anos, a única possibilidade seria ir para Viena, pois lá moravam os mais famosos compositores da época: Joseph Haydn, Ludwig van Beethoven, Antonio Salieri e o abade Vogler. O padre e compositor Vogler estava disposto a ensinar Weber, que estudou com entusiasmo, durante dois anos, as obras dos grandes mestres.

Quando o teatro de Breslau começou a buscar um competente mestre-de-capela, o jovem Weber, aos dezoito anos, aceitou o emprego. Em 11 de agosto de 1804, ele chegou a Breslau com seu pai. Carl Maria von Weber dedicou-se com entusiasmo e seriedade ao novo trabalho. Além disso, introduziu uma nova ordem dos assentos dos músicos na orquestra, que vale até hoje. Ele colocou os instrumentos mais altos, como timbale e metais, para trás, e as cordas para a frente. Não é de surpreender que o ambicioso revolucionário irritasse as autoridades responsáveis. Aos vinte anos, Carl Maria deixou seu cargo em Breslau e se estabeleceu com o pai em Dresden. Ele sobrevivia lecionando piano. Não podia dar aula de canto porque sua voz estava arruinada: certa noite, em Breslau, ele havia bebido, em vez de vinho, uma substância corrosiva que seu pai usava para as experiências litográficas. Seu pai, Franz Anton, novamente tomou iniciativa para ajudar o filho a se desenvolver. Com a ajuda de uma dama da corte, ele conseguiu para o filho um emprego na corte do duque Eugen von Württemberg zu Carlsruhe/ Alta Silésia. Como diretor musical, Weber morava em uma confortável residência de cavaleiro e comia à mesa com o duque. Pouco depois, ele foi parar na corte do duque Ludwig von Württemberg, o irmão do duque Eugen, em Stuttgart. Como *secretário secreto* do duque, Weber era responsável pela administração da fortuna e até pela educação dos filhos do duque. Carl Maria agora chamava-se oficialmente barão Weber. Ele, que sempre acreditara ter sangue nobre, agora achava que tinha de viver como um jovem de família nobre. A consequência foi uma montanha de dívidas. Como não podia pagar os credores, ficou dezesseis dias na prisão dos devedores. Então lhe deram o prazo de seis anos para devolver o dinheiro, mas ele foi expulso do estado de Württemberg.

Mudou-se para Heidelberg e lá conheceu o Romantismo, o misterioso, insondável e fantástico mundo da existência humana e a natureza romântica com seus espíritos, fadas, fantasmas e forças sobrenaturais, demoníacas na sombria e selvagem floresta. Ele encontrou um *Livro de fantasmas*, e a história do *Franco-atirador* o fascinou imediatamente. Mais tarde, compôs, a partir dela, sua ópera mais famosa. Em 1810, sua ópera *Silvana* estreou, com o papel principal representado por Caroline Brandt, que mais tarde seria sua esposa (pois naquela época o inconsequente Weber ainda não pensava em casamento). Aos 24 anos, ele viajou como pianista e deu recitais. Em Munique, conheceu o clarinetista Baermann, com quem fez uma viagem à Suíça. Weber compôs para o amigo os *Concertos para clarinete* em fá menor e mi bemol maior.

Weber se candidatou ao cargo de diretor de ópera na ópera alemã de Praga. Logo começou, eufórico, seu novo trabalho. "Levanto às seis e trabalho até a meia-noite", contou. Contratou bons novos cantores, entre eles Caroline Brandt. Após três anos, no entanto, Weber se despediu de Praga, deprimido, porque seu enorme trabalho e seu grande esforço como diretor de ópera não foram reconhecidos por ninguém. Apesar de o compositor de trinta anos ter decidido sair novamente em turnês de concertos, pouco depois ele assumiu o cargo de mestre-de-capela do teatro da corte de Dresden. Na época, Dresden era o centro da ópera italiana, e o compositor lutava com todas as forças por uma reforma operística: ele queria apresentar óperas alemãs. Weber, um dos primeiros compositores que também escrevia, fazia propaganda de suas ideias na imprensa diária de Dresden e escrevia introduções às suas obras. Paralelamente, começou a compor o *Franco-atirador*. Trabalhava duro, mas também gostava de festejar, fazer excursões ao interior e — apesar de seu problema nos quadris — dançar.

Dresden ofereceu ao compositor de 31 anos um emprego vitalício. Ele se casou com Caroline Brandt e, após quase quatro anos de trabalho, o *Franco-atirador* ficou pronto. A estreia em 18 de junho de 1821, em Berlim (Dresden recusou estrear a ópera), foi um triunfo para o compositor de 34 anos. As árias do *Franco-atirador* se tornaram verdadeiros sucessos, cantados e assobiados por todos, que ficaram loucos pela ópera. Logo depois chegou de Viena a encomenda para que o "feiticeiro Weber" compusesse uma nova ópera no estilo do *Franco-atirador*. *Euryanthe*, um tema do mundo dos cavaleiros do século XII, estreada em 1823 em Viena, foi um "sucesso brilhante indescritível".

Em 1824, Weber recebeu de Londres a encomenda para compor a ópera *Oberon*. Ele aceitou, apesar de suas forças estarem diminuindo visivelmente. Os primeiros sintomas de tuberculose se manifestaram. De repente, podia-se notar que Weber era um ser abatido e sofredor. Sua natureza alegre havia desaparecido. Quando o compositor percebeu que não tinha muito mais tempo de vida, passou a trabalhar com verdadeira fúria, porque tinha a sensação de que ainda podia dizer muito. Em fevereiro, Weber partiu para a Inglaterra para ensaiar sua nova ópera. Tinha consciência de que não voltaria mais. "Sei muito bem que vou a Londres para lá morrer", disse. Quando Weber, em 12 de abril de 1826, se dirigiu mancando ao palco do Covent Garden Theater, o teatro todo, lotado, se levantou e ele recebeu uma inacreditável aclamação, gritos de viva e salve, chapéus e lenços acenando, durante longos minutos. No final, foi chamado muitas vezes ao palco, uma honraria que nenhum outro compositor havia recebido na Inglaterra até então.

Poucas semanas depois da estreia, em 5 de junho de 1826, o compositor de 39 anos morreu, longe de sua família, que amava acima de tudo. Weber foi sepultado na Capela St. Mary, em Londres. Dezoito anos depois, seu ataúde foi descoberto por acaso. Seu sucessor no cargo de mestre-de-capela de Dresden, Richard Wagner, mandou que o levassem para Dresden e fez o necrológio.

Uma ópera sensacional

Fato curioso

A ópera deve começar às 18 horas, mas, quatro horas antes, milhares de pessoas já se comprimiam junto à bilheteria do recém-construído teatro real Schauspielhaus de Berlim, naquele 18 de junho de 1821. Graças à intervenção da polícia não houve tumulto na luta pelos poucos ingressos que ainda restaram. Dez mil pessoas queriam assistir à nova ópera de Carl Maria von Weber, que sempre se manifestou expressamente contra a ópera italiana. Todos os adversários da ópera italiana esperavam naquele dia vivenciar no Franco-atirador, *sua mais recente ópera, uma ópera alemã genuinamente romântica.*

Uma hora antes do início, as estreitas entradas foram abertas e houve tamanha aglomeração que roupas foram rasgadas e pessoas se machucaram. Na plateia, lado a lado, estavam estudantes, jovens eruditos e artistas. No camarote de honra, sentou-se Caroline, a bela esposa do compositor.

De repente, ouviu-se aplauso na orquestra. O compositor entra. Agora o aplauso explode também nas fileiras lotadas pelos espectadores. O compositor de 35 anos teve de baixar a batuta por três vezes e agradecer antes de dar o sinal para começar. Todos escutaram, fascinados e comovidos, a abertura. Cada ária foi aplaudida euforicamente. Após o segundo ato, a dramática cena da ravina dos lobos, o aplauso aumentava cada vez mais: o sucesso da ópera estava garantido.

Após o terceiro e último ato, o teatro parecia uma casa de loucos. As pessoas levantaram-se. Flores, poemas, coroas caíam aos pés de Carl Maria von Weber. Esse triunfo era a realização de uma expectativa de longos anos por um grande sucesso. ∎

Anton von Webern

Datas de nascimento e morte:
*3 de dezembro de 1883, Viena

†15 de setembro de 1945, Mittersill (perto de Salzburgo)

Origem: Áustria

Período: Expressionismo

Obras importantes

Obras orquestrais:
Passacaglia em ré menor op. 1 (1908)
Seis peças para orquestra op. 6 (1909, 1928)
Cinco peças para orquestra op. 10 (1910 -1913)
Variações para orquestra op. 30 (1940)

Música de câmara:
Seis bagatelas para quarteto de cordas op. 9 (1911)
Concerto para nove instrumentos op. 24 (1931-1934)

Música para piano:
Variações para piano op. 27 (1935/1936)

Importância

O compositor austríaco Anton von Webern figura, ao lado de Alban Berg e de seu professor Arnold Schönberg, entre os principais representantes da Segunda Escola vienense. Seu índice de obras abrange apenas 31 composições, que têm duração total de apenas um pouco mais de três horas. Suas composições curtas, resumidas ao essencial, são de extrema densidade. Como precursor do serialismo, Webern influenciou consistentemente a vanguarda contemporânea.

Anton von Webern

Anton Friedrich Wilhelm von Webern cresceu em Viena, filho de um engenheiro de minas. O pai era de antiga linhagem nobre. O compositor nunca usou o título de nobreza, que na Áustria foi abolido oficialmente após a Primeira Guerra Mundial. Sua mãe, uma boa pianista, dava aulas ao filho de cinco anos. Durante o ginásio em Klagenfurt, Anton teve aulas de piano, violoncelo e teoria musical.

Webern queria ser compositor e regente, mas, a pedido do pai, primeiramente estudou musicologia na Universidade de Viena. Estudou intensamente música antiga e escreveu seu doutorado sobre o compositor flamengo Heinrich Isaak. Além disso, teve aulas particulares de composição com Arnold Schönberg, que ficou impressionado com seu talento. Durante toda a vida, o compositor admirou e venerou seu professor. Sob a influência de Schönberg, o talentoso Webern começou a compor intensivamente. Aos 24 anos, ele concluiu seu curso com a impressionante *Passacaglia* em ré menor op. 1. O jovem compositor ainda compunha tonalmente, mas já nas *George-Lieder* (*Canções de George*), aos 25 anos, surgiu uma primeira tendência ao atonalismo.

Para se sustentar, Webern trabalhava nos primeiros anos como mestre-de-capela de diversos teatros. Aos trinta anos, casou-se com Wilhelmine Mörtl, com quem teve quatro filhos. Suas *Seis peças para orquestra,* estreadas em Viena em 1913, composições em espaço curtíssimo (a peça mais curta tem seis compassos), causaram um enorme escândalo entre o público vienense. Mas isso não impediu o músico expressionista de continuar seu caminho, imperturbável. Compôs *Seis bagatelas para quarteto de cordas*, miniaturas musicais comprimidas ao máximo. Nessas peças, Webern trabalhou pela primeira vez pelo método da composição com doze sons que apenas se seguem, mais tarde publicado por seu professor Schönberg como dodecafonismo.

A atividade de regência e composição de Webern foi interrompida pela Primeira Guerra Mundial. Ele se apresentou como voluntário de guerra, mas, após um ano e meio, foi dispensado do exército austríaco devido a uma baixíssima acuidade visual.

Aos 37 anos, mudou-se para Mödling, perto de Viena. Schönberg, que não morava longe dali, fundou uma "associação para apresentações musicais particulares" para poder apresentar suas obras e as de seus alunos a um público especializado. Webern era um dos "mestres de apresentação", isto é, ele tinha de preparar os concertos. Isso tomava tanto do seu tempo que ele mal conseguia compor. Além disso, Webern atuava também como regente e professor. Ele dirigia a associação de canto de Mödling, o coro vienense Schubert, a associação de canto de trabalhadores vienenses e os concertos sinfônicos de trabalhadores, e era regente fixo da rádio austríaca. Como tal, Webern fez grande sucesso em seu país, mas sua música complicada não foi bem compreendida. Por outro lado, seu trabalho era acompanhado com interesse no exterior. No festival de música de Donaueschking, suas curtas e expressivas peças foram muito aplaudidas.

Após a ascensão dos nacional-socialistas ao poder, Webern foi ficando cada vez mais isolado. Seu colega e amigo Alban Berg morreu em 1935, seu professor Arnold Schönberg, judeu, emigrou para os Estados Unidos, e as obras de Webern foram cada vez mais boicotadas. Elas não poderiam ser publicadas ou executadas. Sua situação financeira piorou visivelmente, ele foi demitido do rádio e seus alunos de composição desapareceram. Em 1943, Webern compôs a última de suas obras, a *Segunda cantata* para soprano, baixo, coro misto e orquestra. Ele também mostrava pouco interesse em ouvir as próprias obras, e passou a estudar exclusivamente teoria musical e métodos seriais de composição.

Durante a Segunda Guerra Mundial, em 1944, Webern foi convocado pela polícia antiaérea. Pouco depois, seu filho morreu em ataques aéreos. Em setembro de 1945, o compositor austríaco Anton Webern fugiu de Viena com medo do exército russo que se aproximava, e foi para a casa da filha, em Mittersill. Na pequena localidade austríaca, havia toque de recolher e ninguém podia sair à rua após certo horário. Webern foi para a entrada de casa, após o cair da noite, para fumar um charuto. Foi abatido a tiros, por engano, por um soldado americano. ■

Kurt Weill

Datas de nascimento e morte:
*2 de março de 1900, Dessau

†3 de abril de 1950, Nova York

Origem: Alemanha

Período: Música moderna

Obras importantes

Música dramática:
Die Dreigroschenoper [A ópera dos três vinténs], uma peça com música, prelúdio e oito quadros (1928)
Aufstieg und Fall der Stadt Mahagonny [Ascensão e queda da cidade Mahagonny], ópera (1930)
Der Jasager [O conformista], ópera para a escola (1930)
Knickerbocker Holiday, comédia musical (1938)
Lady in the Dark (1940/1941)

Importância

O compositor alemão Kurt Weill está entre os mais importantes inovadores da música dramática do século passado. Sua *A ópera dos três vinténs* é uma das obras mais populares da história da música. Canções como *Die Moritat von Mackie Messer* e *Der Kanonensong* tornaram-se verdadeiros *hits*.

"Preciso de versos para colocar minha imaginação em funcionamento, e minha imaginação não é um pássaro, mas um avião", confessou Kurt Weill, compositor de ópera que renovou completamente a música dramática do século XX. O filho de um cantor teve a sorte de ser estimulado musicalmente pela família desde pequeno. O pai lhe deu as primeiras aulas de música e, aos treze anos, ele aprendeu composição com o mestre-de-capela da corte de Binz, que despertou no aluno o interesse pelo teatro. Através do teatro ducal em Dessau, Kurt teve o primeiro contato com a música dramática, que o fascinou imediatamente. Ainda durante o tempo de escola, Weill trabalhou como correpetidor na ópera de sua cidade natal para se familiarizar com o "empreendimento teatral".

Após a conclusão do ginásio em 1918, Weill começou o curso de música na Escola Superior de Artes de Berlim. Engelbert Humperdinck, o compositor de *João e Maria*, era seu professor. Após a derrota da Primeira Guerra Mundial, ele teve de interromper o curso para ajudar os pais financeiramente. Weill se tornou correpetidor em sua cidade natal, e mais tarde mestre-de-capela em Lüdenscheid. "Lá", recordou, "aprendi tudo o que sei sobre teatro". Em 1919, voltou para Berlim e retomou seu curso. A maior influência sobre seu desenvolvimento artístico ele deve ao professor Ferruccio Busoni, da Academia Prussiana das Artes, que apresentou ao aluno as novas tendências de composição da música contemporânea. Weill se juntou ao Grupo de Novembro, um grupo de vanguardistas que se empenhavam pela renovação das artes. Regularmente eram organizados concertos, nos quais as primeiras obras do compositor também eram apresentadas.

O jovem compositor recebeu a encomenda de uma música para um balé-pantomima, e chamou a atenção com a *Zaubernacht* (*Noite encantada*), uma peça para crianças apresentada no teatro Am Kurfürstendamm. Pouco depois, a famosa ópera Semper de Dresden o encarregou de compor a música para um balé-pantomima que acabou se tornando uma ópera, sua primeira música dramática de longa duração. *O protagonista* rendeu boas críticas e muito reconhecimento ao compositor. Nessa época, ele conheceu a atriz Lotte Lenya, com quem se casou pouco depois. Mais tarde, ela cantou muitos papéis principais das obras do marido.

Em 1927, Kurt Weill encontrou o escritor Bertold Brecht, que declarava: "O teatro está morto, viva o teatro". O compositor de 27 anos partilhava a ideia de Brecht de um novo teatro épico, adaptado à situação social transformada. O espectador não deveria mais se divertir e se deixar levar, mas pensar junto, como observador, e continuar desenvolvendo o pensamento. Certo dia, eles encontraram o *singspiel* de baladas barrocas *Die Bettleroper* (*A ópera do mendigo*). A peça de crítica social do escritor inglês John Gay com música do compositor barroco alemão Johann Christoph Pepusch se passa no mundo dos mendigos, prostitutas e criminosos e ataca satiricamente a pomposa ópera barroca. Em 1728, ela fizera um surpreendente sucesso e, entre outras coisas, arruinara o negócio operístico londrino, tradicionalista, de Georg Friedrich Händel. Brecht atualizou a antiga versão e a denominou *Ópera dos três vinténs*, porque o ingresso para essa "ópera para mendigos" deveria ser tão barato que até mendigos poderiam comprá-lo. A ópera conta a história de Mackie Messer, um criminoso mulherengo que se casa em meio aos amigos (todos vigaristas) com Polly, a vistosa filha do rei dos mendigos, Peachum. Este, porém, vê seus lucrativos negócios ameaçados pelo novo genro e o denuncia à polícia. Mas o delegado é amigo de Mackie Messer e o protege. Apenas sob forte pressão ele se dispõe a prender o amigo, depois que Jenny, a prostituta, trai e "vende" seu amado cliente. Pouco antes de sua execução, porém, Mackie Messer é indultado pela rainha. Para Weill estava claro que a música da *Ópera dos três vinténs* deveria ser simples e clara, para atingir um grande público. Ele não compunha para cantores, mas para atores que cantavam. São papéis de fala com canto; *moritaten* (canções que relatam fatos com um fundo moral), corais e principalmente *songs* comentam o enredo. O compositor usou instrumentação jazzística, e a peça sobre crime, traição, injustiça, pobreza e falta de amor, com música simples, fez um sucesso estrondoso. Em um ano, a *Ópera dos três vinténs* foi apresentada mais de quatro mil vezes no país e no exterior. Alguns números, como a canção de Mackie Messer, alcançaram popularidade nunca vista e tornaram-se verdadeiros *hits*.

A esse acontecimento se seguiu uma fase de cooperação extremamente fértil entre Brecht e Weill, que juntos compuseram quatro outras óperas. A estreia em Leipzig da ópera *Ascensão e queda da cidade Mahagonny,* uma sátira ácida do capitalismo, foi um dos maiores escândalos teatrais dos anos 1930. Aconteceram tumultos e a polícia teve de intervir. O último projeto conjunto dos dois foi a ópera escolar *O conformista*. Weill exigiu que as partes vocais fossem cantadas por alunos. Mais tarde, o compositor classificou essa peça crítica como a mais importante das compostas na Europa.

Quando os nazistas o acusaram de representar o *bolchevismo cultural judaico* e retiraram suas obras dos programas dos teatros, Weill deixou a Alemanha. Primeiramente fugiu para a França, onde compôs principalmente música instrumental. Apesar de grandes sucessos em Paris, o compositor emigrou, aos 35 anos, para os Estados Unidos. O músico alemão rapidamente se estabeleceu na cena musical americana. Os teatros de musicais vinham ao encontro da ideia de Weill de compor música para o povo. Os críticos observavam que ele teria se vendido à música de entretenimento, mas Weill explicou: "Nunca reconheci a diferença entre música séria e leve. Só existe música boa e ruim". O compositor visava atingir a grande massa com sua música, e isso ele conseguiu, com seus musicais populares. Com *Knickerbocker Holiday*, ele acertou o tom que fazia sucesso nos teatros da Broadway. Seu musical *Lady in the Dark*, com libreto de Ira Gershwin, irmão de George Gershwin, teve quinhentas apresentações. O filme de sua ópera simples o tornou mais famoso nos Estados Unidos e lhe garantiu independência financeira.

Em meados dos anos 1940, Weill estava trabalhando com uma nova forma de música dramática. Compunha para o rádio a ópera *Down in the Valley*, com cenas da vida norte-americana. O compositor introduziu o genuíno folclore norte-americano em suas peças, canções populares e baladas que contam histórias. Kurt Weill morreu inesperadamente aos cinquenta anos, em Nova York, vítima de parada cardíaca, sobre seu musical *Raft on the River*, baseado na obra *Huckleberry Finn*, de Mark Twain. ∎

Hugo Wolf

Datas de nascimento e morte:
*13 de março de 1860, Windischgraz (atualmente pertence à Eslovênia)

†22 de fevereiro de 1903, Viena

Origem: Áustria

Período: Romantismo tardio

Obras importantes

Música dramática:
Der Corregidor, ópera (1896)

Obras orquestrais:
Penthesilea, poema sinfônico (1883-1885)

Lieder:
Poemas de Eduard Mörike, 53 canções (1888)
Poemas de Joseph von Eichendorff, 20 canções (1889)
Poemas de Johann Wolfgang von Goethe, 51 canções (1890)
Spanisches Liederbuch (Cancioneiro espanhol), 44 canções (1890)
Italienisches Liederbuch (Cancioneiro italiano), volume 1: 22 canções (1891), volume 2: 24 canções (1896)

Importância

Hugo Wolf é considerado o mais importante compositor de *Lieder* depois de Franz Schubert. Ele corresponde à imagem corrente de um artista romântico que vive entre a genialidade e a loucura. Durante toda a vida, sofreu o dilema entre a convicção de ser um músico genial e a dúvida sobre a própria capacidade, quando lhe faltou reconhecimento.

Hugo Wolf

"Conhece Hugo Wolf, o jovem compositor de Viena? Suas composições são simplesmente fenomenais", escreveu o poeta Detlev von Liliencron sobre o músico, em uma carta. Hugo Wolf nasceu em 1860 na Estíria, filho de um abastado fabricante de couro. O pai, também amante da música, dava aulas de piano e violino ao interessado filho, que possuía audição fenomenal e memória musical impressionante. A escola pouco interessava a Hugo, só a música o fascinava.

Aos quinze anos, o talentoso jovem começou o curso de música no Conservatório de Viena. Lá, seu colega de mesma idade, Gustav Mahler, tornou-se seu amigo e companheiro de quarto. Ambos tinham em comum a admiração por Richard Wagner, cujo *Tannhäuser* impressionava tanto o jovem Wolf que ele, como muitos contemporâneos, se tornou um wagneriano fanático. Dois anos mais tarde, Hugo Wolf teve de deixar o conservatório. Como o estudante orgulhoso e teimoso não se cansava de expressar sua insatisfação com o curso de composição, o conservatório queria se livrar do questionador arrogante e logo achou uma oportunidade. O diretor recebeu uma carta ameaçadora que, porém, não parece ter sido de Wolf. Durante toda a vida, o *outsider* antiburguês odiou a estrutura acadêmica e qualquer tipo de aula, de forma que foi obrigado a aprender sozinho o ofício da composição. Com algumas aulas de piano e apoio não regular do pai, ele conseguiu se manter financeiramente com dificuldade. Aos 24 anos, Wolf se tornou crítico musical na Wiener Salonblatt (*Folha do salão vienense*). Com suas críticas sem concessões, às vezes negativas e irônicas, ele ganhou certa popularidade, mas não sem criar inimizades com muitos músicos.

Em 1887, as primeiras doze canções do compositor de 27 anos foram publicadas. Isso o estimulou a deixar o emprego e apenas compor. Nos dez anos seguintes, compôs todas as suas obras importantes, que fizeram sua fama como compositor. Alternavam-se períodos de intensa criatividade e outros em que a inspiração o abandonava totalmente. Quando lhe faltavam ideias, Wolf sofria muito e o trato com ele era ainda mais difícil do que de costume. Mas quando Wolf estava em fase criativa, compunha diariamente, às vezes duas ou três encantadoras canções. Geralmente, o compositor compunha a música para vários poemas de determinado poeta: Goethe, Eichendorff, Mörike, em poucas semanas. Além disso, compôs ciclos de canções sobre textos italianos e espanhóis, os chamados *Cancioneiros espanhol* e *italiano*. Quando Wolf terminava suas composições, ele as mostrava a seus amigos. Suas canções tinham um estilo inconfundível — não eram canções de estrofes, mas pequenas cenas de música dramática. A melodia se adaptava ao ritmo da linguagem e o piano caracterizava o teor do texto através do som tocado antes, durante e depois. Frequentemente combinavam-se nas canções profunda seriedade e humor melancólico. Seus amigos e fãs lutavam com entusiasmo por suas canções. Wolf foi convidado para muitas turnês de concertos e, em um deles, em Darmstadt, o compositor se apaixonou imediatamente pela mezzo-soprano Frieda Zerny. No entanto, Wolf não teve, em toda a vida, uma relação amorosa séria.

As fases de trabalho intensivo sempre se intercalavam com outras de esgotamento físico, psíquico e intelectual, momentos em que o compositor sofria pela falta de reconhecimento. Ele escreve a um amigo: "O lisonjeiro reconhecimento como compositor de *lieder* me entristece no fundo da alma. O que é isso senão uma crítica, de que eu componho *lieder*, de que só domino um gênero menor".

Nesses momentos, às vezes, ele gritava sozinho e amaldiçoava a si mesmo, fazia caretas e arrancava, desesperado, fios da própria barba. Não conseguia nem mesmo ouvir música. Nas crises psíquicas e financeiras, Wolf encontrava muitas vezes o apoio de seu velho amigo Gustav Mahler, embora ele não concordasse com a sua vida de burguês conformado. Mas quando Mahler, agora diretor de ópera da corte, se negou a encenar a ópera *Der Corregidor,* Wolf se retirou magoado e amargurado. Ele se refugiou na alucinação de ele mesmo ser diretor da ópera. Em vez de ser levado (como acredita) ao mestre de cerimônias-mor, que confirmaria sua nomeação, ele foi levado em uma carruagem para um manicômio. Wolf recebeu alta quando sua megalomania e delírio persecutório melhoraram. Por pouco tempo, o compositor levou uma vida normal novamente, mas então tentou tirar a própria vida no lago Attersee. O frio o trouxe de volta à razão e ele nadou até a margem, mas ele próprio pediu para ser internado novamente. Hugo Wolf morreu em 1903, aos 42 anos, no manicômio estadual da Baixa Áustria, em Viena.

Hugo Wolf

Gênio não reconhecido

Fato curioso

Viena sempre foi a cidade dos cafés. Um dos mais conhecidos entre os inúmeros cafés na época de Hugo Wolf era o Griensteidl, chamado pelo povo de "Café Megalomania", porque ali um grupo de artistas, literatos e músicos tinha sua mesa cativa. Entre os músicos, Hugo Wolf tinha o aspecto que mais chamava a atenção. Era extremamente pálido, tinha olhos muito expressivos e usava sempre uma gravata preta larga de artista ou gravata borboleta com um paletó de veludo marrom. Muitas vezes, a roda de amigos zombava da aparência extravagante e da atitude irritadiça do fervoroso fã de Wagner. O violinista Fritz Kreisler recordava que os amigos no início não levavam Hugo Wolf muito a sério: "Certo dia, ele chegou à nossa mesa e afirmou que tinha escrito lieder mais bonitas do que Schubert e Schumann. Ali reunidos, choramos de rir e um de nós exclamou, desafiador: 'Toque-as para nós, já que elas são tão boas!'. Hugo Wolf se sentou ao piano e tocou. Ficamos simplesmente encantados e emocionados. Que música! Naquele instante ficou claro para nós que tínhamos um outro gênio em nosso círculo." ■

Carl Friedrich Zelter

Datas de nascimento e morte:
*11 de dezembro de 1758, Berlim

†15 de maio de 1832, Berlim

Origem: Alemanha

Obras importantes

Música vocal:
486 obras vocais, entre elas: 148 poemas de Goethe, das quais:
Ergo bibamus (1799)
In allen guten Stunden [Em todos os bons momentos] (1799)
Es war ein König in Tulle [Era um rei de Tulle] (1811)
Die heiligen drei Könige [Os três reis magos] (1812)

Importância

Com suas canções singelas, seus coros fáceis de serem estudados e compreensíveis para todos, suas baladas e cantatas, Zelter figura entre os importantes compositores da segunda escola berlinense de *lieder*. Como professor de música, teve o grande mérito de ter renovado fundamentalmente o sistema musical prussiano. Com a fundação de sua *Liedertafel* (sociedade de canto masculino), criou um modelo para todas as outras associações do gênero. Hoje as sociedades de canto recebem uma condecoração Zelter quando completam um centenário de existência.

Carl Friedrich Zelter

Carl Friedrich Zelter, o compositor alemão de *lieder*, teve grandes méritos principalmente como professor de música e organizador. Ele lutou pela melhoria da formação musical geral, pois reconhecia a grande importância da música para a sociedade e para a formação humana. Por isso, Zelter trabalhou durante toda a vida pela reforma de toda a educação musical alemã.

Nascido em Berlim, filho de um pedreiro e bem-sucedido empresário da construção, sua educação a princípio foi dirigida para a aprendizagem do ofício de seu pai, a fim de que mais tarde pudesse assumir os negócios. Inicialmente, Friedrich não mostrava muito interesse por música. Foi depois de contrair uma varíola quase fatal que o grande amor pela música despertou no garoto.

"Como minha aprendizagem profissional tomava todo o meu tempo, eu só podia saciar minha sede de música tarde da noite. Passei muitas noites escrevendo notas e praticando ao piano e violino. Comecei a compor eu mesmo porque me faltavam partituras. Eu não pensava em outra coisa a não ser música."

Depois de ter prestado a prova para ser mestre na profissão, aos 25 anos, ele aprendeu o ofício da composição com o músico real Fasch. Mas só depois que as cantatas de Zelter, por ocasião da morte do rei prussiano Frederico II, encontraram boa aceitação, seu pai aceitou suas ambições musicais. Após a morte do pai, Zelter assumiu sua construtora. Em 1791, ele ingressou como tenor na sociedade berlinense de canto, que logo recebeu o nome de Academia de Canto. Quando Fasch morreu, em 1800, seu aluno Zelter assumiu a direção do instituto, que deve seu grande crescimento a uma direção ponderada nos 32 anos seguintes, até sua morte. Com Zelter, a Academia de Canto focou a preservação de música sacra antiga, principalmente de Johann Sebastian Bach. O auge desse trabalho foi a lendária encenação, em 1829, da *Paixão segundo São Mateus*, organizada por Zelter e dirigida pelo seu talentoso aluno predileto Mendelssohn-Bartholdy.

Em 1795, a mulher de Zelter faleceu e ele tinha de educar sozinho seus dez filhos. Pouco depois, o músico se casou com uma amiga de juventude, a soprano e dama de companhia da princesa Friederike da Prússia. Para ela, o músico compôs nos anos seguintes uma série de *lieder*. O importante escritor Friedrich Schiller tem o "senhor Zelter, o famoso músico", como compositor dos suplementos musicais de seu almanaque literário, de modo que o músico berlinense compunha também para poemas de Goethe. Por essa razão, ele conheceu o grande poeta, em Weimar. Uma amizade para toda a vida se desenvolveu, com inúmeros encontros e uma ampla correspondência, publicada em seis volumes após a morte de Zelter. O poeta tinha seu sábio amigo em alta conta: "Nas conversas, Zelter é genial e sempre acerta [...] No primeiro encontro ele pode parecer rude, às vezes até bruto. Só que isso é exterior. Não conheço ninguém tão delicado quanto Zelter".

O compositor, que ao longo da vida adquiriu cultura geral, aconselhava o poeta em todas as questões musicais e compôs sobre 148 poemas de Goethe, com canções e coros singelos, entre eles, *Rei em Tulle, Ergo bibamus, Os três reis magos e Em todos os bons momentos,* que se tornou a canção nacional alemã do coral estudantil universitário.

Em 1809, para um grande evento, Zelter compôs várias *lieder* para várias vozes, que contribuíram enormemente para a animação da festa. O grande sucesso o estimulou a fundar a primeira *Liedertafel*. Seu objetivo era cultivar o canto masculino e o alegre convívio social, e esse foi o embrião de todas as sociedades de canto masculino. Depois, os esforços de Zelter pela reforma da antiquada educação musical e da música sacra começaram. Ele sugeriu que fosse criada na universidade a cadeira de educação musical e música sacra. Além disso, escreveu memorandos nos quais defendia energicamente a melhoria da formação básica musical. Como consultor do governo, ele dava importantes sugestões para a renovação da educação musical prussiana: a instalação de escolas fiscalizadas pelo Estado, a fundação de instituições de educação musical, ou seja, escolas de música, e de associações privadas subsidiadas com a finalidade de preservar a música. Suas propostas tiveram tão boa aceitação que Zelter foi nomeado professor e membro honorário da Academia de Belas Artes. Ele passou a ser uma das personalidades mais importantes na vida pública musical de Berlim.

Em 1819, foi fundado o instituto real de música sacra, que hoje em dia é a Academia Estatal de Educação Musical e Música Sacra. Em outras cidades prussianas também foram criados institutos de educação musical e música sacra. Como consultor do governo prussiano, Zelter fez viagens de inspeção por toda a Prússia. Além disso, o infatigável trabalhador ainda assumiu grande parte das aulas no instituto de música sacra e educação musical. Até o final de sua vida agitada, Zelter tinha um grande número de alunos que posteriormente tiveram grande importância: Otto Nicolai, Carl Loewe, Giacomo Meyerbeer, Felix Mendelssohn-Bartholdy e sua irmã Fanny. Os esforços do músico pelo sistema educacional prussiano de ensino musical foram recompensados pelo rei, que lhe deu um terreno junto ao Festungsgraben para que ele pudesse construir um prédio próprio para a sua Academia de Canto. Zelter, o habilidoso artesão, pôs as mãos à obra e em 1829 seu grande sonho se realizou: a nova Academia de Canto foi inaugurada.

O ativo organizador e competente músico teve o privilégio de manter mente e corpo saudáveis até idade avançada. Porém, ao saber da morte do amigo Goethe ficou abalado. Abandonou todos os cargos e, poucos dias depois, adoeceu. Duas semanas mais tarde, Zelter morreu. Berlim lamentou a morte do diretor da Academia de Canto, o mestre da *Liedertafel*, o professor da Academia de Belas Artes, o diretor e professor do instituto de educação musical e música sacra, o pedagogo musical, o diretor de universidade e bibliotecário do arquivo musical, o reformador do sistema prussiano de ensino musical, o talentoso compositor de canções e uma grande personalidade respeitada por todos.

Bernd Alois Zimmermann

Datas de nascimento e morte:
*20 de março de 1918, Bliesheim (Eifel)

†10 de agosto de 1970, Königsdorf, perto de Colônia

Origem: Alemanha

Período: Música moderna

Obras importantes

Música dramática:
Die Soldaten [*Os soldados*], ópera (1965)
Réquiem für einen jungen Dichter [*Réquiem para um jovem poeta*] (1969)

Obras corais:
Ich wandte mich um und sah alles Unrecht, das geschah unter der Sonne [*Eu me virei e vi toda a injustiça que acontecia sob o sol*], cantata (1970)

Obras orquestrais:
Concerto para violino e orquestra (1950)
Concerto para trompete e orquestra [*Nobody knows the trouble I see*] (1954)
Concerto para violoncelo e orquestra (1968)

Importância

Bernd Alois Zimmermann é um dos principais compositores alemães do século XX. Com sua música experimental e vigorosa que não segue nenhum modismo, ele conquistou uma posição-chave na história da música alemã no pós-guerra. Com seu conceito de tempo em forma de esfera na qual presente, passado e futuro acontecem simultaneamente, e seu estilo resultante da composição pluralista (sobreposição de material musical de diversas épocas), ele deu um passo à frente da evolução musical de seu tempo.

Bernd Alois Zimmermann

O compositor alemão Bernd Alois Zimmermann cresceu em um ambiente rural, católico. Seu pai era funcionário público da ferrovia imperial alemã e agricultor. Bernd Alois frequentou o ginásio no mosteiro Steinfelde com o objetivo de, mais tarde, estudar teologia católica. Em 1936, os nacional-socialistas fecharam todas as escolas particulares e Bernd Alois foi para o ginásio católico estatal em Colônia. O jovem Zimmermann queria, a princípio, ser professor do ensino fundamental, mas depois decidiu-se pela música e começou a estudar educação musical na Escola Superior de Música de Colônia. Em 1940, ele foi convocado pelo exército, participou de campanhas na Polônia, França e Rússia, mas foi considerado inapto e dispensado por causa de grave enfermidade dermatológica. Após concluir o curso de música em 1947, a vida de Zimmermann como compositor foi, a princípio, extremamente difícil. A Alemanha perdeu a guerra e não havia verbas para cultura. Para se sustentar, Zimmermann compunha e fazia arranjos de música de entretenimento para emissoras de rádio e música para programas radiofônicos educativos.

De 1948 a 1950, o compositor frequentou regularmente os cursos anuais de férias sobre Música Nova em Darmstadt. As primeiras apresentações de suas composições se realizaram em um círculo particular ou na Escola Superior de Música. Apenas depois de seu *Concerto para violino*, apresentado pela primeira vez na emissora de rádio do Sudoeste da Alemanha em Baden-Baden, em 1950, as atenções se voltaram para o compositor de 32 anos. Ele passou a receber cada vez mais encomendas de composições, de forma que sua situação financeira melhorou aos poucos.

Em 1957, o compositor de 39 anos ganhou uma bolsa de estudos para a recém-inaugurada Villa Massimo, em Roma, o prêmio mais importante para artistas alemães. Lá, Zimmermann encontrou, ao procurar um tema adequado para uma ópera, a tragicomédia *Os soldados*, de Jakob Michael Lenz, uma peça teatral que mais tarde, transformada em ópera, deu-lhe fama internacional. De volta a Colônia, Zimmermann recusou várias ofertas para ser professor de composição, pois era um espírito inquieto, e a ideia de não ter tempo para compor o assustava. Em 1958 decidiu aceitar o cargo de professor na Escola Superior de Música de Colônia. Sua extraordinária ópera *Os soldados* foi rejeitada pelo teatro de Colônia, pela inexequibilidade da obra, e Zimmermann caiu em sua crise profunda. Mas em

1965 a ópera foi encenada, depois de algumas alterações simples, e fez um sucesso sensacional. A música se baseia na concepção de Zimmermann do tempo como uma esfera na qual presente, passado e futuro se integram. O estilo de composição chamado por ele de pluralista, característico da maioria de suas obras, atingiu nessa ópera sua melhor expressão. Trata-se da sobreposição e combinação de material musical das mais variadas épocas — da música medieval ao jazz e música pop — que ele associa com técnicas musicais modernas, como o dodecafonismo. Essa simultaneidade dos mais diversos períodos e estilos da música reflete-se no palco através do acontecer simultâneo de diversas cenas. *Os soldados* é considerada hoje uma obra capital da moderna música dramática.

Em seu *Réquiem für einen jungen Dichter* (*Réquiem para um jovem poeta*) para narrador, solo soprano e barítono, três coros, sons eletrônicos, orquestra e instrumentos de jazz, sobre textos de diversos poetas, Zimmermann tentava representar a situação social de sua geração, entre 1920 e 1970. Aqui ele também utilizava a técnica de colagem. Textos de diversas origens e épocas eram associados a músicas, de modo que a peça se desenrolava simultaneamente em diversos palcos. O local ideal de encenação era, para Zimmermann, um espaço esférico, no qual o público, durante a apresentação, pudesse se movimentar livremente para poder perceber todos os estímulos acústicos e óticos vindos de todas as partes. Pouco depois da finalização da partitura, Zimmermann sofreu um grave esgotamento nervoso e teve de ser tratado durante alguns meses em uma clínica para doenças nervosas. Além disso, ele sofria de uma doença ocular que não podia ser operada. Quando o compositor recebeu alta, começou a trabalhar em uma obra encomendada para os Jogos Olímpicos de Vela de Kiel, em 1972, a cantata *Ich wandte mich um und sah alles Unrecht, das geschah unter der Sonne* (*Eu me virei e vi toda a injustiça que acontecia sob o Sol*). A obra termina com o coro de Bach *Es ist genug, Herr, wenn es dir gefällt, so spanne mich doch aus* (*Basta, Senhor, que a Ti agrade, dá-me o alívio*). Dessa forma, ele colocou conscientemente um ponto final em sua música, pois cinco dias depois, em 10 de agosto de 1970, Bernd Alois Zimmermann suicidou-se, perto de Colônia. ■

Glossário

aleatória, música (do latim: *alea* = dado, puro acaso): Nesse método de composição, utilizado desde os anos 1950 na Música Nova, os acontecimentos não eram mais exatamente determinados e previsíveis. A sequência dos diversos módulos de uma composição é, em maior ou menor grau, deixada à vontade do intérprete e, portanto, ao acaso.

anthem: Na música sacra inglesa desde meados do século XVI, é uma composição sobre um texto bíblico em forma de cantata ou moteto, frequentemente cantada ou tocada em serviço religioso.

atonal, música: Música que não tem mais a tônica (cf. *tônica*) como nota de referência.

balada (do italiano *balare* = dançar): Originalmente música para dança, desde o século XVIII é uma composição sobre poema narrativo para voz solo com acompanhamento de piano ou orquestra em forma de estrofe.

Barroco (do francês *baroque* = estranho, torto, irregular): Na história da música, é o período entre 1600 e 1750. As composições a partir da metade do século XVIII são chamadas, pejorativamente, de pomposas e artificiais, portanto *baroque*.

basso ostinato (do italiano = baixo obstinado): Melodia habitualmente no baixo que é repetida várias vezes.

castrato: Um cantor castrado antes da mudança de voz, que preserva o registro agudo.

Classicismo: Estilo entre 1770 e 1820 aproximadamente, cujos principais representantes foram Haydn, Mozart e Beethoven.
cluster: Um conceito introduzido por volta de 1930 na Música Nova para sons fixos ou móveis que consistem de vários intervalos de meios tons e tons inteiros que são adjacentes e soam simultaneamente.

coloratura (do italiano *coloratura* = coloração, colorido): Figuração ou ornamentação na música vocal por meio de passagens e figuras que são cantadas em uma sílaba tônica.

commedia dell'arte: Comédia italiana de improviso. O enredo é predeterminado e os diálogos são improvisados.

comédie-ballet: Cenas de balé que foram introduzidas entre os atos da *opéra comique*, a comédia cômica francesa.

concerto grosso (do italiano = concerto grande): Alternância (concerto) entre um grupo de solistas composto geralmente de três instrumentistas (*concertino*) e toda a orquestra (*tutti*).

crescendo: Indicação de dinâmica para o aumento gradual da intensidade sonora.

decrescendo: Indicação de dinâmica para a diminuição gradual da intensidade sonora.

discante: Nos séculos XV a XVII, a voz soprano em um movimento polifônico.

dodecafonismo: Uma técnica de composição desenvolvida por Schönberg com doze notas da escala de temperamento igual.

dominante: O quinto grau da escala maior ou menor e nota mais aguda da tríade tônica.

Escola de Mannheim: Um grupo de compositores e músicos que trabalhava na orquestra da corte de Mannheim do príncipe do Palatinado, Karl Theodor, e que desenvolveu um estilo instrumental próprio.

estilo neoclássico: Designação de um método de composição dos anos 1920 e 1930 que retoma formas e conteúdos barrocos e clássicos para conferir à música novamente mais clareza e simplicidade de expressão.

Expressionismo: Estilo da arte, literatura e música por volta de 1910. Na música, caracteriza-se, por exemplo, pela extrapolação da rítmica e dinâmica, e pela atonalidade.

Grupo dos Cinco: Um grupo de cinco compositores russos do século XIX que queria criar uma música nova, tipicamente russa, livre de influências do mundo ocidental.

Grupo dos Seis: Um círculo de compositores no começo da década de 1920, composto de seis músicos franceses liderados pelo escritor Jean Cocteau. Eles demandam uma música da simplicidade que inclua também fenômenos do cotidiano e do trivial.

Hammerklavier: Palavra antiga alemã para "pianos".

homofonia: Textura musical que se vale do uso de acordes como estruturas suficientes (cf. *polifonia*).

Impressionismo: Estilo na arte, literatura e música por volta de 1900 na França. As composições tornam-se "imagens sonoras", nas quais "estados de espírito" são "pintados" com sons.

instrumentário Orff: Instrumentos reunidos por Orff (como bastão e percussão) para fins pedagógicos.

intermezzo: Na ópera do século XVIII, pequenas comédias de um ou dois atos executadas entre os atos da ópera trágica barroca, com a finalidade de diversão.

lied: Designação da canção solo acompanhada do piano, na qual são representados musicalmente o conteúdo, a atmosfera e os sentimentos do texto (frequentemente com prelúdios e músicas de encerramento ampliadas).

leitmotiv: Um tema musical que se repete com frequência, simbolizando um personagem ou um sentimento.

melodia infinita: Termo cunhado por Wagner, que usava, em suas obras, a "melodia ininterrupta" em oposição à melódica em partes.

monodia: Textura musical desenvolvida no século XVI na qual uma estrutura harmônica serve de acompanhamento a uma linha melódica (cf. *seconda pratica*).

movimento principal de sonata: Designação desde o classicismo vienense para o primeiro movimento de sonatas, sinfonias e obras de música de câmara. Divide-se em exposição, desenvolvimento e reexposição.

musical: Uma forma de música dramática surgida nos Estados Unidos, normalmente em dois atos, que combina elementos do drama, da opereta, do teatro de variedade, do teatro de revista e do balé. Baseia-se geralmente em textos literários e usa elementos da música de entretenimento, de dança e do jazz.

música moderna: A Música Nova a partir da metade do século passado.

música programática: Música instrumental na qual eventos exteriores à música são descritos sonoramente.

notação gráfica: Notação da música moderna que usa frequentemente símbolos e textos adicionais à notação comum.

Nova Escola Alemã: Um grupo de músicos liderados por Franz Liszt que lutou principalmente pelas obras de Wagner, Liszt e Berlioz. A Nova Escola Alemã considerava progressistas o gênero do drama musical e o poema sinfônico, devido à sua estreita ligação entre poesia e música, e reacionárias, por outro lado, as obras de compositores como Brahms, que compunham segundo a tradição do classicismo vienense.

opera buffa (do italiano = ópera cômica): Ópera cômica italiana que se desenvolveu a partir do intermezzo e segue a *commedia dell'arte*.

opera seria (do italiano = ópera séria): Representa seus temas históricos ou mitológicos por meio de recitativos que contam o enredo e árias que expressam os sentimentos das personagens.

opereta: Ópera de entretenimento surgida no século XIX a partir do *singspiel*, com diálogos falados, números de canto e inserções de dança.

oratório: Obra sacra para solistas, coro e orquestra em apresentação não cênica.

polifonia: Textura que prevê o uso de várias vozes que soem concomitantemente de forma que cada parte tenha autonomia melódica e rítmica (cf. *homofonia*).

polifonia vocal neerlandesa: A polifonia que teve seu primeiro apogeu entre 1400 e 1600 nos Países Baixos.

pós-serialismo: A evolução do serialismo desde o começo dos anos 1960. Ele chega ao refinamento e à dissolução do serialismo até as composições sonoras de Penderecki e Ligeti.

piano preparado: Madeira, metal ou papel colocados entre as cordas do piano e que alteram o som.

poema sinfônico: Composição geralmente de um movimento para orquestra, que se baseia em um programa não musical.

Prêmio Balzan: Assim chamado por causa do jornalista italiano Eugenio Balzan, cuja filha criou a Fundação Balzan em 1957. Essa fundação concede anualmente a quatro pessoas tal prêmio, no valor de um milhão de francos-suíços para cada uma, por suas atividades destacadas nos campos das ciências humanas, ciências naturais, sociais e culturais.

prima pratica (primeira prática): Designação de uma rígida composição polifônica do Renascimento, em oposição a *seconda pratica* (cf. *monodia*, *polifonia*, *seconda pratica*).

Prix de Rome: Prêmio para jovens compositores franceses que inclui uma cobiçada bolsa oferecendo um período de três anos de estudos em Roma.

Querelle des Bouffons: A ópera-bufa apresentada em Paris em 1752, *La serva padrona de Pergolesi*, provocou controvérsia entre os adeptos da nova e natural ópera-bufa italiana e os defensores da tragédia lírica tradicional.

Renascimento: Período entre Idade Média e Barroco (por volta de 1400 a 1600). O conceito designa a redescoberta e o renascimento da arte da Antiguidade.

rococó: Designação da época cultural entre Barroco e Classicismo (Barroco tardio/ Pré-Classicismo). A música é sentimental, galante e graciosamente leve.

Romantismo: Período entre 1820 e 1890.

seconda pratica: Designação introduzida por Monteverdi para um novo canto solo com mais sentimento, mais solto e com menor rigor contrapontístico (cf. *prima pratica*).

Segunda Escola: Vienense Grupo de compositores liderados por Schönberg na Viena do começo do século XX que retoma a atonalidade e o dodecafonismo.

serialismo: A evolução da técnica serial do dodecafonismo desde a metade do século XX. Nele, não apenas a sequência dos sons é determinada, mas também as suas características, como altura, duração, intensidade, articulação etc.

singspiel: Peça leve com diálogos falados e inserções musicais.

sonata da camera (do italiano = sonata de câmara): Faz parte do tipo de sonata-trio (com dois instrumentos melódicos e baixo contínuo) e consiste em um prelúdio e dois a três movimentos de dança; todos os movimentos estão na mesma tonalidade.

Sonata da chiesa (do italiano = sonata de igreja): A *sonata da chiesa* tem quatro movimentos (lento-rápido-lento-rápido) e tonalidades variadas. Também é uma sonata-trio, mas que frequentemente tem mais instrumentos.

subdominante: O quarto grau da escala maior ou menor e da tríade.

tonalidades sacras: Escalas modais construídas de acordo com um esquema intervalar fixo, denominadas conforme as tonalidades gregas. No século XVII, foram substituídas pelo sistema maior-menor.

tônica: O primeiro grau de uma escala maior ou menor (nota principal de uma tonalidade) e da tríade.

tragédia lírica: A ópera cortesã dos séculos XVII e XVIII na França consiste de prólogo e cinco atos e utiliza temas heroicos e mitológicos.

vanguarda: Designa, em geral, um movimento artístico inovador no século XX.

verismo (do italiano *vero* = verdadeiro): Um estilo operístico surgido no final do século XIX na Itália que tenta apresentar os fatos concretos de forma realista.

# Índice cronológico

Compositor	Nascimento e morte	Páginas
1400		
Isaak, Heinrich	por volta de 1450 – 26/3/1517	271 – 273
1500		
Palestrina, Giovanni Pierluigi da	(provavelmente) 1525 – 2/2/1594	401 – 404
Lasso, Orlando di	por volta de 1532 – 14/6/1594	292 – 296
Gabrieli, Giovanni	por volta de 1554/1557 – 12/8/1612	192 – 193
Dowland, John	1563 – 20/2/1626 (sepultado)	163 – 165
Gesualdo, Cario	8/3/1566 – 8/9/1613	201 – 203
Monteverdi, Claudio	(batizado) 15/5/1567 – 29/11/1643	356 – 359
Schütz, Heinrich	8/10/1585 – 6/11/1672	500 – 502
1600		
Lully, Jean-Baptiste	28/11/1632 – 22/3/1687	322 – 325
Buxtehude, Dietrich	por volta de 1637 – 9/5/1707	108 – 110
Stradella, Alessandro	3/4/1639 – 25/2/1682	535 – 537
Charpentier, Marc-Antoine	por volta de 1643 – 24/2/1704	116 – 118
1650		
Corelli, Arcangelo	17/2/1653 – 8/1/1713	134 – 137
Pachelbel, Johann	(batizado) 1º/9/1653 – 9/3/1706 (sepultado)	394 – 396
Purcell, Henry	1659 – 21/11/1695	425 – 428
Couperin, François	10/11/1668 – 11/9/1733	138 – 141
Albinoni, Tommaso	8/6/1671 – 17/1/1751	14 – 16
Vivaldi, Antonio	4/3/1678 – 28/7/1741	577 – 581
Telemann, Georg Philipp	14/3/1681 – 25/6/1767	556 – 559
Rameau, Jean-Philippe	(batizado) 25/9/1683 – 12/9/1764	436 – 439
Händel, Georg Friedrich	23/2/1685 – 14/4/1759	227 – 231
Bach, Johann Sebastian	21/3/1685 – 28/7/1750	24 – 30
Scarlatti, Domenico	26/10/1685 – 23/7/1757	477 – 480
Tartini, Giuseppe	8/4/1692 – 26/2/1770	552 – 555
Quantz, Johann Joachim	6/2/1697 – 12/7/1773	429 – 431
1700		
Pergolesi, Giovanni Battista	4/1/1710 – 17/3/1736 (sepultado)	409 – 411
Bach, Carl Philipp Emanuel	8/3/1714 – 14/12/1788	17 – 20
Gluck, Christoph Willibald	2/7/1714 – 15/11/1787	212 – 215

Índice cronológico

Compositor	Nascimento e morte	Páginas
Mozart, Leopold	14/11/1719 – 28/5/1787	360 – 362
Haydn, Joseph	31/3(?)/ 1732 – 31/5/1809	236 – 241
Bach, Johann Christian	5/9/1735 – 1/1/1782	21 – 23
Haydn, Michael	13/9/1737 – 10/8/1806	242 – 244
Dittersdorf, Carl Ditters von	2/11/1739 – 24/10/1799	156 – 158
Boccherini, Luigi	19/2/1743 – 28/5/1805	78 – 80
Stamitz, Carl	(batizado) 8/5/1745 – 9/11/1801	528 – 530
Cimarosa, Domenico	17/12/1749 – 11/1/1801	127 – 129
1750		
Salieri, Antonio	18/8/1750 – 7/5/1825	465 – 467
Clementi, Muzio	23/1/1752 – 10/3/1832	130 – 133
Mozart, Wolfgang Amadeus	27/1/1756 – 5/12/1791	363 – 370
Zelter, Carl Friedrich	11/12/1758 – 15/5/1832	609 – 612
Cherubini, Luigi	14/9/1760 – 15/3/1842	119 – 122
Beethoven, Ludwig van	16(?)/ 12/1770 – 29/3/1827	43 – 50
Hummel, Johann Nepomuk	14/11/1778 – 17/10/1837	265 – 267
Diabelli, Anton	6/9/1781 – 7/4/1858	153 – 155
Paganini, Niccolò	27/10/1782 – 27/5/1840	397 – 400
Spohr, Louis (Ludwig)	5/4/1784 – 22/10/1859	524 – 527
Weber, Carl Maria von	18/11/1786 – 5/6/1826	592 – 597
Czerny, Carl	21/2/1791 – 15/7/1857	142 – 144
Meyerbeer, Giacomo	5/9/1791 – 2/5/1864	348 – 351
Rossini, Gioacchino	29/2/1792 – 13/11/1868	457 – 460
Loewe, Carl	30/11/1796 – 20/4/1869	315 – 318
Schubert, Franz	31/1/1797 – 19/11/1828	494 – 499
Donizetti, Gaetano	29/11/1797 – 8/4/1848	159 – 162
1800		
Lortzing, Albert	23/10/1801 – 21/1/1851	319 – 321
Bellini, Vincenzo	3/11/1801 – 23/9/1835	51 – 54
Berlioz, Hector	11/12/1803 – 8/3/1869	63 – 67
Glinka, Michail	1/6/(20/5/)1804 – 15/2/1857*	208 – 211
Hensel, Fanny	14/11/1805 – 14/5/1847	245 – 247
Mendelssohn-Bartholdy, Felix	3/2/1809 – 4/11/1847	339 – 343
Chopin, Frédéric	1/3/1810 – 17/10/1849	123 – 126
Schumann, Robert	8/6/1810 – 29/7/1856	507 – 511
Nicolai, Otto	9/6/1810 – 11/5/1849	377 – 379
Liszt, Franz	22/10/1811 – 31/7/1886	309 – 314
Wagner, Richard	22/5/1813 – 13/2/1883	582 – 587

Índice cronológico

Compositor	Nascimento e morte	Páginas
Verdi, Giuseppe	9/(10?)10/1813 – 27/1/1901	572 – 576
Gounod, Charles	17/6/1818 – 18/10/1893	216 – 219
Offenbach, Jacques	20/6/1819 – 5/10/1880	384 – 387
Schumann, Clara	13/9/1819 – 20/5/1896	503 – 506
Franck, César	10/12/1822 – 8/11/1890	189 – 191
Smetana, (Bedřich) Friedrich	2/3/1824 – 12/5/1884	519 – 523
Bruckner, Anton	4/9/1824 – 11/10/1896	100 – 104
Strauss, Johann	25/10/1825 – 3/6/1899	538 – 542
Brahms, Johannes	7/5/1833 – 3/4/1897	88 – 92
Borodin, Alexander	12/11/(31/10)1833 – 27/(15)2/1887*	81 – 83
Saint-Saëns, Camille	9/10/1835 – 16/12/1921	461 – 464
Delibes, Léo	21/2/1836 – 16/1/1891	150 – 152
Balakirev, Mili	2/1/1837 (21/12/1836) – 29/(16)5/1910*	31 – 35
Bruch, Max	6/1/1838 – 20/10/1920	97 – 99
Bizet, Georges	25/10/1838 – 3/6/1875	74 – 77
Mussorgsky, Modest Petrovitch	21/(9)3/1839 – 28/(16)3/1881*	371 – 376
Tchaikovsky, Piotr	7/5/(25/4)1840 – 6/11/(25/10)1893*	563 – 567
Dvořák, Antonín	8/9/1841 – 1/5/1904	169 – 173
Massenet, Jules	12/5/1842 – 13/8/1912	336 – 338
Grieg, Edvard	15/6/1843 – 4/9/1907	223 – 226
Sarasate, Pablo de	10/3/1844 – 20/9/1908	468 – 470
Rimsky-Korsakov, Nikolai	18/(6)3/1844 – 21/(8)6/1908*	451 – 454
Fauré, Gabriel	12/5/1845 – 4/11/1924	186 – 188
1850		
Janáček, Leoš	3/7/1854 – 12/8/1928	278 – 281
Humperdinck, Engelbert	1/9/1854 – 27/9/1921	268 – 270
Leoncavallo, Ruggero	23/4/(8/3?)1857 – 9/8/1919	300 – 303
Elgar, Edward	2/6/1857 – 23/2/1934	177 – 181
Puccini, Giacomo	22/12/1858 – 29/11/1924	420 – 424
Wolf, Hugo	13/3/1860 – 22/2/1903	605 – 608
Albéniz, Isaac	29/5/1860 – 18/5/1909	7 – 10
Mahler, Gustav	7/7/1860 – 18/5/1911	329 – 332
Debussy, Claude	22/8/1862 – 25/3/1918	145 – 149
Mascagni, Pietro	7/12/1863 – 2/8/1945	333 – 335
d'Albert, Eugène	10/4/1864 – 3/3/1932	11 – 13
Strauss, Richard	11/6/1864 – 8/9/1949	543 – 547

Índice cronológico

Compositor	Nascimento e morte	Páginas
Glazunov, Alexander	10/8/(29/7)1865 – 21/3/1936*	204 – 207
Dukas, Paul	1/10/1865 – 17/5/1935	166 – 168
Sibelius, Jean	8/12/1865 – 20/9/1957	512 – 514
Busoni, Ferruccio	1/4/1866 – 27/7/1924	105 – 107
Satie, Eric	17/5/1866 – 1/7/1925	471 – 476
Granados, Enrique	27/7/1867 – 24/3/1916	220 – 222
Falla, Manuel de	23/11/1876 – 14/11/1946	182 – 185
Pfitzner, Hans	5/5/(23/4) 1869 – 22/5/1949*	412 – 414
Lehár, Franz	30/4/1870 – 24/10/1948	297 – 299
Skrjabin, Alexander	6/1/1872 (25/12/1871) – 27/(14)4/1915*	515 – 518
Reger, Max	19/3/1873 – 11/5/1916	443 – 445
Rachmaninov, Sergei	1/4/(20/3)1873 – 28/3/1943*	432 – 435
Schönberg, Arnold	13/9/1874 – 13/7/1951	484 – 487
Holst, Gustav	21/9/1874 – 25/5/1934	257 – 259
Ives, Charles	20/10/1874 – 19/5/1954	274 – 277
Ravel, Maurice	7/3/1875 – 28/12/1937	440 – 442
Respighi, Ottorino	9/7/1879 – 18/4/1936	446 – 447
Bartók, Béla	25/3/1881 – 26/9/1945	38 – 42
Stravinsky, Igor	17/(5)6/1882 – 6/4/1971*	548 – 551
Kodály, Zoltán	16/12/1882 – 6/3/1967	285 – 288
Webern, Anton von	3/12/1883 – 15/9/1945	598 – 600
Varèse, Edgar	22/12/1883 – 6/11/1965	568 – 571
Berg, Alban	9/2/1885 – 24/12/1935	55 – 58
Prokofiev, Sergei	23/(11)4/1891 – 5/3/1953*	415 – 419
Honegger, Arthur	10/3/1892 – 27/11/1955	260 – 264
Milhaud, Darius	4/9/1892 – 22/6/1974	352 – 355
Orff, Carl	10/7/1895 – 29/3/1982	388 – 393
Hindemith, Paul	16/11/1895 – 28/12/1963	252 – 256
Gershwin, George	26/9/1898 – 11/7/1937	193 – 200
1900		
Weill, Kurt	2/3/1900 – 3/4/1950	601 – 604
Křenek, Ernst	23/8/1900 – 22/12/1991	289 – 291
Egk, Werner	17/5/1901 – 10/7/1983	174 – 176
Rodrigo, Joaquín	22/11/1901 – 6/7/1999	455 – 456
Khachaturian, Aram	24/5/(6/6)1903 – 1/5/1978*	282 – 284
Tippett, Michael	2/1/1905 – 8/1/1998	560 – 562
Hartmann, Karl Amadeus	2/8/1905 – 5/12/1963	233 – 235
Shostakovich, Dmitri	25/(12)9/1906 – 9/8/1975*	488 – 493

Índice cronológico

Compositor	Nascimento e morte	Páginas
Messiaen, Olivier	10/12/1908 – 28/4/1992	344 – 347
Barber, Samuel	9/3/1910 – 23/1/1981	36 – 37
Cage, John	5/9/1912 – 12/8/1992	111 – 115
Lutoslawski, Witold	25/1/1913 – 7/2/1994	326 – 328
Britten, Benjamin	22/11/1913 – 4/12/1976	93 – 96
Zimmermann, Bernd Alois	20/3/1918 – 10/8/1970	613 – 615
Bernstein, Leonard	25/8/1918 – 14/10/1990	68 – 73
Ligeti, György	23/5/1923 – 12/6/2006	304 – 308
Nono, Luigi	29/1/1924 – 8/5/1990	380 – 383
Boulez, Pierre	26/3/1925	84 – 87
Berio, Luciano	24/10/1925 – 27/5/2003	59 – 62
Henze, Hans Werner	1/7/1926	248 – 251
Stockhausen, Karlheinz	22/8/1928	531 – 534
Penderecki, Krzysztof	23/11/1933	405 – 408
Schnittke, Alfred	24/11/1934 – 3/8/1998	481 – 483
Webber, Andrew Lloyd	22/3/1948	588 – 591
Rihm, Wolfgang	13/3/1952	448 – 450

* Na Rússia, até 1923, utilizava-se o calendário juliano, de forma que lá, até o dia 1º de março de 1900, eles estavam treze dias antes em relação ao calendário gregoriano, que nós usamos. A data de acordo com o calendário juliano está entre parênteses.

Índice alfabético dos compositores

A

Albéniz, Isaac **7-10** (182, 183, 220, 221,456)
d'Albert, Eugène **11-13**
Albinoni, Tommaso **14-16**

B

Bach, Carl Philipp Emanuel **17-20** (28, 430)
Bach, Johann Christian **21-23** (364, 529)
Bach, Johann Sebastian **24-30** (12, 16, 17, 18, 19, 21, 22, 23, 61, 90, 105, 107, 108, 110, 140, 144, 190, 216, 218, 226, 231, 255, 317, 340, 378, 395, 396, 410, 437, 444, 558, 580, 610)
Balakirev, Mili **31-35** (82, 205, 210, 372, 373, 452, 453)
Barber, Samuel **36-37**
Bartók, Béla **38-42** (279, 285, 286, 287, 305, 327, 347)
Beethoven, Ludwig van **43-50** (12, 20, 29, 91, 121, 132, 143, 153, 154, 155, 169, 211, 226, 236, 239, 267, 363, 458, 465, 483, 495, 497, 498, 520, 522, 524, 525, 529, 583, 594, 616)
Bellini, Vincenzo **51-54** (159, 160, 161, 209,)
Berg, Alban **55-58** (175, 484, 485, 598, 600)
Berio, Luciano **59-62**
Berlioz, Hector **63-67** (53, 75, 76, 122, 210, 379, 398, 399, 461, 620)
Bernstein, Leonard **68-73** (61, 85)
Bizet, Georges **74-77**
Boccherini, Luigi **78-80**
Borodin, Alexander **81-83** (34, 205, 372, 453, 566)
Boulez, Pierre **84-87** (61, 62, 250, 305, 346, 381)
Brahms, Johannes **88-92** (12, 39, 98, 102, 173, 225, 242, 331, 400, 444, 505, 510, 544, 620)
Britten, Benjamin **93-96** (257, 418, 425, 561)
Bruch, Max **97-99** (470)
Bruckner, Anton **100-104** (56, 330, 586)
Busoni, Ferruccio **105-107** (290, 413, 486, 569, 602)
Buxtehude, Dietrich **108-110** (25, 228)

C

Cage, John **111-115** (60, 327, 328)
Charpentier, Marc-Antoine **116-118**
Cherubini, Luigi **119-122** (64, 67, 310, 385)
Chopin, Frédéric **123-126** (32, 34, 53, 75, 170, 399, 509, 516)
Cimarosa, Domenico **127-129**
Clementi, Muzio **130-133** (144)
Corelli, Arcangelo **134-137** (16, 106, 139, 229, 535, 536)
Couperin, François **138-141** (436)
Czerny, Carl **142-144** (155, 310, 465)

Índice alfabético dos compositores

D

Debussy, Claude   **145-149** (8, 167, 184, 218, 261, 299, 328, 337, 390, 440, 441, 471, 473, 474, 551, 569)
Delibes, Léo   **150-152**
Diabelli, Anton   **153-155** (497)
Dittersdorf, Carl Ditters von   **156-158** (240)
Donizetti, Gaetano   **159-162** (52, 53, 209)
Dowland, John   **163-165**
Dukas, Paul   166-168 (8, 184, 206, 218, 353, 456)
Dvořák, Antonín   **169-173** (278, 279, 298, 519)

E

Egk, Werner   **174-176**
Elgar, Edward   **177-181**

F

Falla, Manuel de   **182-185** (220, 221, 456)
Fauré, Gabriel   **186-188** (441, 462, 463)
Franck, César   **189-191** (102, 463)

G

Gabrieli, Giovanni   **192-194** (501)
Gershwin, George   **195-200** (604)
Gesualdo, Cario   **201-203**
Glazunov, Alexander   **204-207** (81, 83, 451, 453, 454, 489, 516)
Glinka, Mikhail   **206-211** (33, 34, 452, 566)
Gluck, Christoph Willibald   **212-215** (160, 466, 467)
Gounod, Charles   **216-219** (75, 102, 247, 337)
Granados, Enrique   **220-222** (9, 182, 183, 456)
Grieg, Edvard   **223-226** (313, 483, 586)

H

Händel, Georg Friedrich   **227-232** (23, 110, 136, 239, 437, 478, 557, 603)
Hartmann, Karl Amadeus   **233-235** (374, 375)
Haydn, Joseph   **236-241** (20, 46, 79, 121, 153, 157, 158, 183, 266, 267, 310, 363, 366, 445, 483, 496, 593, 616)
Haydn, Michael   **242-244** (154, 593, 594)
Hensel, Fanny   **245-247** (220, 503)
Henze, Hans Werner   **248-251** (235, 381)
Hindemith, Paul   **252-256** (249)
Holst, Gustav   **257-259**
Honegger, Arthur   **260-264** (173)
Hummel, Johann Nepomuk   **265-267** (143, 155)
Humperdinck, Engelbert   **269-270** (602)

I

Isaak, Heinrich   **271-273** (599)
Ives, Charles   **274-277**

J

Janáček, Leoš   **278-281** (169, 171, 519, 523)

K

Khachaturian, Aram   **282-284**
Kodály, Zoltán   **285-288** (39, 40, 41, 42, 279, 305)
Křenek, Ernst   **289-291**

L

Lasso, Orlando di   **292-296** (193)
Lehár, Franz   **297-299** (398)
Leoncavallo, Ruggero   **300-303**

Índice alfabético dos compositores

Ligeti, György **304-308** (61, 620)
Liszt, Franz **309-314** (9, 12, 39, 53, 66, 83, 155, 190, 205, 225, 337, 385, 400, 462, 463, 465, 509, 520, 584, 585, 620)
Loewe, Carl **315-318** (612)
Lortzing, Albert **319-321**
Lully, Jean-Baptiste **322-325** (117, 436, 438)
Lutoslawski, Witold **326-328**

M

Mahler, Gustav **329-332** (62, 290, 413, 414, 486, 545, 606, 607)
Mascagni, Pietro **333-335** (300, 302)
Massenet, Jules **336-338**
Mendelssohn-Bartholdy, Felix **339-343** (29, 66, 170, 217, 226, 246, 378, 379, 610)
Messiaen, Olivier **344-347** (85, 168, 532)
Meyerbeer, Giacomo **348-351** (53, 211, 337, 612)
Milhaud, Darius **352-355** (261, 475)
Monteverdi, Claudio **356-359** (501, 622)
Mozart, Leopold **360-362** (243, 266, 364, 365, 554)
Mozart, Wolfgang Amadeus **363-370** (18, 22, 23, 39, 44, 46, 54, 106, 114, 124, 131, 132, 135, 153, 154, 157, 158, 161, 170, 178, 210, 214, 236, 239, 243, 244, 266, 320, 342, 362, 422, 445, 465, 466, 524, 560, 616)
Mussorgsky, Modest Petrovich **371-376** (34, 82, 449, 453, 454, 566)

N

Nicolai, Otto **377-379**
Nono, Luigi **380-383** (250, 406, 482)

O

Offenbach, Jacques **384-387** (75, 151, 541)
Orff, Carl **388-393** (175, 544, 618)

P

Pachelbel, Johann **394-396**
Paganini, Niccolò **397-400** (**66,** 311, 469, 524, 525)
Palestrina, Giovanni Pierluigi da **401-404** (217, 292, 294)
Penderecki, Krzysztof **405-408** (620)
Pergolesi, Giovanni Battista **409-411** (621)
Pfitzner, Hans **412-414** (12, 98, 234, 404)
Prokofiev, Sergei **415-419** (70, 283, 451, 453)
Puccini, Giacomo **420-424** (299, 302, 337)
Purcell, Henry **425-428** (93, 94, 95, 133, 177, 229)

Q

Quantz, Johann Joachim **429-431** (18)

R

Rachmaninov, Sergei **432-435**
Rameau, Jean-Philippe **436-439** (168)
Ravel, Maurice **440-442** (184, 188, 218, 374, 376, 486, 551)
Reger, Max **443-445** (12, 98)
Respighi, Ottorino **446-447**
Rihm, Wolfgang **448-450**
Rimsky-Korsakov, Nikolai **451-454** (35, 81, 82, 83, 205, 206, 205, 206, 466, 489, 549)
Rodrigo, Joaquín **455-456**
Rossini, Gioacchino **457-460** (52, 53, 122, 159, 161, 350, 575)

Índice alfabético dos compositores

S

Saint-Saëns, Camille **461-464** (102, 152, 167, 1870, 191, 218, 221, 469, 586)
Salieri, Antônio **465-467** (46, 128, 129, 143, 215, 266, 310, 349, 367, 495, 594)
Sarasate, Pablo de **468-470** (9, 462)
Satie, Eric **471-476** (261, 353)
Scarlatti, Domenico **477-480** (135, 168, 229)
Schnittke, Alfred **481-483** (203)
Schönberg, Arnold **484-487** (55, 56, 57, 85, 112, 234, 291, 328, 330, 380, 598, 599, 600, 617, 622)
Schubert, Franz **488-493** (49, 91,153, 154, 155, 242, 245, 267, 290, 445, 465, 600, 605, 608)
Schütz, Heinrich **494-496** (193, 358)
Schumann, Clara **497-500** (12, 89, 91)
Schumann, Robert **501-505** (66, 73, 89, 170, 226, 267, 270, 339, 340, 342, 399, 400)
Scriabin, Alexander **506-509** (112)
Shostakovich, Dmitri **510-515** (204, 207, 451, 453)
Sibelius, Jean **516-518** (106)
Smetana, Friedrich (Bedřich) **519-523** (169, 278, 281)
Spohr, Louis (Ludwig) **524-527** (49)
Stamitz, Carl **528-530**
Stockhausen, Karlheinz **531-534** (61, 250, 305, 346, 347, 381, 449)
Stradella, Alessandro **535-537** (136)
Strauss, Johann **538-542**
Strauss, Richard **543-547** (98, 179, 234, 269, 483, 485,486, 569)
Stravinsky, Igor **548-551** (70, 112, 175, 185, 185, 203, 204 290, 327, 411, 451)

T

Tartini, Giuseppe **552-555** (157, 466)
Telemann, Georg Philipp **556-559** (18, 19, 228)
Tippett, Michael **560-562** (257)
Tchaikovsky, Piotr **563-567** (34, 58, 146, 152, 211, 225, 433, 464, 483, 489, 586)

V

Varèse, Edgar **568-571** (381)
Verdi, Giuseppe **572-576** (159, 351, 421, 460)
Vivaldi, Antonio **577-581** (16, 553)

W

Wagner, Richard **582-587** (12, 85, 101, 102, 103, 104, 168, 170, 189, 212, 261, 269, 301, 312, 313, 318, 351, 444, 452, 462, 471, 597, 606, 620)
Webber, Andrew Lloyd **588-591**
Weber, Carl Maria von **592-597** (212, 349, 583)
Webern, Anton von **598-600** (85, 238, 381, 484, 485)
Weill, Kurt **601-604** (106, 175)
Wolf, Hugo **605-608** (91, 330)

Z

Zelter, Carl Friedrich **609-612** (242, 246, 317, 340, 341, 342, 349, 378)
Zimmermann, Bernd Alois **613-615**

Fontes

Algumas passagens foram extraídas do livro de Ulrich Rühle: "*...ganz verrückt nach Musik*" (...totalmente loucos por música), editora dtv 70379: p. 37 e seguintes, p. 65 e seguintes, p. 93 e seguintes, p. 138 e seguintes, p. 173 e seguintes, p. 202 e seguintes, p. 235 e seguintes, p. 264 e seguintes, p. 303 e seguintes, p. 334 e seguintes, p. 361 e seguintes, p. 388 e seguintes, p. 418 e seguintes, p. 449 e seguintes (as páginas se referem à obra publicada pela dtv).

Ulrich Rühle: "*...ganz verrückt nach Musik*". *Die Jugend großer Komponisten* (...totalmente loucos por música. A juventude de grandes compositores), © 1995 Deutscher Taschenbuch Verlag, Munique.

1ª edição agosto de 2014 | Diagramação Megaarte Design
Fonte Minion Pro | Papel Chambril Avena 80g
Impressão e acabamento Imprensa da Fé